中国专业作家小说典藏文库

中国专业作家小说典藏文库

肖克凡卷

生铁开花

肖克凡 ◎ 著

中国文史出版社

目　录

上部　矿石们

中部　冶炼着

下部　回炉了

上部
矿石们

一　梆黄之子

　　一大早儿，父亲匆匆走出家门，到区里开会。母亲追了几步说，云亭你不吃早点就走哇？父亲烦躁地甩下两字，不饿！母亲随即一声叹息，带着几分京剧青衣韵味。

　　外间屋的单人床上，十八岁的王宪钢蜷缩在被子里，佯寐。他是个浓眉大眼五官端正的小伙子。其实，凌晨时分他就被父亲的咳嗽声弄醒了。睁眼觉得自己下身硬邦邦地顶着被子好像撑起一把小伞。一股莫名的羞臊倏地笼罩心头，他侧身压住不安分的"小弟弟"——极力剿灭这个生机勃勃的错误，暗暗谴责自己沾染了资产阶级坏思想，内心做着自我批评。

　　一阵躁动平静后，王宪钢闭目"默戏"。他躺在单人床上提早进入新四军指导员郭建光的角色，默诵着唱词："这几天，多情况，勤瞭望，费猜详，不由我心潮起落似长江……"

　　王宪钢悄然起身伸长脖子隔着窗户看着母亲在院里生炉子，弄得满世界烟气，宛若仙境。从前父亲母亲都是这座城市的小剧团演员。父亲王云亭唱河北梆子，唱腔颇有几分"银达子"的味道，因此被称为"小达子"，挂了头牌。母亲魏紫兰是京戏旦角，给人家配戏，名气不大。父亲给儿子取了乳名"响器"。这"响器"果然遗传了父母的好嗓子。

　　儿子大了便不叫乳名了，王云亭郑重其事叫他"宪钢"，显得严谨周正。儿子心里敬重父亲，觉得父亲跟小剧团的其他人不一样，有点儿像机关干部。

　　母亲魏紫兰过日子大手大脚，吃咸不管酸，穿单不管棉，抽烟喝酒吃零嘴儿，而且丢三落四忘性极大。譬如丈夫冬天的棉帽和儿子冬天的棉鞋，一经过夏天便找不着了，天冷了只得花钱再买。因此她被邻居们评价为"又馋又懒"的女人。然而"无产阶级文化大革命"爆发，一贯宣扬"封资修"的城市小剧团解散了，"落地凤凰不如鸡"的京剧青衣竟然洗心革面，先戒了烟

3

3

又去了酒，起早贪黑操持家务，缝缝补补洗洗涮涮，转化成为吃苦耐劳的贤妻良母形象。革命洪流确实荡涤了她的灵魂。

打从城市小剧团解散，演员们各奔东西。王云亭被派到存车处看管自行车，人们戏称他"处长"。魏紫兰则在街道生产组缝麻袋，自嘲被"打入冷宫"。

此时，两手沾满煤黑的魏紫兰走进屋里，看见儿子正起床便大声阻拦说，好儿子你多睡会儿，唱戏缺了觉上台不给劲。从前京城里大角儿们，一觉睡到日头西。就说唱花脸的金少山，不抽足大烟不起床呀！上园子总是拖场。检场的只好往前加戏码儿。你猜金少山死的时候穷成嘛样儿？拿苇席一卷进了义地！旧社会的大角儿那才叫吃尽穿绝呢，宁可死了喂狗。

身穿背心裤衩的王宪钢告诉母亲，他今天下午两点钟去"七〇六二"建设工地给工人阶级演出全本《沙家浜》，上午十点钟，学校文艺宣传队召开战前动员会。

还战前动员会呀？风韵犹存的魏紫兰菲薄地笑了，你们演戏还战前动员会呢？从前我们剧团唱戏，拿了戏份儿屁事儿没有。

儿子洗了脸漱了口，红衣绿裤的母亲催促他往脸上抹些雪花膏说，唱戏不光夯头是本钱，脸蛋也是本钱。儿子知道夯头是嗓子。母亲不经意间流露几句江湖切口，比如鼻子叫"准头"，口才叫"钢口"，挣钱叫"治杵"。出身梨园的父亲则从来不露"春典"，日常生活里操着规范的社会语言，把"夜隔"叫"昨天"，把"扁食"叫"饺子"，把"关饷"叫"发薪"。夫妻俩都是唱戏的，父亲跟母亲大不相同。父亲心里似乎还有追求，母亲好像船到码头车到站，歇了。

魏紫兰给儿子把早点弄好了：烤馒头片儿抹芝麻酱，上面撒一层绵白糖。王宪钢吃得津津有味，满脸都是嘴。自从在七十四中文艺宣传队扮演《沙家浜》里的郭建光，他的饭量大长——好像在芦苇荡里饿怕了，一顿饭要么四个馒头，要么三大碗米饭，不就菜都行。

风卷残云般吃了早点，王宪钢咀嚼着说，要是新四军伤病员在芦苇荡里有这样的伙食，他们早就把鬼子汉奸消灭干净了。

依我看啊，沿街讨饭的李娘娘要有这么好的吃食，她遇见包公也不会去宫里认皇儿啦！失去舞台的魏紫兰笑了笑，依然引用《遇后·龙袍》这样的"四旧"典故。

魏紫兰叮嘱儿子说，你在外面吃饭要拿住架子，角儿嘛。千万不要狼吞虎咽的让人家小看咱，以为在家吃不饱呢。

嗯。从小王宪钢接受父亲教育，听大人说话要应声，不能装哑巴。应了母亲之后，他故作漫不经心地问道，我爸又咳嗽半宿啊？

魏紫兰揉着明显下垂的眼袋，挤出一丝苦笑，你爸是狗肚子盛不下二两香油，一通知他今天上区里开会就犯咳嗽，这是被运动吓出了毛病。

上区里开会就开会呗，我爸犯不着这么紧张啊。王宪钢嘴上这样说，心里还是同情郁郁寡欢的父亲。

自从看存车处后，正值盛年的王云亭嗓子"塌中"了。唱戏的青春期变声没了嗓子，叫"倒仓"。人到中年没了嗓子，叫"塌中"。"倒仓"有救，"塌中"不好恢复。"塌中"的父亲好像解脱了，经常自言自语说，太好啦，这辈子总算不唱戏了。

小时候，父亲母亲常年晚场演出，俗称"唱灯晚儿"。下了"灯晚儿"吃夜宵，抽足了烟卷喝足了茶水，两口子子夜时分上床睡觉，溜儿溜儿睡到第二天正午。小学时代王宪钢从来都是自己打理胃口。他一边吃着早点一边听着从父母房间传出的甜美鼾声。到了隆冬季节，他把一只玉米面窝头纵向切成薄片儿。一片片窝头儿很像一个个"人"字，而且是甲骨文。他将一个个"人"放在炉火上烘烤，趁热吃下肚里就有了底气，背起书包去上学。傍晚放了学，爸爸妈妈已经去戏院化妆了。独自在家的王宪钢觉得自己没父没母——因为爸爸妈妈在戏台上扮演着别人。天长日久，他孤独地成长着。自己吃，自己喝，自己说话，自己钻被窝儿。

有一天上语文课，老师开展启发式教学，要求学生解释自己名字的由来。小学生王宪钢傍晚放学背着书包径直找到小戏院后台，向母亲询问答案。正在勾脸的魏紫兰看见儿子来了，立即差他去买烟卷儿和青果，好像抓着了一个小壮丁。

魏紫兰嘴里含着青果告诉儿子，一九五五年颁布新宪法，一九五八年大炼钢铁。你爸给你取名宪钢，又是新宪法又是大炼钢铁，这俩字儿全包括了。别看你爸是唱戏的，他思想很新呢。

我一九五五年出生，一九五八年才大炼钢铁。王宪钢不禁反问母亲，照您这么说我三岁才取名字，那三年是怎么给我报户口的呢？

一句话将母亲问住了。魏紫兰寻思着说，起先叫你乳名响器，大炼钢铁了你爸给你取名王宪钢，时代发展嘛。

似乎担心儿子不相信这段往事，即将登场唱戏的母亲连忙补充道，打从给你取名王宪钢你爸就交了好运，他越唱越红成了梆子团的台柱子，每月拿八十五块钱。那时候科长工资才九十七，你爸爸不亚于副科长呢。

自己的名字给父亲带来好运气，小学生王宪钢感到极大安慰。看着妈妈踩着锣鼓点儿上台了，他站在后台侧帘期待妈妈张口开唱获得掌声。但是，听到母亲咿咿呀呀说了两句词儿，便扭搭扭搭下了场。他悄悄凑过去小声问母亲，您费劲乏力勾了脸，怎么上台不唱就下来啦？

王宪钢不知道母亲扮演宫女没有唱词，却记住妈妈的叮嘱：你长大成人要当主角，当了主角戏台就是你的了。

然而，无论演主角的父亲还是扮配角的母亲，小剧团解散没了戏台。于是全家过起正常生活，一起吃早点一起吃晚饭。孤独多年的王宪钢激动得泪湿眼窝儿，终于可以跟爸爸妈妈同桌吃饭了。

瞅着满眼泪花的王宪钢，魏紫兰认为儿子属于性情中人，挺适合学唱戏当演员的。担任存车处处长的父亲变得性情暴躁，伸手啪地拍响桌子说，宪钢长大应当进工厂学技术当工人，坚决不能学唱戏当演员！

学唱戏当演员属于文艺工作者，唱成红角儿受人尊重，挺好的。为什么艺名"小达子"的父亲强烈反对儿子学唱戏当演员呢？尽管王宪钢当时并未产生从事文艺工作的念头，他的心田还是被父亲给犁乱了——弄得畦不是畦，垄不是垄，成了烂泥塘。

然而，乳名"响器"的王宪钢还是响了名，读到高一被选入第七十四中学文艺宣传队《沙家浜》剧组，扮演男主角郭建光。听说儿子唱了戏，王云亭勃然大怒，从存车处拿来一条铁链子锁了门，坚决不许儿子外出。邻居们跑来看热闹，说这分明是渣滓洞集中营。

"郭建光"被锁在屋里动弹不得，误了当天慰问治河工程的演出。傍晚时分，第七十四中学"工宣队"队长武玉国找上门来。"工宣队"占领上层建筑。这位说一不二的工宣队队长是复员军人，伸手指着王云亭鼻子说，破坏革命样板戏演出属于现行反革命性质，我要召开现场批判会。

当年红遍半边天的"小达子"面对橡胶厂工人的粗黑大手，顿时浑身麻木变成了橡胶人，吓得半天说不出话来。母亲魏紫兰气喘吁吁赶来救场，代替丈夫表决心说，坚决支持儿子王宪钢演出革命样板戏，保证风雨无阻。

因为我唱了样板戏，父亲挨了批判。我唱戏，成了父亲的罪——望着弓身猫腰接受武队长呵斥的父亲，身为人子的王宪钢暗自思忖，心头沉甸甸的。

王云亭低头认错了。工宣队队长武玉国要求"小达子"连夜做出深刻检查,这才撤了兵。

一头扎进屋里,"小达子"抬手抽着自己嘴巴说,我没想到这孩子到底还是唱了戏,我没想到这孩子到底还是唱了戏!

咱儿子在学校文艺宣传队演出,这学生们唱戏不算下海。魏紫兰努力化解着父子之间的矛盾说,星星跟着月亮走,大雁随着节气飞,现如今全中国都唱革命样板戏,就让咱儿子随大流吧。

从此,王宪钢继续在第七十四中学文艺宣传队饰演《沙家浜》里的郭建光。他的扮相很像中央的郭建光,渐渐成了远近闻名的"小谭元寿"。

有了名气,王宪钢依然缺乏自信。他认为自己心思太重,这跟郭建光的性格差异很大。比如就连郭建光都不考虑的问题,却时常浮现王宪钢心头:郭建光在家乡有没有妻子?郭建光参军负伤想家吗?他越寻思越难以走进那位新四军指导员的内心深处,只是在舞台上卖力地唱着。

尽管父子关系趋于冷淡,王宪钢半夜听见父亲咳嗽,心里还是惦记着。自从吃了政治运动的苦头,王云亭遇到难处就犯咳嗽,一咳嗽就是大半宿。只要父亲咳嗽,母亲就煮雪梨汤。雪梨汤加入冰糖,润肺。喝了冰糖雪梨汤,止咳。当年父亲唱戏秋燥,就喝这种雪梨汤,挺管事儿的。

看了看挂钟,上午九点了。王宪钢对着镜子穿衣裳。这件绿色军装上衣是去年到坦克师慰问演出,部队首长特意送给他的,还许诺有机会按照文艺人才"特招"他参军进文工团。这套军装就是抬举人,镜子里的小伙子立即显出飒爽英姿的样子,令人百看不厌。

这时候,院子里响起一阵脚步声,之后有人咚咚敲门。母亲魏紫兰脸上掠过一丝窘迫神色。王宪钢跑去开门,进来一个中年男子。

魏紫兰略显夸张地说,哎哟是老丁呀,这是哪阵风儿把你给吹来啦?

尽管以前见过这位不速之客,王宪钢还是忍不住笑了。这位老丁的长相活像电影《地道战》里的汤炳会,就是在砖窑里被高传宝开枪打死的伪军大队长。

老丁名叫丁德绍,以前在母亲小剧团里拉弦儿,由于丁德绍的谐音得了外号"丁大少"。据说他是当年大军阀外宅的儿子,肩不能挑担,手不能提篮,从小到大过着衣来伸手、饭来张口的日子,严重缺乏生活自理能力。然而,老天爷饿不死瞎家雀,偏偏他拉得一手好胡琴,进了城市小剧团谋得饭碗。

"丁大少"特别邋遢,身穿黑布褂子常年不洗,泛起油光很像一件皮夹克。他手里拎着一只布兜儿，大模大样进屋落座，好像他是这里的当家人。

魏紫兰抄起暖瓶沏了一壶热茶。不速之客耸了耸鼻子嗅着飘来的茉莉花茶香气喜形于色地说，好香片！这东西最少窨了五道花儿！是小叶还是大方啊？

王宪钢心里挺感慨的。这个小剧团拉弦儿的老丁，经历了"无产阶级文化大革命"的战斗洗礼，还是改不掉讲吃讲喝的臭毛病。

品了一口热茶，丁德绍打开布兜倒出一堆葵花子，嘿嘿笑着。看到客人拿来礼品，魏紫兰咂嘴表示感谢，说这葵花子儿是国家统购统销物资，金贵着呢。

我昨天到郊区安装水管，这是人家贫下中农送的。"丁大少"说着，不失时机地大口喝着香喷喷的热茶，好像从沙漠里逃出来的渴死鬼。

母亲手捧葵花子对王宪钢说，好儿子，你看人家丁伯伯多有本事，我们小剧团解散都没了事由儿，只有他进了修配服务公司当了水暖工。一个拉弦儿的混进工人阶级队伍，这叫鞋帮子改作帽檐儿——高升啦！

紫兰你过奖了，这水暖工俗称管儿匠，我拉弦儿的当管儿匠，这是坟地改作菜园子——拉平啦！丁德绍口头自贬着，却是满脸自得神色。

我闻见雪梨汤啦！好像还放了冰糖。"丁大少"抽动鼻孔嗅着露出警犬神色。

王宪钢觉得这位客人不是属猫就是属狗的，一旦沾了好吃好喝嗅觉特别灵敏，便代替母亲解释说我爸咳嗽大半宿，我妈给他煮了雪梨汤润肺。

哎呀，"小达子"真有福气！一咳嗽就有人伺候。已然成为工人阶级一员的"丁大少"不酸不凉地说着，丝毫不掩饰内心对王云亭的羡慕。

王宪钢却从这位大军阀后代的表情里看出一个男人对另一个男人的嫉妒。男人之间的嫉妒心理，他深有体会。有时扮演阿庆嫂的钱慧慧主动给他端来热水，扮演刁德一的郑卫星便会投来那种难以言传的复杂目光。在这种复杂的目光里，王宪钢想方设法躲避着钱慧慧。尽管在戏里郭建光与刁德一是不共戴天的敌人，在戏外王宪钢还是尊重郑卫星的，叫他"大郑"。大郑比王宪钢成熟许多，在戏里是"参谋长"，在戏外也是"参谋长"。

"丁大少"将话题转到《沙家浜》说，听说你在学校宣传队里扮演郭建光，成角儿啦！你应当学习人家谭元寿，有龙音儿有虎音儿，喷口好。尤其谭派唱腔的装饰音，哇啦哇啦赛小喇叭儿似的！你千万别学言派啊，粗一股子细一股子，那叫奇腔怪调不正统。等我歇班有工夫，架弦儿给你吊吊嗓子……

已然沦为水暖工的丁德绍，冲着一个生在新社会长在红旗下的青年学生，侃侃而谈，摆起京戏老前辈的身份。

我告诉你吧，京戏是汉调和徽调的合流，流传百年博大精深。生旦净末丑，都是千锤百炼才成了角儿。就说"冻不死的青衫，热不死的花脸"吧，青衫就是青衣。唱青衣数九寒天只能穿着单衫单裤上台，不能穿厚了。赶上演《教子》《祭塔》什么的，大段二黄慢板还有三眼反二黄，大冬天站在台上一唱到底，天气再冷也得扛着，这就叫冻不死的青衫。

喝了一口茶水，"丁大少"继续讲道，花脸呢？为了显示威武雄壮，演员三伏天也要穿胖袄，衬出大身架，外面加箭衣，箭衣外面衬褶子，褶子上加蟒袍玉带，赶上武戏还要大打一气，汗珠子砸靴子碎八瓣儿！这叫三伏天到了湖北省会——捂汗（武汉）啊。所以说热不死的花脸……

什么青衫花脸的，丁伯伯您说的都是旧戏，我们现在唱的是革命样板戏，塑造的都是革命英雄人物！王宪钢不以为然。

嘿嘿！万变不离其宗。《沙家浜》里阿庆嫂就是青衫！你妈妈以前也是唱青衫的。丁德绍摆出类人猿的辈分，拉开持久战的架势跟王宪钢聊天。

王宪钢听到母亲用饱含欣赏的口吻说，老丁就你能耐大！我唱了二十年青衫，也说不出你这一套酸词儿。

王宪钢觉得，母亲对这位琴师"丁大少"的赞赏显然超过对父亲的崇拜。

宪钢啊，你说你唱的是革命样板戏，不错！可它终究还是京戏吧？《沙家浜》里的胡传魁，《杜鹃山》里的雷刚，《智取威虎山》里的李勇奇，都是黑头唱腔啊。再者说《海港》里的方海珍，她有好几段都是反串小生唱腔呢……

担心迟到，王宪钢说了声丁伯伯再见——把谈兴正浓的丁德绍晾在屋里，起身走出家门。

魏紫兰似乎有些心虚，追着儿子背影喊道，好儿子你早点儿回家吃晚饭啊！

听到母亲叮咛，王宪钢应了一声，心头滞重起来。哼，只要爸爸不在家，这个姓丁的就往家里跑。进门夸夸其谈，好像对父亲怀着一肚子妒忌……

王宪钢身穿"国防绿"军装上衣走出院子。这件上衣是两个衣兜儿的样式。两个衣兜儿的是战士，四个衣兜儿的才是干部。扮演郭建光的王宪钢在戏台上身穿新四军灰色军装，在戏台下身穿解放军绿色军装，戏里戏外都是革命军人了。于是，他越发引来人们羡慕的目光。

英姿勃勃走上小街，王宪钢看到路面撒落一堆中药渣子。这是母亲昨晚故意倾倒的。本地市民习俗把煎过汤药的渣子泼洒到路上，被行人踩踏便把疾病带走了。此时王宪钢踩踏着母亲当街泼洒的中药渣子，特别希望把父亲胸闷咳嗽的疾病带走，因为这是做儿子的本分。

当街听见有人喊自己名字，声音又轻又甜。王宪钢回头看到钱慧慧站在大树下，身材挺拔仿佛一株小树。她一条辫子搭在胸前一条辫子搭在背后，手里摆弄着素花手帕，目光拴在地上。

穿了一身"学生蓝"的钱慧慧是第七十四中学文艺宣传队的"阿庆嫂"，尖下颌大眼睛，皮肤白皙，身材纤巧。其实她的相貌和身材更为适合扮演林黛玉。只是如今不是《红楼梦》时代，林黛玉只好转业在春来茶馆"垒起七星灶，铜壶煮三江"了。

令人惊奇的是风华正茂的钱慧慧有了轻微眼袋。这眼袋遗传自母亲。当年母亲由于有眼袋显得成熟，十二岁完成初恋。如今，钱慧慧同样由于轻微眼袋显得成熟，反而越发适合扮演少妇阿庆嫂。就这样，钱慧慧没经过初恋便登台嫁给了不曾露面的阿庆，成为少妇了。

王宪钢看到钱慧慧以为出了什么事情，反身朝她走去。钱慧慧终于抬头说道，刚才有几个坏男生在马路上"拍婆子"，追得我跑进小街来了。还有那个庞汇强脸皮特厚，总是半路打埋伏。你陪我去学校吧。

王宪钢低头看见她黑色偏带布鞋上也沾着父亲的中药渣子，认为她也帮着带走了父亲的疾病，不由脱口说了声谢谢。钱慧慧当然不明白王宪钢为何当头致谢，表情错愕。

在第七十四中学文艺宣传队里，钱慧慧身材优美容貌出众，扮演阿庆嫂确实引来众多异性喜爱，经常收到神秘的纸条儿。有的男生含蓄地表示好感，相约高中毕业共同上山下乡接受贫下中农再教育；有的男生赤裸裸求爱提出"搭伴儿"要求。总而言之，一张张纸条里燃烧着青春痘的火焰，几乎将钱慧慧粉扑扑的脸蛋儿烤成橄榄色。但是她心里暗暗喜欢王宪钢。学校规定高中生不许谈恋爱，她只能忍着了。

好的，咱们走吧。王宪钢克服着腼腆心理，前头带路走出小街，上了大马路。他走在前，她随在后，前后保持五步间距。沿途既没有遇到坏学生"拍婆子"，也没有撞见半道埋伏的庞汇强。

沿着人行横道线穿过马路。王宪钢停下脚步打量自己鞋跟上黏附的中药渣子，希望彻底带走父亲半夜咳嗽的疾病。钱慧慧以为他想并肩行走，几步赶上前来，平行了。他立即加快步伐，继续保持五步的距离。这情形挺滑稽的，很像革命阵营内部出了误会——阿庆嫂押解郭建光前往目的地。

马路边卖冰棍儿的中年妇女凝视着王宪钢叫道，我看八九不离十，你是魏紫兰的儿子吧？

认出这是母亲从前小剧团的同事，王宪钢礼貌地叫了声顾阿姨。对方连声咂嘴说，听说你是七十四中的"郭建光"，好啊唱红了，超过你爹啦！

王宪钢受到表扬，不好意思转身要走。顾阿姨打开箱子剥了一根赤豆冰棍儿递过来说，好儿子你吃吧。听到叫自己"好儿子"，他下意识地接过冰棍儿，随手交给钱慧慧。她羞涩地接在手里却不好意思吃，手榴弹似的举着，满脸与冰棍儿同归于尽的表情。

临近第七十四中学，钱慧慧慌了。她衣兜里藏着一封写给王宪钢的信，十几天了没有勇气交给他。她等待时机，心里挺焦急的。

走进学校大门，钱慧慧手里的冰棍儿完全融化了，只剩下一根小木棍儿攥在手里，她不忍舍弃。

学校操场上一队学生正在练习投掷手榴弹，这是"战备课"教学内容。男生三十米及格，女生二十五米。只见一颗颗木柄"手榴弹"投向远处的防护墙。防护墙上写着"打倒美帝，打倒苏修！打倒一切反动派！"的大标语，激发着同学们的革命斗志。去年的战备课，王宪钢投了三十二米，扮演刁德一的郑卫星却投了三十四米。一时间男生们起哄说，忠义救国军参谋长为什么比新四军指导员投得远？因为郭建光同志是伤病员嘛。工宣队队长武玉国说这是反动言论，下令追查。吓得没人敢说了。

穿过教学楼，钱慧慧突然叫住王宪钢，低头搓弄着手里的木棍儿说，昨天庞汇强又给我塞了三张纸条儿，他受了警告处分还敢这样做，你说我怎么办啊？

钱慧慧说着躲到宣传栏后面，好像隔着屏风的林黛玉，完全没了阿庆嫂的革命做派。不解风情的王宪钢遇到新四军指导员无法解答的问题，这比消灭胡传魁汉奸队伍难多了。

其实，王宪钢扮演郭建光也几次收到异性同学的纸条儿。他认为这是女生们崇拜革命样板戏英雄人物——自己不过是沾了郭建光的光。他总是把这一张张纸条儿归拢起来，躲到学校角落里悄悄销毁。他知道应当为她们保守秘密，这一张张纸条儿包裹着一颗颗少女的心。

钱慧慧不是这样。她认为扮演阿庆嫂却被男生爱上了，自己挺丢人的。前些天她一股脑把纸条儿交给学校工宣队队长武玉国，委屈地哭了。

武队长认为这是大案子。组成专案组查对笔迹，从三十六张纸条儿里揪出六个男生。其中十九张纸条儿是庞汇强写的。武玉国本着"首恶必办，胁从不问"的原则，主持召开全校大会批判庞汇强资产阶级腐朽思想，当场宣布给予满脸青春痘的庞汇强行政警告处分。批判大会之后，羞辱难当的钱慧慧认为这都是自己胸高腰细的体形招灾惹祸，拼命束胸勒得脊背有了血痕。

庞汇强身上背了警告处分怎么还敢给你写纸条儿呢？王宪钢绕过宣传栏望着由于过度束胸显得气短的钱慧慧说：你赶紧把他的纸条儿烧了吧，不要再交给工宣队了。

钱慧慧转过身去压低音调说，那些纸条儿要是你写给我的，我是绝对不会交给工宣队的！

王宪钢听了这话，想跑。从童年开始延续到青春期的孤僻，使他有些落落寡合，本能地躲避着异性情感。打从扮演英雄人物郭建光开始，他才在舞台上找到了另外一个自己。因此，他感谢这位新四军指导员，甚至愿意长久驻扎"沙家浜"养伤，一日三餐九碗饭，不走了。

钱慧慧喜欢我，我喜欢钱慧慧吗？王宪钢多次清晨醒来回味梦里亲近钱慧慧的情景，躺在被窝里这样追问自己，然后自我批判：我怎么可以这样胡思乱想呢，她是阿庆嫂，我是郭建光啊！

这时候，钱慧慧鼓起勇气掏出那封信塞到王宪钢手里，转身就走。她没想到对方比自己更紧张——他伸手接过这封信溃兵似的朝学校深处小礼堂跑去。

二　大英格手表

第七十四中学文艺宣传队演员都是在校高中生，小的十七八岁，大的不过十八九。他们演出全本《沙家浜》，上矿山、下农村，走军营、进工厂，已经唱红这座城市连续演出九十九场。

今天是第一百场演出——慰问"七〇六二"国防工程建设者。中午，学校管饭。工宣队队长武玉国知道饱吹饿唱的道理。吹笛儿的、拉弦儿的发给三个馒头，这样伴奏才有劲头。用嗓子的切忌填满胃口上台，只发给一个馒头。

"七〇六二"工程指挥部派了一辆大轿车来接《沙家浜》剧组，驶进第七十四中学操场。扮演刁德一的郑卫星提前二十分钟站在车门前，好像公交售票员等待乘客们上车。

这是一个眉清目秀身材挺拔的小伙子，上身穿着蓝色工作服，胸前印有"冀渤油田"字样，说明他是石油工人子弟。石油行业是中国工人阶级的光荣，因为出了王铁人。但是石油子弟郑卫星运气不顺，起初扮演郭建光，没唱几天"朝霞映在阳澄湖上"工宣队队长武玉国便派他扮演刁德一，改唱"这个女人不寻常"了。从革命英雄变成汉奸卖国贼，好比从肉包子突然变成酸馊馊。王铁人的革命后代无可奈何地接受了命运的捉弄。

此时，郑卫星是在等候钱慧慧。在戏里扮演反面人物刁德一，与春来茶馆老板娘不共戴天，增加感情很有难度。在戏外他便蓄意制造与钱慧慧单独接触的机会，打打感情基础。但是他从来不写纸条儿，那东西白纸黑字，留下后患不好收场。

扮演沙奶奶的艾学习冲着大轿车走来，这个圆头圆脑的小伙子手里拎着演戏的"行头"，嘴上叼着一根"豆梗糖"，远看好像叼着一根雪茄烟。

自从在《沙家浜》里男扮女装饰演沙奶奶，艾学习细心揣摩老太太的语言表情和形体动作，入肌入理站稳了 A 角位置。他在戏里扮演乐于奉献的革命老妈妈，在戏外却财迷抠门儿，恨不得用唾沫粘着一只家雀。

艾学习站在大轿车前面，把叼在嘴上的"豆梗糖"吐在掌心，小心翼翼包好糖纸装进衣兜里，留着下次品味。他丰衣足食地冲郑卫星挤了挤眼睛，拎着"行头"登上大轿车，选了前排最好位置，坐下打盹了。

这家伙一根"豆梗糖"叼在嘴上吃半年。郑卫星瞧不起小里小气的艾学习，悄悄把这种厌恶情绪埋藏心底。这时候，弹月琴、拉二胡、吹唢呐的伴奏员们来了。这些人既不是正面人物也不是反面人物，而是让戏里的正面人物和反面人物愈斗愈热闹的幕后人物。郑卫星亲切地跟幕后人物打招呼，很有人缘的样子。

郑卫星望着学校食堂方向，依然不见钱慧慧的倩影，却远远望见王宪钢正在搬动宣传队的随车饮水罐。一心等候阿庆嫂反而看见郭建光，堵心。郑卫星索性转身躲到大轿车后面去了。一个扮演刁德一，一个扮演郭建光，俩人在戏里是死敌。在戏外，郑卫星单方面滋生了情敌心理。

又矬又胖的朱则良来了，他满脸冒汗把一件件道具搬到旁边大卡车上，累得好似老牛喘气。他这种任劳任怨的精神丝毫不像他戏里扮演的乱世英雄胡传魁，又抽烟又喝酒又推牌九，最后还娶了常熟城里有名的美人儿。

工宣队队长武玉国终于大摇大摆出场了。这位复员军人面孔黧黑腰板挺直，鼓眼睛翻鼻孔，一双招风耳，两眼充满血丝。他身穿洗得褪色的绿军装，大步来到卡车前，嗓音略显沙哑地指责朱则良搬运道具动作太慢，说着亮出手腕儿看了看手表——这动作好像是看瑞士"欧米茄"，其实是苏联"基洛夫"，破表走时不准。

郑卫星立即从大轿车后面走出来，跑过去帮助朱则良拾掇道具，他首先拎起阿庆嫂的铜壶，然后拿起沙四龙划水摆船的木桨，动作挺夸张的。

你主动搬运道具武队长反而训你，他这是香臭不辨好坏不分。郑卫星小声同情着朱则良，其实是调唆。朱则良面无表情地听着，继续埋头整理道具。

起初，剧组里没有朱则良的位置，他心甘情愿做了文艺宣传队的跑腿儿，不怕脏不怕累，什么杂活儿都干。武队长还是不拿他当回事儿。可巧，性格谦卑的朱则良认识了信托商店管理员，从旧货仓库里淘到三套日本黄呢军装两双大皮靴，还有日本军刀一把。他自掏腰包买下这批东西捐给《沙家浜》剧组做道具，总算赢得武队长的轻微好感。后来，第七十四中学文艺宣传队的 A 角胡传魁被北京军区文工团选走，朱则良幸运地顶替上来。

他饰演草包司令，外形接近，嗓子不做主。即使憋着声带唱黑头，还是唱不出"乱世英雄起四方"的草莽气质，经常受到武玉国的挖苦和讽刺。朱则良总是表示自己从小自卑，所以扮演胡传魁缺乏鲁莽霸道的气势。"我从小自卑"这句话，自然成了人们打趣他的口头禅。

参与着把几件道具装上大卡车，郑卫星挺身亮出手腕儿看着"大英格"手表——钱慧慧怎么还不来呢？

坐在大轿车里的艾学习从车窗里探出脑袋，羡慕地盯着忠义救国军参谋长的手表，轻轻说，郑卫星你真够牛的。谁都知道学校工宣队严格规定，在校学生不许吸烟不许喝酒不许谈恋爱，更不许戴手表。全校只有郑卫星例外，而且戴的是进口"大英格"。据说他父亲参加石油会战因公殉职，这块高级手表是遗物。郑卫星在《沙家浜》里扮演忠义救国军参谋长，这只手表兼有舞台道具性质，因此得到工宣队的"特许"。年纪轻轻的郑卫星佩戴如此名贵的手表，等于羊群里出了骆驼，泥鳅窝里出了鲤鱼。

随着"大英格"引发的羡慕，郑卫星在《沙家浜》里扮演反面人物越发引人注目。尤其曾经留学东洋的刁德一身穿黄呢军装，腰扎紫色皮带，脚踏黑色皮鞋，纵然是汉奸走狗依然风度翩翩。他在《智斗》一场手持火柴点燃香烟的动作，已经成为男生们偷偷模仿的范本。相比之下，新四军指导员郭建光灰布军装显出几分土气。红色年代土气代表着积极健康的革命力量，戏台上王宪钢仍然吸引着女生们的目光。

钱慧慧终于跑来了，蓝白花小袄黑裤子——已经扮成阿庆嫂了。每逢演出她都是提前穿好戏服，从来不做"上了轿才扎耳朵眼儿"的事情。郑卫星冲着气喘吁吁的钱慧慧笑了笑，轻轻说了声，小心崴脚。

《沙家浜》剧组成员已经坐满大轿车。没有崴脚的钱慧慧上了车，窘窘地朝车里说了声对不起。扮演刁小三的简晓铜起身把座位让给她，自己充当"站票"。简晓铜轻度近视平时戴眼镜，上台就摘了。因此，台上台下他常常找不准自己的角色，总是把泼皮刁小三演得具备高小文化程度。

武玉国大声下令发车。阿庆嫂慌忙起身说王宪钢搬运饮水罐还没上车呢。郑卫星闻声抬头，讳莫如深地笑了。

艾学习趁机掏出那根"豆梗糖"重新叼在嘴上，极其熟练地吸吮豆香的味道。这种以黄豆粉为原料的"豆梗糖"二分钱一根，一旦落入艾学习手里便成为反复应征入伍的士兵，一会儿叼在嘴上，一会儿装进衣兜，给各啬成性的艾学习带来无穷乐趣。

武玉国看到艾学习嘴上叼着"豆梗糖"犹如老鹰发现兔子，突然伸手捏住艾学习的嘴巴说，你他妈的吃糖糊了嗓子，想把革命沙奶奶唱成反动地主婆啊！

节俭成性的艾学习意识到即将失去这根宝贵的"豆梗糖"，立即将它吸进嘴里保护起来。他的嘴巴被武玉国的大手捏得发出呜呜声，好像一列小火车驶进喉咙深处开到胃里去了。武玉国充分借鉴挤牙膏手法，迫使"沙奶奶"吐出这根"豆梗糖"，然后挥手扔到车窗外面。

你再敢演出之前叼着这种玩意儿，我给你记大过处分！武玉国说道。艾学习眼巴巴看着被扔到车外地上的"豆梗糖"，好像丢失了金条。

满头大汗的王宪钢搬着饮水罐上了大轿车。他搬运饮水罐登车晚了，然而不为人知的原因是他想拖延时间找机会看看钱慧慧的信。他心里是喜欢钱慧慧的，接到她的信又慌张又兴奋，好像一匹没有求偶经验的儿马。这封信他裹在手绢里塞在书包底下，就是没有独自阅读的机会。

摆好随车饮水罐，王宪钢挤坐在郑卫星身旁。平时郑卫星身上散发一种淡淡的气味，很好闻。《沙家浜》剧组成员们整天打头碰脸，习惯了。天气渐热，大轿车里空气不流通。累得呼呼喘气的王宪钢此时从郑卫星身上嗅到这股近似奶香的味道，便紧紧将藏着钱慧慧来信的书包抱在怀里，好似抱着一只随时起跳的小白兔。

武玉国收拾了馋嘴的艾学习，随即将枪口转向王宪钢，捋起袖口看着手表指责说，你是新四军指导员迟到了一分五十八秒，这要是在芦苇荡里就贻误战机了。

郑卫星看看手腕上的"大英格"抬头告诉武玉国说，武队长您的手表跑快了吧？王宪钢上车时晚了四十六秒，不足一分钟不能算迟到，再说他还搬饮水罐呢。

郑卫星是戏里的反面人物，在戏外还是挺有威信的。王宪钢感激他为自己辩理，瞥了一眼对方手腕儿上的"大英格"。

你要是喜欢就借你戴几天吧。郑卫星低头整理着火柴和香烟——这是戏里的道具。之后，郑卫星伸出手腕儿撸下手表递给王宪钢说，你先试试吧，这玩意儿戴着挺沉的。

素常同学之间，彼此借衣裳穿，互相借帽子戴，乃是常情。至于借手表戴，这是破天荒了。王宪钢满脸通红推辞着，还是把这只"大英格"戴在了左手腕上。小心翼翼地将手表贴在耳畔，听它发出清脆悦耳的走动声，好似来自遥远世界。一种从来不曾体验的感觉涌上心头——新四军指导员倏然变成喜爱别人玩具的大男孩儿。

它多少钱啊？王宪钢动了好奇心忘了自尊心，小声询问价格。郑卫星不以为然说，一百八十五。王宪钢暗暗计算起来：母亲在街道生产组缝麻袋，每月最多十五块钱。这只"大英格"是她全年工资。爸爸唱成红角也没戴上这种高级手表，大半辈子光看家里挂钟呢。

意识到自己被这只"大英格"搅乱心态，王宪钢正要摘下手表交还郑卫星，这时有人悄悄塞来一只熟透的西红柿。王宪钢回头看到卢丽虹。卢丽虹笑了，小脸蛋儿胜似出口转内销的大苹果。这只大苹果在《沙家浜》里饰演新四军卫生员小凌，亲手掌管着医治疟疾的药品奎宁以及几个菜团子。

此时，满载剧组成员的大轿车突然偏向公路侧方，嘎地紧急刹车。人们的身体呼地前倾，一律被惯性拉长脖子，同时发出惊呼。卢丽虹赠送的西红柿也因为惯性从王宪钢手里甩出，落到前排钱慧慧怀里。

司机小声咒骂着那头突然横穿公路的大黄牛。满载《沙家浜》剧组的大轿车重新行驶起来。钱慧慧认为这只西红柿是王宪钢趁乱扔给自己的，也是对她那封信的初步回应。她回头向王宪钢投来羞涩的目光，眨着一双略显忧郁的大眼睛。王宪钢表情尴尬，一下子从气壮山河的新四军指导员变为无米下锅的新四军炊事员。

卢丽虹看着西红柿落到钱慧慧手里，气得脸色泛白。我对王宪钢的好心变成王宪钢对钱慧慧的好意，倒霉。

大轿车驶上坑洼不平的工程运输通道，一会儿东摇西晃，一会儿前仰后合，生生把一车人摇晃成木偶剧团。这时武玉国扯开公鸭嗓发出临战总动员。

毛主席他老人家教导我们，世界上怕就怕认真二字，共产党就最讲认真。今天是我们第一百场演出，也是我们向"七〇六二"工程工人阶级的汇报演出，这是光荣的政治任务！我们必须做到一丝不苟精益求精，尤其刁小三你不要以为自己是部队子弟就不严格要求自己……

脸孔清瘦的简晓铜是全车唯一"站票"，他接受武队长批评当即表态说，抢姑娘包袱那场戏我不会出现差错的，请领导放心吧。

我不放心！你演抢姑娘包袱不光要横还要犯色，流氓犯色你懂吗？武玉国逼问道。

我平时就不会耍流氓，所以戏里也不会犯色……出身警备区大院的简晓铜摘下眼镜满脸畏难情绪，嗫嚅着。

17

郑卫星及时起身指点简晓铜说，依照你的说法，我扮演刁德一必须去日本留学？你平时不会要流氓，应当学会在戏里要。这就叫艺术真实。有时候艺术真实超过生活真实……

你不要随便插嘴好不好？什么艺术真实超过生活真实！我看你演的刁德一严重缺乏汉奸走狗味道！武队长的火气转向郑卫星，目光却投向钱慧慧以及她手里的西红柿。

演出前不许吃零食，这毛病你怎么改不了呢？你是地下党员阿庆嫂，不是地主老财家的大小姐！武玉国格外关注钱慧慧的一举一动，狠狠批评着。

身材娇小的卢丽虹趁机从钱慧慧手里抢过西红柿高声说，这西红柿是我的，武队长你要批评就批评我吧。

说着，卢丽虹再次将这只失而复得的西红柿塞到王宪钢手里，满不在乎地说，新四军卫生员关心新四军伤病员怎么啦？这只西红柿属于革命同志之间的战斗友谊，谁也管不着！

满载《沙家浜》剧组的大轿车终于驶进"七〇六二"工程驻地。

大轿车停稳了。卢丽虹小鱼儿似的游向王宪钢，当着众人面大声催促说，你怎么不吃这只西红柿啊？它又不是馒头胀肚嗳气，吃吧吃吧，补充维生素对革命样板戏也有好处啊！

什么维生素啊，戏还没开演你这新四军卫生员就上任啊？武玉国好像难以整治卢丽虹，只挖苦了一句就匆匆下车去了。

王宪钢心里惦记钱慧慧小声问卢丽虹说，武队长对钱慧慧特别严厉，对你挺宽大的。

因为武队长看上了钱慧慧呗！他对她越严厉越说明问题。卢丽虹翻着白眼问道，你知道也有人看上你了吗？

我不知道啊。王宪钢木头人儿似的应答，跑下大轿车，匆匆去后台扮戏了。他猛然发现自己左手上还戴着郑卫星的"大英格"，就四处寻找它的主人。

后台小屋里钱慧慧坐在镜前化妆扮戏，她将两条辫子盘在脑后变成一只"篡儿"，立即活脱脱一个阿庆嫂了。演戏就是神奇，戏里与戏外，好比隔着一道门槛。钱慧慧化了妆，一步迈过这道门槛就从略显青涩的姑娘变为极其成熟的少妇。王宪钢站在门口出神地望着镜子里的少妇，弄不清楚自己是在戏里还是戏外。

镜子里的钱慧慧看见王宪钢，低下头去。王宪钢很想告诉她还没找到机会读她的信，郑卫星来了。

王宪钢只得转向郑卫星，伸出手腕示意归还手表。忠义救国军参谋长大幅度摆手说，你先戴着吧，到时候我找你要就是了。

王宪钢知趣地退下来，心思却乱了，不知是想着阿庆嫂还是想着钱慧慧。听见胡琴调弦，很快就要开演了。他强制自己进入新四军指导员角色，恍恍惚惚成了郭建光。

"七〇六二"工地一座用苇席扎成的简易大礼堂里，座无虚席。迎面墙上垂挂两幅大标语，一幅是"加强纪律性，革命无不胜"；一幅是"提高警惕，保卫祖国，要准备打仗"。

首长们前排就座，有穿军服的，也有着便装的。观众主要来自"七〇六二"——国防工程的建设者，他们头戴柳条安全帽身穿蓝色工作服，亮开喉咙"拉歌"。

这一边唱罢毛主席语录歌《我们共产党人好比种子》，那一边唱起毛主席诗词歌曲《长征》和《三大纪律八项注意》……歌声此起彼伏，充分体现了团结、紧张、严肃、活泼的革命气氛。

第七十四中学文艺宣传队演出的革命样板戏《沙家浜》开锣了，台下响起工人阶级的热烈掌声。

〔幕启：沙四龙由树后拨开草丛上，侦察四周，脚下一绊，翻"小毛"，警惕地张望，向幕内招手。

〔阿庆嫂上，后随赵阿祥、王福根。

阿庆嫂 （唱"西皮摇板"）

程书记派人来送信，

伤员今夜到镇中。

封锁线上来接应……

〔沙四龙吹苇叶为联络暗号，无反应。沙四龙欲沿公路去寻找，阿庆嫂急忙制止。

阿庆嫂 （接唱）

须防巡逻的鬼子兵。

〔阿庆嫂拉着沙四龙，示意赵阿祥暂时隐蔽。王福根突然发现程谦明走来，急回身招呼阿庆嫂。

王福根 阿庆嫂！来了！

〔程谦明上。

程谦明　阿庆嫂！老赵同志！

阿庆嫂
赵阿祥　程书记！

阿庆嫂　伤员同志都来了吗？

程谦明　同志们都来了。你看，郭指导员来了。

　　　　〔郭建光上，亮相。叶思中、小虎随上。

郭建光　（向叶思中）警戒！（向程谦明）程书记！

程谦明　我来介绍一下：这是郭指导员。这是沙家浜镇长赵阿祥。
　　　　这就是阿庆嫂，她是这儿的党支部书记，又是联络员，她
　　　　的公开身份是春来茶馆的老板娘。她的丈夫阿庆，是我们
　　　　党的交通员。

阿庆嫂
赵阿祥　郭指导员！

　　这是第一场《接线》。表明了阿庆嫂的真实身份，尽管她还穿着绣花鞋。
一身老百姓装束的郭建光身着灰色中式上衣蓝色中式裤子，左胳膊吊着白色
绷带，说明他负伤的部位。

　　"七〇六二"工程建设工地以男性为主，女性极少。人们自嘲说这里飞过
一只母蚊子都会引起骚动。因此，阿庆嫂的出场倏地吸引了台下无数目光。
这一束束目光宛若聚光灯，将扮演阿庆嫂的钱慧慧照耀得光彩照人。今天，
台下的观众们并没有发现，台上的郭建光不敢与阿庆嫂对视。

　　演到第二场《转移》，郭建光左胳膊没有绷带了，只是左手腕儿上缠了一
圈儿鼓鼓囊囊的白纱布，表明他的伤势大为好转。

　　工人们对革命样板戏《沙家浜》太熟悉了，第二场《转移》，第三场
《勾结》，第四场《智斗》，第五场《坚持》……耳熟能详。

　　终于到了郭建光演唱的那段著名的"西皮原板"："朝霞映在阳澄湖上，
芦花放稻谷香岸柳成行……"

　　果然，台下台上互相呼应，一时形成连天接地的群体大合唱。"全凭着劳
动人民一双手，画出了锦绣江南鱼米乡……"

　　台上，新四军指导员受到强烈感染，动情地演唱着："祖国的好山河寸土
不让，岂容日寇逞凶狂！战斗负伤离战场，养伤来在沙家浜……"

终于演到第四场，这是最受观众欢迎的《智斗》。身材挺拔的刁德一身穿黄呢军装腰佩皮带手枪，浑身洋里洋气。草莽司令胡传魁体态矮胖，头戴军帽却是满身江湖气。阿庆嫂则不胖不瘦不高不矮，稳重之中透着精明，热情活络又不失分寸，散发着成熟女性的魅力。

这三人在春来茶馆里开始《智斗》了。无论台上台下，没人注意到今天忠义救国军参谋长没戴手表，香烟倒是照吸不误，动作依然潇洒。

哈哈！坐在前排中央位置的市工业生产指挥部政治处尹主任对身旁的警备区刘副政委说，这一群小家伙演出《智斗》这场戏，绝啦！我看啊，阿庆嫂的水平不亚于洪雪飞，刁德一的水平不逊于马长礼，胡传魁的水平不输给周和桐，热热闹闹一台戏啊！

性格爽快的刘副政委颇为赞赏地说，好，过几天我就把他们原班人马弄到我们独立二师文工团去，当天发军装，特招嘛。

尹主任发起阻击，伸手拍着大腿说，你不要拿拥军爱民压我，这次我绝对不放人，一个也不给你！

老尹，你这是狭隘的地方主义哟。刘副政委不满地说。

台上演到第五场《坚持》。这是"十八棵青松"的重头戏。身穿灰色军装的郭建光左手腕儿上依然缠着一圈鼓鼓囊囊的白纱布，看来伤势没有痊愈。

十八棵青松即将抗击暴风雨，现场观众气氛热烈起来。

芦苇荡里，王宪钢唱出"这几天，多情况，勤瞭望，费猜详，不由我心潮起落似长江。"韵味十足，不愧人称"小谭元寿"。

由于对岸沙家浜方向传来几声枪响，敌情不明。潜伏在芦苇荡里的郭建光唱道："为什么阿庆嫂她不来探望?"这几句王宪钢唱得饱含深情，目光里流露出强烈的期待与想念。

坐在台下前排的警备区刘副政委不由夸赞说，这个演郭建光的演员入戏了，演员只有入戏才能动情啊。

是啊，演员不入戏，一辈子西瓜皮！市工业生产指挥部政治处尹主任大声评论道。

〔班长内喊："指导员!"持芦根、鸡头米跑上。小凌、一战士随上。

班　长　指导员你看，这芦根、鸡头米不是可以吃吗?

郭建光　是可以吃呀！同志们，只要我们大家动脑筋想办法，天大的困难也能够克服！毛主席教导我们：往往有这种情形，有利的情况和主动的恢复，产生于"再坚持一下"的努力之中。同志们！

（唱"西皮散板"）

困难吓不倒英雄汉，

红军的传统代代传。

毛主席的教导记心上，

坚持斗争，胜利在明天。

同志们！（纵身跃上土台）这芦苇荡就是前方，就是战场，我们要等候上级的命令，坚持到胜利！

众战士　对！我们要等待命令，不怕困难，坚持到胜利！

〔风雨骤起。

小　虎　暴风雨来了！

郭建光　（英雄豪迈地鼓舞斗志，慷慨激昂地唱"唢呐西皮导板"）

要学那泰山顶上一青松！

这时候，缠裹在郭建光左手腕儿上的白纱布突然脱落，赫然露出一只手表。显然他没有察觉，继续唱着。舞台灯光照耀下，这只手表明晃晃亮闪闪，招惹着观众的目光。现场轰的一声炸了锅，台下看戏的工人们纷纷嚷嚷起来。

哎！郭建光戴了刁德一的手表！你们这是怎么搞的？

新四军指导员戴了汉奸参谋长的手表，演砸啦！

乱套喽！敌我不分喽！阶级阵线全乱喽！

台上，新四军指导员郭建光正在率战士们跟暴风雨搏斗着。王宪钢察觉台下观众骚动，却不知道哪里出了问题，还在尽情唱着。

台下乱哄哄的，好像沸了粥锅。《沙家浜》第五场《坚持》匆匆闭幕。

武队长冲向后台吼道，王宪钢你昏了头啊？观众们急啦！你他妈的是新四军指导员郭建光，为什么戴了忠义救国军参谋长刁德一的手表？这么重要的一场演出让你给毁啦！

啊！王宪钢如梦初醒，低头看着戴在左手腕上的"大英格"手表，傻了眼。

这是一起严重的政治事故，我看你怎么向工人阶级交代！身穿褪色军装的武玉国气得双手叉腰，把自己弄成一尊黄铜双耳大茶饮。

我……我把白纱布缠在左手腕儿上，这样裹住了手表。王宪钢慌忙解释说，没想到白纱布脱落了，手表露了出来……

你说得不对！扮演卫生员小凌的卢丽虹跑过来做证说，上台之前你非要把手表摘下来还给郑卫星，是他把白纱布缠在你手腕儿上，还说这样就裹住了！

我不管谁造成的！反正工人阶级眼里不揉沙子，郭建光戴了刁德一的手表，这就是阶级立场问题……武队长使劲跺脚发布命令说，卢丽虹，你代表全体演员向观众道歉，马上！

卢丽虹立即伸手撩开幕帘走到前台，将《毛主席语录》捧在胸前对着全场观众大声朗诵道，伟大领袖毛主席教导我们说，因为我们是为人民服务的，所以我们有缺点就不怕别人批评指出……

尹主任大步走进后台脸色铁青说，我命令你们调整情绪继续演出，不许再出丝毫差错！

第六场《授计》开始了。钱慧慧扮演的阿庆嫂从屋内走出，看天望水，心情沉重。其实，她心里惦念出了演出事故的王宪钢，这段"风声紧雨意浓天低云暗"唱得忧心忡忡，恰恰表现了阿庆嫂此时此刻的焦虑心情，显得十分投入。坐在台下的尹主任板着面孔说，这个阿庆嫂倒是进戏了，那个郭建光为什么戴了刁德一的手表呢？乱弹琴！

第一百场《沙家浜》演出终于收场了。剧组人员慌乱地拆卸着道具，狼狈不堪好像败仗之后的大溃退。

钱慧慧顾不得卸妆追着王宪钢说，你不应该戴郑卫星的手表，他是汉奸参谋长啊……

满脸汗水的郑卫星摘下忠义救国军的黄呢帽子当作扇子扇着说，谁也没有想到那圈儿白纱布当场脱落啊，啧！

王宪钢听见有人小声哭泣，一看是卢丽虹。这位新四军卫生员眼泪汪汪对他说，你非得戴郑卫星的手表啊？谁不知道他心里憋着想演郭建光，巴不得你演砸了呢……

卢丽虹你不要制造矛盾好不好？郑卫星不以为然地说，既然是我把手表给王宪钢戴的，这次演出事故我承担主要责任好不好？

你承担主要责任管屁用！还不是王宪钢承担恶劣影响？卢丽虹毫不谅解。

草包司令朱则良脱下黄呢军装，动手和着稀泥说，我和郑卫星在戏里是坏人，在戏外都是革命同志嘛。

《沙家浜》剧组成员登上返回学校的大轿车，一路上工宣队队长武玉国开始批判王宪钢。

今天的演出事故绝非偶然。一个人不是全心全意演戏，反而沉溺在不健康的错误思想情调里不能自拔，演出当然要出问题！王宪钢你以为我不知道哇，你私下里跟钱慧慧接触频繁，这种卿卿我我的小资产阶级情调，你也必须做出深刻检查！

什么？坐在大轿车前排的卢丽虹呼地站起，满脸疑惑看着王宪钢问道，你真的跟钱慧慧卿卿我我……

钱慧慧哇的一声哭了，武队长，你不要歪曲事实嘛……

斗志昂扬的阿庆嫂在《沙家浜》里从头到尾没有哭戏，充满革命乐观主义精神。此时，流泪的钱慧慧令人感到陌生，好像素不相识的姑娘在车里哭泣。

王宪钢暗暗寻思，武队长是不是知道了钱慧慧给我写信的事儿，才敢红口白牙说我们小资产阶级情调？转念想武玉国是不会知道的，这才放下一颗悬着的心。

大轿车驶进第七十四中学大门。工宣队队长武玉国宣布出了演出事故的王宪钢留校写检查。郑卫星挺身而出表示自己也要留校写检查。

不依不饶的卢丽虹好似一尊小型迫击炮继续轰击说，郑卫星你死乞白赖把手表给王宪钢戴，现在出了事故你就别冒充大尾巴鹰啦！

忠义救国军参谋长被新四军卫生员轰击得头晕脑涨，电线杆子似的戳在原地不动。面对这种难以收拾的场面，钱慧慧也没了阿庆嫂精明强干的风采，一时不知如何帮助王宪钢。

远处，满脸青春痘的庞汇强手里捏着两根奶油冰棍儿，等待机会献给心中偶像。这时工宣队队长武玉国冲钱慧慧努了努嘴说，我有事情找你，谈话！

王宪钢背着书包，独自走向学校主楼。他加快脚步沿着楼梯进入地下室。左手第三间是存放《沙家浜》道具的地方。隔壁是工宣队存放物品的库房，里面沉睡着游行队伍的彩旗和联欢会上的鼓钹。他推门走进存放道具的房间，四周静悄悄的。

终于有了独处的时间，他立即从书包里翻出那封裹在手绢里的信，心儿咚咚跳着，震得耳膜作响。

钱慧慧的来信是两页作文纸，抬头是"宪钢你好！"，王宪钢仿佛听到她的声音，一字一句读着。

钱慧慧首先谈到互相学习共同进步的问题，表示入团只是开始，今后还要争取入党。王宪钢了解她的性格，内柔外刚。内柔似水来自她的本性，外刚则是阿庆嫂赋予她的舞台风貌。

看到第二页，王宪钢终于读到这样的段落，令他心跳过速呼吸急促。

> 宪钢，我们在戏里是革命战友，今生不可能永远驻扎在沙家浜，革命战友必然分离，想到这些我心里恋恋不舍，有时候还很难过。然而，想到在戏外我们还是革命同志，又高兴了。可是又想到革命同志由于革命工作需要也是要分离的，就又伤心了。所以我想，既然我们在戏里是革命战友在戏外还是革命同志，就应当永远不分离吧？这是我的心里话，希望能够得到你的回应。我有这个想法时间挺长了，就是不好意思表达。今年我们毕业面临上山下乡，所以我给你写了这封信……

其实还有结尾部分，王宪钢却不敢读下去了，连忙收起这颗跳动的心，用手绢重新包好藏到书包里。他也不知道自己为什么这样做，只觉得喉咙发干眼睛发胀，起身围着桌子转了一圈儿，还是稳不住心。

一股莫名的情绪使他体验到又喜又怕又兴奋的心理，强迫自己坐下来写检查。钱慧慧的影子还是在眼前晃动着，他冲动起来——青春怪兽在体内撞来撞去几乎就要挣脱捆绑。他立即起身做着深呼吸，渐渐平复着小动物的骚动。

还是专心写检查吧！铺开稿纸握起圆珠笔，心猿意马写下一行文字，他一看竟然是"钱慧慧你好！"他立即把它撕得粉碎，轻轻捧起扔到身旁纸篓里。

这是王宪钢第一次写检查。他宁愿口头检讨也不愿动笔。这次的"手表事件"，口头检讨肯定难以过关，必须动笔。

写着写着，王宪钢挠头了。关于手表的检讨，好写。关于小资情调，不好写。武队长说我小资产阶级情调卿卿我我，这是乱扣帽子。转念想到自己阅读钱慧慧来信引发的冲动，认为这是见不得人的，便暗暗怪罪自己。

隔壁好像有了响动。王宪钢停笔凝神侧耳细听。一壁之隔的库房传来嘭嘭的沉闷声响。这令他想起小时候看的一本童话小人书：一只装满粮食的大麻袋追着一只轻盈的小麻袋，企图给小麻袋身体里装满粮食……

这时听到咣当一声门响，好像隔壁有人脚步咚咚跑了。这就是小麻袋吧？

王宪钢起身开门想看个究竟，却一头撞进来卢丽虹。她连连摆手示意不要出声，好像一说话就会引爆隔壁的满屋炸药。

她踮起脚尖儿凑近他耳畔，轻声急语地讲述起来。王宪钢心跳加快，下意识地躲避着。她一步一近地说，我来找你可是推错了门，正好看见武玉国伸手拉扯钱慧慧呢！趁着门响钱慧慧逃脱了。好在武玉国没瞧见我，嘻嘻。

武玉国怎么能这样呢？王宪钢听到钱慧慧这种遭遇，急得围绕春来茶馆桌子转圈儿说，钱慧慧毕竟是阿庆嫂，她应当受到尊重和爱护啊。

是啊，人家还有阿庆呢，凭什么落到你武玉国手里？咱们溜号吧，反正那色狼现在也顾不得你啦。卢丽虹伸手收起稿纸和圆珠笔说，我送你回家去，你要是没词儿我替你把检查写完！我作文水平不错呢。

卢丽虹说着拉起王宪钢就走——犹豫不决的新四军指导员跟随敢作敢为的新四军卫生员跑出空旷无人的地下室，立即融入昏暗的天气里。走出校门上了大街，王宪钢在前，卢丽虹殿后，朝着回家方向奔去。

大街上，小剧团出身的顾阿姨推着冰棍儿车回家，望着王宪钢的背影自言自语，这小子唱样板戏挂了头牌老生，上午还是一青衣陪着，下晚儿就换成一花旦啦！活像他那风流成性的老子！

一连几天没有演出任务，王宪钢终于写出这份检查，但是握在手里不交。从小学他就是服从指挥的好学生，做事雷厉风行。这次写检查却尽力拖着不办，以此表示对武玉国的不满和对钱慧慧的声援。

自己暗暗喜欢的姑娘在地下室里遭到工宣队队长的纠缠甚至欺负，王宪钢当然感到愤慨。由于性格使然，他的情绪偏于清淡型——即使沏茶也不会多么浓酽。那天在地下室他并未向卢丽虹流露对武玉国的鄙夷，心里却认为让武玉国这种人当领导好像让猴子坐在县衙升堂问案，既滑稽又可悲。因为堂下被猴子审问的是——人。

拖到第六天下午，王宪钢无奈地交了检查，总共三千八百多字。工宣队队长看了两眼就说他对错误性质认识不深刻，必须继续深挖思想根源。王宪钢觉得自己被猴子批评着，低头不说话。武玉国当场退回他的检查要求重写，之后不阴不阳地说，你就等着上山下乡吧。

操场上，他远远看见钱慧慧站在那株大树下，好像等待他的走近。他不知道怎样和她打招呼，转身溜出学校大门。沿着边道走出几十米，他回头看

26

到钱慧慧站在学校大门口，吓得撒腿就跑。

他哪里知道，钱慧慧在等待他的回信，度日如年。一路上，他不断审问自己：你既然喜欢钱慧慧为什么躲避人家呢？他绞尽脑汁找不出答案。傍晚天色里，他闷闷不乐走进家门，看见妈妈正在包饺子。

到了晚间七点钟，魏紫兰动手煮饺子说，你爸这些天在区里参加学习班，你先吃吧别饿着。王宪钢表示等父亲回来全家一起吃饭。魏紫兰当即表扬儿子孝顺，说，你爹没有白养活你。

王宪钢告诉妈妈，郭建光跟芦苇荡里新四军伤病员同甘苦共患难，做儿子的等候爸爸回家吃饭这是本分，用不着表扬。

魏紫兰想起芦苇荡不禁问道，你们那几个让来让去的菜团子，伤病员谁也不好意思吃，最后放馊了吧？

王宪钢不知如何回答母亲，只得说宣传队里扮演十八棵青松的小伙子们，平时饭量都挺大的。

这时候，咣当一声门响卷起一阵旋风，身穿崭新工作服的王云亭大步跨进家门，好像来了踩着风火轮的哪吒。

魏紫兰瞅着丈夫穿着新行头，愣了，迈着小碎步上前探问道：我说孩儿他爸爸，你这是唱的哪一出啊？

哪一出？王云亭满脸铁树开花的表情说，我到区里参加几天学习班，今天把我分配到玻璃纤维厂去了，不再看管自行车啦。

我一个唱戏的加入工人阶级队伍了。王云亭指着印在工作服胸前"玻璃纤维"四个字说，这是国有大企业哟。以前我唱戏动不动就得挨整，还上纲上线。当了工人多好啊，走到哪儿都受人尊重！进工厂多好啊，这套工作服就是今天发的。操……

艺名"小达子"的王云亭平时举止文明、说话干净，此时过于激动竟然吐出一个脏字。儿子听说父亲告别自行车棚进了工厂，猫腰从柜子里摸出一只瓶子说，我给您打酒去，咱们全家好好庆贺一下。

多年萎靡不振的"小达子"提高嗓门说，好儿子，今天爸爸是要喝两盅！

手里拎着酒瓶子王宪钢跑进副食店打酒，正在关门的售货员说没货。王宪钢想起附近一家小酒馆，转身奔去。这家小酒馆卖酒，必须搭配酒菜。半斤山芋干儿酿造的烧酒，搭配一盘凉拌螺牛儿。半斤烧酒五毛钱，一盘凉拌螺牛儿竟然一毛五分钱。

小酒馆里站起满嘴酒气的丁德绍。他看见王宪钢打酒就知道有了免费晚餐，一路跟随着就来了。

看见烧酒和凉拌螺牛儿后面跟进来丁德绍，王云亭勉强笑了笑。"丁大少"当头道喜说，我想不到你也成了工人阶级一员！说罢落座拉开喝酒的架势。女主人魏紫兰不知如何是好，偷偷瞅着丈夫的脸色。

王云亭面不更色，招呼妻子摆桌子，说道，我说"丁大少"，你这两年在修配服务公司当了管儿匠，比我早穿两年工作服。俗话说好饭不怕晚。今天我进了玻璃纤维厂成了正儿八经的产业工人，总算没有被你甩下太远。

这样说着，王云亭跟丁德绍碰了碰酒盅，一扬脖儿干了。颇有酒量的客人当即回敬一盅说，"小达子"今天喜事临门，我现在回家取胡琴，你好好唱几段梆子痛快痛快！

你别添乱啦！从今往后不许再叫我"小达子"。我进工厂当工人，这是狗熊穿马褂——成了人啦。你他妈的不要再跟我提唱戏这码事情……

王宪钢知道父亲没有酒量，只喝了两盅嘴里便添了"国骂"，顿时担心了。好在"丁大少"不计较言辞不在乎脸色，一门心思喝着不花钱的便宜酒。

魏紫兰叮嘱客人说，酒是我家的，肚子是你自己的。老丁你少喝点儿吧！

看到母亲如此关照姓丁的，王宪钢伸手去夺父亲的酒盅说，爸，您咳嗽得厉害就别喝啦。

满脸涨红的王云亭憋粗了脖子说，你小子敢给老子做主，一边儿待着去！

挨了父亲的骂，王宪钢心里委屈扭身去小厨房煮饺子。他心头笼罩着一层薄雾，总觉得父亲与"丁大少"之间，好像有着旁人不知外人不晓的故事。这时他又想起钱慧慧，就把饺子扑通扑通下到锅里了。腾起的热气里仿佛看到钱慧慧的面容，他走神了。我应当给她回信，告诉她不论革命战友还是革命同志，即使分离心还是在一起的。这样想着，他突然感到幸福的滋味，禁不住笑了。

端着一盘热气扑面的饺子，王宪钢送到桌前。父亲瞪着充满血丝的眼睛望着儿子，之后转向"丁大少"说，我儿子是个好孩子啊。

酒桌空气凝重起来，好像即将发生什么事情。丁德绍嘿嘿笑着继续向王云亭劝酒。王宪钢抢过酒瓶说，我爸爸不能喝了，丁伯伯您要是非喝不可我奉陪到底！

丁德绍抬头遇到革命后代的冷峻目光，顿时慊了，只得放下酒盅说不喝

28

了。这时王云亭身子倾斜脑袋低垂，咕咚醉在桌前。

魏紫兰抿撑着双手，高声埋怨丁德绍。王宪钢弓身抱起父亲送到里间屋的床上。一瞬之间，王宪钢觉得自己长大成人了。

父亲脸色苍白双目紧闭，嘴里发出含混不清的声音。儿子转身去外间屋给父亲取湿毛巾，一眼看见母亲抄起筷子给丁德绍饭盒里装满饺子，小声叮嘱他回家煎热了吃。

"丁大少"捧起沉甸甸的饭盒侃侃而谈，吃饭也有吃饭的规矩。无论多么小的饺子，你都不能囫囵吞了，有身份的人吃饺子，先咬一小口儿放出热气……

王宪钢盯着对方问道，丁伯伯，你是存心把我爸灌醉的吧？

魏紫兰近乎哀求地望着儿子，转身催促客人快走。里间屋传出王云亭的呻吟，一声声召唤着儿子。

好儿子我告诉你，人生在世讲究两个字儿，一个忠，一个义，忠是对国家，义是对朋友……

魏紫兰送走丁德绍低声叹气说，你爸这人，心比天高，命比纸薄。大半辈子跟自己较劲呢。

拾掇桌子，洗脸烫脚。关灯睡了。一片黑暗里，躺在外间屋床上的王宪钢眼巴巴瞪着天花板，等待父亲睡熟。他想重读钱慧慧的来信。枕头下藏着袖珍手电筒。

他蒙着被子打开手电筒，一字一句读着，再度激动不已。这时候被子被轻轻掀开，吓了他一跳。

黑暗里，母亲魏紫兰站在床前，无声地笑了。好儿子，这几天我看出你心神不定，这是谁给你写的情书？妈妈是过来人，不能瞅着你走偏了，哈。

王宪钢披衣坐起，望着黑暗里的母亲。魏紫兰坐在床边抚摸着儿子的头发说，你这辈子有两次投胎，第一次是我生了你，你爸你妈都是唱戏的，旧社会人称下九流。第二次投胎是通过结婚改变身份，比如你做了高干家庭的倒插门女婿，这就等于是高干子弟啦！所以你不能随便浪费第二次投胎的机会。你告诉我这情书是谁写给你的？

毫无恋爱经历的王宪钢拉住妈妈的手说，这是钱慧慧写给我的信，我还不知道怎么办呢……

钱慧慧？这丫头的家庭情况我知道，尤其是她爹！你不能跟这丫头搞对象！你这辈子可以唱戏，搞对象娶媳妇不能找唱戏的……

钱慧慧不能算是唱戏的。再说了，您不就是唱戏的吗？我爸爸还是娶了您啊！王宪钢反问道。

我跟你爸是特殊情况，再说钱慧慧的母亲……反正你不能去蹚这趟浑水。

什么浑水？王宪钢如坠五里迷雾，不明白妈妈的意思。魏紫兰只得说了心里话，你相貌出众人品好，我希望你跟干部家庭的女孩结婚，做人上人！

你这种思想是错误的……王宪钢认为母亲思想境界偏低，伸腿躺下给了魏紫兰一个背影。

傻小子，人生在世，一步走错步步错。过几年你会明白这个道理的。黑暗里魏紫兰回到里间屋去了。

听见醉酒的父亲哼哼了几声，王宪钢悄悄藏好钱慧慧的信，睡了。

半夜里，王宪钢被母亲的尖叫声惊醒。他冲进里间屋看见母亲端着一只脸盆跪在床前。父亲已经吐了几口鲜血。

您这是喝醉酒呛破了气管吧？王宪钢穿好衣裳背起父亲出了屋。迎着扑面夜风，他踏着三轮车一鼓作气将父亲送到工人医院。

进了急诊室王云亭还在念叨着，好儿子别害怕，爸爸是国营企业工人，爸爸有公费医疗看病报销……

陪坐在急诊室病床前，王宪钢听见父亲自言自语：我的命怎么这么苦啊，刚刚当上国有大企业工人就病啦。

父亲住院了。天亮了王宪钢想起上午必须去学校交检查，只得将父亲交给母亲照看，还特意叮嘱几句。

魏紫兰无奈地对儿子说，我跟你爸做了二十年夫妻你还不放心啊？傻小子。

一路奔跑走进家门。那只残存血迹的脸盆还扔在地上。半夜父亲吐出的几口鲜血，有些干涸了。王宪钢的泪水滴滴答答落在脸盆里，融入父亲的鲜血中，散发出一股咸咸的血腥味儿。他情不自禁伸出手指蘸着血迹在写检查的稿纸上写了"王云亭"三个字，然后又写下自己的名字"王宪钢"。

他仔细端详这六个血写的大字：王云亭—王宪钢。好像一位研究汉字的学者，思忖着。云亭就是云彩上的亭子，那是神仙住的地方。宪钢就是宪法炼钢，把矿石炼成铁坯，再把铁坯炼成钢锭……父亲不愿意让我唱戏，我偏偏唱了戏。父亲唱了大半辈子戏，他偏偏愿意去工厂当工人。

有人咚咚敲门，声音挺急。王宪钢起身开门看到满脸大汗的钱慧慧站在

30

门外。她看见地上扔着那只血迹残留的脸盆，吓得叫了一声。王宪钢立即向她解释原因，说，我爸半夜吐血住医院了。

怪不得我夜里梦见你，敢情你家真的出了大事儿！上级决定把咱们学校《沙家浜》剧组集体转入华北电机厂，这是属于特殊招工，市劳动局批了二十二个指标……

特招？这么说咱们都成了国营企业工人，不用上山下乡插队落户了？王宪钢又惊又喜，一时忘了父亲的病。

可是……可是只甩下你一个人！钱慧慧使劲儿咬了咬嘴唇，终于说出这个坏消息。武玉国宣布特招名单的时候说，你出了演出事故，性质严重、影响恶劣，人家华北电机厂不愿意要你，所以把你甩下了。

王宪钢受到意外打击忍不住说，凭什么甩下我一个人呢？

一阵沉默。钱慧慧红了眼圈说道，咱们不能同台演戏了，今后你要是上山下乡更难见面了，但是我跟你……

噢……王宪钢知道自己面临上山下乡的命运，反而更应当回避钱慧慧的感情。他咬紧牙关说，你的信我看了。

你看啦？钱慧慧神色紧张起来，低头看着鞋尖等待王宪钢表明态度。

我要是上山下乡了，在农村文艺宣传队也可以继续演郭建光的，那里也会有阿庆嫂啊。王宪钢把话题扯到毫不相干的地方，不切入正题。

钱慧慧几乎从阿庆嫂变成林黛玉，眼泪汪汪重申道，刚才我说过了，即使你上山下乡成为新时代农民，我还会跟你保持革命友谊的。

你不要给我写信了，因为你现在是工人我即将是农民，这很不合适的。

你就是你，我就是我，这跟谁是农民谁是工人没有关系！钱慧慧有些急了，抬头注视着态度暧昧的王宪钢。

时间在墙壁上爬行，爬得光线暗了。钱慧慧得不到明确回应，赌着气扭头就走。王宪钢一把拉住她说，我把你的信给我妈妈讲了……

什么！钱慧慧推开他瞪大眼睛说，这是咱俩的事情你怎么会告诉你母亲呢？你这样做是不对的！

我……王宪钢吞吞吐吐，一时不知如何解释。钱慧慧显然急于得知答案，小心翼翼问道，你妈妈说什么啊？

王宪钢摇了摇头，一时说不出话来。钱慧慧身体微微颤抖，追问，你妈妈到底说什么啊？

王宪钢无奈地撒谎说，我妈妈，我妈妈没说什么……

你妈妈没说什么，那你是怎么想的呢？钱慧慧不相信自己的初恋就这样夭折了。

我……王宪钢跑到厨房去了。钱慧慧怪异地笑了。即使他母亲不同意，他如果喜欢也不会这样躲闪吧？

王宪钢从厨房跑回来，左手拿着湿毛巾，右手端着一杯水，一时不知先递毛巾还是先递水杯，满脸窘相。

她怀着受挫心理要求他退还那封信，其实是做出最后的试探。他慌手慌脚把藏在枕套里的信翻出来，迟疑地递给她。

绝望的钱慧慧仍然做最后努力问道，是不是因为我身上有很多缺点，所以你才……

王宪钢摇了摇头表示不是这样。钱慧慧不抱任何幻想了，轻轻将手里的信纸撕成碎片儿说，既然这样，就等于这件事情没有发生。请你不要把我写信的事儿讲出去，尤其请你母亲不要把我写信的事儿讲出去，行吗？

我向你保证不把这件事儿讲出去！王宪钢高声发誓让对方安心。听到他如此痛快地表态，钱慧慧彻底死了心。此时，王宪钢反而陷入迷惘地说，其实，其实我也弄不明白自己为什么这样做……

钱慧慧当然认为这是搪塞，说了声再见扭身走了。王宪钢下意识追到院里，不由僵住脚步。他好像一棵死树立在原地等待砍伐。

是啊，我心里喜欢钱慧慧为什么又不接受她呢？回到屋里，他还是弄不明白这个问题。我不是母命难违，也不是对钱慧慧没有感情，更不是被工厂"特招"就甩掉了心里自卑……我到底是为什么呢？王宪钢只得承认自己的懦弱——分明就是一只守着河水最后被渴死的小动物。

天色完全黑了。他呆呆站在屋里，禁不住流下内容复杂的泪水。

忽然一声门响，魏紫兰哭叫着冲进屋来。坏啦坏啦！大夫说你爸是晚期肺癌，可能活不了几天啦！他吐血是气管附近的淋巴破了……

晚期肺癌……王宪钢竟然异常冷静。他紧紧搂住浑身哆嗦的母亲，告诫自己不要慌张。

妈，我爸刚进国有大厂当工人就病倒了，他的命怎么这么苦啊……王宪钢握紧拳头说，我想尽办法也要让我爸活下去！

魏紫兰止住哭声，摸索着掏出钥匙打开柜子抻出银行存折说，这一百二十块钱存款全都给你爸爸补充营养!

妈,我还有五块八的存款……王宪钢低头看见自己刚才在稿纸上用血写的名字:王云亭—王宪钢。

是啊,一个人的名字就是一道咒语,一念就是一辈子。父亲是云彩上的一间亭子,总想往高处走。好不容易当了工人却得了这种不好治的病。他给我取名宪钢就是宪法炼钢,这炼钢也不是简单的事情啊。

那就炼吧,那就炼吧,反正我要让爸爸活下去!王宪钢突然放声大哭。

三　父与子

身材修长挺拔的郑卫星身穿胸前印有"冀渤油田"字样的工作服径直走到王云亭病床前，肃立着。正在打针的女护士嗅到一股好闻的味道，不由投来惊异的目光。郑卫星有节制地朝女护士笑了笑，这样子显得很帅。

其实，郑卫星进厂报到当天就发了崭新工作服，胸前印着"华北电机"字样，特别来劲。《沙家浜》剧组成员争先恐后穿在身上，抢着融入工人阶级队伍。

善解人意的郑卫星来到医院探视王云亭，特意脱下崭新的"华北电机"换上半旧的"冀渤油田"，以避免给王宪钢带来不快。是啊，《沙家浜》剧组集体"特招"进入国有大企业，唯独甩下王宪钢一个人，这确实令人难堪。自从父亲在冀渤油田因公殉职，郑卫星一夜之间成熟起来。他知道自己的人生道路上没了援军，完全凭自己坚守阵地。父亲参加油田灭火献出生命，成为一时传颂的英雄。然而儿子却知道在和平年代里成为英雄的机会很少，因此越发向往在戏里成为英雄。偏偏工宣队队长武玉国让他扮演反面人物刁德一。每逢清明祭祀，郑卫星都暗暗发誓要扮演革命英雄人物以告慰父亲在天之灵。这个念头成了心里解不开的疙瘩，无法穿过任何针孔。

站在病床前注视着身患绝症瘦骨嶙峋的王云亭。当初无论戏里戏外他都是令人瞩目的当红角色，如今躺在这里等待剧终落幕，而且没有掌声与喝彩。这样寻思着，郑卫星心情肃然。

王云亭突然醒了，睁开眼睛望着床前的小伙子问道，你是扮演刁德一的郑卫星同志吧？

他俯身点头说，王伯伯您叫我小郑吧。无论遇到什么疾病，信心最重要。比如芦苇荡里那十八个新四军伤病员，他们要是没有信心是坚持不下来的……

王云亭呼吸急促地说，我看过你演的刁德一，戏不错。就是你的帽檐太宽遮了你的眼神。比如《智斗》那场戏，没有眼神儿那是斗不起来的。

王宪钢拎着暖瓶走进病房，立在一旁听着。小时候父亲给邻家孩子讲故事，他就这样立在一旁听着，从来不争中心位置。直到唱了《沙家浜》，这才成为十八棵青松里最粗的一棵。

虚弱的王云亭仍然称呼"郑卫星同志"，说，你经常扮演反面人物并不是坏事。当年剧团里扮演曹操的就比扮演刘备的精明。你看《白帝城》里刘备光会哭，意气用事起兵七十三万伐吴，大败而归。人们都说常年扮演好人，越演越傻气，常年扮演坏人，越演越精明。

郑卫星惊异地竖起大拇指说，您的说法真新颖！可是无论哪出戏最终都是正面人物胜利反面人物失败啊！

是啊！王云亭竭尽全力讲解说，因为你在戏里扮演坏人总是失败，所以你在戏外就不出昏招了……

一声门响好像来了大动物，丁德绍一步三摇走进病房。郑卫星投出目光审视着来者，趁机告辞。王云亭小声对他说，你这个打量人的眼神要是用在台上就好了，特别出彩儿。

王宪钢送郑卫星走出病房。郑卫星从衣兜里掏出一张纸条说，这是农村赤脚医生治疗癌症的偏方，有半枝莲蛇舌草斑蝥什么的，三十几味药剂量很大，要用大号脸盆煎煮。

你父亲不知道你被甩下了吧？所以我故意没穿华北电机厂工作服。郑卫星遗憾地说，这都是手表惹的祸，否则咱俩还能继续同台唱戏呢。

王宪钢跟对方握了握手，说了声谢谢。郑卫星又感慨道，别看你父亲是唱戏的，说话充满人生哲理，足够咱们学一辈子的。

王宪钢想起父亲的古怪理论，笑了。你是扮演反面人物刁德一的，所以越演越精明，我是扮演正面人物郭建光的，所以越演越傻气。

我们进了华北电机厂，文艺宣传队已经演了两场，我替你唱郭建光了……郑卫星略显歉意说罢，似乎对王宪钢有了一个交代，挥了挥手走了。

转身回病房，王宪钢看到丁德绍正在给父亲擦脸。王云亭面无表情地躺着，似乎主动成为一具医学标本。王宪钢从丁德绍手里接过毛巾说了声谢谢。这位"丁大少"悄悄往床角掖了五元钞票，匆匆走了。

王宪钢继续给父亲擦脸。他发现极度消瘦的父亲原本英俊，虽然经过无情岁月磨砺光彩渐失，依然是一张不甘平庸的面孔。

我嘴里没味儿，你去给我买两块酸梅糖吧。父亲说话字正腔圆，闭目说道。他小声告诉父亲，丁德绍留下五元钱走了。父亲轻轻叹气说，收下吧，这是他的心意。王宪钢起身走出病房，寻思着父亲与"丁大少"的微妙关系，心情怅然去大街上糖果店买酸梅糖了。

一个身穿蓝色小帆布工作服的姑娘迎面跑来。由于工作服过于肥大，姑娘显得更加瘦小，好像漫天秋风里一只随时起飞的风筝。

宪钢宪钢，你父亲的病怎么样啊？我是偷偷从厂里跑来看你的！裹在"华北电机"肥大工作服里的卢丽虹迎面喊道，引起行人注目。

这就是进厂新发的工作服！我专门给你领了大号的！说着，身材小巧的卢丽虹解开上衣纽扣，显然要把这件工作服当场送给王宪钢。

你……王宪钢满脸窘色环视四周说，我又不是华北电机厂工人，我穿你工作服干吗，我求你不要脱了好不好？

没关系，我里面穿着自己衣服呢。卢丽虹满不在乎说道，我找到厂政治部主任史文竹，跟她说《沙家浜》剧组没有王宪钢扮演郭建光，就没有泰山顶上一青松的气势！

王宪钢挺感动的，出神地打量着身穿肥大工作服的卢丽虹。对方脸色绯红低下头说，我诚心诚意给你领了一套大号工作服，你非不要的话我只好回厂换一套小号合身的……

说罢，卢丽虹沉默了。王宪钢不知说什么好，也沉默了。还是卢丽虹首先从僵局里摆脱出来，将有限的羞涩转化为无限的天真说，你不要灰心，咱们在芦苇荡里没吃没喝没药品不是也坚持住了吗？你进不了国有工厂，还能特招去部队文工团呢。那时候我到部队去看你，你可不要不理我啊！

昨天学校张榜公布上山下乡名单，我去文清县插队落户，接受贫下中农再教育。王宪钢如实说道。

你上山下乡我就去农村看你，反正你不能自暴自弃！卢丽虹焦急起来，说，我必须马上赶回华北电机厂，因为傍晚还有演出任务。

王宪钢表示不会自暴自弃。卢丽虹转回身说，郑卫星为什么非把手表给你戴呢？这不会是他挖坑儿让你跳吧？现在他代替你扮演郭建光，心满意足呢。

王宪钢反对说，你不要随便猜疑郑卫星，他为什么要陷害我呢？

郑卫星是刁德一，你是郭建光，无论戏里戏外他跟你都是死对头！你不知道他偷偷追求钱慧慧？他认为你是他的情敌……卢丽虹甩下这句话，扭头快步跑走了。

王宪钢望着那只小帆布风筝渐渐远去，苦笑了。卢丽虹是好人，郑卫星也不是坏人。这时他想起钱慧慧，心头一派混沌。

买了酸梅糖走出糖果店，看自行车的老头儿叫住他说，你是"小达子"的儿子吧？我听说你爸爸进了国有大工厂就住院了，有一个多月了吧？

既然巧遇父亲从前剧团的同事，王宪钢便不失时机打听父亲为什么不愿意唱戏。看自行车的老头儿嘿嘿笑着说，你爸爸心气儿太高，唱成红角还在后台看《大众哲学》呢，他不愿意做一辈子戏子。可惜心比天高，命比纸薄。

回到病房，王宪钢动手剥开糖纸把酸梅糖轻轻送进父亲嘴里。王云亭觑了觑，吸吮起来。

爸爸，您为什么不愿意唱戏呢？王宪钢忍耐不住好奇心，轻声问道。

吃得满嘴酸梅味道，王云亭不无感慨地说，唱戏啊，那装扮的永远是别人，今天张三明天李四后天王五，感受的都是别人的生活，我不乐意。我唱了大半辈子戏只想活成自己。再者说，尽管新社会重视文艺工作者，小剧团的演员还是让人瞧不起，所以我觉得工人最好，当家做主有地位。这辈子我没机会进工厂，你就替爸爸当个好工人吧。

王宪钢趁机表白说，您尽管放心，我要是当不成好工人就去当好农民，反正不会唱戏的。

无论当工人还是当农民，一辈子都要受管束的。你就是当了劳动模范也是同样。可人活着有管束总比没管束好啊。说着，一丝悲喜交集的神色从王云亭目光里掠过，好似飞过一片无形的羽毛。

秋意深重，人们纷纷添了衣裳。一层层枯黄落叶，好像满地撕碎了的扑克牌，令人不忍踩踏这博弈的残局。病人是没有季节的，王云亭照旧裹在宽松的被子里，熬着。煎熬的日子就像一页页病历，危机越摞越高。干枯的病人仿佛久旱的池塘，生命的水面越缩越小。

离上山下乡的日子越来越近了，王宪钢昼夜守候在病房。这天傍晚，父亲让儿子念诗。他轻声背诵了雷锋日记里的"我愿做高山岩石之松，不愿做湖畔低垂之柳"，又背诵了毛主席诗词："北国风光，千里冰封，万里雪飘……"

身体虚弱的王云亭小声说道，有个诗人叫普希金，可是咱们跟苏联敌对了，现在他的诗不能念了吧？

父子低声交谈着。一高一矮两个中年男子走进病房，手里拎着四瓶玻璃瓶罐头，轻声询问哪位是王云亭同志。

王宪钢转身应声。高个儿男子说，我们是玻璃纤维厂工会的，厂领导派我们来看望王云亭同志。

王云亭挣扎着坐起说，我在玻璃纤维厂报到没几天就病啦！可是工厂照样把我当作自己人，国营企业真好，工人阶级真好……

矮个儿男子走到病床前拉住王云亭的手说，你千万不要激动，安心治病吧，我们期待你早日重返玻璃纤维厂，为建设社会主义贡献力量！

王云亭鸡啄碎米似的点头说，我明天就出院，我后天就去工厂上班……

魏紫兰一阵风似的跨进病房，连连冲着两位工厂同志致谢，只差道万福了。高个儿男子从怀里掏出"三联单"说，你把它交给医院收费处，这是公费医疗统一报销的。

玻璃纤维厂的两位同志走了，留下四瓶水果罐头。得到组织关怀的王云亭异常兴奋，小孩子似的将一瓶菠萝罐头抱在怀里，连声念叨国营大企业就是好，产业工人地位就是高。

第二天上午大夫查房。主治医生领着实习医生匆匆而过，一派水过地皮湿的样子。双目紧闭的王云亭睡着了。这时病房门缝里挤进一张布满青春痘的面孔，冲着王宪钢挤了挤眼睛。看到这是庞汇强来了，王宪钢起身迎出病房。

庞汇强由于屡次给钱慧慧写纸条受到学校警告处分，一时成为第七十四中学的著名坏学生。他嘴里叼着一根火柴棍儿对王宪钢说，武玉国叫你马上到校，我找到你家碰了锁头，就一路问到医院来啦。

武玉国不就是催促我上山下乡嘛。王宪钢扭脸看到母亲拎着一罐鸡汤来了。魏紫兰告诉儿子，这只老母鸡是丁德绍从农村弄来的，浑身雪白一根杂毛没有。之后，魏紫兰扯了扯儿子袖口低声说，我知道你们学校文艺宣传队都进了华北电机厂，光甩下你一个人。甩下就甩下吧，你用不着心窄！

这事儿您是怎么知道的？隐瞒实情的王宪钢惊得倒退两步，连声追问母亲。

纸里包不住火呗！庞汇强一旁插嘴道，学校贴出应届高中毕业生上山下乡大红榜，谁也瞒不住谁的。

魏紫兰几句话支开了庞汇强，转脸低声对儿子说，这是钱慧慧前几天告诉我的。当初她的《沙家浜》唱段是我辅导的。后来她才拜了唱北昆的张存敏。钱慧慧当时坚决不让我告诉你她跟我学戏，那时我就看出她对你有感情。

怪不得钱慧慧的演唱进步明显呢，原来她暗暗拜妈妈为师学艺。此时王宪钢不光对钱慧慧有了新的了解，也对母亲有了新的认识——这位失去舞台的京戏青衣从来不甘心坐在街道生产组里缝麻袋。

病房里突然传出王云亭的大声喊叫，好儿子你去学校要早点儿回来啊！

这喊叫弄湿了王宪钢的眼角，他知道父亲已经离不开儿子了，快步跑进病房站在病床前小声说，爸，我一定早点儿回来……

前往学校的路上，庞汇强从衣兜里掏出烟卷递给王宪钢，王宪钢躲避着说，学生不许抽烟。庞汇强毫不在乎地叼着烟卷问道，你经常跟钱慧慧同台演出，到底喜欢不喜欢她？操！你吞吞吐吐的样子肯定演不好革命英雄人物，你就在沙家浜当一辈子伤病员吧！

我已经不演郭建光了，过几天就上山下乡啦。王宪钢这样说着，心里确实有些想念《沙家浜》剧组，也有些想念钱慧慧。

我看你就是窝窝囊囊的苦命人！庞汇强略带藐视地说，我喜欢钱慧慧就写纸条儿给她，你别看我挨了警告处分，就是上山下乡当农民这辈子我也要娶钱慧慧为妻！

听了这种海阔天高的豪言壮语，颇受刺激的王宪钢苦笑着走进第七十四中学大门。庞汇强追着说道，你知道武玉国经常批判别人有资产阶级腐朽思想吧，其实他是个伪君子！因为他喜欢钱慧慧，我给她写纸条儿，他就处分我，钱慧慧对你有好感，他就整治你。这次不是人家华北电机厂不要你，是武玉国故意扣着你不放！非让你上山下乡不可。

武玉国为什么这样对待我呢？王宪钢不解地反问道。见多识广的庞汇强告诉他，谁跟阿庆嫂沾边武玉国就恨谁，包括从未露面的阿庆。

一面大墙上张贴着应届毕业生上山下乡大红榜，王宪钢和庞汇强的插队落户去向是文清县王后庄公社左家营大队，那里是十年九涝的蛤蟆滩。

庞汇强拍着王宪钢肩膀叫他"难友"，说，从今往后都是插队知青了。看到操场上停着一辆绿色吉普车，庞汇强说，你演《沙家浜》出了政治事故，这辆吉普车不会是来逮捕你的吧？

王宪钢知道庞汇强存心吓唬人，就笑了。荷尔蒙过剩的庞汇强却进入角色，抖着满脸青春痘说，操！他们要是把你抓走，我就去监狱给你送酒送饭！

竟然被庞汇强这种不切实际的江湖义气感动了，王宪钢快步走向教学楼。工宣队队长武玉国站在高台阶上，双手插在裤兜里好像被缚的人。他跷起右腿以脚代手指着王宪钢说，你出了严重的演出事故，人家华北电机厂根本不收你，这怪不得我吧？人家郑卫星代替你扮演郭建光唱了好几场。我看你只能上山下乡插队落户啦！

武玉国跷腿的姿势有点儿像大狗撅腿撒尿的样子，站在远处观阵的庞汇强忍不住哈哈大笑。这位工宣队队长恼羞成怒噗地吐出一口浓痰，狠狠射向一株无辜的小树。

现在上级领导派人找你谈话，你马上到工宣队办公室去！武玉国终于从裤兜里抽出右手指着前方，他的蛮横神态使人想起《沙家浜》里抢姑娘包袱的匪兵。性格平和的王宪钢态度诚恳地对这位工宣队队长说，其实，您扮演刁小三挺合适的，演出效果肯定超过简晓铜。

走进工宣队办公室，王宪钢看到一位身穿四个衣兜军服的中年军人，便知道他是军官不是士兵。果然对方自我介绍是洪参谋。这位洪参谋打量着身穿两个衣兜军服上衣的王宪钢，问他是不是部队大院子弟。王宪钢摇了摇头。洪参谋又问他认识八七一〇部队的哪位首长。

王宪钢还是摇头。洪参谋表情疑惑起来，索性说出八七一〇就是独立二师。王宪钢说父亲母亲都是戏曲演员跟部队没有关系。

洪参谋压低声调说，看来是地方首长给我们下达特招任务的。既然这样，我还是有几个问题请你回答，好吗？

工宣队队长武玉国推门走进办公室斥责说，王宪钢！洪参谋问你什么你就交代什么，你要积极配合提供外调材料。

这位洪参谋沉下面孔制止武玉国，说这是上级领导同志专门指派的特殊招兵任务，我不是搞外调取证的。

原来是特招啊？一脸迷惘的武队长鼻尖儿沁出汗珠儿问道，你说的上级领导同志是谁呀？

洪参谋并不理睬多嘴多舌的武玉国，转向当事人问道，王宪钢同志，你愿意参军去部队文工团吗？

我……王宪钢以为这位军官把事情搞错了，大声自我介绍说，我叫王宪钢，是第七十四中学应届高中毕业生，我不知道什么八七一〇部队，学校分配我去文清县王后庄公社左家营大队插队落户啦。

你可以不知道八七一〇部队，但是你必须回答我的问题，你愿意参军去部队文工团吗？洪参谋望着这位实诚的小伙子，脸上露出赞许的微笑。

这分明是天上掉馅饼，王宪钢仍然不敢张大嘴巴去接。他下意识地环视着工宣队办公室，认为这是与己无关的事情。

王宪钢，你马上回答部队领导提出的问题！不甘寂寞的武玉国看到王宪钢从滞销变成热门货，忍不住再次插嘴。

一个身穿蓝色工作服的中年男子脚步咚咚走进工宣队办公室，从衣兜里掏出介绍信自称华北电机厂政工组干部景达明，说，遵照上级领导同志指示前来为王宪钢同志办理特殊招工手续。

武玉国接过介绍信看到附着市劳动局的"特招指标"公函，瞠目结舌。今天他妈的太阳从西边出来了。先是部队洪参谋根据上级领导同志指示特招王宪钢入伍，之后工厂景政工也根据上级领导同志指示特招王宪钢进厂，这块臭豆腐怎么突然变成香饽饽啦？

看到半路杀出竞争对手，身穿"国防绿"军装的洪参谋胸有成竹地说，王宪钢同志是文艺人才，前途无量。中国人民解放军是一座大熔炉，我们肯定会把你炼成一块好钢的。我想你会做出正确选择的。

身穿蓝色工作服的景达明说，工人阶级是领导阶级，华北电机厂是国家重点企业。我们宣传队目前没有新四军指导员，让郑卫星代替你唱了几场郭建光，观众评价不高。一是他身上缺乏正气总是让人想起刁德一；二是他没有高音根本唱不出泰山顶上一青松的气派。所以我们特别需要你。

工宣队队长武玉国大声催促说，一个是去部队文工团，一个是进工厂文艺宣传队，王宪钢你选择吧！傻啦？

王宪钢看了看军队绿色军装，瞅了瞅工厂蓝色工作服，视力渐渐蒙眬起来。他想起躺在医院的爸爸——这个唱了大半辈子戏的人对工人阶级的羡慕与向往。他又想起钱慧慧，还有卢丽虹、艾学习、朱则良、郑卫星、简晓铜，想起十八棵青松和乐队伴奏员们……

我、我选择去工厂……他恍恍惚惚说出这句话，觉得身体失重双脚踩在棉花堆里。

王宪钢你头脑发昏了？多少人做梦都想当兵啊，洪参谋跳起来喊道，你不去部队文工团我怎么向上级首长交差呢，这真是莫名其妙。

华北电机厂政工干部景达明扑过来拉住王宪钢的手说，好哇好哇！我还以为你选择部队文工团呢。你现在就跟我去华北电机厂报到吧，咱们走！

我父亲得了不治之症。王宪钢冲洪参谋表示歉意说，我必须让我父亲亲眼看见我进国营企业当了产业工人……

兴奋过度的景达明拽着王宪钢跑向操场。庞汇强追着喊道，他们真把你逮捕啦？操！我就替你娶了钱慧慧吧。

坐进吉普车里，景达明激动得双脚乱蹬。我真没有想到你会选择工厂！谁不愿意去部队当兵啊，看来你天生就是我们工人阶级的接班人。

王宪钢坐在车里默不作声。景达明在一旁解释说，当初是你们学校工宣队扣住你不放的。我也不知道这事儿惊动了哪级领导，反正上面指示我们必须招收你这个郭建光。

部队特招我，工厂也特招我，你们都说是执行上级领导指示，这上级领导是谁啊？王宪钢迷惑不解地望着景达明，觉得自己还在梦里。

我也不知道！反正是上级领导呗。如获至宝的景达明激动难平，坐在吉普车里搓着双手自我介绍说，我叫景达明，在华北电机厂我外号叫"大姐夫"！

大姐夫？王宪钢一时弄不懂这外号到底什么含义，就笑了笑。

一路疾驶的吉普车驶进华北电机厂，径直停在文艺宣传队集训的地方。王宪钢悄悄地站在会议室门外，听着。会议室里一位女同志正在讲话，她不过二十几岁年纪，扁平的脸盘，寻常的身材，普通的装束，有着一双目光深邃的眼睛。

身材高大的景达明扯了扯王宪钢的衣角低声介绍说，她就是咱厂政治部主任史文竹同志！

王宪钢将目光投进会议室，逐一看到战友们的侧影：饰演阿庆嫂的钱慧慧凝神听讲，饰演沙奶奶的艾学习嘴上叼着一根"豆梗糖"，饰演胡传魁的朱则良低头思考，饰演刁小三的简晓铜摘下眼镜若有所思，饰演卫生员小凌的卢丽虹打着哈欠，还有乐队的伴奏员们……这正是《沙家浜》剧组全体阵容——他们身穿"华北电机"蓝色劳动布工作服，已经跨入了工人阶级队伍。

终于找到郑卫星。这家伙显山露水地坐在第一排，左手托着笔记本右手握着钢笔，专心记录着那位女领导的讲话，活像求知欲极强的小学生。

会议室里史文竹在做国际形势报告，她谈到苏联仍然在中蒙边境陈兵百万，对我国形成马蹄形包围圈。谈到欧洲社会主义的一盏明灯——阿尔巴尼亚劳动党领袖恩维尔·霍查；谈到华沙条约组织和巴尔干半岛。谈到东南亚诸国：老挝的富米·冯维西和凯山·丰维汉；柬埔寨的朗诺；缅甸的吴奈温；印度尼西亚的苏哈托；回顾已故苏加诺总统和艾地总书记……

这位年轻的工厂政治部主任纵论国际政治风云，如数家珍。尤其讲到苏联共产党总书记莱昂尼德·勃列日涅夫和美国总统理查德·尼克松，好像她的左邻右舍。王宪钢站在会议室门外越听越佩服，不由激动起来。

史文竹转而谈到国内形势，一片大好。比如试制成功国内第一台载重三百吨的大型平板车；比如研制成功每秒运算十一万次的大型集成电路通用数字电子计算机；比如我国独立生产彩色感光胶片，拍摄了革命现代京剧样板戏《红灯记》《智取威虎山》《沙家浜》等彩色影片，打破了“帝修反”的封锁垄断……

坐在前排的郑卫星不停记录着。坐在后排的卢丽虹似乎心不在焉，偶然回头瞅见王宪钢。她哇地叫了一声，好似一只小青蛙蹬腿蹿出会议室，冲着王宪钢奔来。

会议室里嗡地乱了，仿佛来了低空盘旋的飞机。人们起身张望着，把侃侃而谈的史文竹晾在那里。政工干部景达明大步走向史文竹汇报说，王宪钢差一点儿就被部队文工团招走了，我关键时刻把他给弄来了。

史文竹笑了笑，说，请王宪钢同志进来咱们继续开会。话音落地，卢丽虹小推土机似的推着王宪钢走进会议室，一时间鸦雀无声。

史文竹走过来与王宪钢握手说，你放弃部队文工团选择我们工厂文艺宣传队，这很好嘛。我以前看过你演的郭建光，一身正气很有青松精神。

对，史主任专门派我到学校把你特招啦。景达明略显谄媚地补充道。

王宪钢不善于跟女性打交道，他冲着这位参与改变自己命运的年轻女领导，勉强笑了笑。

钱慧慧不声不响注视着王宪钢，发现他瘦了，顿时眼窝里泛酸。“草包司令”朱则良低声嘟哝着：欢迎指导员归队。沙奶奶扮演者艾学习挥手致意。善于应变的郑卫星带头鼓掌，显得落落大方。

对不起，我来了你又演不成郭建光了。王宪钢心头泛起歉意主动跟郑卫星握手，无意之间触到“大英格”手表，窘了。

卢丽虹小钢炮似的轰击说，郑卫星你本来就是刁德一，让你演几场郭建光那是客串，你就烧高香吧！

面对卢丽虹的弹片横飞，郑卫星无可奈何地说，你要是扮演阿庆嫂，恨不得我在春来茶馆就被新四军活捉了，这是阶级仇民族恨啊。

王宪钢觉得卢丽虹对郑卫星敌意太重，立即打圆场说，在戏里是敌人在戏外是同志。卢丽虹哼了一声噘着小嘴儿嘟哝着，我看郑卫星演了两年汉奸参谋长，鬼心眼儿特别多，谁也斗不过他。

这时王宪钢绕过卢丽虹走到钱慧慧面前，不知说什么好。她落落大方地跟他握了握手说，欢迎你归队啊指导员同志。

我们又能在一起演出了。王宪钢说出这句大实话，表情挺尴尬的。

钱慧慧平静地笑了，好像她与他之间不曾发生任何事情——只是阿庆嫂与郭建光而已。

经历波折还是回到梦寐以求的《沙家浜》，重新成为郭建光，王宪钢的心好像一块烤红薯——又热又甜，回味无穷。

《沙家浜》的成员们尽情团聚着，把史文竹忽略了。景达明张罗大家落座继续听史文竹讲话。小会议室里安静下来。

人们将目光投向史文竹。她不动声色说出三个字，散会吧。

当天下班，王宪钢身穿崭新的工作服，从里到外散发着社会主义新工人的气息。他赶到医院跨进病房冲到父亲面前指着工作服胸前"华北电机"四个字说，爸爸，我进了国有大企业华北电机厂，加入工人阶级队伍啦！

什么?! 身患绝症的王云亭翻身爬起，打量着儿子，我刚才听你妈说你被甩在学校了，敢情还是进了工厂当了工人啊。

部队文工团特招我，工厂文艺宣传队也特招我，我选择了工厂！之后王宪钢露出疑惑神色说，他们都说对我特招是遵照上级领导指示，这到底是怎么回事儿啊?

王云亭脸上浮现出欣慰神色说，吉人自有天相，关键时刻总会有人帮衬你的。说着，这位枯瘦的病人提出晚饭全家吃喜面，庆贺儿子进工厂当工人。

魏紫兰匆匆回家操持三鲜打卤面。鸡蛋凭票供应，她只得找邻居借了一枚。菜码是夏天晾的干菜，温水泡开下锅焯了焯，还剥了几瓣红皮大蒜。她一路小跑把过了水的面条送到医院病房。王云亭食欲大振，吃得津津有味满头大汗。

吃了喜面的王云亭兴致不减，望着儿子语重心长地说，我不让你唱戏是为了你好吧? 如今你当了工人要踏踏实实学技术，这样没人瞧不起你的。

父亲对工人身份的渴望，父亲对工厂生活的向往，一番话说得儿子两眼潮湿。爸爸，我记住您说的话，人生在世忠义当先，当一个有模有样的好工人。

别忘了，当了工人还要读书，人活着没文化不成啊。王云亭感慨不已，深情地注视着儿子。

邻床病人家属很有经验，担心王云亭这番表现是回光返照现象，私下提醒魏紫兰夜间多加小心。这位京剧青衣听罢变了脸色，躲到病房外面抹净眼泪对王宪钢说，你回家睡觉吧，明天进厂上班，这一宿我顶着。

果然，子夜时分王云亭挣扎着坐起来，呼吸急促。他化疗掉光了头发，瘦骨嶙峋好似深夜打坐的苦行僧。他强打精神叮嘱妻子准备寿衣，说，我唱了大半辈子戏，最后进了玻璃纤维厂成为国营企业工人，满足了。我死了入殓要穿工作服戴工作帽，还要把工作证装在衣兜里，没什么遗憾了……

魏紫兰抹了一把眼泪问道，云亭，你唱了半辈子戏成了角儿，真的就这么愿意当工人啊？

王云亭用尽气力说，我是戏子，你也是戏子，咱们多年夫妻你从来不懂我的心啊。人活着，一定要有进取心。你知道我在后台悄悄阅读《国家与革命》和《反杜林论》吗？我有上进心啊！

我知道你胸怀大志郁郁不得志，入了唱戏这行委屈了你。可是人生在世要认命吧？你命里没有两斗粮食只能半饥半饱，千万别惦记满汉全席。魏紫兰极力安慰着即将离世的丈夫。

我就是不认命！你看《愚公移山》那位老汉，扛着头多有骨气。他老人家为了子子孙孙，非要把那两座大山挖走不可……

魏紫兰心里说：唉，你都病成这样了还想着《愚公移山》，那一座太行一座王屋离你十万八千里呢！

凌晨时分，被噩梦惊醒的王宪钢从家里赶到医院，几步扑到病床前。父亲已经没了说话的气力，挪动左手指着嘴唇。魏紫兰不明白这是什么意思，手忙脚乱。只有儿子懂得父亲的心思，举起玻璃纤维厂送来的罐头。父亲轻轻点头。

这四瓶工厂的慰问品，父亲一直舍不得吃，保存着。弥留之际，父亲是一定要吃上两口的——因为他是国营玻璃纤维厂的工人啊。

打开一瓶橘子罐头，王宪钢伸出小勺儿喂给父亲。只吃了一口，父亲脸上便浮现出极其满足的表情。

王云亭悄悄抓住儿子的手，塞给他一个小纸团儿。王宪钢将纸团儿紧紧握在手里大声喊道，爸！您放心吧，我一定做个好工人！我一定做个好工人！

艺名"小达子"的河北梆子红角儿听到儿子的呼喊，极力将一丝欣慰的笑意留在脸上，缓缓闭上眼睛。

魏紫兰木然站着，仿佛戏台上的"龙套"。王宪钢叫了一声，妈妈。魏紫兰回了魂儿，哇的一声哭了。

白衣护士立即推来一辆运尸车。王宪钢将父亲遗体送进太平间，嘴里不停地念叨着，您放心走吧，人生在世，一个忠字，一个义字，我一定做个好工人……

王宪钢独自留在太平间里，撩起白色尸布俯身注视着父亲的遗容。这是一张安详地沉入无边静寂的面孔，身体枯瘦关节突出，几乎丧失人形。不知为什么他觉得父亲好像一枚等待发射的焰火弹，而且等待了很多年。如今漫长的等待结束了，父亲的灵魂升腾而起，一瞬间在夜空里化作灿烂的礼花……

是啊，父亲平生严格要求自己，心怀大志难以实现，半辈子郁郁寡欢。如今，父亲解脱了，化为一股淡淡青烟。父亲肯定去了一个美好的地方，否则那么多人去了从来不见有谁回来。那里应当就是人们常说的天堂吧。

掏出父亲临终留下的纸团儿小心翼翼地打开，王宪钢看到父亲工整的笔迹：

> 宪钢，我不是你亲生父亲，你不是我亲生儿子。但你同样是我的好儿子。

心咚咚跳着，好似敲起小鼓。我的天啊！王宪钢感到天旋地转，一下丧失了自我——既不是戏里的新四军指导员郭建光，也不是戏外的青年工人王宪钢，好像什么都不是了。

他懵懵懂懂蹲在医院楼道里，思谋着。爸爸不是亲的，那妈妈呢？我不能是来历不明的人吧……

天色渐渐亮了。"丁大少"出现了。这位琴师出身的水暖工擦拭着眼泪对王宪钢说，你爸爸总算解脱了！"小达子"这人心性太高，他活着也是受煎熬啊。

魏紫兰追着儿子问道，我就是想不透，你说你爸爸他真的愿意当工人吗？

我爸爸唱了大半辈子戏，他临死还需要跟您说假话吗？情绪激动的王宪钢轻声反问母亲。

进工厂当工人有什么好的，吃苦受累只顶着一个领导阶级虚名罢了……魏紫兰自言自语着，越寻思越觉得亡夫陌生。

王宪钢手里捧着两瓶水果罐头说，这是玻璃纤维厂送给我父亲的慰问品，把它一起火化了吧。

已经混入工人阶级队伍的水暖工丁德绍不以为然地说，人死如灯灭，你把这两瓶罐头烧了你爸爸也吃不到嘴里，再者说"小达子"爱读马列著作，唯物主义者不信鬼神的……

然后，大大咧咧的丁德绍接过水果罐头对王宪钢说，我听你妈妈说你进了华北电机厂文艺宣传队，好啊，过几天我架弦给你吊吊嗓子！

　　儿子，你谢谢丁伯伯吧！魏紫兰趁机添了一把柴火，努力提高着儿子的感情温度。

　　看到自己的母亲毫不见外地与丁德绍并肩站在一条战壕里，青年工人王宪钢心里咯噔一下。天啊，我的亲生父亲不会是这位"丁大少"吧？

　　宪钢……医院楼道里传来熟悉的声音。钱慧慧手里捧着两只红彤彤的苹果，小声说我来晚了，把苹果供在王伯伯灵前吧。

　　魏紫兰远远望着手捧红苹果的钱慧慧，脸上露出了一丝不易觉察的笑容。

四　师傅徒弟

一辆国产轻骑摩托车，车前戴着一朵红绸花，车后驮着一箱国产彩色胶片《沙家浜》电影拷贝，屁股嘟嘟冒着青烟驶进华北电机厂大门。职工大食堂里，驻厂军代表周政委主持仪式，郑重宣布放映彩色影片革命样板戏《沙家浜》。

小青年们发着洪水般涌进食堂，形成黑头发的海洋，有几个白发老者就算是大海浪花了。熄灯后银幕亮起，引发一阵小规模欢呼。华北电机厂文艺宣传队队员们也裹在人群里，前后左右都是顾不得洗净满手油污便赶来看电影的工人。

开演了。人们兴奋地看到电影里扮演阿庆嫂的洪雪飞、扮演郭建光的谭元寿、扮演刁德一的马长礼、扮演胡传魁的周和桐……

你们看，多好啊，这是中央的阿庆嫂！这是中央的郭建光！这是中央的刁德一！这是中央的胡传魁！这是中央的《智斗》！

听到人们将革命样板戏电影《沙家浜》里的演员称为"中央的"，王宪钢大为惊讶，他小声对身旁的钱慧慧说，这么说人家是中央的，咱们是地方的？

钱慧慧出神地望着银幕里的洪雪飞敬佩地说，你看，人家中央的阿庆嫂唱得就是好！扮相端正，唱腔优美，表演特别大气……

黑暗里，郑卫星挤到钱慧慧身旁充满忧患地说，有了彩色影片《沙家浜》，"中央的"替代了"地方的"，以后大家都看样板戏电影啦，咱们的演出肯定越来越少了……

钱慧慧好像没听懂郑卫星这番话，毫无内涵地笑了，而且笑出两个小酒窝儿。电影银幕上，"中央的"阿庆嫂却没有两个小酒窝儿。

演到《授计》一场，王宪钢却走神儿了，想起父亲临终之前留下的谜语，猜测着谜底。谁是我的生身父亲呢？这个谜语分明成了王宪钢的心病，时隐时现泛出一个大涟漪。

前面人群骚动起来，传来一阵哭声。职工大食堂里嗡地炸了锅，人流朝着大门涌去。灯亮了，电影停止放映，说是踩伤了一个小男孩儿送到职工医院去了。

电影中途停映，人群围住职工大食堂不肯散去，汽车装卸队的几个小青年趁机起哄叫喊，强烈要求当场揪出破坏电影放映的阶级敌人。

华北电机厂政治部主任史文竹站在高处手持扩音喇叭大声宣布，室内电影改为露天电影，今天连续放映四场，保证全厂职工人人受到革命样板戏教育。人群渐渐安静了，不声不响朝着原料场涌去。

卢丽虹悄悄牵了牵王宪钢的衣角引他到偏僻地方，低声说，在政工组办公室看到文艺宣传队的分配名单。说着她噼里啪啦背诵起来，好似热锅里爆豆儿。

郑卫星机修车间钳工，钱慧慧厂部打字员，艾学习金工车间车工，朱则良动力车间电工，简晓铜机械性能实验室检验工，总而言之除了钱慧慧坐了办公室，咱们都是三年学徒的技术工种，挺好的！

你呢？王宪钢随口问道。卢丽虹哎哟叫了一声答道，我呀？我分配到铸造车间当红医！我在《沙家浜》里不是卫生员吗？所以没让我改行。

王宪钢按捺不住又问到自己的去向。卢丽虹拍着大腿表示歉意说，我怎么忘了说你呢！你跟郑卫星都是机修车间钳工。

说着，卢丽虹低头盯着王宪钢脚下咯咯咯笑起来，你穿的袜子怎么一只绿的一只灰的？

王宪钢低头看到情况属实，窘了。我妈妈总是把家里弄得乱七八糟，我的袜子经常凑不成一双……

卢丽虹目光倏地炽热起来，你堂堂郭建光不能邋邋遢遢的，身边应当有人拾掇你啊。

这是个敏感话题。王宪钢闭嘴不应承——基本做到不"过电"。这时华北电机厂的广播喇叭准时播出"嘀嘀嗒嗒"的军号声，这是全厂下班的号令。

下班人流里，卢丽虹蹦蹦跳跳走在宽阔的厂道上，恰似一只欢快的小鹿。她兴致高涨地问王宪钢，你当上了工人，心里还有什么理想吗？

王宪钢表示自己的理想就是当个好工人。卢丽虹回头盯着他说，我赞成你的理想，我是独生女没有哥哥，咱俩共同努力吧。

我是想努力当个好工人，不是想努力当你哥哥……王宪钢仿佛担心被火苗儿燎了眉毛，本能地躲避着对方的热情。

我说的是革命友谊！卢丽虹看到王宪钢红了脸，只得给自己赤裸的情感穿上一件厚厚的革命外套。

华北电机厂的职工班车，分两路。一路是城东线，另一路是城南线。王宪钢排在城东线队伍里。卢丽虹回家乘坐城南线，只得道别说，明天上班你不要带饭，我让我妈包饺子。

王宪钢知道卢丽虹在《沙家浜》里是小卫生员，在家里却是父母的掌上明珠。这时城南线班车来了，卢丽虹依依不舍上车，回家做掌上明珠去了。

钱慧慧站在城东线队尾，不声不响望着王宪钢。打从感情受挫心头笼罩着或浓或淡的阴影，只是表面做出平安无事的样子。有时候她悲观地认为自己爱的人不会爱自己的，王宪钢就是例子。于是，她的从容不迫只是外表，内心却更加脆弱了。

这时候，一辆破旧的自行车丁零当啷驶到华北电机厂大门口，来了满脸青春痘的庞汇强。他一眼看见等候班车的钱慧慧，推着自行车跑过来。

钱慧慧，我插队落户去文清县王后庄公社左家营大队，特意跑来跟你告别！说罢，庞汇强伸长胳膊递给钱慧慧一个鼓鼓囊囊的信封。

钱慧慧下意识地接在手里。庞汇强推着破旧自行车凑近两步说，这里面有我写给你的十七封信，你看完必须给我回信的！

我必须给你回信，为什么？钱慧慧没了戏台上阿庆嫂的风采，语气里含着渐弱音符。

因为我喜欢你，所以你必须给我回信。庞汇强注视着朝思暮想的姑娘，理直气壮表达着。

身穿"华北电机"工作服的王宪钢跨出等候班车的队列，走过来。略显邪气的庞汇强扭脸发现新四军指导员，笑了。

操！那天在学校我还以为你被吉普车给逮走枪毙了呢，敢情也成了工人阶级。我要是像你这样，早就近水楼台把钱慧慧追到手了，你真是废物，没用……

说着，庞汇强一捋袖口儿露出文在左手臂上的蓝色"慧"字，朝着王宪钢投来炫耀的目光。你看你看，我把钱慧慧的名字刻在肉里了，你敢吗？

王宪钢吃惊地看着文在庞汇强左手臂上的蓝色"慧"字，扭头望着钱慧慧。

庞汇强你不要这样好吗？钱慧慧羞得双手捂脸，不敢面对这个"慧"字。

几个等候班车的老工人围拢过来，颇为气愤地指责庞汇强：你没羞没臊欺负我们的阿庆嫂，你安的什么心啊？

庞汇强伸腿跨上自行车毫不介意地说，钱慧慧是你们的阿庆嫂啊？我就喜欢她！她进工厂成了工人阶级，我插队落户当了贫下中农，从今往后就是工农联盟手挽手啦！

钱慧慧！庞汇强索性提高嗓门儿说道，无论你变成什么样儿，这辈子我都喜欢你！

我不要你喜欢我！我不要你喜欢我！钱慧慧反击了，然后挪过目光望着王宪钢似乎等待炮火增援。

庞汇强嘻嘻笑着，骑上自行车走了。厂保卫科科长于亢虎闻讯赶来，大声追问是谁在这里调戏女青年。几个老工人指着远去的自行车告诉他调戏阿庆嫂的流氓骑自行车跑了。

于亢虎冷笑说，你阿庆嫂把刁德一都斗败了，今儿怎么让流氓给调戏啦？我看你在戏台上能耐大，下了戏台就是鹰嘴鸭爪子——能吃不能抓！

钱慧慧满脸绯红登上城东线班车。车厢里很拥挤，散发着工厂特有的味道，让人说不清道不明。王宪钢与钱慧慧并排站立，不言不语。

庞汇强这家伙脸皮太厚，光天化日公开追求钱慧慧。王宪钢竟然暗暗对庞汇强产生几分羡慕心理，侧脸偷偷看了钱慧慧一眼。

钱慧慧好像什么事情都没有发生，表情异常平静。王宪钢感到被动，伺机寻找话题缓解紧张气氛。

我们都下车间当工人，只有你去厂部当打字员，是组织培养对象吧？

当打字员叫以工代干，就是以工人指标代替干部。我也不知道为什么分配我去厂部，可能因为我扮演阿庆嫂吧。

钱慧慧的这种说法使得王宪钢备受鼓舞。

把我分配到机修车间是因为我扮演郭建光吧？

可是，扮演汉奸参谋长的郑卫星也分配到机修车间了。钱慧慧说罢突然低声问道，你确实看见庞汇强手臂上文了"慧"字啊？

王宪钢点点头说，他左手臂上的"慧"字深蓝颜色，足有五分硬币那么大。

钱慧慧表情奇异地笑了。这笑容对王宪钢产生莫名的刺激。中途班车停站，他下车一路奔跑，好像短跑运动员百米冲刺。终于拐进一条僻静马路，他停下脚步呼呼喘着，胸膛好像成了一台小型气泵。

其实我心里喜欢钱慧慧，偏偏拒绝了她的来信……王宪钢一屁股坐在马路牙子上，不由自主把自己与扮演的角色联系起来。要是郭建光在沙家浜遇到他喜欢的女子，他敢当面表达出来吗？

不行不行，兴许郭建光在家乡有媳妇呢！王宪钢努力摆脱着思维窘境，从上衣兜里摘下圆珠笔，慢慢捋起袖口。这支高级圆珠笔是卢丽虹送的，她悄悄说郭建光不论穿的戴的都不能让刁德一比下去。

王宪钢思忖着，下意识地在左手臂上写下一个"慧"字。在夕阳余晖的照耀下，这个"慧"字深刻地写在青春皮肤上，显现着凝重的深蓝颜色。

突然，天上滚过一个闷雷——王宪钢仿佛一匹受惊的小马驹，霍地蹦起来。他担心下雨淋湿崭新的"华北电机"工作服——因为这是他工人身份的标志。他快步躲到大树下，瞪大眼睛环视四周。

闷雷只是天空发出的一声惊叹，并没有落下雨点儿。王宪钢低头看见"慧"字，左手臂触电似的弹起，猛地清醒了。他右手握紧圆珠笔飞快地涂抹着"慧"字，将它涂成一个深蓝色疙瘩。这时他渐渐踏实下来，长长呼出一口气。

我要做个好工人。我要做个好工人。站在大树下的王宪钢心里念叨着。为了保持这个理想，他小树似的修剪自己，以求茁壮成长。他不知道，这种不停地修剪也包含着令自己残疾的危险。它很像制作盆景——为了某种形象而渐渐扭曲自我。

心事重重地走进家门，母亲魏紫兰正忙着烙糖饼。王宪钢挽起袖子帮妈妈择菜，无意间暴露了左手臂的疑点。

这是谁给你涂的蓝色疙瘩呀？魏紫兰双手揉着面团儿问道。儿子转身走到院里去洗小白菜，慌忙在水龙头下冲洗左手臂。那个被涂成蓝色疙瘩的"慧"字深深渗入皮肤，冲洗不掉。

这是一桩不可泄露的机密。站在水龙头前，王宪钢从衣兜里掏出圆珠笔，因地制宜地将左手臂上的蓝色疙瘩描绘成一只手表形状，然后绕着手臂画了一条仿真表带。于是，起初的"慧"字居然演化为一块画在皮肤上的"手表"，好像还是进口货色。

端着洗净的小白菜进屋，妈妈落泪了。王宪钢望着伤心的母亲，以为她看见热饼思念去世的父亲。

你怎么画了一块假手表啊？魏紫兰抹着泪水说，人穷不能志短，你爸要是活着指不定多伤心呢。好儿子，要戴咱就戴正经的真手表！不玩假招子！

儿子明白了母亲落泪的真正原因，心里暗暗叫苦。我把蓝色疙瘩描画成手表反而弄巧成拙了。妈妈，我这是画着玩儿呢……

你赶快把它给我洗了去！魏紫兰劝告儿子说，你上班有了工资，自己存钱买一块手表，上海牌东风牌都行。省得人家笑话咱画手表过瘾。

圆珠笔的痕迹，三天五日恐怕洗不下去……王宪钢说着把左手臂放在身后，下意识地隐藏着自己的心事——那个被遮蔽的"慧"字。

工厂有酒精也有汽油，找来一擦就掉！丁德绍嗅着热乎乎的糖饼香气大步走进来，积极献计献策。

望着登堂入室的不速之客，王宪钢无话可说。父亲去世之后，这位"丁大少"隔三岔五前来蹭饭，这里几乎成了他的免费食堂。

当着丁德绍的面，忙着烙糖饼的魏紫兰突然问儿子，这阵子你跟钱慧慧关系怎么样啊？

王宪钢全心全意嚼着烫嘴的糖饼，丝丝吸着凉气——好像没听见母亲问话。

魏紫兰托着盘子递给丁德绍一张糖饼，小声说，这小子演郭建光演得心硬啦。

第二天，王宪钢进厂恨不得立即擦掉左手臂上这块"手表"，包括暗藏其中的"慧"字。还没来得及找到酒精和汽油，却接到紧急通知：华北电机厂文艺宣传队全体人员马上到厂部会议室开会，不许请假。

王宪钢开会从来不迟到，只好戴着那块"手表"匆匆赶往厂部会议室。华北电机厂政治部主任史文竹看到王宪钢提前到会很是满意，郑重地跟他握了握手——好像外交部部长接见外国驻华使节。

这时其他人陆续走进会议室，史文竹却没有与他们逐一握手，这样就显得王宪钢独自享受了贵宾待遇。郑卫星大步跨进会议室主动叫了一声史主任，对方额首笑着。景达明立即宣布开会。

钱慧慧同志怎么还没来？史文竹用语规范，开口询问阿庆嫂的下落。她话音未落，郑卫星随即举手回答说，钱慧慧马上就到。

果然钱慧慧快步走进会议室，不声不响坐在角落里。史文竹聚光灯似的把目光投向迟到者，和颜悦色批评道，钱慧慧同志你在《沙家浜》里扮演革命英雄人物，平时更要起带头作用嘛。我们要先做革命人再演革命戏，对吧？

长期扮演革命英雄人物的钱慧慧满脸窘色，点头表示接受领导批评。其实她难以解释开会迟到的原因——庞汇强从工厂传达室打来电话，软磨硬泡要求见面。电话里她拒绝了对方的死缠烂打，却误了开会时间。当场受到史文竹的批评，使钱慧慧想起母亲说过的话，女孩子越漂亮麻烦越多。是啊，在学校有武玉国的纠缠，进工厂又添了庞汇强的追求，确实麻烦不少。

会议室里史文竹正式讲话，她纯正的普通话悦耳动听令人想起中央人民广播电台的播音员。她还是先讲国内大好形势，最后话题回归到革命样板戏方面，说，《沙家浜》已经拍成国产彩色影片全国放映，这是普天同庆的大喜事，既教育了广大群众也打击了阶级敌人。华北电机厂文艺宣传队成立以来连续演出革命样板戏，取得很大成绩获得很好声誉。但是随着革命形势发展，我们既要抓革命也要促生产。经过领导班子研究决定华北电机厂文艺宣传队暂停活动，全体队员们回到各自车间跟随师傅劳动，接受工人阶级再教育，磨出一手老趼练就一颗红心，争取早日成为社会主义革命事业接班人。

讲了十五分钟，史文竹提议集体合影留念。宣传科老包捧着"东方四型"照相机拍照，咔咔将《沙家浜》全体成员收入镜头，虽然拥挤却成为难忘的历史瞬间。

合影之后，王宪钢听到嘤嘤哭声，扭头看到卢丽虹抹着眼泪跑出会议室。是啊，这几年在芦苇荡里住惯了，此时解散，难免怀着恋恋不舍的心情。

史文竹微笑着告诉大家，今后不唱样板戏了还有别的演出任务，要在生产第一线体验生活积累素材创作新节目，比如三句半、对口词和山东快书，歌颂工人阶级的无私奉献精神。

讲话完毕，史文竹起身离去。她走路又轻又快，仿佛一具穿着衣服的纸人儿。郑卫星下意识地追了几步，望着史文竹远去的脚步。

《沙家浜》的人们缓缓走出会议室，似乎不愿散去。他们心里依然期待着传来最新消息宣布保留华北电机厂《沙家浜》剧组，宛若学生急于修改错误答案却一时找不到那块橡皮。

简晓铜似乎对《沙家浜》故土并不留恋，快步走了。王宪钢分别与艾学习和朱则良握手，郑重道别。朱则良表示从今往后不再扮演草包司令，踏踏实实当工人。艾学习从衣兜里掏出"豆梗糖"叼在嘴上，不悲不喜的样子。

郑卫星趁机走近钱慧慧说，从七十四中文艺宣传队唱到华北电机厂文艺宣传队，我天天过着刁德一的日子。今后不唱了，我反而舍不得了。

钱慧慧显得比较乐观，反而安慰了郑卫星几句。人们在淡淡忧伤的气氛里，分别前往自己归属的车间了。

王宪钢刻意朝钱慧慧挥了挥手，离开厂部会议室走向机修车间。失掉忠义救国军参谋长身份的郑卫星追上来说，不唱戏了，你说以后咱们怎么办呢？

尽管有着新四军指导员的履历，王宪钢明白进工厂当工人是本分，《沙家浜》只是故乡而已。六神无主的郑卫星一边走一边哼唱着："这几天，多情况，勤瞭望，费猜详，不由我心潮起落似长江……"

这是我郭建光的唱词啊！王宪钢特别惊讶地问道，你刁德一怎么唱上啦？

我心里乱极啦！郑卫星沮丧地说，咱俩都分配在机修车间，你当然知道我跟谁学徒啊，侯——金——泉！

侯金泉？他又不是老马猴儿还能捏着你的手指头当胡萝卜嚼了啊？新四军指导员极力安慰着刁德一，俨然执行着我军优待俘虏的政策。

走进机修车间找到党支部书记办公室，一个精瘦的汉子嘻嘻哈哈说，热烈欢迎郭指导员和刁参谋长大驾光临。王宪钢知道他就是机修车间书记李小轨，谐音外号"小鬼儿"。

"小鬼儿"书记介绍说，机修车间是华北电机厂的机械维修中心，这里只有两位七级钳工，根据厂部指示就选这两个大工匠做你们的师傅。

"小鬼儿"书记派人去叫侯金泉来领徒弟，催了三次也不见动静。很快，王宪钢的师傅崔万昌来了，乐乐呵呵领走了徒弟。从《沙家浜》里走出来的王宪钢就这样开始了崭新的学徒生活。

临近午休时间，还是不见侯金泉的身影。这位车间书记只得引着郑卫星来到班组找侯金泉，可巧看见这位大工匠正在水池前洗手。

那么微小的一块肥皂，小到几乎可以忽略不计，七级钳工侯金泉居然还在使用着——令人觉得他不是在洗手而是在搓弄一枚伍分硬币。郑卫星吃惊地看着这枚从伍分即将缩小为贰分的硬币被侯金泉小心翼翼收拾起来，便彻底相信遇到旷世奇人了。

以吝啬闻名的侯金泉形体干枯，一张瘦削的脸孔好似山西刀削面师傅丢弃的下脚料。他鼻翼两侧的"苦寒纹"很深，"八字"延伸到嘴角，颇有木刻刀法。尤其侯金泉的那双猫眼，孩子们肯定认为电影《平原游击队》的松井小队长率领日本鬼子进村了。只是这位中国工厂版本的松井比电影原版的松井更为乖戾，大冬天穿两条单裤还叫骂车间里太热。

老侯，这是新来的徒工小郑，今后你就是他的师傅了。"小鬼儿"书记伸手将郑卫星推到前面说，你的绝活儿不要带到棺材里去，一定要为工人阶级培养接班人，带出一批技术尖子来！

侯金泉耷拉着眼皮哼了一声，甩着两只湿手起身走了。被晾在旱地的车间书记安抚郑卫星说，凡是大工匠都他妈的这种德行，手里有绝活就跟大尾巴鹰似的，他的脾气你以后就适应了。

尽管演了一百多场《智斗》，刁德一面对侯金泉这种又臭又硬的人物，心里还是敲起小鼓儿——不是奏乐是犯憷。

郑卫星下班组第二天，侯金泉瞅见他手腕上戴着"大英格"，冷笑了。你在文艺宣传队里唱刁德一，穿皮鞋戴手表抽烟卷，人模狗样的。现在跑到我这儿来镀金还装少爷派头，我知道你是飞鸽牌的，什么手艺没学会就走了，还口口声声说是我的徒弟。操！

这不啻当头一棒，郑卫星悄悄将"大英格"捋到胳膊肘位置。他心里明白，工人阶级连上层建筑都占领了，惹不得。

很快，内心机警的郑卫星掌握了侯金泉的基本情况：从小在日本人开的工厂里学徒，从木型翻砂，到烘炉锻铁；从车钳铣，到电气焊；从磨钻头，到接电线；从配钥匙，到拆大件……样样拿得起，件件放得下，属于全能型技术尖子。然而，这位大工匠脾气刁蛮，肝火旺盛，最大特点是张口骂人，而且一骂就是三百六十天。那五天听不见他叫骂，那是生口疮歇病假了。

侯金泉家里有个病老婆，整天抱着两个罐子不放，一个是药罐子，一个是醋罐子。天长日久弄得侯金泉既邋遢又抠门儿。他吃饭从来不去工厂食堂，为了省钱从家里带饭。他的饭盒屡次被人描述为讨饭罐子，里面不是老倭瓜就是烂白菜。他的工作服常年不洗，渐渐朝着唐代武将尉迟敬德的铠甲转化，阳光下闪闪发光。这种装束使他浑身散发着复杂气味，就是化学专家也难以分析清楚。

一辆匈牙利进口紫色自行车是侯金泉的坐骑。它原本是烧汽油的"轻骑式"摩托车。当年车体运进中国等待安装发动机，可巧赶上中苏关系破裂，中匈贸易随之冻结。这一拨没了发动机的匈牙利"轻骑式"摩托车，只好经过改装以脚踏车身份上市，属于内部销售面对产业工人。车间里抓阄儿，浑身臭气的侯金泉竟然中了彩。他身材枯瘦骑着体型高大的匈牙利自行车好似猴子骑大象，成为华北电机厂一道著名景致。

这天中午郑卫星独自来到职工大食堂排队买饭。小黑板上写着甲菜红烧狮子头，两毛钱。乙菜炒三丁，一毛钱。丙菜素炒茄子丝，八分钱。主食供应糙米饭和黑面馒头。

出身冀渤油田的郑卫星演惯了身穿黄呢军装脚踏锃亮皮鞋的刁德一，不

56

知不觉浸染了戏里的富家子弟习气，有时难分戏里戏外。他毫不犹豫地选了一份甲菜和三个黑面馒头。为了尽快融入工人阶级队伍，他端着饭盒回到机修车间一步迈进班组休息室，却发现这里只有师傅一人。他冲着侯金泉笑了笑，进退两难地坐下了。他忘了"大英格"从胳膊肘溜到了手腕上，闪闪发光照耀着师傅枯瘦的脸庞和寒酸的饭菜。

一声不吭的侯金泉埋头吃饭。忐忑不安的郑卫星偷眼望去，对方饭盒里是腌白菜和窝窝头。这时候，郑卫星后悔回到班组休息室吃饭，却找不到退场的理由。低头吃饭的侯金泉突然停止吞咽，缓缓抬头环视四周，然后猛力搐动两只鼻孔，好像嗅到某种突然而至的气味。

大汗淋漓的郑卫星慌了，低头看着自己饭盒里香气扑鼻的红烧狮子头。

你身上什么味儿？侯金泉嗅到香水味儿目光冰冷地问道。郑卫星想起自己身上偶尔散发那种好闻的气味，一时不知如何解释。

你他妈的给我滚出去！侯金泉愤怒了，抬手指着郑卫星的鼻子大骂他是资产阶级狗少爷。郑卫星惊魂未定跑出休息室，饭盒里的红烧狮子头冰凉了。

进工厂当工人，居然遇到这种性情乖张的师傅，郑卫星心里想不通。我怎么一下掉到水深火热的旧社会了？侯金泉整天吹胡子瞪眼睛骂人，工人阶级里有这种人物，真是太辜负毛主席的期望了……

他丧家犬似的走出车间大门，朝着厂部方向望去，想起打字员钱慧慧。内心骄傲的郑卫星喜欢并且信赖钱慧慧，完全由于她在《沙家浜》戏里的精明强干与在戏外的绵软温和所形成的性格反差，这种性格反差产生的女性魅力，仿佛低音区里蕴含着高腔，深深吸引着郑卫星。

钱慧慧在厂部工作，人头熟悉关系通畅，我要想逃离侯金泉的魔掌，只有求助于这位阿庆嫂了。心里这样想着，郑卫星看见远处王宪钢跟随师傅崔万昌，正在搬运崭新的更衣柜，心里羡慕起来。王宪钢遇到这样的好师傅等于提前进入共产主义美好生活。相比之下自己掉进粪井里，里里外外不是人。此时，他越发怀念文艺宣传队脱产演出的日子，宁可演一辈子汉奸也不跟侯金泉学徒。

说起王宪钢的师傅崔万昌，这位全厂闻名的七级钳工长相不俗，深眼窝儿，宽脑门儿，头发稀疏，褐色眼珠，中等身量，酷似苏联革命领袖弗拉基米尔·伊里奇·列宁，因此人称"崔列宁"。他与原版列宁同志相比，欠缺一撮山羊胡子和满脑子哲学思想，当然还缺少《国家与革命》一批革命著作。大工匠崔万昌性情和蔼待人友善，从不倚仗酷似列宁就端起革命领袖架子，因此人缘不错。

自从来了王宪钢，中国列宁便动手给徒弟制作更衣柜，说这是师徒见面礼。他制作的这个更衣柜，一百六十公分高，一百公分宽，五十公分厚，三角铁骨架，薄钢板大身，四面见线，又结实又好看。拉开两扇柜门，里面既有竖式隔断挂衣服，也有横式挡板摆鞋，还有两只存放杂物的抽屉。

你喜欢果绿色还是天蓝色？"崔列宁"满脸微笑说道，你决定了咱们就去成品车间给它喷漆。

王宪钢拿不定主意问道，师傅，我觉得还是深灰色好吧？

好啊！"崔列宁"认为这是《沙家浜》里新四军的颜色，当即赞赏。于是徒弟找来手推车，跟随师傅送更衣柜去成品车间喷漆了。

进了喷漆工段，一群工人看见崔万昌就学着《列宁在十月》里的台词高喊"列宁同志万岁"。这位七级大工匠嘟哝道，列宁同志早就逝世了别再喊万岁了。

成品车间调度员是个满脸"句号"的大麻子，他惊喜地指着王宪钢对"崔列宁"说，原来您的徒弟就是郭建光啊，好福气。说罢当场下达施工单。王宪钢觉得自己又沾了新四军指导员的光，挺难为情的。

"崔列宁"悄声告诉徒弟喷漆工段空气含有苯和二甲苯，属于有毒有害作业，让他出去等候。王宪钢被师傅的爱心感动，执意不走。"崔列宁"把徒弟推出喷漆工段大门，独自返回。

厂道上，身穿工作服头戴绿军帽的简晓铜不紧不慢走过来。他分配在"机械性能实验室"当检验工。王宪钢看见简晓铜嘴里念念有词，以为他还在背诵样板戏台词，就叫了一声。

你以为我离不开《沙家浜》啊？简晓铜习惯性地摘下眼镜说，我这是背诵三角函数的半角和倍角公式呢，我基本掌握了七十二个公式。

王宪钢想了想叮嘱说，你学习数理化没错，但是不要走白专道路啊。

我根正苗红是部队大院子弟，不怕上纲上线。简晓铜进一步表白说，我想跟老崔研究 1＝7，没有数理化底子是绝对不行的。

王宪钢问老崔是谁。简晓铜惊异地说，就是你师傅崔万昌啊，我们部队大院都是"老张老李"这样称呼，叫习惯了。

你想跟崔师傅研究 1＝7？这到底是什么内容啊……这次轮到王宪钢惊异了，因为他只懂得 1＝1 和 7＝7。

你真的不知道这码事情？简晓铜意外地笑了，我看你的魂儿还留在《沙

58

家浜》被郭建光附了体。我要永远把自己当成刁小三，还不得天天抢包袱调戏妇女啊？

我问你什么是1＝7！王宪钢着急了，伸手把住简晓铜的肩膀。简晓铜推了推鼻梁上的眼镜，重新打量着王宪钢。

你真不知道？我给你讲讲吧！老崔啊就是你师傅"崔列宁"，他一九五八年大搞技术革命，发明一台"自动盖章机"，提高办公速度三倍，当年被总工会评为"大跃进标兵"，还上了《工人日报》头版呢。

简晓铜跷起大拇指做出崇拜的样子说，多年以来，老崔埋头苦干搞发明创造，在历届领导鼓励下研制1＝7，多年坚持一直研究到今天！

从一九五八年到今天？王宪钢计算着说，他坚持十六年太不容易啦！不过你还没告诉我1＝7到底什么内容呢。

简晓铜被问住了，只得含糊其词说，我也说不清楚1＝7的具体内容，反正就是不消耗什么动力让机器运转下去……

啊！天底下还有这种好事儿？王宪钢又惊又喜说，怪不得我师傅坚持研究不松劲儿呢。

听了简晓铜介绍师傅的光荣业绩，王宪钢大步跑进喷漆工段激动地冲着"崔列宁"说，我刚刚听简晓铜说起您的发明创造，干脆我也跟您一起研制1＝7吧！

"崔列宁"谦和地绽开满脸的核桃纹络说，不行啊，我这是老课题了。你们年轻人要研究新东西，你知道如今汽车"循环"改"往复"吧？

我听说您研制1＝7，它不消耗什么动力就让机器运转下去，这要是成功了肯定填补一项科技空白呀！

所以难度很大，一弄就是这么多年。毛主席说你们是早晨八九点钟的太阳。我过午了，就利用有限时光研究下去吧。我不能误了年轻人的大好前程。你们《沙家浜》的那个刁小三几次找我拜师，我都谢绝了。

听到师傅仍然称简晓铜为"刁小三"，王宪钢很有感触。无论什么人被画上记号，兴许一辈子都抹不掉。

离开喷漆工段返回机修车间，半路上师傅不紧不慢问徒弟，我听说你在手臂上画了一只假手表是吧？

王宪钢惊讶地反问师傅，您是听谁说的啊？

我也忘了是听谁说的，"崔列宁"满面慈祥地劝解道，画就画了嘛，别人笑话就让他笑话去吧。你以后攒钱买块真手表就是了。你一月存十块钱，一年就能买一只国产手表，你要是心急就去打会，兴许几个月就戴上啦。

工厂里"打会"是自愿结合自发形成的"储金会"，具有"我为人人，人人为我"的互助性质，属于中国社会最基层的金融活动。车间班组"打会"，只要凑齐十二个"会员"，这个"储金会"便成立了。主持人叫"会头"。"储金会"的启动仪式是做出十二个纸阄儿，编号从一到十二。有人抓到"一"，便是元月份提取全年存款；有人抓到"五"，便是五月份提取全年存款；最不走运的是抓到"十二"，只能年底岁末提款了。

嗯！王宪钢大声应答师傅，心里还是纳闷不止。我在胳膊上画手表的事儿怎么传到我师傅耳朵里啦？其实我画手表并不是虚荣心作怪啊！

徒弟拉车，师傅在后面推着。手推车载着深灰色更衣柜走进机修车间大门。车间书记"小鬼儿"嘿嘿笑了。崔师傅你手艺不错啊，这个更衣柜八面见线，足够五级钳工水平啦！

怎么五级钳工水平呢？我师傅是七级！王宪钢挺身而出大声解释着。

当然是七级钳工，当然是七级钳工……"小鬼儿"书记讪笑着，转身走了。

王宪钢好似一杯水，"崔列宁"宛若一缸水。一杯水倒进一缸水里，很快融合了。崔万昌与王宪钢的和谐相处，引得郑卫星暗暗妒羡。他找到王宪钢抱怨说，我宁愿演一辈子反面人物刁德一，也不愿跟大工匠侯金泉学徒，这是活受罪。

说着，郑卫星看见王宪钢左手臂上圆珠笔痕迹，立即摘下那只记载着他刁德一身份的"大英格"手表说，你想戴手表跟我说一声嘛，干吗非画一只假的呢！

尽管这只"大英格"当初给自己带来"演出事故"，王宪钢还是被郑卫星的豪爽感动，婉言谢绝了他的好意。然后找来一小瓶汽油躲到角落里，使劲擦拭着那只"手表"的痕迹。

临近午休时间，小巧玲珑的卢丽虹捧着一只大号饭盒走进机修车间，急匆匆好像是从芦苇荡赶来的。由于在《沙家浜》里扮演新四军卫生员小凌，卢丽虹被分配到铸造车间当了红医，可谓专业对口。铸造车间男工多，女工极少。卢丽虹随即成为一道风景，但是她心里只有曾经朝夕相处的郭建光——王宪钢。

性情如火的卢丽虹径直奔到王宪钢面前，笑了。喂！这是我妈做的猪肉包子，我诚心给你择了十六个没破皮儿的，你蒸热了吃啊！吃完了不用你刷

60

饭盒。说着，红医卢丽虹直杵杵将饭盒塞到王宪钢怀里，扭摆着腰肢走了。

农村有"赤脚医生"，肩挎药箱打着赤脚奔走于田埂地头为贫下中农送医送药，成为"无产阶级文化大革命"的新生事物。工厂有红医为奋战在生产一线的工人们提供健康服务，尤其进入高温季节还要做好防暑降温工作，受到工人阶级好评。

机修车间书记李小轨倒背双手溜达过来，龇着大牙望着卢丽虹离去的背影说，我说郭建光同志，我们都知道钱慧慧跟你关系不错，今儿怎么又冒出一个卢丽虹呢？你不要脚踩两只船啊……

王宪钢的大红脸变成大紫脸，连连冲着"小鬼儿"书记摆手说，你千万别开这种玩笑，我们学徒期间是不会谈恋爱搞对象的！

平时，"小鬼儿"书记特别热衷给年轻人介绍对象，笃信成就一桩婚姻增加一年寿数的民间风俗。他当众掐着手指计算说，我介绍成功五对了，阎王爷给我增加五年阳寿！我要是把郭建光跟阿庆嫂说成了，就增寿六年。我若促成一百桩婚事那就成百岁老寿星了。

机修车间的工人们也认为，郭建光跟阿庆嫂应当凑成一对儿。这种舆论给王宪钢带来很大的心理压力，尤其是他拒绝了钱慧慧的来信。他神情紧张地央求"小鬼儿"书记说，当兵还有复员的时候呢，我唱了几年《沙家浜》不能永远就是郭建光吧？请您别为我操心好不好……

看见来了猪肉包子，机修车间几个嘎小子一拥而上，理直气壮地说，既然新四军卫生员给新四军指导员送了好饭，咱们伤病员不吃白不吃。

一阵哄抢之后，十六个饱含卢丽虹深情厚谊的猪肉包子被冒牌的新四军伤病员们抢走六个。这时机修车间响起午休铃声，王宪钢端着饭盒去茶炉间弄热了残余的十个包子，一人五个跟师傅"崔列宁"均分，说是实行共产主义。

提前享受着共产主义的好处，"崔列宁"一边吃一边吧嗒着嘴说，列宁同志肯定是吃西餐的，黄油香肠牛奶咖啡，咱们可吃不惯那玩意儿啊。

我从电影里看到列宁同志特别和蔼，王宪钢夹给师傅一只包子问道，您说列宁有儿子吗？当时苏联不会实行计划生育吧？

我记得列宁好像有个闺女叫什么卡娅……中国工人崔万昌凝神思索道，苏联跟德国打仗死人太多，所以他们鼓励生养，一胞生四胎就被封为英雄母亲，孩子落生由国家供养，这是社会主义优越性啊。

"崔列宁"补充说，咱们国家跟苏联翻了脸，因为他们变修了。列宁同志要是活着，苏联肯定不会这样的。现在全球社会主义就数咱们了，毛主席是世界革命的领袖啊。

社会主义国家还有阿尔巴尼亚和朝鲜、越南，古巴也行。王宪钢给师傅做了补充，然后咽下一个猪肉包子。

郑卫星望着这个师徒和谐的场面，心情更加郁闷。王宪钢不光摊上好师傅，还有卢丽虹追着送好吃的，他真是幸运儿。我怎么这样倒霉呢？命运对我太不公平……满怀怨艾，胃里竟然反出一股酸流，烧得他喉咙难受。

王宪钢吃了包子，突然问师傅是什么馅儿的。"崔列宁"注视着徒弟说，你吃了人家小卢的包子不知道什么馅儿，我看你兴许是一个干大事情的人！

受到师傅关于包子馅儿的夸赞，王宪钢吧嗒着嘴，满脸窘相地笑了。

"崔列宁"继续说道，你演了几年郭建光，有时候觉得自己就是新四军指导员了，是不是啊？

您说得太对啦！徒弟惊异地望着师傅说，比如中午食堂买饭，无论多少人加塞儿，我必须排队。比如等候班车，无论多少人拥抢，我肯定排队。我寻思这是受了郭建光的影响，宽以待人严于律己呗。

"崔列宁"呵呵笑着说，这就叫灵魂附体你知道吗？郭建光的灵魂附了你体哟！

王宪钢受到师傅的启发，连忙补充道，是啊，假如我抢着买饭抢着上车，别人高喊："郭建光别加塞儿！"这样不光我丢人，我还给人家新四军指导员脸上抹了黑。所以是替人家郭建光活着呢。

对！你心里的想法跟我一模一样，都是为别人活着的。外貌酷似列宁同志的崔万昌话语里既包含理直气壮的自豪也隐蕴着难以察觉的无奈。

王宪钢不解地反问，您不会有这么大压力吧？您没唱过革命样板戏也没演过英雄人物……

"崔列宁"感慨地笑了，我没唱过革命样板戏，可是这些年总演《列宁在一九一八》啊。我走进咱厂职工大食堂，就有人高喊，不要挤，不要挤，让列宁同志先走！还有人模仿刺杀列宁的女特务卡普兰，伸手比画着吭吭冲我开枪，就跟真事儿似的。所以我干脆从家里带饭，不在食堂露面儿。

叹了一口气，师傅继续对徒弟说，既然大家说我长得像列宁，我就严格要求自己呗。人家列宁同志是全世界无产阶级革命领袖，世界上还有三分之二受苦人没有解放，我马虎不得啊！

您马虎不得？王宪钢终于明白师傅多年以来的特殊处境。是啊，列宁同志是全世界革命导师，比郭建光影响大多了，你确实不能给他老人家丢脸。

崔万昌摇了摇头说，列宁同志远在苏联去世多年，现在郭建光全国人民都知道，芦苇荡里十八棵青松，你的影响更大啊。

你演了一百多场郭建光吧？崔列宁笑着发布有关王宪钢命运的谶言说，我看你这辈子是离不开《沙家浜》啦！

吃着猪肉包子，师徒二人互相勉励，一个酷似列宁为世界革命领袖活着，一个身似青松为英雄人物活着，都显得挺有劲头的。

于是，王宪钢暗暗发誓遵照父亲的遗言——做一个好工人。至于怎么做个好工人，他心里念叨"三老四严四个一样"的"大庆精神"。

"三老"是："对待事业，要当老实人、说老实话、办老实事。""四严"是："对待工作，要有严格的要求、严密的组织、严肃的态度、严明的纪律。""四个一样"是："黑夜和白天干工作一个样、坏天气和好天气干工作一个样、领导不在场和领导在场干工作一个样、没人检查和有人检查干工作一个样。"

就这样王宪钢经常默诵"三老四严四个一样"，激励着自己。有时候别人以为他走神便打趣问道，喂，郭建光又惦念人家阿庆嫂往芦苇荡里给你送饭呢？

这样一句玩笑话，却说得王宪钢一张大红脸。王宪钢确实另有心事。一是他想弄清楚谁是生身之父。二是师傅的 1＝7 对他产生极大吸引力，很想参加进去。怀着这两件心事，王宪钢努力朝着人生目标迈进——当一个好工人。

机修车间的生产状况很不均衡，有时活儿多加班加点，忙得像是瘸子丢了拐杖——站不住脚；有时没活儿，闲得像是怀里揣着二十五只老鼠——百爪挠心。闲得难受，小青年就总爱拿崔万昌当靶子，找乐儿。

这天午休时间，"崔列宁"洗了大裤衩晾在班组休息室，不知被谁高高挂在车间外面的灯杆上，迎风摇晃好像一只大屁股升了天。一群工人嘻嘻哈哈围观。王宪钢惊诧地跑到灯杆下，心头好似大雾弥漫。

我师傅连年被评为先进生产者，还接受记者采访被称为"工人发明家"，事迹早就登了《工人日报》。他受不到尊重反而成了人们戏耍的对象，这到底是怎么回事儿呢？

王宪钢解不开心头疙瘩，抬头望着挂在灯杆上的白色大裤衩，觉得自己既不了解工厂，也不了解工人阶级，确实停留在《沙家浜》养伤阶段，没有彻底走出芦苇荡。

受害者"崔列宁"来了，只见他乐乐呵呵搬过梯子靠紧灯杆，起身去摘挂在高处的大裤衩。王宪钢伸手拦住师傅抢先攀上梯子。这时不知是谁阴阳怪气地说，"崔列宁"有了好徒弟，新四军指导员亲自去摘大裤衩啦。

性格温和的王宪钢急了，站在梯子上扭脸寻找阴阳怪气的人。现场安静下来，好像一只空空荡荡的大坛子。

崔师傅发扬工人阶级艰苦奋斗的精神研究 1 = 7，你们为什么戏耍他呢？王宪钢气愤地质问道。

现场没人代表工人阶级回答王宪钢的质问，他站在梯子上内心充满失望。郑卫星跑来递过一根竹竿叮嘱他站稳脚跟。这时又有人小声讽刺说，就连刁德一也来助阵，真是敌我战线混乱啊。

王宪钢稳住心神，高举竹竿儿伸向那条大裤衩，却还有一尺差距。这时啪的一声好像小石子击中晾衣架，这条白色大裤衩从高处飘落而下，恰巧落在郑卫星脑袋上。人们哄地笑了。

站在梯子上的王宪钢看到卢丽虹身穿劳动布工作服站在人群后面，手持弹弓显得英姿勃勃。"小鬼儿"书记连连咂嘴，赞叹不已地说，敢情是你打弹弓啊？真是神啦！

王宪钢走下梯子看着卢丽虹，几乎不敢相信这是她的作为。卢丽虹随手把弹弓还给身边的瘦脸工人，满脸得意地对王宪钢说，你不知道我小时候外号叫"假小子"？翻墙爬树打弹弓样样精通呢！

说罢，卢丽虹冲着"小鬼儿"书记说，我们现在不唱样板戏了下车间当工人，但是王宪钢照旧是我们的指导员，你们谁也不许小瞧他！

"小鬼儿"书记连连摇头说，有您这位樊梨花撑腰，谁敢小瞧薛丁山啊！

人们又是哄地大笑。卢丽虹不知道老京戏里薛丁山与樊梨花是两口子，转脸问王宪钢大伙为什么发笑。出身梆黄之家的王宪钢当然知晓剧情，羞红了脸。

工人发明家崔万昌受到小青年们戏耍，却毫无怨艾地从郑卫星手里接过白色大裤衩，乐乐呵呵地走了。

车间里传出侯金泉尖锐的叫声，郑卫星！"崔列宁"又不是你家祖宗，你送竹竿儿巴结他干吗？你是咸吃萝卜淡操心！

听到师傅斥责，郑卫星的脸唰地白了。这脸色令王宪钢想起老戏里的司马懿，却不知如何安慰他。

工人们怀着看戏的心理注视着青春帅气的郑卫星，看他无端受辱究竟有何反应。一丝冷笑明显挂上郑卫星的嘴角，含有几分铁器的质地。

人们似乎看出，师傅侯金泉与徒弟郑卫星之间的争吵一触即发，便越发期待着。王宪钢颇为担心地朝前走了两步，却被卢丽虹悄悄拉住。

厂部打字员钱慧慧怀里抱着一堆文件经过这里，瞪大一双秀美的眼睛注视着这个可怕的场面。

郑卫星的面孔渐渐泛红，几乎遮盖了惨白脸色。他摇了摇头转身朝着车间大门走去，身体好像一株被迫移动的小白杨。人们听见他操着平静语气说道，侯师傅，您不是叫我去领毛毡垫圈儿吗？今天仓库没货。

你脑子进水啦？什么毛毡垫圈儿！我他妈的叫你去清洗那台机油泵，操！侯金泉粗鲁地叫骂着，还是不依不饶。

一表人才的郑卫星被侯金泉骂得狗血喷头，暗暗咽着苦水。我在《沙家浜》控制着草包司令胡传魁，也给地下党员阿庆嫂制造了不少麻烦，还逼着老百姓下阳澄湖捕鱼捉蟹，枪毙了新四军家属刘老头儿和王福根，如今掉到侯金泉手里……

看热闹的人们期待着郑卫星的爆发。然而，他不声不响走进机修车间，在侯金泉的责骂声里清洗机油泵去了。

钱慧慧同情地望着郑卫星写满委屈的背影，红了眼圈儿。卢丽虹一旁小声提示说，你在戏台上不是很坚强嘛，怎么动不动就雨打芭蕉叶呢？人家郑卫星在戏台上当汉奸都没红过脸，这点小事儿他肯定扛得住！

钱慧慧盯了卢丽虹一眼，怀里抱着文件快步离去。这时候，看热闹的工人们四散而去。看到人们走尽了，卢丽虹扯着王宪钢的袖口从衣兜里掏出一块半新半旧的手表，好似地下党接头般塞给王宪钢。

王宪钢不明就里躲闪着。卢丽虹嗔笑说，我又不是塞给你定时炸弹，这是瑞士手表老"罗马"！

王宪钢更不懂了，想跑。卢丽虹横身挡住耐心解释道，这是我姥爷的手表，我硬给他摘下来送给你戴的！这样，你就用不着去画假手表了……

什么？王宪钢不由亮出左手腕儿——深蓝色圆珠笔痕迹荡然无存了。

我知道你父亲去世之后，家庭生活困难。你知道别人怎么议论你吗？说新四军指导员在胳膊上画了刁德一的手表……卢丽虹痛惜地说道。

这都是老皇历啦！王宪钢推开饱含卢丽虹深情的"老罗马"手表，一口气跑进机修车间，蹲在角落里寻思着。这事儿怎么还在传播呢？存心让我丢人现眼啊……

百思不得其解，心里郁闷。师傅崔万昌稳稳当当踱过来，好像完全忘了自己遭受的戏耍。他不动声色安慰徒弟说，你把手表画在自己胳膊上难免被别人看见，反正现在颜色褪尽了。

一霎间，王宪钢想起钱慧慧。她要是听说我画手表的事情会怎样想呢？这时他意识到自己还是很在意钱慧慧的，心里沉甸甸的。

广播站按时播出下班的"军号"声。厂道上人流如织。不出一袋烟的工夫，机修车间安静下来，没了人影。

王宪钢看见师傅崔万昌走进车间角落里自己的"领地"，一下唤起他的好奇心。

崔师傅独自研究1=7的地方，被工人们戏称为"列宁工作室"。它是在车间角落里用木板做墙搭建而成的小天地，形成一间没有屋顶的房子。

然而，机修车间工人们普遍对这间"列宁工作室"缺乏敬意，有人用粉笔在木板门上写了一副对联。上联是"扑克牌里一比七大"，下联是"干工作时七比一小"，横批是"研究研究"。

对于青年工人王宪钢来说这副对联的内容晦涩深奥，令他无法理解其中的含义。满怀对1=7的好奇，他凑近"列宁工作室"，透过木板房缝隙窥视这块特殊的领地。

一张工作台上摆着一架形似内燃机的家什，上方垂下一盏摇摇晃晃的吊灯。灯光照耀下这架布满各种线路的机器散发着神秘色彩。王宪钢看到师傅戴着老花镜站在工作台前思考着，缓缓抄起一把剪刀。

是啊，从青春时代到中年时光，多少年过去了师傅就这样研究着，滴水穿石从不放弃……王宪钢被这位工人发明家打动了，握紧拳头暗暗发誓无论如何也要追随师傅，研究1=7。

咦？他看见师傅从工作台下面取出一件白晃晃的东西，正是那件遭受别人戏耍挂在灯杆上的白色大裤衩。这是工厂普遍流行的男人内裤，布料俗称"什锦白"，八毛二分钱一尺。

王宪钢屏住呼吸几乎叫出声来——日常勤俭的师傅居然操起剪刀，狠狠地把那件好端端的白色大裤衩剪成一条条布穗儿，好像极力发泄着内心的积郁。他听不清师傅说什么，却看到师傅满脸陌生表情。

他不知怎样形容师傅的陌生表情，也不知这种陌生的表情意味着消沉还是激昂，意味着扭曲还是刚毅……他只觉得自己太阳穴咚咚跳着，双腿发软。

果然，表情冷硬的崔万昌将一条条布穗儿紧紧捆绑在一根小木棍上，白色大裤衩变成一把小拖布。他挥起这把崭新的小拖布用力清扫工作台，突然提高嗓门大声发泄道，你们凭什么这样戏弄我？我告诉你们吧，一个人一辈子只能做一件事情！

　　一个人一辈子只能做一件事情？听着"崔列宁"发自肺腑的呐喊，王宪钢想起去世的父亲。是啊，唱戏的父亲一辈子只做了一件事情，还想做第二件事情却死了。他转身离开"列宁工作室"。师傅在徒弟心中的形象，猛然间复杂起来。

　　工厂里的人物与事情，一时弄不明白。王宪钢认为总会弄明白的——因为自己终将成为一个彻头彻尾的工人。

五　珍稀动物

光阴似水，又淌进一个酷夏。进入高温作业季节，华北电机厂为一线生产车间配备防暑降温饮料——冰镇山楂汤。三伏天的过午时分最热，王宪钢头顶大太阳拎着铁壶为班组领取山楂汤。

车间大门口，"小鬼儿"书记通知他马上去厂部会议室，还有郑卫星。他只得放下铁壶去找郑卫星结伴到厂部开会。

身穿圆领汗衫的郑卫星蹲在工作台前，低头研磨一只减压阀，弄得满脸油污跟旧社会的小伙计似的。说是去厂部开会，侯金泉不发话，郑卫星不敢洗手，形成一个阎王、一个小鬼儿的局面。王宪钢只得独自走出机修车间，站在厂道宣传栏前看了几份《决心书》，然后来到厂部大院，抬头看见身穿工作服的郑卫星快步踏进会议室。

咦，这家伙是哪吒踩着风火轮来的？王宪钢走进会议室正要张口询问，郑卫星却起身跑出会议室直奔厕所好像吃了泻药。

除了在《沙家浜》里扮演在湖面发现日本汽艇的郭建光指导员，王宪钢平时没有什么敌情观念，因此他并不觉得郑卫星行为异常，心里想着如何跟师傅崔万昌请教，尽快掌握"锉六方"的技术。

郑卫星站在会议室外面，发现前来开会的都是华北电机厂文艺宣传队成员，便揣测《沙家浜》剧组可能恢复演出。只要恢复演出，他就能脱离侯金泉了。看到钱慧慧来了，郑卫星目光低垂打量她脚上穿着的黑色塑料凉鞋，小声打听会议内容。钱慧慧摇头说不知道。郑卫星转身走进会议室，重新坐在王宪钢身旁。

卢丽虹迟到了。由于赠送王宪钢"老罗马"手表遭到拒绝，她心中负气，坐在远离王宪钢的地方，故意大声跟艾学习搭讪着。

史文竹走进会议室瞥了一眼卢丽虹，高声宣布开会。她站着讲话，无形之中给会议增添了紧张气氛。扮演胡传魁的朱则良想请这位青年领导干部坐下讲话，几次张嘴又闭上了。

你们下车间进班组，但是人事档案仍然归厂部管理。今天召开进厂两周年总结会，主要是通过开展批评和自我批评，总结经验，查找不足，从而达到提高思想觉悟的目的。史文竹的开场白简明扼要，与会者听得明明白白。艾学习当即发出感慨说，光阴似箭日月如梭，两年一晃过去了。

显然，史文竹不喜欢别人插话，扫了一眼随意添加台词的艾学习，开始做进厂两周年的总结报告。

原来我们的档案还在厂部呢……王宪钢望着史文竹不停振动的嘴唇却听不到她的声音，走神了。是啊，一个人的出身和经历都在档案里，我档案里应当有生身父亲的蛛丝马迹吧？可惜我不能翻阅本人档案，难以揭开身世之谜……

心里思谋着，王宪钢收拢思绪回到现实世界。他发现人们的目光纷纷投向自己，就询问身旁的郑卫星。郑卫星抿紧嘴角直视前方，好似不会说话的雕像。

卢丽虹霍地站起大声嚷嚷道，史主任！王宪钢把手表画在胳膊上是事实，难道就不能画着玩儿吗？这谈不到追求小资产阶级生活方式，更谈不到什么浮华心理和虚荣思想……

卢丽虹同志，请你坐下说话好不好？史文竹话语锋利，然而表情平淡，显示出青年领导干部处变不惊的心理素质。

这时王宪钢明白了，史文竹在工作总结里批评了自己画手表的行为，因此引发卢丽虹起身反驳。

这件事情早就过去了，也没有造成什么不良影响嘛……钱慧慧小声表态，平息着史文竹与卢丽虹之间的冲突。

王宪钢起身对史文竹说，我确实在胳膊上画过手表，虽然史主任旧事重提，这件事情我做检讨吧。

你凭什么做检讨?！卢丽虹从上衣兜里掏出圆珠笔，飞快地在自己左手腕上画出一只"手表"，扬起胳膊走到史文竹面前说，我也有小资产阶级虚荣思想，你也让我写检讨好吗？

史文竹神色平静，仔细观察着这只无中生有的"手表"。无所畏惧的卢丽虹变本加厉地说，王宪钢画的是"大英格"，我画的是"大罗马"，"大罗马"比"大英格"贵，所以我的小资产阶级虚荣思想比他严重得多！

史文竹扬起扁平脸庞，用目光圈点着卢丽虹说，小卢，你不要以为你父亲是煤建公司领导干部，你就可以放任自流，我现在要求你回到自己座位上去。

卢丽虹天性吃软不吃硬。看到史文竹不但没有发威反而心平气和，她一下撒了气瘪了胎没了劲头，只得坐回去了。这时坐在前排的朱则良终于小声调停道，史主任你继续讲话吧。

史文竹瞟了瞟这位草包司令，表情冷漠起来。既然王宪钢主动提出做检讨，他可以不做了。卢丽虹搅乱会场秩序影响不好，应当做出深刻检讨，今天就留在厂部写检查，下班之后直接交给我。

卢丽虹再次起身问道，我写多少字啊，检讨？三页还是五页……

其实你写三个字就行——我错了。史文竹不急不躁吐出这句话，却让卢丽虹感觉寒气逼人，恨不得立即去穿棉袄。这时，会议室门外好像来了什么动物，声音挺大。随着一声尖叫，一个披头散发的中年女人破门而入。只见她面孔黢黑、身形枯萎，挽起的裤管露出两截焦黄干瘦的小腿。引人注目的是那几颗颜色黑黄的门牙，显然是烟熏茶渍的结果。

这里谁是当官儿的？谁是当官儿的我找谁告状！这女人目光迷离没有焦点，一屁股坐在地上。钱慧慧伸手想拉她起来，对方索性躺倒在地，嘴巴冲天哭诉起来。

人们渐渐听懂这个女人哭诉的内容。原来她是机修车间大工匠侯金泉的老婆，常年生病在家喝汤药，这些天突然发现丈夫沾了一身女人气味，就认为他在厂里有了狐狸精。

听到大工匠侯金泉出了生活作风问题，史文竹当即宣布散会。挺好的两周年总结会被这起突如其来的"风化案件"腰斩。《沙家浜》的人们走出会议室，议论纷纷散去了。

史文竹抄起会议室电话唤来于亢虎，要求保卫科着手调查，以免影响全厂"抓革命，促生产"的大好形势。于亢虎听说侯金泉出了生活作风问题，不啻听到抓获美蒋特务，兴奋得瞪圆眼睛好像成了真老虎。

王宪钢跟郑卫星一路返回机修车间。没有如愿听到恢复演出的消息，郑卫星情绪低落，脚上好像穿了一双铁鞋。

卢丽虹小鱼儿似的从后面游来，拖住王宪钢让郑卫星先走了。之后她满脸嗔怪说，你真傻还是装傻啊？我看是郑卫星把你画手表的事儿散布出去的，你怎么敌友不分还跟他在一起呢？

王宪钢憨厚地笑了，认为这页老皇历翻过去了，而且没有证据说明事情扩散跟郑卫星有关。卢丽虹伸出食指轻轻戳着王宪钢胸口说，今天要不是侯金泉老婆闯进来闹事，史文竹还要揪住你画手表的事儿不放呢！我看她是存心跟你过不去……

王宪钢担心公共场合跟卢丽虹拉拉扯扯影响不好，大步跑进机修车间。

卢丽虹眼窝满是委屈的泪水，低头看着自己画在手腕上的"大罗马"小声说，王宪钢你是泥胎啊！我跟你同甘共苦你怎么不懂我的心呢……

心里赌气，卢丽虹返回厂部径直走进会议室，哼哼着革命歌曲《洪湖水浪打浪》。她想起史文竹说检讨书只写三个字就行，获胜者似的笑了。好啊，姑娘我就写三个字，交差。生性泼辣的卢丽虹跑到打字室想讨两张稿纸写检讨书。

卢丽虹进了打字室，钱慧慧摆手示意她不要出声。侧身听着从隔壁传来的吵嚷声。

隔壁正是保卫科审案的房间。于亢虎高声斥责侯金泉，催促他如实交代身上女人味道的来源。侯金泉大声辩解，满嘴粗话，我老婆说我身上沾了女人味道？妈了个×的，她瞎掰！我姓侯的从来不沾野娘们儿，姓于的你非逼我承认生活作风问题？操！那味儿是我从你妈妈身上沾来的……

钱慧慧听得红了脸，低声说，侯金泉说话真难听，一嘴垃圾。

卢丽虹却没有这种心理障碍，竖起耳朵小白兔似的听着隔壁审案，突然念叨起来，哎哟，我听见侯金泉说他身上的香水味道是从郑卫星那儿沾来的！

香水味道……钱慧慧趿拉着黑色塑料凉鞋走到打字机前边，随手捡起一枚铅字思索道，是啊郑卫星身上有时散发一股好闻味道，咱们《沙家浜》剧组给他做证。这跟生活作风有什么关系？更扯不上资产阶级生活方式啊……

卢丽虹调笑着评论道，侯金泉的工作服八辈子不洗，浑身酸臭能把活人熏死两回，他沾上好闻的味道带回家，他老婆肯定闻出香水味道呗！

钱慧慧看到自己随手拿到的铅字是红彤彤的"彤"字，这令她想起晾在窗台外面的那双红色塑料凉鞋，推门走出打字室把它拎了回来。这时隔壁又响起于亢虎的高声喊叫，大意是说既然侯金泉身上沾了郑卫星的味道，马上传郑卫星当场验证。

哎哟！钱慧慧惊叫起来。卢丽虹以为她替郑卫星担忧。然而钱慧慧捧着两只红色塑料凉鞋惊异不已地说，这不是我的塑料凉鞋啊！我的塑料凉鞋穿了两年多没有这么新啊……

卢丽虹一把抢过这双红色塑料凉鞋端详着，轻轻吸一口冷气。这双塑料凉鞋是前年在廊坊演出咱俩一起买的，你怎么越穿越新呢？这真是见了鬼！

钱慧慧毕竟扮演过胆大心细、遇事不慌的阿庆嫂，此时仔细审视鞋底磨痕说，没错！这肯定是我的塑料凉鞋，但是它表面变得光光亮亮跟新鞋一样！我见过皮凉鞋擦了鞋油跟新鞋一样，还没听说塑料凉鞋擦鞋油的呢。

卢丽虹撇了撇嘴，似乎对塑料凉鞋引发的疑案兴趣不大，仍然把注意力集中在隔壁审案上。嘻嘻，于亢虎派人去传郑卫星，这事儿闹大发啦。

这真是怪事……钱慧慧解不开眼前疑团，猫腰将这双从旧变新的红色塑料凉鞋放在办公桌下面，小心翼翼将它保护起来。

好啊好啊，一会儿要是郑卫星来了，于亢虎是不会轻易放过他的。卢丽虹作壁上观说，咱厂保卫科就跟日本宪兵队似的，汉奸刁德一进了日本宪兵队，这是大水冲了龙王庙！

侯金泉说那股味道是从郑卫星身上沾染来的，我认为他说得对。钱慧慧眉头紧锁陷入回忆说，每逢夏天演到《智斗》那场，郑卫星身穿黄呢子军装捂汗，他身上就散发气味儿，那气味儿不是香也不是甜，反正挺好闻的。冬天演出气味儿就不明显……

你冬天跟他有亲密接触哇？反正我知道天气多热你都不爱出汗。卢丽虹嘻嘻哈哈着说，他的气味儿不是香也不是甜，那就是婴儿奶香呗！

反正那种气味儿容易让人觉得是清淡的香水……钱慧慧表情严肃地说，要不是侯金泉老婆进厂闹事，我还忘了郑卫星散发这种味道呢。

这么说郑卫星成了出产麝香的动物？卢丽虹幸灾乐祸道，干脆咱厂把他当作香獐饲养起来，到时候提取珍贵药物贡献国家。

院子里果然响起脚步声，钱慧慧跟卢丽虹同时扑到窗前伸长脖子——这两头小型长颈鹿透过窗户玻璃看到有人押着郑卫星来了。他从打字室门前经过，有意向窗台投来一瞥。钱慧慧情不自禁叫了一声，说，天啊！他们怎么跟押送犯人似的。

你看了特别难受吧？你阿庆嫂心疼他刁德一，这是阶级立场问题。卢丽虹端起钱慧慧水杯喝了一口，使用激将法。

打字室里一阵沉默，好像暂时成了无人区。终于，无人区响起钱慧慧的声音：以后你不要到打字室来了，走吧！钱慧慧突然对卢丽虹下达逐客令。

卢丽虹怔了，表情从亢奋变成尴尬说，我怎么惹你了，阿庆嫂同志？

你看到别的同志遇到倒霉事儿就幸灾乐祸，这是思想品质问题。钱慧慧毫不留情继续逐客说，请你马上走吧，小卢！

自知理亏，卢丽虹只得推门走出打字室，小声自我解嘲说，哼，新四军卫生员被阿庆嫂给轰出来了。这时她扭脸看见郑卫星立在保卫科门外，却身穿印有"冀渤油田"字样的工作服，这样子好像他不是华北电机厂职工。

仿佛刮来一阵小风，史文竹快步走来。卢丽虹想起检讨书的事儿，便原地不动等待催问。史文竹并不搭理她，径直走到保卫科门前对于亢虎下令，你去打开对面的外宾接待室，我要亲自向郑卫星问话。

那是接待外宾的地方啊！于亢虎不愿放弃任何审案的机会，张口跟领导讨价还价。史文竹变了脸色说，你的任务是看管侯金泉的老婆，不要让她寻死觅活四处乱窜！

这两年经常有阿尔巴尼亚和罗马尼亚外宾进厂参观，特意设立了外宾接待室。这里有牛皮沙发和玻璃钢茶几，配有紫色金丝绒窗帘，还挂着一幅风景油画。

史文竹让郑卫星走进外宾接待室，她回身吩咐于亢虎说，你马上送两暖瓶开水来！

卢丽虹已然忘了遭受"逐客令"，匆匆跑进打字室向钱慧慧报告说，史文竹亲自审问郑卫星，还让于亢虎打来两瓶开水呢。

钱慧慧觉得卢丽虹性格实在可爱，忍不住笑了，你也开始关心革命同志啦？

卢丽虹顽皮地伸了伸舌头也笑了。

钱慧慧坐在打字机前忙碌着，一堆堆厂部红头文件等待打印。卢丽虹站在窗前盯着对面外宾接待室，看见于亢虎又送进去一暖瓶开水，便扭头对埋头打字的钱慧慧说，史文竹把外宾接待室改成茶馆了，已经三暖瓶了。

钱慧慧埋头打字说，你别看史文竹只比咱们大五六岁，她参军在二〇八医院做过护士，在师部做过机要员，还在地方公安局支过左，工作经验丰富着呢。

我还以为史文竹至少比咱们大十岁呢，她结婚了吗？卢丽虹随手抓过一张稿纸铺在窗台上，挥笔写了"我的检讨"四个字，之后歪着脑袋咬住圆珠笔翻着白眼构思，突然坏坏地笑了。她用力写了三个字"我错了"，便署了自己的名字，转身对钱慧慧说，史文竹说检讨书写三个字就行，我就写了三个字。

你千万不要这样！史文竹可不是可以随便得罪的人物。钱慧慧劝告说，

73

你端正态度写一篇检讨书，不要少于八百字。

哎哟！卢丽虹透过窗户玻璃看见于亢虎押着侯金泉老婆走进外宾接待室，惊叫起来。钱慧慧认为案情即将出现结果，起身走出打字室。

卢丽虹经常担心钱慧慧成为自己追求王宪钢的障碍。此时，看到钱慧慧如此关心郑卫星，偷偷乐了，你要是惦记郑卫星，我替你进去侦察敌情好吗？

不等钱慧慧回答，卢丽虹手捧只有三个字内容的检讨书，一串小跑推门闯进外宾接待室。

钱慧慧追了两步，站住叹了一口气。她确实关心郑卫星的处境。郑卫星在样板戏里是反面人物，不演样板戏了还是革命同志。钱慧慧从小有一颗与人为善的心，认为善良是做人应有的品质。然而，饱受情感挫折的母亲告诉她，善良所产生的爱心往往与爱情所产生的爱心相似，都给人带来温暖和感动，所以容易认错人。善良，所体现的爱心，是公开的、博大的；爱情，却是一己私情，仅给予自己最钟情的人，并且是隐秘的。

身为小学教师的母亲是过来人，她的切身体验女儿不能完全理解，却记住了这句话：善良不会成仇，爱情容易生恨。年轻的钱慧慧认为自己的爱情还在远处——尽管她给王宪钢写过情书。

卢丽虹手捧检讨书一步迈进接待室，看见史文竹站在紫色金丝绒窗帘前面，身后深色背景映衬着她的苍白面孔，好似外国油画里的人物。

外宾接待室房间中央摆着一个大沙发，这位置显然是特意摆放的。身穿"冀渤油田"工作服的郑卫星满头大汗坐在沙发里，脚边立着三只暖瓶。两只已经喝空了，第三只属于预备役。

郑卫星喝下十杯白开水，觉得自己的嘴巴成了田鼠洞穴——不灌满水就逼不出元凶。这种接待外宾的沙发很软，他感觉身体落进陷阱里，等待猎人到来。他想起因公殉职的父亲，认为自己被灌溉成这种样子给石油世家丢了脸。

卢丽虹抬头碰到史文竹冰凉的目光，连忙说，史主任我是来交检讨书的。之后伸出左手递去那张写着"我错了"三个字的稿纸，一下裸露出画在手腕儿上的那只手表。

它走得准吗？史文竹一本正经问道。接过检讨书看到这样两行文字："人生是倾斜的，所以我们有时感觉上升，有时感觉下降；有时充满期待，有时饱尝失望；有时格外痛苦，有时极其快乐。尽管我的冬天落雪了，我的内心似火……"

这是你的检查啊？史文竹上下打量着卢丽虹说，这是一首小资产阶级情调的诗歌！

这是谁写的……卢丽虹慌忙抢回稿纸看了两眼惊叫道，敢情这张稿纸背面也写了字儿？我不知道哇！

这是你从钱慧慧打字室拿的稿纸吧？史文竹好像诱敌深入的军事家。

外宾接待室门外响起亢虎的公鸭嗓子，说把侯金泉老婆带来了。坐在沙发里的郑卫星工作服完全湿透，表情委顿好像等待化检报告的病人。

史文竹冲着郑卫星说，你浑身出透大汗，味道应当完全挥发出来了。你看看身上还有其他东西没有？不要产生干扰味道嘛。

嗯。陷在沙发里的郑卫星宛若身陷囹圄的囚徒，扭转胳膊吃力地从工作裤屁股口袋里掏出一只小玻璃瓶，好似罪犯交出赃物。史文竹以为是无色无味的眼药水，接过来拧开瓶盖嗅了嗅。郑卫星解释说这是茂名石油化工厂最新研制的塑料鞋油，涂抹在旧塑料凉鞋上有翻新作用，它是父亲老战友从广东捎来的内部产品。

卢丽虹哎哟了一声。史文竹拧紧小玻璃瓶盖转脸向卢丽虹说，你怎么还不走哇？请不要影响我们的甄别工作。

听到郑卫星说起塑料鞋油，卢丽虹无意间发现了钱慧慧红色塑料凉鞋从旧变新的秘密，起身跑出外宾接待室，差一点儿跟蓬头垢面的侯金泉老婆撞个满怀，闪身冲向打字室。

我知道你塑料凉鞋从旧变新的秘密啦，敢情郑卫星偷偷给你涂了塑料鞋油！那是广东最新研制的内部产品哟！卢丽虹急不可待一口气说道，郑卫星浑身出汗坐在沙发里，屋里有股好闻的味道，史文竹发现了你写在稿纸背面的诗歌，于亢虎把侯金泉老婆押进外宾接待室……

钱慧慧停止打字，眨着大眼睛望着卢丽虹。卢丽虹扮了个鬼脸继续说，你看郑卫星对你多好，不声不响给你的塑料凉鞋搽了油，这是他对你的无产阶级革命感情！

钱慧慧猫腰拿起那双红色塑料凉鞋，打量着它散发的光泽，含蓄地笑了。她起身走出打字室，不言不语望着对面的外宾接待室。

这时候，侯金泉老婆走进外宾接待室，活像脚步踉跄的女叛徒前来指认拒不招供的地下党同志。史文竹命令她围绕着郑卫星转圈儿，连续走动不许停步。

你这是让我出操呢？我走饿了你管饭啊！侯金泉老婆一边行走一边发牢

骚，极不情愿地嚷嚷道。

你伸长鼻子闻一闻，这里的气味跟你说的狐狸精味道像不像？史文竹突然发问。侯金泉老婆伸长脖子嗅着，目光呆滞地投向坐在沙发里的郑卫星。

郑卫星奋拉脑袋坐着，好似一具散发着特殊气息的木乃伊。突然，侯金泉老婆发出一声尖叫，一屁股坐在地上号叫道，他妈的就是这种味道！就是这种味道！

侯金泉老婆的尖叫声传出外宾接待室，使人怀疑屋里动了大刑。卢丽虹笑着说，有人踩了鸡脖子。这时候，钱慧慧终于看到，郑卫星只身走出外宾接待室。他脸色苍白，快步从她面前走过去，好像一只逃离陷阱的小兽。

郑卫星……钱慧慧追了几步，却说不出话来。卢丽虹抢占先机喊道，郑卫星！人家钱慧慧感谢你的塑料鞋油呢！你把她的旧凉鞋变成了新的……

钱慧慧瞥着卢丽虹说，郑卫星肯定受了大委屈，你就别提塑料鞋油的事儿啦！

郑卫星离开厂部大院，觉得胸口堵了大铁球。经过金二车间听见有人喊"刁德一"，便烦躁地挥了挥手。

绕过一座正在安装天车的露天仓库，又听见有人喊"刁德一"。他抬脚踢飞一块石子，拐弯路过汽车队。

几个装卸工看见郑卫星来了，一起哈哈大笑。他们嘴里叼着烟卷儿，狂呼乱喊着一首"顺口溜"，杀伤力很强：

"刁德一啊，大汉奸，被窝里放屁你尝鲜！大汉奸啊，刁德一，留学东洋吹牛×！"

这几个装卸工是不受三年学徒期约束的熟练工，平时寻衅滋事聚众打架，专门欺负老实人。心里想着胯下受辱的韩信，郑卫星咬牙忍受，快步走过汽车队。他一头冲进那片栽满了青蜡的小树林——这里是家属工厂的苗圃。

他在青蜡小树林里穿行着，抓住一株小树当作倾诉对象，从牙缝里挤出声音说，我被叫到外宾接待室里喝水，两暖瓶啊！就跟罪犯灌大肚儿似的。那脏老婆子进门好像警犬围着我转悠，我堂堂石油工人后代成了供人甄别的标本！我真不如刁德一被新四军活捉做了俘房……

说着说着，郑卫星突然揪住自己的头发，小声哭泣起来。渐渐地他觉得堵在胸口的一只大铁球变成一群小虫子，咬噬着心头肉。他恨不得立即轰走这群小虫子，伸手拍打着胸口，这群小虫子就是不走。

小虫子们不走。却有人钻进苗圃了，挤撞得小树枝叶发出哗哗的响声。

郑卫星抬起袖口擦干眼泪，强制自己平静下来。

卫星！卫星你在哪儿啊？王宪钢拨开树丛呼喊着，这样子很像《沙家浜》芦苇荡里的新四军指导员郭建光焦急地寻找伤病员。

郑卫星一声不吭地望着左顾右盼的王宪钢，突然涌起强烈的嫉妒心理。你王宪钢在戏里扮演正面人物，引得卢丽虹公开追求你，钱慧慧也对你很有好感，进工厂下车间遇到崔万昌那样的好师傅，等于提前进入共产主义生活。我呢？在戏里扮演反面人物，心里喜欢钱慧慧却得不到对方回应，进工厂下车间遇上侯金泉整天骂来骂去，等于掉进水深火热的旧社会。今天又被叫去接受侯金泉老婆的甄别，真是奇耻大辱！

王宪钢终于发现了小树林深处的郑卫星，左右躲闪着树叶走到近前说，你这是跟谁打游击呢？赶紧跟我回车间吧。

我在这儿捉知了猴儿呢，拿回家给我妈当药引子。郑卫星用谎话搪塞说，你先回去吧，我还没开始逮呢。

明知对方撒谎，王宪钢还是知趣地离开了。郑卫星朝着相反方向走出小树林，快步离开这片苗圃。

从小路拐上厂道，郑卫星看到朱则良迎面走来。朱则良屁股后面挎着牛皮工具包，他是动力车间的外线电工。

郑卫星心烦意乱，跟对方简单打了招呼。朱则良一把拉住他说，咱们演样板戏没招谁没惹谁，可是我走进职工食堂就有人叫我"草包司令"，合着我这辈子当定反面人物啦？咱们唱样板戏，既沾了光也吃了亏，好也是《沙家浜》，孬也是《沙家浜》！

是啊，成也《沙家浜》，败也《沙家浜》。郑卫星拍着朱则良肩膀强作乐观地说。

跟朱则良分手，郑卫星走出十几步，身后传来响动，回头看见几个汽车队装卸工嘻嘻哈哈包围了朱则良，动手动脚戏耍这位"草包司令"。郑卫星气愤地攥紧拳头朝前迈了两步，又站住了。

"草包司令"朱则良嗷嗷叫唤着，抱着脑袋逃走了。郑卫星觉得这几个装卸工比阶级敌人还可恶，绝对属于工人阶级里的败类。

但是，郑卫星惹不起这些工人阶级里的败类，快快走进机修车间大门。王宪钢跑来拦住他说，侯金泉正骂街呢，骂你把身体气味传染给他，惹得他老婆跑来告状，你赶紧回避一下。

郑卫星不顾王宪钢劝阻，走上前去心平气和地说，侯师傅，刚才政治部主任史文竹在外宾接待室里亲自甄别案情，当面向你老婆说明你没有生活作风问题，你清白了为什么还要骂我呢？

双手叉腰的侯金泉没有想到郑卫星敢于反问，挺起青筋毕露的脖子喊道，我清白啦？你浑身香水味道熏着我，熏得我老婆怀疑我搞女人，你还想把我也熏成资产阶级啊？

上班下班换工作服，我的更衣箱紧挨着你的更衣箱；平时干活儿我跟你形影不离，你让我怎么办呢？我夏天出汗身体散发味道是生理现象，你让我怎么办呢？

生理现象？我他妈的不带你这种浑身怪味的徒弟，你给我滚吧！侯金泉咆哮着进入歇斯底里状态。

郑卫星被骂得脸色泛紫，愤怒地攥紧拳头。他的脸色从绛紫变得惨白，狠狠扭头走了。

王宪钢放心不下，便悄悄跟随着，在不远不近处看见郑卫星进了工厂图书馆旁边的小卖部。他坐在小卖部对面"大批判"专栏下面，等候着。

想起以前同台演出样板戏的时候，大家都知道郑卫星身上味道挺好闻的，没人大惊小怪。没想到被侯金泉老婆认为这是香水味道，进厂闹事寻找狐狸精。郑卫星确实命运不济，总是遇见这种倒霉事情。

郑卫星走出小卖部，表情从容，好像恢复了几分元气。王宪钢随即起身佯作浏览"大批判"专栏，目光落在《革命加拼命，拼命干革命》这篇文章上。这时身后响起郑卫星的声音：谢谢你惦记我，你放心，我不会寻短见的。

王宪钢转身笑了笑，似乎尽在不言中。郑卫星手里捧着两块俗称"臭胰子"的黑色肥皂——这属于不凭票证购买的低质产品，九分钱一块。

郑卫星略显无奈地说，谁让我身体散发那种气味呢，以后我天天用这种"臭胰子"洗澡，把自己洗得臭气熏天就太平无事了。

身体散发好闻的味道，这也不是你的错误。王宪钢心里挺难受，不知怎样安慰郑卫星，只得岔开话题谈起当年侯金泉的故事，我听说以前华北电机厂的洪厂长是九级干部，有一次他的司机按喇叭催促侯金泉让道，侯金泉跳下自行车冲着小轿车破口大骂。洪厂长只好下车向他道歉。他当年连九级干部都敢骂，你心里也就平衡了。

郑卫星冷冷地说，当时洪厂长要是把他毙了，今天我也不会受这份洋罪了。

后来洪厂长被打成走资派跳了楼，听说只有侯金泉敢去给他收尸。王宪钢继续介绍道。

哦……郑卫星摇摇头说，当初洪厂长要是把侯金泉毙了，肯定没人给他收尸，洪厂长很有远见呢！

下了班，郑卫星果然使用臭胰子洗澡，恨不得彻底洗净浑身味道。尽管如此，上班干活儿，侯金泉还是远远地躲避着，唯恐沾染他的气味。

这天上班，郑卫星身穿父亲遗留的"冀渤油田"工作服，手持锉刀一声不吭做着"糙活儿"，一旦锉出大致模样，便交给师傅细做。侯金泉站在远处不停地叫骂着，你这是拿锉刀还是拿菜刀哇？哼，我看你天生就不是当工人的材料！

郑卫星忍受着师傅的贬损，继续低头干活。这时候，几个年轻女工走进机修车间，东张西望，交头接耳，好像寻找着什么人。不知是谁喊了一声：仙女下凡进车间了。吸引了男工们的目光。

大工匠崔万昌认出她们是成品车间女工，便乐乐呵呵问她们找谁。一个胖女工捂嘴笑着表示是来看新鲜景致的——就是那位浑身散发香气的小伙子。另一个瘦女工补充说，以前听说动物身体产生香料，还没见过人体产生香气的。

崔万昌向她们解释说，你们不要听信传闻好不好？人体怎么会产生香料呢，只是天热散发一股好闻的气味。

热衷给青年男女介绍对象的"小鬼儿"书记拎着油壶走过来说，你们寻找麝香去药房啊，今儿兴许是你们谁看上郑卫星跑来相亲的吧？

这几个女工嘻嘻哈哈推开"小鬼儿"书记，目光纷纷投向埋头干活儿的郑卫星，企图从空气里嗅到他身体散发的香气。哎哟，敢情他就是演刁德一的那个小伙子！这几个女工叽叽咕咕地跑出机修车间，好像飞走一群母鸽子。

当天下午，那一群飞走的母鸽子便为机修车间引来一拨拨参观者。好奇的人们伸头探脑走进机修车间，三人一群指指点点，五人一伙窃窃私语，一边打量一边议论。一时间，郑卫星在以讹传讹中被描述为身体能够产生麝香的珍稀动物。平时冷清的机修车间成了人流不绝的展览馆。

然而，每逢有人前来参观，侯金泉便骂骂咧咧走开，说，扮演汉奸的人变成国宝，再添两只大熊猫这里就成动物园了。这位大工匠对自己徒弟的遭遇既不内疚也不同情，蹲在车间角落里哼唱着河北梆子《打金枝》。

崔万昌迈着四方步走到侯金泉面前说，你浑身臭气你老婆习惯了，稍微沾染一点儿好闻的气味就像沾了女人香水味，你老婆不起疑才怪呢。现在你弄得郑卫星猪八戒照镜子——里外不是人。你当师傅的没责任啊？

我不是他师傅，他留学东洋，他师傅在日本呢。侯金泉满嘴臭气地说着，继续将郑卫星定性为刁老太爷的公子。

过午时分，一个动力车间的老工人端着饭盒跑来求取麝香，焦急万分地说给中风不语的老伴儿配药治病。郑卫星终于无法忍受遁地无缝、上天无门的人生困境，扔下手里的工具躲进班组休息室。

下班了，机修车间里没了人。郑卫星悄悄打来两桶热水倒进大盆，然后将自己锁在休息室里。他脱得精光坐在大盆里，手操两块黑色"臭胰子"搓洗着自己。他嘴里嘟嘟哝哝叫着爸爸妈妈，说，你们为什么把我生成这种体质呢？尤其夏天散发那种好闻的味道真是招灾惹祸啊。

他劈头盖脸搓洗着，恨不得脱胎换骨。这时休息室空气里弥散着"臭胰子"的味道，好像有猪皮烧焦了。

我要洗掉这身招灾惹祸的味道！说着郑卫星放声大哭，挥拳捶打自己的身体。

咚咚咚！外面有人用力叩门。郑卫星止住哭声从水盆里站起，顶着满脑袋肥皂泡沫，低声问了一声，谁？

外面传来崔万昌的声音，好孩子，你别折腾自己了！过了初一就是十五，只要你挺住就过去了……

第二天上班，侯金泉发号施令派郑卫星去危险品仓库领煤油。郑卫星拎起煤油桶就走。侯金泉使劲跺脚说，你不开领料单就去油库，傻×啊？

找到车间材料员开了领料单，郑卫星拎着煤油桶沿着厂道行走。只要离开侯金泉便觉得到了解放区，心情大为好转。

油库管理员小胡子打量着他说，嘿嘿，我听说你身体产生香料啦？真不愧石油子弟，有绝活儿。

面对小胡子管理员，郑卫星认为解释是多余的，提着煤油桶走出油库听到身后传来小胡子的感叹，你摊上侯金泉那样的师傅就离死不远了。

听了这话，郑卫星心里咯噔一下。是啊，我年纪轻轻被侯金泉给毁了，我不能这样活下去。侯金泉愿意下地狱，我还盼着上天堂呢。

厂道上，迎面来了春风满面的景达明。满怀委屈的郑卫星挡住他的去路说，您能帮我吗？您帮我离开侯金泉，我就认您是我亲姐夫……

你胡说！我跟你姐姐毫无关系。神经过敏的景达明随即压低声音说，侯金泉的技术全厂第一，你不知道这是史文竹特意挑选他做你师傅的？

说罢，景达明似乎意识到出言不慎，说了声，你注意保密。匆匆走了。

原来是史文竹特意挑选侯金泉做我师傅的，这里有什么特别含义吗？走投无路的郑卫星索性坐在宣传栏下，寻思起来。

既然这样，我也只能把史文竹当救星了。郑卫星将煤油桶藏在厂道旁边的草丛里，撒腿朝着厂部方向跑去。他气喘不止找到政治部主任办公室，轻轻推门走进去。屋里没人。

等着吧。此时，他并不知晓绝大多数女性喜欢出身农家、身穿灰布军装、浓眉大眼、作风朴实的郭建光，也有少数女性喜欢留学东洋、身穿黄呢军装、说话慢条斯理的刁德一。这好比民间俗话所说，有人喜欢吃甜的，就有人喜欢吃咸的。这一甜一咸，往往决定了人的不同命运。

仿佛刮来一阵轻风，身穿劳动布工作服的史文竹抱着一摞文件快步走进办公室，这位年轻的厂政治部主任看见郑卫星兴奋地说，哎！你怎么来啦？

郑卫星不知如何回答，就叫了声史主任。扁平脸庞镶着一双亮晶晶眼睛的史文竹放下文件转身说，你不要叫官衔好不好？叫我小史就行。

他知道她比自己大五六岁，叫她小史不合适，叫她老史更不合适，便径直询问工厂宣传队何时能够恢复活动。史文竹抬头注视心怀忐忑的来访者，轻笑着说，是侯金泉让你吃不消了吧？

心头突然亮起一道闪电——郑卫星有些厌恶自己。他原本请求调离机修车间，此时却不好意思张口了。

史文竹及时递来一杯水说，你演的刁德一很洋气，点烟的动作潇洒自如。你没有把他演土了这很难得。他是日本留学生嘛。我看过很多宣传队的刁德一，不是流里流气，就是匪里匪气，皮相。

听到领导同志如此评价自己，郑卫星放松心情接过水杯咕噜咕噜喝了起来。

从东洋留学回来的人不应当这样喝水吧？就跟一台抽水机似的。史文竹突然从赞扬转为批评，然后注视着他。

抽水机只得停止抽水，目光越过水杯偷偷望着对方。史文竹一双眼睛好似宇宙黑洞，一下将他吸了进去。

我……我回去啦。郑卫星放下水杯，想溜。史文竹咯咯笑了，小郑，你要是连侯金泉这关都过不去，我真是看错了。他天天骂街正好磨炼你的心理承受力嘛。

郑卫星终于忍耐不住说，我知道俗话说不挨骂，长不大。工厂里师傅骂徒弟也是常情。可是我经常受到人格污辱……

你的履历我非常清楚，史文竹眨着又细又亮的眼睛说，你父亲一九六八年参加石油会战因公殉职，你母亲一九六九年患肝硬化养病在家，你姐姐一九七〇年赴黑龙江生产建设兵团……

您都知道啊？郑卫星激动了，转过身去掩饰难以克制的神情。在此之前，这个小伙子不曾接触史文竹这种女性——举止适度，谈吐得体，冷中有热，身居高位让你感到不动声色的威严，手握大权让你觉得绵里藏针的亲切，既不像《龙江颂》里的江水英，也不像《海港》里的方海珍；既不像《杜鹃山》里的柯香，也不像《红灯记》里的李铁梅……他觉得自己无法概括史文竹，这是一个完全超出自己生活经验的女人。今天他被这样的女人感动了，一股异样的热流涌上心头。

那部红色电话机响了。史文竹抄起话筒胳膊肘随意支在办公桌上，居高临下说着话。郑卫星出神地望着史文竹——身高一米七九的小师弟，仰视着身高一米六二的大师姐。

趁着史文竹接听电话，郑卫星挪动目光发现办公桌上摆着几册小提琴练习曲，有《开塞》《弗尔法特》，还有名为"小顿特"的五线谱。

撂下电话，史文竹目光凝视着郑卫星问道，今天你来找我好像还有话没说出来吧？

郑卫星终于径直切入敏感话题说，你知道我成了产生香料的珍稀动物吗？

史文竹起身环绕着郑卫星说，你认为自己成了被众人参观的动物，内心受到很大刺激。但是我要告诉你，年轻人不受刺激是不会成长的。你是石油子弟，肯定知道人没压力轻飘飘，井没压力不喷油这句话吧？这是王铁人的名言。当初确定分配名单，我亲自安排你去机修车间跟侯金泉学徒就是让你在压力下成长。

你为什么这样特殊对待我呢？郑卫星忍不住张口追问，企图破解这个谜团。

史文竹并不接他的话题，沿着固有思路继续说，你知道现任团市委书记唐开岩吧？当年他跟随侯金泉劳动锻炼也是经常挨骂。经过这种特殊磨炼，老唐最终走上领导岗位了。

真的啊？听说现任团市委书记唐开岩曾经跟侯金泉学徒，郑卫星很是意外。

我知道你故意不穿"华北电机"工作服是内心没有产生真正的归属感。

史文竹下意识地嗅着郑卫星散发在空气里的味道说，其实"华北电机"跟"冀渤油田"都是工人阶级产业队伍。你不会因为遇到挫折和坎坷就沉沦吧？尤其像你这种前途无量的青年……

好啦好啦！史文竹拉开抽屉扔给他一袋上海奶糖说，你在生产车间劳动强度大，这东西补充营养呢。

郑卫星颇感意外地望着史文竹。这位年轻的政治部主任扑哧一声笑了，你看我干吗？我脸上又没印着《人民日报》社论。

一句话说得郑卫星窘了，低头盯着办公桌上几册小提琴练习曲问道，你喜欢拉小提琴啊？

嗯。史文竹从办公桌上的紫陶笔筒里抻出那瓶塑料鞋油说，现在案情大白，它应当物归原主啦。

我想把它送给您，好吗？郑卫星诚恳地说，它现在确实是内部产品，因为咱们中国穿塑料凉鞋的人太多了，厉行节约变旧为新，所以燃化部下令研制了这种具有增光功能的塑料鞋油。

好，我收下啦。史文竹起身与郑卫星握手，说了声，祝你进步。

走出政治部主任办公室，郑卫星听到身后史文竹叮嘱说，小郑你记住，在食堂买了甲菜不要端回到班组吃，那样影响不好。

经过打字室，碰巧走出钱慧慧。她眨着大眼睛轻轻说，谢谢你悄悄给我涂了塑料鞋油，把旧鞋变成新鞋。

不知出于什么心理，怀里揣着上海奶糖的郑卫星感到心虚，说了声不用谢便走开了。钱慧慧不解地望着他远去的背影。以前见面郑卫星总是没完没了地说话，久久不愿离去。今天反常了。

离开厂部，郑卫星沿着厂道从"抓革命，促生产，促工作，促战备"的横幅标语下面走过，觉得两眼发胀、双腿发软——这显然是心理亢奋引发的生理疲惫。他一字一句回味着史文竹说的话。似乎皈依了什么，又仿佛疏离了什么，脑子里塞满五线谱，恍恍惚惚走进机修车间。

侯金泉远远看见冤家回来了，手里掂着锤子嘿嘿冷笑了——好似一只大型食肉动物看到一只小型食草动物。小郑！我他妈的让你领的煤油呢？我看你是跑到西天取经，还没变成唐僧就有女妖精盯着吃你肉了吧？

哎哟！郑卫星想起放在厂道旁边草丛里的煤油桶，转身就跑。听着身后响起侯金泉的叫骂。这位大工匠真是火眼金睛，张口唐僧闭口女妖精，他怎么知道我从史文竹办公室回来呢？

崔万昌走来劝阻骂得唾沫星子迸飞的侯金泉说，人家小郑是学徒工，你是师傅，不要满嘴脏话好不好？

好啊，那就让他跟你学徒吧！我看你能把这个夜壶塞儿刻成大图章吗？

崔万昌满脸迷茫地说，郑卫星是工人阶级的接班人，你怎么说他是夜壶塞儿啊！

说夜壶塞儿还抬举他呢！侯金泉翻着白眼儿嚷嚷道，谁都知道老子穿新鞋不踩牛屎！

在侯金泉的骂人词典里，青年工人郑卫星从一只夜壶塞儿沦为一坨牛屎，从臊变臭了。

六 "奶奶"和小提琴

　　曾经扮演沙奶奶的艾学习，学习能力确实很强。进了华北电机厂便从走出校门的大男生迅速成为居家过日子的小男人，好像吃了催化剂。人们都说他上辈子是叫花子，饿惊了穷怕了，这辈子抠门儿抠得令人咋舌。午休时间，他必然跑到工厂锅炉房废渣堆里捡煤核儿，说是给家里储备免费冬煤。半路遇见枯树枝，他肯定猫腰捡起，说是给家里积攒引火木柴，省钱。

　　常年忙着捡拾东西，他犯了腰疼跑到车间红医站讨膏药，啪的一声当场贴好，说是起到免费腰带作用。医生告诫当心腰肌劳损。这位敦敦实实的小伙子笑着说：不怕，国家公费医疗治病吃药不花自己的钱。

　　艾学习每天都拎着菜篮子进厂上班，里面充满油盐柴米的浓烈气息。工人们说他唱了几年沙奶奶患了"角色后遗症"，生生把自己唱成老太婆。于是他有了外号"奶奶"。这个外号不光模糊了艾学习的性别，同时增长了辈分，从小伙子跃身成为华北电机厂的"奶奶"。

　　艾学习为人财迷，却是"吃大饼卷手指头"——自己咬自己，不占别人便宜。工人们认为他抠门儿抠得坦荡，不掖不藏不充大尾巴鹰。工厂里最讨厌虚伪，比如血盆大口硬充樱桃小嘴，而且声称连炸酱面都咽不下去；比如被一脚踩瘪的窝头硬充煎饼，而且强调是山东的。

　　华北电机厂占地广阔，临着后墙全是空地，人称"小北大荒"。这几年不知不觉被开垦了。一块块自留地各自为政，有栽葱的有种蒜的，还有猫耳朵豆角和西葫芦。头伏萝卜，二伏菜，三伏种荞麦。好一派田园风光。

　　正是初秋季节，成熟的菜地犹如丰满的少妇，绿油油的吸引人们采摘。一大早儿菜地里便闪动着一个身影，令人想起《刘文学的故事》里偷人民公社辣椒的地主分子。晨曦里，这个"地主分子"解开裤子蹲下拉屎——散发臭气的艾学习舒心地笑了。

只要进厂上班，艾学习一路憋着也要把这泡屎拉在自己的菜地里，积肥。赶上雨雪天气只得拉在车间厕所里，那心情好像丢了金元宝。庄稼一枝花，全凭肥当家；肥水不流外人田，这是艾学习的小地主哲学。

给自己菜地积了肥，艾学习起身系好裤子，动手采摘了。他先摘青椒，再拔小白菜，忙得呼呼喘气。

嘿嘿。艾学习把新鲜蔬菜统统装进菜篮子，抬眼瞥见了郑卫星。喜获丰收的艾学习不知道，"刁德一"是找"沙奶奶"借钱来了。

自从在史文竹办公桌上看到《开塞》《弗尔法特》小提琴练习曲，还有名为"小顿特"的五线谱，郑卫星便动了心思。

史文竹年轻有为身居官位，据说还有高层背景，我要跟她建立良好关系。俗话说，多一个朋友多一条路，少一个冤家少一堵墙。当年胡传魁若不被阿庆嫂藏在水缸里，肯定没有后来的胡司令了。

以前，郑卫星学过二胡，它比小提琴少两根弦。人生道路上，少一根弦都不行，何况两根。既然下定决心跟史文竹走近，必须买一把小提琴。郑卫星翻箱倒柜搜集全部积蓄只有人民币二十块钱，几乎属于无产阶级。

铁了心实行五线谱战略，郑卫星到乐器商店看了看价格，一把普通小提琴也要九十八元。看来只能借钱买琴了——郑卫星首先想到艾学习。

郑卫星找艾学习借钱，自有道理。无论当初在七十四中学，还是后来进华北电机厂，只要参加革命样板戏《沙家浜》演出就有补贴，演一场一角八分钱，后来提高到两角五分。文艺宣传队队员们大多随领随花，春天吃爆米花，夏天嘬冰棍儿，秋天嗑瓜子，冬天喝热馄饨。唯独艾学习把这笔钱从牙缝儿里节省下来，开始"鸡生蛋，蛋生鸡"地循环积累。

此外，郑卫星得知艾学习在金工车间"打会"抓到一号阄儿，当月得了一笔闲钱，从"穷奶奶"变成"富奶奶"了。

华北电机厂十四号发工资，被工人们称为"好日子"。"好日子"原本是女工们每月来例假的暗语，却被发工资的日子借用了。

每逢发工资的日子，"打会"者交给会头十元钱，十二个会员一百二十元钱。按照纸阄儿顺序提取存款。艾学习经过反复计算认定"打会"并不吃亏，便毅然参加了车间"储金会"，而且幸运地抓到一号纸阄儿，成了当月提取全年存款的幸运儿，乐得嘴角咧到后脑勺儿了。他的大胖师傅说他交了狗屎运，一只臭手抽到上上签，绝了别人八百年的风水。

艾学习的优点是占了便宜不卖乖，当即把这笔钱存到银行生利息去了。

俗话说，钱生钱，一万年。只要跟钱沾边儿的事儿，艾学习便入肌入理。他认为存进银行的钞票是一只神仙下凡的老母鸡，光下蛋不用喂饲料。

此时，交了红运的艾学习指着自己的菜地向郑卫星介绍说，在车间里我工业学大庆，在菜地里我农业学大寨，俩肩膀扛一个脑袋就实现了工农联盟。你看这是我栽的小黄瓜，湛青碧绿顶花带刺。送黑市卖了就是钞票，当然咱们绝对不能走资本主义道路的。

我有急事用钱，借你八十块钱好吗？石油子弟郑卫星心里瞧不起满身小市民气的艾学习，还是屈尊张口借钱。

借钱如割肉。艾学习刷地出了一身冷汗，抬头望着天空说，今天气象预报有雷阵雨。说着拎起菜篮子就走。

我有急事用钱，借你八十块钱好吗？郑卫星只得重复着，追随着装满青菜的篮子。

八十块钱？你跟我开什么玩笑啊！艾学习听到这个天文数字，躲避瘟疫似的说，我马上回车间干活儿去啦。

郑卫星大步横在艾学习面前，大声强调确实有急事用钱，不是开玩笑。艾学习知道躲不过去，停住脚步做出思索的样子。

好吧，我领你挨个儿去找咱们《沙家浜》的人，三个人借不够，找五个人借，五个人借不够，找九个人借，反正有十八棵青松等着呢！

郑卫星很爱面子，只想悄悄找艾学习借钱然后去买小提琴。他没想到"沙奶奶"采用金蝉脱壳计，领着他走车间串班组找《沙家浜》剧组成员去借钱，弄得满世界都知道，当即表示这钱不借了。这时候艾学习反而义气冲天，一路拽着他来到厂部打字室，说是有困难先找阿庆嫂。

身穿白衬衫蓝裤子的钱慧慧迎出打字室。郑卫星低头看着她脚上穿着那双从旧变新的红色塑料凉鞋。钱慧慧被看得红了脸，好像已经与郑卫星有了什么瓜葛。艾学习不知道钱慧慧红脸的原因，高声说，郑卫星有急事找你借钱。钱慧慧问郑卫星遇到什么急事。对方尴尬地摇摇头，不吭声。

由于受到塑料鞋油的感动，钱慧慧转身进了打字室，很快举着四张五元面额的人民币跑出来，这是她的全部积蓄。艾学习抢先接在手里，转身就走。郑卫星看了钱慧慧一眼，说，这钱我会尽快还给你的。钱慧慧觉得此时郑卫星好像一个局促不安的大男孩儿，挺让人心疼的。

离开厂部打字室，为了庆祝首战告捷，艾学习掏出"豆梗糖"叼在嘴上。他推搡着郑卫星前往动力车间找朱则良，一路行走好像"沙奶奶"押解着

"刁德一"。

你怎么想起找我借钱啊？朱则良兴奋地从更衣箱翻出仅有的十元钱递给郑卫星。这表情仿佛是他拖欠了郑卫星的长期债务。郑卫星拍了拍朱则良的肩膀表示感激，《沙家浜》里胡传魁其实不软，你不要怕那几个汽车队装卸工。

朱则良说了声，我从小自卑。将"刁德一"和"沙奶奶"送到动力车间门口，又说声，谢谢你信任我啊。

艾学习兴致勃勃地奔向机修车间说，只要钱慧慧带了头，王宪钢肯定积极响应的！一路上他大声夸赞着《沙家浜》的人们，好像率领郑卫星重返阳澄湖开展革命募捐活动。

临近上班时间，工人们陆续走进机修车间，有的换工作服，有的吃早点，紧张气氛里透着些许懒散。艾学习想起郑卫星脸皮薄爱面子，便只身跑进车间深处召唤王宪钢。

郑卫星躲到变压器后面，心里想着钱慧慧。人们都说她跟王宪钢是天生一对地设一双，我不这样认为。人与人的缘分很奇特，有时正面人物会爱上反面人物，有时反面人物也会爱上正面人物。何况我只是戏台上的刁德一，她只是戏台上的阿庆嫂。钱慧慧慷慨解囊借我二十元钱，这就是好兆头。

王宪钢嘴里咀嚼着早点，快步跟随艾学习走出机修车间大门，右手举着钞票递给郑卫星说，我现在只能拿出十五块钱，等到十四号发了工资我还能拿出十块钱！

华北电机厂的工资标准属于"六类地区"，国营机械行业工厂学徒期间月薪人民币十七元，加上福利费和交通费不过二十元出头儿。王宪钢承诺十四号发了工资再拿出十块钱，这说明他要勒紧裤腰带了。

彻底咽下嘴里的早点，王宪钢说，给铸造车间打了电话，一会儿卢丽虹就到。这时分文未出的艾学习添柴加火说，只要郭建光指导员发话，小小新四军卫生员肯定立即执行的。

果然，身穿红色秋衣的卢丽虹骑着自行车赶来，一路顶风头发被吹成乱鸡窝。她跳下车子喘着粗气说东拼西凑总共八块钱。王宪钢接过这八块钱转身递给郑卫星。艾学习说，好啦咱们去找简晓铜借钱吧。便拉着郑卫星一股旋风似的走了。

什么？卢丽虹瞪圆眼睛望着王宪钢，气得掉了眼泪。我要是知道你给郑卫星借钱，就是玉皇大帝下命令我也不管这份闲事儿！难道你脑子不记事儿啊？前年你在手腕上画"大英格"，据说就是他暗中传播的。这家伙从学校到工厂一直嫉妒你，你怎么还帮助他呢？

王宪钢宽厚地笑了，说，发了工资我马上还你八块钱。卢丽虹小燕儿似的跨上自行车，半嗔半怒地打听郑卫星的借钱原因。王宪钢摇了摇头说：人家借钱咱们不便打听原因的。

卢丽虹气得笑了，骑着自行车上了厂道。她在空压站附近追上郑卫星，大声追问借钱做什么。艾学习如梦初醒当场参加追问，是啊，我帮你借钱还不知道你干嘛用呢。

脸色苍白的郑卫星轻声轻语说，遇到紧急事情。然后向出借八元钱的卢丽虹道了声谢谢。

人的角色是改不了了！车间红医卢丽虹咄咄逼人说，王宪钢这辈子就是郭建光了，什么东西他都摆在桌面上。你这辈子就是刁德一了，什么东西都藏在桌底下。这就叫阶级本性吧！

沙家浜只是过去的地方，我们现在是华北电机厂。郑卫星温和地反驳着气势冲天的卢丽虹说，革命同志之间不存在什么阶级斗争。

卢丽虹踏动自行车大声喊道，你是说革命同志之间，我是说郭建光跟刁德一之间，永远是你死我活的阶级敌人！

尽管郑卫星脸皮薄爱面子，艾学习带领他游走车间班组，最终还是筹措了八十元人民币。郑卫星决定买一把"革命之声"牌的小提琴，售价一百二十元。他添上自己的二十元积蓄，还缺二十元钱，只得向艾学习张口求援。

什么！我出工出力帮你借了八十块钱，你还不放过我呀？艾学习终于爆发牢骚，开始哭穷了。

咱们国营企业实行八级工资制，一级工每月工资三十五元五角，二级工四十一元六角四分，三级工四十八元八角五分，四级工五十六元七角五分，五级工六十七元二角，六级工七十八元八角三分，七级工九十二元一角五分，八级工一百零八元二角七分……

这位"沙奶奶"喘了一口气说，我呢？我学徒期间跟你一样，每月不到二十三块钱！我哪儿有钞票借给你呢？

从一级工到八级工的工资数目，艾学习如数家珍，分毫不差，郑卫星被这本流水账惊呆了。他终于明白，艾学习像热爱人民一样热爱人民币，从这种人手里是借不到钱的。

我想买一把小提琴学习西乐……郑卫星知道艾学习不会干扰自己的人生

奋斗计划，索性明说了。

你学那玩意儿吱吱呀呀闹牙疼啊？艾学习口头表示反对，内心还是不愿借钱。我看中国两根弦不比西洋四根弦差。你干吗非学小提琴呢？瞎子阿炳命运比你惨得多，还不是照样儿拉二胡。你学二胡吧，拉《扬鞭催马送公粮》什么的，多好听啊。

郑卫星被"沙奶奶"式的教导弄急了，忍不住露出刁德一脾性说，你到底借不借我钱？我没兴趣听你一日三餐九碗饭！我知道你手里有一笔闲钱。

闲钱？你以为我是百万富翁？艾学习无奈地松了口满脸助人为乐的表情说，好吧好吧，你写一张借据，我借你两块钱，不过你要保证按期还款……

两块钱？面对艾学习的慷慨解囊，哭笑不得的郑卫星说声谢谢，转身走了。

到了公休日，一大早郑卫星翻开日记本，看到夹在里面的父亲的遗照。这位一九四七年参加革命的中年男子，表情严肃地注视着留在人间的儿子。假如父亲活着，他会支持我借钱买琴吗？父亲一定会支持我的。这样想着，郑卫星走出家门径直来到信托商店，把父亲的遗物"大英格"手表摆在柜台上，说，卖了。

这是父亲当年在部队的战利品，原本戴在国民党上校手腕上。信托商店给这只瑞士手表报出收购价格：人民币九十八元。这显然高出郑卫星的预期，便毫不犹豫地填写单子，拿着户口簿去领款。

他将九十八元人民币揣在怀里，不由想起这只手表当年给王宪钢造成的演出事故，心情挺复杂的。他离开信托商店去乐器商店买小提琴。女售货员上下打量他一番，说，控制社会集团购买力，必须持有局级主管机关介绍信。郑卫星解释是私人购买。女售货员冷笑说，小提琴只卖公家不卖私人。他无奈买了两册五线谱，怏怏而去。

路经那家信托商店想起被卖掉的父亲的手表，他重新走进去看到那只"大英格"已经摆在玻璃柜台里，标签上写着"钻石英格表"，一百二十八元。他对三十元的差价感到惊讶，就小声询问。售货员说，这只手表在六点和十二点的位置镶嵌着小米粒钻石，所以物有所值，假如在三点和九点位置也镶嵌了，就能够标价一百六十八元。

睹物思人。这正是父亲的遗物——外表不动声色，但颇具内在价值。郑卫星若有所失地走上信托商店二楼，神情恍惚。迎面柜台一位女同志正在挑选手摇式留声机。看背影，她身穿的劳动布工作服显然经过细心改裁，裤形

90

合体，稍稍绷紧浑圆的臀部，上衣掐腰显出女性曲线。

她是史文竹吧？不知为什么，这女人的背影倏地引发郑卫星的冲动，他悄悄转到侧面察看，果然是史文竹。郑卫星莫名地冲动着，远远品味着她的女人味道：稍稍挺起的胸脯，蓬松乌黑的短发，微微翘起的鼻子……

史文竹完全沉浸在忘我的世界里，仔细检查着手摇式留声机的唱头，然后低声向男售货员询问有关唱针的问题。站在远处的郑卫星知道这种手摇式唱机用老式唱片。那种老式唱片存世很少。

史文竹公休日跑来信托商店购买留声机，她存有那种老式唱片吗？郑卫星看到史文竹付了款，拎着手摇式留声机的提箱快步下楼去了。

史文竹的背影使郑卫星明显感受到她在自己心中的分量，是出自本能还是出自情感，是出自敬仰还是出自爱慕，他统统说不清楚，只知道她是自己人生途中重要的人。走近迎面柜台，他故意向男售货员打听刚才卖掉的那台手摇式留声机是否使用老式唱片。男售货员讳莫如深地笑了，说，像这种高干子女手里肯定存有老式唱片，她不愁没听的。

史文竹是高干子女？这令郑卫星备感意外。华北电机厂政治部主任和小资产阶级情调的手摇式留声机，这两者相距甚远，却印证了她私下的艺术趣味。

她究竟是什么样的人呢？郑卫星转身走向侧面柜台，看到货架上摆着一只萨克斯。这儿有管乐也有弦乐吧？低头搜索，果然看到玻璃柜台里摆着一把半旧小提琴，标价一百九十八元。他想到身上只有这么多钱，便略显不甘地认为这只旧琴标价过高。

老售货员问他知不知道解放前银行家邹舆竑。郑卫星就揣测这把小提琴出自名门。凡是有来历的东西，都贵。想到信托商店不需要出示社会集团购买力介绍信，他毅然买下这把流落江湖的半旧小提琴。交了款，老售货员把小提琴装进深绿色提琴盒告诉他，这把小提琴属于"文革"初期"查抄物资"，前几天这里还卖了袁肇宗的风琴。

郑卫星不知道袁肇宗是何许人，怀里抱着深绿色提琴盒径直奔向音乐学院附中钟老师家，进了门就说，请您教我拉琴吧。白发苍苍的钟老师被他吓了一跳，以为来了夹着炸药包的敢死队队员。他告诉钟老师自己必须学习小提琴。钟老师让他伸出左手看了看，然后指着深绿色提琴盒上的"邹"字说，这是我外祖父邹舆竑的小提琴，没想到它落到你手里，既然是缘分，我收下你吧。

其实我不喜欢音乐，日后我走出困境就把这把小提琴还给您！郑卫星趁热打铁问道，我每天下班都来学琴，您看可以吗？

你可能是"大跃进"那年出生的吧？满天放卫星呢。钟老师感慨道，一个不喜欢音乐的人非要学小提琴，咱们就遵照毛主席的教导只争朝夕吧。

郑卫星低头弯腰向善解人意的钟老师鞠躬说，这四根琴弦意义重大，您很可能是改变我人生命运的恩人。

冬去春来，低温天气阻挡着枯黄的小草儿返青。春寒，使得许多春意隐忍不露。放眼郊外原野了无青色。郑卫星的小提琴练习曲，从《开塞》起步。钟老师看出他学琴另有目的，便采用"速成教学法"。即使郑卫星想学社会上广泛流行的颇具难度的《云雀》，他老人家也不反对。就这样，这位特殊的学生磕磕绊绊学会几支曲子，从初春一步迈入金秋。

我从来没有教过你这样的学生，这真是革命教学法啊。钟老师望着奋力拉琴的学生，不乏自嘲地说。

我知道我这样做对不起您，也对不起这把小提琴，可是我没有别的办法。郑卫星又向钟老师鞠了躬致歉，算是结了业。

工厂午休时间，郑卫星洗了脸洗了手返回班组休息室。他身体散发的那种好闻的味道人们习以为常了——他也从珍稀动物重返凡人行列。趁着屋里没人，他从更衣箱里取出小提琴，上面搭了一件工作服上衣遮盖着。悄悄溜出机修车间后门，他快步赶往史文竹办公室，恨不得立即给她拉一曲《卖花姑娘》。

走进厂部院子。景达明好像知道他是来找史文竹的，主动说史主任在外宾接待室。想起去年坐在那里大量喝水接受甄别，不禁感伤起来，心里提前进入《卖花姑娘》的悲切氛围。

郑卫星轻轻叩响外宾接待室的门。史文竹坐在沙发里低头审阅红头文件，以为来的是景达明，就问照相机准备好没有。郑卫星不知所云哦了一声。史文竹抬头看见他，放下手里的红头文件。

你总算穿上华北电机厂的工作服了。史文竹下意识地嗅了嗅身旁的空气说，我在部队医院当过护士，记得有一位首长出院好几天了病房里还残留着好闻的味道，值班医生说那位首长属于罕见的碱性体质。

看到郑卫星不吭声，史文竹问他还挨不挨侯金泉的骂。郑卫星温和地笑了笑，说习惯了。

好啊！史文竹仰身坐在沙发里欣慰地说，我就喜欢有克制力的人，而且性情温和语言幽默，讲信用不卖弄。

郑卫星暗暗分析着，认为史文竹所说的"克制力"属于革命意志范畴，"性情温和"与"语言幽默"则不好归类，好像含着几分小布尔乔亚味道。

史文竹并不询问郑卫星的来意，伸手抄起电话拨通职工小食堂，告诉管理员这顿忆苦饭要做到看着外表粗糙，吃着质地精良，豆腐渣和野菜保证新鲜，蒸锅保证卫生，水里放姜片和花椒，绝对不能让外宾吃得拉了肚子。

放下电话史文竹微笑着问道，你工作服底下藏着什么武器，图穷匕首见啊？

郑卫星知道图穷匕首见是古代典故，只好撩开工作服露出小提琴和琴弓子。这时候，景达明推门引着两位姑娘走进外宾接待室说，史主任，这两位就是回国观光的爱国华侨，这位姓林叫林仪芳，那位姓曾叫曾美珍。市里安排她们在咱厂逗留十五天……

景达明说罢闪身让路，两位身穿绿上衣蓝裤子的年轻姑娘走上前来。尽管她们衣着打扮充满中国时代特色，白皙的皮肤和奶酪的味道还是泄露了来自海外的真实身份。

我们不是来观光是来锻炼的！性格开朗身材高挑的林仪芳抢先说，七月份我们在山西大寨虎头山梯田劳动，八月份去河南林县红旗渠锻炼。现在九月份了，我们来到你们华北电机厂参加劳动，亦工亦农嘛。

身材小巧皮肤黝黑的曾美珍操着粤味国语补充说，我们这次还要学习操作机床呢。

史文竹满脸笑意跟两位爱国华侨姑娘握手问道，这次回国你们走了不少地方，收获很大吧？

我从小跟随爸爸妈妈从香港移民温哥华，物质生活蛮好啦。可是精神生活很苍白。海外很多华人青年信仰毛泽东主义，向往世界大同的共产主义社会，听说祖国革命形势大好，尤其工人农民当家做主，我们回来看看很开心的。林仪芳操着闽南国语说。

一回到祖国我们就买了参加劳动的衣服，这叫为人民服务吧？大眼睛的曾美珍强调说，我在大寨参加劳动时头上还裹了一块白毛巾呢。

手里拎着小提琴，郑卫星望着两位爱国热情高涨的华侨姑娘，一时不知是该留还是该走。

景达明指着史文竹对两位爱国华侨姑娘说，你们已经知道了，这就是我厂政治部主任史文竹同志。

哎呀，您还没有给我们介绍他是谁呢？林仪芳指着郑卫星说道。

史文竹极其成熟地笑了笑说，他是我厂机修车间青年工人郑卫星，也是文艺宣传队的骨干。

林仪芳兴奋地对郑卫星说，你跟我们一起吃忆苦饭吧？这是我们专门要求安排的特殊午餐。

曾美珍附和说，对！你给我们拉支曲子吧，我记得白毛女的命运特别悲惨。

海外华人也知道忆苦饭啊。郑卫星暗暗惊诧。郑卫星看出林仪芳和曾美珍对国内"无产阶级文化大革命"依然抱有强烈好奇心，便认为她们思想挺单纯的。

曾美珍耸着鼻子问道，这房间里的味道蛮好闻的，是不是洒了"竹叶"啊？

你说的"竹叶"是香水吧？史文竹谨慎地问着圆脸庞大眼睛的曾美珍。

性格好胜的林仪芳抢先答道，对！"竹叶"是法国男士香水，香型清淡，气味含蓄，让人不易察觉，蛮好闻的。

郑卫星听着，表情尴尬起来。一个中国青年工人的身体散发的气味竟然跟西方资本主义"竹叶"香水味道相近，实在不可思议。他拎着小提琴进退两难，倒像一个西方国家城市里流浪的民间音乐家。

外宾接待室的门开了，职工小食堂的胖厨师端着一盆热气腾腾的忆苦饭走进外宾接待室。一股野菜与香油混合的味道弥散开来，顿时引起两位海外华侨女青年的惊叫。

哇！你们的忆苦饭跟那边味道不一样呢。大寨的味道酸酸的，红旗渠的味道咸咸的……

一瞬间，郑卫星认为应当抓住这个机会展示自己，便扬起左手架起小提琴，用当年著名银行家邹舆竑的遗物演奏起朝鲜革命歌剧《卖花姑娘》的主题曲。

听着这支低沉悲凉的乐曲，外宾接待室气氛凝重起来。常年生活海外的曾美珍不知道朝鲜歌剧《卖花姑娘》，甚至习惯称呼朝鲜为"北韩"。一曲终了，她触景生情地对史文竹说，你的样子很像我在大陆宣传画里看到的女英雄形象哟。

赵一曼？林仪芳突然插嘴说，不对！刘——胡——兰？

是啊，赵一曼和刘胡兰都是为中国革命献身的女英雄，她们是我们终生学习的好榜样。史文竹话锋骤转说，你们在我厂参观愿意让郑卫星充当向导吗？

郑卫星！一颗卫星做向导，我们飞往太空啦。曾美珍拍手叫道。

林仪芳笑着说，你的小提琴拉得很好，以前你也是红卫兵吧？一九六七年埃德蒙顿的热血青年曾经成立红卫兵组织，我参加啦！后来我在纽约大街上也见过胳膊佩戴红卫兵袖章的华裔青年。

那时候外国也有红卫兵啊？郑卫星拎着小提琴说，欢迎你们到华北电机厂参观。

好啦好啦，你回车间等候通知吧。史文竹习惯性地给郑卫星下达了命令。

拎着小提琴离开外宾接待室，心情激动的郑卫星竟然走错了方向，迷迷糊糊走到工厂后墙的"小北大荒"。史文竹让我陪同这两位爱国华侨姑娘参观工厂，她对我太好啦！她为什么对我这样好呢？

我在《沙家浜》里扮演刁德一，莫非她喜欢反面人物？她是青年领导干部，莫非我是具有培养前途的后备力量？郑卫星思谋着，站在工厂后墙下猛然挥起琴弓子拉起小提琴曲《云雀》。他用力拉奏着，好像一具上满发条的机器人。

他的疯狂琴声惊动了利用午休时间收拾菜地的艾学习，这位"沙奶奶"大声喊道，你这是弹棉花吧？可惜一把小提琴让你拉得跟猫爪子挠门似的。

完全进入亢奋状态的郑卫星充耳不闻，满头大汗挥动琴弓子——继续"弹棉花"。

第二天上班，景达明来到机修车间。车间书记李小轨迎面叫了声"大姐夫"。"大姐夫"随即表明来意，说，厂部有外宾接待任务借调郑卫星，现在就去。

"小鬼儿"书记鬼里鬼气问道，操，这小子在厂里托了谁的门路？转运啦。

"小鬼儿"书记陪着景达明找到侯金泉，说，厂里有政治任务借调郑卫星。

郑卫星手持丝锥给弯板攻丝。侯金泉板着面孔说，那就让他滚蛋吧，他滚蛋我也省心啦。

一群工人围观凑热闹，七嘴八舌念叨着。

咱们机修车间历来是干部摇篮，前几年放电影摸女工奶子的厂办秘书小童就是从钳工二组出去的。

对呀，还有贪污伙食费的行政科科长老杜，当年是钳工三组的人！

大伙别忘了，偷厂里铜管的供应科会计大李也是……

你们找倒霉啊？"小鬼儿"书记急了，谁再敢胡呲我打他一个现行反革命！

人群安静下来。景达明示意郑卫星说，你现在就去厂部报到吧。

郑卫星突然向侯金泉鞠了一躬，又冲着"小鬼儿"书记鞠了一躬，末了冲着大伙鞠了一躬，摘下白线手套，走了。

"小鬼儿"书记嘿嘿笑了说，到底是演过刁德一，行礼都不行无产阶级革命军礼，还他妈的鞠躬呢！

情绪振奋的郑卫星快步走出机修车间大门，好似一只出笼小鸟儿。厂道上，他迎面遇到身穿肥大工作服的林仪芳和曾美珍。两位爱国华侨姑娘热烈地注视着这位身材挺拔的小伙子。

喂，你这颗卫星真的陪同我们参加劳动吗？曾美珍问道。

林仪芳不甘落后地说，我听史主任说你会唱革命样板戏，你愿意教我们唱吗？我们想唱《沙家浜》新四军指导员那段"朝霞映在阳澄湖上……"

哦，哦，哦……郑卫星被动地应答着好似连连打嗝，我扮演的不是新四军指导员，我只会唱"这个女人不寻常……"

此时的郑卫星当然不知道，多年之后这位名叫林仪芳的爱国华侨姑娘将彻底改变华北电机厂的身份——把它从一座国有工厂变成一家外国独资企业。

你们生活在海外接触西洋音乐，也喜欢小提琴吧？郑卫星试探着问。

《沙家浜》里有小提琴吗？林仪芳眨着一双清澈的眼睛，好奇地问道。

郑卫星答非所问地说，《沙家浜》里有阿庆嫂……

当天中午，王宪钢走进职工食堂看见身穿蓝色中山装的郑卫星陪同两位爱国华侨姑娘排队打饭，心里挺高兴的。是啊，郑卫星能言善辩脑袋瓜子灵活，他要是借这个机会调进厂部工作就不挨侯金泉的骂了。

崔万昌端着饭盒走过来说，宪钢啊，你见过旱地里的鱼吧？没有啊。即便鱼儿蹦上了岸，它一甩尾巴还是蹿到水里去了，因为它是鱼啊。郑卫星为什么借调到厂部去啦？因为他天生不是当工人的材料。

听到师傅这样说，王宪钢觉得他不愧人称"崔列宁"，有时候说话充满哲学味道，挺深刻的。

钱慧慧走进职工大食堂，她向王宪钢打了个革命同志式的招呼，排队买饭去了。

七 酸碱反应

华北电机厂打字室是一间方方正正的房间，房间里面端端正正坐着打字员钱慧慧。她整天噼噼啪啪敲击打字机键盘，打出一张张蜡纸送去油印，印成一沓沓文件，源源不断发到车间和科室。久而久之，华北电机厂到处充斥着她亲手打出的文字。尽管这样，走进职工大食堂，有人还是叫她"阿庆嫂"。有时使她产生幻觉，以为自己还在阳澄湖畔春来茶馆"垒起七星灶，铜壶煮三江，摆开八仙桌，招待十六方"。

几乎没人知道，钱慧慧虽然在《沙家浜》扮演胆大心细遇事不慌的阿庆嫂，其实她是个心思很重的姑娘。她的心思，首先来自当年父母的破裂婚姻。这道裂痕无形地延伸到她的心底。

她的父亲是这座城市8路公交汽车司机，曾经被评为安全驾驶万里无事故模范驾驶员，照片挂在光荣榜上。多年以来左邻右舍叫他"老八路"，很受尊敬的样子。

钱慧慧的母亲长相标致，一笑两眼弯弯，尤其嘴角一颗黑痣磁力四射，特别引人注目。她是小学教师，人称蔡老师。小时候钱慧慧在幼儿园受了欺负回家哭诉，蔡老师便弯起笑眼安慰女儿说，你爸爸是开四个大轱辘的，他们的爸爸是骑两个小轱辘的，你不要搭理他们。

爸爸是开四个大轱辘的。听了妈妈的话女儿不哭了。这个小女孩儿心里，爸爸的四个大轱辘是莫大骄傲。这种骄傲心理使她成为幼儿园里漂亮的小公主。

小公主喜欢看"小人书"。只要连环画里有大汽车，她就满心欢喜地数一数它有几个轱辘。有一次看到雷锋叔叔在小人书里开着大卡车，她觉得开公交车的爸爸也很了不起，跟雷锋叔叔是同行。

五岁那年，漂亮的小公主跟随妈妈去火车站送人。站在月台上她看见一连串轱辘轰轰隆隆驶过去，数也数不清。漂亮小公主惊呆了。原来世界上还有这么多轱辘。相比之下，爸爸的四个轱辘实在太少了。

父亲带给女儿的自豪感被严重削弱。这是钱慧慧人生的首次受挫。火车以及那数不清的轱辘，一下成为童年钱慧慧难以逾越的心理障碍。

越是难以逾越，越想逾越。小小年纪注定了外表争强好胜、内心敏感脆弱的性格。九岁的夏天，爆发了"无产阶级文化大革命"。学校停课，小学生钱慧慧跑到京山铁路旁边，急于弄清楚一列火车究竟有多少轱辘。

一列装载着东北木材的火车疾驶而来，吐着烟尘轰鸣而去。满脸灰土的钱慧慧哇地哭了。火车速度太快。她数也数不清这列火车究竟有多少轱辘。

童年形成的挫败感越来越牢固地笼罩着钱慧慧。这时候她依然漂亮，内心却不是小公主了。一个手里拎着锤子的巡道工走过来得知她的意图，哈哈笑了。

你问火车有多少轱辘？一个小孩子知道事情太多了，你不怕心累啊？

一个小孩子知道事情太多，心累。小学生钱慧慧心头响彻巡道工这句话，逃离铁道跑回家去。那是黄昏时分，她走进院子感到一阵莫名窒息。妈妈坐在香椿树下哭泣，却不见父亲的踪影。看到女儿回来，蔡老师起身走进小厨房，不声不响做饭了。

不知道家里出了什么事情，钱慧慧跑去问邻居。祝姥姥伸手抚摸她的头顶叹了口气说，你妈妈真可怜啊。

蔡老师烙了一摞白面饼，召唤女儿吃晚饭。一盘炒鸡蛋摆在饭桌中央。屋里香气扑鼻。烙饼炒鸡蛋——这是普通家庭素常难得的好饭。

吃吧！不吃白不吃。蔡老师伸手递给女儿一张烙饼说，你哥住校，从今往后只有咱娘儿俩吃饭啦。

爸爸呢？她小声问着。妈妈随口吐出四个字：他滚蛋了。这句话好似一把剪刀，刺啦一声剪碎了这个和美家庭。

爸爸他怎么啦？钱慧慧咬了一口热饼，仿佛将未知世界咬开一个小洞。妈妈的回答好像一支利箭，一下刺穿女儿的心。

你爸爸坏透了，敢情他在老家农村娶了媳妇生了孩子，跟我隐瞒这么多年，要不是这次老家来人搞外调，咱们一辈子蒙在鼓里呢。

被刺穿的心，蓦地变成铅块儿，沉沉下坠。钱慧慧想起那个巡道工的话：一个小孩子知道事情太多了，你不怕心累啊？

是啊，我不想知道这么多事情，可是来不及了。对于小学生钱慧慧来说，她面临躲避不及的庞大世界。

几天后，钱慧慧在大街上看到父亲胸前挂着"重婚坏分子"的牌子，拉着排子车运送垃圾。那排子车两只轱辘沾满污秽，一路渗下黑水。望着父亲远去的背影，女儿古怪地笑了。从开四只轱辘的大汽车到拉两只轱辘的垃圾车，谁叫你非要娶两个老婆呢。

钱慧慧从垃圾车的两个轱辘里看到一个警句：人，一辈子不要犯这种错误。

这是什么错误呢？一个男人一辈子不要有两个女人。同样，一个女人一辈子也不要有两个男人。

九岁的钱慧慧不知道，女人路上肯定有一条条男人河。夏天，有女人在这条河里戏水，冬天，有女人在这条河上滑冰。无论炎夏寒冬，都有女人淹死在这条男人河里，连尸体都找不到。

终于，钱慧慧出落成大姑娘，在第七十四中学文艺宣传队里扮演阿庆嫂，越唱名气越大。有人告诉她说，你爸爸偷偷跑来看你唱阿庆嫂，哭着走了。

钱慧慧不为所动。她内心痛恨爸爸，正是他贪婪地占有两个妻子从而彻底毁了这个家庭。无独有偶，自从在学校宣传队里唱了阿庆嫂，她也面临着两个男生，一个演刁德一，一个演郭建光。她被夹在两河流域，进退两难。

中共地下党员阿庆嫂精明强干的性格潜移默化地影响着钱慧慧，这或多或少掩盖了她内心的敏感与脆弱。她想跟两个男生保持距离，尽力做到"相逢开口笑，过后不思量"。但是扮演刁德一的郑卫星偷偷拉了她的手。她觉得自己有了污点，因为内心暗恋扮演郭建光的王宪钢。一个女生面对两个男生所产生的内心恐慌，在她心里埋下了沉重的种子。

两个男生一夜间长成两个小伙子。钱慧慧觉得自己到了男人河边，已经听到水流拍岸的涛声。久而久之，她渐渐养成低头查看脚下的习惯，好像担心湿了鞋。她暗暗揣摩自己扮演的阿庆嫂：丈夫常年不在身边，她忙里忙外一心为党工作，这样的女人真是令人敬佩。同时她吃惊地发现，自己演了这么多场阿庆嫂却并不了解这位老板娘，比如她是否想念远在上海跑单帮的阿庆。

她终于忍耐不住"两河流域"带来的困惑，向心仪已久的王宪钢表明态度。她万万没有想到王宪钢将她的信讲给了他的母亲，而且变相拒绝了她的感情。

蒙受感情的沉重打击，钱慧慧开始自卑，她认为自己不可爱，还认为不会有人真正爱上自己。内心的自卑自弃与外表的美丽大方形成强烈反差，她将自己扭曲了，甚至享受着心理扭曲带来的隐痛，这种隐痛竟然成为她的内心快感。

自从被"特招"进入华北电机厂成为打字员，她为自己总结了四个字：自强争气。这是她的座右铭。她把自己的四字座右铭告诉母亲。蔡老师听罢嘻嘻笑着告诉女儿这正是当年她的座右铭，已经伴随青春日记烧了。钱慧慧惊讶地望着饱经风霜的母亲，觉得自己成了她的复制品。

深秋季节，蔡老师只身来到华北电机厂，推门走进党委办公室，说有急事找女儿钱慧慧。新任党办副主任景达明热情接待，引领这位中年丽人来到打字室。钱慧慧埋头打字顾不得抬头。蔡老师一声不吭注视着女儿仿佛看到当年的自己，眼窝儿里猛然添了泪水。

钱慧慧抬头看到母亲，不由啊了一声。景达明说你们母女真是太像了，瞥了一眼蔡老师告退了。钱慧慧起身给母亲斟了一杯水。蔡老师趁机抹掉眼泪告诉女儿说，你哥哥胃穿孔差点送了命，我一定要把他从内蒙古弄回来。

哥哥钱晓光上山下乡去了哲里木盟农村。那里生活艰苦，一个工分只值三厘钱。钱晓光饥寒交迫患上胃溃疡，经常疼得蹲下起不来。蔡老师发誓要把儿子从内蒙古调到城市周边农村插队落户，四处奔走寻找门路，四处碰壁。

现在有头绪了。蔡老师站在打字机前轻声告诉女儿，托人找到郊县知青安置办公室主任，这人名叫武玉国。

武玉国……钱慧慧抬头注视着母亲。他从前是七十四中工宣队队长吧？

母亲略显尴尬地点点头，说，武玉国是掌管郊县知青安置的实权人物，两次给他送去好烟好酒都被退回，当场强调革命干部不受贿赂。

听了母亲的讲述，钱慧慧鄙夷地笑了。当年在七十四中文艺宣传队，武玉国对自己下尽功夫没有彻底得手，那次在地下室里粗暴地弄伤她手腕，居然发誓今生不得到她不罢休。武玉国这种不光贪色而且贪财的家伙，怎么舍得退回好烟好酒呢？

武玉国得知钱晓光是你哥哥，态度马上变了。蔡老师鼓足勇气抖出底细说，武玉国要你去他办公室面谈，他说你要是去这事儿就成了，你要是不去这事儿就泡汤了。

妈妈，你走吧！钱慧慧噼噼啪啪敲击键盘，埋头投入工作。蔡老师满脸羞愧说了声我该死，跑出女儿打字室走了。

党办副主任景达明拎着暖瓶走进打字室，当头就说你母亲怎么走啦？我专门给你们打来热糖水呢。看到钱慧慧默默落泪，景达明怔了。

你长得特别像你母亲……景达明拎着盛满热糖水的暖瓶，不知如何安慰她。

下了班，人们排队等候班车，钱慧慧遇到王宪钢。他和她都显得尴尬，一时不知从何说起。王宪钢突然压低声音说，我特别想看看自己的档案，弄明白事情的来龙去脉……

咱们的档案存在档案室，本人不可以看的。钱慧慧不知晓王宪钢的心思，以为他正在争取入党，便鼓励了几句。

排队登上班车，王宪钢与钱慧慧并排站着。几个汽车装卸队坏小子抢占座位，七嘴八舌要求在班车里演唱《智斗》。王宪钢脱身说《智斗》里没有郭建光。这句话等于把阿庆嫂推举出来了。

钱慧慧无奈地瞥了王宪钢一眼，不吭声。班车行驶着。那几个坏小子不停地鼓掌逼迫阿庆嫂唱"垒起七星灶"，钱慧慧你快唱吧，你一唱阿庆就从上海滩回来了！

小钱你唱吧！你不唱他们跟你过不去呢。旁边几个老工人小声劝说。

钱慧慧面若止水，站在车里仿佛置身无人之境。王宪钢暗暗惊诧钱慧慧果真秉承了阿庆嫂的品质——每逢危急时刻咬紧牙关不放松。

那几个坏小子大声起哄说阿庆嫂哑巴了。钱慧慧突然转身盯视着他们，还是不言不语。

班车里安静下来。几个坏小子似乎对岿然不动的钱慧慧产生敬畏，挪开目光不敢与她对视。班车到达中间站，钱慧慧表情平静地跟王宪钢打了招呼，下车走了。

下了班车，钱慧慧一路步行走进家门。蔡老师举着一封电报扑通跪在女儿跟前说，妈妈求你救救你哥哥吧！

钱慧慧急忙接过电报，看到哥哥发来的加急电报只有八个字："不离开这里我就死。"

这就是哥哥的处境啊。钱慧慧伸手扶起母亲，浑身颤抖的蔡老师泪流满面说，我只有晓光一个儿子，我怕你哥哥寻了短见啊。

钱慧慧一夜未眠。第二天是公休日。她清晨起床洗脸漱口对母亲说，妈妈，我下午去武玉国办公室见他。

蔡老师啊地惊叫了一声，跑出家门买菜了。中午，她使出拿手厨艺给女儿做了炸酱面。钱慧慧从酱里吃出前所未有的肉丁，就把泪水浇在油光闪亮的炸酱面上佐餐了。

不是妈妈不疼你不爱你，手心手背都是肉。蔡老师辩解道，你毕竟留在城市进了工厂，你哥哥要是死在内蒙古连收尸的都没有啊。

走出家门，乘坐8路公交车前往郊县知青安置办公室。站在车厢里望着年轻的驾驶员，钱慧慧想起被母亲扫地出门的父亲，恍若隔世。下了8路公交车，遇到背着小提琴盒子的郑卫星。他主动解释说去老师家里学琴，匆匆走了。

望着郑卫星远去的背影，钱慧慧对他突然学习小提琴感到意外。今天公休日见面言语不多匆匆而去，足以证明小提琴成了他的最爱。

步行来到郊县知青安置办公室大门口，钱慧慧说找武玉国。传达室老头打量着她，好像来了珍禽异兽。

武玉国办公室在二楼。门外站着一群来访者，有男有女有老有少，乱乱哄哄好像人口市场。钱慧慧闪在旁边等候着。傍晚时分，一拨拨上访者走光了。钱慧慧伸手叩门，听到屋里传出一个"进"字。她推门走进去，迎面响起武玉国惊喜的叫声，慧慧！你真的来啦……

不消五分钟，钱慧慧便跑出武玉国办公室。传达室老头儿望着脸色惨白的姑娘，连连摇头叹气。

沿着长街跑过十字路口，钱慧慧遇到妈妈。蔡老师在这里等待女儿，迎上来给她围了一条头巾。

慧儿，人家答应了吗？蔡老师好像期待宣判无罪的犯人，小声催问。

妈妈，在七十四中武玉国就纠缠我，您还嘱咐我不要掉进他的魔掌。现在您又让我……钱慧慧整理着额头乱发说，他说只要我闭上眼睛让他吻我，就把哥哥从内蒙古调回来，我给他吻了两次他又提出新的要求……妈妈！我不能付出更多了，那样会给工人阶级丢脸的！

蔡老师目光凝望着女儿，突然抬手抽着自己嘴巴说，妈妈对不起你！妈妈对不起你！

武玉国还要我用塑料头绳儿给他编一只水杯套子，说这叫睹物思人。钱慧慧强忍羞愤回忆道，武玉国说有很多女知青主动献给他，他坚决不要只想要我。

他只想要你？做梦吧！蔡老师态度坚决地说，回家吧慧儿，咱不求这色狼了。

102

一连几天，钱慧慧恍若心死。武玉国粗暴揉搓她的乳房造成软组织挫伤，心灵痛苦却远远超过肉体伤痛。她认为自己今生难以赢得爱情，只不过是被污辱与被损害的角色。她咬紧牙关暗暗发誓：今后不做色狼嘴里的肥肉，只要有人真心爱我就毫不犹豫地嫁给他。钱慧慧内心的自卑情结，使她好像一只被鳄鱼拖入河里的羚羊，毫无生机地沉没下去。

然而，钱慧慧并不知晓母亲偷偷买了红色塑料头绳儿，在家编织了水杯套子送到武玉国办公室，还偷梁换柱说是女儿亲手编织的。

好啊好啊。武玉国接过水杯套子得意地笑了，好像得到法律赦免的流氓犯。

春节前夕，哥哥钱晓光从内蒙古调回本市，被安排在远郊富村公社插队落户。备感意外的钱慧慧惊喜不已，以为武玉国良心发现做了这件好事。

过了春节，华北电机厂进入"大干快上"攻坚阶段，连续三十天不歇班。一天上午，钱慧慧在打字室接到武玉国打来的电话，问她满意不满意。

哥哥从内蒙古穷苦农村调到城市远郊插队落户而且担任大队饲养员。钱慧慧当然说满意。对方在电话里嘿嘿笑着说，你满意了，什么时候也让我满意呢？

钱慧慧不知道这是武玉国在实施"钓鱼计划"。他每天给钱慧慧打电话毫不掩饰地表达饥渴之情。钱慧慧只得咿咿呀呀敷衍了事。武玉国反复念叨，我想死你了。她便保持缄默。

武玉国越来越放肆，甚至要求她在电话里说"我爱老武"。钱慧慧实在难以忍受。每当打字室电话响起，她索性不接。有几次不接电话耽误了工作，受到有关领导严厉批评。钱慧慧无可奈何还得接听电话，武玉国的污言秽语重新响彻耳畔。

武玉国的电话持久战，占线时间很长，弄得华北电机厂交换台线路更加紧张。一天下午宣传科老包打电话核对稿件，半个小时接不进打字室，就向厂部总机发了火。

厂部电话交换台随即将这位打字员举报出来——说每天都有外线电话打给钱慧慧，长时间占线包含大量黄色内容，听了让人羞臊难容。

史文竹得知此事，不吭不哈来到厂部电话交换台悄然戴好耳机，监听打给钱慧慧的色情电话。

临近中午，耳机里响起那个男人的声音，慧慧，自从咱们恢复联系，我都要想死你了，我违背原则把你哥哥从内蒙古调到城郊，你不能卸磨杀驴啊！

史文竹好像受到强烈刺激，摘下耳机呼地起身，满脸通红说了声，他妈的。她在机房里不停地踱步，咬紧牙关控制着情绪，重新戴好耳机继续监听。

耳机里，武玉国不停地说着甜言蜜语。史文竹暗暗冷笑，耐心等待钱慧慧的说话。面对武玉国的不尽纠缠，史文竹很想知道钱慧慧如何回应。

其实，史文竹对钱慧慧怀有敌意。一个面容平庸的女人面对一个长相标致的女人，往往产生嫉妒情绪。尽管史文竹有着青年干部稳定的心理素质，还是难以克服女人的天生弱点。平时，她不露声色地观察着这位五官秀美、身材匀称的打字员——穿什么鞋，戴什么围巾，以及搽什么雪花膏。

电话里，武玉国开始赞美钱慧慧的身材，谈腰说臀论胸，肉麻极了。钱慧慧依然保持沉默——任凭武玉国发情不搭腔。

气急败坏的史文竹摘下耳机起身离开交换台，径直走进钱慧慧的打字室。

史文竹进门看到办公桌上扔着一个电话听筒，哇啦哇啦传出武玉国色眯眯的声音。钱慧慧正在埋头专心校对稿件。

小钱，给你打电话的男人是谁啊？史文竹拿起听筒挂断电话，笑眯眯问道。

他叫武玉国，复员军人，郊县知青安置办公室主任。钱慧慧如实回答说，以前是七十四中工宣队队长。

史文竹继续问道，你了解武玉国吗？譬如他结过几次婚离过几次婚……

钱慧慧摇摇头说，我没有兴趣了解他结过几次婚离过几次婚。

史文竹轻轻呼出一口气，当机立断说，出于对你的爱护，我决定拆掉打字室的电话机。

拆了电话机耽误正常工作怎么办？上次宣传科老包核对稿件他就急了。

你还要跟武玉国藕断丝连吗？史文竹突然发作，口气凶狠地下达命令道，我说拆了就拆了！我说拆了就拆了！

假如武玉国整天给你打电话，钱慧慧委屈地问道，你也没有办法吧？

史文竹被问得愣了，突然尖声喊道，你胡说八道！他怎么会给我打电话呢？

钱慧慧想不到史文竹如此失态——好像煤气罐遇到明火爆炸了。

第二天上午，打字室电话机被拆除了。钱慧慧突然觉得解脱了，从此不会继续遭受武玉国的电话骚扰。

只安静了一天，武玉国又出现了，他居然将电话打到隔壁科室传唤钱慧慧，而且厚颜无耻的他在电话里朗诵蹩脚的情诗：

不知什么时候，你在我心中变得清晰。只要闭上眼睛，就浮现出你美丽的身体。我在梦里呼唤你的名字——慧，我在呼唤中拥抱慧——我爱你……

　　武玉国朗诵情诗，嗓门胜似驴鸣。电话听筒变成小型麦克风，四周的人们听得清清楚楚，如同身临诗歌朗诵会。

　　如此赤裸裸的情诗令年轻的钱慧慧羞窘难当。她只得拜托附近科室的同志们不要传唤她接听电话。

　　道高一尺，魔高一丈。一往无前的武玉国将电话打到华北电机厂政治部主任办公室，理直气壮地要求史文竹传唤钱慧慧接电话。

　　史文竹显然听出了对方的声音，轻轻应声起身前去传唤打字员。钱慧慧跑来接电话听到武玉国的声音，居然咯咯笑了起来。

　　这似乎就是来自春来茶馆老板娘的笑声。一瞬之间——眼观六路耳听八方胆大心细遇事不慌的阿庆嫂灵魂附体，钱慧慧登时强大起来。

　　哎哟你想我啊老武？那就请你快到华北电机厂来吧，我让你跟我们全厂广大职工见见面！钱慧慧大声冲着听筒里说，你不敢来吧老武？你担心我们把你扔进阳澄湖喂了鱼虾是不是？

　　电话里武玉国避开钱慧慧的锋芒问道，喂，刚才传你接电话的女人是谁呀？

　　钱慧慧不予理睬，啪地放下电话扭脸向史文竹说了声谢谢，抬腿走人。

　　史文竹没有料到钱慧慧面对危局如此机变，电话里公开邀请武玉国进厂会面，一下打到了蛇的七寸。看来关键时刻钱慧慧骨子里储存着几分力量。这令史文竹想起《沙家浜》里刁德一对阿庆嫂的评价：这个女人不寻常。

　　她追到打字室问钱慧慧姓武的说了什么。打字员如实答道，武玉国问刚才传我接电话的女人是谁？

　　你告诉他我是谁了吗？史文竹平静地追问道，声音却有些变形。

　　钱慧慧摇摇头说，你当时在场的，我根本不愿意搭理他就挂断了电话。

　　进入秋季，一场大雨后，大地赤裸裸的好像地球的半成品，天气忽冷忽热没正形，弄得华北电机厂感冒发烧病号骤增，很多职工休了病假。党委办公室副主任景达明送来一份《华北电机简报》稿件，要求钱慧慧马上打印，迅速下发车间科室。

　　钱慧慧看到这份《华北电机简报》是表扬卢丽虹的。面对全厂生产一线严重减员，这位铸造车间红医焦急万分，夜以继日地钻研医案寻找偏方，终于研制出具有预防和治疗感冒双重功能的十二味中药汤剂，取名"工厂感冒一号"。她选铸造车间为试点，拌砂组和浇铸组工人服用效果良好，出勤率明显提高。

景达明送来的这份《华北电机简报》就是向全厂推广"工厂感冒一号"的，号召全厂职工学习卢丽虹刻苦钻研的精神，为抓革命促生产再立新功。

这丫头真是好样的。钱慧慧由衷地为卢丽虹高兴，同时担心自己被传染感冒，打印了简报就跑到铸造车间领取"工厂感冒一号"。

铸造车间正在修理冲天炉。几个身穿小帆布工作服的工人一边干活儿一边说着"反正话儿"。这种"反正话儿"是工厂里流行的词语游戏，俩人斗嘴玩儿。

大圆脸正话儿说，兔子不吃窝边草。小瘦子反话儿答，近水楼台先得月。

大圆脸正话儿说，宰相肚里能撑船。小瘦子反话儿答，有仇不报非君子。

大圆脸正话儿说，人不犯我，我不犯人。小瘦子反话儿答，先下手为强，后下手遭殃。

大圆脸正话儿说，冻死迎风站，饿死不弯腰。小瘦子反话儿答，人在矮檐下，岂能不低头。

大圆脸正话儿说，打狗还得看主人。小瘦子反话儿答，杀鸡就是给猴看。

大圆脸正话儿说，知无不言，言无不尽。小瘦子反话儿答，贵人语迟，沉默是金。

大圆脸正话儿说，好借好还，再借不难。小瘦子反话儿答，躲过腊月，白欠一年。

钱慧慧好奇地听着这两人的"反正话儿"，觉得特别有趣。这时候工人们认出她是工厂文艺宣传队的，纷纷叫着阿庆嫂。很久不唱样板戏，这种称呼还在工人堆儿里流行，钱慧慧微笑着说了声师傅们辛苦。

一个黑脸膛儿小伙子手持铁钩子说，昨天郑卫星领了几袋"工厂感冒一号"不知孝敬谁去了，今天你又来了，合着我们铸造车间红医站成了沙家浜啦？

身穿白大褂的卢丽虹上前反击说，对！我的红医站就是沙家浜根据地，你想当伤病员我还不收你呢！

黑脸膛儿小伙子伸了伸舌头，不言语了。一个天车女工凑过来问道：起先听说郑卫星身上产麝香，后来听说他天天使用"臭胰子"洗澡，生生把浑身香味都给洗没了，是这样吗？

你看见郑卫星洗澡啦？嘻嘻。卢丽虹说罢扭脸对钱慧慧说，我们这里就像兄弟姐妹一样，说话直来直去没有坏心眼儿。

看到卢丽虹跟工人们的关系如此融洽，钱慧慧挺羡慕的。卢丽虹引领她走进铸造车间红医站，看到门上郑重其事写着八个大字：医疗重地，随手关门。

铸造车间红医站其实是一间小诊所。东墙上，挂着一幅人体穴位图，西墙上是一幅小标语：工人阶级是领导阶级。一张方桌上摆着血压计和诊脉包，一只小瓶子里插着两支体温表。

打开药品柜，里面堆满一袋袋写着"工厂感冒一号"的中草药。卢丽虹随手拿出一袋递给钱慧慧说，我原先是《沙家浜》卫生员，现在是铸造车间红医，合着我这辈子是离不开中草药了。

你在《沙家浜》当卫生员为新四军伤病员服务，现在铸造车间当红医为工人阶级病号服务，这叫戏里戏外一个样。钱慧慧总结道。

卢丽虹拿出几盒中成药不无得意地说，这阵子王宪钢咳嗽却不愿意吃药，我给他备下雪梨膏、鲜竹沥、枇杷露、乌枣汁，这些药跟糖果差不多，今天我就给他送去。

听了卢丽虹的真情告白，钱慧慧手里拎着"工厂感冒一号"不知说什么好。她知道这几年卢丽虹猛追王宪钢，却不清楚王宪钢是否接受卢丽虹这份感情。这样寻思着，钱慧慧心情复杂起来。

那个黑脸膛儿小伙子捂着鼻子冲进红医站，大声要求止血。卢丽虹极其麻利地将酒精棉球塞进他的鼻孔说，你把左手中指跟右手中指互相钩起来，使劲儿拉紧！

黑脸膛儿小伙子在卢丽虹指挥下，使劲将两根中指牢牢钩住。卢丽虹说，你数十八下就松手吧。小伙子一二三四五……数到十八，然后松开紧紧勾连的两根中指。卢丽虹笑着用镊子取出他鼻孔里的酒精棉球，果然不流血了。

红医卢丽虹对小伙子说，流鼻血不用怕，除了这种钩指法，你要在野外还可以采几根刺菜儿捣成汁儿喝下去，当时见效。

卢大夫你真神了，手到病除啊！黑脸膛儿小伙子欢天喜地地走了。

钱慧慧观察着卢丽虹，觉得她比在《沙家浜》里当卫生员时长了能耐。一个老师傅推门进来，咧嘴叫唤胃疼。卢丽虹利索地抄起暖瓶斟了一杯水，从药瓶里倒出药片儿，说，您先吃一片颠茄，然后我给您针灸！

服下药片儿，她让这位老师傅仰卧诊榻，转身取出针灸盒。您全身放松，就把我当作您亲闺女，亲闺女给您扎针您怕什么呀？

这位老师傅动了感情，声音颤抖地说，你比我亲闺女强多了！我那丫头搞对象整天不着家。昨儿她妈腰疼让她买膏药，她拿着钱跟对象遛马路去啦……

说话间，卢丽虹悄悄将六支银针捻进穴位。您老伴儿腰疼啊？我给您拿一帖虎骨追风膏吧。

小卢，你真是咱工人阶级的好闺女！小腹插着六支银针的老师傅拖着哭腔说，我从你这儿给老伴儿拿膏药，这等于是占公家便宜啊。

您人都是公家的，怎么还说占公家便宜呢？我处方上写您的名字就是了。卢丽虹拿起毛巾擦去老师傅额头上的汗水，这样子分明就是亲闺女。

钱慧慧忘情地注视着这位身材小巧的车间红医，被她感动了。卢丽虹啊卢丽虹，你融入工人阶级队伍成了他们的贴心人。我呢？我整天坐在打字室里敲字，脱离了工厂现实生活。

一个罗圈腿女工撇着括号似的双腿走进红医站，哼哼唧唧好像说要失明了。卢丽虹给胃疼的老师傅起了针，旋即翻开罗圈腿女工的眼皮说，你长了针眼儿。然后点了氯霉素眼药水。那位治好胃疼的老师傅双手捧着虎骨追风膏好似捧着宝贝，满意地走了。

罗圈腿女工揾着眼睛冲钱慧慧说，你是宣传队的阿庆嫂吧？你模样比戏台上俊俏。依我说姑娘光凭俊俏不行，还得心眼儿端正！心眼儿不端正找不着好对象。我看卢丽虹人俊俏心眼儿好，将来一定找一个郭建光那样的对象！

看您说的！卢丽虹口头制止着却绽开满脸笑容说，人家郭建光仪表堂堂的，咱贴不上边儿哟。

你小眉小眼小骨头小肉儿的，这叫工人阶级的小号美人儿！你搞对象要找穿四个衣兜儿的军官，最小也得像郭建光那样的连级干部，哈？

这位罗圈腿女工说罢，摇摇晃晃地走了。

卢丽虹马上找出一张报纸，把她为王宪钢预备的几种药品包裹起来，嘴里还轻声哼唱着歌曲《医疗队员到坦桑》。

我告诉你一件事儿，前些天厂里推荐我去河北省白求恩医学院上大学。我把指标让给工具车间红医张苓啦。

现在时兴工农兵上大学，这是好事情。钱慧慧惊讶地反问，你为什么不去白求恩医学院呢？

我是不会离开华北电机厂的，嘻嘻。卢丽虹倏地用目光照耀着钱慧慧说，我要牢牢盯住王宪钢寸步不离，不能让他落到别人手里。

听了卢丽虹的战斗宣言，一股若有所失的情绪笼罩在钱慧慧心头。卢丽虹却获胜般笑了，动手收拾药品。

一个身穿驼色上衣蓝色裤子的姑娘推门走进红医站，自我介绍是《工人日报》记者韩晓叙，前来采访工人阶级的贴心人卢丽虹同志。

你采访我干什么？大大咧咧的卢丽虹收起听诊器说，我就是一车间红医嘛。

女记者韩晓叙趋身向前说道，我可找到你了卢丽虹同志！你研制了预防感冒的"工厂感冒一号"，提高生产一线出勤率，是抓革命促生产的典型人物！我专程从北京赶来采访，要把你的先进事迹介绍给全国工人阶级！

卢丽虹咯咯笑着说，老天爷啊，我又不是气球，你不要把我吹爆了！

韩晓叙掏出本子采访，首先询问卢丽虹研制"工厂感冒一号"的思想动机以及遇到过什么困难。

钱慧慧趁机溜出铸造车间红医站，溃退似的跑回厂部。她走进打字室随手放下被称为"工厂感冒一号"中草药袋子，抄起茶杯喝了一大口水，呛得咳嗽起来。

拉开抽屉拿出小镜子，心烦意乱的钱慧慧照了照自己，又端起茶杯喝了一大口水。人家原来只是小配角，我是主角啊。钱慧慧开始羡慕广受工人拥戴的卢丽虹，觉得她活得充实饱满生动快活，在追求王宪钢的道路上勇往直前。

渐渐冷静下来，钱慧慧看到桌上摆着一份《全厂大干一百天动员大会讲话稿》，左上角批了"急件"二字。工作，从来都是消除烦恼的最好方法。她动手安装蜡纸，准备打字。心里还是想着卢丽虹，想着卢丽虹铁心追求王宪钢，心头五味俱全。

厂广播站播放下班军号声了。她听门外有人喊道，钱慧慧，咱厂大门口有人找你，是赶着驴车来的！

有人找我？钱慧慧下意识地去摸电话机，看到电话线被掐了，她心里有些抱怨史文竹，起身跑向工厂大门。

厂道人流里，走来精神抖擞的王宪钢。他身穿干干净净的劳动布工作服，右手拎着的尼龙网兜里是一只大号铝制饭盒，一路走来丁零当啷。

钱慧慧伸手抢过尼龙网兜，从饭盒里取出那只叮当作响的不锈钢勺子，随手插在王宪钢上衣口袋里说，丁零当啷的好像来了打击乐队，你不嫌吵啊？

王宪钢不好意思地笑了。钱慧慧瞥见他饭盒上刻着"做一个好工人"六个字，哎哟一声说，你怎么把座右铭刻在饭盒里了。

王宪钢连忙收起饭盒满脸窘相说，前几天跟崔师傅学画线顺手把这句话刻在饭盒里了。

说着话就来到了华北电机厂大门口，王宪钢排队等候班车去了。钱慧慧看见一辆驴车停在前面。一个头戴破草帽身披薄棉袄的小伙子正在添料喂驴。

这人摘下破草帽嘿嘿笑了，脸色黝黑整个一个社会主义新农民形象。

哎哟，你是庞汇强吧？钱慧慧还是认出这位在农村插队落户的知识青年。

谢谢你还记得我，我为你背了警告处分也值啦！后来我给你写的信你都收到了吧？庞汇强投来炽热的目光问道。

钱慧慧问对方这么远跑来有什么事情。庞汇强说他插队落户文清县王后庄，今天进城拉酒糟顺路看望她。

王宪钢走出班车队伍大步赶来说，庞汇强很久不见，你好啊？

我又遇见你啦！庞汇强上下打量着身穿"华北电机"工作服的王宪钢说，我看你这样子就知道你没跟钱慧慧搞对象。你这是发扬风格把阿庆嫂留给我啊？

庞汇强，你不要胡说八道好不好？王宪钢涨红脸孔反击着这位无拘无束的农村知青。

工人们一边排队等候班车，一边观赏这两男一女组成的活报剧。众目睽睽之下，钱慧慧越发紧张了。

庞汇强从驴车里拿出一捆新鲜玉米递给钱慧慧说，我在广阔天地摸爬滚打炼红心，就是惦着你。村里插队知青一唱《沙家浜》，我就火烧火燎的！

我不要你的东西！钱慧慧躲闪着庞汇强递来的一捆新鲜玉米，好像面对一捆反坦克手榴弹。看到她缩手缩脚的样子，庞汇强哈哈大笑。

钱慧慧你的变化真大，完全不像以前的阿庆嫂，萎啦！庞汇强无所顾忌地说。

说着，庞汇强挥手将钱慧慧不愿接受的一捆玉米扔给王宪钢，你把这捆白马牙玉米煮熟了给钱慧慧吃吧，这样还能增进你们之间的革命感情呢。

一声吆喝，庞汇强跳上驴车，朝着心目中的阿庆嫂挥了挥手，扬起鞭子大声喊道，钱慧慧！我还会来看你的！

王宪钢怀里抱着这捆白马牙玉米，望着远去的驴车好似一只斗败的大公鸡。这个当初偷偷匿名写纸条儿向钱慧慧求爱的庞汇强，怎么变成天不怕地不怕的勇士啦？别人都是广阔天地练就红心，他却广阔天地练就贼胆。

排队等候工厂班车的工人们，一个个打量着郭建光和阿庆嫂。钱慧慧羞得跑进工厂大门躲到冬青灌木丛后边。王宪钢追过来将一捆新鲜玉米递给她。

庞汇强说我蔫了，你看我真的蔫了吗？钱慧慧显然急于得到答案。

王宪钢低头寻思着，不吭声。钱慧慧急得跺脚，继续追问。

你怎么变得不自信啦？你是阿庆嫂不是祥林嫂啊！王宪钢终于说了话。

这时候，史文竹从厂外骑着自行车赶回厂里，她把车停靠在冬青灌木丛前，隔着深秋绿色向钱慧慧问道，我为了减少外界骚扰拆了打字室电话，怎么又来了个赶驴车的找你啊？

我……钱慧慧一时不知如何反驳。王宪钢笨拙地解释说，赶驴车的庞汇强是七十四中知青，给小钱送来一捆新鲜玉米……

史文竹和颜悦色注视着王宪钢说，没有让你替钱慧慧解释啊。说罢骑车子走了。

钱慧慧望着史文竹骑车远去的背影，觉得这位厂政治部主任对自己抱有莫名的偏见，只要见面心里便疙疙瘩瘩的好像系了死结。

这时一个满脸油污的工人跑来大声喊道，王宪钢！咱厂空压站出了故障，你师傅参加抢修，你赶快去找崔万昌吧！

是吗？王宪钢拎着尼龙网兜里的饭盒抬腿就跑，径直向空压站抢修现场奔去了。钱慧慧怀里抱着这捆新鲜玉米，一时不知如何处置。

下班人流里，艾学习拎着一只大篮子走来。钱慧慧好像看见出路，大声说，这捆白马牙玉米送给你吧。艾学习打量着钱慧慧，突然改变语气说，我拾煤核儿捡柴火，那是自力更生艰苦奋斗，我不随便收别人东西……

说罢，吝啬成性的艾学习果真谢绝了钱慧慧的馈赠，大义凛然排队等班车去了。

抱着这捆白马牙玉米，钱慧慧走回打字室。人们下班走了，厂部院子里安安静静。她看着打字机上摆着的"急件"，随手拉开电灯加班干活儿了。

她在原稿上发现两个显然出于笔误的错字，就顺手改正了。翻到原稿第二页，她觉得有两处句子欠妥，一处是"大会之后进行分组讨论"，她认为应当删去"进行"二字。另一处是"按时完成总结工作的材料……"她踌躇了。

依照岗位职责分工，打字员只管打字不管修改文稿。看到文稿左上角写着联系电话，是工厂分机801，便伸手去摸电话机。

111

唉，电话机被史文竹拆了。801？这个分机号码很生疏，一时想不起它是哪间办公室，只能打电话询问。钱慧慧起身走出打字室。

　　附近科室下班没人了。只有史文竹办公室亮着灯。她硬着头皮前去敲门，里面没应声。没人。她转身离开走出几步，身后传来史文竹沉稳的声音。

　　谁——呀！怎么敲了门就走呢？

　　钱慧慧回头看见史文竹站在办公室门口，便不卑不亢地说，手里有急件。别的科室没人了，我只能借您办公室电话。

　　你遇到急件自觉加班，这值得表扬。相貌寻常的史文竹望着身材高挑的钱慧慧。

　　这时候，身着工作服的郑卫星从史文竹身后闪出，强笑着说，这么晚了还没下班啊小钱？

　　突然看到郑卫星现身，钱慧慧愣了，慌忙向史文竹解释说，打字室没有电话，我想核对一下稿件……

　　看来我不该拆除你的电话哟。史文竹脸上闪过几丝愠色，然后咬文嚼字地说，那就请你进来打电话核对稿件吧。

　　史文竹办公桌上摆着两只白瓷杯子。屋里充满奇异的香味。钱慧慧不知道这是进口咖啡散发的气味，径直奔向电话机拨打分机号码801。电话随即通了，传出一个浑厚的男声。

　　钱慧慧告诉对方，您的急件有两处句子是否重新斟酌一下？浑厚男声笑着表示一会儿到打字室去。

　　你不知道801分机是谁呀？史文竹端起咖啡杯问道。

　　钱慧慧摇摇头说不知道，快步走出史文竹办公室。郑卫星跟随她走进打字室。一进门抓住她的手，激动地叫了声慧慧。

　　钱慧慧并不感到意外。以前演戏他经常趁灯光昏暗抓紧她的手。每逢那种时候，她便幻想这要是王宪钢多好。然而却从来不是王宪钢。此时，郑卫星抓着她手不放，说，慧慧，自从我陪同林仪芳和曾美珍参观学习，侯金泉就挖苦我想做海外华侨女婿。我太想留在厂部工作了，今天我请求史主任把我正式调进宣传科，她给我沏了一杯热咖啡……

　　你这么想当干部啊？钱慧慧抽手扭身坐在打字机前说，史文竹都给你沏咖啡了，她一定会给你出力的。

　　慧慧！我要是正式调到厂部咱俩就能在一起了……郑卫星企图再次抓住钱慧慧的手。这时传来一声门响。

一位身材魁梧的中年男子阔步而入开口说道，你是打字员小钱吧，我的稿子有什么问题吗？

郑卫星随即矮了一截——从高大乔木变为低矮灌木说，章泽书记您好！

噢……这位被称为章泽书记的中年男子瞅着他问道，你是哪个部门的？

我是机修车间郑卫星，借调厂部宣传科工作……表情尴尬的郑卫星如实汇报着，神情紧张。

章泽书记沉下面孔道，厂部动不动找车间借人，这是从生产第一线抽血！

郑卫星见势不妙，东瞅西瞧似乎寻找逃跑路径。钱慧慧想起《沙家浜》终场刁德一被新四军押解上场也是这种神情，就想笑。这时郑卫星狼狈不堪地说了声，章书记再见。溜了。

您是新来的党委书记章泽同志？我有眼不识泰山……打字员爽快地说。

方脸阔口的章泽笑了。有眼不识泰山？这是刁小三的台词，怎么从你嘴里说出来啦？

您看过我们演的《沙家浜》？钱慧慧觉得新来的党委书记挺亲切的。

当然看过。你们七十四中文艺宣传队慰问我们"七〇六二"国防工程，我还记得郭建光出了演出事故，戴了刁德一的手表。

那时政治气氛很紧张，还写了检讨书呢。钱慧慧说起往事如见故人，兴奋起来。

你提的意见是对的。章泽抄起红色铅笔修改着稿件说，你是打字员却敢于给领导讲稿挑毛病，这是实事求是的作风。

敢情您亲自动手写稿儿啊？以前的一把手让秘书写稿，上台他动嘴念，有时还念错了。

我是基层干部出身，二十多年养成自己动手做事的习惯。党委书记章泽挥着大手说，今天你是我的一字之师，谢谢你小钱！

我可不敢当。钱慧慧发现这位章泽书记相貌近似《沙家浜》里巧扮中医与阿庆嫂接头的县委书记程谦明。戏里戏外这两位书记相貌相近，无形中缩短了打字员与党委书记间的心理距离。钱慧慧起身送章泽书记走出打字室。

工人出身的党委书记反身说道，小钱啊，你要积极争取加入组织。

钱慧慧略显羞涩地说，支部通过我的入党申请了，这几天报送机关党总支。

好，人家阿庆嫂本来就是党员嘛！章泽说罢大步走回自己办公室了。

天色大黑。钱慧慧吃了两块饼干继续工作。打字机发出噼噼啪啪的脆响，悦耳动听。她情不自禁哼唱着歌曲。

完成了"急件"。她卷起蜡纸装进纸筒,关闭打字机。起身喝了一杯水,收拾挎包。进厂快三年了,她依然背着学生时代的绿色军用挎包,上面她亲手绣了"为人民服务"五个红字。

厂部组干科的葛大姐推门进来笑着说,今天我值班住厂,上级指派我找入党积极分子谈话。钱慧慧听罢放下绿色挎包,请葛大姐落座。

小钱同志,这是史文竹主任让我找你谈话,主要提醒你注意两个问题,一是社会上经常有人打电话追求你,弄得科室干部们议论纷纷,影响不好。二是有个农村插队知青经常给你写信,有几封信被汽车队几个装卸工从收发室偷走看了,他们把信件内容到处传播,都是甜言蜜语不堪入耳……

您听我解释好吗?钱慧慧告诉葛大姐,经常写信的农村插队知青叫庞汇强,当年在学校就因为写纸条儿受了警告处分。

葛大姐打断钱慧慧的解释说,你不要跟组织争辩好不好?我们提倡恋爱自由,但是经常给你打电话的男人是有妇之夫,这就属于生活作风问题了。经常写信追求你的那个农村插队知青,据我们了解他不是抢吃邻村菜瓜,就是偷偷杀了房东的老母鸡,表现不好,属于落后青年。

葛大姐,我感谢组织对我的关心和爱护。请您转告史文竹主任,那个有妇之夫经常给我打电话,我管不住他的手。那个农村插队知青经常给我写信,我也管不住他的手。所以说我是无辜的。既然史文竹主任这样关心爱护我,就请她派人制止有妇之夫给我打电话,再请她派人制止插队知青给我写信。

小钱,你这种态度不好吧?你应当知道我们正要解决你的组织问题。葛大姐板起了面孔。

一股力量从心底升起,钱慧慧感觉重新成为"垒起七星灶,铜壶煮三江"的阿庆嫂。葛大姐,请您如实转告史文竹主任,这就是我的态度!

送走闷闷不乐的葛大姐,钱慧慧看见屋角那捆新鲜玉米,决定明天把它扔进垃圾堆里。她背起挎包关了灯,走出打字室深深吸了一口新鲜空气。

其实我不适合饰演阿庆嫂。她泼辣机智,既能救胡传魁,也能抓胡传魁。我内心比较软弱,只有到了危急时刻才敢于反击来犯者。

走出黑暗,拐过一排小平房踏上灯光明亮的厂道。左侧是金工车间,右侧是铆焊车间,一左一右灯火闪动,好像两艘夜海航行的巨轮。远处的灯光篮球场上比赛正酣,不时发出喝彩声。钱慧慧被工厂夜景感动了,不由放缓脚步。

厂道旁边读报栏后面闪出一个人影儿，她右胳膊夹着一柄纸伞形似爆破筒，左手网兜里拎着一只饭盒宛若小型炸药包，活脱脱一位全副武装的爆破班女兵。

钱慧慧看到卢丽虹身穿双排纽扣老式黑呢上衣，不知道她躲在这里干什么，就轻声询问。

卢丽虹俨然贤惠小媳妇浑身充满疼爱说，王宪钢加班抢修空压机，饿坏肚子哪行啊！说着从网兜里取出饭盒。打开给钱慧慧看：两个白面馒头，一块紫红色腐乳，一只咸鸭蛋，东西不多却显出关切的实实在在。

一股莫名的味道袭上心头，说不清，道不明。钱慧慧勉强向卢丽虹笑了笑，说，你把饭送到空压站，何必在这儿等呢？

你满脑子铅字，思想简单。卢丽虹颇具战略思想地说，我要是把饭送到抢修现场，别人会说王宪钢跟我搞对象了，这对他影响不好。我要想对王宪钢好，首先不能给他添乱。

望着娓娓道来的卢丽虹，一股受挫感塞满钱慧慧心头。一时间，她感到自己的生活出了问题。自从不唱《沙家浜》，不再给郭建光和伤病员们送饭，不再打理春来茶馆，不再敷衍胡传魁，不再智斗刁德一，整天坐着跟打字机交往，远了人情世理，淡了苦辣酸甜，没了真材实料，缺乏真正的感情寄托……

卢丽虹接着又从怀里掏出两双黑色尼龙袜子摆出小主妇姿态说，你不知道王宪钢多马虎，他脚上经常穿着两种颜色的袜子！一只蓝的，一只绿的。我怀疑他妈是后妈，不管儿子。我专门给他买了颜色相同的袜子，这就不怕穿乱啦！

听了这话，钱慧慧分明喝了一肚子山楂汤，酸溜溜返回打字室。进门开灯从柜子里拖出一只电炉子，抄起暖瓶将热水倒在饭盆里，大声跟自己说话。

王宪钢不属于你卢丽虹独有吧？他在空压站加班抢修，革命同志之间兴你送白馒头，就不许我送热玉米啊？

电炉丝红了，烧得饭盆里的水沸腾起来。钱慧慧剥了两穗白马牙玉米扔进开水里咕嘟咕嘟煮着。一股股升腾而起的热气肆无忌惮抚摸着她的脸蛋儿。

没错！我是阿庆嫂，他是郭建光，我给芦苇荡里送饭去！关闭电炉子，钱慧慧掏出手绢裹起这两穗理直气壮的熟玉米，毫无顾虑地走出打字室。

此时，她完全忘记了写信受挫的经历，重新唤起生活勇气。沿着厂道小跑，一口气来到空压站小院。她看到这里被两盏碘钨灯照得宛若白昼，一群人神色焦急围着那只巨大的储气罐，现场鸦雀无声。

手里捧着两穗热玉米，钱慧慧伸长脖子寻找王宪钢，看见储气罐底座下露出两只翻毛大头鞋。弧光闪闪传出噼噼啪啪的电焊声响。

宣传科老包焦急地冲钱慧慧说，你来得正好！我现场报道这次抢修，稿子出来你就打字啊。可是他们偏偏焊不好！真急人啊。

那两只翻毛大头鞋从储气罐底座下渐渐退出，终于露出一个大活人——王宪钢抖掉帆布工作服上的焊渣说，崔师傅，我也焊不上去……

崔万昌拍拍徒弟的肩膀，宽厚地笑了，我让你钻进去就是让你体会仰焊的滋味，没烫着你吧？

钱慧慧看了看手里的两穗热玉米，不好意思走过去。这时笔杆子老包压低声音告诉她说，空压站储气罐底座开裂，人躺在下面举着焊枪干活儿，这叫仰焊。仰焊时焊口铁水往下淌，焊接不成反而烫了人。好几个人轮番钻进去都没焊成！空压站只好关机，没有压缩空气三个车间停产了。

崔万昌不是七级大工匠嘛，他也焊不成啊？钱慧慧不解地问道。

宣传科老包淡淡一笑说，这活儿要是崔万昌焊得了，咱厂就不用派吉普车去请侯金泉啦！

听老包这样说，钱慧慧想起华北电机厂的传言，说机修车间有两个七级大工匠，一个真七级钳工，一个假七级钳工。那么谁是真的谁是假的呢？

钱慧慧认为这两位七级大工匠都是真的，工人阶级没假的。这时一辆吉普车驶进空压站小院，嘎地停稳。机修车间"小鬼儿"书记从吉普车前门跳下车来，伸手拉开后门。

一双光亮的瘦腿从车里伸出——身穿短裤的侯金泉披着一件污渍斑驳的工作服跳下吉普车，气哼哼地冲着储气罐说，操，我没吃晚饭就把我拉来了，这是抓壮丁呢！

人们一声不吭注视着这位大工匠——好像一群羚羊看着一只猞猁。目光炯炯的侯金泉蹲下身子摆弄着电焊机，然后选了两根焊条，不慌不忙将那件帆布工作服反穿在身上——这样，他的工作服后背变成前胸，纽扣就转到背后了。侯金泉哼了一声，书记心领神会，绕到身后给他系好工作服的纽扣。

王宪钢凑过去，被书记喝住，我这车间书记给侯师傅打下手儿都不够格，你小毛孩儿哪儿凉快哪儿待着去！

书记转身冲着大家打开话匣子说，这电焊啊，有平焊有立焊有仰焊，仰

116

焊难度最大。焊水受到地球引力往下流，活儿焊不成，人倒烫伤了。即使勉强焊成了，也是一串葡萄珠儿。

宣传科老包手捧笔记本一边记录一边催促书记讲下去。王宪钢掏出圆珠笔却找不到纸片，只好在手心上记录电焊原理。他的样子显得有点儿愚钝，钱慧慧却看出几分笨鸟先飞的韧劲。这时候她意识到自己内心深处还是爱着王宪钢的。

无论平焊立焊仰焊，焊接原理都一样。女人不是也都一样吗？白天看似一朵花，关了灯都是疙瘩瘩！"小鬼儿"书记旁征博引，把女人也扯上了。

说是焊接原理都一样，你们钻到底下试试，技术就不一样了。你必须根据焊口的宽窄和焊条的粗细，随时调整电流。一句话——实践出真知呗！

反穿工作服的侯金泉翻着白眼儿冲"小鬼儿"书记说，你要是再给我吹牛皮，这活儿你动手干吧！

崔万昌不失时机走上前说，老侯，你是老师傅不应该心浮气躁嘛，你快干活儿吧，宣传科老包还等着采访你呢。

我看你是夜壶镶金边儿——嘴儿值钱。侯金泉揶揄着崔万昌，左手抄起电焊面罩，右手握着电焊钳子，嘴里叼着两根焊条钻进储气罐底座下面，仰面朝天只露出两只黑色布鞋。

钱慧慧屏住呼吸盯着这两只黑色布鞋，一时忘了自己是来给王宪钢送热玉米的。是啊，好脾气的大工匠崔万昌焊不成，坏脾气的大工匠侯金泉焊得成吗？全厂三个车间停产等待压缩空气，这是大损失。钱慧慧呼吸有些急促，心儿咚咚地跳着。

一道弧光在储气罐底座下闪起，刺得她闭上眼睛。一道道弧光连连闪烁，将周边映得雪亮，噼噼啪啪的焊接声不绝于耳。

她听到人们惊呼，睁开眼睛看到侯金泉从储气罐底座下钻了出来。这位大工匠丢开电焊面罩扔下电焊钳子，随手掸了掸工作服大襟上的焊渣。

"小鬼儿"书记递去一茶缸子热水说，真的焊好了，您哪？

废话！不焊好我能出来吗？侯金泉咕咚咕咚喝着热茶水，命令王宪钢给他解开工作服背后的纽扣。

抄起手电筒，书记小狗似的爬到储气罐底座下，随即发出一声赞叹。一道鱼鳞纹焊口蓝汪汪，真他妈的是绝活儿啊。

王宪钢一边看着手心上的记录文字一边追着侯金泉说，我想当个好工人，您把这手仰焊的绝活儿教给我吧！

侯金泉甩动屁股坐进吉普车说，我教给你？你快跟你师傅研究 1 = 7
去吧！

心平气和的崔万昌走来朝吉普车里说，老侯啊老侯，你是对我有意见还
是对 1 = 7 有意见？

吉普车里传出侯金泉针锋相对的声音，不是我对 1 = 7 有意见，是 1 = 7
对你有意见！你折腾它都快二十年了，还是一堆废铜烂铁嘛！

崔万昌遭到侯金泉痛骂，依然满脸笑容说，老侯你不要信口开河，1 = 7
这项目也不是你一句话就能否定的。

宣传科老包拦住吉普车大声喊道，你们两个大工匠不要掐啦！侯师傅，
咱不能把肉埋在饭里，我要把你抢修空压机的事迹报道出去……

你放屁，老子大半辈子埋在饭里，今儿也用不着你报道！吉普车里侯金
泉冷笑着说，你快去报道 1 = 7 吧！崔万昌是工人发明家。

钱慧慧跑来扒着吉普车门迫切地说，侯师傅您听我说，王宪钢想当个好
工人，您就答应把绝活儿教给他吧！

吉普车轰地开走了，甩下一屁股青烟。这时钱慧慧突然从空气里嗅到一
股雪花膏味道，立即扭头寻找来源。她看到厂道路灯照耀下，散发着雪花膏
味道的卢丽虹把王宪钢拉到远处，掰了一块馒头塞到他嘴里。王宪钢躲闪着。

卢丽虹咯咯笑着说，你就知道吃馒头啊？还有咸鸭蛋和腐乳呢！

钱慧慧手里捧着两穗凉透的熟玉米，呆呆望着俩人越走越远的背影。

你不是来给王宪钢送饭的吗？书记看穿打字员的心思大声催促说，追呀！
我军光荣传统是抓住战机不放松，你还怕她小卫生员吗？

钱慧慧无奈地笑了，快步走开。她匆匆拐下厂道走进一片空地里。哼，
卢丽虹又瘦又小跟王宪钢并肩走着，从后面看一点儿都不般配。钱慧慧这样
想着绕过一棵大树气咻咻将一穗玉米投向黑暗里，一屁股坐在大树下抽泣
起来。

人家阿庆嫂从来没有这么窝囊过，我怎么就萎啦！钱慧慧一边念叨一边
抓起剩下的一穗玉米，张嘴使劲啃吃起来。哼！我就不信这颗手榴弹吃到肚
子里能爆炸……

这穗"手榴弹"竟然没有完全煮熟。我怎么连玉米都煮不熟呢？钱慧慧
被浓重的失败感笼罩着，一鼓作气啃掉这穗半生半熟的白马牙玉米，好像故
意惩罚自己的胃。黑暗里，她渐渐冷静了，猛地站起。

走出华北电机厂步行一点五公里，赶上公交终点站末班车。一路上钱慧

慧轻声哼唱着阿庆嫂"风声疾，雨意浓"的唱腔，满嘴半生半熟的白马牙玉米味道。

工人为什么做工，农民为什么种田，爸爸为什么娶两个老婆，我为什么演了阿庆嫂，王宪钢为什么要当个好工人，郑卫星为什么挖空心思当干部，艾学习为什么抠门儿过日子，朱则良为什么从小自卑，简晓铜为什么学习数理化，史文竹为什么盯住我不放，我为什么对卢丽虹心生醋意……这一连串问号充满脑海，仿佛要汇编一册新版《十万个为什么》。

我在渴望一种新的生活吧？坐在公交车里钱慧慧审问着自己，却说不出渴望一种什么样的新生活。

钱慧慧走进家门。天色已晚，母亲竟然坐在梳妆镜前打扮着。蔡老师告诉女儿那个郑卫星来过，留下纸条走了。

郑卫星从来不写纸条儿的。钱慧慧感到意外，在母亲面前故作镇定阅读这张纸条儿。

　　慧慧，今天我找史文竹谈话要求正式调进厂部，她说要等待时机成熟。我真的等不及了，我担心回到机修车间天天挨骂受气，出师考试更是鬼门关。

　　我特别怀念咱们一起演戏的美好时光，所以更加盼望能够跟你在一起工作。我知道武玉国经常打电话骚扰你，也知道庞汇强经常写信追求你，但是这些情况都不能改变我对你的感情，祝愿我们携手并肩共同进步！

　　还有一件事儿告诉你，我已经学会几支小提琴曲子了，有机会我要当面拉给你听，比如朝鲜的《卖花姑娘》和西哈努克亲王的《啊，敬爱的中国》。

慧儿，你晚饭都快成夜宵了，热一热赶紧吃吧。蔡老师瓜子脸大眼睛，皮肤白净身材匀称，人到中年风韵不减。她戴上红色发卡开始控诉：我十九岁嫁给你爸爸，比他小十二岁。他这个狼心狗肺的东西瞒天过海把我娶成他的小老婆。

女儿不承应这个陈旧话题。母亲随即调整说话内容，慧儿，你在厂里的事儿我都听说了，姓武的浑蛋打电话纠缠你，姓庞的插队知青写信搅扰你，现在又添了姓郑的追求你。我看这下子你不自卑了吧？

看到女儿不承应，蔡老师继续说，你长得这么漂亮有什么自卑的，我年轻时候臭美还来不及呢，从来不懂得自卑！

您以为长得漂亮的人就不自卑啊？钱慧慧申辩说，自卑跟人的相貌没有什么关系，它不是一加一必须等于二。

蔡老师沿着自己的思路说，这女人要是长得漂亮难免招引男人。我年轻时有多少男人勾引我啊，最邪乎的就是陆雨峰，他天天写信让我等他离婚，我却被你爸爸骗到手，不知道他在农村有老婆……

自从爸爸暴露"重婚"罪行被轰出家门，妈妈就成单身了。她以前很少跟人交往，现在变得爱往外跑了。

红色发卡，灰上衣蓝裤子，坡跟黑皮鞋。蔡老师浑身散发着雪花膏香气说，哼，我这辈子不能这样被你爸爸毁啦！

眼瞅着妈妈款款走出家门，钱慧慧叹了口气。妈妈变成这种样子，她是报复父亲还是惩罚自己呢？做女人真不容易啊。

喝了一碗没滋没味的大米粥，钱慧慧困了。她洗脸刷牙照了照镜子，觉得自己脸形变得不大像母亲了，早早就睡下了。

她梦见前方走来两个男人，面孔不清。好像既不是武玉国，也不是庞汇强。一团大雾骤然散去，这两个男人面孔清晰起来，原来是王宪钢和郑卫星。这时候，她突然发现自己站在悬崖边上，摇摇欲坠。王宪钢扑上来抱住她的头，郑卫星匍匐着抱住她的脚。她就这样被两个男人抱着，几乎形成分裂局面。一群人跑上前来大声批判说，以前你爸爸娶了两个女人，如今你被两个男人抱着，你这是封建腐朽思想的遗传！

睡梦里，平时很少出汗的钱慧慧湿透内衣，被一阵喊喝声惊醒。她披起衣服跑出家门，看到院子里站着两个佩戴"纠察队"红袖章的城市武装民兵。

高个子武装民兵说道，你姓钱吧？那就请你配合一下。我们巡逻发现一男一女手拉手遛马路，这么大年岁了还躲到黑暗里拥抱，怀疑这是不正当男女关系。男的不说话，女的说她住在这里，你是她女儿，我们要你证明一下他们到底是什么关系。

说着，蔡老师被两个城市武装民兵押解着走进院子。月光下，她的红色发卡闪烁着暧昧的幽光。钱慧慧看到妈妈这种丢人现眼的样子，扭身想跑回屋里。

蔡老师从容不迫地叫住女儿，慧儿，你不用害怕，该怎么说就怎么说。

这位女同志说她是你母亲，还说她是单身女人，所以有权利搞对象谈恋爱，她说的这些情况属实吗？高个子城市武装民兵追问着。

钱慧慧当然知道，妈妈与爸爸没有办理离婚手续只是分居而已。面对咄咄逼人的追问，她毫不犹豫地点头说，她是我母亲，她是单身妇女，她是有权利搞对象谈恋爱的。

把那个男的带进来！高个子武装民兵话音落地，一个身穿蓝色制服的中年男子被两个城市武装民兵推进院子。

天啊！他竟然是华北电机厂党办副主任景达明。钱慧慧觉得头脑炸裂双腿瘫软，好像一步踏空陷入无底深渊……

外号"大姐夫"的景达明满脸惊愕地看着钱慧慧，好像断了线的木偶重重垂下头去。

这男的你认识吧？高个子武装民兵指着失魂落魄的景达明，逼问钱慧慧。

认识。钱慧慧眨着迷惘的眼睛答道，他是我母亲的男朋友，咱们国家提倡婚姻自由，单身男女自由恋爱，我还是他们的介绍人呢。

站在院子里的几个武装民兵听了这番话，一起将目光投向这位"特殊红娘"。

你给自己的妈妈介绍对象？这树林子大了什么鸟儿都有！高个子武装民兵不无讽刺地说，你这是急着给自己找后爹啊！

城市武装民兵们哈哈大笑。钱慧慧突然露出阿庆嫂式峥嵘说，你想找后爹还没这种机会呢！是吧？

好啦好啦，你就跟亲娘后爹好好过日子吧！高个子武装民兵一挥手，撤了。

景达明哪里想到一场危机被钱慧慧三言两语化解，瘫坐在地上浑身颤抖不止。尽管阿庆嫂在戏台上拯救过胡传魁，此时钱慧慧还是感到后怕，跑去关紧院门。

钱慧慧知道景达明平时谨小慎微是个官儿迷，也知道景达明的老婆孩子在农村老家。她只是不知道景达明何时何地跟妈妈有了婚外情，偷偷犯起生活作风错误。

无奈地摇摇头，钱慧慧跑进自己房间，扑到床上大哭起来。我演了一百场《沙家浜》里的阿庆嫂，阿庆从头到尾没有露面，戏里丝毫没有男女之情。怎么戏外到处都是男女私情呢？就连妈妈也外出结交男人。看来戏里戏外大不相同，怪不得不唱《沙家浜》了。

哭着哭着，钱慧慧听到景达明咚咚叩门，絮絮叨叨说个不停。

小钱啊小钱，谢谢你救了我，要是这件事儿让厂里知道非把我撤职不可！我农村出身当了八年兵，复员又熬了八年才当上党办副主任啊……门外的景达明声泪俱下地说，小钱你放心，只要你为这件事情守口如瓶，我这辈子不会亏待你的！

一番表白之后，景达明走了。蔡老师开门走进女儿房间，手里端着一杯白开水咕咚咕咚喝了，之后轻松自如地说，幸亏我闺女演过阿庆嫂，眼观六路，耳听八方，胆大心细，遇事不慌，竟敢在民兵面前耍花腔。慧儿，你在戏里头把草包司令胡传魁救了，在戏外头救了党办主任景达明，救了……

钱慧慧翻身坐起透过泪光吃惊地望着放任自流的母亲说，您怎么变成这样啦？他景达明是有妇之夫啊！

废话，你爹还娶了两个老婆呢！我是专找有妇之夫玩一玩！老景是我结交的第四个男人。他对我不错，就是自私而且爱说几句大话……蔡老师仿佛展览馆讲解员，讲述着自己的馆藏，然后坦然走出女儿房间。

钱慧慧含着哭腔喊了一声，妈妈晚安。自幼女儿便养成了起居问候父母的习惯。邻居们夸赞她是有教养的女孩儿。即使在文艺宣传队里扮演革命英雄人物阿庆嫂，她在家里仍然不改这种有着小资产阶级味道的习惯。此时，尽管母女之间闹了别扭有了隔阂，女儿还是向母亲道了晚安。

屋外传来蔡老师回应女儿的声音，慧儿晚安。钱慧慧哭了。母亲毕竟是教书育人的老师，她是受到情感生活打击才变得玩世不恭的。这时钱慧慧想起粗鲁傲慢的武玉国，觉得如今教养不但成了有教养者的枷锁，还成了无教养者的豁免权。有教养的人面对社会，往往割让自己。无教养的人面对社会，往往掠夺对方。

这样想着，钱慧慧昏昏沉沉地睡着了。第二天起床她冲着妈妈房间说了声，妈妈早上好。空着肚子走出家门去上班。一路上，她觉得处处陌生，好像进入另外一个世界。

是我变成另外一个人了，还是另外一个人原本就是我？钱慧慧寻思着，不觉落泪了。

泪水流进嘴里，她感觉咸咸的——这是沙家浜的盐。

八 此起彼伏

华北电机厂职工大食堂门外的"读报栏"有《人民日报》《工人日报》《解放军报》《中国青年报》以及本埠报纸，不下七八种。今天《工人日报》头版发表通讯《她研制了"工厂感冒一号"——记华北电机厂红医卢丽虹》。一群工人站在读报栏前议论着。

咱厂又出了名人，以前是工人发明家崔万昌，现在是车间红医卢丽虹，都上了《工人日报》头版头条。

这卢丽虹我怎么对不上号呢，她平常穿白大褂吗？

有时候穿。动力车间电工朱则良小声搭腔说，卢丽虹就是文艺宣传队扮演新四军卫生员的，个儿不高，鸭蛋脸儿。以前梳辫子，现在改短发了。

改短发啦？那是安全生产操作规程不许梳辫子。一个汽车队装卸工认出朱则良，随即阴阳怪气挖苦说，现在你挺明白的，在《沙家浜》怎么看不出人家阿庆嫂是地下党员呢？你当一辈子草包司令吧！

朱则良无端遭到奚落，脸色煞白地走了。他听见身后工人们旧事重提，说起新四军指导员在胳膊上画"大英格"手表，都是讥笑的口气。

走了朱则良。党办副主任景达明腋下夹着饭盒来了，不动声色地听着工人们的议论，好像提防着什么。

自从跟蔡老师手拉手遛马路被城市武装民兵巡逻队盘查，这个农村有家室的中年男人添了心病，白天嘀嘀咕咕，晚上疑虑重重，昼夜担心东窗事发。有时党委书记章泽召唤他商谈工作，他吓得先去厕所，一边撒尿一边祈祷紫姑保佑。中国民间厕神名叫紫姑，被黑心嫂嫂害死在厕所因而升天。出身农村的景达明从小就知道这则典故，如今派上用场。

尽管求得紫姑护佑，景达明还是害怕钱慧慧不能守口如瓶，便奉行小恩小惠政策。有吃的送吃有喝的送喝，有了好事情更是重点关照。钱慧慧的入党，他东缝西补起了不小作用。

这几天又来了好事情——市里举办"青年工人马列读书班"。说是选拔青年工人读马列，其实是提拔"第三梯队"的青年干部苗子班。离开读报栏走进职工大食堂，景达明坐在角落里等待钱慧慧。

其实，景达明的党办副主任办公室距离打字室不远，他却自作聪明地选择公共场合接触钱慧慧，有意做出光明正大的样子。身穿白大褂的卢丽虹双手捧着饭盒坐在景达明旁边，目光好像大扫帚扫视着食堂大门口。

朱则良走进食堂小步跑到卢丽虹面前说，人们又在议论王宪钢画手表的事儿，抖搂陈年老皇历。

这是谁又在传播这件事儿？卢丽虹仿佛遭受奇耻大辱说，有谁再敢胡吣我就缝了他的嘴，而且不打麻药！

汇报完毕的朱则良看到卢丽虹急了，转身跑到四号窗口买捞面去了。

景达明为了安慰情绪波动的卢丽虹，祝贺她登上《工人日报》说，小卢你要继续研制"工厂感冒二号"和"工厂感冒三号"，再接再厉更上一层楼。

卢丽虹撇了撇嘴说，你尽管放心，我一步一个脚印向前走，不玩儿花架子！前几天组干科葛大姐推荐我参加全市青年工人马列读书班，我当场谢绝了。我这辈子不会离开华北电机厂半步的。

听到对方提及"青年工人马列读书班"，景达明神色紧张转换话题，问她坐这儿等谁。

卢丽虹毫不掩饰说等王宪钢。我好不容易排队给他买了六两猪肉包子，抱在怀里怕凉了。

王宪钢自己不会买包子？"大姐夫"不解地问道。卢丽虹撇撇嘴说，等王宪钢来了连窝头都卖没了。

受到卢丽虹启发，景达明起身蹿到售饭窗口加塞儿买了半斤猪肉包子。在人们抱怨干部买饭不排队的声浪里，他捧着饭盒重新坐在卢丽虹身旁，不错眼神地望着食堂大门口。

保卫科科长于亢虎天天买饭加塞儿，你光跟坏人学坏呢。卢丽虹嘻嘻笑着，不放过挖苦"大姐夫"的机会。

景达明解释说，我平时严于律己以身作则，今天是特殊情况特殊对待。

你为什么外号叫"大姐夫"呢？卢丽虹随口问道，目光还是盯着食堂大门口。

景达明装聋作哑不回答，憋足劲头等待钱慧慧出现。他要把热乎乎的猪

124

肉包子献给这位打字员，然后还要鼓励她挤上"青年工人马列读书班"这班快车，争取成为提拔青年干部的"苗子"。

卢丽虹等待的人迟迟不出现，她的猪肉包子渐渐凉了。景达明等待的人也迟迟不出现，他的猪肉包子也渐渐凉了。

我这是傻老婆等茶汉子——越等越不来！王宪钢你小子出家当和尚去啦？卢丽虹委屈地念叨着，好像怀里不是抱着饭盒而是抱着窦娥。

卢丽虹的父亲是煤建公司运销处处长，由于常年供煤业务跟友谊宾馆关系密切。他找门路托关系调女儿去友谊宾馆贵宾楼做涉外服务员。几经努力，终于办成了。没想到女儿宁死不去。气得煤建公司运销处处长大病一场。卢丽虹不愿意离开华北电机厂就是不愿意离开王宪钢。她幻想他成为自己的爱人，幻想自己拥有温暖可心的家庭生活，幻想自己生儿育女相夫教子……所以就连"青年工人马列读书班"这种好事她都不动心。

卢丽虹终于不再等待，双手捧着饭盒走出食堂，一眼看见王宪钢跟钱慧慧站在阳光下说话，气得跺脚。

王宪钢！你空着肚子跟人聊天儿能解饿吧？她大步上前把饭盒塞到对方怀里说，我给你买的猪肉包子都凉了！你不知道别人又议论你画手表的事儿？

王宪钢打开饭盒注视着冰凉的包子说，这是老皇历了怎么又翻腾出来啦？

咱们脚正不怕鞋歪！卢丽虹进入小主妇状态说，我参加了车间储金会，明年给你买一块东风快摆手表！那种走声特别清脆的新产品。

钱慧慧看见卢丽虹小母老虎似的护着自己的领地，知趣地脱身走进职工食堂，躲开新四军卫生员扑面而来的醋意。景达明看到她走进食堂，迎上来说，小钱我给你买了猪肉包子。

钱慧慧不解地说，我没有让您给我买饭啊。景达明机警地环视四周好似秘密接头的地下工作者。他压低声音告诉钱慧慧市里举办青年工人马列读书班，其实是提拔青年干部苗子班，前途无量。

一个人在前进路上，一步赶不上，步步赶不上。机不可失，时不再来。景达明滔滔不绝地说，所以，我要向局里推荐你参加。

您为什么推荐我呢？钱慧慧惊讶地反问道，我只是个普通打字员啊。

你在打字员岗位上任劳任怨，经常自觉自愿加班加点，连续两年被评为厂级先进工作者，新近又入了党。而且这次局里强调推荐女青工代表。

缓了一口气，景达明满脸恨铁不成钢的表情说，小钱！你怎么不理解我的良苦用心？既然当年你保护了我，我就要不遗余力报答你。你参加青年工人马列读书班机会难得，多少人都要争夺这个名额呢。

钱慧慧下意识地咬了一口包子。景达明以为她同意了，高兴地起身说，咱厂党委书记章泽同志对你印象很好，否则我也不敢贸然推荐你的。

钱慧慧又下意识咬了一口包子，冲着猪肉馅儿点点头。景达明继续夯实说，我跟蔡老师的事情你肯定永远守口如瓶。你毕竟演过阿庆嫂嘛，我绝对相信你！

景达明放心地走了。钱慧慧看着猪肉包子思忖道，这包子跟我演过阿庆嫂有什么关系？合着这辈子我是躲不开春来茶馆了。

艾学习提着一只李玉和式饭盒走进食堂，奔到洋铁桶前抄起勺子打米汤。汽车装卸队的几个坏小子拦住他，大声问，你天天打米汤干什么？

艾学习给自己打掩护说，你们不知道米汤养胃？我爸活着的时候经常往家里打米汤给我妈喝，治好了我妈妈的慢性胃炎。

你快拉倒吧！谁都知道你认为米汤里含有百分之一点四的粮食，打米汤回家让你妈妈和面蒸窝头，说是全年能省三十多斤棒子面！

没错，我节约粮食是活学活用啊。

这时，艾学习发现了钱慧慧的猪肉包子，扬扬得意捏起一个放进嘴里吧嗒吧嗒嚼起来。

钱慧慧索性将饭盒推给他说，你都吃了吧，省得喝米汤灌大肚儿。

这比芦苇荡里菜团子强多了。艾学习捏起第二个包子说，这是王宪钢给你买的吧？你们是一条战壕里的战友。

风卷残云吃了免费包子，艾学习掏出一只羊皮烟荷包捏出一撮烟叶儿摊在一张纸上，娴熟地卷了一支"小喇叭"叼在嘴上点燃了。

你学会抽烟啦？钱慧慧惊叫起来。以前艾学习喜欢叼着"豆梗糖"，远看好像叼着一根雪茄烟。如今真叼上烟卷而且是"小喇叭"。工厂小青年学抽烟都去小卖部买，高档的有上海"牡丹"，中档的有天津"恒大"，低档的有营口"前进"。只有养家糊口负担沉重的老工人动手卷制"小喇叭"抽。艾学习年纪轻轻学会省钱，一步迈入老工人行列。

艾学习不以为然地说，我师傅嘱咐我，一不要有生活作风问题，二不要犯小偷小摸错误，一辈子太平！再者说我学会抽烟省了"豆梗糖"，这挺划算的。

从叼着"豆梗糖"到抽"小喇叭"，钱慧慧认为艾学习一定是发现了充满世俗生活乐趣的新大陆，更加心满意足了。

我不能白吃你的包子。艾学习豪爽地说，我请你参观我的聚宝盆吧，走！

自从成为打字员，钱慧慧满脑子铅字成了室内动物。每当看到卢丽虹跟工人们打成一片，心里特别羡慕。面对艾学习的邀请，钱慧慧高兴地答应了。

艾学习兴高采烈地在前面引路，哼唱着"咱们工人有力量"，好像去参加全国劳模表彰大会。

绕过一个水坑翻过一座炉渣山，艾学习突然回头说，你跟我游览工厂后墙，别人不会认为咱俩搞对象吧？

你瞎说什么呀。钱慧慧意识到艾学习借机试探便笑着答道，搞对象有女高男矮的吗？你比我矬半头！再者说谁见过阿庆嫂跟沙奶奶搞对象啊？

艾学习抓住战机表达心声说，你说得对！阿庆嫂更不能跟刁德一搞对象，因为这是敌我矛盾大问题。

钱慧慧听到艾学习借机影射郑卫星，便不言语了。又绕过一座垃圾堆抬眼望见工厂后墙了。咱厂原来这么大啊！钱慧慧发现华北电机厂地盘如此广阔，心里挺高兴的。

工厂大墙下坌着一台土灶，青烟袅袅宛若蓬莱仙境。艾学习快步蹿过去，北京猿人似的给灶底续了一把枯树枝。火势腾地旺了。钱慧慧吓得停住脚步，以为置身新石器时代。

小艾，咱厂是工业学大庆先进单位，你搞的什么名堂啊？钱慧慧问道。

我一方面工业学大庆一方面农业学大寨，亦工亦农双丰收！说着，艾学习抄起一根木棍从热气腾腾的铁桶里挑起一块棉布说，这是喷漆工段打磨铁锈的三角牌砂布，用过之后就一车车扔到废品堆里成了工业垃圾。

你煮什么呢？钱慧慧盯着黑皮铁桶问道，这就是你说的聚宝盆？

对呀！我把这些报废的砂布浸泡软了，扔进铁桶里煮。煮掉砂布背胶捞出来再浸泡，只要搓洗几遍砂布就露出本来面目，它是紫色双面咔叽啊。

双面咔叽？钱慧慧知道这是一种质地密实的斜纹棉布，结实耐用。在商场买挺贵的，一尺一块五毛钱，还要收布票。

艾学习有些自鸣得意地说，我清洗出来的砂布，一块一尺见方，都是好布料！就是上面印着"三角牌砂布"五个字，碍眼。我从染料店花九分钱买一袋深蓝色染料，煮一桶开水把它们染成蓝布，就看不见"三角牌砂布"啦！

哦！钱慧慧来了阿庆嫂式的聪明，抢过对方话头说，你用缝纫机把一块块小蓝布拼成一块大蓝布，这就成材啦？

没错！我给我母亲做了一床棉褥子，给弟弟妹妹补了裤子。艾学习突然动了感情说，我父亲要是没死多好啊，我就用这种布料给他做个大棉垫子，让他靠着墙根儿晒太阳！

艾学习继续说，我母亲是家庭妇女，她看见我把小布头拼接成大布料，哭了。说我特像死去的父亲。以前我爸爸每天从工厂食堂拎一罐米汤回家让我妈和面蒸窝头，说这米汤里也有粮食的。

钱慧慧只得略有惋惜地说，你要把这种米汤精神用到抓革命促生产上，没几年就能评上工业学大庆标兵！

艾学习好像对自己的现状很满意，说，我特别喜欢修旧利废，只要把没用的东西变成有用的心里就有成就感。

说着，艾学习从墙洞里拖出一只破木箱子，打开锁头从里面拿出一副蓝布套袖递给钱慧慧说，这是我废物利用做的双面咔叽套袖！你是打字员磨袖口，送给你戴吧。

钱慧慧打量着这两只来历不凡的蓝色套袖，感慨不已。艾学习平时抠门儿从来不送别人东西，今天把变废为宝的成果送给我，也算是破天荒了。

看到钱慧慧接受了套袖，圆头圆脑的艾学习笑了，目光盯着煮砂布的铁桶说，我知道你站在十字路口，这边是王宪钢，那边是郑卫星，你一定要拿准主意啊！

你又瞎说！钱慧慧口头反驳着，内心涌起一股暖流。为人吝啬的艾学习不光关注自己的"聚宝盆"，也懂得关心别人的感情生活。

于是，钱慧慧伸手戳了一下"沙奶奶"的脑门儿，亲昵地说了声再见，转身跑开了。她一路小跑返回厂部小院，心情好像出了一次国，比如阿尔巴尼亚或者朝鲜。

今天我是大开眼界，工厂里的事情我知道得太少了。满怀感慨走进打字室水还没喝一口，党办副主任景达明手捧"青年工人马列读书班报名表"推门进来，连声说，慧慧你填表吧。然后做出立等即取的样子。

你们不是准备推荐卢丽虹吗？她的事迹早就上了《工人日报》头版头条。不知为什么钱慧慧很想打破卢丽虹这辈子不离开华北电机厂的誓言，把她弄到全市青年工人马列读书班，让她全年见不到王宪钢。

景达明进一步解释说，厂里起初首选卢丽虹，没想到她坚决不去。我就趁机把你顶上来，章泽书记也同意了。

钱慧慧一时狭隘，负气地说，合着我还是排在卢丽虹后头啊？

人家卢丽虹研制出"工厂感冒一号"把生产车间出勤率给保住了，又在编排铸工体操。咱们华北电机厂历来重视发明创造，机修车间崔万昌一九五八年发明自动盖章机，研究1=7十多年没有成果，照旧还是咱厂宝贝啊。不论市里局里领导来视察，都会问他的情况……

话锋一转，景达明压低声音说，你知道郑卫星找了章泽书记吗？他拐弯抹角要求参加青年工人马列读书班，碰了一鼻子灰呢。

钱慧慧停止填表抬头望着"大姐夫"问道，您好像对郑卫星有成见？

我就瞧不起这种自私自利的人！他见了利益就上，见了困难就让，除了会唱刁德一啥本事没有，坐着直升机从机修车间借调厂部。以后要是史文竹调走了，我看谁给郑卫星的直升机加油！

哎？钱慧慧没想到景达明转而攻击史文竹，既好奇又顽皮地问道，史文竹是你的顶头上司，你就不怕我把你说的话告诉她啊？

你要是把我说的话告诉史文竹……景达明扭脸看着打字室门外，颇为神秘地说，那你还不如把我跟蔡老师的事情告诉她呢，我说得对吧？

景达明索性坐在打字机前一脸道破天机的表情说，我告诉你一个秘密吧！你知道史文竹的第一任未婚夫是谁吗？

敢情她的未婚夫还有好几任啊？钱慧慧觉得景达明挺好笑的，在担忧自己隐私败露的同时偏偏喜欢散布别人的隐私。

你不知道哇？史文竹在部队医院当护士交的男朋友是个排长，姓武，没入洞房就把她给甩啦！景达明幸灾乐祸地说，史文竹的性格争强好胜，绝对不能容忍男人甩了她！如今她混出几分名堂，还耿耿于怀呢。

钱慧慧听罢淡淡笑了，埋头填好了表格。景达明再次叮嘱说，小钱，你不要辜负我一片好心。然后拿着她填好的表格走出打字室。

景达明经过党委书记办公室，被唤了进去。章泽书记吩咐他起草全厂职工思想教育工作提纲，说，全厂掀起大干高潮，干部队伍不能松松垮垮，我们必须开展整风活动，首先是工作作风，也包括生活作风！

脸色晦暗的景达明回到自己办公室，反复咀嚼着章泽书记的指示。他为什么跟我说这番话呢，难道有人揭发我的生活作风问题？只有钱慧慧是知情者，她不会说话不算话的……

屁股好像长了疖子，疑神疑鬼的景达明坐立不安。这时满脸微笑的郑卫星走进来，说，景主任我下午有事请假离厂。

神情恍惚的景达明盯着这位身穿蓝色制服的小伙子说，你只是借调厂部协助工作，马上全厂要掀起大干高潮，你这时候请假影响不好的。

衣冠楚楚的郑卫星瞥了瞥摆在景达明办公桌上的"青年工人马列读书班报名表"。他这种极具刺探性质的目光越发引起景达明的警觉。

郑卫星只得解释说请假去治虫牙。景达明无法当场核查对方嘴里的真实情况，便挥了挥手算是准了假。

如释重负走出景达明办公室，郑卫星暗暗咒骂着：姓景的你就卡我吧！我是蛟龙困浅、虎落平阳，从今往后咱们骑驴看唱本——走着瞧。毕竟扮演过刁德一，郑卫星内心愤恨表情平静，分明达到高难度的表里不一。他回到宣传科办公室打开角落里的柜子，猫腰取出小提琴盒子。

负责新闻报道的老包瞭着问道，你偷偷练习小提琴已经拉得不错了吧？给大伙表演一段吧。

听到老包要求郑卫星演奏小提琴，宣传科四位干事八只手掌同时拍响了。

郑卫星借调厂部怀着寄人篱下的心理，举止谦卑，说话谨慎，很像逢人便笑的小伙计。盛情难却，众意难违。郑卫星歪着脖子夹起小提琴，拉了朝鲜歌剧《卖花姑娘》的曲子，想把听众心情弄得苦苦的——这也等于刁德一让他们下阳澄湖捕鱼捉蟹了。

景达明推门进来说，怪不得你请假去治虫牙，敢情都疼出这么大响动了。

郑卫星表情尴尬地收起小提琴，暗暗后悔不该撒谎说牙疼。转念觉得面对疑神疑鬼的景达明就是说屁股疼他也不会相信的。

过午时分，郑卫星挎起小提琴盒子走出华北电机厂大门，中途两次换乘公共汽车来到著名的友谊商店。他在食品柜台前找到印着外文的铁筒咖啡，掏钱说买两筒。面孔白净的女售货员鄙夷地说，我们这里只收外汇券。

悻悻离开友谊商店，郑卫星背着小提琴盒子转往附近的人民食品店，那里的咖啡糖很有名气。买不到咖啡，只好退而求其次买咖啡糖。反正喝咖啡要加糖，这咖啡糖等于先把糖加到咖啡里，两者提前会师了。

买了两斤咖啡糖，他右肩挎着小提琴盒子，左手拎着提前会师的咖啡糖，路过一家电影院。这里正在放映朝鲜故事片《看不见的战线》。他看到时间富裕，掏出一毛五分钱买了票，走进刚刚熄灯的放映厅。

这是一场朝鲜反特电影，情节惊心动魄。电影演到"AD派来了新的谍报员"，观众们急于知晓谁是隐藏极深的头号特务"老狐狸"，禁不住小声议论。

郑卫星抱着小提琴盒子认定那位毫不显眼的"扫帚大叔"就是美国派来的特务"老狐狸"。这时电影里出现回忆镜头：长发披肩的女特务白桃花在南朝鲜接受特工培训，身着白色连衣裙，脚穿白色高跟鞋，腰间系着金光闪闪的链子，丰臀摇摆走进美军顾问室。

连衣裙，高跟鞋，金腰链……这一系列中国境外的女性装束，在日常生活里是见不到的。青春期的郑卫星牢牢注视着白桃花丰臀纤腰的背影。

《看不见的战线》接近尾声，"扫帚大叔"果然就是头号特务"老狐狸"，观众发出惊叹。郑卫星对自己拥有超前的判断力感到满意，心里想着白桃花。中国人眼珠子太素，平时见不到荤腥，只有通过阿尔巴尼亚和罗马尼亚电影才能看到外部世界，比如笔挺的西装和低胸连衣裙，还有热烈的男女拥抱和亲吻。

跟随人流走出电影院，天色暗了下来。郑卫星背着小提琴盒子横穿马路抬头看到迎面站着景达明。他忘记谎话里的"虫牙"，主动跟上司打招呼。

景达明死死盯着他手里的咖啡糖袋子问道，你虫牙怎么还吃糖？

啊……郑卫星难以自圆其说，只得改口说买了咖啡糖去看亲戚。

你又不是去卖唱，怎么还背着小提琴去看亲戚？景达明眨着警犬般的眼睛急于找到对方的漏洞。

郑卫星意识到谎话越说越大就成了涟漪，只得声称去亲戚家看望大表姐。

大表姐？外号"大姐夫"的党办副主任突然发问，你是追求钱慧慧吧？

郑卫星不知对方为何提起钱慧慧，只得不置可否地笑了笑，坚守自己的阵地。

景达明烦躁地挥了挥手说，走吧走吧！你大表姐在家等你呢。

郑卫星做出不慌不忙的样子，走了。走出十几步他猛然回头，果然看到景达明站在原地投来追踪者的目光。

蓦然间，久违的刁德一在内心复苏了——郑卫星返身大步走向景达明，好像守城士兵发起反冲锋。

景主任，我遇到您真是太巧了。郑卫星笑容可掬地说道，您跟我去大表姐家一起吃晚饭吧？我大表姐独身生活，特别会烧菜……

景达明连连摆手表示另有急事，转身匆匆走了。郑卫星望着对方背影数着"一二三四五……"，数到"七"景达明站住回头，一下成为被郑卫星目光击中的靶子。

驱走"大姐夫"，心中很有成就感，郑卫星拐进一条僻静小街。这里是殖民时代外国人居住区，一座座楼房充满西班牙乡村别墅风格。沿着灯光昏暗的小街，他数着门牌号码从小到大找到四十七号小院，黄昏里看到"铁将军"守门。

郑卫星大体知道史文竹的经历：入伍当兵在部队医院当护士，一次爆炸事故救火负伤被树为"学毛著积极分子"，复员到工厂进入"第三梯队"，经过层层提拔走上领导岗位，当上华北电机厂政治部主任。

站在这幢小洋楼前他却感到意外，猜测不出史文竹的家庭背景。要么是高干的女儿，要么是民主人士的女儿，要么是……

史文竹在党校学习，不住校。前来拜访的郑卫星提前跟她约好了时间。天黑了仍不见史文竹回来，他想坐在石阶上休息，又怕脏了裤子，就杵着。他挺拔的身材在黑暗里勾勒出更加挺拔的身影。

一辆吉普车嘎地停在小街不远处。郑卫星抱着提琴盒子避开车灯站在黑影里。史文竹下了吉普车，脚步轻盈走到小院门前。

你拿的什么书？黑影里郑卫星学着朝鲜电影《看不见的战线》里特务的接头暗语，突然说道。

史文竹并未受到惊吓，头也不回地按照电影台词对上接头暗语：歌曲集。

抱着小提琴盒子的郑卫星继续模仿着电影人物说出特务接头暗语：是什么歌曲？

《阿里郎》。史文竹说罢咯咯笑着打开小院铁门，黑暗里回头看了一眼郑卫星。

郑卫星突然觉得史文竹生疏了——她在厂里从来不发出这种笑声。这种笑声里少了领导威严，多了女性的风情。

这座院落不大。几步穿过院子史文竹引领来访者走进小洋楼，随手摁亮门厅电灯，走上二楼。楼梯发出轻微呻吟。自幼生活在油田家属区的郑卫星没有进过这种老式花园洋房，心情紧张起来。

我有先见之明，今晚约了你！史文竹不掩饰内心的兴奋，机电工业局组织部部长叫我去谈话，所以回来晚了。

打开二楼小客厅灯光，郑卫星看清一身银灰色迎宾服的女主人，心头一动。与常年身穿工作服相比，今晚史文竹陡然增添许多女人味道。

你还背来了火箭发射筒啊？史文竹脱去外套露出粉色毛衣，指着小提琴盒子故意问道。

郑卫星兴致勃勃地说，今天我带来小提琴，咱俩合奏一曲《梁祝》吧？

梁山伯与祝英台啊？史文竹系上花布围裙走进厨房说，可是我不会拉小提琴的。

你不会拉小提琴？郑卫星追进厨房说，我在你办公室见过五线谱练习曲。

史文竹笑了，说，警备区纪政委的小女儿学琴，那是我特意送给她的。

郑卫星一下沮丧了。我为了跟史文竹建立共同的音乐爱好，卖了父亲的"大英格"手表，背着小提琴风雨无阻去钟老师家学艺，没想到竟然是个莫大的误会。

史文竹扭动腰肢从柜橱里拿出几样东西，依次放进烤箱。郑卫星打量着这间革命时代的私家厨房，觉得到处充满资本主义的东西。

这是我表姐从新加坡带来的。史文竹指着多士炉说，一会儿我用它给你烤面包，自动掌握时间又香又脆。

您表姐是海外华侨？想起林仪芳和曾美珍，郑卫星顺风顺水问道。

史文竹摇摇头说，表姐是驻新加坡大使馆二等秘书，现在调任欧洲了。你没见过我表姐，她气质高贵谈吐优雅穿戴华丽，那形象不在宋美龄之下！

应当是宋庆龄吧？宋美龄是反面人物。郑卫星试探着更正道。

是宋美龄。优雅与高贵不分正面反面人物。刁德一站在台上就是比郭建光洋气嘛。史文竹毫不犹豫地发表着见解。

噢……郑卫星嗅着烤箱散发出的香气，心里说：史文竹在家里跟在厂里说话完全不同，她在厂里说政治挂帅思想教育，在家里说气质优雅举止高贵，这是完全不同的两个人。

小客厅餐桌上铺了一块素花台布，典雅大方。史文竹摆好两套不锈钢餐具说，你从烤箱里把柠檬烤鸡端出来，二十分钟了。

郑卫星不曾接触这类家用电器，笨手笨脚打开烤箱，一股生疏的味道扑面而来。他尝试着把玻璃托盘里的柠檬烤鸡摆在桌上，很像涉外宾馆的实习生。

史文竹指着冷盘说，这是西班牙大厨沙拉，一会儿还有奶油海鲜汤。说着，她扭脸看到郑卫星带来的咖啡糖，又笑了。让你破费了，你不知道我不吃这种咖啡糖，它有一股炒煳黄豆的味道！

郑卫星更窘了，脸色接近那只烤得焦黄的柠檬烤鸡，轻轻说了句对不起。

史文竹魔术师似的端出一盘酒心巧克力，说，这也是表姐送来的。她剥开一块递给郑卫星。他伸手去接，她示意他张嘴。

他只得遵命，怯怯地张大嘴巴。她瞄了瞄，嗖地投掷过来——这块来自资本主义社会的酒心巧克力准确无误地落入社会主义青年工人口中。

当年我是学校女篮前锋，投篮很准呢。史文竹纵情笑着，略显扁平的面孔闪烁着立体光芒。

郑卫星迷惘了，嘴里嚼着酒心巧克力，心里进入陌生世界，感觉挺舒服的。

打开一瓶深黄色的酒，她斟在两只高脚杯里。郑卫星猜测这酒是进口的，不好意思打听国籍就主动与她碰了杯。

看到郑卫星不会使用刀叉，史文竹动手剖开柠檬烤鸡给自己切了一块说，嘻嘻，我就是喜欢看你笨手笨脚的样子。

你为什么请我吃晚饭啊？笨手笨脚的郑卫星提出这个笨头笨脑的问题。

起初，我只想跟你吃顿晚饭，放松一下。华北电机厂六千多名职工你是共进晚餐的不二人选。史文竹起身从厨房里端来奶油海鲜汤说，今晚我从局里谈话回来，这顿晚饭增添了新内容。

什么新内容？郑卫星仿佛差生急于得知期末考试成绩，撩起眼眉问道。

史文竹起身离开餐桌走进卧室。郑卫星趁机抄起餐刀给自己切了一块柠檬烤鸡，塞进嘴里快速咀嚼为自己补充着营养。

还是不见女主人出来。他又切了一块鸡肉，看到鸡肚子里塞着两只形似橘子的东西，便揣测这就是柠檬。

平时工厂食堂从来不卖鸡肉，偶尔有小炖肉，那猪的年龄也不亚于慈禧太后，放进嘴里如同咀嚼自行车胎。此时，柠檬烤鸡的味道从陌生到熟悉，郑卫星被美味陶醉了，终于明白一个人变修是很容易的。

一阵清脆的脚步响，嗒嗒嗒嗒从卧室里走出身穿黑色旗袍的史文竹。她微展双臂轻摆腰肢，做出一个优美的回环姿势问道，小郑，你还认识我吗？

郑卫星低下头去，心儿怦怦跳着。他不知道这件黑色印着紫红团花的衣裳叫旗袍。只觉得这是一件魔衣，它变长了史文竹的脖颈，它变高了史文竹的胸脯，它变细了史文竹的腰肢，它变白了史文竹的小腿……蓦地，他想起电影《看不见的战线》里女特务白桃花丰臀纤腰充满女人味道的身影。

你看着我的眼睛！做出前挺后翘身姿的史文竹立在餐桌前，大声说道。

郑卫星当然知道这是苏联电影《列宁在一九一八》契卡领导人捷尔任斯基的台词。台词归台词，他还是低头盯着她的黑色高跟鞋，竟然想起钱慧慧那双红色塑料凉鞋——自己曾经偷偷给它涂抹塑料鞋油，从旧变新。

史文竹忍住笑声继续模仿电影里捷尔任斯基的台词大声说，你看着我的眼睛！

他缓缓抬头鼓足勇气与她对视。一刹那，他觉得自己被史文竹的目光灼伤了，浑身炽热好像进了蒸汽锅炉。

你要是愿意看我的服装展示，你就喝酒。你喝一杯威士忌，我换一套衣服给你看，好吗？史文竹渐渐变成另外一个女人，身段变得柔软，声音显出妩媚。

威士忌？郑卫星听到这种陌生酒名并不在意，点点头应允了。

嘻嘻。史文竹斟了一杯威士忌。他看到所谓一杯酒其实只有高脚杯的五分之一而已，更觉得自己的酒量是武松了。他端起这五分之一，一饮而尽。

好！她咯咯笑着跑向卧室。郑卫星趁机盯着她的背影——发现旗袍包裹着滚圆的屁股。她头也不回大声说道，你偷看我呢！

她后脑勺儿也长着眼睛啊。郑卫星慌忙抄起汤勺喝了一口奶油海鲜汤。

今晚的西餐，柠檬烤鸡、西班牙大厨沙拉、奶油海鲜汤，还有小竹筐里的褐色面包，统统是郑卫星没有吃过的食物。想起工厂里史文竹艰苦朴素的形象，他偷偷笑了。

心怀忐忑的郑卫星一眼瞥见小客厅窗台上的小瓶子。天啊！这正是被史文竹收缴的那瓶塑料鞋油，居然存放在家里。她为什么这样做呢？郑卫星琢磨不透史文竹出于什么心理。

小郑，你看我啊！头戴白色圆檐小帽，身着白色连衣裙，脚穿白色高跟鞋的史文竹快步走出卧室，这次活像一位贵妇人。

那种名叫威士忌的外国酒发作了，它增长着男人的胆量。郑卫星盯着面前这一大团白色，想起人靠衣裳马靠鞍这句俗语。是啊，华贵的衣裳使得史文竹好看多了。

喝酒！史文竹又给他斟了五分之一。他接过酒杯扬起脖子喝了。哎，您怎么知道我看你背影呢？

哼，你们男人都这样！不敢迎面看人家的脸，就偷偷看人家的腰，还装得一本正经。

被册封为男人的郑卫星略含诌媚地说，你在厂里当领导，没人敢偷看你的腰。

废话！我在厂里穿劳动布工作服，有腰吗？史文竹自我解嘲地跑进卧室了。

于是，男客人喝一杯酒，女主人换一身衣裳，犹如走马灯。郑卫星不懂女性服装，尤其不懂这种日常生活里罕见的女性服装。他只记得史文竹不停地换着裙子，一件件不同款式不同面料不同颜色，目不暇接分明进了出口转内销的服装仓库。自己则成了万花筒里的一只小虫子，反而被颜色咬噬着心。

威士忌后发制人的力量彻底爆发。郑卫星觉得自己坐在旋转木马上，看不清史文竹的面孔，一味环绕房间旋转不停。史文竹索性走到近前大声说，你看这件金丝绒睡袍是香港的，人民币一百七十元呢。

一百七十元？这钱足够赎回信托商店里父亲的"大英格"手表了。想起自己卖了父亲的遗物换取小提琴，心情不禁悲伤。他伸手去摸她的金丝绒睡袍，近在咫尺，摸不着。仿佛置身弹性世界，一会儿近，一会儿远，一会儿拉长，一会儿缩短。

你摸呀！你摸呀！他听到史文竹大声催促，眼前晃动着一大团紫色。嗯，这件金丝绒睡袍应该是紫色的。

这时候，他听到史文竹低声抽泣说，小郑，生活里没有男人敢接触我，今晚我给你这个权力，你大胆摸吧！

那该死的威士忌的力量，使他头昏目眩，即使想摸也摸不到她。他感觉她拉起他的手紧紧按在一个地方。这地方好像海绵区，温暖而柔软。

郑卫星变成温顺的羔羊，喃喃着，史主任，您喝咖啡吧？我没有外汇券买不到进口咖啡，请原谅我吧史主任……

你不要叫我史主任！你叫我文竹吧。说着，身穿紫色金丝绒睡袍的史文竹转身跑进卧室。他的手也失去了海绵区。

我叫你文竹？文竹是一盆花儿……郑卫星摇摇晃晃跟进史文竹的卧室。几十件衣裳堆在床上，十几双高跟鞋扔在床下，满屋樟脑球味道。

满面绯红的史文竹迎面阻拦说，这是我的闺房，不允许男人进的。说罢，她扑到床上收起那几只颜色不同的文胸。

郑卫星不懂得那是罩住乳房的文胸，更不懂得它分为 ABCD 多款尺码。他被史文竹搡回小客厅的沙发上，大木偶似的坐着。

不知过了多久，他嗅到咖啡的味道。史文竹身穿红色蓬松式上衣，下穿黑色紧身裤，一双白色高跟鞋，好像三色堇跑进厨房煮了咖啡，然后为自己斟了一杯威士忌。

她端起高脚杯大声说，热烈祝贺史文竹同志个人服装展示获得成功！说罢缓缓喝了这杯黄澄澄的洋酒。

郑卫星领教了威士忌的力量，憷了。他含混不清地劝阻说，文竹文竹，你这样会喝醉的。

今晚我就要一醉方休！你不知道吧？今晚要是没有你，我这一堆衣裳永远得不到展示的机会。所以我非常感谢你的到来……

郑卫星目光迷离地望着史文竹说，不不，我要感谢你对我的关照！是你把我借调到厂部工作的……

咦，你身体不是散发好闻的味道吗？我怎么没有闻到呢……史文竹兴致高涨又喝了一杯酒，凑近注视着郑卫星。

我天天用"臭胰子"洗澡，彻底涤荡那种小资产阶级味道。郑卫星好像向领导汇报自己取得的优异成绩。

真可惜，天生的男式香水体质给糟蹋了……史文竹起身提出新的建议，你会跳舞吗，小郑？

从前我在学校跳过忠字舞。郑卫星歪在沙发里回忆说，就是"敬爱的毛主席啊，我们心中的红太阳"……

女主人提臀坐在男客人身旁，抬手抚摸着他卷曲的头发轻轻说，小郑啊，我是受了表姐和表姐夫的影响，喜欢有格调的饮食、有品质的服饰，但是现实生活只允许我穿着肥大的工作服，去职工食堂吃一毛五分钱一份的炒白菜……

史文竹颇为优雅地端起咖啡杯说，我在厂里不是一把手，有的事情帮不了你。你自己要努力。一要多读马列著作，提高理论修养；二要搞好干群关系，不要无谓树敌；三要胸怀大志夹着尾巴做人，一旦有了机会抓住不放。你记住这三个方面，即使我不在华北电机厂了也能放心了……

迷迷糊糊的郑卫星睁大眼睛注视着对方说，你真的要调走哇？我一猜局里找你谈话就是提拔了……

说着，半醉半醒的郑卫星呜呜地哭了，你走了，厂里没人管我了……

别哭！史文竹揪了揪他的耳朵说，你演了好几年刁德一，遇到什么复杂情况都能够应付的……

郑卫星小孩子似的扑到史文竹大腿上说，可是刁德一被新四军活捉啦！

她随手按摩着他的颈部说，我在部队当过卫生员，这个穴位是解酒的。

按摩穴位起了振作精神的作用。郑卫星打起精神打开小提琴盒子，说要给史文竹演奏一支曲子。

史文竹端坐在沙发里，咯咯咯笑个不停。我总算明白你心思了，你以为我喜欢小提琴就偷偷去学了，没想到落得一场空！

郑卫星点头承认了。史文竹止住笑声，突然双手捂脸抽泣起来。

小郑，你为了我去学琴，真不容易。即使你抱着个人目的我还是很感动。好久没人让我这样感动了。好啦，咱们跳舞吧。我表姐教过我跳华尔兹，她的舞步特别优美。

手摇式留声机上放了一张黑色唱片。首先放出《晚会圆舞曲》，是女高音郑兴丽唱的，之后是任桂珍。郑卫星被史文竹操纵着，摇摇晃晃好似稻草人儿。终于响起华尔兹舞曲。他感觉自己跟史文竹融合了，你中有我，我中有你。这个世界飞快地旋转着……

清晨时分，睡在沙发里的郑卫星醒了，耸耸鼻子嗅到一股香气。这不是雪花膏的香气也不是花露水的香气。他起身走进厨房看到腰间扎着围裙的史文竹正在煎蛋。鸡蛋是凭票供应的，气味很香。

史文竹的围裙图案是一大堆水果，香蕉苹果鸭梨葡萄西瓜橘子菠萝……好像国营水果批发站的站长。你赶快刷牙洗脸，吃了早饭去上班，一定不要迟到。水果批发站的站长一边煮牛奶一边下达命令。

小客厅里相对而坐，一男一女隔着餐桌吃早点。酒力完全消退了。昨夜变得非常遥远好像大洋彼岸。史文竹手持餐刀给面包涂满果酱，递给郑卫星。

这果酱也是在友谊商店用外汇券买的吧？他怯怯地问道。

史文竹不回答这个幼稚问题反而叮嘱说，以后无论在哪儿都不要喝醉酒。一次酒后失言可能误了一辈子的前程。我的话你记住了吗？

我记住了。郑卫星模仿《红灯记》李玉和"临行喝妈一碗酒"的台词说，有您这瓶威士忌垫底，什么样的酒我都能对付！

去你的！史文竹笑得喷饭说，合着我成了你老娘啦？你不吃东西瞪眼看着我干吗？

我、我有一件事儿求你……郑卫星一扫昨夜酒意非常理性地说，我想请你做章泽书记的工作，把钱慧慧参加全市青年工人马列读书班的名额换成我……

史文竹惊诧地放下餐刀叫了一声，钱慧慧不是你追求的女朋友吗？你怎么能跟她争夺这个名额啊！

郑卫星迎着史文竹说，你别看钱慧慧在戏台上扮演阿庆嫂，她内心软弱并不适合当干部，如果我参加青年工人马列读书班，以工代干的问题也解决了。你昨晚不是嘱咐我有了机会就抓住不放吗？我现在就想抓住这个机会！

小郑啊，今天我算是认识你了，你确实是想干大事情的人！史文竹重新审视着这位曾经扮演刁德一的小伙子。

对！我就是想干大事情！郑卫星毫不隐瞒地说，我看了几本人物传记，凡是干大事情的人都不去做小事情。比如军统头子戴笠不会摆弄手枪，大科学家爱因斯坦不会拿钥匙开门……

你最好不要举反面人物的例子。史文竹及时打断郑卫星反问道，大科学家不会拿钥匙开门是小事情，你究竟想干什么大事情呢？

一句话问住郑卫星，史文竹淡淡笑了，我实话告诉你吧，今天上午九点钟局里来人宣布我的任命，提拔我为华北电机厂党委副书记。

真的？你当了厂党委副书记就更能帮助我啦！郑卫星目露凶光啪地一拍桌子，顿时从留学东洋的刁德一蜕化成为本乡地痞刁小三。

你先不要激动。我担任厂党委副书记初期必须做到三少：少参与、少表态、少做主。即将走马上任的史文竹意味深长地说，所以这时期我帮不了你，你好自为之吧。

郑卫星不言语了，起身离开餐桌拎起小提琴盒子站在楼梯口说道，反正我把真实想法讲给你了，就连我想跟钱慧慧争夺读书班名额的念头都讲给你了，你不会认为我思想意识不好吧？

史文竹手里摆弄着不锈钢餐刀说，这让我更加了解你啦。

我请求你为我保守秘密，别让钱慧慧知道我挖她墙脚，那样我可就太被动了……郑卫星说着低下头去。

你这是患得患失啊，小郑。史文竹讳莫如深地笑了，带上你的咖啡糖走吧，放在我这里就浪费了。

我还是想拉一支曲子献给你！郑卫星取出小提琴架在左肩上，吱吱呀呀拉起了《梁祝》。

大兄弟真难为你了。史文竹不无悲悯地说，你能把四根琴弦拉成曲子太不容易啦。

郑卫星收住琴弓子望着史文竹，突然大声说，你是我的亲人！

你怎么啦？史文竹摇摇头说，我不是你的亲人啊……

你是！郑卫星大男孩儿似的说着，手里的琴弓子好像一支钓鱼竿。

九　木板拖鞋呱呱响

华北电机厂职工浴室里的人越洗越少，好像只剩下一池热水。王宪钢匆匆脱光衣服听见有人哼唱河北梆子，"这一件蟒龙袍真真合体，它本是你丈母娘亲手绣来的……"他怔住了。

这旧戏《打龙袍》的唱腔很有几分著名演员"银达子"的味道，使他想起去世的"小达子"，也想起自己的身世。打从得知自己来历不明，王宪钢从未向母亲问及此事。即使不是生身父亲也不是生身母亲，他也不想伤害妈妈，只想悄悄揭开身世之谜。他决定从卖冰棍儿的顾阿姨嘴里寻得线索，连续几个公休日满大街上寻找，终于有人告诉他顾阿姨心脏病突发死在胡同里了，这下没了线索。

这时候浴池里光线不强。赤身裸体的王宪钢凑近一派氤氲的热水池，瞪大眼睛寻找哼唱河北梆子的"声源"。热水池角落里露着一只脑袋。哦，原来泡在热水里的是侯金泉。王宪钢索性猫腰也泡进热水池里。水很热烫得他哎哟了一声，咧开嘴角丝丝吸气。

终于烫走了另外一个皮糙肉厚的老工人。热水池里只剩下这位鲜骨嫩肉的小伙子和那位脾气暴躁的大工匠。王宪钢暗暗咬牙跟侯金泉展开耐热比赛。

水越来越热，好像无数针尖儿扎透皮肤，又好像有人揪住你的头发不放。王宪钢忍耐不住伸手抓住池边。这时侯金泉小声说，就冲你这股子不怕烫的韧劲儿，应当是大工匠的材料。

王宪钢随即出水，不知怎样应对这位性情古怪的大工匠。侯金泉从热水里站起，露出精瘦的身子说，我知道你爹是唱河北梆子的"小达子"。以前我总去听他唱梆子，可惜他窝在小剧团里没享大名。

王宪钢从来没有听到侯金泉如此说话——语气舒缓，神色平和，通情达理，难道热水把他烫成另外一个人啦？

你爹一辈子唱戏不得志。侯金泉发出轻声叹息。

郁郁不得志的父亲撒手而去，人间还有侯金泉这样的知音。王宪钢赤条条望着侯金泉。

小子，你要真是王云亭的儿子就埋头钻研技术，一定会有出息的！侯金泉站在喷头下冲洗着。

一下被对方捅到痛处，敏感的王宪钢冲口说道，我当然真是王云亭的儿子！侯师傅你怎么这样说话呢？

没想到王宪钢反应这样激烈，骂人成性的侯金泉反而软了，好啊！你小子有钢口儿，真不愧是王云亭的儿子。

这时王宪钢意识到自己失态了，咧了咧嘴表示淡淡的歉意。他听到侯金泉低声感慨地说，可惜你跟"崔列宁"学徒，一块好材料让他给耽误了。

我让"崔列宁"给耽误啦？王宪钢不言不语擦干了身子，心里挺惊讶的。

侯金泉继续自言自语道，这机修钳工，看着样样精通，其实样样稀松。万金油抹哪儿都行，永远吃别人的屁。真正大工匠手里要有绝活儿。一辈子掌握两手绝活儿的就是钳工王了。

钳工王？王宪钢忍不住问道，您有仰焊的绝活儿算是钳工王吗？

侯金泉不回应他的提问，突然加速——擦干身子穿衣戴帽，一晃就走了。王宪钢追出职工浴室看见侯金泉的背影，快步撵上去。他想知道怎样避免成为万金油钳工，永远不吃别人的屁。

天气不凉。侯金泉穿着一双俗称趿拉板儿的木板拖鞋，一路呱嗒呱嗒行走，透露出几分大工匠的牛气。路过木工房，他回头瞅见王宪钢穿着一双臭球鞋，猫腰捡起一块半寸厚的木板儿说，"崔列宁"的徒弟洗澡没有趿拉板儿啊？操！

说着，侯金泉走进木工房向值班师傅哼了一声，伸手按下带式电锯的开关，那盘带锯就转动起来。他一不用画线，二不用拓样儿，一眨眼工夫就把一块木板儿锯成一双葫芦形状的趿拉板儿坯子。

侯金泉顺手从工具盒里捏了几颗小钉子含在嘴里，走出木工房直奔厂道旁边那台废弃的皮带传动器。他好像进村扫荡的日本鬼子，伸手从生满铁锈的传动器上扯下一根报废皮带，顺势一划割成两截儿。伸出一只趿拉板儿配上一截皮带，从嘴里吐出一颗钉子，抢起另一只趿拉板儿代替锤子，啪啪钉牢了。只是一眨眼的工夫，一双趿拉板儿便做成了。

王宪钢惊诧地望着侯金泉，这位大工匠做一双趿拉板儿比变魔术还快。

侯金泉猫腰捡起砖头使劲儿蹭掉趿拉板儿的木刺儿，咣当一声扔在王宪钢脚下，转身走了。

当即换上这双趿拉板儿，果然又爽气又合脚。他手里拎着一双臭球鞋呱嗒呱嗒追赶侯金泉问道，您怎么知道我脚的尺码呀？

眼是尺，手是秤，胳膊肘是定盘星！侯金泉气咻咻地说，你以为我跟"崔列宁"一样白吃干饭啊？

走进机修车间，侯金泉看见大门旁边流了一摊机油，随即开骂，这是谁干的活儿，他妈的是跟师娘学的撒尿手艺吧？

王宪钢吃惊极了。走进车间的侯金泉跟泡在澡堂里的侯金泉，判若两人。澡堂里的随和与车间里的粗暴，好像是热水池泡软了他刁钻蛮横的脾气，一出水就硬了。

工人们下班走了。机修车间静悄悄好像一座大庙。想起前几天妈妈嘱咐给丁德绍配两把钥匙，王宪钢暗暗批评自己做事拖沓不雷厉风行，摇紧台钳夹好钥匙坯子，抄起三角锉刀。他不愿意工作时间干私活儿。公是公，私是私，做一个好工人必须公私分明。

他低头猫腰推动着锉刀，按照钥匙样子锉着钥匙坯子。抬头擦汗，看见侯金泉推着那辆匈牙利自行车走来，便隔着工作台冲这位大工匠笑了笑。

侯金泉摇摇头咂咂嘴，分明对他的锉刀动作不满意。他正要张口请教，侯金泉跨上自行车疾驶而去。

很快就给"丁大少"配好两把钥匙，他蹲在水龙头前洗手看见崔万昌拿着一截电线从"列宁工作室"走出来。他斟了一杯热水给师傅送过去。

工人发明家崔万昌接过水杯低头瞅着徒弟脚下问道，这是谁给你做的趿拉板儿？

您不知道侯师傅的手有多麻利！一眨眼工夫就做成了……王宪钢崇拜地说。

好啊好啊。崔万昌打量着侯金泉的杰作说，赶明儿我给你刷上油漆，你还是喜欢新四军的深灰色啊？

嘴上应着师傅，一个念头倏地闪过王宪钢的脑海。我应该给人家钱慧慧做一双木板拖鞋。前几天她在食堂看见我用罐头瓶子当水杯，第二天就用塑料头绳儿编了水杯套子送给我，说这样端着喝水不烫手。

下班回家，王宪钢趴在床头开始画图——这是一双女式趿拉板儿，凹形，坡跟，曲线优美。画着画着，他居然冲动起来，只得停止画图溜到院子里。

我真没出息啊。青春期的王宪钢在院子里的水龙头前冲了冲脚，身体里的火苗儿渐渐熄灭了。

母亲魏紫兰不缝麻袋了，转到街道小五金厂，天天打磨柜子拉手。她大声催促儿子洗手吃饭。儿子沉浸在女式木板拖鞋图样的构思里，听不见母亲的召唤。

一身邋遢的丁德绍两个肩膀扛着一个脑袋，转着一双大眼珠子又来蹭饭。他反客为主下厨炒菜，一个醋熘土豆丝，一个酱爆圆白菜，以此展示自己因陋就简的美食家本领。他自带小瓶白酒，喝美了架起二胡非要给王宪钢吊嗓子，发誓把他培养成"小谭元寿"。

魏紫兰对儿子说，我想起你爸爸就觉得他这辈子心气太高，非让你当工人不可。其实唱戏这行当不错，也算是社会主义文艺工作者嘛。

您放心吧。王宪钢大模大样地说，既然进了华北电机厂，我就要当个好工人。

自从"小达子"去世，遗孀魏紫兰旧态复萌，老毛病一样不少地又回到身上。比如喝了茶从来不刷茶碗，没几天便"三环套月"了。比如家门钥匙，动不动就丢了，只好从窗户钻进钻出。比如洗了衣裳晾在院子里忘了收，被大风刮落地上还以为是邻居家的。总而言之，所有毛病都在她身上复辟了。

看到母亲如此这般，王宪钢痛心不已。俗话说，近朱者赤，近墨者黑。父亲没了，来了"丁大少"这块墨，母亲登时黑了，而且黑得无边无际。

丁德绍不光蹭吃蹭喝，俨然教父般滔滔不绝。你不唱样板戏了，我制订的全套培养计划泡了汤，真是可惜啊。响器我告诉你，当年余叔岩倒仓……

你别叫我乳名好不好？王宪钢反诘道，我爸生前嘱托您不让我唱戏，您怎么反而撺掇我呢？

"丁大少"不以为然地说，你爸思想太偏激！我看唱戏比当工人强。你看唱李玉和的浩亮，他原先唱老生名叫钱浩良，现在当大官儿了吧。

说着，丁德绍伸长脖子瞅着王宪钢画的图说，哎哟，你从电机厂调到制鞋厂啦？怎么回家就画开鞋样子了呢？兰子你看，你儿子画的还是女鞋样子！

听到"丁大少"公然以"兰子"召唤母亲，这种昵称引起王宪钢反感。被称为"兰子"的魏紫兰走过来看着儿子画的女鞋样儿，嘻嘻笑了，好儿子，我看你是搞对象了，可是如今搞对象不时兴给女方做鞋啊。

儿子低头不说话。魏紫兰继续教导说，宪钢你搞对象我不干涉，但是这辈子不许你娶女戏子做媳妇！

王宪钢怔了，妈您也是唱戏的，您这样说话不是骂自己吗？

你问得好！一个人要是混到敢骂自己的份儿上，这辈子算是活明白了。当初你爸爸就不应当娶我这个女戏子，否则不会早早归了西。

受到极大震动的王宪钢手捧木板拖鞋纸样望着母亲。"丁大少"不合时宜地插嘴说，宪钢，人们瞧不起戏子，鞋匠更不值钱。你抱着女鞋样子不放，越长越没才调。

王宪钢掏出两把钥匙递给丁德绍说，钥匙我给您配好了，可是我希望以后您就别到我家来了。

宪钢，你这是怎么跟丁伯伯说话呢？魏紫兰大声批评儿子，动了肝气。

一阵敲门声冲散了家里的紧张气氛。王宪钢开门看到朱则良站在门外。敦敦实实的小伙子不知从哪儿弄了一套旧军装穿在身上。上衣过长，更显得腿短，活脱脱一个走下戏台的胡传魁。

王宪钢问他有什么事情。朱则良吞吞吐吐说，心里憋屈想跟你说话。

天晚了。王宪钢回屋穿了件厚褂子，出了院子沿着小街朝前走去。想起从前脚下曾倾倒着父亲治病的中药渣子，如今街面空空荡荡的没东西可踩了。

经过几个路灯，朱则良拖着倾斜的身影说，郑卫星能说会道点子多，可是我不愿意找他说话，总觉得隔着一层纱，在咱们宣传队里我特别信赖你。

如今不唱样板戏了大家还是革命战友。你有什么话直说吧。王宪钢爽快地表态，好像又成了郭建光。

我从小自卑，在学校好不容易混进文艺宣传队，又胖又矬只能扮演胡传魁。工宣队队长武玉国天天贬斥我，弄得我更没了自信。进工厂当工人还是摆脱不了"草包司令"的外号。无论食堂里还是班车上，总有人拿我寻开心。上个月我托人花四十八块钱买了一辆旧自行车。好嘛！我骑到厂里第二天它就变成公车，今天张三骑明天李四骑后天王五骑，反倒没了我的份儿。就连我师傅杨葵花都认为我是一只菜包子，谁想捏谁就捏……

你师傅杨葵花，人们都叫她科长杀手呢……王宪钢咕咚咽了一口唾沫。

华北电机厂几乎无人不晓杨葵花。这朵未婚的葵花性格开放生活随便，特别招引男人。她首次被人捉奸是跟劳资科科长在被窝儿里。之后，凡与她关系密切的男人几乎都是中层干部：检验科科长、设备科科长、供应科科长、行政科科长、教育科科长……反正每次都是单身女工杨葵花主动向组织检举交代生活作风问题。弄得拈花惹草的科长们要么党内警告要么行政记过。因此她得了"科长杀手"的绰号。一时间，华北电机厂中层干部们谈"葵花"

色变。色变归色变，还是有几个副科长在她身上落马。于是"科长杀手"成了名人。

看到王宪钢说起"科长杀手"，朱则良主动介绍道，其实杨师傅心眼不错，技术也行。我跟她学徒挺好的。我最大的心病是"草包司令"的外号，成了全厂职工的笑料，有时我恨不得抽自己嘴巴子！

抬头遥望夜空，一颗颗星星乱眨眼。王宪钢莫名地激动了，你现时的心情是自卑心理造成的。你别看我演过郭建光，其实我心里也自卑。咱们要想活得有劲头儿就得克服这种心理。

朱则良显然信服这种说法，表情虔诚地请教道，我又胖又矬还成了"草包司令"，汽车队几个装卸工拿我不当人对待，你说我怎能不自卑呢？

王宪钢被问住了，只得低头思忖说，你首先应当学好一门技术，你在电工这行里要争取成为技术尖子，那样可能就不自卑了。

朱则良撇了撇嘴并不认同地说，即便我成了电工技术尖子，兴许照样自卑。

兴许照样自卑？王宪钢继续探索说，那你就再学一门木工手艺，成为一专多能的技术尖子！这样可能就不自卑了……

朱则良摇摇头说，我成为一专多能的技术尖子，兴许照样自卑。

不知为什么，一个念头好似一朵浪花从脑海里迸发，王宪钢亲近地拍了拍朱则良的肩膀说，解决你的自卑心理恐怕要等到搞对象的时候。比如说你心里喜欢一个姑娘，平时不敢表示……

我为什么平时不敢表示呢？朱则良急切地反问道。

王宪钢认真分析说，因为你自卑啊！所以，什么时候你敢于表示就说明你克服自卑心理了。

朱则良眉头紧锁说，我怎么觉得你在说你自己呢？你什么时候敢于向钱慧慧表示了，你也就克服自卑心理啦！

你说什么……王宪钢瞪大眼睛望着朱则良，一下子不知如何回答是好了。

王宪钢你别不好意思，我说的是心里话！朱则良表情诚恳地说，我看钱慧慧是喜欢你的，反而是你躲躲闪闪的不敢凑近。

王宪钢被朱则良说得哑口无言，只得转移话题说，我的理想是学两手绝活儿，关键时刻冲得上去。比如现在焊接空压罐底座就得请人家侯金泉出马。

朱则良告辞时说，我看姓丁的没事儿就往你家里跑，他到底是你什么人？

夜风里，王宪钢望着朱则良远去的身影小声说，谁说你朱则良是"草包司令"？你看"丁大少"的问题一针见血。

返回院子走进家门，看见反客为主的丁德绍跷着二郎腿，母亲正在给他添茶。每逢看到母亲殷勤招待这个客人，王宪钢便心生疑窦：我的生身父亲千万别是这位吃咸不管酸的"丁大少"啊。

第二天，王宪钢午休时间跑到木工房，从下脚料里选了两块柞木，下料、成型、挖凹、修样，按照图纸制作钱慧慧的木板拖鞋。

一连几天午休，他都躲到车间角落里打磨这双女式木板拖鞋，这样子好像不是打磨木头而是打磨玉石。这时候他感受到自己还是喜欢钱慧慧的，只是由于心理障碍回避着这份感情。

精益求精——这双木板拖鞋几乎被王宪钢打磨成玉石拖鞋。他转而揣测钱慧慧喜欢什么颜色。

最终他选择天蓝色，跑到成品车间讨来一瓶油漆，一天刷一道，三天刷了三道。他打算以天蓝为底色点缀一个图案，就哲学家似的构思着，好像黄皮肤的黑格尔。

要么画几根绿色芦苇？要么画泰山顶上一棵青松？究竟画什么呢？除了《沙家浜》，王宪钢难以找到其他题材，索性刷了第四道天蓝色油漆，接近宇宙本色了。

不声不响地将它晾在班组休息室房顶上。转天正午，王宪钢悄悄钻过班组休息室天窗攀上房顶，看见一只黑白相间的蝴蝶落在天蓝色木板拖鞋上，点缀着自己的杰作。

蝴蝶也喜欢钱慧慧的木板拖鞋啊。王宪钢蹲身挪步凑过去，却被一个人影吓得叫了一声。

侯金泉不动声色地坐在屋脊上，好像一只逃出动物园的老猴子。出逃的老猴子指着晾在阳光下的天蓝色女式木板拖鞋问道，这是谁教你给它刷了油漆啊？

是我师傅。王宪钢如实回答，扭头寻找那只飞得无踪无影的美丽蝴蝶。

操！这木头趿拉板儿刷了油漆，冬天穿着凉，夏天穿着粘脚。"崔列宁"真是四六不懂的大棒槌！侯金泉连连摇头表示愤慨。

那么木头小板凳也不能刷油漆吧？王宪钢虚心求教着。

同样道理！侯金泉一瞪眼珠子说，木头小板凳刷了油漆，你冬天坐着凉，夏天坐着粘屁股！

您怎么不早告诉我呢？王宪钢手捧精心刷了四道天蓝色油漆的"女式木

屉"，心里挺着急的。

废话！你早知道尿炕就不睡觉啦？侯金泉漫不经心地问道，这双跶拉板儿你想送给那个打字员吧？

王宪钢心急火燎找来砂纸躲到角落里打磨着木板拖鞋上的油漆，恨不得让它立即变为原木的。侯金泉怎么知道我想把这双木板拖鞋送给钱慧慧呢？

看到师傅崔万昌迈着四方步走来，王宪钢将这双木板拖鞋藏在身后。

我知道这是你利用业余时间做的，不违反劳动纪律。崔万昌满面微笑问道，我看这双跶拉板儿你不是给铸造车间红医做的吧？

王宪钢惊讶地站起身来。侯金泉看出我是给钱慧慧做的，崔万昌看出我不是给卢丽虹做的。怎么工人阶级一个个都是火眼金睛啊！

看到徒弟神色窘迫，崔万昌随即安慰道，这东西你不用披着藏着，革命同志就是要互相关心互相爱护互相帮助。

是啊，钱慧慧给我的水杯编织了套子，我给她做一双木板拖鞋，这是革命同志之间的友谊。师傅一番话卸了徒弟的思想包袱，王宪钢浑身骤然轻松了许多。

宪钢，人活着不要背上思想包袱，这么多年我要是背上 1＝7 的思想包袱，早活不成了。你知道我多少次要求放弃这项研究吗？上级领导就是不同意，还说我这工人发明家的旗帜永远不能倒。

王宪钢趁机询问师傅研究进度。崔万昌不动声色说，你自己背思想包袱就是了，怎么又来让我背思想包袱呀？

找来一张报纸裹好这双女式木屉夹在腋下，王宪钢朝厂部走去。

厂道旁边的冬青丛里猛地蹿出一个伏兵——身材娇小的卢丽虹嘻嘻笑着拦住去路。新四军指导员计划外遇到新四军卫生员，不由怔住了。

身穿灰色上衣蓝色裤子的卢丽虹笑逐颜开地说，我猜你是去找我的吧？说着塞过来一盒"枇杷露"，叮嘱这是养阴润肺的。

你总给我开药这样不合适吧？王宪钢推辞着。

国家职工享受公费医疗，这没错吧？卢丽虹步步紧逼问道，我在芦苇荡里用奎宁治疟疾，我向新四军伤病员们收过药钱吗？

不收……王宪钢拗不过卢丽虹，只得接过公费医疗的"枇杷露"。

我告诉你吧！这次厂里推荐我参加全市青年工人马列读书班，我拒绝了。

你不应当拒绝的。王宪钢伸长脖子望着厂部打字室方向说，这是组织上把你列为重点培养对象，你应当参加啊。

卢丽虹急得跺脚说，废话！我爸爸把我调到友谊宾馆我都不去，还不是为了跟你在一起……

看到卢丽虹泪光闪闪，王宪钢慌忙问她带没带手绢。卢丽虹破涕为笑说，应该你掏出手绢递给我！老天爷啊，我怎么喜欢上你这股子愚劲儿呢？

你是说《愚公移山》的愚？王宪钢好像在查《新华字典》，越发显得愚了。

我演新四军卫生员研制出"工厂感冒一号"上了《工人日报》，你唱郭建光怎么唱成一根筋啦？我看你没成愚公倒成了愚公对面的王屋山！

说着，卢丽虹噌地从王宪钢腋下抻走那双女式木屐，剥开包裹的报纸端详着说，我就知道这是你给我做的，我洗澡正好穿它呢。

王宪钢伸手去夺回这双木板拖鞋，进入幸福状态的卢丽虹被吓了一跳。

这是我给钱慧慧做的……不擅撒谎的王宪钢实话实说。

你给钱慧慧做的……卢丽虹眯起眼睛盯着王宪钢，仿佛打量一尊比例严重失调的雕像。然而这尊雕像抿紧嘴角——任凭对方打量着。

卢丽虹是个性情炽烈的姑娘，心里爱谁便毫无遮拦地表达出来。她似水，哗哗灌溉着你。她似火，熊熊熔炼着你。她似流沙，明目张胆覆盖着你。她似狂风，咄咄逼人裹挟着你。此时，她听说木板拖鞋是给钱慧慧做的，鼻尖随即沁出细碎汗珠儿。

好啊，革命同志就是要互相关心互相爱护互相帮助。卢丽虹将这双木板拖鞋还给王宪钢，勉强做出平静的表情。

前些天钱慧慧编了一只水杯套子送给我，我应当有个还报吧。王宪钢实诚里透着笨拙，小声解释着。

为了让王宪钢摆脱窘境，卢丽虹故意扑哧笑了，傻样儿！我看你干脆变成泰山顶上一青松吧！

王宪钢自我解嘲说，是啊，我干脆变成泰山顶上一青松吧……说罢又觉得泰山顶上一青松形象过于高大，就负疚地笑了。

说话间，钱慧慧沿着厂道走过来，什么泰山顶上一青松？你们又唱《沙家浜》呢？她身穿工作服上衣配着灰色裤子，透出几分青年干部特有的气质。

今晚六点钟八一五饭庄会餐，咱们下班一起走哇？钱慧慧问道。

卢丽虹想了一下，说，我看不用一起走，六点钟咱们八一五饭庄不见不散。

今晚六点钟八一五饭庄……我怎么不知道呢？被打入另册的王宪钢看了

看卢丽虹，又看了看钱慧慧。

今晚六点钟郑卫星在八一五饭庄请客，欢送钱慧慧参加青年工人马列读书班，这事儿你不知道？卢丽虹响声说道。

钱慧慧当即证实说，是啊，郑卫星邀请咱们全体参加。

王宪钢摇摇头说，没人通知。卢丽虹登时甩出风凉话，说，刁德一给阿庆嫂送行当然不会通知郭建光的。

不会吧？郑卫星不会不通知王宪钢的。钱慧慧不同意卢丽虹的观点。

你是真糊涂还是装糊涂？卢丽虹揭穿谜底似的说，因为《智斗》那折戏里没有郭建光！

钱慧慧拉着卢丽虹的胳膊说，你不要说这些不利于团结的话好不好？大家都是战友，一定是艾学习把王宪钢给遗漏了。

自从借调厂部"以工代干"，郑卫星便不把自己混同为一般老百姓了。这次他掏钱请客欢送钱慧慧，亲手拟定名单委托艾学习走车间串班组通知《沙家浜》成员。他担心艾学习不干，送了一盒海河牌烟卷。经过成本核算，艾学习接受了这项略有回报的任务。

没关系，一定是艾学习忘了通知我。王宪钢趁机把礼物递给钱慧慧说，我给你做了这双木板拖鞋，算对你水杯套子的回报。

哎哟，我送你水杯套子，你还我木板拖鞋，这不成了等价交换吗？钱慧慧大大方方接过礼物，说了声谢谢。

卢丽虹立即抢占有利地形说，这几天我反复催促王宪钢，说人家钱慧慧参加青年工人马列读书班一走就是一年，这双木板拖鞋你抓紧时间给人家做吧。他就加班加点做出来了……

啊？王宪钢被卢丽虹说得懵懵懂懂。钱慧慧打量着这双曲线优美的女式木屐，似乎没有察觉卢丽虹是在做戏。

卢丽虹继续以当事人口吻介绍情况说，慧慧你看啊，这双木板拖鞋王宪钢来不及刷漆就送给了你，这半成品多不好意思啊。

我刷了四遍天蓝色油漆又都打磨下去了。侯金泉告诉我木板拖鞋刷漆，冬天穿时凉，夏天穿着粘脚。王宪钢如实解释着，把卢丽虹给晾了。

尽管被晾了，卢丽虹反而更加欣赏王宪钢的诚实品质。她心里骂了一句：你这个没良心的东西。拉着王宪钢走了。

走进小树林卢丽虹颇为仗义地说，郑卫星请客不叫你，这是他心里有鬼！这家伙公然搞分裂，这聚餐我也不参加啦！

从学校到工厂你总攻击郑卫星，说他台上台下都是刁德一。王宪钢心平气和劝解道，既然人家请了你你还是去吧，咱们要团结不要分裂。

嗯，就你心眼儿好！卢丽虹转身跑了。王宪钢手里捧着"枇杷露"回到机修车间，心里疙疙瘩瘩的。

郑卫星给钱慧慧送行不通知我？一股失落情绪笼罩心头，王宪钢好像被革命队伍除名成为没有归属的人。

走过钳工一组工作台，王宪钢听见侯金泉大声咳嗽，就把手里的"枇杷露"递给这位大工匠。性情反复无常的侯金泉挥手驱赶说，你别跟我套近乎！

工人们哄然大笑。"小鬼儿"书记凑趣地说，王宪钢你这是热脸贴冷屁股，侯师傅是孙悟空的后代，玉皇大帝的弼马温不吃你这种野药！

下午四点多钟，艾学习跑进机修车间。他好像从沙奶奶变成送鸡毛信的海娃，一步冲到王宪钢面前气喘吁吁说不出话来。

小艾别急，你有话慢慢说。王宪钢下意识地将"枇杷露"递给对方。爱财如命的艾学习接在手里说，刁参谋长今晚六点钟八一五饭庄给钱慧慧饯行，邀请你参加！

王宪钢压低声音问道，喂，郑卫星是什么时候让你通知我的？

艾学习掏出海河牌烟卷叼在嘴上说，郑卫星什么时候让我通知你的？这不重要啊！重要的是人家专门让我邀请你准时出席。

王宪钢显然听出自己是被郑卫星临时补充进来的。艾学习趁机进前一步说，钱慧慧参加青年工人马列读书班，应当是你出面给她送行，反倒让郑卫星成了事。我看你是心里有感情不敢化作行动！

受着对方数落，又急又恼的王宪钢只得说，我心里没感情，你让我化作什么行动？

崔万昌踱步过来劝解说，小艾你不要挤兑王宪钢好不好？卢丽虹整天紧追不放，你让他怎么向打字员化作行动呢？

听了崔万昌这番话，艾学习笑了，我看你们都活得太周到，还有 1 = 7！我整天跟工业废品亲密接触，太阳出来暖洋洋，心情轻松好风光！

你别美了，亢虎准备整顿厂容厂貌，当心保卫科抓你一个反面典型。崔万昌发出告诫，一派长者慈祥。

艾学习被这番话吓住，一阵风似的跑了。王宪钢走进班组休息室，犯了犹豫。郑卫星追补我参加聚餐，我是去还是不去呢？觉得胸口憋气就咕咚咕咚喝了一杯凉白开。

我还是跟师傅去加班吧，这样就有充分理由不去八一五饭庄了……王宪钢走出班组休息室。看见崔万昌猫腰撅腚拆卸一台"电葫芦"，就跑去参加抢修了。

工人发明家解释说，我知道你今晚聚餐，所以没安排你跟我加班。你要是不愿意参加今晚的聚餐，我就扣住你抢修"电葫芦"，这样你就可以不去了……崔万昌一边说一边伸手抻了抻徒弟的袖口。

王宪钢羞愧起来，意识到自己犯了小心眼儿。想当初郭建光跟伤病员们困在芦苇荡里仍然想着伤愈归队杀敌立功。今天受了什么委屈我都不应当计较。

每逢遇到别扭事儿，只要想起芦苇荡心里便多云转晴。善解人意的崔万昌小声催促徒弟参加聚餐。王宪钢大孩子似的洗手洗脸换下工作服，走出机修车间大门。

工厂大道上，王宪钢看见郑卫星站在宣传栏前面，好像在等人。他蓦然清醒停住脚步。果然，钱慧慧跑来了。俩人讨论着什么，然后并肩走向工厂大门排队等候班车去了。

厂道旁边停着一辆破旧的苏联吉斯卡车，车厢里坐着两个汽车队装卸工，他们望着远处钱慧慧和郑卫星的背影，大声说着风凉话。

一个装卸工说，你看见了吧？刁德一跟阿庆嫂谈了恋爱，这是典型的敌我不分，阶级阵线混乱！

另一个装卸工说，我看这是《沙家浜》续集，忠义救国军参谋长被新四军俘虏，党组织派阿庆嫂教育刁德一，晓之他妈的以情，动之他妈的以理，刁德一改邪归正把刁老财的田地分给贫下中农。阿庆嫂受到感动，操，俩人好上啦！

你他妈的这是反革命剧本，我看你吃饱了撑的找倒霉，想当现行反革命吧？

王宪钢听着汽车队装卸工的议论，心里不是滋味。这时，经过梳洗打扮的卢丽虹跑来了。她上班时间好像觅食的喜鹊飞来飞去，下了班换了烟色上衣好像玉鸟飞来。她试探地问王宪钢，刚才艾学习通知你了吧？

王宪钢满脸疑云问道，是你找了郑卫星才补充邀请我的吧？

我才不理睬刁德一呢！卢丽虹撇嘴表示不屑道，我担心你心里别扭不愿去八一五饭庄，特意跑来拉你去。没想到您老人家肚子里能撑船，不跟他一般见识。走哇，一切权力归农会，郑卫星的饭咱们不吃白不吃。吃他娘，喝他娘，打开城门迎闯王！

王宪钢不太适应跟卢丽虹并肩行走，犹犹豫豫不愿意动弹。

我们铸造车间有一首顺口溜，我现在念给你听吧！卢丽虹大声朗诵起来：一个人多寂寞，两个人好快活；三个人多一个，四个人分两拨。

念罢这首充满人间大道理的顺口溜，卢丽虹好像老师启发学生说，你没看见郑卫星跟钱慧慧走啦？现在咱俩一拨赶快去坐班车吧！

王宪钢起步向工厂大门走去。卢丽虹追上来大胆地搋着他的胳膊，走过那辆停在工厂道边的吉斯卡车。身后传来两个汽车队装卸工的现场评点。

你看你看，刚才是刁德一追阿庆嫂，现在新四军指导员跟新四军卫生员搞对象，我看这倒是革命队伍里的革命爱情……

卢丽虹似乎受到这两个装卸工言论的鼓舞，突然撒娇了，你这个老蔫儿，不声不响给钱慧慧做了木板拖鞋，你也得给我做一双！

好吧。王宪钢郑重地答应道，但是我必须利用业余时间……

十 矿石与酒

打字室里的钱慧慧得知战友们为她送行，心里热乎乎的。尽管这次慷慨解囊的是郑卫星不是王宪钢，她还是感到温暖。姑娘毕竟乐于受到小伙子重视。何况这次参加全市青年工人马列读书班一走一年呢。

郑卫星跟钱慧慧下了工厂班车，告诉她去八一五饭庄要换乘8路公共汽车。

又是8路？这个字眼儿好似针尖刺疼钱慧慧，不禁想起父亲。父亲拉排子车劳动改造，毁了。妈妈则破罐子破摔，不断结交男朋友，前些天光往北郊跑，这阵子又改南城了。

一下乱了心思。神情恍惚的钱慧慧站在马路边说，你写来的信我都看过了，你想让我给你编织水杯套子，不论红色绿色都行，可是……

郑卫星塞给钱慧慧的情书，她从未正面回应，今天她主动谈到近期的书信，这不啻天大的好消息，郑卫星认为事情有了进展。

上了8路公共汽车，女售票员就站在钱慧慧身旁。她小声问道，以前你们8路司机有个钱师傅吧？

女售票员极其不屑地说，听说他城里一个老婆乡下一个老婆，典型的坏分子！前些年露了馅儿罚他劳动改造去了。

钱慧慧偷偷瞥了一眼郑卫星不禁想到，可能男人都是这样，平时不犯错误是没有犯错误的机会，一旦有了机会就吃着碗里的、想着锅里的、惦着磨坊里的。

行驶的8路汽车东摇西晃，躲避着凹凸的路面。钱慧慧心里说我爸爸当年开车从来都是稳稳当当。这时汽车转弯产生离心力钱慧慧倾向郑卫星怀里。他趁机很隐蔽地搂着她的腰肢，将身体牢牢贴紧。这种异性接触使她想起武玉国，顿时有了心理障碍。为了哥哥回城她把初吻给了武玉国，还被他粗暴地揉搓了乳房。

你真的想对我好吗？一时情感脆弱钱慧慧脱口问道，声音轻得仿佛蠓虫振动翅膀。郑卫星竟然听到了，瞪大喜出望外的眼睛。

到站下车，他追着钱慧慧连声承诺说，我向毛主席保证，我真的想对你好！

我为什么这样问他呢？真没出息。钱慧慧后悔自己的冲动发问，甩开郑卫星快步向八一五饭庄走去。

这一带是城市中心闹市区，沿途人流摩肩接踵。郑卫星追上来伸出胳膊护着钱慧慧——尽管这动作显得有些夸张，还是给了钱慧慧几分安全感。

走进八一五饭庄前厅，提前到达的艾学习跑过来告诉郑卫星服务员不给安排桌子，说满客了。

社会主义计划经济物资匮乏实行"调拨"，八一五饭庄的鱼肉蛋菜货源时常吃紧。来这里吃饭要走后门儿，否则想吃肉只能咬自己舌头。

郑卫星从衣兜儿里掏出熟人写的条子，跑去接洽。前堂经理看看条子，摇头不买账。郑卫星慌忙递上一支"恒大"香烟，对方抬手挡回。

看到前堂经理油盐不进，郑卫星只得笑着说，我们以前是《沙家浜》剧组今天聚餐，为了慰问八一五饭庄革命职工我给您反串一段阿庆嫂的"垒起七星灶"吧。

你捏着嗓子反串青衣肯定跟踩了鸡脖子似的！前堂经理目光投向钱慧慧说，我估计你是正儿八经的阿庆嫂，要唱你唱吧。

钱慧慧微笑着说道，我们唱样板戏为工农兵服务，伺候不了您这种大堂倌儿。

好啊！前堂经理操着油滑腔调挥手驱赶说，你们赶紧去北京人民大会堂，那儿给你们预备的是国宴。

一支长柄铁勺伸到前堂经理脸前，不停地晃动着。一个农民打扮的小伙子手里举着这件淘粪工具对前堂经理说，我要是不给你淘粪，你厕所堵了，顾客们也去人民大会堂解手吧。

是你啊！钱慧慧扭脸看见手持长柄铁勺的庞汇强，惊讶地叫起来。

小乡亲你这是什么意思啊？前堂经理好像不敢怠慢这位腰间扎着草绳的插队知青，连忙问道。

庞汇强高高撸起袖口用天不怕地不怕的语气说，我什么意思？我让你赶紧给他们安排桌子，否则你外边的粪井明年再淘吧！

庞汇强高高撸起的袖口无意间露出文在左手臂上的"慧"字，蓝汪汪很

154

是显眼。钱慧慧扭过脸去，不看。咄咄逼人的庞汇强满脸坏笑逼问前堂经理舍不得桌子还是舍不得厕所。

气急败坏的前堂经理哼了一声，扭身进了伙房。庞汇强向钱慧慧挤了挤眼睛说，这年头我们农民进城淘大粪也是特权，你们跟着沾光吧！

说罢，庞汇强扛起长柄铁勺走了。一个身穿白色罩衣的服务员跑来大声说，你们是二楼九号桌子！

艾学习卷了一支"小喇叭"叼在嘴上，小声对简晓铜说，庞汇强的淘粪勺子真是特权，这年头大粪也发挥大作用了。

简晓铜摘下眼镜说，你年纪轻轻最好不要抽烟，尼古丁！

走上二楼围着九号桌坐了。王宪钢和卢丽虹噔噔跑上楼来。王宪钢连声道歉说，对不起迟到了。

卢丽虹毫不在乎地说，他们还没点菜呢就不算迟到，你犯不着自我批评！

艾学习掐灭"小喇叭"评价道，郭建光向阿庆嫂道歉是军民鱼水情嘛。

这些年你们怎么还驻扎在沙家浜呢？简晓铜满脸严肃地说，不是早就伤愈归队了嘛。

九号桌临窗。郑卫星摆出东道主身份问钱慧慧说，我点了两个凉菜四个热菜一只烤鸭子，你看这样可以吧？

钱慧慧身穿经过改裁洗得泛白的劳动布工作服，显得朴素而大方。她不适应郑卫星的现场谄媚，轻轻说了声可以。

卢丽虹挑战者似的脱掉烟色外套露出大红毛衣——好似腾地点燃一团火。

不言不语的王宪钢暗暗对比着。卢丽虹外露，红红火火说燃烧就燃烧。钱慧慧内在，轻轻流淌着不发出哗哗声响。一火一水，这就是俩人的不同之处。

五短身材的朱则良喘着粗气跑上二楼，手里握着一瓶"古井贡"连声认错说迟到了。

卢丽虹拍着手说，胡司令，你拿来这瓶好酒是感谢阿庆嫂的救命之恩吧？哎哟，你的手怎么受伤啦？

看到朱则良左手腕缠着一圈纱布，王宪钢苦笑着说，你们还记得当年那场演出吧？我左手腕纱布脱落露出"大英格"手表……

对，演砸啦！人们哄地笑了，很有往事如烟的感慨。

我真是不明白……简晓铜小声嘟哝说，你们一张嘴就是《沙家浜》往事，好像这辈子是离不开阳澄湖了。

155

你在戏里是配角，一抬腿就走出来了。我是主角进戏太深，有时做梦还在春来茶馆里沏茶倒水呢。钱慧慧终于道出多年感受。

你就是拿得起来放不下！卢丽虹趁机摆出陈年旧账说，就应当让我演阿庆嫂让你演卫生员，那样你就走出《沙家浜》啦！

略显猥琐的朱则良主动给大家斟酒说，这是我爸爸存了五年的"古井贡"酒，今天让我给偷出来了。

王宪钢说"古井贡"是八大名酒之一。郑卫星说它跟"五粮液"一样价格。从小自卑的朱则良受到鼓舞，觉得自己也跟随这瓶"古井贡"涨了身价。

这时两个凉菜来了。郑卫星举起筷子号召大家吃菜。几个男同胞举杯干了一轮，纷纷说"古井贡"是好酒。红医卢丽虹提前给王宪钢打"预防针"说，你分解酒精的能力差，好酒也不要喝多了。

今天我也要喝白酒！不知钱慧慧受到什么情绪影响，突然大声宣布。郑卫星迟疑了，从朱则良手里接过"古井贡"注视着她。

卢丽虹立即挑动矛盾说，郑卫星！你是忠义救国军参谋长凭什么不让人家中共地下党员喝白酒？今天我也奉陪到底啦！

说罢，卢丽虹尖声召唤服务员拿来两只小玻璃杯，动手斟满白酒。艾学习心疼地说，只有一瓶"古井贡"，女同志就不要喝了好不好？

这时，满脑子数理化的简晓铜站起身来，推了推鼻梁上的眼镜开了口，趁着你们还没把我灌醉我宣布一件事情。我被推荐为工农兵学员，过几天就去清华大学电机工程系报到了……

咦！借调厂部的"挂名干部"郑卫星叫了起来。这么大的事儿我怎么不知道哇？

这是从局里直接"戴帽儿"下达的指标，咱厂是阻挡不住的。简晓铜低调解释道，今晚欢送钱慧慧，也凑巧欢送我上大学，这顿饭就让我出钱请大家吧。

没想到半路杀出程咬金而且是去清华大学读书的程咬金。郑卫星失落了。

好啊。钱慧慧对简晓铜祝贺说，咱们这群人里总算出了一个大学生，这是天大的喜讯！

卢丽虹小声嘟哝说，去年厂里推荐我去白求恩医学院，我就没去。

于是，这顿聚餐增添新内容，庆贺简晓铜上大学。一瓶"古井贡"喝光了。郑卫星从人造革手提包里拿出"战备物资"——这是一瓶六十五度的"直沽高粱"。

哼！卢丽虹不失时机讽刺说，你这人城府太深！揣着白酒不露就连阿庆嫂都看不透你……

王宪钢制止说，郑卫星好心好意给大家备了"直沽高粱"，它虽然不比"古井贡"也是过年凭票供应的。

打开"直沽高粱"，一贯谦卑的朱则良给每人斟了酒，然后端起酒杯满脸通红说，简晓铜走后门上清华大学，这很对！有文化比没文化好。胡传魁为什么听刁德一的？还不是因为他留学读书在东洋嘛。我是"草包司令"没文化……

简晓铜端起酒杯略显激动地说，我在《沙家浜》里是小角色，好在生活中我没有把自己演化为刁小三。其实咱们都是矿石争取把自己炼成好钢就是了！我是部队大院长大的，有时候不太合群儿。感谢大家多年来给我的友谊，我干杯！

钱慧慧心头一酸，跟随大家干了杯扭身抹了一把眼泪。

好！好！好！不胜酒力的简晓铜连声喝彩说，钱慧慧落泪的样子很好看！我跟你演了几年戏，从来没有见过阿庆嫂真正动感情。

卢丽虹瞪大眼睛问道，照你这种评价钱慧慧这些年她是光阴虚度啦？

不是光阴虚度！固执的简晓铜被迫解释道，我的意思是说革命样板戏里的感情，往往不如我们日常生活中的感情真切实在。

这时候，郑卫星猛然想起被史文竹谢绝的二斤咖啡糖，猫腰从人造革手提包里掏出一把散给大家说，吃喜糖吧吃喜糖吧，一喜是庆贺钱慧慧被选为干部苗子参加青年工人马列读书班，二喜是庆贺简晓铜上大学，三喜是什么呢？

《沙家浜》成员们都被酒精打败，一个个俘虏似的说不出话来。这种静寂刺激了卢丽虹，起身说道，三喜是庆贺你追求钱慧慧大获成功呗！

钱慧慧看出卢丽虹企图一锤定音，一反温和常态反驳道，小卢你怎么信口开河呢？你凭什么认定我跟郑卫星确定恋爱关系？

脸色苍白的郑卫星乘势而上问道，小卢你跟王宪钢确定恋爱关系了吗？

对！卢丽虹毫不畏惧地点点头，扭脸看到王宪钢醉得双手抱头趴在桌上显然醉了，就大声让服务员送一杯热水。

服务员冷冷望着这桌不受欢迎的顾客说，没有热水！你们赶快撤吧我们要下班了。

不胜酒力的朱则良突然抬手行着军礼说，我从小自卑，希望今后大家多多帮助我……

卢丽虹乘着酒兴大声说，人家胡传魁还娶了常熟城里有名的美人儿呢，所以朱则良你不要自卑！

局面有些混乱，人们有些迷惘。被淘粪勺子打败的前堂经理及时出现，大声催促退场。略有酒意的郑卫星起身离席。人们随着起身，你搀我扶，下楼离开八一五饭庄。

凉风迎面吹来，郑卫星想到凡是遮掩不住的事情不如坦然承认，便附在王宪钢耳畔说，我跟你动了小心眼儿，没有提早通知你参加今晚聚餐……

王宪钢一下被感动了，用力拉着郑卫星的手说，今晚我心里有话要跟你说！

郑卫星睁大眼睛试探着说，天这么晚了还是让卢丽虹送你回家吧？她是新四军卫生员呢。

不行！我心里有话就要跟你讲。王宪钢极其坚决地表示，今晚你必须听我说出埋在心底的话……

卢丽虹以为王宪钢要凭借酒力控诉郑卫星，于是极力支持说，对！你今晚就把心里的委屈统统说给郑卫星听！你问他亏心不亏心？

《沙家浜》成员们都被酒精重新弄成芦苇荡里的伤病员，东倒西歪地散去了。夜色里，只剩下王宪钢与郑卫星。

这两个小伙子勾肩搭背，朝着相反方向走去。前面有一条并不流动的河流。过了桥，那里有一家国营小酒馆亮着灯。被酒精主宰的王宪钢认出这是当年给父亲打酒的小酒馆。

两个小伙子并排坐在小酒馆门外的台阶上，任凭夜风吹着。王宪钢的脸变成一张红布。郑卫星却煞白了脸。于是，夜色里添了两个角色，一个红脸关公，一个白脸罗成。

白脸罗成主动说，我想起你父亲生前说的那几句话，凡在戏里演反面人物的，往往越演越精明。可是我遇到侯金泉照样束手无策啊！自从借调厂部宣传科，你知道我下了多少功夫吗？我买了三种硬笔书法字帖，有行书的有楷书的，我偷偷练字把全本《沙家浜》台词写了好几十遍呢。我要是想正式调到厂部当干部，必须增长本领。我不光练字儿，还买了《怎样写公文》和《实用文体大全》，练习写文章。另外，我还读了不少人物传记，有内部出版的《拿破仑传》和希特勒的《我的奋斗》……

拿破仑和希特勒好像都是反面人物啊！王宪钢醉眼惺忪说道。

对！我在侯金泉眼里就是反面人物，所以我读反面人物的传记！我要是能跟那只老泼猴儿和平共处，台湾早就解放啦！

你点子多，脑筋活络善于巧干，我只能苦干了。你看芦苇荡里十八棵青松顶风冒雨不就是苦干吗？所以，我继续苦干吧！你知道我偷偷苦练电焊技术吗？有一点儿进步呢。

身后小酒馆咣当一声关了门。这时郑卫星趁机问王宪钢有什么心里话要说。

王宪钢一吐为快地说，我父亲临死留给我一个纸条儿，敢情他不是我亲爹……

什么？郑卫星瞪大眼睛望着王宪钢，你讲的不是酒话吧？

这事儿在我心里憋了很久。王宪钢揪着头发说，这阵子特别苦闷！今天实在忍不住对你讲了……

你不是亲爹，是亲妈吧？郑卫星对王宪钢的身世产生强烈兴趣。

可能是亲的吧？我也不知道。王宪钢被问得犹豫了。无论亲妈后妈，反正我都会孝顺她的。我就是想弄清楚自己的出处！我有权利知道亲爹是谁吧？否则我真成了杂种……

你放心吧！郑卫星挥了挥拳头说，宣传科跟档案室一壁之隔，咱们文艺宣传队队员的档案还都存在那里。只要有机会我就想办法接触你档案，兴许里面能找到你身世的蛛丝马迹。

大郑啊，这事儿只有你知我知，你给我保密啊！被酒精劫持的王宪钢恢复了学校时代的称呼，诚恳地托付着对方。

听到"大郑"这个称谓，郑卫星落泪了，使劲儿拍着王宪钢的肩膀说：咱们在《沙家浜》里是死对头，不唱《沙家浜》了咱们是亲兄弟！

夜色里，新四军指导员与忠义救国军参谋长紧紧握手，双方激动得说不出话来。郑卫星从衣兜里掏出几块上海奶糖塞给王宪钢说，这是人家去上海出差捎来的，奶多不粘牙。

王宪钢剥开一块扔进嘴里嚼了嚼随即说道，谁说不粘牙？粘得我都张不开嘴啦！

其实，这上海奶糖正是当初史文竹送给郑卫星的。他视为极其珍贵的纪念品，一直舍不得吃。存放过期，自然粘了新四军指导员的牙。

被上海奶糖粘了牙的王宪钢，当然不知道史文竹必将成为改变郑卫星命运的关键人物。

159

十一　氧化还原

　　三年学徒，然后出师。出师拿一级工的工资：三十五元五角，俗称"三百五十五角"。一旦出师，不许抽烟、不许喝酒、不许搞对象，包括乘坐班车必须站着，食堂买饭必须候着，班组杂务必须担着……一系列清规戒律基本失效。学徒工出师意味着正式获得工人阶级的身份。

　　出师第二年，一级工升为二级工，工资四十一元六角四分。八年成为"老工人"，休病假不扣工资，成为国营企业宠儿。这跟小媳妇熬成婆婆同样的道理。

　　徒工出师好比闯关。首先通过政治考试。一大张卷子内容广泛，有马克思主义哲学，譬如否定之否定；有中共党史，譬如陈独秀右倾投降主义和王明的"左"倾冒险主义；有时事政治，譬如评《水浒传》，批判宋江投降主义。

　　还有填空题，譬如五卅惨案工人领袖填（顾正红），譬如京汉铁路二七工人大罢工领袖填（林祥谦），譬如五一国际劳动节的发源城市填（芝加哥）……

　　政治考试的目的就是要你立足车间，放眼祖国，胸怀全球，牢记世界上还有三分之二受苦人。

　　谁都知道政治考试作弊比较容易，提前用圆珠笔把标准答案写在手心里和大腿上，这样还省纸呢。反正身体是父母给的，不管手心大腿不用白不用。

　　轮到技术考试就难了，它考的是日积月累的手艺。俗话说，泰山不是堆的，火车不是推的，你想作弊都没办法。技术考试当场抽签儿，根据号码给你下达考试项目，现场四小时完成，超时判不及格。技术考试是硬碰硬——这叫鸭子嘴扁不是砸的，蛤蟆嘴大不是拉的。只要考你的活儿你干不出来，想磕头烧香都找不着庙门。

即使通过了政治考试和技术考试这两关，徒工还要写出师总结。谈谈这三年政治学习的心得，讲讲这三年学习技术的体会，摆出取得的成绩，找出存在的不足，然后明确今后的努力方向。

出师总结好写，但是必须交给师傅鉴定。只有师傅签上"同意该徒工出师"这才算是二十四拜，最后的一哆嗦了。有了师傅的鉴定，车间领导在"出师总结"上签署"同意师傅鉴定意见"几个字，装进劳资科职工档案袋，你这辈子算上轨道了。

出师好比鲤鱼跳龙门。若迈不过师傅鉴定这道关卡，三年白瞎了。说到底重头戏还是技术考试。俗话说是骡子是马牵出来遛遛——手艺容不得掺假。

临近出师考试，借调厂部宣传科的郑卫星本想蒙混过关，不了了之。没想到厂党委副书记史文竹毫不通融地表示，只有出了师才能将他"以工代干"正式调入厂部。面对史文竹的坚持原则，郑卫星无可奈何回到机修车间，硬着头皮跟随侯金泉干活儿，准备"过关"。

侯金泉没想到令人厌恶的徒弟来"回炉"了，当即提高待遇，将咒骂改为挖苦说，大干部视察来啦？我小锅儿煮不下你大棒槌！日本鬼子讲话——你给我开路。

按照外交惯例这等于宣布郑卫星为不受欢迎的人。"小鬼儿"书记接到史文竹电话只得来做侯金泉的思想工作，说，徒工出师技术考试既是必不可少的工作环节也是培养工人阶级接班人的重要任务，凡是师傅抵触的批评师傅，凡是徒弟逃避的处分徒弟。

操！侯金泉听罢气哼哼说，你说刁德一是工人阶级接班人？真是双目失明讲聊斋——瞎鬼！

尚未双目失明的书记只好安抚说，他不是刁德一是郑卫星，郑重其事的郑，人造卫星的卫星，你不要跟他过不去好不好？

侯金泉嘿嘿冷笑说，好啊好啊，我知道厂部有人给他撑腰。那就让人造卫星升天吧！

钳工一组这边做着侯金泉的思想工作，钳工二组那边却是一番解放区景象。工作台前，师傅崔万昌给徒弟王宪钢开设"小灶"，耳提面命，准备应考。

崔万昌高瞻远瞩地说，出师技术考试不是选拔技术能手也不是推举劳动模范，难度不会很高。你是猪八戒就考你吃西瓜，你是沙和尚就考你挑行李，你是孙悟空就考你金箍棒呗，所以没有过不去的火焰山。

师傅说得松弛，徒弟难免紧张。崔万昌永远乐观，即使眼角皱纹也是笑的痕迹。他给徒弟划出技术考核范围，一是让你制作一个工件儿；二是让你修复一个工件儿；三是让你装配一个工件儿，跑不出这个圈儿去。

崔万昌拽过一块三毫米厚钢板说，现在模仿出师技术考试，我给你下达生产任务单。这只五角星的同心圆直径二百七十五毫米，你要做到角角相等，线线平齐。画线的涂料可以用白灰水也可以用硫酸铜，画针钝了找油石磨磨一磨。

嗯。王宪钢应声进入模拟技术考试状态，给这块钢板刷了画线的涂料。他抄起铁划规定了圆心，拿卡尺确定半径轻轻画出一个圆，之后就是要在圆周上求出五个点，这便是"五等分"。徒弟依照师傅教给的五等分法，开始求"点"了。

为了减轻王宪钢模拟技术考试的心理压力，崔万昌故意去上厕所了。

站在远处观望的郑卫星凑过来说，你师傅提前给你开小灶，多好啊。他妈的侯金泉盼望着我下地狱呢，操……

你是留学东洋的文明人，怎么也学会说这个脏字了？王宪钢抹去额头上的汗水，随口说道。

郑卫星急了说，我什么时候留学东洋？你也拿我当刁德一啊！

对不起，我一着急就犯迷糊，一犯迷糊就说错话……王宪钢拍着脑门说，这"五等分"还真难掌握。

崔万昌从厕所回来看到徒弟被"五等分"难住，便主动给他下台阶说，俗话说，手里没有好工具，干活儿白白费力气。你去工具库领两把新锉刀吧。

王宪钢找到车间材料员开了单子，跑去工具库领取新锉刀了。

瞅了瞅四周没人，崔万昌趁机向郑卫星叹气道，这次徒工出师侯金泉放了话，他是不会让你轻易过关的！

郑卫星脸色泛白申诉道，我跟侯金泉前世无冤今世无仇，天天光挨骂了。人家都是师傅帮助徒弟过关，他反而伸手卡我脖子。我是工人阶级接班人，他干吗这样对待我？

你必须闯过侯金泉这道关。崔万昌鼓励着危在旦夕的郑卫星，依然乐乐呵呵的样子。郑卫星认为自己到了最危险的时刻，立即着手寻找友军支援。我的友军在哪儿呢？偌大机修车间只有王宪钢了。

人逢有难，往往觉得朋友太少。少归少，郑卫星对王宪钢还是提防着。当初王宪钢与钱慧慧彼此怀有好感，只差捅破一层窗户纸。如今我猛追钱慧慧，王宪钢不会心存忌恨吧？

郑卫星毕竟有心机。他决定首先接触心直口快的卢丽虹。只要这位红医乐于助我，王宪钢肯定没二话。哪个男人愿意在女朋友面前暴露自己的狭隘心理呢？求助于王宪钢而首先接触卢丽虹，这又借用了刁德一的"曲线救国"战略，属于理论联系实际。

临近下班，郑卫星悄悄来到铸造车间。长方形篮球场上一群工人正在做操，领头人正是身穿红色运动衣的卢丽虹。

一声声号令下，工人们在身穿红色运动衣的卢丽虹带领下完成着一组组近似广播体操的动作。节奏鲜明，动作紧凑，收放自如，爽快流畅。

一套体操做完了，卢丽虹指点了几句，工人们嗡地散了。卢丽虹慢慢悠悠走过来说道：夜猫子进宅无事不来，你有什么歪门邪道就明说吧。

当面锣，对面鼓，说话句句不离谱。这正是卢丽虹的风格。心思缜密的郑卫星难以适应这种节奏，迟疑了。

你不会又让我们下阳澄湖捕鱼捉蟹吧？卢丽虹步步紧逼问道，然后每条船上派一个弟兄保护我们，是吧？

郑卫星无奈地摇了摇头，以守为攻询问卢丽虹带领工人们做的什么体操。

这叫铸工体操啊！卢丽虹爽快地说，铸造车间腰肌劳损和骨质增生的特别多！我针对这两种常见病编制铸工体操，舒筋活血，放松关节，疏通脉络，以预防为主。我还想编制焊工体操和车工体操呢。哎，你到底有什么事儿？

郑卫星只得原原本本道出心里想法。听罢，卢丽虹满脸疑惑说，这事儿你直接找王宪钢就是了，干吗绕着八百公里大弯子找我呢？

这次出师技术考试我遇到侯金泉绊脚，肯定过不了关。特别需要朋友们为我出主意想办法，可是我又怕给王宪钢添麻烦，一时不好张口……

你大小伙子怎么磨磨叽叽的？好啦，下了班我去找王宪钢。卢丽虹露出刀子嘴豆腐心的性格光芒，嘻嘻哈哈表了态。

道了谢，郑卫星走了。卢丽虹感慨起来。郑卫星这人多好强啊，在学校在工厂都是人尖子。这次遇到出师技术考试难关，不得不拉下脸面四处求援，这叫人在矮檐下，不得不低头。尤其钱慧慧去了青年工人马列读书班前途远大，郑卫星精神压力更大了。

越想心越软，下了班卢丽虹顾不得洗澡就跑到机修车间，迎面遇到"小鬼儿"书记正给车间大门悬挂"工业学大庆，争做王铁人"的大标语。

喂！您媳妇不是整宿睡不着觉吗？我给你个偏方吧，酸枣仁炒熟了吃，不出三天见效。不过别让她吃多了，过量服用醒不了您后半辈子就打光棍儿啦！卢丽虹哇啦哇啦说着。

书记连连道谢，说，不会让媳妇吃多了。

卢丽虹边走边说，谢什么，不用谢。抬头挺胸走进机修车间大门，这表情俨然这里的媳妇——机修车间自然成为她的婆家。

下班了，偌大机修车间静悄悄的。钳工二组工作台前面，满头大汗的王宪钢依照崔师傅教给的五等分法，埋头画线。汗水湿透了工作服，好像淋了雨水。画着画着他心虚了，暗暗评价自己：无论记忆能力、反应能力、理解能力、表达能力，我都没有过人之处。只是前几年扮演郭建光号称十八棵青松带头人，一下被推举到人尖子位置。现在不大唱革命样板戏了，我不靠天不靠地只能靠自己了。

侯金泉倒背双手溜过来，顶着一脑门子官司说，你按照"崔列宁"教你的法子，这辈子连吃屎都赶不上热的！赶紧回沙家浜养伤吧。

您有什么好法子教给我？王宪钢回头望着这位大工匠，虚心地问道。

有啊！侯金泉抢过王宪钢手里的铁划规在工作台上画了一个圆，三下五除二就在圆周上劈出五个"点"，扔下铁划规扭身走了。

王宪钢满脸无奈地说，您快得跟变魔术似的，我没看明白您就画完啦。

敢情你嫌快？"崔列宁"研究1=7二十年都不着急，你画线还嫌快啊！操……

卢丽虹风风火火奔过来说，侯师傅！老工人有培养新工人的责任，您说话不要阴阳怪气嘛！

卤水点豆腐，一物降一物。侯金泉脖颈青筋毕露，满脸冰霜瞥了瞥这只小母老虎，一语不发转身就走。

您别走！卢丽虹喝住七级钳工说，今儿不把画线技术教给王宪钢，您休想下班回家！

侯金泉朝着王宪钢冷冷地说，你找了这么个对象啊？真他妈的交了好运！

侯金泉极不情愿地抄起铁划规，再次在圆周上劈出五个"点"，哼了一声扭身走了。

这次您还是手太快，我没有全部看清楚！王宪钢低头嘟哝着。

卢丽虹响声说，我倒是全部看清楚了，你干脆拜我为师吧！

当一个好工人真不容易，我太笨了。王宪钢红了脸，变为小号关云长。

我说我看清楚了是诈侯金泉呢！我就想让他知道咱姑奶奶不简单。说着

164

卢丽虹掏出手绢去擦王宪钢额头上的汗。他慌忙躲闪着。

咱俩都搞对象了你还怕什么？卢丽虹顿了顿说，刚才郑卫星找了我，说这次技术考试侯金泉肯定阻挠，他精神压力特别大，我看你主动找他谈谈心吧。

以前你特别反感郑卫星，说他奸猾取巧不可交，现在你宽容了。王宪钢看到卢丽虹的转变，挺高兴的。

大家都是从七十四中文艺宣传队出来的，应当互相关心互相爱护互相帮助。卢丽虹坦诚地说，你别看平时我总跟钱慧慧较劲，她去"青年工人马列读书班"我还挺想她，你也挺想她吧？

你这是诈我呢，我斗不过你的心眼儿。王宪钢转换话题跟卢丽虹商讨怎样帮助郑卫星渡过难关。

卢丽虹知道王宪钢为人善良厚道，从来不懂耍计谋玩心机，就问他有什么办法解决侯金泉的问题。

我想先找侯师傅谈谈心，请他这次不要为难郑卫星。我知道侯金泉喜欢听河北梆子，我可以模仿"小达子"给他唱两段嘛。

傻样儿！卢丽虹急得拍大腿说，要是找侯金泉谈心能解决问题，咱们中国早就实现共产主义了。

咱们首先要解放台湾！王宪钢一根筋地说道，然后实现共产主义远大理想。

卢丽虹哭笑不得地说，你这棵青松跟着"崔列宁"学徒三年，变成温室里的花朵了。郑卫星被侯金泉骂得成了精。你看他有多鬼啊，先跑去找我给你吹枕边风！

你又瞎说什么呀？王宪钢羞得变为中号关云长说，没结婚哪儿来的枕边风。

没结婚就不能吹枕边风？卢丽虹低声嗔笑说，咱俩搞对象照样能吹枕边风！

王宪钢被这句话弄得彻底红了脸——变为大号关云长。卢丽虹笑着跑走了。

擦去额头汗水，王宪钢放下铁划规，寻思起郑卫星的事情。按说相处久了小猫小狗都会产生感情。侯金泉那么敌视郑卫星，我要帮助他渡过这一关，难度不小。

天色晚了，王宪钢基本掌握了"五等分"要领，心情好转回家了。走进院子听见二胡拉着过门儿好像是《贵妃醉酒》。推门进家看见"丁大少"架弦儿，母亲"起范儿"开了唱。

看来妈妈犯了戏瘾。王宪钢闪到旁边注视着动情演唱的母亲，蓦然发现她显老了，眼角爬着鱼尾纹。他心里感慨说无论您是不是我亲妈，我这辈子都会孝敬您的。

失去舞台的魏紫兰又唱了一段《天女散花》，还是梅派的戏。唱罢了，她收起嗓子说吃饭吧。

"丁大少"酒过三巡开始吃饭。主食是从外面买来的猪肉馅饼，凉了。自从"小达子"去世，魏紫兰渐渐不进厨房了，喝酒去外面打，吃饭去外面买，又当上了甩手老娘。这时甩手老娘说不能让工人阶级吃凉馅饼，起身进了厨房。

满脸酒意的丁德绍反客为主招呼王宪钢落座，说，我看你眉头紧锁心思不整，俗话说船到桥头自然直，遇到难处不要心窄。

王宪钢问母亲有没有稀饭和咸菜。魏紫兰说，你爹活着的时候遇事儿就不想吃饭，光喝稀饭灌大肚。

"丁大少"夹起馅饼塞进嘴里说，男子汉不惹事，遇事不怕事！

接过母亲端来的稀饭，王宪钢又犯了思忖。我看丁伯伯跟我母亲交情很深，他若真是我生身父亲我就是拉弦儿的儿子啦。

心思转向郑卫星，王宪钢撂下筷子请教说，我们车间有个师傅软硬不吃，油盐不进，蒸煮不熟，横竖不成，属于牵着不走打着倒退的那种人物。你越敬着他，他越跟你抵牾角，您说拿这种人有办法吗？

不等丁德绍支招儿，魏紫兰抢先开了口，你对待这种人不能按照常理出牌，必须使用邪招！有一出老戏叫《游六殿》你知道吧？包公破案下阴曹探地府就是邪招！一般人不敢想更不敢去啊！

不成不成。丁德绍咀嚼着说，咱孩子人品周正使不出邪招，只能从《孙子兵法》里拿主意。

转天上班，王宪钢还是没主意。可巧在车间厕所遭遇侯金泉。他趁着四周没人叫了声侯师傅，说，您要是喜欢听河北梆子我给你唱两段。

侯金泉长长地撒了一泡尿，哼了一声说，你要是郑卫星派来说情的，少说废话给我提起裤子走人。

我不是给郑卫星搽胭抹粉。王宪钢追着侯金泉说，您是师傅，他是徒弟，干吗弄得跟不共戴天的阶级敌人似的……

166

侯金泉不理不睬扬长而去。这时郑卫星悄悄凑过来对王宪钢说，谢谢你为我说好话，这只老泼猴儿是花岗岩脑袋，咱们不能硬攻只能智取。

智取？这兴许就是母亲说的邪招吧。王宪钢决定拓展思路。一连几天他观察侯金泉好像野生动物专家观察狒狒，绞尽脑汁寻思着邪招。

崔万昌看出王宪钢的心思，站在车间蒸箱附近指点徒弟说，无论什么动物脾气都跟吃食有关系。吃食好，脾气小，吃食差，脾气大。人也一样。侯金泉过春节那几天不发脾气是因为吃得好。他平时上班从家里带来的饭菜还不如人民公社老母猪的伙食呢。

崔万昌这番话反而让王宪钢泛起同情心。怪不得侯金泉爱骂街，敢情胃里没有正经东西。趁着没人王宪钢掀开车间蒸箱找到那只刻着"侯"字的饭盒，看到里面盛着三只白面大包子，散发着茴香馅气味。

哎哟，今天可是破天荒的好饭啊。王宪钢撒腿跑去告诉郑卫星。

白面茴香馅大包子？侯金泉提前过年了……郑卫星躲到"列宁工作室"旁边说，昨晚我想出第三十七计！

我只听说有三十六计，你这第三十七计……王宪钢困惑不解。

郑卫星拉长腔调说出第三十七计，扣——帽——子。忠义救国军参谋长压低声音向新四军指导员面授机宜。

你怎么会想出这种主意呢？王宪钢表情惊诧道，咱们这样做不合适吧？

我演的是刁德一，你演的是郭建光，所以我邪招比你多。郑卫星解释着。

王宪钢想起父亲生前躺在病床上的奇谈怪论：扮演反面人物的，越演越精明；扮演正面人物的，越演越傻气。看来，郑卫星是实践出真知了。

你这第三十七计太损，我师傅知道肯定批评我的……王宪钢面临道德门槛，不敢抬腿迈过。

你师傅外号"崔列宁"，他毕竟不是列宁。俗话说，同行是冤家。人们说侯金泉真有手艺，"崔列宁"假有手艺，这种情况俩人能尿到一壶里吗？

人生在世，一个忠字，一个义字。忠是对国家，义是对朋友。王宪钢觉得关键时刻不能对不起朋友，便点头应允了。

宪钢！只要你能把这只老泼猴儿引到车间外面的小树林里，这事情就成了。郑卫星胸有成竹地布置战局，那表情好像第三次世界大战即将爆发。

机修车间打响午休铃声。工人们洗手吃饭。侯金泉从车间蒸箱里抻出饭盒木板托着回到工作台前，这样就不烫手了。他坐到工作台前低头剥蒜，嗅着茴香馅散发的香气，满脸小孩儿过年的表情。

佯装读报的王宪钢斜眼瞟着三只白面大包子，想到吃这样一顿饭就等于过年，认为侯金泉确实挺可怜的。

茴香馅的香气飘过来，令空气变得沉甸甸的。王宪钢发现侯金泉吃饭的动作非常怪异。他右手拿着包子，左手掰一块儿塞进嘴里，好像不嚼就吞进肚里。之后再掰一块儿塞进嘴里，飞快地咽下去。这种吃法，近乎展现人类返祖现象。

吃一块掰一块，掰一块吞一块，侯金泉的牙齿有毛病吧？王宪钢这样想着，心软了。郑卫星的计谋太阴损了，不过侯金泉脾气太坏了，实在没有别的办法降服他。

侯金泉吞掉三只白面大包子，起身从工作台下抽出一块半米多宽一米多长的木板，然后在木板上铺了一层报纸把靰鞡脱了当作枕头，一蜷就午睡了。

据说，侯金泉十秒即可入睡，只睡几分钟便精神矍铄。大家都认为他来自花果山水帘洞，前世在孙悟空手下服兵役。

侯金泉果然睡着了，发出轻微的鼾声。王宪钢轻轻走来蹲在近前，看见这位大工匠嘴里露出几颗黑色牙齿。看来侯金泉真的不是凡人。

他轻轻叫着侯师傅。侯金泉双目紧闭嘴里吐出一个字，滚！之后继续打着小鼾。

侯师傅您醒醒！王宪钢依照郑卫星事先拟订的台词说，我想跟您请教仰焊技术……

养汉技术？你又不是寡妇养什么汉啊！哪儿凉快哪儿待着去……侯金泉骂街也不睁眼。

王宪钢认为可以实施郑卫星布置的战术了，伸手拍着木板喊道，侯金泉！你把毛主席像压在屁股底下还敢躺着睡觉？

侯金泉好似触了电，身体腾地弹起滚到一旁。王宪钢趁机抓起木板上的那张《人民日报》，起身朝着车间外面奔去。这是事先勘定的路线——他一口气冲进小树林里将《人民日报》掖进衣兜里，做出保全证据的样子。

被吓得脸色苍白的侯金泉追进小树林，脸色从苍白转为蜡黄，王、王、王宪钢，你、你、你到底想干什么？

侯金泉！你认识到自己的错误了吗？王宪钢依照郑卫星的"剧本"安排必须做到态度强硬，而且要上纲上线，不光揭出侯金泉当年大炼钢铁的"错误言论"还要指出近年的"满腹牢骚"。此时看到侯金泉如此狼狈不堪，王宪钢有些同情对方了，他只得给自己鼓劲，板起"阶级斗争面孔"。

你、你先把报纸还给我！我不是故意的……侯金泉极力辩白着，从泼猴儿变成病猴儿。

王宪钢狠了狠心，一口气背诵出郑卫星事先为他准备的全部台词，侯金泉！现在全国开展"反击右倾翻案风运动"，你把毛主席像压在屁股底下就是对伟大领袖心存不满，你就是"右倾翻案风"在华北电机厂的马前卒……

这样说着，王宪钢感到郑卫星为侯金泉定制的这顶"反革命帽子"尺寸太大。面对突然飞来的这顶"大帽子"侯金泉满脸迷惘，无奈地听着。

放弃了郑卫星的"剧本"，王宪钢自己说话了，侯师傅，这次出师技术考试下月就开始了……

听到王宪钢这样说，侯金泉露出几分疑惑表情问道，你开场那几句话不像从你嘴里说出来的？我听着倒像是郑卫星的口气。

王宪钢惊了——汗水唰地湿了工作服。这位大工匠真是人精，几句话就嗅出隐藏幕后的人物。这时原本不擅撒谎的王宪钢感到自己被侯金泉扒光了衣裳，赤裸裸站在对方面前。他暗暗告诫自己挺住——但愿侯金泉没有彻底看穿这场活报剧的底细。

王宪钢有些不知所措，转身朝小树林外面望去，好像在寻找援兵，侯师傅，下月的出师技术考试是人生大事，我要求你不要存心整治郑卫星。

恢复正常脸色的侯金泉显露出对抗情绪说，郑卫星天生不是当工人的材料！他那双臭手谁敢保证他技术考试合格啊？

你是师傅，你应当积极辅导徒弟考出好成绩！王宪钢忘记自己的强硬角色，开始谈心了。

我不认这种徒弟！侯金泉按捺不住怒火说，郑卫星想当干部就拼命巴结史文竹，我听见他偷偷打电话说史文竹是太阳，照耀他的人生道路，操！我最恨吃软饭的小白脸儿。

这突发情节完全超出郑卫星拟定的"行动大纲"，王宪钢不知如何应对，蒙了。以前扮演郭建光也是按照剧本唱的，却不曾遇到这种猝不及防的局面。

侯师傅，你不要说了，我只要求你别存心难为郑卫星！王宪钢伸手摸着露出衣兜的《人民日报》，努力回到既定主题。

当年大炼钢铁说过错话的侯金泉终于妥协说，你把这张报纸还给我，我答应你不难为郑卫星。

大人一言，驷马难追。王宪钢从衣兜里掏出那张报纸，等待对方的最后承诺。

侯金泉急躁地点头说，我姓侯的要是说话不算话，生了小孩子没屁眼儿！

好吧！王宪钢将《人民日报》递给惨遭算计的大工匠，起身跑出小树林。

身后随即传来叫骂声，王宪钢！我让你小子给诈了，这报纸根本没有毛主席像！让你小子给诈了……

一口气跑进机修车间，王宪钢站在工作台前端起茶缸子咕咚咕咚喝水，心里乱七八糟的。侯师傅啊侯师傅，反正你发誓不难为郑卫星啦！你要是说话不算话，你可就太跌份了！

王宪钢恨不得马上把情况告诉郑卫星，四处寻找他。这时崔万昌走进机修车间大门，一步踏响了午休结束的铃声。

师傅，您看见郑卫星了吗？王宪钢脱去汗水湿透的工作服。

没看见。崔万昌恢复乐呵呵的表情，步态略显疲惫地走了。

王宪钢跑进班组休息室，意外地看到郑卫星双手抱头趴在桌上，好像睡着了。他轻轻敲击桌面。郑卫星猛然抬头。王宪钢看到他额头上挂满汗珠儿，表情非常紧张。

侯金泉……他答应了吗？郑卫星起身抓住他胳膊，溺水者似的问道。

王宪钢点点头说答应了。郑卫星双手揪着头发说，太好啦！这是你一身正气压倒了侯金泉……

这是你使用诈术压倒了侯金泉，就好比刁德一让老百姓下阳澄湖捕鱼捉蟹。王宪钢实事求是地说道。

郑卫星顿时换成翻身农奴把歌唱的表情说，当年《沙家浜》老百姓没上刁德一的当，今天侯金泉却中了我的计谋！

崔万昌手里拿着油棉纱走进休息室说，我听见小树林里侯金泉骂街，你俩把他给整治啦？嘿嘿，你们不了解这只老泼猴儿。即使给他拴上铁链子顶多消停几天。他一九五八年大炼钢铁时就说风凉话，到今天老毛病仍不改！

崔万昌这番话语犹如泼下一盆冷水，王宪钢与郑卫星面面相觑。

侯金泉要是改了老毛病，那是猫凫水、羊上树、狗不吃屎。崔万昌意犹未尽地说，这次青年工人出师技术考试侯金泉不折腾才怪呢，你们当心吧。

王宪钢从来没有听到崔万昌如此强硬尖刻地评价侯金泉，一贯和蔼可亲的师傅形象猛然陌生了，好像换了一个人。

"小鬼儿"书记风风火火跑进休息室急声问侯金泉在哪儿。郑卫星低头不语。崔万昌瞬间恢复常态——乐呵呵不说话。王宪钢意识到出了事情，跟随着书记跑出休息室。

170

休息室里只剩下郑卫星与崔万昌。两人同时抬手擦着脖子里的汗水。郑卫星抬头瞥了工人发明家一眼，继续不言语。工人发明家轻轻哼了一声，抬腿走人了。

车间里好像来了西伯利亚寒流。保卫科科长于亢虎来了。

于亢虎攥着一卷报纸，一双三角眼四处寻摸着，大声叫嚷着，侯金泉呢？现行反革命分子侯金泉呢？

"小鬼儿"书记指了指机修车间大门——人们看到侯金泉沉着面孔走进来。于亢虎带来的两个部下一左一右包抄上去。

于亢虎挥了挥手里的一卷报纸说，我操！你敢把屁股压在毛主席脸上？这是"右倾翻案风"啊！你以为大炼钢铁过去这么多年，我们就忘了你当年的反动言论？

侯金泉龇着满口黑牙皱着眉头说，你说是我把屁股压在毛主席脸上了？那张报纸上没有毛主席像啊，你他妈的少放驴屁！

来呀，先把他给我抓起来！于亢虎一声令下，侯金泉就被摁住了。

姓于的，我操你八辈儿祖宗，你存心制造冤假错案！老子不怕你……侯金泉一边挣扎一边叫骂。

你是不见镣铐不掉泪，我手里有你的犯罪证据！于亢虎徐徐展开手里那卷报纸——人们伸长脖子瞪大眼睛，看到这张《人民日报》上果真印着伟大领袖毛主席的大幅照片。

啊！王宪钢惊得倒吸凉气。我在小树林里交给侯金泉的《人民日报》上确实没有毛主席像，这事儿真蹊跷啊。

被缚的侯金泉将目光投向王宪钢，你给我做证吧，我睡的那张报纸上没有毛主席像！

王宪钢急于洗清侯金泉的罪名便焦急地反问道，是啊，我给你的那张《人民日报》呢？你把它拿出来为自己做证嘛。

我拉了一泡屎，蹲厕所拿它擦屁股啦！侯金泉气急败坏解释着，突然尖声喊叫起来，我明白啦！你先拿没有毛主席像的报纸诈我，又拿有毛主席像的报纸陷害我，王宪钢你是郑卫星的狗腿子……

崔万昌拨开人群走了上来说，老侯你别随便给人扣帽子，假使王宪钢拿着没有毛主席像的报纸诈了你，这也不等于他又拿着有毛主席像的报纸陷害你呀！

侯金泉继续破口大骂，老崔你不要假装好人，我知道你从一九五八年就

171

恨我！王宪钢是你徒弟，你俩穿一条裤子还嫌肥呢！

王宪钢急得掉了眼泪，上前追问于亢虎说，你手里这张有毛主席像的报纸是谁给你的？

是谁给的我？保密。是革命群众的检举揭发！于亢虎极其得意地说，哪里有坏人哪里就有革命群众的揭发检举。侯金泉的罪行搁前几年，一枪就毙啦！

我没把毛主席像压在屁股底下！我没把毛主席像压在屁股底下！侯金泉不停地辩解着，左突右撞好像孙悟空被闷在太上老君的炼丹炉里。

就连"小鬼儿"书记也认为侯金泉的挣扎无济于事，说，老侯谁让你把自己的报纸擦了屁股，人家保卫科现在手里握着证据呢。

于亢虎粗鲁地伸手戳着侯金泉的脑门说，你就是"右倾翻案风"的跳梁小丑，老老实实跟我走！

肯定还有人躲在暗处陷害我呢！你站出来让老子见识见识……身遭诬陷的侯金泉一路骂声不绝，被带到保卫科去了。

看热闹的工人们嘻嘻哈哈，认为玉皇大帝派人把泼猴儿带走当弼马温了。

"小鬼儿"书记啐了他们一口说，呸！你们以为这是儿戏？要是把侯金泉定为"右倾翻案风"反面典型，这次足够他喝一壶的！

人群海潮似的退去，一下露出郑卫星礁石般的身影。王宪钢拉住他的胳膊说，侯金泉睡的那张《人民日报》上根本没有毛主席像，这到底怎么回事儿呢？

郑卫星思索着说，我也觉得这事儿蹊跷，于亢虎手里那张有毛主席像的报纸从哪儿来的？真是见鬼啦！

崔万昌板着面孔大声说，王宪钢你不要多管闲事！这次侯金泉是上纲上线的大问题。

王宪钢再次领教了师傅的严厉脸色，仍然觉得事情离奇。郑卫星则认为有人跑到保卫科递交了那张有毛主席像的报纸。

我应当去保卫科给侯金泉做证，证明他那张报纸上没有毛主席像！王宪钢攥着拳头，好像跟一个无形的人物掰手腕。

崔万昌急了，高声催促王宪钢干活儿。郑卫星劝慰王宪钢说，你师傅从来不发脾气，你快去跟他干活儿吧。

王宪钢跟随崔万昌修理捣固机去了。郑卫星溜出机修车间撒腿向厂部跑去。

下午收工，王宪钢放下工具跟崔万昌打招呼，说去保卫科给侯金泉做证。

崔万昌张口劝阻几句，抬头看见侯金泉耷拉着脑袋走进机修车间大门，便不言语了。人们看到侯金泉没了炯炯目光也没了浑身煞气，好像一下老了十岁。

王宪钢内疚，不敢贸然上前。几个青年工人嬉皮笑脸凑过去，说，您老人家提前释放啦？

蒙受冤屈的侯金泉板着面孔不言声，抄起一把大扫帚清扫车间工作场地。崔万昌面有疑色凑过去问道，老侯，这是于亢虎罚你劳动改造吧？

侯金泉挥动扫帚，不说话。他突然咳嗽了几声，猛地吐出一口血水，啪的一声落地绽开一朵红花。

王宪钢想起父亲生前的吐血，惊了。跑上前去抢过扫帚说，马上去医院吧。侯金泉气咻咻夺回扫帚，抬手抹去嘴角血迹继续扫地。

侯金泉可能在保卫科挨了打，不要伤了内脏啊。王宪钢跑去给卢丽虹打电话。很快，这位铸造车间红医拎着急救箱来了。

侯金泉梗着脖子拒不接受治疗。卢丽虹尖声呵斥道，我有救死扶伤的责任，您有配合我救死扶伤的义务，坐下！

又臭又硬的老泼猴儿居然被小女子降伏，哼了一声坐在工作台前。

听了听心肺功能，看了看口腔和喉咙，翻开眼皮查了查，卢丽虹毫不犹豫地说，你自己跟自己较劲把支气管给呛破了！没事儿，你死不了。

侯金泉呼地站起，伸手抄起扫帚。卢丽虹一把拉住他说，您满口牙齿糟透了怎么不去治呀？合着这些年您暗中跟牙疼做斗争呢？

哼，疼急了我就骂，一骂就不疼。侯金泉狠狠地道出实情。

王宪钢气得笑了。您整天骂人是因为牙疼？这可不是正当理由。

安顿了侯金泉，王宪钢送走卢丽虹说了声谢谢。卢丽虹翻着白眼说，你不用跟我假客套。背着急救箱走了。

不知道什么时候，郑卫星悄悄出现了。他拉着王宪钢跑进小树林，满脸喜色说，我去保卫科给侯金泉做了证明，证明他睡的那张报纸没有毛主席像，我还在证明材料上按了手印儿，于亢虎只好放了侯金泉。

你去保卫科做了证？王宪钢惊讶极了说，我是报纸事件的当事人，应当我去保卫科给侯金泉做证啊。

你去我去都一样，反正把侯金泉保出来就是了。郑卫星继续搪塞道，于亢虎命令侯金泉劳动改造清扫车间，三天。

侯金泉平时那样骂你，你去保卫科做证心里不恨他啊？王宪钢还是无法理解郑卫星的思想动机，觉得对方挺怪异的。

崔万昌拨开树枝走进小树林，好似从天而降的老寿星。他满脸慈祥地问郑卫星，你跑到保卫科把侯金泉保出来他一定会感激你吧？

您这是什么意思崔师傅？郑卫星表情慌张起来，好像被人揪住了小辫子。

王宪钢向左看看崔万昌，朝右看看郑卫星，看不懂这盘深奥的象棋残局。

你今天挺身而出给侯金泉做了证，过几天出师技术考试他就不难为你了。崔万昌微笑着转向王宪钢说，你听明白了吧？郑卫星不愧演过刁德一。

您的意思是说我抢了头功，侯金泉会感激我的？略显尴尬的郑卫星辩解道，其实我没想这么多，只想尽快把侯金泉保出来。

崔列宁拍了拍王宪钢肩膀说，这次，是郑卫星让你下阳澄湖捕鱼捉蟹啦，他按市价收买。

崔师傅，您可不能这么说话啊！郑卫星不知如何辩解，只得转身跑出小树林。

机修车间大门外，"小鬼儿"书记招呼青年突击队加班，抢修锅炉房加煤机。郑卫星听了，想溜。王宪钢追过来说，你也参加抢修吧！省得侯金泉说你不是当工人的材料。

郑卫星被崔万昌的话语点中要害，不敢抬头与王宪钢对视。王宪钢继续撺掇着，郑卫星只得跟着去了。

子夜时分，加煤机正常运转了。"小鬼儿"书记当场宣布，参加抢修的九个青年工人表现出色，可以建议厂部在出师考试成绩上加分。

郑卫星乐得情不自禁跑去赞扬"小鬼儿"书记说，您把政治考验和技术考核有机结合起来，这是又红又专的道路。

书记并不买账说，你小子别给我戴高帽儿，不是王宪钢硬拉着，你他妈的才不参加抢修呢。

几天过去了，侯金泉结束清扫车间的惩罚，恢复正常生活。下了班，王宪钢悄悄在自行车棚里等候他。

侯师傅，我真没想到让您受这么大委屈，对不起……王宪钢主动道歉。

你是老实人怎么也学会了诈术呢？脾气暴躁的侯金泉并不怨恨这个小伙子，我看得清清楚楚，这些主意都是郑卫星教给你的。

不善言辞的王宪钢对此不置可否。这是他多年形成的习惯：一旦需要以损坏别人利益开脱自己，他往往选择沉默。

郑卫星跑去给我做了证，他的腿比你快多啦！侯金泉目光炯炯地说，一定有人偷偷把那张有毛主席像的报纸交到保卫科，于亢虎拿它当成我的证据，你知道这人是谁吗？

我不知道……王宪钢小心翼翼反问，您知道这人是谁吧？

这种人心机很深，你慢慢品吧。侯金泉咬牙切齿地说，幸亏现在宽松了，要是前几年非判我八年徒刑不可。

王宪钢清楚地看到这位七级大工匠既有黑色牙齿还有黑色鼻孔，然而并非深不可测。

175

十二　高温裂变

全市青年工人马列读书班驻地在警备区招待所。女生班住四号楼。读书班的负责人被称为陈主任，好像以前是市委党校副校长。

钱慧慧住在四号楼一〇七室，室友李伯琴是石油化工厂润滑油车间的"铁姑娘"。她的典型事迹是铺盖卷儿常年放在车间角落里，乏了歇一会儿，睁开眼睛继续工作，创下连续工作五百二十五天不离岗位的大干纪录。

革命形势大好，提拔青年干部形成全国潮流。因此青年工人马列读书班被称为"干部摇篮"。开班十几天，李伯琴便被任命为团市委青工部副部长，拎着提包上任去了。

钱慧慧思忖着，这位李大姐在工厂创造"大干纪录"铺盖卷儿常年放在车间，如今当了领导肯定常年住在办公室吧。她渐渐发现，读书班女学员几乎没有个人生活。大家习惯于一起学习、一起吃饭、一起洗澡、一起睡觉，甚至一起外出购买月经纸——好像一群人同时来了例假。这正是集体生活的乐趣吧。

李伯琴高升而去，钱慧慧独居了——她触景生情想起独自打理春来茶馆的阿庆嫂，心中生出几分孤寂。这种感觉令她难以完全融入青年工人马列读书班这个特殊群体，常常认为自己是局外人。

青年工人马列读书班每周学习六天，周日分成六个小组参加社会实践活动，深入工农商学兵。一个星期六下午，钱慧慧把自己关在房间里写"本周思想小结"。这种每周例行的思想小结，可以写阅读马列原著的心得，也可以写社会实践的体会，总之必须开门见山言之有物。

伏案构思，钱慧慧思绪飞回华北电机厂，想起王宪钢给她做的那双木板拖鞋。她想起木板拖鞋绝非儿女情长，而是由此想到工厂里广泛存在的生产物资浪费现象。王宪钢做木板拖鞋使用的都是工厂原材料吧？尽管是利用业

176

余时间。由此，钱慧慧还想起艾学习在工厂后墙开灶煮"三角牌"砂布的场面，一下有了思路。

她拟定《废品的辩证法》的文章标题，将一张深蓝色复写纸夹在两张稿纸之间，埋头奋笔疾书。

写稿子使用复写纸，这是向青年工人马列读书班班长张映茹学的经验。这位班长是电力局三八抢险班的"铁姑娘"，多次带电作业，声名大噪。成名后张映茹经常参加各种社会活动，积累了丰富经验。她告诉女学员们不论工作总结还是思想汇报，一定使用复写纸一式两份。一份上交组织，自己保存一份。多年之后不管出现什么情况，原始材料牢牢掌握在自己手里赢得主动。

女学员们大受启发，普遍采纳张映茹的建议。钱慧慧写的这篇《废品的辩证法》立意新颖，从国营企业广泛存在的浪费现象说起，以辩证法为武器深入分析工厂的废弃物资一旦被私人的眼睛发现则成为个人生财的"聚宝盆"现象，论述公与私的辩证关系，强调保持勤俭持家的主人翁精神的重要性。

一气呵成。学员钱慧慧将一式两份的稿子，一份自己保留，一份交给班长张映茹。粗手大脚的张映茹飞快地瞥了一眼文章题目，颇为满意地拍着她的肩膀。这个男性化的动作，令钱慧慧感到不舒服。

其实，青年工人马列读书班女学员们普遍存在男性化倾向。比如李伯琴的谈吐，各种场合一律响声大噪，赛过樊梨花；比如张映茹的神情，各种时候一概冷淡寡味，绝对政委形象；比如吴力英的衣着，各种季节都是邋邋遢遢，活像部队家属食堂的炊事员；比如白惠敏的歌喉，十有八九被人误认为男中音。还有红卫运输场模范司机霍春霞、毛纺二厂学哲学用哲学先进典型宋新梅、前进铸造厂女天车工戴秀芝……都属于浑身是胆雄赳赳的阳刚型女性，不亚于深山老林女扮男装的小常宝。

不由想到自己，演了近百场阿庆嫂竟然成为青年工人马列读书班里最具女人味道的学员，不禁哑然失笑。

班长张映茹又拍了拍钱慧慧的肩膀说，我昨天才知道你不是上岗青年干部，一定不要有消极情绪哟。

上岗青年干部？钱慧慧盲目地笑了笑径直去了食堂。在二楼饭厅她遇到戴秀芝。这位女天车工一顿饭四个馒头寻常，而且还说没吃饱。好在是包伙制，主食随便吃。戴秀芝没了后顾之忧有了用武之地，饭量屡创新高。读书班负责人陈主任对戴秀芝的饭量极其欣赏，说能吃能喝能干是工人阶级的革命本色。

钱慧慧一个馒头就饱了，慢慢喝汤等待戴秀芝。女天车工终于风卷残云吃完晚饭。钱慧慧压低声音问道，老戴我问你，什么是上岗青年干部？

噢，咱们这届读书班里有三分之二上岗青年干部，分期分批提拔到领导岗位上去。另外三分之一不属于提拔对象，哪里来的回哪里去。戴秀芝大大咧咧地说，我报到之前领导找我谈话说我属于三分之二，你也是吧？

报到之前没有领导找我谈话，我肯定属于那三分之一。钱慧慧弄明白"上岗青年干部"的概念，心里踏实了。一旦读书班结束，我回到华北电机厂继续做打字员，挺好的。

戴秀芝喝了一口热汤烫得满头大汗说，咱们这届女学员里数你模样标致，我听说你演过阿庆嫂？

是啊，我都快把自己唱成阿庆嫂了。钱慧慧自我解嘲说，人家阿庆嫂眼观六路，耳听八方，胆大心细，遇事不慌。我见了毛毛虫都害怕。

戴秀芝忧心忡忡地说，明天社会实践活动去东楼商场站柜台，要是商场食堂中午只发两个馒头不管饱，我可惨啦。

你放心，我饭量小匀你一个馒头。钱慧慧给戴秀芝吃了一颗定心丸。

晚间，独居寝室的钱慧慧躺在床上睡不着。是啊，阿庆嫂是《沙家浜》里的普通党员，无权无势无职位；我是华北电机厂的普通党员，也无权无势无职位。我跟阿庆嫂只有两点不同：一、她是地下党员，我是地上党员；二、她有丈夫阿庆，我连对象还没有呢。

一想到"对象"二字，她眼前便晃动着两个男人的身影，一个王宪钢，一个郑卫星。一女二男一台戏，这好像另外一场《智斗》。

于是心情复杂起来。她认为王宪钢是不爱她的——自从感情受挫便得出这个结论。尽管有郑卫星的追求，她依然认为自己属于不讨人喜欢的姑娘。

第二天是周日。一大早参加社会实践活动的六个小组乘车前往目的地。钱慧慧身着灰布褂子蓝布裤子，脚踏黑色平绒偏带布鞋，跟随戴秀芝和另外两位学员等候上车。这时警卫室值班员大声喊叫：钱慧慧有人找你！

自从进驻青年工人马列读书班，郑卫星来过两次。她都是站在院子里接待他，以避免嫌疑。那两次郑卫星只说了几句蜂蜜味道的话，没有附加动作。即使这样还是引起女学员们热议。钱慧慧矢口否认是男朋友，说只是工厂同事。张映茹拍着她的肩膀说，不是男朋友就好，我们要响应国家号召提倡晚婚晚育。

戴秀芝私下告诉钱慧慧女学员们给郑卫星打了高分，很帅。听了这话一

178

个念头在钱慧慧脑海闪过——假若王宪钢来了女学员们能打高分吗？

因此，钱慧慧听到警卫室值班员喊叫"钱慧慧有人找你"，她心里希望来访者是王宪钢。拐过楼角钱慧慧失望了。来的原来是庞汇强。他骑着一辆双燕牌自行车，随手摘下草帽嘿嘿笑着说，我去华北电机厂找你传达室说你来这里学习，要一年呢！

你找我有事情吗？钱慧慧看见庞汇强穿了崭新的黑色皮鞋，裤角露出白色尼龙袜子，反差强烈。

庞汇强仍旧笑着说，我找你必须有事情啊？我在村里搞副业今天出来联系业务，特意跑来看望你的。

钱慧慧心里笑道，怪不得穿了黑皮鞋白尼龙袜子，敢情当了村办工厂业务员。

这是我们电镀厂给人家加工的，送你几个样品吧！庞汇强从自行车帆布兜里掏出一摞镀得雪亮的小铁碗儿塞到她手里说，我还有重要的事情托付你……

班长张映茹站在远处叫着说，小钱！我们准备上车啦。庞汇强立即压低声音说，我有一千块钱搁哪儿都不放心，更不愿意存进银行露了富，我想交给你保存！除了你我不相信任何人，行吗？

你趁一千块钱？钱慧慧认为这对一个插队落户知青来说，仿佛一座金山了。

这钱我藏在房东炕洞里，弄得我睡不着觉。庞汇强推着自行车走近钱慧慧说，你要是答应过几天我就把钱送来，反正我就相信你一个人！

只是一瞬间，钱慧慧觉得庞汇强挺可怜的——一个大小伙子被一千块钱弄得不相信任何人，居然把所有信任都压在我身上。这样想着，她向庞汇强点了点头，等于接受了对方莫名其妙的信任。

庞汇强突然表情严肃地说，你就不怕它是赃款啊。钱慧慧镇定自若表示，是赃款上交公安局就是了。

我没看错你的人品！庞汇强激动了。钱慧慧转身跑向大轿车。

班长张映茹走过来审视着庞汇强问道，你是哪个单位的？来找钱慧慧啊？

我是农村插队落户知识青年，钱慧慧的同学。庞汇强挽起袖口一派贫下中农不信邪的表情说，你是什么人啊审问我？

张映茹无意间看到对方手臂上文着一个深蓝色的"慧"字，随即压低嗓音问道：你想跟钱慧慧搞对象，是吧？

你说得没错！庞汇强无所畏惧地说，我怎么看你特像电影里刺杀列宁的女特务呢。

这句话气得张映茹白了脸。她多年跟高压电流打交道自我控制能力很强，不言不语上车去了。

庞汇强推起自行车追着大轿车喊道，钱慧慧，我祝你学习进步！

钱慧慧羞得无处藏身，顺势把一摞小铁碗儿递给坐在旁边的戴秀芝。戴秀芝打量着车窗外的庞汇强说，这小伙子形象普通，我们给他打不了高分！

一路不言不语，女学员们普遍认为钱慧慧多了一位男朋友。大轿车驶到东楼商场。班长张映茹大声强调：我们是来参加社会实践活动的不是来谈情说爱的，绝对不允许任何有损读书班声誉的行为发生。

钱慧慧知道张映茹话锋指向自己，低头快步下了车。她心里抱怨庞汇强给自己带来不良名声。转念想起这家伙对自己莫名其妙的信任，就消了几分怨气。

东楼商场按照小组分配去向。戴秀芝到食品柜台，钱慧慧在手表柜台，另外两位学员分别去了文具柜台和棉布柜台。

手表柜台有两个女售货员，一个长脸的一个圆脸的。圆脸售货员见了钱慧慧就叫阿庆嫂，一下把她拽回了当年的春来茶馆。她知道这是遇到当年七十四中校友，主动跟对方拉了拉手。

圆脸售货员夸她越来越漂亮，询问郭建光扮演者的下落，说，王宪钢是那时候女生们普遍暗恋的对象。钱慧慧介绍说，王宪钢是华北电机厂机修车间钳工，一门心思学习技术。

新四军指导员只混个机修钳工啊！你演阿庆嫂倒是演出了前途，这次你属于提拔干部的苗子吧？圆脸售货员羡慕地问道。

一个顾客拿着"手表购买证"说买东风牌手表。钱慧慧听着耳熟扭头看见朱则良。又胖又矬的朱则良惊讶地问她怎么跑到商场当售货员了。

钱慧慧解释说这是参加社会实践活动站柜台，然后问朱则良从哪里搞到"手表购买证"。

这是杨葵花给我的。朱则良神情专注地挑选着柜台里的东风牌手表。

杨葵花？离开华北电机厂小半年了，居然感觉遥远。朱则良补充说，杨葵花是我师傅。

钱慧慧知道外号"科长杀手"的杨葵花只是普通电工，她能搞到"手表购买证"真不容易。朱则良小声说，这张"手表购买证"是史文竹送给杨葵花的。

史文竹送的？钱慧慧越发感到意外，认为杨葵花与史文竹属于完全不同的宇宙星系。

趁着圆脸售货员埋头填写单据，朱则良低声讲述了这张"手表购买证"的由来。

华北电机厂党委副书记史文竹家里添置了一台落地式电唱机，据说是她当外交官的表姐从国外带回来的。这种洋玩意儿电路插头很多，家里必须重新布线。厂里把杨葵花派去了。女电工杨葵花走进史家干净利落完成任务。史文竹很满意，特意留杨葵花吃了晚饭，送了这张"手表购买证"。

朱则良感动地说，我师傅把这张"手表购买证"给了我。你别看我师傅至今单身没对象，说话爽快办事开通，谁家有红白喜事都主动随份子，对我也挺爱护的。你知道这张"手表购买证"在黑市上卖多高价吗？一张要十五块钱呢！我从小自卑，在学校受人挖苦，进工厂受人欺负，所以谁要是对我好，我心里感激不尽！我师傅对我这么好我不知怎样报答……

钱慧慧感受到朱则良的真心实意，说，你当一个好工人就是对你师傅的最好报答。朱则良露出少有的微笑说，我师傅告诉我那天吃晚饭史文竹向她打听那几位科长的事情，问得挺详细的。

你师傅连这种事情都跟你讲啊？钱慧慧惊异地望着朱则良，觉出几分蹊跷。

嘿嘿。朱则良去收银台交了款，举着发货票回来从圆脸售货员手里接过东风牌手表立即戴在左手腕上说，我师傅要是看见我戴了手表，一定高兴呢。

圆脸售货员凑趣说，是啊，看见徒弟戴了手表师傅当然高兴。

朱则良被这只东风牌手表弄得兴高采烈，说了声再见美滋滋走了。

圆脸售货员望着胡传魁扮演者的背影揣摩说，舍得送给"手表购买证"？我看这是女师傅想跟男徒弟搞对象！

女师傅比男徒弟大五岁呢！钱慧慧望着语出惊人的圆脸售货员，心里寻思道，杨葵花外号"科长杀手"，朱则良再自卑也不会穿新鞋踩烂泥啊。

心里这样想着，钱慧慧释然。这时候朱则良跑回来站在柜台前说，我忘了告诉你，郑卫星从厂部贬回到机修车间啦！

什么？钱慧慧吃惊了。前些天他还跑来看我，怎么只字没提这码事呢？

钱慧慧乱了心思。中午东楼商场食堂开饭，她将两个馒头统统塞给戴秀芝，忧心忡忡说不饿。

你这是怎么啦？戴秀芝收下馒头诚恳地说，你唱了阿庆嫂应当胆大心细遇事不慌，否则也不敢在鬼子面前耍花腔呀！

戴秀芝同情不吃不喝的钱慧慧，大口嚼着这两个计划外的馒头。

吃过午饭，继续站柜台。又来了几个拿着购买证买手表的。有上海牌的，也有东风牌的。钱慧慧情绪不振，暗暗审视自己。我怎么搁不下郑卫星这件事情呢？他又不是我的男朋友。

终于挨到下班时间。班长张映茹前来招呼参加社会实践活动的学员们到外面集合。钱慧慧精神恍惚登上大轿车，与戴秀芝并排而坐。

戴秀芝小声问道，我听说你站柜台跟男顾客聊天，一谈就是十几分钟？

钱慧慧苦笑了。看来读书班的姑娘们对男女问题极其敏感。她们可能将一根火柴棍儿说成电线杆子，也可能将一只小虾米说成恐龙，更可能将一只鸡蛋说成人造卫星。这样的"铁姑娘"一旦遇到死缠烂打的追求者，反而容易变成"豆腐姑娘"，全身软了。

大轿车驶进警备区招待所，张映茹通知全体学员直接去吃晚饭。下了车走进食堂，钱慧慧看到小黑板上写着"钱慧慧挂号信"便径直跑到后勤窗口报出自己的名字。

你就是钱慧慧？管理信件的老大姐抬头打量她，嘴角挂着一丝莫名的笑痕。

一封轻飘飘的挂号信从窗口递出来，好像一片褐色大鸟的羽毛。她接在手里看到信封右下角写着寄信人的名字：王宪钢。

心儿咚咚跳着。她故作镇定走向食堂角落，恨不得立即拆开就读。几年了，她终于破天荒收到王宪钢的来信。

牛皮纸信封很结实，没有剪刀只能用指甲撕开，很费劲。她心里说王宪钢你怎么不用铁皮焊一只信封呢？笨！

打开这只坚不可摧的牛皮纸信封，只有一页薄薄的信纸，上面简单地写着几句话：

"小钱：你好。前几天郑卫星从宣传科回到机修车间，继续当工人跟侯金泉干活儿。我很内疚。我给你写信就是要说明这个情况，他被贬回车间完全是由于我的原因。他是一个好人，你和我们都要好好对待他。"

哦……钱慧慧长长呼出一口气。这封来信尽管语焉不详还是印证了朱则良的消息，而且说出郑卫星被贬回车间是因为王宪钢。

她没吃晚饭却毫无饥饿感，返回寝室独自坐在床前，又读了一遍王宪钢的来信，心情沉甸甸的。

王宪钢真是新四军指导员啊，一封信里半句问候我的话都没有，我没有成为百分之一百的阿庆嫂，你倒成了百分之二百的郭建光。

听到有人叩门。她本能地应了一声。张映茹端着水饺走进门来毫无表情地问道，我听说你没吃晚饭啊？怪事儿。

钱慧慧接过盘子，趁机向班长请假说明天有事外出。张映茹说明天上午请来毛纺厂林昌茂同志讲哲学，任何人不许请假。

钱慧慧捧着这盘水饺，越发没了胃口。张映茹没话找话说，我跟你们华北电机厂党委副书记史文竹是上届党校同学，她还好吧？

还好吧。我跟领导同志接触不多……钱慧慧被动应答着。

显然无话可说。张映茹扭身走了，留下一盘子水饺和满屋子严肃空气。钱慧慧开窗通风，无意间看见假山后面闪出戴秀芝的身影。

喂！她朝着戴秀芝招了招手。这位女天车工跑了过来，满脸堆笑站在窗前。

这么晚了你不睡觉到处溜达什么？隔着窗户钱慧慧好奇地问道。

张映茹让我写参加社会实践活动心得体会，明天下午开会宣讲。我写不出来！一着急喝了一肚子白开水，上了两趟厕所就饿啦！只好出来溜达……戴秀芝光明磊落地说着，并不掩饰自己超强的消化能力。

钱慧慧转身端出张映茹送来的一盘水饺说，我这儿有吃的，你要是不嫌弃的话就拿去吧。

戴秀芝乐得直蹦，隔着窗户伸手捏起一只饺子扔进嘴里咀嚼着说，我就知道你屋里有吃的东西！

一盘满满当当的水饺被戴秀芝一只只捏着扔进嘴里，一会儿就成了空盘子。她不好意思地冲钱慧慧说，人要是饿着肚子啥事都干不成。我们前进铸造厂有个张大驴，你知道他一顿饭能吃多少猪肉包子吗？二斤六两！

钱慧慧随口举出《沙家浜》的例子说，我们新四军伤病员躲在芦苇荡里一天水米不沾牙！

你们在芦苇荡里是唱戏不是真饿肚子。说着，戴秀芝舒心地走了。

寝室按时熄灯。失眠的钱慧慧翻来覆去静不下心来，只得起身披衣走出房间，望见楼道尽头有人伫立，那是灯下苦读马列著作的张映茹。

张映茹合上《国家与革命》一书，面露疑色问道，熄灯了你还不睡觉啊？

她告诉班长失眠。张映茹打量着她说，失眠是知识分子臭老九的常见病，你不要心思太重。今天参加社会实践活动，我发现你情绪波动很大。

我在手表柜台听到意外消息，所以我明天想请假回厂一趟……钱慧慧再次提出请假要求。

你是办私事吧？张映茹目光冷峻地说：厂里推荐你参加读书班，你就应当消除私心杂念钻研马列原理，否则回厂怎么交代呢？虽然你不是上岗青年干部，但是应当以上岗青年干部的标准严格要求自己啊。

张映茹放下《国家与革命》，拿起《反杜林论》说，我看见跑来找你的那个庞什么强手臂上文着"慧"字，哼，只有旧社会地痞流氓才在身上刺青呢！

庞汇强在胳膊上刺字是他的事情！钱慧慧反驳道，我没有办法制止他啊。

你有抵触情绪。张映茹毫不通融地说，你不要产生破罐子破摔的错误思想。

钱慧慧转身走回寝室，内心极其憋闷。迷迷糊糊睡着做了一个梦。第二天醒来回忆梦境，那是大水里游来一只鳄鱼，她站在岸边搭弓射出一箭，也不知射中没有。

起了床，她想起庞汇强。一千元钱不是小数目，这家伙居然这样信任我。洗漱完毕去食堂，猛然感觉这是陌生地方。先是遇见呼噜呼噜喝着稀饭的戴秀芝，之后碰到神色凝重的张映茹，一个个女学员走过，满脸都是莫名其妙的表情。

戴秀芝大大咧咧地说，你男朋友送你的小铁碗儿我用了，质量不错呢！

钱慧慧懒得辩解，吃了早点随同人流来到小礼堂坐在后排听林昌茂的"学哲学用哲学"报告。这位苦大仇深的老工人登上讲台念了一首诗。钱慧慧认为就是工厂流行的"顺口溜"。

"我不会作诗，唱歌也不懂曲，所以我学哲学，钻研马列真理！"

会场响起一阵热烈掌声。张映茹霍地站起朝台上挥着手说，林昌茂同志，我也即兴创作了一首诗，表达我们全体学员的激动心情！

"今天请来林昌茂，一传经来二送宝，钻研马列学毛著，革命青年志气高！"

又响起一阵掌声。台上的林昌茂指着台下的张映茹说，哲学里有现象与本质这样一对范畴。我听到会场里响起掌声是现象，那么本质是什么？本质是我市青年工人钻研马列哲学的极大热情！

早饭吃得很饱的戴秀芝起身举手大声说，林昌茂同志！你不会作诗也不

184

懂曲就去钻研马列真理，这种说法不准确！你应当说是革命斗争需要你去钻研马列真理。

坐在台上的工人哲学家林昌茂怔了，多年演讲经验使他马上随机应变鼓掌说，这位女同志说得对！我们大家都是由于革命斗争需要钻研马列真理的！我要向你学习，我要向你致敬！

钱慧慧走神了，这阵热烈掌声没有将她唤回会场。她眨着大眼睛望着台上做报告的工人哲学家，脑海一片空白。

终于散会了。人流涌向中午的食堂。钱慧慧信步走出警备区招待所大门，拐弯儿上了大街。她身穿白色线衣黑色裤子站在公共汽车站牌前面看到47路终点站是华北电机厂，就上了车。

这件白色线衣是她凑齐十二双白线劳保手套，一只只拆成线织就的。工人们买不起毛衣，春秋两季就穿线衣。用工厂里发放的劳保手套织成线衣线裤，这是工人阶级的智慧结晶。

驶过花园街，透过车窗钱慧慧意外地看见妈妈的身影。这位小学女教师身穿黑色薄呢马甲、蓝色毛料裤子，与一个男子并肩走着。男子身材高大足有一米九，横过马路时伸手轻轻拢着妈妈的肩膀。

唉……钱慧慧轻轻叹气，无奈地望着这对中年男女的背影。自从妈妈蒙受情感打击挣脱道德枷锁成了自由女人，不知道在景达明之后又结交了多少男人。

思绪纷繁，仿佛怀里揣着一团梳理不清的乱麻。到达47路终点站她浑然不知。女售票员扯开嗓子喊道，喂喂那女的你打算住店啊？

钱慧慧一激灵，慌忙起身下了车，这情形好像一个逃难路上的大姑娘。她站稳了，掐了掐太阳穴，清醒了。远远望见华北电机厂大门，她突然想哭。离开这里三个多月，如隔三秋。这时候她切切实实体会到一种归属感，读书班只是人生中途的小旅店，工厂才是永远的家。

走进工厂大门遇到已经升任党委办公室主任的景达明。他停住脚步神色狐疑地问道，你今天怎么回厂啦？

面对景达明的询问，钱慧慧敷衍说，今天读书班放假。便径直奔向机修车间。景达明趁机紧追几步说，小钱啊小钱，你一定牢记对我的承诺。

看到景达明依然生活在疑神疑鬼的阴影里，想起妈妈跟另一个男人遛马路，钱慧慧觉得他委实可怜，就点头表示坚守承诺，快步走了。

厂道上，一个女工屁股后面挂着牛皮工具包儿在前面。钱慧慧快步赶上，果然是女电工杨葵花。想起东楼商场的圆脸售货员怀疑人家"师徒恋"，钱慧慧就主动搭话，夸赞杨葵花把"手表购买证"给了徒弟。

史文竹给的"手表购买证"我不要白不要！杨葵花无所顾忌地说，铁打的工厂，流水的官儿，史文竹又高升了吧？

史文竹升到哪儿去啦？钱慧慧惊诧地问道。女电工当然不熟悉官场，杨葵花眯起眼睛说，好像当了什么"大炼铁工程"的副总指挥。

哦？这时钱慧慧蓦然发现杨葵花有着一双明媚的眼睛。这与读书班女学员们相比，无疑是一双令人难忘的女人眼睛。

告别杨葵花，钱慧慧带着有关史文竹的最新消息走进机修车间大门。过午的阳光透过车间天窗投映在地上，斑斑驳驳使人想起童年老电影。譬如《红孩子》和《英雄小八路》。走进车间深处钱慧慧看见身穿崭新工作服的郑卫星蹲在地上拆卸一台液压泵，那背影显得笨拙不堪。

一股怜爱之情涌上心头，钱慧慧走到近前叫了一声"大郑"——这是当年七十四中文艺宣传队里的称呼。

郑卫星猛然回头看见从天而降的钱慧慧，惊愕地站起身来。

你出了什么事情？钱慧慧小声问道，怎么从厂部回到车间啦？

一言难尽吧。明显消瘦的郑卫星起身搓着满手油污说，我既然回到车间就安心工作，你不要为我担心。

王宪钢写信告诉我说你是为了他犯了错误，钱慧慧再次询问郑卫星究竟出了什么事情。

身穿破旧工作服的王宪钢大跨步赶过来说，小钱收到我的信啦？郑卫星是好样的，这件事情三句五句也说不清楚的……

他不讲，你也不说，这是订立了攻守同盟吧？钱慧慧问不出子丑寅卯，想起机修车间党支部书记，便噔噔跑去找"小鬼儿"了。

走进李小轨办公室钱慧慧当头就问郑卫星的事情。"小鬼儿"书记心里寻思，以前听说阿庆嫂要跟郭建光搞对象，钱慧慧怎么又关心刁德一了呢？

好吧，既然你专程跑来了解情况，我就讲一讲吧。"小鬼儿"书记点燃香烟狠狠吸着说，郑卫星借调宣传科就要转为厂部干部了。那天半夜他居然偷偷钻进档案室，被景达明逮个正着。郑卫星正在翻看档案，满嘴酒气。我估计是喝醉了。人家景达明不依不饶啊！捅到党委书记章泽那里，这就成了重大问题。

李书记喝口茶水继续说道，嘿！可巧从美国给郑卫星寄来一封信，这又

186

有了海外关系！于亢虎认为郑卫星向海外反动势力出卖国家工业情报。

什么！钱慧慧惊呆了。这等于是里通外国啊？

嘿嘿，你还记得那两位华侨女青年吗？一个叫林什么芳，一个叫曾什么珍。前年郑卫星陪着她们参观学习。那封海外来信是林什么芳写来的，告诉郑卫星她从爱德蒙顿移居西雅图了。于亢虎向章泽书记报告说爱德蒙顿和西雅图是特务接头暗语。

爱德蒙顿和西雅图好像是两个城市的名字吧？粗通世界地理知识的钱慧慧小声说。

对！郑卫星也是这样跟于亢虎解释的。结果他妈的越描越黑！

爱德蒙顿和西雅图是不是特务接头暗语，请公安局鉴定就是了。钱慧慧松弛下来。

可是偷看职工档案这事儿推脱不掉吧？我就纳闷了那又不是淫秽小说《金瓶梅》，郑卫星半夜偷看它干吗？这就叫自毁前程！

钱慧慧离开车间书记办公室找到郑卫星追问偷看职工档案的原因。郑卫星支支吾吾，一转眼就溜了。

只好去找王宪钢。崔万昌说他徒弟洗澡去了。钱慧慧索性站在机修车间门口耐心等候着。身穿白大褂的红医卢丽虹来了，她左手拿着一只西红柿，右手也拿着一只西红柿，看见钱慧慧远远叫唤起来。

哎哟！读书班结束啦？三个月没见你怎么瘦了一圈儿？你是来找郑卫星吧？卢丽虹连珠炮似的发问说，我瞅见郑卫星骑着自行车走啦！

钱慧慧强作笑颜说，在等王宪钢。卢丽虹随即进入一级战备状态问钱慧慧找王宪钢有什么事情。钱慧慧看出对方已将王宪钢视为己有，便明言找王宪钢了解郑卫星的事情。

卢丽虹转为轻松表情说，我知道你心里惦记郑卫星，这样你俩越走越近。

钱慧慧觉得卢丽虹过于追切，恨不得当场让自己跟郑卫星举行婚礼。那样她就彻底踏实了。女人的心眼儿，有时候小得赛过针鼻儿。

王宪钢穿着木板拖鞋呱嗒呱嗒洗澡回来，远远叫了声小钱。卢丽虹抢上前去塞给他一只西红柿说，我安排你跟钱慧慧谈话，去篮球场吧。

卢丽虹俨然女主人指定时间地点，越俎代庖成为这场谈话的操办者。钱慧慧哭笑不得只好来到篮球场上。

下班的篮球场空旷而静谧。王宪钢与钱慧慧站在东侧篮板下面，开始谈话。卢丽虹站到西侧篮板下面，独自啃着另外一只西红柿。

天色暗了。篮球场形成这样的场面：东端站着一男一女，谈话；西端站着一个女观察员，盯着。一场之隔，这位女观察员双手拢成喇叭状小声喊道，你们谈吧！我不会打扰你们的……

钱慧慧感慨不已。卢丽虹追求王宪钢，分明做到二十四小时不离岗，形成铁壁合围之势。就这样在卢丽虹的远程监视下，钱慧慧请求王宪钢讲出实情。

我内心有个疙瘩，解不开挺苦闷的。平时跟女同志接触也有自卑心理……王宪钢轻轻叹气道。

钱慧慧以为对方要表达心曲，望着远程监控的卢丽虹低声说，王宪钢你不要跑题我只想了解郑卫星的情况。

是的，这次郑卫星倒霉是由我引起的，王宪钢苦笑着解释说，所以我先向你介绍我的心理状况。你记得八一五饭庄聚餐吧，我喝醉酒心里难受就托付郑卫星帮我解开心里的疙瘩……

解开你心里的疙瘩？钱慧慧忍不住表态说，你说出来大家都可以帮助你的。

我不能说出来。那天我是酒后吐真言。郑卫星知道咱们的档案都存在宣传科隔壁，就承诺找机会帮我解开这个疙瘩。

钱慧慧不禁咬了咬嘴唇，好像在听王宪钢讲述惊险故事。王宪钢略作停顿，无奈地摇了摇头说，那天晚上郑卫星独自值班，他喝了啤酒翻窗跳进隔壁档案室用铁条捅开档案柜翻找到我的档案。他说没来得及细看就被景达明发现了。

原来是这样！钱慧慧不禁问道，不是郑卫星独自值班吗，怎么景达明来啦？

景达明这几年就跟神经病似的。走路瞻前顾后，说话左瞅右瞧，整天疑心重重。那天不知为什么他杀了个回马枪，可巧撞见郑卫星翻窗进了档案室。

郑卫星好不容易借调宣传科，很快就要转为干部，他为了我被贬回机修车间，我这辈子对不起他！他是我真正的朋友！

听了王宪钢的讲述，郑卫星的形象蓦然高大起来，令钱慧慧感动不已。她想到王宪钢的内心苦闷立即问道，你想从自己档案里解开什么思想疙瘩？

卢丽虹跑过来，以三步上篮的姿态介入这场谈话说，天黑透了宪钢你饿了吧？

望着全场盯人的卢丽虹，钱慧慧只得中止谈话，知趣地道了再见，走向工厂大门。传达室已经亮了灯。景达明守在这里看到钱慧慧来了，就张开两只胳膊拦着她，好像饲养员逮小母鸡。

鸡场饲养员神色紧张地问道，小钱啊我打电话问了，你们读书班没有放假，你擅自跑回来啦？

华北电机厂六千多名职工只有钱慧慧知道景达明疑神疑鬼的原因。她对症下药反问道，您是猜测我回厂跟你的事情有关吧？

景达明越发紧张地抹去额头汗水说，小钱，你可不能说话不算话啊！

您就别折腾自己了好不好？您应当明白这个道理，我不为您的利益考虑也要为我妈妈的名誉着想吧？请您不要疑心生暗鬼啦。

疑心生暗鬼，这是《沙家浜》的台词，钱慧慧情不自禁又成了阿庆嫂。

不怕一万就怕万一啊！景达明喘着粗气说，比如郑卫星偷看职工档案没设防，就被我抓了现行！

听到对方提起此事钱慧慧趁机问道，您说郑卫星为什么偷看职工档案呢？

景达明咂了咂嘴巴说，郑卫星反侦察能力很强。于亢虎审了三次，他光承认出于好奇心理拒不交代作案动机。史文竹调到"大炼铁工程"指挥部，厂里没人保护他了，加上海外来信，章泽书记拍板让他回机修车间了。

听了这番话，一股怜惜情绪笼罩钱慧慧心头。她急于安慰身陷逆境的郑卫星，匆匆走出华北电机厂去赶公交车。

郑卫星家住二层红砖楼房里。钱慧慧小女生似的喊了两声，随即郑卫星跑下楼来。

钱慧慧内心充满同情地注视着郑卫星。咱们出去走走吧。她温和地建议道。

走上河堤，野性的风迎面扑来。小伙子脱下蓝色上衣递给姑娘。她没有推辞披在身上。这件男式外套使她感到温暖，由体肤渐渐入心。

沿着河堤行走钱慧慧说，你为了王宪钢翻看职工档案，很义气。你被贬回机修车间大家不会瞧不起你，你不要萎靡不振的。

你放心吧我不会消沉的。郑卫星故作轻松地说，王宪钢总觉得对不起我，说这辈子无法还报。他何必这样呢？朋友间就应当互相担待，不要计较得失。

此时郑卫星不怨不悔不嗔不恨的表现，令钱慧慧心生敬佩之情。

郑卫星悄悄去牵钱慧慧的手。她立即想起当初母亲跟景达明手拉手遛马路被巡逻民兵盘查的遭遇，本能地躲闪着。母亲的行为在女儿心头投下阴影，久久挥之不去。

站在一株柳树光影里郑卫星感叹起来。你去读书班肯定会得到提拔，我却回到机修车间当工人，今后咱俩差距越来越大……

这次你为别人犯错误使我更加了解你了。钱慧慧挥了挥手说，你不要背上思想包袱，其实当一辈子工人也是光荣的，没人会嫌弃你的。

慧慧！郑卫星拉住她的手紧紧握着。这么多年了他梦寐以求得到钱慧慧的感情，此时更加渴望得到她的接纳。他目光转而投向河面迫切地问道：你也不会嫌弃我吧？

我为什么要嫌弃你呢？晚风里，钱慧慧安慰着他。郑卫星转身揽住她的腰肢将她搂在怀里——包括那件男式外套。他嘴唇颤抖连声说着，谢谢你不嫌弃我。

高高的河堤上，钱慧慧任凭郑卫星愈搂愈紧。她吃惊地感到他胳膊肌肉如此坚硬，自己好像被一尊石雕搂在怀里。

许久许久，俩人紧紧拥抱着。河堤上风儿点燃了青春激情烫热了遍地月光。她听到他的喘息穿透夜色直叩她的肺腑。他则从她的头发丝里嗅到一股难以阻挡的炽情，不断给他沸腾的热血加温。就这样，钱慧慧一步迈出母亲投下的阴影，站在如银月光里了。

一辆自行车丁丁零零驶过来。郑卫星从梦中醒来，猛然松开钱慧慧柔软的腰身。忘情的钱慧慧炽热不减地贴在他胸前，喃喃着，我们什么都不怕，我们什么都不怕……

郑卫星颇为警觉地注视着夜色里远去的自行车，渐渐冷静下来。自从他越窗翻看职工档案被景达明现场抓获，越发成为外表平静内心机警的男人。

他轻轻抚摸着她的头发。当年演唱《沙家浜》阿庆嫂是盘式发型，一派少妇风采。此时钱慧慧的齐耳短发散发着青春魅力。

钱慧慧抬头注视着他说，以前，我不知道爱你还是不爱你。今天听说你为王宪钢两肋插刀的故事，突然感觉到你在我心里有了位置……

郑卫星再次将她搂在怀里吻着这个发育成熟的姑娘。她被他坚硬的肌肉挤压着浑身酥软，完全融化在他的怀里。

她主动回吻了他，嘴唇越吻越凉。他总在提防着周边世界出现险情，吻得并不投入。她忘情地追问着，你爱我不爱我……

他连连应答说出一连串"爱"字——好像用爱字制作一圈珍珠项链挂在她的脖子上，熠熠闪光。

夜风儿吹拂。钱慧慧依偎在郑卫星怀里——这个从来没有阿庆的阿庆嫂尽情享受着月光下爱的滋润。

不知为什么郑卫星恶作剧地说，我做梦都不敢想刁德一跟阿庆嫂恋爱了。

钱慧慧羞涩地说，我看《沙家浜》成了咱们永远躲避不开的地方，一说话就爱拿它打比方。

沙家浜是小地方，咱们必须走到大地方去。郑卫星意味深长地说。

好吧。钱慧慧与郑卫星向灯火通明的地方走去，那里是这座城市的火车站。

我听说史文竹高升去了"大炼铁工程"，你和她来往很多吧？钱慧慧问道。

郑卫星拢着她肩膀答道，我知道你会谈到史文竹的。她确实对我帮助很大。我认为她天生就是当领导干部的材料，对任何人都不轻易动感情的……

我恰恰跟史文竹相反，我天生就不是当领导干部的材料。这次让我参加读书班是赶鸭子上架，逼猫凫水，强迫羊上树。

你别过早给自己下结论。古诗说天生我材必有用。只要组织提拔就不要推辞。

钱慧慧不以为然地说，我知道你接近史文竹是为了当干部，这也属于上进心嘛。听说那封海外来信也影响了你的前途？审查了郑卫星与史文竹的关系，她又将目标转向爱国华侨女青年林仪芳。

郑卫星摊开双手做出无可奈何的样子。前年我全程陪同她们参观工厂，崔万昌研究的 $1=7$ 引起林仪芳很大兴趣。她从加拿大移居美国给我写信，向我了解崔万昌的研究课题是否符合科学原理。于亢虎抓住这几句话给我扣了泄露国家工业机密的大帽子！章泽书记一拍板贬我回机修车间了。

钱慧慧嗔怪说，以后别跟林仪芳联系了，这海外关系可不是闹着玩的。

前面火车站传来汽笛声，钱慧慧拉着郑卫星的手说，小时候我以为四个轱辘最厉害，特别自豪。后来看见火车轱辘数都数不清，给吓哭了。郑卫星并不知道钱慧慧心底的"火车情结"，跟随她走进火车站候车厅。

钱慧慧说，你陪我去看火车吧，今天我想彻底解脱出来。郑卫星遵命转身跑去买了两张站台票，一起挤进检票口。

走上月台，钱慧慧顿时变成面临重大考试的小女生，神色紧张。广播喇叭说来自邯郸的二百三十二次客车进站。果然列车轰隆隆开来，缓缓停下。

一只只火车轮子吸引着钱慧慧，她仿佛看到犯了重婚罪的父亲拉着两只轱辘的垃圾车行走在泥泞道路上……她脸色苍白呼吸急促，紧紧抓住郑卫星的胳膊说，这么多轱辘啊我不害怕了。

客车进站停稳，吐出一行行旅客。月台上热闹起来。郑卫星看到身披军式绿大衣的史文竹蹀出车厢，一个秘书模样的小伙子拎着提包跟在身后。颇具领导干部风度的史文竹抬头看到表情惊讶的郑卫星。

哎哟你是来接我的吗？你怎么会知道我乘坐这趟火车呀？史文竹看了看手表说。

郑卫星不知所措侧脸看着钱慧慧。举止干练的史文竹发现钱慧慧在场，下意识地收敛了笑容。

我从"大炼铁工程"赶回来参加全市紧急会议。小钱你更漂亮了。我听说你参加青年工人马列读书班进步很大！

钱慧慧知道史文竹担任"大炼铁工程"副总指挥是大干部了。她脑海倏地闪过一个念头——我要抓住这个机会为郑卫星申辩。大干部是能够拯救小工人的。

郑卫星从厂部回机修车间了。钱慧慧舍去脸面说道，这样处理是不妥当的！等于一棍子把人打死。

史文竹显然看出钱慧慧与郑卫星的特殊关系，无声地笑了，你说这样处理是不妥当的，要是你当领导怎样安排郑卫星呢？

你问得好！钱慧慧内心重新燃起阿庆嫂火焰，一连串话语泼向史文竹，当初你指派郑卫星陪同林仪芳、曾美珍参观工厂，现在他落得泄露工业机密的罪名，你身为领导不能坐视不管吧？

好！史文竹转向郑卫星说，你交了这样的女朋友很有眼力。你看你看，她为你辩理都跟我翻脸啦。

一句话说得钱慧慧难为情了。郑卫星自我解释说，钱慧慧担心我从此消沉，我不会跌倒爬不起来的。

史文竹板起面孔问郑卫星，你半夜翻窗偷看职工档案，为什么？

这涉及别人隐私，我不能回答。郑卫星好像几经拷打死不招供的革命志士。

好啦，我要参加紧急会议呢。史文竹示意身边秘书去出站口叫车子。

钱慧慧伸手阻拦说，哎！史书记别走，郑卫星的问题你还没答复呢。

你怎么这样急躁啊？史文竹目光炯炯地说，有的事情能答复，有的事情不能答复，有的事情答复了不办，有的事情不答复却办了，你应当懂得这个道理。

说罢身披军式绿大衣的史文竹走向出站口。郑卫星悄悄抓住钱慧慧的手说，谢谢你替我鸣不平，你说史文竹她会帮助我吗？

钱慧慧望着一列火车轱辘说，我觉得史文竹像这一串火车轱辘，轰隆隆开过去，让你眼花缭乱目不暇接，末了谁都没看清它的本来面目。

你的比喻能力挺强的。郑卫星深感欣慰地说，这么晚了我送你回读书班吧。

噢，我写了一篇文章请你给看看吧。钱慧慧说着掏出笔记本把夹在里面的《废品的辩证法》复写稿递给他。

郑卫星接过这两页稿纸毫不客气地说，好吧我看过之后会把意见告诉你的。

一列满载煤炭的火车轰隆隆开了过去，彻底淹没了郑卫星的声音。走出火车站来到公交车站，灯光下郑卫星不敢去拉钱慧慧的手。末班车来了，钱慧慧上了车。这时郑卫星扭头看见路边吉普车里坐着史文竹，立即奔将过去。

坐在末班车里的钱慧慧拉开车窗挥手跟郑卫星道别，却看见他匆匆而去的背影，那速度很像一只追踪目标的猎狗。

中　部

冶　炼　着

十三　点火升温

举国欢庆打倒"四人帮"，上街游行，扭秧歌，打腰鼓，顶杠箱，跑旱船。

华北电机厂党委办公室主任景达明受到革命形势的鼓舞，决定恢复厂文艺宣传队活动，重新上演革命样板戏《沙家浜》，以示庆贺。《沙家浜》成员们从车间科室紧急抽调出来，洗净满手油污前往厂部报到。

郑卫星颇有几分政治头脑，接到紧急通知心生疑虑。他拉着王宪钢走进那片小树林，踏着几片落叶看到小树们明显粗了。这节骨眼儿上再演《沙家浜》合适吗？

王宪钢安慰郑卫星说，你不是还想离开机修车间吗？趁着这次文艺宣传队集中演出的机会争取留在厂部，你又逃出侯金泉掌心了。

郑卫星认为此言有理，决定参加演出。王宪钢依然负疚地说，你为我偷看档案倒了霉，尽管没有从我的档案里看出生身父亲的线索。

我打开卷宗看了几眼，景达明就冲进来了……郑卫星拍着王宪钢的肩头表示遗憾。其实，王宪钢不知道郑卫星从小形成特殊癖好，喜欢窥探别人私密，小学四年级就偷看同学日记。他翻窗偷看王宪钢档案，也多少是出于自幼癖好。

哦！郑卫星突然抬手拍着额头说，我想起来了，你是一九五六年十二月二十九日出生的吧？你父亲王云亭跟你母亲魏紫兰是一九五八年一月二十七日结的婚……

真的？王宪钢盯视着这颗姓郑的卫星说，你的意思是说我父母结婚时，我已经一岁多了……

终于揭开迷雾，悲喜交集的王宪钢竟然给郑卫星鞠了个躬，激动地跑出栽满青蜡的小树林。

路过这里的厂医卢丽虹看到冲出小树林的王宪钢满脸泪水，以为他挨了欺负，急声询问原因。郑卫星追出小树林解释说我们排练小品呢。

　　你放屁！凭什么新四军指导员给忠义救国军参谋长鞠躬啊？除非你们排练的是汉奸卖国小品！

　　你们谈吧你们谈吧……郑卫星抵挡不住卢丽虹的火力，大腿贴邮票——走人了。

　　看着郑卫星走远了，卢丽虹一双小拳头捶打着王宪钢的肩膀说，郑卫星是不是抓住你什么把柄了？你才对他低三下四的！

　　你管得太宽了吧？王宪钢只得扯开话题说，我愿意给谁鞠躬就给谁鞠躬……

　　卢丽虹扑哧笑了，抓住这个机会连声追问，你愿意给我鞠躬吗？你愿意给我鞠躬吗？

　　这座城市的婚庆风俗，迎娶新娘进家新郎要向新娘鞠躬。王宪钢当然听出卢丽虹的弦外之音，不说话了。

　　你到关键时刻就装哑巴，你答应给我做的木板拖鞋想拖到猴年马月啊？卢丽虹又蹦又跳好似活泼的小鹌鹑，喋喋不休。

　　王宪钢躲避着说，我给你买一双海绵拖鞋吧，又舒服又漂亮。

　　你买黄金拖鞋我也不要，你必须给我做一双木板拖鞋，也不许刷漆！

　　好啦好啦，咱们去厂部报到吧。王宪钢说着跟卢丽虹并肩向厂部走去。

　　厂部会议室里，华北电机厂文艺宣传队队员们陆续走进来。党办主任景达明大声说，这次集中演出《沙家浜》是庆祝粉碎"四人帮"，属于政治任务，不许出现丝毫闪失。

　　艾学习抢着发言说，大家很久没唱戏，弦儿荒了，词儿生了，嗓子不给劲了。毛主席教导我们不打无准备之仗，毛主席还教导我们说世界上怕就怕认真二字，共产党就最讲认真……

　　你给我坐下！景达明掐断艾学习的发言说，我当然知道恢复演出困难很大，首先是人手不齐。简晓铜去上清华大学缺了刁小三，扮演沙四龙的臧喜来出车祸成了残疾人，演刘副官的吴福君煤气中毒死了，还少了弹月琴的萧亮遒和拉二胡的杜玉树……

　　小会议室里，王宪钢走了神儿。哦……既然我出生在父母结婚之前，那么就存在几种可能，一是母亲魏紫兰怀里抱着我嫁给了父亲王云亭；二是父亲王云亭与母亲魏紫兰婚后不孕，从孤儿院抱养了我；三是男领导跟女秘书有了私生子抛弃路旁被人捡到了；四是……

深深陷入冥想世界的王宪钢，时而落入峡谷时而直上云霄，不能自拔。

党办主任景达明继续讲道，目前最大的问题是缺少阿庆嫂的扮演者！我上午给机电工业局打电话，局工会劳保部部长说钱慧慧出差去大庆学习了……

好啊！卢丽虹扬起胳膊嚷嚷着好像要带头呼喊革命口号，钱慧慧现在是机电工业局工会干部，她不出差也请不动人家吧？俗话说救场如救火，干脆我挺身而出扮演阿庆嫂吧！

你演阿庆嫂？一贯猜疑的景达明瞪大眼睛盯着卢丽虹说，我怎么看不出你能演阿庆嫂呢？

那是你满眼眵目糊外加角膜炎！卢丽虹索性起身指着景达明的鼻子说，这次你不让我演阿庆嫂，我连卫生员也不演啦！

景达明气得大声指责卢丽虹无组织无纪律，一下惊起冥想世界的王宪钢。他恍惚觉得党办主任景达明很像工宣队队长武玉国，一番"战前动员"反而造成人心浮动场面混乱。

你到底同不同意我扮演阿庆嫂？你表态呀！卢丽虹毫不气馁地追问着，好像景达明上辈子欠她巨款赖账不还。

这里不是自由市场，谁也不要跟我讨价还价！

一旁静观事态发展的郑卫星说了话，同志们，现在不光没有阿庆嫂和刁小三，还没有胡传魁呢。

卢丽虹腾地起身喊道，你是耳聋了还是眼瞎了，一个大活人站这儿你看不见——我演阿庆嫂啊！

郑卫星满脸苦笑，不说话了。自从被贬回机修车间，郑卫星表情里增添了苦笑这个品种。侯金泉对他这种新鲜上市的表情感到意外，骂骂咧咧说黄瓜变成苦瓜了。

阿庆嫂的扮演者尚未敲定，刁小三也悬而未决，令人头疼的问题是扮演胡传魁的朱则良拒绝参加演出，而且摆出一副死猪不怕开水烫的架势。景达明给朱则良下达最后通牒说，庆祝打倒"四人帮"排演《沙家浜》，谁抵触演出谁是"四人帮"残渣余孽，全厂通报批评。

为人谦卑的朱则良无所畏惧，声称这辈子也不演"草包司令"了，就是全国通报批评也不演。

谁都知道缺了胡传魁别说《智斗》那折演不成，全本《沙家浜》也要泡汤。

景达明好像被炭火烤焦的红薯，急得黑了脸。王宪钢动了同情心。尽管他反感"丁大少"，还是向景达明推荐了这位琴师，说开出介绍信给修配服务公司借调丁德绍几天不成问题。

有了拉弦儿的，景达明透出一口气，当即指派忠义救国军参谋长去做胡传魁的思想工作。郑卫星接受任务去了一会儿，便垂头丧气回来了。

因为有人叫他"草包司令"，他就拒绝演出？我看朱则良是不可救药啦！景达明胀粗脖子说，你们抓紧时间对词儿吧，我去第二机床厂借个胡传魁来！

卢丽虹一把拉住焦头烂额的党办主任逼问道，到底让不让我演阿庆嫂？这个问题你不落实就别走！

你！你！你！景达明嘴里迸出三个"你"字好像蹦出三个卢丽虹，说罢"大姐夫"蹿往第二机床厂借胡传魁去了。

人们哄地大笑。这时王宪钢猛然意识到，时代不同了人们对待革命样板戏的态度大为改变。当年的真诚追求与热烈希冀，淡然了黯然了。于是他小声对沉默不语的郑卫星说，从今往后咱们专心专意当个好工人就是了。

说话间，卢丽虹双手捂脸呜咽着跑出去。王宪钢扭头问道，没听见打雷怎么下雨呢，你们谁惹着卢丽虹啦？

你是真糊涂还是假糊涂？卢丽虹这是喜极而泣。郑卫星低声分析道，谁都知道在学校卢丽虹就想演阿庆嫂，梦寐以求。今天圆了多年梦想，她不哭对得起自己吗？

王宪钢恍然大悟说，这些年我怎么没看出卢丽虹这份心思呢？

艾学习插嘴挖苦地说，这些年卢丽虹想跟你搞对象，她这份心思你也没看出来？

人们再次哄地大笑——似乎观赏着新四军指导员的独角戏。王宪钢终于明白，这些年卢丽虹跟钱慧慧较劲，就因为她是小配角卫生员，钱慧慧是大主角阿庆嫂。这从戏里到戏外的心结，多年很难解开。

这时候，艾学习将目标转向郑卫星说，这些年我想跟钱慧慧搞对象，我这份心思你也没看出来？

人们继续大笑不止。郑卫星不理不睬——他知道这是沙奶奶趁机说出癞蛤蟆想吃天鹅肉的心里话。

人们笑声散尽，艾学习耸着鼻子大狗觅食似的围绕郑卫星嗅着说，你又有那种好闻的味道了，这还没上演《沙家浜》你就恢复原状啦？

经过艾学习提示，人们纷纷搐动鼻孔嗅起来——小会议室成了一群猎狗的天下。果然，大家感到一股似曾相识的清淡香气，目光纷纷投向郑卫星。

我用"臭胰子"把那股小资产阶级味道洗没了。郑卫星瞥着艾学习说，你一句话把那股味道招回来，害我呀？

说着，郑卫星起身拉着王宪钢走出会议室。新四军指导员以为忠义救国军参谋长要跟他发泄怨气，没想到郑卫星小声提示说，你还是告诉卢丽虹做好两手准备，因为我知道钱慧慧后天就从大庆回来了。

哦……王宪钢扭脸看到卢丽虹兴冲冲哼唱着"垒起七星灶，铜壶煮三江"，这样子已经是阿庆嫂了。

王宪钢担心卢丽虹怀里抱着热火罐到时候被一盆凉水浇灭，得告诉卢丽虹做好两手准备。郑卫星不置可否表情干瘪好像过期的山东煎饼。精明过人的卢丽虹随即用目光示意着郑卫星，催促他为《智斗》对词儿。

小卢，王宪钢只得实话实说，后天钱慧慧就从大庆出差回来了，你要做好两手准备的。

好啊！卢丽虹毫无惧色冲着郑卫星说，那就看谁的阿庆嫂演得好吧，这些年我甘当绿叶衬着红花，总算有机会跟钱慧慧比试比试！

郑卫星表情温和地说，钱慧慧工作繁忙未必参加这次演出，我跟景达明说明情况这次就让你客串这场阿庆嫂吧。

你少跟我玩这套老把戏！自视不低的卢丽虹好像战士拉开枪栓说，刁参谋长，您还想让老百姓下阳澄湖捕鱼捉蟹按市价收买啊？我早看到你骨头里了。

小卢，你怎么拿我的好心当成驴肝肺呢？郑卫星再度苦笑满脸无辜的表情。

你替我转告钱慧慧！卢丽虹豪气冲天地说，这次我卢丽虹就是要跟她比试比试，让大伙看看谁的阿庆嫂唱得好！

第二天上班，二胡高手丁德绍应征出现在华北电机厂。这位大军阀外室的儿子撇了撇嘴对王宪钢说，这次要不是看你的面子，我才不来救场呢！

说着丁德绍从怀里掏出小布兜儿塞给新四军指导员，表情淡然。王宪钢看到布兜里是四只咸鸡蛋，心头热了。丁德绍平时大大咧咧，这四只咸鸡蛋毕竟凝结了一片心意。感动归感动，王宪钢还是担心他是生身父亲。

你怎么把《地道战》里的伪军大队长汤炳会请来了？卢丽虹憋住笑声问王宪钢，他的咸鸡蛋是跟随鬼子进村抢老百姓的吧？

丁德绍一双眼珠儿几乎溢出眼眶，确实挺像汤炳会的。久经江湖的"丁大少"看出众人小瞧自己，跷腿架琴拉了一段《得胜令》。《沙家浜》的成员们惊了，知道来了天外高人。

景达明从第二机床厂借用的胡传魁也到了。只是这位草包司令偏瘦，演刁小三更合适。一问才知道这个胡传魁昨天刚出院，割了痔疮。

一贯越俎代庖的"丁大少"哈哈笑道，你要是早遇见我就好啦！痔疮不用动手术，我的偏方一个石榴皮，阴阳瓦焙干，研成细末往肛门一捂，保好！

老丁，你不要宣传江湖迷信好不好？大家赶紧分头排练吧！景达明板着面孔下达命令。

小会议室里，排练《智斗》了。郑卫星的刁德一不进戏；卢丽虹的阿庆嫂格外卖力，唱过了头；借来的胡传魁竟然荒腔走板，找不到"范儿"。三人把一场原本高潮迭起的《智斗》唱成了令人啼笑皆非的"弱智"。

隔壁办公室里，"沙奶奶"排练"八一三，日寇在上海打了仗……"的老旦唱段，艾学习居然唱成了"八一三，上海在日寇打了仗……"把帽子变成脑袋。

景达明气得猛跺双脚，说，你们振作精神啊！这是大是大非的原则立场问题！

卢丽虹诚恳地说，我总觉得没了当年芦苇荡里的气氛，没了魂儿就唱不出味儿了……

下午，艾学习溜出排练场跑到工厂后墙采摘自己菜地里的拉秧小茄子，准备腌制越冬咸菜。半路上遇到电工朱则良便打着哈哈说，看来你是铁了心不唱胡传魁啦？其实你在戏里娶了常熟城里有名的美人儿，多得意啊。

娶了常熟城里有名美人儿的是胡传魁，不是我。朱则良表情平静地说，你告诉宣传队的兄弟姐妹们，我从小自卑受人欺负，这次我宁可接受行政处分也不演"草包司令"！

我明白了，你小子是想改变自己的形象，重新做人吧？艾学习领悟了对方的心思。

反正谁再让我做"草包司令"我就跟谁急。朱则良不卑不亢坚定不移。

进了自己的菜地艾学习迅速采摘，衣兜里塞满紫色小茄子，随即跑回排练场。进了小会议室他看到《沙家浜》成员们东一拨儿西一拨儿，聊天儿。琴师丁德绍匆匆收拾琴袋，冲大家一抱拳说了声后会有期，跟第二机床厂的瘦型胡传魁一起走了。

我去摘了几个小茄子这儿就变天啦？艾学习好生纳闷跑去向王宪钢和郑卫星打听底细。

王宪钢告诉他，厂党委书记章泽同志紧急指示停排《沙家浜》，改为专场文艺演出，有合唱独唱男女声二重唱，还有对口词和快板书什么的。

郑卫星接过话茬儿补充说，景达明不甘心又跑去找章泽书记争取呢。我看他这个党办主任缺乏政治敏感，我们庆贺的文艺形式多种多样，不必非唱革命样板戏嘛。

卢丽虹小瘟鸡似的躲在角落里落泪。怎么说不演就不演了？我还想跟钱慧慧比试比试呢。

擦去眼泪，卢丽虹多云转晴跑去为文艺演出准备节目。这劲头儿好像还在跟钱慧慧竞争 A 角。她排练对口词，题目叫《枪》。

> 枪！革命的枪，战斗的枪；枪！不怕风雨，何惧冰霜；枪！子弹上膛，刺刀闪光；枪！打倒帝修反，消灭复辟野心狼……

对口词必须俩人演，一般是两男或者两女，以两女居多。卢丽虹独出心裁提出与王宪钢排演《枪》。王宪钢压低声音温和地说，你疯啦？

王宪钢不演对口词，卢丽虹是不会跟别人配对的。她找来《战地新歌》小册子，看了看定价三角五分，选中一首《延边人民热爱毛主席》，准备独唱。

郑卫星看透了卢丽虹的心思，暗暗笑了。人家钱慧慧不在场，你一会儿对口词一会儿独唱，这是跟谁较劲呢？

景达明满头大汗跑回来啪啪拍手说，好啦，章泽书记同意上《智斗》选段！赶紧打电话把第二机床厂的胡传魁和琴师老丁叫回来……

上《智斗》哇？听到喜讯卢丽虹乐得蹦高儿好像穿了弹簧鞋，再度成为阿庆嫂。郑卫星只是笑了笑，一派无可无不可的表情。

三天后的傍晚时分，华北电机厂职工们涌进职工食堂观看专场文艺演出，很少有人留意职工食堂大门上"通报批评朱则良"的告示。被通报批评的朱则良走进职工食堂看见自己的名字贴在大门上，淡淡地笑了。他师傅杨葵花一旁抱怨说，既然不演全本《沙家浜》了还通报批评你？这是冤案！我要去市里上访给你平反！

您这时给我翻案不是自找倒霉吗？朱则良心平气和道。

哎哟！杨葵花盯着徒弟说，我以前从门缝儿里看人——把你看扁了，原来你很有政治头脑啊。

文艺演出开始了。有独唱，有合唱，也有舞蹈。卢丽虹担当报幕员，她身穿工作服腰间扎着一条军用皮带，显了胸也显了腰，一下成了革命美人儿。

其实，从小自卑的朱则良暗暗喜欢卢丽虹。在《沙家浜》戏里卢丽虹扮演新四军卫生员小凌，跟朱则良扮演的胡传魁是敌人。在戏外呢卢丽虹则是王宪钢的追求者。这样无论戏里还是戏外，朱则良永远是旁观者。

坐在身旁的杨葵花低声对徒弟说，你眼珠子别死盯着台上报幕的。过几天我把我外甥女介绍给你，你跟她搞对象没亏吃！

朱则良收回目光，思忖着师傅为何突然要给自己介绍对象。是啊，这阵子师傅特别关心我，每天都从家里带饭给我吃，除了羊肉馅饼和猪肉包子，还有素合子跟豆沙春卷。

这时候，被一条军用皮带勒得高胸细腰的卢丽虹款款上台脆声报幕道，下面请听对口相声《我爱工厂》。

相声？现场气氛热烈起来。人们看到出场的一个是郑卫星一个是王宪钢，哄地爆笑了。

观众们议论纷纷，说，一个汉奸参谋长，一个新四军指导员，这两人并肩儿说相声，真是太逗了。

这段即兴创作的相声《我爱工厂》，没有多少包袱，偶尔有几处"龇牙"人们还是笑了，主要是笑老鼠跟猫说起相声，和平演变了。

卢丽虹出场报幕再次吸引了朱则良的目光，听到"下面请欣赏京剧《沙家浜·智斗》选段"，他呼地站起身来，好像屁股底下地震了。后面观众大喊"前面坐下，前面坐下"。杨葵花使劲儿扯着朱则良的袖子，他的屁股才重返地震灾区。

智斗，智斗，朱则良难以自控地错动着双脚，嘴里嘟哝着。我就想看看别人扮演的"草包司令"什么样儿，为什么我就成了别人的笑料……

朱则良咬了咬嘴唇继续嘟哝着。杨葵花不理解徒弟的心思，小声说，你是老和尚念经呢。

《智斗》的三位演员登场了。啊！阿庆嫂居然是卢丽虹扮演的，这令朱则良备感意外。他心目中卢丽虹永远是芦苇荡里天真可爱的小卫生员。

郑卫星扮演刁德一依然老样子，阴险奸猾里透着几分潇洒。

204

朱则良目不转睛盯着自己的"替身",那位从第二机床厂借来的胡传魁里边穿了胖袄儿,所以不显得单薄。

草包司令开口唱起"想当初老子的队伍才开张,拢共才有十几个人、七八条枪……"

俗话说,生书、熟戏、听不腻的曲艺。应当说朱则良对胡传魁的台词唱腔烂熟于心。不知什么原因,他渐渐感到这位出身草莽的忠义救国军司令挺生疏的,自己好像从来不曾扮演这个角色。

这是我平生头一次坐在台下看台上的"草包司令"……朱则良不觉湿了眼窝儿说,从今往后我他妈的不再是你们的笑料了。

杨葵花不合时宜地扯了扯徒弟的袖口说,我外甥女模样不比卢丽虹差,不光长得俊还特别会过日子呢。

这是我平生头一次坐在台下看台上的"草包司令",从今往后我他妈的不再是你们的笑料了!

你想跟我外甥女看戏吧?杨葵花会错意说,过两天我安排她跟你见面,你二十多岁了不算早恋。

目不转睛注视着台上《智斗》的胡传魁,朱则良突然侧脸盯着杨葵花说,您不知道我在学校怎样巴结工宣队队长武玉国啊!我从委托店仓库里弄出一批道具这才扮演了胡传魁,还落了"草包司令"的外号!

说罢,朱则良起身离开座位拨开人群走出职工食堂大门。他似乎完成了从剧中人到台下观众的转变,一下赢得了人生新角色。

杨葵花摸不透徒弟的心思起身追了出去。她四处寻找不见徒弟去向,心里起了急。昏暗中,她远远看见材料仓库边大杨树上有一个人影儿。

她跑进材料仓库大院仰头观看,果然是朱则良坐在树杈上哼着"我们的祖国是花园,花园的花朵真鲜艳,和暖的阳光照耀着我们,每个人的脸上都笑开颜……"这家伙好像重返幼儿园了。

你今年六岁半吧?明年该上小学啦!外号"科长杀手"的杨葵花不解地喊道,你这是犯了哪门子神经啊……

坐在碗口粗的树杈上,朱则良悠然自得地说,嘿嘿,我今天总算看见别人演的"草包司令"了……

你下来吧,一会儿毛毛虫咬了你的蛋!杨葵花亲人似的催促着。

朱则良不理睬亲人,坐在大树杈上不停地念叨着,从今往后,我不是"草包司令"啦,我不是"草包司令"啦。就在念叨声里,天色唰地黑透了。

黑暗里，杨葵花听见朱则良小声哭了。她知道有时男人就是小孩子，该哭就哭吧。杨葵花扬着脖子大声说，我知道，从今往后你不是"草包司令"啦！

高处没了哭声，只有杨树叶子轻声细语，诉说着人类不懂的话语。杨葵花沉默片刻，起身悄悄走了。

第二天上班，杨葵花好像忘了把外甥女介绍给朱则良的许诺，绝口不提此事。一连几天，朱则良好像也忘了这事儿，不言不语继续跟随杨葵花干活儿。

学徒初期，朱则良曾经问过师傅电是什么。杨葵花不假思索地回答，电是一种看不见摸不着的东西。如今朱则良懂了，生活里还有很多看不见摸不着的东西，譬如人心。

这天正午，朱则良夹着饭盒走进职工大食堂，缩着脖子望着主食窗口小黑板上写着"大米饭收粗粮饭票"。平时，粗粮饭票只能买玉米面窝头。今天是个好日子可以用粗粮票吃米饭。朱则良排在队伍尾巴上，很快身后长出更长的尾巴。尾巴们议论纷纷。

我听说这大米有来路！你们知道史文竹吧？现在她是机电工业局党委副书记。她让红光农场给章泽书记送了两麻包东北大米……

对，听说章泽书记秉公办事把两麻包大米交给职工食堂，咱们拿着粗粮饭票吃上大米饭了。

前些年史文竹属于火箭式提拔干部，噌噌噌蹿上去了。现在这拨双突干部兴许坐不稳了吧？

朱则良哑巴似的听着人们议论，不吭声。侯金泉排在他身后突然小声问道，你就是全厂通报批评的朱则良？

是我。朱则良老老实实说，因为我死活不演胡传魁，所以……

崔万昌也来排队了，这位大工匠站在队伍尾巴解释说，我不是专门来买大米饭的，只是可巧遇上了。

侯金泉哼了一声说，你睁眼说瞎话对得起列宁吗？

这里正说到苏联的列宁，只见身穿老绿色"列宁服"的史文竹走进职工食堂，她身穿这种老式双排纽扣上衣使人想起解放初期的进城干部。这位机电工业局副书记在干部们簇拥下望着大米饭窗口说，我们就是要积极改善职工生活，支援生产第一线！

购买大米饭的队伍越排越长。保卫科科长于亢虎走进食堂看见大米饭，野生动物似的扑向售饭窗口举起饭盒喊道，我要六两大米饭！

不许加塞儿！不许加塞儿！排在队首的几个汽车队装卸工扯开嗓门吼着，当看清加塞儿的是保卫科科长，他们闭嘴不言语了。

如入无人之境的于亢虎把饭盒杵进窗口，这种泼皮作风令人想起被青面兽杨志一刀劈了的牛二。华北电机厂职工食堂既不是东京汴梁也没有梁山好汉，工人们眼巴巴看着于亢虎任意加塞儿，敢怒不敢言。

有人轻轻拍着于亢虎的肩膀说，你不要加塞儿，请到后边排队去。

于亢虎好像听到蚊子嗡嗡，伸出胳膊接过自己的饭盒，里面已经盛了六两喷香的大米饭。

你不要加塞儿，请到后边排队去。这只蚊子还在嗡嗡。这声音严重败坏了于亢虎的食欲，也损害了保卫科科长的权威。于亢虎扭过粗壮笨拙的身躯，看到是一个小伙子，圆乎乎矮墩墩的有几分面熟。

好像大猫望着小鼠，于亢虎戏弄地问道，今天遇到管闲事儿的了，傻×你是哪个车间的？

你不要加塞儿，请到后边排队去。小伙子好像只会讲这两句话。小伙子说罢转回到队伍里去了。这令保卫科科长很生气，认为对方看瘪了自己。

加塞儿者恼羞成怒，放下饭盒一把拉住小伙子说，你浑身痒痒找揍啊！说着便出了一拳。小伙子被打得噔噔倒退两步。

我跟你说，你不要加塞儿，请到后边排队去……小伙子似乎认为自己不应当挨打，满脸困惑表情。

打人成性的于亢虎不知不觉出了七八拳，鼻青脸肿的小伙子摇摇晃晃倒在地上，好像一堆破烂衣裳。

保卫科科长公然加塞儿动手打人，现场竟然没人吱声。那几个汽车队装卸工端着饭盒躲得远远的，好像担心溅一身血。

挨打的小伙子挣扎坐起，抬手抹去嘴角鲜血竟然还是那句话，我跟你说，你不要加塞儿，请到后边排队去。

你的嘴是蚂蚱×——真硬！于亢虎抬脚又将他踹倒了。

一声尖叫，杨葵花扑上来喊道，你凭什么打人？他是电工室的朱则良，我徒弟！

你徒弟？于亢虎无所忌惮地说，操！怪不得我看他面熟，敢情是"草包司令"。

朱则良跟跄爬起冲于亢虎说，我跟你说，你不要加塞儿，请到后面排队去。

于亢虎呼地举起拳头问道，你"草包司令"嘴真硬，真不怕我打残了你？

我不是"草包司令"了……左眼乌青右眼肿胀的朱则良迎着拳头继续说，你不要加塞儿，请到后面排队去。

你不要加塞儿，请到后面排队去。这好像是一盘只录了一句话的环形磁带，朝着保卫科科长反复播放着。

你小子真是娘死哭爹——犟种！于亢虎草草给了朱则良一拳，扭头去售饭窗口却找不见自己的饭盒。一个汽车队装卸工讨好地朝着旁边努了努嘴。于亢虎沿着努嘴方向看见自己的饭盒在杨葵花手里。

杨葵花脸色惨白声音颤抖地说，于亢虎！你敢随便打我徒弟？说着，她朝着于亢虎饭盒里的大米饭噗噗噗吐了三口唾沫，冷笑着说，你吃吧你吃吧。

于亢虎是一个蛮不讲理的粗人，却有洁癖。他气疯了扑过去揪住杨葵花的头发，双腿却被人抱住了。

满脸伤痕的朱则良牢牢抱住于亢虎，嘴里发出含混不清的声音，告诉你，我不是"草包司令"，我不是"草包司令"……

于亢虎左右扭动身躯企图摆脱朱则良。他抽出左腿随即被朱则良抱住右腿，抽出右腿随即被朱则良抱住左腿，就这样拖出十几米，好像拖着一条濒死的大鱼。愤怒的于亢虎意识到脚下拖拽的不是"草包"而是"石头"。

崔万昌走上前来用力撕扯着于亢虎，突然发力将打人凶手推搡出去。侯金泉连忙扶起惨遭暴打的朱则良。

侯金泉与崔万昌这对老冤家，一左一右搀着朱则良找到食堂水龙头给他清洗伤口。杨葵花双手叉腰叫喊不已，于亢虎！我徒弟不能白白挨打，我上保卫科报案去！

崔万昌满脸微笑提醒说，于亢虎就是保卫科科长，你去找谁报案啊？

于亢虎你等着！杨葵花气得跺脚说，我要上市委去报案！我让你吃不了兜着走……

一个拖着扫帚的女清洁工小声劝解说，你怎么敢惹于亢虎啊？他姐夫是劳动局的大拿，权力不小呢！

他姐夫算什么东西！杨葵花看到徒弟被打成这样，呜呜哭着去厂部告状了。

洗净满脸血迹的朱则良笑了。由于左眼肿胀他的笑容显出几分怪异，基本接近《巴黎圣母院》的钟楼怪人。

我看你今天是存心挨打的……侯金泉凑到朱则良耳畔压低声音说，我看你是想让于亢虎打掉你"草包司令"的名声！

朱则良被人看穿了心思，只得点头应承道，反正我不是"草包司令"了，除非于亢虎把我打死……

有种！侯金泉把声音压得更低说，郑卫星跟我学徒三年，一会儿当工人一会儿当干部，什么都没有学到。王宪钢是块材料可惜跟崔万昌学徒，耽误了。今天我相中了你。你养好伤去机修车间找我吧！我要把在日本鬼子工厂里学的玩意儿都传给你。

鼻青脸肿的朱则良听罢这番话，笑了。侯金泉哼了一声，起身走了。

崔万昌追出几步说，老侯你跟朱则良说了什么？你可不能让他走错路啊。

几个汽车队装卸工凑过来，为首的大老黑掏出一只小瓶子说是云南白药，先把那粒保险子喝了就不怕内脏出血了。

你任凭于亢虎拳打脚踹不改嘴，有种！大老黑伸出大拇指表态说，从今往后我们不叫你"草包司令"了……

艾学习闻讯赶来围绕着朱则良大发感慨说，你不是从小自卑吗？今天敢管于亢虎的闲事儿真是太阳从西边出来了。

跑去厂部告状的杨葵花回来了，气得脸色煞白，我在厂部撞见史文竹，跟她反映于亢虎打人，这小娘儿们说局党委有紧急会议屁股一扭钻进吉普车走啦！

史文竹是机电工业局党委副书记，管大事不管小事。崔万昌转而叹息说，没人敢惹于亢虎，当年他逼得洪厂长跳了楼！现今他姐夫是劳动局实权派，人称武阎王！

崔万昌把盛满大米饭的饭盒递过来说，你有外伤更要吃饱，吃饱了咱们去保健站搽药。

艾学习猫腰蹲在朱则良跟前说，我背着你去搽药吧。朱则良闪躲着坚决不肯让艾学习背着。于是，艾学习扶着朱则良走出职工大食堂。

半路上，遇到保卫科科长于亢虎。这个打人凶手沿途大声吆喝着，闪开闪开，有外宾参观团车队！闪开闪开，有外宾参观团车队！

果然，一辆黑色小轿车前边开道，随后驶过一辆白色中型面包车，呼地卷起一阵尘土。这辆面包车里载着海外华人归国观光团。靠近右侧车窗坐着身穿黑色风衣的女子正是曾经访问过华北电机厂的林仪芳。随着革命狂热消退，她已成为一家跨国公司职员。

观光团成员在工厂贵宾室落座，林仪芳小姐向华北电机厂党委书记章泽提出拜访郑卫星先生的要求。市委外办陪同人员略含歉意插言表示，这次是集体观光没有安排私人会见，很遗憾不能满足您的要求。

跨国公司职员林仪芳不无遗憾地说，前几年我来贵厂停留十五天，史文竹女士安排郑卫星先生陪同参观，你们这座国营企业给我留下美好印象。返回美国我还给郑卫星先生写过信……但是，据说我的海外来信给郑卫星先生带来很大麻烦，说他出卖中国工业情报。

气质高雅的林仪芳不动声色地说，我想借前来贵厂观光的机会澄清此事，为郑卫星先生消除不良影响。

章泽书记听着林仪芳的讲述，频频点头，请林小姐放心，各行各业都在认真核查历史遗留问题，该平反的都要平反。我们华北电机厂是接待外宾的窗口单位，也是开展企业整顿的试点企业，请海外华人归国参观团多提宝贵意见。

郑卫星先生为我背黑锅，请您转告我对他的歉意。林仪芳不失礼节地说，也请您代我问候史文竹女士。

章泽书记笑着介绍说，史文竹同志是我市机电工业局党委副书记。

哦，她又进步啦！林仪芳颇为内行地说着。

与此同时艾学习搀扶着朱则良走进厂部保健站。值班的女医生人高马大，她拿出黄药布、紫碘与红汞，把浑身伤痕的朱则良涂抹得色彩斑斓，活脱脱化工颜料展览会的样品。

傍晚时分，伤痕累累的朱则良独自躺在单身宿舍里，五官肿胀，浑身跳痛，心里却不感觉痛苦，反而生出几分快感。我把该做的事情，做了。

这时有人叩门，他嘟嘟哝哝说，伤员重地，闲人免进。硬撑着翻身坐起。

卢丽虹肩挎医药箱推门进来，再现新四军卫生员风采。她身后跟着王宪钢、郑卫星、艾学习。这阵容，只缺少阿庆嫂的扮演者以及在北京上大学的刁小三。

王宪钢捧着两盒藕粉，郑卫星托着四只鸡蛋，艾学习夹着两筒挂面拎着一罐自家腌制的咸豆角。他们站在屋里不言不语，注视着无端被打的胡传魁。

嘻嘻！为了活跃气氛卢丽虹故意说，以前我照顾的都是新四军伤病员，没想到今天换成你啦！

你们新四军优待俘虏呗。挨了打的朱则良居然变得幽默，说话引人发笑。

不说什么安慰话语，人们行动起来。艾学习猫腰从床下抄起脸盆去打热水。王宪钢悄悄接通电线插板准备使电炉子偷偷煮鸡蛋。郑卫星显然动手能力不强，一时找不到力所能及的活计，只好挓挲着双手站在一旁。

打开医药箱取出体温计，卢丽虹熟练地插在朱则良腋下说，外伤属于炎症也可能引起发烧。艾学习打来热水烫热毛巾说是给朱则良热敷额头淤血。

你这是方向性、路线性错误！卢丽虹伸手夺过热毛巾说，热敷越敷越肿，冷敷才对！你去水房打一盆冷水。

服了消炎药，冷敷，喝了藕粉吃了煮鸡蛋。朱则良不知如何回应革命战友的热心关照，只得双目紧闭不看人，躲避了。

王宪钢真挚地说，则良你不要自卑，别人不敢管于亢虎你敢管，不愧是咱们《沙家浜》的人！就连那几个汽车队装卸工都佩服你。

佩服归佩服，以后还是不要拿鸡蛋碰石头。郑卫星扮演反面人物多年，以好汉不吃眼前亏的人生哲学安慰这位新时代伤病员。

朱则良闭着眼睛说，我不是鸡蛋，于亢虎也不是石头。谢谢你们来看我，天晚了你们回去吧。

钱慧慧不是机电工业局工会干部吗？我明天给她打电话反映于亢虎打人事件，请上级工会出面保护工人利益，让于亢虎包赔全部损失！卢丽虹收起听诊器说。

朱则良缓缓睁开眼睛，说，你千万不要给钱慧慧打电话，我没受什么损失让于亢虎包赔什么？

你被打成这样儿还说没受什么损失？郑卫星不解地说，你让我想起不以暴力抗恶的印度圣雄甘地。

圣雄甘地是谁？朱则良重新闭着眼睛问道。

卢丽虹显然不知道甘地其人却敢于打趣说，圣雄就是剩下的英雄，甘地就是种甘蔗的田地！

郑卫星试探着说，于亢虎敢打人看似威风，你敢挨打才不失尊严呢。

一时间，郑卫星的深刻表述占据了这间屋子。人们谁也不说话，以便腾出空间容纳郑卫星的哲理。

留下两粒止疼药，卢丽虹说，明天上午我送你去联单医院拍胸部 X 光片子。

《沙家浜》的人们依次跟卧床养伤的朱则良握手道别。轮到新四军指导员了，王宪钢伏身耳畔轻声说，其实我心里跟你一样自卑，则良你比我强得多啊。

我就是比你敢挨打嘛。朱则良笨拙地笑了。

人们走了，屋里安静下来。朱则良起身关灯疼得呻吟一声。此时，他对自己的坚强表现感到满意，轻声为自己叫好。独自坐在黑暗里，他好像一尊半成品雕像。渐渐，他将自己融入夜色，突然摇头晃脑唱了起来。

"想当初老子的队伍才开张，拢总才有十几个人、七八条枪。遇皇军追得我晕头转向，多亏了阿庆嫂，她叫我水缸里面把身藏……"

这是《沙家浜》里的著名唱段，从小自卑的朱则良扮演胡传魁落得"草包司令"绰号，任人羞辱。此时，遍体鳞伤的他趁着夜色极其投入地唱着，将多年积郁一吼而光。

他热泪盈眶声嘶力竭地唱着，感觉自己告别了胡传魁成为跟"草包司令"毫不相干的新人。浑身的疼痛竟然化作阵阵惬意，缓缓充满心头。

从大吼到中吼从中吼到小吼，朱则良终于累了，闭着眼睛慢慢睡着了，进入崭新的梦乡。

一个人影儿轻轻推门进来，伸手拉开电灯弄醒了朱则良。灯光刺得伤员眯起眼睛，朦胧中看到卢丽虹的剪影。

你告诉我王宪钢趴你耳边说了什么话？卢丽虹蹲在床前眨着明亮的眼睛。

朱则良愣了愣，笑了，你是美帝间谍还是苏修特务跟我刺探军事情报啊。

卢丽虹没想到朱则良变得如此幽默，便放松语气继续追问，我不跟你开玩笑，你告诉我王宪钢趴你耳边说了什么话？

他对我说的话我怎么能告诉你呢？新时代伤病员朱则良表情诚恳地说，你不就是想跟王宪钢搞对象吗？王宪钢对我说的话跟你没有关系。你就把心放在肚子里，只要华北电机厂有你在，谁也抢不走王宪钢的。

那当然啦！卢丽虹心里踏实了，我知道全厂除了我没人配得上王宪钢。我是怕他心里有疙瘩不愿意跟我说。既然他没事儿我就放心了。不过你别告诉他我跑回来问你啊！

卢丽虹随手熄灭电灯，一阵风儿走了。黑暗里朱则良笑了。卢丽虹说全厂除了她没人配得上王宪钢，这话大了点儿。这好比逛百货商场，一个人能选中好几套合身的衣裳，何况男女搞对象呢。嘻嘻。

止疼片发挥作用了，朱则良再度进入忽明忽暗的梦乡，但不是阳澄湖。

半夜时分，有人蹑手蹑脚走进朱则良的房间，轻轻搬过凳子坐在床前。

朱则良惊醒了，看到黑暗里坐着的人影，吓得叫了一声，杨师傅，大半夜您跑来干吗？

杨葵花不开灯,黑暗里无声地笑了。我来陪伴你啊,你要是饿了我给你冲一碗油茶面喝……

她声音很轻,仿佛蝴蝶在黑暗里抖动翅膀,幽幽叩击着朱则良的心。

杨师傅……朱则良不知说什么,竟然笨拙地扯起那个敏感话题,您的外甥女她……

我哪有什么外甥女!年长朱则良五岁的杨葵花哧哧笑着,黑暗里递给他一只年龄相当的大苹果。

您没有外甥女啊?朱则良心里踏实了,摆手谢绝这只来意不明的水果。

则良,我才比你大五岁以后别叫我杨师傅,叫我杨姐吧!咱俩相处好几年了,后半辈子兴许我还要凭你关照我呢!

凭我关照您?朱则良难以胜任地说,我又笨又窝囊,这辈子指不定……

你不窝囊!杨葵花一把抓住朱则良的手说,今天我算把你彻底看清楚了。于亢虎那种男人是属螃蟹的,浑身骨头露在外面看着挺硬,一敲就碎!你呢?即使你是草包里头也藏着铁疙瘩,谁咬你硌掉谁牙,谁打你硌折谁手,谁踩你硌断谁脚丫子!你硬在心里啊!

朱则良吃惊地听到杨葵花急促的呼吸,好像黑夜里有人拉风箱。他慌忙让杨葵花打开房间的灯。杨葵花说,不。朱则良听到她声音幽幽飘来,一句句湿润地落在耳畔。

则良啊,这男女搞对象要是女的年龄比男的大,你说搞得成吗?

女大一,抱金鸡。从未被女人爱过的朱则良小学生似的说出这句民间谚语。

一旦女的比男的大三岁呢?不等朱则良张口杨葵花自问自答说,女大三,抱金砖。这也是男女好姻缘呢。一旦女的比男的大五岁呢……

朱则良不假思索答出那句民间谚语,女大五,赛老母。

你说得不对!杨葵花呼地站起扯开嗓门说,女大五,抱金斛!你知道斛是什么?我专门查了《新华字典》,一斛折合十斗,金斛就是金十斗。你说多吉利啊。

你还专门查了《新华字典》?朱则良更加惊诧地望着对方说,这些年,我连汉语拼音都就着饭吃了。

你知道我比你大五岁吧?女大五,抱金斛!杨葵花轻轻扑到朱则良身上说,从今往后我不是你师傅,你也不是我徒弟,咱俩相好吧!

啊!朱则良蜷着身体好像躲避农药的大虫子。杨师傅你别这样,我从来没跟别人搞过对象啊！

废话！所以我要抢在别人前面！我不许你跟别人搞对象，你要搞就跟我搞！杨葵花动情地说着，伸手去摸朱则良的脸庞。反正我黏上你啦，够了年龄你就得跟我结婚……

完全陷入被动状态的朱则良将身体缩成刺猬，只是浑身一根刺也没有。

你是嫌我身子不干净？那是从前！我素净好多年了，只要你答应跟我好，我保证对你有个彻底交代……

说着，杨葵花俯身去吻朱则良。朱则良叫了声疼，说你别跟我亲嘴儿，于亢虎把我门牙打活了。

不顾朱则良喊疼，冲动不已的杨葵花呻吟起来。朱则良头一遭听到女人发出这种响动，吓得紧紧闭上眼睛。

他觉得浑身火烧火燎好似变成一块红炭，呼呼燃烧在杨葵花的炉子里……

几天之后的傍晚，职工大食堂放映国产故事片《艳阳天》。杨葵花争来两张票硬拉着朱则良去看电影。这位大龄女青年似乎认定朱则良就是她的人了，从女师傅变成女主人，朱则良的身份则从徒弟变成她的私人资产。

左眼乌青右眼红肿的朱则良强调自己的形象影响厂容，赖着不去。杨葵花找来一副墨镜给他戴上。朱则良忍耐疼痛前往职工食堂看望东山坞党支部书记兼二茬光棍萧长春同志。一路上，杨葵花在前，朱则良在后，厂道上听到几个工人议论着于亢虎打人事件，说是，敢打人容易，敢挨打太难了，最后的结论是打了白打。

杨葵花听到这种议论上前大声反驳说，谁他妈的说打了白打？蜕了皮才见真长虫呢！

墨镜遮面的朱则良不作声响，走着。那几个工人互相嘀咕说，戴墨镜的就是敢于挨打的朱则良吧？

我不是"草包司令"吧？朱则良怪异地笑了，摘下墨镜脸上透着戏谑的表情。

走近职工大食堂。站在门口的于亢虎吆五喝六喊着，凭票入场，凭票入场。一旦遇到熟人他却大开方便之门，不收入场券就放行。

郑卫星走过来，表情激动地争辩着说，当年你给我扣上出卖工业情报的帽子，前几天林仪芳进厂参观是章泽书记亲自接待的。她要不是海外特务我就不是里通外国出卖情报。你得给我平反昭雪！

这事儿我管不着！有本事去北京找党中央给你平反昭雪。于亢虎根本不把郑卫星放在眼里，满不在乎地挥手好像驱赶一只苍蝇。

呸！郑卫星气得把入场券撕得粉碎，转身走了。

是啊，当初要是没有于亢虎拿着海外来信诬陷郑卫星，他也不会从厂部贬回机修车间。这样想着，朱则良走上前去，扬头注视着身高体壮的于亢虎。

保卫科科长忙着检票没有发现这位手下败将的到来。朱则良摘下墨镜，目光盯视着于亢虎。这时候他懂了，一个人不怕挨打已经走向勇敢了。

于亢虎扭脸瞧见朱则良。朱则良的身高只及于亢虎肩膀。一个曾经打人的人与一个曾经被打的人，一高一矮对视着。渐渐，于亢虎从朱则良的目光里看到一股冷气。

你在食堂买饭不许加塞儿，必须到后边排队去。朱则良说了话。

我操……于亢虎习惯地抬起拳头说，你怎么还是这句话呢！你他妈的就不怕再挨打？

左眼乌青右眼红肿的朱则良继续说，你在食堂买饭不许加塞儿，必须到后边排队去。

你不是真神是泥胎！于亢虎伸出拳头抵在朱则良鼻尖儿说，你他妈的真不怕挨打啊？

站在旁边的杨葵花突然插话，姓于的，你有种今天就把朱则良打死，你要是不敢打死他，我就让他打死你！

什么？于亢虎露出一丝犹豫神色，环视左右好像征求群众意见。

朱则良不耐烦了，伸手拨开对方拳头说，我说的话你听见了吗？你在食堂买饭不许加塞儿，必须到后边排队去。

于亢虎从来没有遇到这种死缠烂打的对手，他横着走了几步好奇地问道，小子，我要是真的把你打死呢？

好啊，你现在把我打死事情就结束了。朱则良表情恬淡地说，不过，你现在要是不敢把我打死，恐怕你就不好活下去了。

我操！于亢虎下意识地垂下双手说，你这是跟我吹牛×吧？

你想知道你为什么不好活下去了吗？朱则良慢条斯理说道，因为我活得不耐烦了。

于亢虎抓住对方的漏洞发起反击说，你活得不耐烦就去死吧！

好啊，你现在动手打死我啊！朱则良突然怒吼道，你现在动手打死我啊！

这陌生的怒吼弄得于亢虎不知所措，大声说，这事儿我跟你没完。便扭身跑去检票了。

朱则良不慌不忙跟到于亢虎面前，伸出伤痕累累的右手指着对方鼻子说，你他妈的给我记住，你在食堂买饭不许加塞儿，必须到后边排队去！

你还是这句话啊！于亢虎抬手推开朱则良，再度摆开准备打人的架势。

周围安静极了——人们围成一圈儿望着这个令人窒息的场面。

朱则良感到自己的身体颤抖。他知道这不是害怕，因为自己没有胆怯。他也知道这不是激动，因为内心没有波澜。他更知道这不是喜悦，因为内心替对方感到悲哀。

杨葵花手里举着半块红砖递给于亢虎说，你现在就把朱则良打死吧……

于亢虎瞪着杨葵花说，我现在很忙等电影散场看我怎么收拾你们！

保卫科科长话音未落，只听啪的一声，杨葵花手里半块红砖狠狠拍在于亢虎额头。鲜血，立即顺着保卫科科长的脸颊流淌下来。

姑奶奶还等你电影散场啊？杨葵花好像干了一件力气活儿，气喘吁吁骂道，姑奶奶现在就收拾你！

满脸是血的于亢虎摇摇晃晃走了两步，软软地栽倒在杨葵花脚下。围观的人们好像一群苍蝇嗡地散开了。

杨葵花嘿嘿笑着，一只脚踏在于亢虎脊梁上，你以为你是真老虎？如今是抓纲治国清理"三种人"，你再敢碰一碰朱则良，我揪下你脑袋当西瓜拍了！

此时，曾经被人称为"草包司令"的朱则良痴痴注视着杨葵花，好似一尊刚刚出土的石头雕像。

十四　摄氏温度

　　机电工业局工会劳保部干部钱慧慧不会忘记自己在全市青年工人马列读书班的那段传奇经历。这一段经历酿造了一个特殊谜语，弄得她很久找不到谜底，我怎么突然被提拔为机关干部了呢？

　　那天，钱慧慧擅自跑回华北电机厂探望郑卫星，这种无组织无纪律的行为在读书班引起很大震动。到了月末，全班召开生活会批评钱慧慧的自由主义作风。

　　班长张映茹主持生活会。戴秀芝首先发言，举了两个例子批评钱慧慧的自由主义作风，一是在东楼商场手表柜台随便跟顾客聊天，给集体带来不良影响；二是私自返回华北电机厂把马列读书班当成茶馆，说来就来说走就走。戴秀芝发言既没夸大也没缩小事实，钱慧慧当场表示接受批评。

　　模范女司机宋新梅的发言慷慨激昂，批评钱慧慧只顾自己不顾大局，一遇风吹草动便思想起伏跑回工厂去了。这要是在革命战争年代就等于战士放弃阵地开小差。宋新梅的发言同样令钱慧慧心悦诚服。之后是学哲学先进典型霍春霞登场……钱慧慧低头听着一个个学员的发言，态度诚恳。

　　生活会还没有结束，班长张映茹便被招去谈话，一去不返。戴秀芝会心一笑表示知道张映茹被提拔到市妇联去了。读书班确实是干部摇篮，一会儿就生出一个好苗子。

　　戴秀芝本着"有人指挥我服从，没人指挥我指挥"的战场精神，主动接替班长主持这次月末生活会。

　　我再补充几句吧。戴秀芝新官上任说，钱慧慧同志的自由主义思想是有根源的，我们这届青年工人马列读书班有三分之二学员是"上岗青年干部"，一边学习一边等待提拔。另外三分之一不是提拔对象，一边学习一边等待结业。钱慧慧同志不是"上岗青年干部"，便对自己采取放任自流的态度。

听了戴秀芝的补充，钱慧慧心里反驳说，来到这里我就知道自己跟你们不一样的，我从来没有因为不属于"上岗青年干部"就放任自己。

生活会轮到被批评的人表态，钱慧慧站得笔直诚心诚意说，我承认自己犯了自由主义错误，虚心接受批评。我只是工厂普通打字员，既没有生产实践经验也没有政治思想觉悟更没有组织工作才能，根本不具备参加这届青年工人马列读书班的条件。通过这件事情我深刻认识到应当去做自己能做的工作。

走出充满革命气氛的会议室，钱慧慧迎面遇到读书班负责人陈主任。她冲着这位知识分子模样的中年男子点头微笑，匆匆奔向宿舍。

走进自己的房间，钱慧慧心情清爽拾掇行李。是啊，自从来到读书班我就不适应这种生活。工厂多好啊，我要踏踏实实在华北电机厂工作一辈子。假若郑卫星真心爱我，到了结婚年龄我就嫁给他。

抬头看见窗台上放着庞汇强赠送的小铁碗，突然想起他的一千元钱，打开手提包翻出存折看了看，放心了。前些天庞汇强跑来送钱托她保管。她想起曾经答应对方不能反悔，就接了手。当天晚上她打电话告诉庞汇强这笔钱已经替他存进银行是活期存折。电话里庞汇强说这笔钱是我诚心送给你的。

女学员宿舍电话安装在楼道里，属于公共环境。钱慧慧只得压低嗓音质问对方说，你凭什么送给我钱呢？我凭什么收你的钱呢？

电话里庞汇强郑重其事答道，其实我就想对你好，所以假装托付你替我保管。你就放心接受吧，它绝对不是赃款。

既然这样，我替你把它捐给革命烈士家属吧！钱慧慧说罢挂断电话转身撞见自称牙痛的戴秀芝。对方讳莫如深地笑了笑，托着疼痛的腮帮子走了。

收起千元存折，钱慧慧打点行李准备上路。戴秀芝推门进来吓得脸色惨白说，小钱小钱，你不要自毁前程！现在强调提拔青年女干部，只要你认真改正错误还是大有希望的……

这时楼道里有人喊，钱慧慧电话，她跑去接了。戴秀芝唯恐受到这宗事件牵连，转身溜了。

钱慧慧从电话里听到一个既熟悉又陌生的男声。他说，小钱啊你的情况我都知道了，这很好嘛。无论走到哪里华北电机厂永远是你的娘家！

喂，请问您是哪一位啊？钱慧慧听得一头雾水，握紧听筒问道。

哈哈，你是我的一字之师，我是你的小学生啊！电话里传出华北电机厂党委书记章泽亲切的声音。

听到章泽同志说话，钱慧慧举着话筒想哭，章书记，你说我的情况你都知道了，我的情况你真的都知道了吗？

我当然都知道了，史文竹同志也跟我打过招呼。你快去收拾行李吧，马上有吉普车接你。从不拖泥带水的章泽书记说罢，笑着挂了电话。

马上有吉普车接我？钱慧慧放下电话返回房间拎出行李。她好似思乡游子盼望立即回到故土家园。咦？章泽书记怎么知道我决定离开读书班？即使他知道了也不会这样支持我擅自回厂的？甚至派了吉普车接我……钱慧慧疑惑不已，脚步不禁沉重起来。

几个女学员站在楼道里小声嘀咕着。钱慧慧拖着行李从她们面前走过，一时不知如何道别。

宋新梅追着小声问道，小钱，你这是擅自回厂还是组织提拔？你要是擅自回厂我们可不敢送你，那叫自由主义。你要是组织提拔的话，我们热烈鼓掌欢送，你到底属于什么呀？

你说呢？钱慧慧认为自己属于擅自回厂，但是接了章泽书记的电话她被弄迷糊了。尽管被弄迷糊了她仍然不改初衷，坚决回到华北电机厂去。

走出楼道经过天井，果然看见一辆绿色"二一二"吉普车停在院子里。男司机从车里探头冲她招手说，你是钱慧慧同志？上车吧。

天阴，好像马上就要下雨。她拉开车门抱着行李坐到车里，故作镇定地问去哪里。男司机说去局里。她问去局里干什么。男司机说我的任务是先送你去机电工业局组织部，然后把你送到机电工业局干校。

干校？钱慧慧彻底糊涂了，索性闭嘴不问。一路冒雨疾驶吉普车停在机电工业局大院里。她硬着头皮找到三楼组织部。嘴里叼着烟卷儿的范科长接待了她。

白白胖胖的范科长特别容易让人想起刚刚出锅的白面大馒头。这白面大馒头说，你带着行李去干校吧，一边学习一边等候通知。

钱慧慧小心翼翼问道，我怎么又去干校学习呢？那边的读书班还没有结束呢……

这是组织决定。范科长又点燃一支烟卷说，你的情况我们还是清楚的，你进步很快嘛。

不清不楚告别范科长，不明不白走出组织部，钱慧慧乘坐那辆"二一二"吉普车去了地处郊区的机电工业局干校，住进一〇七房间。我在读书班住一〇七，来到干校还住一〇七，这成了我的符号啦？

进了房间放下行李，她立即给郑卫星打电话说，我本来拎着行李回厂没想到吉普车把我送到干校来了。

啊！电话里的郑卫星发出惊叫，好像被铁锤砸了脚。之后电话就断了。当天中午，钱慧慧在干校一〇七房间接到郑卫星打来电话说，我骑车出厂找到一部公用电话，避开工厂总机说话就安全了。钱慧慧觉得郑卫星的防卫意识很强，就笑了。

你是吉人自有天相啊。郑卫星感慨地说，我敢断定假若不出意外情况，局里很快会给你安排工作的。

你怎么敢断定啊？钱慧慧不晓得郑卫星曾经找到史文竹争取参加青年工人马列读书班，也不晓得胸怀大志的郑卫星已经精通提拔青年干部的门道。

慧慧！我命运不顺道路坎坷，恐怕下辈子都不会遇到这种机遇。所以我希望你珍惜大好时机！今后你提拔了不要瞧不起我……

我几次跟你表态我不会嫌弃你，你怎么变得婆婆妈妈？喂，我想吃京糕条这里买不到，你公休日去给我买吧！钱慧慧为了维护男朋友的自尊心，电话里主动撒了娇。

几天之后，男朋友的京糕条没来，却来了一纸调函。钱慧慧拿着调函去机电工业局报到。她被分配到局工会劳保部。当天坐在明亮的办公室里，她仍然不知道自己怎样成了机关干部。

得知钱慧慧调任机电工业局，郑卫星不顾恶劣天气乘坐公交车跑来探望。下车时他故意将雨伞扔掉冒着大雨走向机电工业局。行走雨中他感觉肺叶都被浇透了，站在机电工业局大楼外，不敢进去。

郑卫星内心恐惧权力。自从史文竹升任机电工业局党委副书记，他从未登门拜访，只是知趣地打过两次问候电话。一个普通青年工人对一位局级领导干部的敬畏，反而使得史文竹感到几分失落。

史文竹则不然，曾经主动给他打电话。电话只能通过华北电机厂交换台转到机修车间。接电话的车间会计盘问史文竹是什么人，她只得说是郑卫星的表姐。对方嘟嘟哝哝说，昨天打电话是他表妹，今天又来了表姐。

其实，史文竹给郑卫星打电话并没有什么事情。身居高位，如履薄冰，官场生存，枯燥乏味。她坐在机关大楼里只想跟郑卫星闲聊几句，趁机呼吸几口工厂的新鲜空气，放松紧张的神经。她的这种感觉好比久经圈养的山羊跑到野外小溪边喝了一口清水。

那天正在拆卸柴油泵的郑卫星跑来接电话。史文竹当头就问昨天打电话的表妹是谁。气喘吁吁的郑卫星听出这是史文竹的声音，只得压低声音承认表妹是钱慧慧的代号，因为这种恋爱关系要保密的。

那我的代号就是你表姐啦？史文竹抛掉自己机电工业局党委副书记的身份，同样压低声音开起玩笑。你有了表妹把表姐给忘了吧？

电话里郑卫星不知怎样回答。史文竹说，钱慧慧前途远大你要奋起直追。郑卫星告诉史文竹，钱慧慧多次表示他当一辈子工人也不会嫌弃的。

你俩关系好牢固哟。史文竹突然恶作剧地说，既然如此我就把你俩拆散吧。

你真的想拆散我俩？郑卫星举着听筒等待对方回答，电话里没了声音，仿佛等了一个世纪，只传来嘟嘟的忙音。

电话里没了声音。郑卫星感到自己被对方戏弄着，却心存忌惮毫无办法。他知道这是小人物的悲哀，因此暗暗发誓将来要做大人物。

如今，自己的女朋友成为这幢权力化身的大楼里的机关干部，郑卫星依然顾虑重重。他浑身湿透找到马路边的公用电话，拨通钱慧慧办公室电话。一个清脆男声接听了。郑卫星心里想象着钱慧慧跟一个英俊小伙子同室办公，顿时觉得喉咙发炎说，我找钱慧慧同志。

很快传来钱慧慧的声音，令他觉得她就坐在那位男同事身旁很近的地方。他说，我来看你了，慧慧我在大楼外面等你呢。

钱慧慧撑着一把老式油纸雨伞走出机电工业局大门，寻找男朋友的身影。小雨不停地下着好像是大雨的最后谢幕。郑卫星笨拙地朝着那把老式油纸雨伞招手。钱慧慧冲开雨帘快速飘移过来了。

你怎么不打伞就跑来啦？钱慧慧伸手将郑卫星拉到伞下，一阵心疼。他满脸雨滴撒谎说，我心里光想着你就忘了拿伞。

她跑进路旁小百货店买了一块毛巾给他擦干头发。他紧紧抓住她的手。她清晰地看见他眼睛里也下着小雨。是啊，这是眼睛的潮湿季节。

他俩撑着这把老式油纸雨伞并肩走去，来到当年初次接吻的河堤上。这里依然是一湾死水。密密的雨点儿敲击着河面将原本光滑的面孔刺成麻脸。小河偷偷涨水了，透露着积少成多的信息。高涨的水位给曾经发生初吻的河床带来压力，也令她与他的脚步黏滞起来。

你办公室接电话的小伙子是谁啊？郑卫星忍不住问道。

善解人意的钱慧慧不加解释地说，你当一辈子工人我也不会轻视你的。一句话冲淡心中妒意，郑卫星再次抓紧她的手说，假设有人想把咱俩拆散，

221

那肯定是恶作剧。我是普通工人我也不会消沉下去的，天生我材必有用！

在这把老式油纸雨伞下，钱慧慧大胆地靠在郑卫星肩头说，我相信你不会萎靡不振的……这时候，她的思路突然发生跳跃，我总觉得这次调到机电工业局是被一只无形大手拎进来的，这不会也是谁的恶作剧吧？

这是机遇！机遇就像一道难解的谜语，我们可能永远找不到它的谜底。郑卫星说着不禁想起自己争夺青年工人马列读书班名额的事情，再度感到心虚。他为了摆脱紧张心理趁雨幕遮挡旁人视线，在雨伞掩护下吻了钱慧慧。

自从有了郑卫星的吻，钱慧慧感到温暖，她情不自禁扬头注视着他。

不知什么原因，郑卫星不敢与她对视迅速挪开目光说，你在史文竹领导下工作，应当进步很快的。她反应快、口才好、头脑冷静、举止得体、组织能力极强，天生就是领导干部的材料，但是她……

其实钱慧慧不愿谈到史文竹，她将目光转向漫天阴雨说，我跟史文竹接触不多，觉得她眼睛后面还有一双眼睛。

我倒没觉得史文竹有两双眼睛，我认为她有权力欲，特别喜欢管束别人……郑卫星小心地表达着内心感受。

你说得很对！史文竹一双眼睛管束着自己，另一双眼睛管束着别人。你认识问题一针见血，比我更适合在大机关工作。我心里还是喜欢工厂的。

你放心吧慧慧，天生我材必有用，我一定努力改变自己的命运！郑卫星再次吻了吻钱慧慧的脸颊，转身冲进小雨里去了。

钱慧慧叫了一声想把手里的老式油纸雨伞给他。淋得透湿的郑卫星挥手送给她一个飞吻，匆匆跑走了。

飞吻！人生首次接受如此公开的示爱动作，钱慧慧又喜又羞捂着胸口，唯恐心儿咚咚跳出来。她深情地望着男朋友雨幕里远去的背影，满脸绯红。

郑卫星这个人，既有君子的品质也有浪子的趣味，就连扮演反面人物刁德一都有人喜欢他，可惜命运不顺。钱慧慧感慨不已，索性收起雨伞任凭雨水浇在自己身上，认为这样就与郑卫星同风雨共命运了。

越走越远的郑卫星乘坐公共汽车赶回华北电机厂。一路上好似小和尚诵经般不停地念叨着，我一定要改变自己的命运，我一定会改变自己的命运……

过午时分，天不放晴。郑卫星浑身精湿走进机修车间。工人们以为他是河里爬出来的水鬼儿，说他还魂了。

是啊我还魂了，人们不是说猫有九条魂吗？我有两条魂，一条魂是郑卫星，一条魂是刁德一。心里这样寻思着，不由想起钱慧慧、王宪钢、卢丽虹、艾学习、简晓铜、朱则良……他们都只有一条魂，他们都不如我呢。

秋去冬来。跨年度的寒气长驱直入剪光了绿色，强逼着人们穿上棉衣。经过加厚的人们显得缩手缩脚，一个个都像考试不及格的小学生。天空降下第一场大雪，覆盖了没有及时清扫的落叶。落叶是秋天的木乃伊，此时却被冬雪掩藏，工厂也被冻得呆板起来。

在清华大学读书的工农兵学员简晓铜毕业回厂。受了三年高等教育的工农兵大学生脸上换了一副白框眼镜，显得文质彬彬，彻底磨灭了刁小三的影子，演变为知识分子了。

简晓铜走进机修车间迫不及待找到王宪钢，仿佛要传达中央紧急文件。王宪钢跟随简晓铜走出车间来到厂道上。残雪覆盖了遍地落叶，厂道两旁的大树变得赤身裸体，好像朝天举起一把把大扫帚。走在冬景萧索的工厂深处，简晓铜深怀心事叹息一声。

如今提倡实事求是，你有事儿直说不要有顾虑嘛。新四军指导员开导着昔日"刁小三"。

你知道我学的是工科。有一门课程叫《物理化学》，它有"熵""焓"和"自由能"，还有"孤立体系"和"绝热过程"一大堆概念。比如求出自由能是正值或负值，就可以证明反应过程是否成立。

王宪钢认真听着心里羡慕简晓铜。人家大学生说话就是有学问。

简晓铜继续讲述说，《物理化学》跟《热力学》有关，我去学校图书馆借了沙莫豪斯基的《热力学》，热力学第一定律说，第一种永动机是不可能的。热力学第二定律说，第二种永动机是不可能的。

王宪钢尝试着说，热力学第三定律说第三种永动机是不可能的？

对！我学的《物理化学》也证明那种毫无能量来源的永动机是不能成立的。这是宇宙守恒定律啊！

哦……王宪钢思索着说，崔师傅研究了二十年的 $1=7$ 项目跟永动机有关系吗？

我就是要跟你说这件事情。永动机是不可能的，仿永动机也是不可能的。简晓铜提高嗓音说，崔万昌的 $1=7$ 已经研究二十年了吧？它是子虚乌有的伪命题！

伪命题？王宪钢不熟悉学术性词汇，就是伪军的伪吗？简晓铜使劲点头说，也是伪装的伪。

既然是伪军的伪也是伪装的伪，咱们赶紧告诉崔师傅就别再瞎耽误工夫啦！王宪钢急迫地说着。

嘿嘿……文质彬彬的简晓铜笑了。你思想还是这么单纯。这二十年难道没人看出 1＝7 是仿永动机吗？

是啊，这些年不断来人参观学习，有研究所的有研究院的，还有大学搞开门办学的。怎么就没人捅破这层窗户纸呢？王宪钢很是费解地说。

简晓铜望着远处锅炉房大烟囱说，你看过丹麦作家安徒生的童话《皇帝的新衣》吧？崔万昌的 1＝7 就是那件根本不存在的皇帝新衣！

王宪钢低头注视着脚下枯叶说，敢情崔师傅这二十年都光着屁股呢！大冬天也不怕冻着。

这不能怪崔万昌！大学生简晓铜宽容地说，这二十年间华北电机厂领导换了一茬又一茬，难道他们都是傻子？肯定不是。这里肯定有人不让他脱掉这件皇帝新衣，因为这杆工人发明家的大旗是不能倒的。

王宪钢觉得简晓铜长进很大，认识问题有了深度，表达能力有了提高，对待别人多了善意。尤其对待崔师傅的评价客观公允。

既然是皇帝新衣，咱们就装聋作哑啦？王宪钢虚心向简晓铜请教道。

简晓铜竖起棉大衣领子亲切地注视着王宪钢。宪钢，前些天我在《光明日报》上看到《实践是检验真理的唯一标准》这篇文章，很受启发！看来咱们国家即将进入解放思想的时代。一旦真正落实实事求是的思想原则，一就是一，二就是二，1＝7 肯定没有市场，就让它自生自灭吧。

好的。王宪钢赞同简晓铜的观点，随即向他吐露了心声，晓铜，这几年我总觉得缺少生活内容，心里空空落落又说不清缺少了什么……

简晓铜推了推鼻梁上的眼镜说道，社会发展时代进步思想解放，你想重新确立生活的目标吗？

当初我的生活目标是当个好工人。王宪钢思考着说，如今我的生活目标没有改变，做一个本本分分的工人，成立一个普普通通的家庭，过一辈子平平凡凡的生活，保持一颗干干净净的心……

这很好啊！简晓铜有些激动地说，你的生活目标没有豪言壮语，但是仍然属于理想主义者。我认为理想主义者的生活目标永远与现实生活存在距离甚至反差，所以你这辈子的苦恼肯定比别人多。比如艾学习就是现实主义者，他这辈子的苦恼肯定比别人少。

王宪钢受到启发说，你看郑卫星也是理想主义者吧？他上进心很强的。

上进心强未必就是理想主义者。简晓铜摇摇头说，郑卫星是非常典型的现实主义者。你知道现实主义者与理想主义者的根本区别是什么吗？

一群人吵吵嚷嚷从前边跑过去，好像是说发生了触电事故。

简晓铜逆着阳光手搭凉棚望着远处说，发生触电事故后，一定先掰开受伤者嘴巴，检查是否有假牙脱落堵塞喉咙，可以做人工呼吸，但是不要盲目注射强心剂！

你的大学没白念，成了万事通！王宪钢不无向往地说，去年全国恢复高考，我没敢动弹。依你看我能考上大学吗？

你真想考大学？简晓铜高兴地说，我还以为你安于现状呢！你想考大学就去找数理化课本复习功课吧。

那几年光唱戏，数学只懂得有理数，化学只懂得酸碱中和反应，物理只懂得密度和比热……王宪钢很不自信地说，我文化底子薄肯定考不上。

简晓铜跺了跺脚说，我说你是理想主义者吧？有了前进目标不行动，犹豫来犹豫去最后成了屠格涅夫笔下的罗亭！

王宪钢立即请教说，罗亭是谁啊？

就是一个姓罗的亭子呗！大学生简晓铜又气又急，不禁挖苦道。

这时候，艾学习跑来报信儿说，坏啦坏啦！朱则良触了电，从高处弹下来，左手都灼黑啦！

什么！王宪钢拉了简晓铜一把，朝着前方出事地点奔去。

十五　机关干部

　　机电工业局是一座大机关。这幢深灰色大楼里坐着五百多名机关干部，有男有女有老有少，人人手里掌握着这样那样的权力。从上班忙到下班，从月初忙到月末，从年头忙到岁尾，一年四季这样重复着。机关干部的生活规范而单调，钱慧慧坐在办公室里总觉得有劲使不出来，就主动把扫地打水擦玻璃的杂务承担起来。局工会劳保部张部长得知她演过阿庆嫂，就认为她的勤快来自当年春来茶馆，习惯了闲不住。

　　党的十一届三中全会以来，全国工业系统开展企业整顿试点工作，八字方针是"调整、改革、整顿、提高"。

　　这座城市的机电工业局也不例外，首先成立七个工作组，下到企业蹲点。工作组蹲点有两忌：一忌半身不遂上厕所——蹲下出不来。说的是蹲点蹲不出经验来，白蹲；二忌葫芦掉进井里——看着下去了，其实漂着呢。说的是形式主义。

　　钱慧慧被抽调出来编入第四工作组，蹲点单位恰恰是华北电机厂。

　　学生有"母校"，工人也有"母厂"。钱慧慧给郑卫星打电话想把回厂蹲点的消息告诉他。机修车间"小鬼儿"书记接电话说，刁参谋长支农去韩赵庄修理抽水机，十天后回来。

　　这都什么年头了，"小鬼儿"书记还是叫郑卫星刁参谋长，看来历史印痕难以打磨干净，比锈迹还顽固。钱慧慧放下电话去二楼会议室参加工作组下厂蹲点动员会，穿了一件海蓝色上衣。她并不知道由于身材超群、相貌出众，自己被人们悄悄称为"局花"了。

　　二楼会议室里，身穿灰色干部服的局党委副书记史文竹给即将出发的蹲点工作组做动员报告。她精神饱满、思维敏捷，不用讲稿侃侃而谈。

　　钱慧慧坐在会议室后排望着滔滔不绝的史文竹，认为这位年轻得志的局党委副书记不光精明强干、聪慧过人，而且心有定力处变不惊。

前几年有几个老干部联名给市里写信指出史文竹是乘坐火箭上来的"双突"干部，要求拿下她的职务。面对如此舆论，史文竹不慌不乱不申不辩，显得特别稳重。

经过上级组织全面调查，最后认定史文竹同志确实属于"文革"期间突击提拔的青年干部，但是不属于"三种人"。问题澄清了，史文竹突然递交辞职报告要求下基层锻炼。这令人颇感意外。然而她的辞呈迟迟不见批复，好像一块石头投进湖里沉入淤泥。就这样，她依然在机电工业局党委副书记位置上被人们称为"小史书记"。那位"三八式"老干部史玉才则被称为"老史书记"。机电工业局的"二史"书记，一老一少很有名气。

机电工业局党委领导分工，小史书记负责工青妇以及宣传教育工作。她有着超常的记忆力，下属二百六十四家企业的一把手，她见面几乎都能叫出名字，绝少出现张冠李戴的笑话。她还有着出众的表现力，无论小会发言大会讲话，出口成章、词语生动。

小史书记主管工青妇，于是成了钱慧慧的顶头上司。尽管如此，她对史文竹还是敬而远之。当年在华北电机厂形成的疙疙瘩瘩心理，似乎很难熨平理顺了。钱慧慧的平常心态在那个黄昏被打乱了。

一天下班洗澡，即将退休的组织部铁大姐谈起往事，说，当年正是史文竹向组织部推荐提拔钱慧慧的，于是从"青年工人马列读书班"紧急调任机电工业局，安排在工会劳保部工作。

什么！钱慧慧听罢铁大姐的讲述，蒙了。当年是史文竹把我从读书班调进机电工业局的，这怎么可能呢？

钱慧慧跑回办公室独自坐到天黑，不知道应当怀疑自己还是应当怀疑这个世界。组织部的铁大姐人品端正，绝对不会撒谎的。史文竹为什么这样做呢？这个疑问越变越大，从小丘变成大山，重重压在钱慧慧心头。

一个人的内心往往有脆弱的角落，钱慧慧也是这样。日常生活中她可以接受别人对自己不好，却很难接受别人设下谜局。尤其这个别有用心的谜局是局党委副书记史文竹设下的，她内心越发难以承受。

自从组织部铁大姐透露内情，人称"小史书记"的女人便成为慧慧的内心禁忌。她企图摆脱这种被束缚的状态，于是强迫自己将史文竹想象为怀着不可告人目的的人。她把我从读书班调进机电工业局，要么是想把我跟郑卫星拆开，要么是想让我成为她随意摆布的下属。

然而，举凡成为禁忌的东西，并不是你想恨就能恨，想爱就能爱的。对于钱慧慧来说，史文竹既不代表恨也不代表爱，它就是魔咒，令人无法摆脱。

钱慧慧开始躲避史文竹，就像杨白劳躲债。有一次她们在大楼里狭路相逢，钱慧慧竟然闪身躲进女厕所。但是，躲过初一躲不过十五。只要在机关食堂看见钱慧慧，小史书记就热情地把她叫进小餐厅。

机电工业局干部们在大餐厅吃饭。局领导班子成员在小餐厅用餐。史文竹将钱慧慧叫到小餐厅桌旁，一边吃饭一边聊天。这种聊天从来没有具体内容，好像小史书记就是让钱慧慧陪她吃饭。

钱慧慧感觉自己成了史文竹的一盘开胃小菜。全身绷紧进入战备状态。她的最大收获就是发现史文竹牙齿细小紧凑，不吃洋葱、韭菜、蒜苗、豆角，进食姿态优雅，很少喝汤。

久而久之，女下属与女上司形成了一种难以琢磨的古怪关系。有时候史文竹下厂检查工作也叫上钱慧慧。比如去第九机床厂和高压电器厂听取"党建"工作汇报，这与工会干部钱慧慧毫无关系，企业里以为她是小史书记的秘书，弄得挺尴尬的。

史文竹见了面叫她"工人领袖"，很亲近的语气。她则中规中矩称呼对方"史副书记"，用京剧术语来说，板是板，眼是眼。

去年三八妇女节机关党委举办小型联欢会，机关女同胞们逼着"工人领袖"唱了一段"垒起七星灶，铜壶煮三江"。很久没有开腔了，钱慧慧一张口竟然唱出了感情，可惜手里缺一把铜壶。

小型联欢会结束，钱慧慧恍惚感觉重返春来茶馆，好像阿庆嫂灵魂附体。她义无反顾地叩响史文竹的办公室决定当场追问谜底：你从青年工人马列读书班把我调进机电工业局究竟出于什么心理？

史文竹办公室的门是一扇老式雕花黑漆木门，很厚。她咚咚叩响，它则发出沉闷的回声，仿佛诉说着它的来历。

可巧史文竹出差去了。之后钱慧慧再也没有勇气叩响那扇老式雕花黑漆木门，尽管它雕镂着西洋风格的精美图案。

禁忌就这样继续着。这天上午局工会劳保部张部长兴奋地告诉钱慧慧，这次工作组下企业蹲点是小史书记亲自点将，这是她重点培养你呢。

我的生活怎么总被史文竹笼罩着呢？钱慧慧坐在二楼会议室里听着小史书记的工作组下厂蹲点动员报告，不时将工作要点仔细记在笔记本上。她的样子很像一位谨慎的女出纳员。其实这种谨慎是出于对史文竹的防范心理。

小史书记很能讲话，一开口便产生强烈鼓动力，感染着听众进入临战状态，同志们，这次局里抽调一批得力干部下到重点企业蹲点，我们首先要克服官僚主义痼疾，力戒大轰大嗡的不良作风，力戒华而不实的浮泛心理，力戒盲人摸象的教条主义。

史文竹说着伸出胳膊指向会议室后排说，我以钱慧慧同志举例吧！她是负责劳动保护工作的工会干部，这次下厂蹲点可不可以围绕工人阶级是社会主义企业主人翁的主题搞出一份调研报告呢？我看工会组织完全应当在企业整顿工作中发挥更大作用。你说呢，钱慧慧同志？

人们回头看着钱慧慧，目光里包含着关切与羡慕。有着长期机关工作经验的人都知道领导同志在讲话时主动提到谁，这至少说明谁给领导同志留有良好印象，甚至成为日后提拔的先兆。

人们投来的目光照亮钱慧慧。她只好起身向着史文竹副书记说了声是的。似乎没有听清她的回答，小史书记满脸微笑再次问道，你有决心和信心搞出这样一份调研报告吗？

钱慧慧重新站起提高音量说了声，有。同时她心里打了个问号，史文竹这是给我出了一道难题吧？

动员报告会结束，钱慧慧离开会议室。楼梯拐角有人喊她名字，她看到一个身穿铁灰色中山装的小伙子。

钱慧慧！我听说你是鞋帮子改帽檐儿——高升啦。庞汇强大声说着俏皮话儿，笑嘻嘻地走过来。

我早就看出你前途无量，当上大机关干部了吧？身穿铁灰色中山装的庞汇强上下打量着心中偶像兼梦中情人说，不论王宪钢还是郑卫星，他们都配不上你！你将来是当大干部的材料……

钱慧慧觉得庞汇强患了话痨，见了面滔滔不绝好像发了山洪。她摆摆手关闭对方闸门，问，汇去的一千元钱收到没有？

我八百年前就收到啦！庞汇强不以为然地说道，那钱是我真心送你的，它绝对不是赃款。

史文竹抱着一摞材料经过楼梯口看到钱慧慧与庞汇强交谈着，竟然惬意地笑了，那表情仿佛看到一幅令她极其满意的图画。

她怎么会是这种表情呢？钱慧慧望着小史书记的背影，挺纳闷的。史文竹青年得志二十岁便奠定仕途道路。一晃十年过去依旧孑然一身。身为女人，钱慧慧难以触及史文竹的内心世界，只得猜测她是特殊材料制成的女人。

庞汇强看到钱慧慧走神便提高嗓门说，我们村办工厂改成了乡镇企业，不做电镀小碗，改做旋风除尘设备了。我现在跑大业务有了请客送礼的权力。

不经意间，钱慧慧被兴奋不已的庞汇强打动了。她知道当年农村插队生活艰苦，这家伙不论写信还是见面从来不喊累不叫苦，总是兴冲冲的样子。庞汇强身上既没有王宪钢式的拘谨，也没有郑卫星式的精明，粗粗鲁鲁、随随便便、晃晃悠悠，而且具有不遮不掩公开追求女人的胆量。

庞汇强欲言又止伸手扯了扯她的袖口。她当即告诫这是机关大楼不要肆无忌惮。庞汇强连连点头说，知道你现在是有身份的人，我不想影响你的前途。

现今国营企业不理睬我们乡镇企业业务员，好像我们都是小老婆养的。庞汇强表情神秘地说，我想通过你跟下边企业打个招呼，让他们选用我们厂出产的旋风除尘器，反正买谁的都是买呗。

我不做这种事情。机关干部钱慧慧认为庞汇强给她出了天大的难题，这比他当众求爱更令她难以接受。

你是负责劳动保护的干部，我们的旋风除尘器是为在有毒有害环境作业的工人们保障健康的，这不算拉关系走后门吧？庞汇强再次放开大嗓门。

不行！以后你不要来找我了。钱慧慧甩下这句话，把庞汇强晾在原地。

哎，她怎么又变成阿庆嫂啦？庞汇强嘟哝着，无可奈何地走了。

钱慧慧回到办公室，她的领导张部长激动地说，小史书记在动员会上亲自给你布置蹲点调研报告主题，这不光是对我们劳动保护工作的重视，也是你进步的好兆头啊。

钱慧慧笑了笑不言声。其实，上级向下级提出工作要求，这很正常。然而这个上级是史文竹，身为下级的钱慧慧就认为不正常了。她觉得动员会上史文竹分明抛来一条无形的绳索，自己成为被缚的人。

七个工作组从机电工业局出发，分头奔赴蹲点企业。钱慧慧的第四组三男一女乘坐华沙牌轿车前往华北电机厂。三男是生产处老石，规划处老卞，局党办老汪，一女当然是钱慧慧。老石是组长，老卞是副组长。上了汽车三男纷纷祝贺一女，认为小史书记亲自布置调研报告，小钱无疑是嫡系部队。

党办老汪意味深长地说，小史书记动员会上当众给你开小灶，这次下厂蹲点对你来说意义重大。

钱慧慧谦虚地敷衍着，心里另有想法。史文竹分明成了无所不在的阴影笼罩心头。一路上随着汽车颠簸，钱慧慧甚至觉得史文竹就坐在身旁。她不断做着深呼吸，还是难以驱赶心中的魔障。

初春季节，汽车驶出城市，进入一条深长幽暗的公路隧道。钱慧慧突然感到身体变成子弹被压进枪膛，高速射向前方出口。她知道这是幻觉，可还是双眼紧闭等待子弹击中靶心……

汽车轰地驶出公路隧道，道路变宽了。钱慧慧意识到人生就是一颗射出枪膛的子弹，谁都不知能否射中靶心。这时候她看到小河被填为平地盖起了农贸市场。路边冒出一座座小饭馆，原本疏可走马的近郊地带变成狭窄不堪的集镇闹市。当年貌似田野孤岛的华北电机厂也淹没在人间烟火里了。

华沙牌轿车驶进华北电机厂大门，径直停在厂部院子里。机关干部钱慧慧下车一眼就看见当年的打字室，情不自禁地奔了过去。

打字室已变成杂物间，里面存放着干部参加劳动的几双高筒胶靴和一堆草帽，还有过期的《活页文选》。厚重的尘土就是历史。逝去的时光令钱慧慧深感荒芜，想起失去故巢的小燕子。

景达明来了，他如今是分管人事与教育的副厂长，出面接待局里的工作组，说，章泽书记在会议室等候呢。

这位副厂长跟钱慧慧握手时，表情略显僵硬。钱慧慧有些同情他，一个男人为了掩饰生活作风的不检点，多年使出抗洪救灾的劲头保护自己的隐私，时时刻刻严防溃坝决堤。

小会议室里，章泽书记向下厂蹲点的工作组成员介绍华北电机厂的基本情况。钱慧慧离开工厂几年，感觉既熟悉又陌生。

当年我从青年工人马列读书班直接调到机电工业局，一定是史文竹跟章泽书记打了招呼吧？钱慧慧走神没有听到章泽书记的问话。

小钱，你这次来华北电机厂蹲点等于回娘家啊！章泽书记重复说道。

组长老石操着南方口音救场说，小钱同志还是大姑娘，哪儿有什么娘家。

钱慧慧收拢思绪仓促答道，章泽书记说得没错，华北电机厂是我的娘家，那间打字室是我的闺房，可惜变成杂物间了。

副组长老卞颇含深意地说，我们下厂前史文竹同志亲自给小钱布置调研报告课题，看起来华北电机厂也是史副书记的娘家。

是啊，我们都是史文竹同志的娘家人。景达明副厂长插话介绍华北电机厂为下厂蹲点的工作组安排食宿行的情况：给工作组配备四辆自行车用于厂内活动，出厂找小车班要车。住工厂招待所单间，吃职工小食堂客饭，办公地点在基建楼三楼东侧。

之后，景副厂长为工作组成员分配住宿，三位男同志住在二楼，钱慧慧住在一楼。

怎么又是一〇七呢？钱慧慧暗暗惊异。这三次重复意味着什么呢？钱慧慧认为自己犯了唯心主义毛病，只得停止胡思乱想。

入住华北电机厂招待所一〇七房间，她感觉自己到了陌生的地方。这种陌生感令她不安，暗暗质问自己：我回到娘家反而产生陌生感，这是我十八岁开始青春岁月的地方。为了平复不安情绪她在屋里来回踱步，然后拎起暖瓶去开水房打水。

穿过楼道来到开水房，钱慧慧意外地发现艾学习的身影。

他拎着一只盛有废旧棉纱的铁桶排队等待打热水。开水房的老头儿大声指责艾学习用公家热水洗公家废棉纱，然后卖给废品收购站为自己赚钱。

钱慧慧不禁想起当年艾学习设在工厂后墙的聚宝盆：一台土灶烧着一桶热水，热水桶里煮着一块块报废的三角牌砂布。真是江山易改，禀性难移。几年过去了，艾学习仍然沉浸在废品世界里，乐此不疲。

面对开水房老头儿的大声责难，胖墩墩的艾学习充耳不闻，打满一桶热水，拎着就走。他抬头看见迎面阳光里站着的钱慧慧，咧嘴笑了。

她的目光故意避开泡着废旧棉纱的热水桶，叫了一声小艾，问，你还在金工车间开立车吧？艾学习点点头说，多次申请调到废品仓库当管理员，劳资科不同意。

你放着正儿八经的车工不干愿意去废品仓库？钱慧慧当了机关干部仍然懂得工厂工种的意义。车工属于技术工种，干净体面。尤其艾学习操作的三米四立式车床是全厂关键设备，好比公园里的景点。相比之下废品仓库则属于收容老弱病残的地方，脏乱差。

艾学习笑嘻嘻地说道，如今改革开放强调人尽其才物尽其用。我去了废品仓库，一是人尽其才，二是物尽其用，只有人尽其才，才会物尽其用。这也叫专业对口吧。

一个人钻了牛角尖，八匹马都拉不回来。望着艾学习拎着铁桶走远了，钱慧慧挺惋惜的。俗话说，人往高处走，水往低处流。郑卫星是拼命往高处走，可惜命运不济。艾学习却甘当人往低处走的典型，自愿放弃技术工种去跟工业垃圾打交道。

下午，蹲点工作组开会研究内部分工。有负责厂级领导调研的，有负责中层干部调研的，有负责工人调研的。钱慧慧举手要求负责工人调研，唯恐被别人抢去似的。

工人调研是费力不讨好的苦差事，钱慧慧居然如获至宝。工作组的三位男同志挺惊讶的。工作组组长老石拍板说，既然小钱勇挑重担，就这么定了吧。

老汪问道，你选择工人调研是为了完成小史书记分派给你的调研报告吧？

听到"小史书记"这几个字眼，钱慧慧登时坏了情绪。她语气尽量平和地对老汪说，你不是负责中层干部调研嘛，你专心做好自己的工作就是了。

傍晚时分，钱慧慧在楼道里遇到招待所管理员。这位老大姐说，郑卫星打电话让我转告你，他在支农前线，这两天就回厂了。

钱慧慧说了声谢谢，发现楼道小桌上摆着一部电话。哦，郑卫星知道我住在招待所就从韩赵庄打来电话。这样想着感到几分暖意。钱慧慧曾在苏联小说里看到过这样一句话：爱，就是希望天天被人想起。

在职工小食堂吃过晚饭，初春天气里钱慧慧沿着厂道散步。走到宣传栏前面她驻足观看。这是当年张贴革命标语的地方，如今成了五花八门的大世界。有金工车间的"拾物招领"是一串钥匙；有铸造车间一工人的检讨书，是偷了厂里的铜管；有电机车间寻找业余文学创作伙伴，交流写作心得体会……宣传栏高处红色粉笔写着一句话，钱慧慧踮起脚尖儿看清楚了："邹彤彤，我爱你！"

这就是工厂爱情。钱慧慧看得津津有味，觉得这里充满工厂生活气息。不经意间她发现一块被岁月覆盖的"处分通告"，墨迹黯淡，纸张残破，只留存一小片内容。她动了好奇心，光线昏暗，凑近细看。

杨葵、留厂察看、板砖拍、开除厂籍、于亢……钱慧慧拿出刑警破案的姿态，伸长脖子研究着这些残垣断壁式的汉字，几经拼接渐渐明白了。噢，这正是当年杨葵花板砖拍击于亢虎，华北电机厂给予她"开除厂籍，留厂察看"的处分通告，如今成了甲骨文。

从杨葵花想到朱则良，钱慧慧惦念这位从小自卑的小伙子。前几年朱则良左手被电击灼伤，紧急送往医院截去食指和半截中指，从十指减为"八根半"。后来听说他跟年长他五岁的杨葵花订了婚，只差领证办喜事了。

明天我就开始工作了。钱慧慧已经将艾学习、朱则良、杨葵花、王宪钢、卢丽虹、崔万昌和侯金泉，还有十几位厂级先进生产者列为工人调研的重点对象，她坚信企业管理的生力军是工人们。

返回工厂招待所的路上，她看到职工家属楼小广场上有两个人在练习

"鹤翔桩"，这是近年兴盛起来的气功疗法，据说能够强身健体延年益寿。这时候，两个练习"鹤翔桩"的身影突然发功了，双腿连续跺脚咚咚咚踏击地面，发出巨大声响。一个人居然发出如此强力，钱慧慧大为惊诧。她听说机电工业局党委书记史玉才偷偷练习"鹤翔桩"，绝对没有想到这种气功可以把人的两条腿变成基建工地的打夯机。

那两台"打夯机"终于放缓节奏，渐渐停歇下来。钱慧慧好奇地走过去，意外地看到其中一台"打夯机"是景达明，不由哦了一声。

景达明作双手胸前抱球状，缓缓睁开眼睛木然地望着钱慧慧。她将目光挪向景达明身旁的"打夯机"，这是一个农妇模样的中年女人，面有病容。

景达明从木然转为淡然，叫了一声小钱。当年疑神疑鬼的党办主任似乎走出心理雷区，转为心态平和的副厂长了。

这是我老婆。景副厂长给钱慧慧介绍说，她从农村老家来城里看病，跟我一起练习"鹤翔桩"。据说男女合练，功力容易增长。

男女合练？钱慧慧暗暗想起母亲。光阴荏苒，不知这位景副厂长与那位蔡老师是一刀两断还是藕断丝连。多年来钱慧慧对这桩秘密守口如瓶，既维护了母亲的名誉也保护了景达明的仕途。

看到景达明恢复常态，钱慧慧便向他打听朱则良的情况。景副厂长挥手打发自己老婆回家，之后打开话匣子。

你们宣传队这些人，一个比一个古怪。艾学习放着车工不干，非要调到废品仓库不可。他说农村实行联产承包责任制，他也要承包咱厂废品仓库，还想将废品仓库发展成为五七家属工厂，领导一群老娘们儿开发独立产品。

景达明喘了一口气说，那位朱则良更怪，他工伤截掉了一根半手指头，前些天跟他师傅杨葵花订了婚。女大五，赛老母。他成了"八根半"当不了电工，我把他安排在供应科管仓库。不知为什么杨葵花放着电工不干也调到供应科一起管仓库了。

钱慧慧打断景达明说，这是杨葵花要牢牢守住朱则良，就把电工放弃了。

对！卢丽虹就是这样。景达明把话题转到红医身上，卢丽虹不是编制过一套"铸工体操"被评为全局劳动保护先进工作者吗？可是她非要调到机修车间去。我知道她想守着王宪钢不放，她却编造理由说想给机修车间钳工们编制"钳工体操"，然后在全局推广。

就数那位丁参谋长表现正常，这是因为他跟你搞了对象嘛。景达明结束了《沙家浜》人物介绍，竟然气喘吁吁的。

234

保卫科科长于亢虎呢？钱慧慧想起杨葵花的"拍砖事件"，随口问道。

于亢虎"文革"期间有打砸抢行为，从保卫科科长降为副科长，又从副科长降为科员，他还是歪戴帽子斜瞪眼儿呗。景达明满脸无奈地补充说，你知道于亢虎的姐夫是谁吗？就是手里掌握着农转非指标的劳动局实权派武玉国！

武玉国？钱慧慧听到这个名字仿佛吃了一只苍蝇。原本以为那是前世历史，此时耳畔还是响起武玉国的声音，我就是要让你个尤物陪我到老！

景达明想起武玉国曾经打电话纠缠钱慧慧随即改变语气说，我为了给我老婆争取农转非指标去劳动局找过姓武的。有人整箱送他茅台酒，有人整箱送他"三五"烟，飞扬跋扈啊！

钱慧慧不愿听武玉国的故事，烦了。她跟景副厂长道别。景达明犹豫着，小步追了上来。

蔡老师她好吗？听到身后传来这种问候，钱慧慧被触动了，猛地停住脚步。

很久以来，钱慧慧内心瞧不起景达明，认为他过于委琐。如今当上华北电机厂副厂长，功成名就竟然胆敢问候旧时情人，这无疑表现出了几分男人的勇气。钱慧慧敬重有勇气的男人。她转身注视着景达明说，蔡老师她很好，我替她谢谢你的问候。

快步进了招待所，她看见楼道里小桌上的电话机，便想起支农前线的郑卫星，心里添了几分慰藉。

独自回到房间，她伏案写着下厂蹲点日记，详细记载工厂人物的变化。有想当废品大王的艾学习，也有从电工改做库工的朱则良和杨葵花，还有当年的红医如今的大夫卢丽虹……

半夜时分，睡梦里的钱慧慧被一阵轻而持久的叩门声弄醒了。这叩门声不重，却显得极有耐心。一声声叩着好像只是叩给她听的，因此不会惊扰别人。

她披衣起身小声问了声谁。门外传来熟悉的声音说，是我。钱慧慧顿时激动了，光着脚跑去开门。

郑卫星怀里抱着小提琴盒子一步迈进房间。钱慧慧像欢迎前线归来的战士，含情脉脉地望着他。扔掉小提琴盒子，郑卫星伸手将她搂进怀里就吻。对方来势凶猛令她躲避不及竟然撞了门牙。她忍着疼痛说，我是蹲点工作组的人，你不要乱来啊。

支农归来的郑卫星横身抱起"工作组"气喘吁吁地走向床边,大声说,我就是来找你蹲点的。

其实钱慧慧是告诫郑卫星注意影响,她毕竟是局机关干部。她被他放倒在床上本想极力拒绝,却选择了接受。

他动手脱掉她的上衣,弄掉一颗纽扣。她一阵眩晕,任他急促地吻着,好像机关枪的"点射"。她感觉自己嘴唇冰凉,身体飘扬变成一只断线的风筝……

天色渐渐亮了。猛然醒来的钱慧慧发现自己睡在郑卫星怀里,小鸟似的惊起跳到床下。郑卫星哼唧一声翻身继续睡去,那样子好似醉卧云间的活神仙。她看到床下的一身油腻腻的工作服和两只大鞋。嗯,这家伙支农归来半夜冲进我房间,活像一头鲁莽的小狮子。他终于得到了我,当然美滋滋沉入梦乡了。

她想起住在楼上的蹲点工作组三位成员,温馨而幸福的感觉蓦然被担忧和惧怕的心情替代,慌忙穿好衣裳。是啊,幸亏他们住在二楼,否则半夜听到异常响动就麻烦了。

收起小提琴盒子,钱慧慧注视着沉睡着的郑卫星,伸手扯着他耳朵轻声说,你胆子太大啦,想睡到日上三竿啊。

郑卫星翻身坐起,快速穿上那套油腻腻的工作服,厚着脸皮说,我就是要让全世界知道咱俩昨夜的事情。

你真是这样想的?钱慧慧瞪大眼睛迷惘地望着男朋友问道,你就不考虑对我的不良影响吗?

我这是跟你开玩笑呢。郑卫星马上转变话题说,这次下乡支农我思想收获很大。你知道我在农村遇到谁吗?庞、汇、强!这家伙雄心勃勃把乡镇企业做大了。前天他请我喝酒,当众向我挑战说这辈子铁心要娶钱慧慧为妻。

美死他啦!钱慧慧有些羞涩地问道,那你当场迎接他的挑战了吗?

我当众告诉他这辈子死了心吧!郑卫星从工作服里掏出几只大红枣塞给她说,当初我学小提琴是当作敲门砖,现在是真心喜欢了。这次下乡支农它成了我的亲密伙伴,我经常给他们演出呢。

钱慧慧看着小提琴盒子说,好啊,我记得你为了买小提琴卖了你父亲的手表,多不容易啊。

这次下乡支农我在韩赵庄请胡半仙算命,你猜他说我什么?郑卫星得意地拍着胸脯说,他说我运到了,十年不飞一飞冲天,十年不鸣一鸣惊人!

说着，郑卫星伸长脖子来吻钱慧慧。她下意识闪躲说，你趁着清静赶快走吧。

郑卫星抱起小提琴盒子推开窗户跳出去。她忘记这是底楼吓得叫了一声。追到窗前看到他拎着小提琴盒子跑远了，终于放下悬着的心。

钱慧慧跑到盥洗间洗脸漱口，她的心又悬了起来——假若有人看见郑卫星从我房间跳窗户走了，这事传到局里怎么办呢？我是蹲点工作组成员，史文竹肯定会揪住不放的……

走过招待所楼道，管理员老大姐主动打招呼弄得她越发紧张，担心人家看穿底细。这时她终于体会到景达明多年草木皆兵的心理。唉，山不转水转，如今轮到我风声鹤唳了。

她心里开展着自我批评。我被他吻晕了，好像一根火柴一擦就烧着了，迷迷糊糊的便星火燎原了。

职工小食堂的早餐是豆浆、烧饼、油条。怀着惊涛拍岸心情的钱慧慧跟老石、老卞、老汪三位男同事同桌吃早餐。她观察着他们的脸色，好像平安无事。钱慧慧知道机关干部即使有情况也不挂在脸上，这叫修养。

吃过早餐开始工作。钱慧慧开始进行工人调研，她手里拿着笔记本向供应科仓库走去。

供应科仓库的功能是将采购来的原材料入库保存，根据生产需要分批供应有关车间。管理供应科仓库的人被称为"库工"。有供应一库和供应二库之分。钱慧慧去供应二库找两个库工座谈，一个是朱则良，一个是杨葵花。

他们曾经是一对师徒，如今是一对订婚男女。身为机关干部的钱慧慧办事规范，事先跟供应科科长打了招呼，这是公事公办。

供应二库是一座大院落，东边罩棚存放普通木材，西边罩棚存放非标准钢材，颇有几分大车店模样，这与大工厂格局形成强烈反差。钱慧慧走进院子一只黑狗迎将上来。

这条黑狗挺理性的，不咬不吠地观察着来访者。钱慧慧喊了一声朱则良，这只黑狗转身跑进挂着供应二库标牌的小屋，传话去了。

一身旧工作服的朱则良走出值班小屋。几年不见，他比唱胡传魁的时候胖了，更像一个老工人。

朱则良左手戴着一只白线手套，伸出右手抚了抚小平头说，科长打电话说你来座谈，我这儿只有一个凳子，咱们只能站着谈了。

钱慧慧忍不住笑了，问，杨葵花呢？不等朱则良回答，那只黑狗蹿进东边罩棚叫人去了。果然，杨葵花从一垛垛木材深处走出来，冲着钱慧慧打招呼说，你当了大机关干部没忘记我们，是好人啊。你屋里坐吧。

小屋不太大，果然只有一个凳子，只能站着谈了。钱慧慧看到凳子旁边摆着两只大号哑铃。不等发问杨葵花主动介绍说，朱则良没事儿就练这玩意儿，练得两只胳膊倍儿粗，跟顶门杠似的，力气大得吓人。

朱则良红着脸解释说，练习哑铃只是强身健体。钱慧慧一语道破对方心思说，我看你不光为了强身健体，还预备着打抱不平呢。

一句话说得朱则良不言语了。杨葵花赞扬钱慧慧一针见血，说，朱则良憋着废了于亢虎，只要那家伙敢再欺负人。

汽车队那几个装卸工不再欺负人了。朱则良平淡地说着，语气很柔和。

钱慧慧发现杨葵花左手也戴着一只白线手套，心里暗暗惊奇。这俩怎么都是左手戴着白线手套呢？

这阵子我俩成了全厂新闻人物。你也是来座谈这件事儿的吧？杨葵花性情耿直率先发问。

钱慧慧连忙表示这次下厂蹲点主要了解企业整顿状况，比如企业承包如何体现工人阶级主人翁地位，不问私事。

朱则良略感意外地说，你问承包啊？好归好，也有不少问题。铆焊车间剪板机被高大楞承包了。他一下成了主人翁，说扣谁奖金就扣谁奖金，跟旧社会工头儿差不多。

杨葵花插嘴说，高大楞还逼着开天车的小珍子跟他相好，说多给她加班费。

原来是这样啊！钱慧慧认为朱则良和杨葵花反映的问题很重要，掏出圆珠笔记在本子上说，承包是我们借鉴农村联产承包责任制的做法，在国有工厂实行，肯定有待完善。企业改革怎样保护工人合法权益，这是工会面临的新课题。

我看工会也保护不了工人……腼腆的朱则良给钱慧慧倒水去了。

杨葵花抓住机会小声说，你下厂蹲点不问私事，我非要跟你说点私事行吗？

钱慧慧说，我住在咱厂招待所一〇七房间。杨葵花听罢谨慎地笑了。

朱则良给客人端来凉白开。钱慧慧接过茶缸子喝了两口，询问他工伤情况。朱则良说，领导安排我看仓库，养老了。

你七十三还是八十四？杨葵花不满地讽刺着未婚夫，随即转向钱慧慧说，他张嘴养老闭嘴养老，好像明年就退休似的。我俩的事情你都知道了吧？我比他大五岁，心里反而觉得比他年轻！

看着这对年龄相差五岁的未婚夫妻，想起"女大五，赛老母"的俗语，钱慧慧揣测这是朱则良为了缩小年龄差距故意跟杨葵花装老，挺感动人的。

那只黑狗蹲在旁边看着钱慧慧。杨葵花介绍说这狗名叫"承包"，夜里在仓库值班比人还可靠，它是狗里的劳模。

钱慧慧望着这只不属于人类的劳模，感到工厂生活确实丰富，机关大楼里就没有这种忠诚的黑狗。谈论了企业承包工作的利与弊，她跟朱杨二人道别，走出供应二库院落。

黑狗"承包"紧紧跟在身后好像代替主人郑重送客。她觉得这条黑狗性格很像朱则良，不事声张心里有数。

厂道上，已经挂起红色横幅大标语："开展企业整顿，强化企业管理，创造企业辉煌！"她知道这是华北电机厂成为企业整顿试点单位开展的"职工献宝月"活动，你可以献上生产管理建议，也可以献上技术革新方案，还可能献上义务加班工作日，总而言之，号召全厂职工为企业整顿献计献策做贡献。

篮球场附近搭起了"献宝台"。宣传科老包当了科长，亲自动手张贴"职工献宝奖励办法"，最高奖金人民币五十元。钱慧慧对包科长说，奖金真高啊，顶我全月工资呢。

时间就是金钱，效率就是生命嘛。包科长环顾四周做出求贤若渴的姿态。

走进机修车间大门。钱慧慧知道郑卫星支农归来放假三天，此时不在。她远远看见王宪钢，心头腾地热了。

自己曾经喜欢王宪钢这是无法否认的情感历史。现今跟郑卫星搞对象，还是关注王宪钢的。她记得王宪钢的理想是当一个好工人，而且把这句话刻在饭盒里当作人生格言。

改革开放，工厂发生很大变化，有的人放着工人不当跨上摩托车逴鱼贩虾去赚钱，有的人街头练摊儿倒腾电子手表、太阳镜去发财。工厂，不再是工人乐园了。随着社会身份的多元选择，当一个好工人——这看似简单的人生目标，骤然变得复杂起来。当今，做一个"坏工人"越来越容易而且受到赞扬，做一个"好工人"越来越艰难而且遭到嘲笑。钱慧慧猜测这种形势下王宪钢极有可能处于迷惘与困惑状态。

机修车间"小鬼儿"书记跟班劳动和王宪钢一起研磨"导轨"。钱慧慧没有看到崔万昌和侯金泉的身影，觉得机修车间反而比过去清静了。

王宪钢无意间抬头看见钱慧慧，无声地笑了。她觉得他的笑容挺踏实的，并没有迷惘和困惑，反而多了几分安稳与平静。

此时，她的心被对方的目光触动，自己反而添了几分迷惘和困惑：究竟什么力量使王宪钢安稳与平静的呢？

一时不知跟王宪钢说什么，她和"小鬼儿"书记约定时间搞一次老工人座谈会，特意点名请崔万昌和侯金泉参加，还有张王李赵刘五位老师傅。

"小鬼儿"书记表示赞成，说，侯金泉业余时间担任乡镇企业技术顾问还以为我不知道呢！其实我是睁一只眼闭一只眼。

崔万昌师傅呢？钱慧慧急于了解 1 = 7 的情况。王宪钢接过话题说，崔师傅坚决不去赚外快，他把 1 = 7 改成 1 = 3，继续研究呢。

你好吗？钱慧慧终于抓住机会问候王宪钢。"小鬼儿"书记不合时宜地抢答，说，王宪钢特别踏实，哪里给钱他都不做第二职业。

王宪钢自嘲地笑了，表示自己一没有崔万昌的科研题目，二没有侯金泉的技术绝活，三没有乡镇企业聘任，只能跟工厂同呼吸共命运了。

看到你这样踏实，我就放心了。钱慧慧很有责任感地说，不过我们不能故步自封，还是要紧跟时代发展的。

你说紧跟时代发展，机修车间要数郑卫星起步最早，他不是会拉几下小提琴吗？就利用公休日给人家小孩教琴，这也是业余收入呢。"小鬼儿"书记及时举例说道。

这事情我怎么不知道？钱慧慧跟郑卫星谈了几年恋爱，顿时感觉陌生起来。

刁德一做的事儿就连胡传魁都不知道！"小鬼儿"书记使出激将法说，所以郑卫星不能事事都向老婆汇报啊。

我又不是郑卫星的老婆！钱慧慧果然中了激将法不乏怨艾地说，那就让他当一辈子刁德一吧。

看到钱慧慧恼了，王宪钢伸手捅了捅"小鬼儿"书记说，你就爱打小报告挑拨人家关系，我觉得郑卫星教小孩拉琴不会收钱的。

王宪钢摘下手套露出了手表。钱慧慧又想起他当年用圆珠笔画手表的事情，如今每月工资四十八块八毛五，王宪钢终于戴上了自己的"大英格"。

道了再见，钱慧慧走了。王宪钢追到车间门口说，你以前不是跟我母亲学过戏吗？她经常问起你的情况，我说你当了机关干部她挺惊讶的，说你唱戏唱出了大出息。

不尽往事涌上心头，钱慧慧颇为感慨地说，是啊，我瞒着你跟魏老师学戏，心里特别紧张。你母亲身体还好吗？请你代我问候，改日我去看望她老人家。

还有一件事情……王宪钢鼓起勇气说，你记得当年郑卫星为什么被贬回机修车间吧？那是我托付他寻找我的身世线索。我不是王云亭的亲生儿子，所以我特别想寻找生身父亲……

哦，原来是这样。钱慧慧连连点头，极力表示对王宪钢身世的同情。

以前我把身世看得过于重要，绞尽脑汁非搞清楚不可，就这样把郑卫星害了。前两年我请章泽书记派人查阅我的档案，没有找出我生身父亲的线索……

你母亲知道你在寻找生身父亲吗？钱慧慧关切地问道。

王宪钢如实回答说，我不会让母亲知道的，不论她是不是我的亲生母亲我都会孝顺她的。

原来你心里挺苦的。钱慧慧终于忍不住说，我知道你是一个好人，你应当拥有美好生活，卢丽虹很爱你的，你不是也很爱卢丽虹吗？

这时候钱慧慧听到自己心跳了，意识到应当终止这场谈话离开这里。既然跟郑卫星搞了对象，就不要沉浸在往日的情感里了。

宪钢，你一定会拥有美好生活的！钱慧慧转身走了。她拐过机修车间大门放缓脚步，擦干眼泪稳定情绪。钱慧慧啊钱慧慧，你是下厂蹲点工作组的干部，不要感情用事。

心里批评着自己，钱慧慧走在厂道上。她再次经过那座"献宝台"，惊讶地看到这里已经贴满了"宝"，活像快速更换布景的大舞台。

"献宝台"左上方张贴着铸造车间医生卢丽虹的合理化建议，一是提议坚持预防为主的原则，尽快编制"车工体操"和"钳工体操"，以减少"骨质增生"和"静脉曲张"两类常见病；二是提议加强铸造车间和铆焊车间的通风除尘设施，力争减少"矽肺病"和"电焊尘肺"两种职业病的发生。

"献宝台"右上方贴着一篇《擦亮眼睛，废品不废》的"献宝"文章。它指出华北电机厂的所谓"废品"每年高达一百四十七万元，均以"工业垃圾"的名义成为垫地填坑的弃物。以浸漆车间包扎工段用一次就扔的化纤编织带为例，提出为什么不能反复使用的质问。

钱慧慧觉得这篇文章挺熟悉的，不禁想起自己在青年工人马列读书班写的文章。"献宝台"这篇《擦亮眼睛，废品不废》基本沿袭她当年《废品的辩证法》的思路，只是充实了几个数据而已。

这篇献宝文章是谁写的？钱慧慧看到作者署名"公心"，就继续读下去。

《擦亮眼睛，废品不废》完全照抄她文章的句子：工厂的废弃物一旦被私人的眼睛发现，则成为个人生财的"聚宝盆"。

署名"公心"的作者举出实例，金工车间某车工就是依靠大量收集工厂废弃物发家，他利用包扎工段废弃的化纤编织带，包扎冬季家庭取暖的铁皮烟筒形成玻璃钢保护层，从而延长烟囱使用寿命三年。某车工走家串户推广这项"新技术"收费五角钱，三个取暖季总共赚得人民币一百三十二元。公家的浪费，变成个人的财源。

哎呀，这个某车工就是艾学习呀！钱慧慧猜测不出"公心"是谁，却看出他抄袭了自己的文章。这时身后有人叫好，她回头看到华北电机厂党委书记兼厂长章泽同志。

小钱，擦亮眼睛废品变成宝贝！这篇文章应当是你蹲点的重大收获吧？我马上查找出"公心"这个人，发动全厂开展大讨论，你联系报社记者采访吧！

章泽同志，我认为卢丽虹的文章更应当引起重视。钱慧慧冷静地建议说，我们必须投资改善铸造车间和铆焊车间的作业环境，减少职业病的发生。

党政一把手章泽匆匆走了。钱慧慧看到"献宝台"右下角歪歪扭扭写着这样几句话：献宝就要说实话。一九五八年大炼钢铁从外面运来三吨铁锭冒充产量，后来埋在工厂后墙根了。这么多年肯定锈了，赶紧挖出来吧。

钱慧慧认为这是老工人写的。如今小青年们上班埋头干活下班跳迪斯科，对华北电机厂的历史一无所知。

咦，这三吨钢锭的事儿会不会是侯金泉写的？钱慧慧毫无根据地想到那位大工匠。当年大炼钢铁侯金泉说风凉话受到批判成为污点，如今看来他是冤屈的。

当天下午，钱慧慧坐在工作组办公室里接到景达明副厂长的电话，说，章泽书记非常欣赏署名"公心"的这篇文章，原来他就是机修车间的郑卫星。章泽书记决定调他到生产科担任调度员作为重点培养对象。明天上午召开全厂职工动员大会，全面展开"擦亮眼睛，废品不废"的大讨论。

怪不得"公心"抄袭了我的文章，敢情就是郑卫星啊。钱慧慧听到男朋友受到领导赏识终于当了干部，还是挺欣慰的。

毕竟内心认定郑卫星是未婚夫。电话里钱慧慧拜托景达明说，当年郑卫星借调厂部是你的部下，今后你还要关心帮助他。

景达明不加掩饰地说，我的力量微不足道，郑卫星的进步主要依靠史文竹同志。

钱慧慧不愿涉及有关史文竹的话题，转而谈到工厂后墙根埋着三吨铁锭的事情，认为应当引起重视。

电话里景副厂长掷地有声地说，章泽书记指示要把全厂藏污纳垢的角落彻底清理干净，十天突击完成！

放下电话钱慧慧笑了，想起农村瞎子算命说郑卫星一飞冲天，他抄袭我的文章马上就被提拔了。

卢丽虹推门跑进工作组办公室，大声说，工厂小女子拜见局里大干部。她俩寒暄着彼此打量对方。卢丽虹违心地说钱慧慧更年轻了，钱慧慧也违心地说卢丽虹更漂亮了。双方违心赞美之后同时出现话语空白，一时无语了。

小卢，今天你不来找我，我也要去找你的。我想把你编创的"铸工体操"和"焊工体操"绘成人体动作分解图表，报请市总工会向全市相关企业推广这项劳动保护新成果。

啊！卢丽虹抬起屁股坐在办公桌上说，小钱你真的不嫉妒我出名？

我为什么要嫉妒你出名呢？钱慧慧从容地说道，保护企业职工安全健康是你的工作也是我的职责啊。

咣当一声门响，"沙奶奶"冲了进来。卢丽虹哎哟一声说，今天《沙家浜》的人都跑来集合了。

我上访来啦！艾学习哭丧着脸仿佛到了世界末日说，于亢虎带着几个人把我的菜地铲了，说是清理脏乱差死角！那西葫芦和扁豆是我全年心血，郑卫星一篇献宝文章卖友求荣高升啦，这是汉奸刁德一的品行吧？你是他未婚妻你得给我做主！

你不要着急嘛。钱慧慧递给艾学习一颗大红枣以示安慰，却被卢丽虹中途拦截随手扔进嘴里。艾学习气急败坏地说，男土匪铲我菜地，女强盗抢我红枣，今天我倒霉透了。

钱慧慧继续开展思想工作。小艾，你在国有大企业里种菜你觉得自己占理吗？咱们没有农业学大寨的任务啊。

艾学习好像被农会分了田地的土豪劣绅。于亢虎毁了我的菜地拆了我的土灶，还从地里挖出一大堆铁锭，你说这事儿他占理吗？

卢丽虹当场献计献策说，这事儿你去找朱则良，这叫卤水点豆腐，一物降一物。朱则良专治于亢虎！

对呀，朱则良出面于亢虎肯定不敢惹他……艾学习受到启发动了心思。

钱慧慧急忙制止说，你千万不要去找朱则良，这些年他心里憋着一股劲儿，一出手于亢虎就惨啦。

艾学习开始耍赖，你是春来茶馆老板娘，《沙家浜》的人出了事儿你不能不管！

菜地铲了就铲了，土灶拆了就拆了，这事儿你不占理。只有一件事儿我能帮你，你要是真想调到废品仓库工作我可以找厂领导替你说情。

好吧，你要是把这件事儿办成了将来你跟郑卫星结婚我保证送一份重礼。艾学习煞有介事地问道，你是要台灯呢还是要冷水具？

卢丽虹一旁听着笑了，讽刺艾学习是"武大郎放风筝——出手不高。"

艾学习情绪好转唱起一首工厂歌谣，怪里怪气的，工厂就是我的家，家里东西随便拿，小孩尿布老头儿车，家里有啥咱有啥……

八月十五中秋节，你干脆把咱厂公章拿走当月饼掰开吃了吧！卢丽虹挖苦着吝啬成性的艾学习。

艾学习自然不是省油灯，当即回击道，正月十五元宵节，你索性把咱厂灯泡拿回家当汤圆煮着吃吧，透明得还能看见馅儿呢。

钱慧慧感叹地说，工厂应当是工人的家，工人也应当爱厂如家。可是如今企业好像没了真正的主人，这是全民经济所有制的大问题。

晚饭时间，职工小食堂里老卞和老汪讨论着企业管理三个层面的问题。工作组组长老石则意味深长地望着钱慧慧说，听说写献宝文章的"公心"是你男朋友？

她点头承认，等待老石将话题引向纵深。老石并不向纵深发展，伸出筷子把心思转向饭桌上的四喜丸子。

难道是我跟郑卫星过夜的事情传出去了？钱慧慧心虚了，只得低头喝汤以胃口掩饰慌张的表情。

吃过晚饭回到工厂招待所看见杨葵花在楼道里等候，钱慧慧连忙打开房间。杨葵花穿着果绿色上衣，还佩戴着金属发卡，显出几分青春气息。钱慧慧给这位大姐沏了一杯热茶。

杨葵花接过茶杯触景生情地说，自从跟朱则良搞对象我把茶给戒了，省下钱给他买烟抽。

他学会抽烟啦？钱慧慧认为朱则良属于节能型男人，甚至不喝酒。这样想着她将目光投向杨葵花左手的白线手套。

我就知道你想问我左手的事儿。曾经沧海的杨葵花端起水杯喝了一口茶，开腔了说，我这人属于不打自招，一贯拥护党的坦白从宽政策。从前搞了几个科长都是我主动自首，厂里罢免了他们的职。我恨当官儿的，我爸就是一九五七年被当官儿的陷害了。我跟那几个狗男人从来没有产生感情，就是走一走过场。

钱慧慧惊诧这位曾经获得"科长杀手"外号的女工如此坦率，这绝不是每个人都能做到的。

自从朱则良在食堂挨了于亢虎的打，我发现自己爱上他了。这年头敢打人的男人很多，不敢打人的男人也很多，像朱则良这样咬紧牙关不怕挨打的男人就很少了，比如汽车队装卸队那几个小子，谁要嫁给他们那才是瞎了双眼呢。

杨葵花这番话使得钱慧慧想起郑卫星，暗暗掂量未婚夫的成色。杨葵花看出对方走神儿，趁机喝了一口茶。

我追朱则良他总不应声，我知道他顾虑我名声不好。后来他电击灼伤切掉一根半手指调到供应科看仓库。我身上藏着菜刀去找他，对天发誓从今往后我只跟他一个人。发了誓我掏出菜刀剁掉了自己的两根手指头，比他还多半根呢……

说着，杨葵花摘掉手上的白线手套露出被剁去两根手指的左手。钱慧慧睁大眼睛盯着这伤残的"女人誓言"，猛然湿了眼窝儿。

杨葵花重新戴上白线手套，平静地笑了，我跟朱则良订了婚，好多人看笑话说"草包司令"搞了破鞋。现在朱则良倒是不自卑了，我却觉得让他跟我受了委屈。我后半辈子不光是他媳妇还是他亲姐亲妈，凡是他需要的亲情我都能给他！

钱慧慧激动地问道，杨大姐，我能帮你做什么事情吗？

我拿板砖拍了于亢虎受到开除厂籍留厂察看处分，早就到期解除了。杨葵花略显迟疑地说，我和朱则良准备今年春节结婚，你愿意当我们的证婚人吗？

你为什么要我当你们的证婚人呢？钱慧慧感到意外。

你当年是阿庆嫂，是名人。如今你是机关干部，有身份。我们是高攀了。杨葵花不安地问道，我以前那种臭名声请你当证婚人不会弄脏了你吧？

钱慧慧注视着杨葵花的白线手套大声表态，我愿意当你们的证婚人，我打心眼儿里愿意当你们的证婚人。

杨葵花站起身来如释重负地说，我就知道你是大好人！郑卫星的命多好啊，天上掉下你这么个好媳妇……

什么好媳妇呀，我跟他还在搞对象阶段呢。钱慧慧有意更正对方的说法。

送走这位特殊客人，钱慧慧心情难以平静。杨葵花发誓走向新生活居然剁掉两根手指。一个女人敢于付出血的代价，朱则良值了。

夜深了，钱慧慧坐在灯下写材料，一个材料写给章泽书记，建议他召开职工代表大会，深入讨论如何改善工人作业条件与环境，力争减少铸造车间和铆焊车间职业病的发生，保障工人的健康与安全。

另一个材料写给景达明副厂长，建议将艾学习调任废品仓库管理员，充分发挥该同志热爱废品管理工作的特长，使这个反面教材变成正面典型。钱慧慧动情地写道：没人愿意去废品仓库工作，难道艾学习不是特殊人才吗？承认艾学习是特殊人才就是承认变废为宝的唯物辩证法观点。

突然听到有人叩门，声音很轻却透着理直气壮的劲头儿。她知道这是郑卫星，一旦开门必然重演前夜故事。她凑到门前压低嗓音说，章泽书记破格提拔你到生产科当干部，关键时刻不能因小失大！你快走吧……

门外的郑卫星焦急地问道，我知道我当了生产科调度员，这么说你原谅我抄袭你的文章啦？

什么我的文章你的文章，我人都是你的了……钱慧慧感到几分委屈，呜咽了。她猛地想起郑卫星外出教小提琴赚钱的传闻，就隔门追问了一句。

跟我学琴的小孩是局党办尹主任的儿子，你说我能收钱吗？这是感情投资。再说我这点水平最多教几节课人家就进初级班了……

听了郑卫星的解释，钱慧慧将追问变为质问说，你献宝就是了，干吗扯上艾学习呢？弄得他灰溜溜成了全厂的反面教材，就连菜地也给铲了。

门外没了郑卫星的响动。钱慧慧屏住呼吸坚持着，担心中了刁参谋长的奸计。过了一会儿没有动静，她悄悄开门伸出脖子，看到空空荡荡的楼道里，没人。

郑卫星啊郑卫星，难怪艾学习说你不改刁德一品性，一旦遭到质问就溜了。钱慧慧无奈地笑着，关闭台灯躺在床上。

她想起拘谨守正的王宪钢，想起心直口快的卢丽虹，想起精打细算的艾学习，想起从刁小三转化为知识分子的简晓铜，想起甩掉"草包司令"帽子的朱则良，想起断指明志的杨葵花，想起口冷心热的"小鬼儿"书记，想起将"1＝7"改为"1＝3"的工人发明家崔万昌，想起身怀绝技张口骂人的大工匠侯金泉……这是一群多么可爱的人啊。

不知为什么，离开机电工业局大楼只有十几天光景，钱慧慧感觉那是一个遥远的地方。她开始留恋这座工厂，颇有小鸟重返山林的感慨。一旦工作组完成蹲点任务我就要求调回华北电机厂吧？这里毕竟是我的娘家。

思绪滚滚开了锅，钱慧慧又想起史文竹——这是一个既无法抽象也无法概括的人物，影子般地笼罩着她的生活。黑暗里，她瞪着天花板难以入眠。房间里两个钱慧慧开始辩论。一个说留在局机关多好，社会地位高，分房子长工资，容易得到提拔。一个说回到工厂多好，福利待遇高，人际环境好，而且从此可以远离史文竹的阴影了。

她渐渐睡着了。梦里她走进机电工业局礼堂看到局党委副书记史文竹端坐主席台大声说，我看了你的请调报告，只要我在这个位置你就休想离开这里。

你为什么不让我离开这幢灰色大楼呢？梦境里的钱慧慧据理力争，坚决要求回到华北电机厂去。

这是不可以的！史文竹满脸得意地说，我就是要让你永远成为我的部下，我就是要让你随时接受我的指挥，我就是要让你常年陪衬在我身边，这是你的宿命……

钱慧慧被这个荒诞离奇的噩梦吓醒，望着满屋黑暗啊地叫了一声。这真是我的宿命吗？史文竹太可怕了……

几天之后，钱慧慧突然接到通知奉调回局，结束了在华北电机厂的蹲点工作。她问工作组组长老石是不是局里另有紧急任务，老石慢条斯理地说，不知道。

蹲点调研刚刚开始就结束了，钱慧慧觉得可惜。然而感到欣慰的是章泽书记同意了她的建议，已经将艾学习调到工厂废品仓库担任管理员，艾学习如愿站在"废品大王"的起跑线上了。

厂道上，郑卫星满头冒汗跑来说，我急得到处找你呢！局里把你从蹲点工作组抽回去啦？

你怎么知道的？钱慧慧认为郑卫星身在机修车间不可能知道这个消息，越发觉得事情蹊跷。

一个闪电似的念头在脑海里亮起，她将目光镂刻进对方瞳孔里问道，你跟史文竹通电话啦？

郑卫星只得点头承认说，一上班车间会计就喊我接表姐的电话，我就知道是史文竹。她张口批评我支农归来半夜跑到工厂招待所……

什么！钱慧慧羞愤难当双手捂脸说，史文竹她知道你半夜在我房间……

我也觉得奇怪，她怎么知道这件事情呢？郑卫星继续解释说，电话里史文竹说你们不能这样随随便便的，然后啪地挂断了。

钱慧慧觉得自己被史文竹剥光了衣服，无论躲到哪里都是裸体的。她浑身颤抖处于巨大羞愤情绪里，失控地自语着，真是丢人，史文竹当然知道我难以面对她，故意紧急抽调我回去，让我无地自容……

咱厂招待所是不是有史文竹的眼线？否则她半夜拿望远镜也看不到你和我啊！郑卫星思索着说。

这都怪你！半夜厚着脸皮硬往我房间里闯……钱慧慧气得跑走了。

下午时分，钱慧慧情绪有所平复，向工作组组长老石交代工作说：搞好工人思想状况的调研工作非常重要，不能把目光完全集中在中层干部和厂领导班子成员身上。老石听罢小心翼翼地问道，你来的时候小史书记专门布置调研课题，显得对你格外重视，怎么又把你调回去啦？

听话听声儿，锣鼓听音儿，这说明她对我更加重视了。钱慧慧操着阿庆嫂的腔调回答，一时弄得老石摸不着头脑。

想起朱则良和杨葵花，钱慧慧特意前往供应二库，再次强调春节一定来做他们的证婚人。

杨葵花受到感动抹着眼泪说，你说话算话是好人，我想认你当干妹妹行吗？

咱们不走那种形式好吗？芦苇荡里十八个伤病员并不是结拜兄弟，他们不是照样拧成一股绳嘛。钱慧慧诚恳地说。

朱则良从存放非标准钢材的罩棚里走出来说，你心肠太软、心眼太实、心思太正，特别不适合坐机关当干部。

你这不是贬低人家小钱吗？乌鸦嘴！杨葵花担心客人不高兴，连忙阻拦朱则良说话。

钱慧慧即将返回局里，坦荡地说，杨大姐，我认为朱则良说得有道理！

那只名叫"承包"的黑狗观察着这个场面，呜呜叫了两声。钱慧慧惊异地发现这只黑狗的左前爪也缺了一根脚趾，它是狗里的残疾。

十六　炉里炉外

郑卫星回顾自己的成长经历，关键人物无疑是史文竹。他内心将这位年长自己五岁的女子称为"小妈"，就其精神乳汁而言已养成他难以断奶的依赖心理。

之前"业大"招生，只要工作单位出具介绍信，四门功课考一百二十分即可录取。史文竹几次鼓励郑卫星报考"业大"攻读文科。她认为一个人长本领谋上进求发展，不接受系统教育是不行的。

向往上层生活的郑卫星受到"小妈"启发，当即考入"业大"读书。四年的业余学习拿到汉语言文学的大专文凭。在此期间，他暗暗练习健身器械增强膂力，发狠地朝着文武双全的方向发展，渐渐自信起来。

因此，当他首次将钱慧慧搂在怀里，他的膂力令她感到惊异。他肌肉的坚硬与她腰肢的柔软，就这样融合了。他告诉钱慧慧他常年偷偷练习哑铃和拉力器。她对他使用"偷偷"这个字眼表示不解，你为什么不公开练习哑铃和拉力器呢？一时难以回答，郑卫星只得承认这是扮演刁德一的后遗症，心理过于机警。

随着时光流淌，郑卫星渐渐喜欢刁德一了，他留学东洋归国投笔从戎当了忠义救国军参谋长，属于文武双全的人物，当然属于文武双全的反面人物。郑卫星不忘"小达子"王云亭生前的名言：常年扮演好人，越演越傻气；常年扮演坏人，越演越精明。对王云亭敬佩不已。他认为自己确实比王宪钢精明多了。

王宪钢在"文革"结束恢复高考初期，确实动过报考大学的念头，最终还是放弃了。人生关键时刻王宪钢没有遇到高人指点——崔万昌极度缺乏滋养徒弟茁壮成长的"精神乳汁"。郑卫星认为自己是幸运的。

拨乱反正，解放思想。提拔干部强调"革命化、年轻化、专业化、知识化"。适逢大学毕业生青黄不接，郑卫星手里的"业大"毕业文凭还是有些斤两的。史文竹给他的人生指导作用，越发显现出来。

郑卫星对这个年长自己五岁的女人心存感激，甚至产生依赖感——仿佛小松鼠攀附一株赖以生存的大树。只要想起史文竹，心底便升起一股莫名的情愫。他不知道自己是否暗恋她，却知道她是自己的心中常客。

自从担任华北电机厂生产科调度员，业余时间郑卫星阅读外国小说和修习小提琴。他在外国小说里认识了很多外国人，譬如于连、拉斯蒂涅、渥伦斯基……增长了人生阅历，比留学东洋的刁德一多了几分处世智谋。他通过小提琴结识了不少中国人，机电工业局党办主任、乡镇企业管理局副局长、水产局党委副书记、人事局信访处处长、火车站售票室主任、粮油公司经理……这都是他教授小孩拉琴建立的外交关系。这种关系比较实用，譬如出差卧铺车票不好搞，他多次给章泽书记买到下铺。

担任生产科调度员，郑卫星连年完成被称为"老大难"的外协任务，成绩突出。所谓"外协"是"外单位协作"的简称，就是跟那几家给华北电机厂提供配套工程的企业打交道。为了确保配件工期，有时央求对方敬烟敬酒，有时恫吓对方谎话连篇，有时蹲在对方厂里装傻充愣，有时押运工件风餐露宿活像叫花子……总而言之，人人都说来世投胎不做"外协调度员"，除非生了三头六臂五张嘴。这五张嘴的用途是：求别人，哄别人，骂别人，糊弄别人，声称自己不是人。

郑卫星晓得，从生产科调度员升任生产科副科长是人生关键一步，跨上去就是一个大平台。然而前方横着两个生产科副科长候选人，一个老廖，一个老臧，均为本厂元老级人物。老廖能言善辩能把死人说成活人，老臧巧舌如簧能把活人说死，都是嘴唇镶了金边儿的人物。郑卫星这滴"新鲜血液"若想脱颖而出，只能寻找机会跨步超越这两位"老江湖"。

郑卫星决定领取结婚登记证。这几年别人纷纷成家立业：王宪钢跟卢丽虹结了婚，朱则良跟杨葵花结了婚，艾学习娶了本厂女工费欣，只有简晓铜单身不娶，据说患了单相思……

十二月十九日是个好日子，郑卫星选"一二一九"是取"要尔要久"的谐音，"尔"就是"你"，谐音就是"要你要久"。

钱慧慧决定新事新办——旅行结婚。恋爱的感觉淡了，结婚成了必由之路。这好比等候公共汽车时间久了，起初的热盼随着时间推移渐渐淡化，那辆车总算来了上去就是了。

郑卫星领着钱慧慧走进婚姻登记处，立即跑去填写"计划生育保证书"，羞得钱慧慧感觉没结婚先面临怀孕问题。她排队等候领证突然恐惧起来，如梦初醒环视左右。我就这样嫁给郑卫星啦？她追问自己却不能回答。远远望着埋头填写表格的未婚夫，好像望着一个陌生人。

往事化作云霭，明亮转为朦胧。很久以来，她认为每个人都有掌握自己命运的力量，比如吴琼花选择参加红色娘子军，比如黄继光选择舍身堵枪眼，比如雷锋选择为人民服务，比如阿庆嫂选择以春来茶馆掩护开展地下工作……此时，她觉得是被一只无形大手拎进结婚登记处的，而看上去又恰恰是自己的选择。

婚姻不是选择，婚姻是宿命。这样想着她落泪了。郑卫星以为未婚妻是因幸福而哭泣的，便悄悄牵住她的手。她的手，像一块五指形的冰。

领证的队伍朝前蠕动着，便这样蠕动着领了结婚证。郑卫星告诉她婚后两年不得申请"生育指标"。这对钱慧慧产生安慰作用，她认为只要不生育就属于自己，一旦生了小孩儿就完全属于对方了。

不知什么原因钱慧慧特别害怕婚礼场面，旅行结婚归来给同事们派派喜糖发发喜烟就成了。郑卫星只得开玩笑说，胡传魁就是结婚那天被新四军俘虏的，现在轮到刁德一了。

距离新年十天，一家名叫中达电磁厂的外协任务完不成。华北电机厂新任厂长刘频急得尿频，拍桌子水杯一蹦老高。这位脾气暴躁的厂长一连撤了两个外协调度员，说即使派你们去白区偷运军火也应该完成任务，反而被一家集体企业绊住手脚。

这种激将法基本无效，无人吱声请战。谁都知道中达电磁厂是一家集体所有制企业，那位女厂长性格乖戾，言语野蛮，仗着有靠山浑不讲理。她从局里争来协作任务却不及时安排生产，从上半年拖到下半年，从三季度拖到四季度，假装生产能力不足实施"钓鱼战略"，逼迫上级给她投资扩产。

小小调度员郑卫星主动找到厂长刘频说，您让我去中达电磁厂试一试吧。

试一试？刘频厂长火了。我没有时间让你试一试！人死了买棺材不用试。你学习董存瑞舍身炸碉堡的精神，即使粉身碎骨也要给我拿下来！

发誓学习董存瑞，郑卫星打电话给未婚妻说，咱们把婚期推迟到春节吧，厂长派我去中达电磁厂炸碉堡呢。

推迟就推迟吧，祝你炸了碉堡安全归来。电话里钱慧慧不嗔不怨，好似一场新年电影改为春节放映，反正手里电影票也不作废的。

骑着公家配备的飞鸽牌自行车驮着铺盖卷和外国小说，身上背着小提琴盒子，外协调度员郑卫星驶进中达电磁厂大门。厂院里，有狗吠有鸡鸣，就是没有人声。果然是一家管理混乱的小型集体企业，令他想起《水浒传》里孙二娘的黑店。

　　中达电磁厂女厂长姓谢，她一张横脸镶着几颗浅白麻子，粗手大脚嗓音沙哑，嘴角叼着一根不带过滤嘴儿的烟卷儿好似口吐白雾的女魔头。

　　事先得知女魔头又抽烟又喝酒，郑卫星递上一瓶"古井贡"白酒说了声，烟酒不分家。谢厂长冷笑道，这位外协同志，你拿来这么大一瓶子敌敌畏想把我厂革命职工都毒死啊？

　　郑卫星知道遇到软硬不吃的主儿了，只好收起见面礼继续赔着笑脸。

　　你是来卖唱的还是来说书的？谢厂长打量着小提琴盒子和一捆外国小说，瞥着自行车上的铺盖卷儿说，你这是打光棍儿打算住下不走啦？

　　哎哟！您的眼力是 X 光啊！一眼就看出我是大龄青年无房户，我们厂长给我许了愿，只要完成这批永磁电极的外协任务就分我一间十二平方米的房子。那样我就能在农村讨个媳妇了。

　　我看你还是打一辈子光棍儿吧！谢厂长叼着烟卷扭搭扭搭走了。望着她水缸似的背影，郑卫星心里狠狠地说，怎么唐僧不请观音菩萨把这女魔头收了去呢。

　　第一招"假装可怜"不灵，还有第二招"赖着不走"。郑卫星推着自行车走进压制永磁电极的车间，沿着墙根打开铺盖卷儿枕着小提琴盒子佯装睡觉。他怀里抱着一本法国小说《俊友》，心里却咕嘟咕嘟开了锅。

　　这个谢厂长真是母夜叉，又粗鲁又急躁，一头纸糊的驴——大嗓门。她不是贵妇人，我从莫泊桑的小说《俊友》里学的手段肯定没有用场，我要是给她拉几支小提琴曲子更是对母猪弹琴，还不如送二斤麸子当饲料呢。难怪别的外协调度员不敢来呢。

　　喂，上访去北京啊，你躺这儿干吗？我们这不是殡仪馆，不收死尸。

　　郑卫星听出这是个小伙子说话，够损的。他索性装作死尸，继续不睁眼。

　　操，你不拉琴死闭着眼，这也变不成瞎子阿炳啊！这小伙子越说越损。

　　郑卫星睁开眼睛缓缓坐起，看见迎面站着一个车轴型小伙子。对方哎哟了一声说，我怎么看你特像原先七十四中的刁德一呢。

　　听到自己从前的身份，郑卫星知道遇见熟人了。他立即叫了一声，老同学。

252

我比你矮两届。你怎么睡到我们这破工厂里来了？

我是华北电机厂派来催办永磁电极的！郑卫星故作气愤地说，你们谢厂长不按时交活儿还蛮不讲理，咱们国家实行改革开放也不能让我回到旧社会受地主婆的欺压啊！

车轴型小伙子降低声调说，我们这儿既不改革也不开放，谢厂长说打开窗户苍蝇飞进来传染疾病，所以还是老套子。你不知道哇？谢厂长是机电工业局党委书记史玉才的外甥女！

敢情她是老史书记的外甥女？怪不得蛮不讲理呢。郑卫星拿出小提琴给自己壮胆说，她是大领导的外甥女，我还是玉皇大帝和王母娘娘的私生子呢！

让你说着了，我们谢厂长特别迷信，有人给她算命说是武则天转世，她认为自己很快就要母仪天下啦。

郑卫星忍不住笑着说，我看她更像慈禧太后的转世灵童，当年慈禧老佛爷卖国，将来她卖厂！

车轴型小伙子好像害怕了，你这样说话让谢厂长知道了，肯定扣你一顶扰乱企业生产的大帽子，她"左"着呢！

这时候围了一群工人。郑卫星意识到应当拿出文艺宣传队队员的本领，拉开架势念了一首顺口溜：天下工人是一家，外协任务抓紧吧！外协任务不抓紧，愧对全体中国人！

郑卫星模仿江湖艺人向工人们敬了一个民间军礼，歪脖夹起小提琴大声报幕道，华北电机厂调度员郑卫星，慰问中达电磁厂职工文艺演出，现在开始！

郑卫星琴艺平平，首先吱吱呀呀拉了一曲《云雀》，却感觉颇有烧鸡味道。不知是云雀还是烧鸡感动了车轴型小伙子，他连声叫好，冲着身旁几个工人说，他早先是唱刁德一的，现在当了外协调度员，四处卖艺，这碗饭不好吃啊。

突然鸦雀无声，谢厂长出现了。工人们嗡地散了。这位女魔头盯着郑卫星说，你真是来卖艺的？那就卖吧！只要你拉琴我就让工人们给你加工磁极，只要你停琴我就让工人们歇工，行吗？

郑卫星暗暗鼓励自己说，操！我他妈的连卖身求荣的汉奸刁德一都演过，还怕扮演卖艺的角色吗？

这样想着，他满脸轻松地对谢厂长说，只要您安排生产永磁电极，咱们一言为定！我拉琴，你让工人们开工吧。

好啊，一言为定！只要你停了琴，我就让工人们停工。谢厂长刁蛮地说着，抖动着满脸五花肉。

一言为定。郑卫星脖子夹紧小提琴，开始卖艺。谢厂长命令工人们开工生产。轰隆隆机器转动了。

当初，郑卫星学的都是革命年代的曲目。有西哈努克亲王作曲的《啊，敬爱的中国》，朝鲜电影《卖花姑娘》主题曲，《敬爱的毛主席，我们心中的红太阳》等等十几支曲子。

他一口气拉了半个多小时。工人们果然压制了半个多小时的永磁电极。他感觉脖子酸了，胳膊木了，那琴声几乎变成弹棉花的噪音。

他停下来了。谢厂长嘿嘿笑了说，你让我停工啊？郑卫星说，我给你们唱一支外国歌吧？唱了歌我接着拉琴好吗？

只许你唱一支歌，我倒想听听驴叫是什么响动。谢厂长允许了。

郑卫星终于得到手臂休息的机会，扯着脖子唱起印度电影《流浪者》的插曲《拉兹之歌》。

阿巴拉古，呜——呜——呜，阿巴拉古，亚卡几几梅乌兹麻尼阿巴拉古，呜——呜——呜，阿巴拉古……

谢厂长听了哈哈大笑。郑卫星以为可以继续唱下去了，没想到被对方当头喝住说，你他妈的接着拉琴啊！我就愿意听弹棉花的响动。

他只得挥弓拉琴——维持着拉琴就是维持着永磁电极的生产。郑卫星咬牙鼓励自己说，苦不苦，看看眼前的二百五；累不累，谢厂长让我活受罪。

他渐渐找到了窍门，开始慢慢悠悠地演奏《东方红》，弄得谢厂长不敢擅自发表攻击性言论了，此时毛主席成了郑卫星的大救星。

就这样一曲《东方红》，郑卫星反反复复演奏着，不停不歇。工人们不停不歇地生产着。

谢厂长吸光了一盒烟卷儿，气哼哼地走了。郑卫星嘴唇哆嗦着对车轴型小伙子说，你们千万不要停工，谁停工谁就是反对《东方红》，谁反对《东方红》谁就要遭到报应的。

看到女魔头走了。车轴型小伙子带头干活儿。机器不停地运转着，一批批永磁电极生产出来。郑卫星既感觉不到腰酸腿疼也感觉不到胳膊麻木，他失去知觉成了一尊木头人儿。

白天不停地拉琴，跟机器似的。晚间，打开铺盖卷儿睡在车间角落里，跟死尸似的。

吃馒头喝开水。三天里郑卫星在车间里拉着小提琴，为了防止自己灰心丧气，他把董存瑞牺牲前喊出的英雄口号"为了新中国——前进！"改成自己忍辱负重的调度口号"为了完成外协任务——拉琴！"

第四天中午，郑卫星感觉自己垮了——不想吃不想喝只想躺着。车轴型小伙子捧着饭盒请老同学吃饺子。郑卫星闻着迎面飘来的香气还是没有食欲，硬撑着吃了两个饺子却感觉是塑料做的。

他突然哎哟一声，捂着腮帮子说硌牙了。车轴型小伙子急忙问他硌了左边右边。他说硌了左边后槽牙，说着吐出一颗小石子儿。

车轴型小伙子拍手大笑说，好啊！我押左边后槽牙你走运发迹，你真的硌了左边后槽牙。恭喜啦。

这是谁故意往饺子里搁了小石子儿啊？不明底细的郑卫星赌气问道。

我告诉你郑卫星，我押得准极了。前年有老干部下放劳动，我押他吃饺子硌左边后槽牙走运发迹。他果然"三结合"进领导班子当了电焊条厂革委会副主任。今天我押你照样灵验，你敬候佳音吧！

当天下午，华北电机厂永磁电极的外协任务即将完成，形容枯槁的郑卫星激动地拉响《咱们工人有力量》。他被自己的顽强意志感动，泪水落在琴弦上。

黄昏时分，车轴型小伙子率领班组工人完成了永磁电极的全部生产任务。郑卫星步履蹒跚地去谢厂长办公室借电话，通知华北电机厂派车拉货。女魔头伸手拦阻说，你不用找单位要车了，我派车给你送货。

好吧，谢谢你。精疲力竭的郑卫星颇有解放台湾的感觉。这位谢厂长从拒不安排生产到主动派车送货，思想波动太大，活脱脱农村生产大队队长。

谢厂长抽了一口烟说，我认识你们华北电机厂原先的党委副书记史文竹，她现在是机电工业局党委副书记了。

郑卫星突然获得了一种自我强大的感觉，抬起僵硬的手臂揉着僵硬的脖子说，你说的人我一个都不认识，我光认识我自己和那辆破自行车。

这次完成外协任务，回厂你能分到一间房子吧？谢厂长流露出雌性动物的恻隐之心说，我要不是看你打光棍儿实在可怜，绝不帮你这个忙的。

他觉得这个女厂长实在可怜，便借机点拨几句说，您大概不熟悉咱们国家的政策，新中国成立以来就规定国家不给集体所有制企业拨款，不论上能力还是上水平，一分钱也不给。因为全局固定资产折旧资金里没有集体企业的份额。所以，您把这批外协任务拖到猴年马月也没用。再者说国家实行

255

"利改税"，中小企业有了自主权，您完全可以贷款扩大产能。

谢厂长眨着一双无知无畏的小眼睛说，老史书记答应我了，局里迟早会给我们中达电磁厂拨款的！

宁可跟明白人吵一架，不跟糊涂蛋说句话。郑卫星看出谢厂长是烂泥巴糊不上墙去，苦笑着去监督工人们装车了。

天色暗了。他眼瞅着那辆跃进牌卡车满载永磁电极驶出中达电磁厂大门前往华北电机厂，心里说谢厂长下辈子我也不愿见你了。

他跨上自行车驮着铺盖卷和外国小说，身背小提琴盒子跟车轴型小伙子道了别，扯开嗓子高声唱道："秋胡打马奔家乡……"

一路上，获胜的喜悦渐渐被一个念头冲淡了：我在中达电磁厂卖艺好几天，钱慧慧居然没打电话问候一声，我们马上就结婚了……心头蓦然增添几丝缺憾，他骑着车子进了华北电机厂大门。

夜晚的华北电机厂很安静，仿佛入睡的钢铁巨人。郑卫星骑车驶过当年的"献宝台"，看见一个人双手抱臂站在厂道中央，很像执行违章罚款的交警。

郑卫星猛然看清这是厂长刘频，他停住车子不解地问道，您站在这里干吗？

我等你凯旋。小个子的刘频厂长满脸强者微笑跟外协调度员握了握手，兴奋地拍打着小提琴盒子说，你小子确实能干，明天厂党委开会我建议提拔你！

这时候的郑卫星，如释重负。他告别刘频厂长骑车来到生产科办公室门前。附近空气里飘散着蜂花牌洗发液的特殊味道，这让他断定钱慧慧来了。

果然，怀里抱着一只保温瓶的钱慧慧看到完全脱相的未婚夫，立即打开保温瓶说，你饿了吧？这是我给你煮的鸡汤馄饨……

我是饿了。郑卫星双手颤抖接过保温瓶说，你怎么知道我今天回来？

刘频厂长打电话给我说，你攻克了别人久攻不下的堡垒，是咱厂头号功臣，我就从家里跑来了。钱慧慧轻声解释着。

郑卫星打开保暖瓶看到泡烂的馄饨，知道这基本代表着未婚妻的厨艺水平。钱慧慧端起小碗拿起小勺，小心地把馄饨喂到得胜归来的未婚夫嘴里。

疲劳过度的郑卫星强笑着说，我可不是新四军伤病员。听了这话，钱慧慧把小勺递给未婚夫，说，慢慢吃，别烫着。

郑卫星边吃边说，明天厂党委开会刘频厂长提议我当生产科副科长。

哦，提拔了当然高兴，不提拔也不要气馁。你看我们机电工业局的处长们，一个个精神抖擞春风得意，一旦退休萎靡不振牢骚满腹，反差特别强烈。人们都说这是当官儿的职业病，咱们不能被传染啊。

听到未婚夫即将被提拔的好消息，钱慧慧不光反应平淡而且提出预防官场职业病，郑卫星觉得鸡汤馄饨变成一团糨子，顿时没了食欲。是啊，一对男女的恋爱谈得太久好比一杯味道散尽的美酒，寡了淡了。这就是提倡晚婚的副作用。

郑卫星回家大睡三天，醒来颇有世上已千年的感慨。临近春节，他果然被破格提拔为华北电机厂生产科副科长。韬光养晦的少壮派成功超越两位老江湖，踏上人生快速路。

大年初一，新任副科长郑卫星与机关干部钱慧慧踏上旅行结婚的南下列车。一路上，从玄武湖到虎丘，从留园到西湖，钱慧慧精神委顿，对江南风景毫无兴趣。郑卫星极力照顾新婚妻子，依然不能唤起钱慧慧的热情。沿着白堤行走他突然搂住妻子问道，你是不是不愿意嫁给我？

我不是嫁给你了吗？钱慧慧有些自责地说，对不起，我让你不高兴了。

郑卫星索性撩开新婚面纱说，我们只不过沿着多年惯性走到今天，结婚反而成了不重要的事情。

住在杭州旅馆里夫妻做爱。内心郁闷的郑卫星草草了事，歪在旁边没了动静。钱慧慧以为丈夫睡着了，就轻轻给他盖好被子。他突然发力抓着她的乳房说，我在《沙家浜》被你俘虏了，今天你成了我的俘虏！

什么？钱慧慧惊诧不已，使劲儿推了推丈夫。卫星！《沙家浜》毕竟是一出戏，这么多年了你怎么还跟自己较劲啊？郑卫星好像一艘触礁搁浅的铁船，她推也推不动。天亮了，钱慧慧无声地哭了。她终于明白，自己并不真正了解郑卫星，譬如他的扭曲心理。

新婚蜜月旅行，一路辩论不止。夫妻分歧在于钱慧慧提出离开机电工业局调回华北电机厂工作。郑卫星坚决反对妻子的决定，而且态度异常强硬。他认为妻子头脑简单目光短浅，顾不得火车上人多嘴杂批评她说，亏你还演过阿庆嫂，你看问题都是妇人之见！

钱慧慧突然笑了说，阿庆嫂是妇人我也是妇人，我们的见解当然是妇人之见。史文竹也是妇人之见吗？

你不要对史文竹有什么成见，当初是她把你从青年工人马列读书班调到局机关的，你不能把人家的好心当作驴肝肺吧？

我想沉到基层，他想攀上高端。钱慧慧意识到夫妻南辕北辙，就不言语了。

其实，钱慧慧从蹲点工作组回到局里就写了请调报告。局党委副书记史文竹分管"工青妇"，是钱慧慧的顶头上司，见到请调报告却拖着不理，好像故意要把这只新鲜水果放烂了。

新婚旅行结束，第一夜睡在新房里的钱慧慧半夜醒来，发现黑暗里有人站在床前，吓得叫了起来。郑卫星连忙出声说，慧慧别怕，是我。同时伸手拉开电灯。

睡眼惺忪的钱慧慧吃惊地看到，丈夫身穿刁德一黄呢军装，赤脚站着。

你还保留着这套行头呢？可惜缺了一双皮鞋。蜜月里的妻子思忖着说，你娶了我并不能证明曲线救国战略的胜利，因为我不是真正的阿庆嫂啊。

依你这么说我是真正的刁德一？郑卫星敞开忠义救国军黄呢军装，半裸着。

你有时候是，有时候不是。钱慧慧郑重地说，所以你活得挺拧巴的。

你来吧……钱慧慧轻声柔语地说，我知道你总想以刁德一的名义跟我做爱，今天我给你，你来吧。

清早起床，郑卫星拥吻了妻子，急匆匆去华北电机厂上班了。钱慧慧离家来到机电工业局。新娘子沿着楼道给兄弟处室发放喜糖、喜烟，接受同事们的祝贺。

在二楼遇到组织部铁大姐，她递了喜糖之后悄声说出心里的想法。

什么！你想调回华北电机厂？组织部铁大姐仿佛听到太空爆炸的消息，拿出女娲补天的劲头说，机关干部地位高、待遇好、权力大，机电工业系统二十七万职工，有多少企业干部想挤过独木桥调到局里工作，你怎么倒行逆施呢？

钱慧慧知道铁大姐是好意。别人的好意毕竟解不开自己的心结。她发了喜糖、喜烟回到办公室听见电话铃声响了。

恭贺新婚！听筒里传出史文竹的声音。小钱，你满世界散发喜糖、喜烟，怎么就把我给忘啦？

史文竹总是笼罩着我，就连结婚都逃不过她的视线。自从在华北电机厂蹲点被紧急抽回局里，钱慧慧羞于见到这位女上司，总觉得她在举着望远镜观察自己。此时钱慧慧只得硬着头皮前往史文竹办公室。一个女人对另一个女人的抵触，好似鱼儿提防鱼钩，狍子警惕猎枪，树虫躲避啄木鸟。

钱慧慧推那扇雕花黑漆木门，好像一步迈进外星世界。史文竹办公室里散发着淡淡清香，令人觉得香水推销员刚刚离开这里。然而身为局级领导干部的史文竹不会公开使用香水，钱慧慧怀疑这种味道来自神秘世界。

递了喜糖。史文竹问，喜烟呢？钱慧慧被打乱阵脚说，我不知道你抽烟的。其实史文竹公开场合从不抽烟，只是喜欢观赏钱慧慧措手不及的样子，心理得到莫名的满足。

钱慧慧送来的十几块喜糖里竟然混有两块咖啡糖。史文竹不禁想起当年郑卫星拎着这种咖啡糖作为礼物走进她家的情景。时光流逝，史文竹依然住在那幢小楼里，依然过着单身生活。初次婚姻的失败难以释怀，内心增长的不是爱而是怨艾。

象征性地吃一块喜糖，史文竹恢复局级领导身份说，小钱，你的请调报告我看了，我认为你应当安心在局里工作。我是不会放你走的，因为我希望每天看到你矫健的身影。

听到小史书记使用"矫健的身影"这个字眼，钱慧慧品出对方不怀善意。她想起自己梦境里史文竹的声音：我就是要让你永远成为我的部下，我就是要让你随时接受我的指挥，我就是要让你常年陪衬在我身边……

梦境是现实生活的曲折反映，难道史文竹真的对我心存忌恨吗？钱慧慧越发感到现实生活难以把握，只得起身告辞。

史文竹的声音追着钱慧慧的背影说，小钱，传达室有你邮件，你快去取吧！

逃出史文竹办公室，钱慧慧大有重返地球之感。跑到传达室果然有写着"钱慧慧收"的小木箱，没有邮址没有邮戳，显然是有人亲自送来的。

抱着小木箱走出传达室，一个疑点好似石子落水激起浪花：史文竹是局级领导干部，不论是中央文件还是普通信函，不论是《人民日报》还是企业通讯，都由专人送到她的办公室。她怎么会知道传达室里有我的邮件，难道她眼睛后面真的还有一双眼睛？

下班了，钱慧慧骑自行车驮着小木箱回到光荣路四号筒子楼。这里是她与郑卫星的新婚之家。这房子是机电工业局分配的，承诺不出两年调配新楼。此处离机电工业局五公里，离华北电机厂七公里，被郑卫星简称"五七差距"。

新婚家庭两间房子，里面卧室，外面客厅。郑卫星喜欢卧室，钱慧慧喜欢客厅。未出蜜月双方同时发现，夫妻间相同和相近的地方并不多。

假若妻子喜欢东，那么丈夫喜欢西；假若妻子爱养狗，那么丈夫爱养鸡。郑卫星只得调笑说，都怪我演过汉奸刁德一，要是当初我演郭建光，跟你就是革命老战友了。

钱慧慧报以淡淡笑意，不说话。使出相声手段仍不能唤起妻子的回应，郑卫星心情郁闷经常半夜翻看《红楼梦》。

你不好好睡觉明天有精力工作吗？钱慧慧被灯光弄醒，不解地询问丈夫。

我当了副科长不做具体工作，上班光动动嘴就成了……郑卫星的目光依然停留在薛宝钗身上。

唉，当了领导就不做具体工作了，看来无论机关企业都存在官僚主义。妻子以企业改革的名义声讨了丈夫两句，又睡着了。

真是开卷有益。一部《红楼梦》令郑卫星有了人生新发现。薛宝钗比林黛玉可爱得多。林黛玉是才女，今儿焚稿明儿葬花，动不动还哭鼻子，缺乏家常感情，肯定不会包饺子。薛宝钗为人随和性格正常情绪稳定，而且不属于性情波动的文艺爱好者，是天生主持家政相夫教子的好婆娘。

自从有了这种阅读感受，郑卫星放弃阅读外国小说，一门心思热爱《红楼梦》，当然包括薛宝钗。

此时，妻子捧着小木箱走进家门，丈夫已弄好晚饭恭候了：肉片烧白菜和酸辣黄瓜墩以及白面馒头都是从食堂买来的，只有小虾紫菜汤是自家制作，开水一冲即可。这饭菜正是郑卫星的性格展示——看着轰轰烈烈热热闹闹，其实真正自己动手的东西并不多。

我的天啊，今天你受贿啦？郑卫星望着小木箱进门，故意跟妻子开玩笑。

你不要开这种玩笑好不好？钱慧慧表情严肃地说，你经常这样开玩笑就容易把受贿当儿戏，到时候说不定收了企业送礼……

这么说企业经常有人送礼给你啊？丈夫无奈地笑了，认为妻子越来越矫情，急速朝着林黛玉方向发展。

钱慧慧拉开五斗橱找出螺丝刀撬开小木箱，轻轻叫了一声。她从小木箱里取出一对四角形小灯笼，这两只小灯笼是铝箔制作喷着法郎红透明漆，四面嵌着四个字，组成"新婚志喜"，中间安着红色灯泡。

郑卫星打量着这两只做工精巧的小灯笼，连连赞叹这东西绝了。我看除了侯金泉没人有这种手艺！

侯金泉骂你骂了这么多年，你结婚他肯给你送礼？我不相信这是侯金泉做的。钱慧慧说着从小木箱里抽出一张白纸轻声念着：我骂你是想让你当个好工人，后来我明白了，你天生是当干部的材料那就使足劲头去当干部吧。我也不想骂你了。

我说是侯金泉做的吧？郑卫星得意地说，这灯笼手艺别人是做不出来的。

侯金泉不在厂里当面送给你，干吗舍近求远跑到局里送给我？受到灯笼感动的钱慧慧问道。

这还用问吗？侯金泉认为你比我好呗。郑卫星主动营造着和谐气氛，尽力赞美着妻子。

他催促妻子吃饭。妻子却执意立即挂起这两只红灯笼。工厂干部郑卫星只得服从机关干部钱慧慧，搬来凳子把两只小红灯笼高高挂起。

霎时间满屋红彤彤的。不知什么原因眼窝儿湿了，钱慧慧哽咽着说，侯金泉做这两只灯笼起码要用十几天工夫，我跟他不沾亲不带故没有任何交情，他为什么这样做呢？

眼瞅着妻子成了触景生情的林黛玉，郑卫星担心她眼泪汪汪焚稿葬花，立即张罗吃饭。果然，酸辣黄瓜墩吸引了钱慧慧的胃口，只是抱怨没有米饭只有馒头。郑卫星当即表示自己恨不得变成一碗米饭让妻子吃下去。钱慧慧被丈夫逗笑了。

一边吃饭一边聊天，谈论的都是往日《沙家浜》的战友们。

卢丽虹怀孕了，找人测算是男孩儿；供应二库后面新建一座花窖由朱则良管理；艾学习当了工厂废品仓库主任，等于是班组长级别；工厂锅炉房缺少有经验的维修钳工，借调了王宪钢；简晓铜当了技术科副科长……

郑卫星煞有介事地继续补充说，还有最新消息，郑卫星跟钱慧慧结婚啦！

贫吧你！钱慧慧给丈夫碗里夹了几块肉说，也不知王宪钢找到生身父亲的线索没有，人要是不知道自己的出处，心里也挺苦恼的。

郑卫星不接话茬儿，喝了一口小虾紫菜汤趁机转移话题说，史文竹下月去中央党校学习，一年呢。

我在局里工作都不晓得这个消息，你局外人怎么知道的？钱慧慧若有所思地缓缓放下筷子。

我也是偶然得到这个消息的。郑卫星只得搪塞道，人家史文竹是大干部，我是一个小人物……

钱慧慧胃口泛酸，说，有时候大人物也喜欢小人物呢！斯大林的女儿跟马戏团驯兽师结了婚，好莱坞明星伊丽莎白·泰勒还嫁过一个推土机手呢。

郑卫星后悔自己触及有关史文竹的敏感话题，低头吃饭不言语了。

恋爱时，一双眼睛是放大镜而且专门放大对方优点。结了婚，就变成显微镜了，发现并且放大了很多缺点。当初郑卫星喜欢林黛玉型的，结婚后发现林黛玉属于艺术陈列品，薛宝钗更适合做妻子。

你明天进厂上班找到侯金泉当面谢谢人家。钱慧慧给丈夫委派了任务，突然想起一段往事。

哎，你说那年是谁跑到保卫科举报侯金泉的？还送去印有毛主席像的《人民日报》做证据……

郑卫星一下堵心了，放下筷子停止进食。钱慧慧不解地问，我怎么惹着你了？

听话听声儿，锣鼓听音儿。这是你在《沙家浜》里的台词吧？郑卫星冷笑着说，听你说话的意思当年侯金泉倒霉是我举报的？

钱慧慧认为丈夫过于敏感，连连摇头表示无奈，说，你真是应了《沙家浜》阿庆嫂的台词"疑心生暗鬼"。

郑卫星认为这顿晚饭吃得太不顺利，处处遇到围追堵截。钱慧慧却从丈夫口中得知史文竹去中央党校学习的信息，心头一亮。

晚间，丈夫要求做爱，妻子推说身体不适推辞了对方。郑卫星快快上床睡了。钱慧慧蒙上台灯悄悄写了一份感情充沛的请调报告，其中有这样的句子："我们的工会组织在企业改革的新形势下如何发挥更大作用，这个问题不容忽视。因此我要求调离局机关重返华北电机厂工作，以便积累第一手材料，充实新形势下工会工作的实践经验。以便各级工会组织更好地为工人们服务，更好地为企业整顿和企业改革尽力……"

史文竹啊史文竹，你以为我是一只永远被你关在笼子里的小鸟儿吗？不是。这次你去中央党校学习，这可是天赐良机，我要飞回华北电机厂了。钱慧慧激动得彻夜未眠，清晨起床在镜子里看见了黑眼圈。当年在七十四中文艺宣传队那么年轻我就有了浅浅的眼袋，扮演阿庆嫂反而显得成熟。如今真的成了少妇，组织部铁大姐反而说我不成熟了。她注视着镜子里的自己，产生了逆着时光飞翔的强烈念头，盼望自己重新成为不谙世事的大姑娘。

嘴里含着牙刷的郑卫星从后面抱住她，好像完全忘记了昨晚的不愉快。铁心返回华北电机厂，钱慧慧不动声色地往脸上抹着雪花膏，突然想起郑卫星当年的"体香"。

是啊，人总会发生变化的。结婚以来钱慧慧没有嗅到丈夫身体散发好闻的味道，好像他已经没有任何味道了。她走出家门，在上班路上，深深呼吸着新鲜空气，前方升起咄咄逼人的大太阳。

郑卫星的内部消息果然准确，月末史文竹果然去中央党校学习了。钱慧慧好像穿了新衣服的小姑娘，兴奋过度跑到组织部找铁大姐。

铁大姐告诉她，小史书记分管的"工青妇"由老史书记暂时代管。钱慧慧得意地笑了，提醒自己必须抓住天赐良机给史玉才书记递交请调报告。

你还是想调回华北电机厂？我看你脑子进了水！铁大姐气愤不已地说，你结了婚应当成熟了，怎么越来越幼儿园了呢？现在实行利改税了，以后企业改革谁知道哪座工厂立得住？你不能越走路越窄呀。

谢了铁大姐，铁了心的钱慧慧一口气跑到党委书记史玉才的办公室门外，小动物似的喘着。我知道铁大姐是好意，我还知道凡是劝我留在局里工作的人都是好意。可是我就愿意回到华北电机厂去，就像当年侯隽、邢燕子她们愿意回到农村安家落户一样。

她勇敢地叩门，咚咚咚显出几分迫切。听到"进来"二字，她怯了怯，一咬牙推门走进这位全局"一把手"的办公室。

老史书记正在批阅文件，目光越过老花镜看了看来者，问钱慧慧，你是谁？她大声报上工作部门和姓名。

老史书记不认识我，反而是我的优势。小史书记认识我，却拿我当小鸟儿关在笼子里不放。这样想着反而增强了信心，她恭恭敬敬递上请调报告。

老史书记接过她的请调报告瞥了一眼说，放在这儿吧，你可以走啦。

钱慧慧无话可说，只得退出老史书记办公室，怀里好像揣着一堆蚂蚱，乱撞。楼梯上遇到铁大姐，铁大姐问她是否递交了请调报告。她点了点头，好像闯了大祸的孩子。铁大姐无奈地叹了叹气，说，脚上的泡都是自己走出来的，你别后悔啊。

夏秋相交季节，一连下了两场雨。不见自己请调报告的反馈消息，转为多云天气了。传达室给钱慧慧打电话说，有个名叫王宪钢的人找你。她感到意外，说，请他进来吧。

放下电话，钱慧慧情不自禁地走出办公室站在楼道迎候。

往事如烟，扑面而来。她蓦地感慨随即紧咬嘴唇克制着波动的情绪。我怎么变得这么脆弱呢，莫非大机关的沉闷气氛消磨了我的精气神？

王宪钢身穿胸前印着"华北电机"字样的工作服，沿着楼道向着钱慧慧走来。一瞬之间，她竟然产生了幻觉，心儿随着时光倒流返回鱼米之乡沙家浜。王宪钢幻化成为英姿勃发的郭建光，自己则重新成为机智果敢的阿庆嫂……

满身工人气质的王宪钢微笑着说，我调到咱厂锅炉房当维修工了，今天来设备处参加压力容器特殊工种培训，顺便来看看你。

钱慧慧从《沙家浜》返回现实世界，感到几分莫名的失望。她只得开玩笑说，我要是知道你不是专门来看我的，就不让门卫放你进来了。

是啊，你在局里工作好几年了我也没来看过你。企业里说起你们大机关有三难，门难进，脸难看，事难办。

王宪钢先是自我批评，之后批评着机关干部作风。看到对方依然保持着实实在在的作风，钱慧慧心里说不出是什么滋味。社会变化越来越大，连侯金泉那种又臭又硬的人都悄悄去乡镇企业打工，保持不变的王宪钢将会面临什么样的命运呢？

性格腼腆的王宪钢依旧不擅寒暄，简单几句话就要告辞。钱慧慧小声命令说你别走，引着他走进办公室继续说话。

我听说你家卢丽虹怀了孕，她情况还好吧？钱慧慧给客人沏了一杯茶。

天天呕吐。王宪钢惜字如金地回答，好像时刻准备起身告辞。

钱慧慧继续提问，当年你跟郑卫星合伙诈了侯金泉，有人把印着毛主席像的《人民日报》交给保卫科作证据，这事儿你还记得吗？

记得。王宪钢下意识地喝了一口茶水说，郑卫星主动跑到保卫科给侯金泉做证，还在证明材料上按了手印。于亢虎就把侯金泉放了，罚他清扫车间。哎！现在实行改革开放没有阶级斗争了，你怎么还打听极"左"年代的事儿呢？不是说相逢一笑泯恩仇嘛。

你还读鲁迅的诗啊？钱慧慧以前认为王宪钢不喜欢文学，于是起了兴致。

我还读过瞿秋白呢。从前不是批判他《多余的话》嘛，我就在厂图书馆借了几本他的书读了，挺好的。其实我看书还是受到郑卫星的启发，那些年他走背运读了不少书，有《我的奋斗》和《拿破仑传》什么的。

既然话题扯到自己的丈夫，钱慧慧轻描淡写地问道，会不会是郑卫星跑到保卫科送了那张《人民日报》呢？

啊！王宪钢突然瞪大眼睛望着钱慧慧问道，敢情你在怀疑郑卫星的人品……

秉性刚正的王宪钢呼地站起说，小钱你不能这样怀疑他，他为了帮助我寻找身世线索偷看档案被景达明抓住，贬回车间劳动；他为了不让别人笑话我画手表主动提出借钱让我去买手表；他为了……

你真是一个好人。钱慧慧及时打断王宪钢的话，表示只是随便问问，并没有怀疑郑卫星的人品。

办公桌上电话机响了。钱慧慧示意客人重新落座，伸手抄起电话。她只说了一句，请他进来吧。放下听筒对王宪钢说，今天怎么都是咱厂来人找我呢？这次是朱则良！

王宪钢向她介绍说，现在朱则良不光管着供应二库还管着厂部花窖，有时因为几盆花草跟厂领导较劲，挺犟的。

说着，朱则良推门走进办公室。他仍然留着"高平头"发型，同样穿着印有"华北电机"的工作服，脚踏一双鹰嘴式鞋，左手戴着白线手套，人却显得老成了许多。

他冲着王宪钢说，没想到你也在这儿。从胸前衣兜里掏了一个又窄又厚的小本子对钱慧慧说，我是来局里看花儿的，传达室不让我进门，我只好说找工会劳保部的钱慧慧，其实我不想麻烦你的……

你来局里看什么花儿？钱慧慧不懂朱则良的来意，还是由衷地笑了。这几年在局里工作只要见到厂里来人，她从心里感到高兴。有时候她坐在办公室里感到自己是掉队的女兵，却不知去哪里寻找主力部队。

王宪钢显然明了朱则良的来意，他语气委婉地劝阻说，你管理花窖认真负责这很好，但是局里干部们从厂里花窖抱走几盆花儿也算不上受贿，你不要挨着办公室找了，一会儿咱俩回厂吧。

朱则良语气和缓地说，我知道他们从厂里抱几盆花儿不算什么，我今天跑来是想看看那二十七盆花儿到底是死是活……

说着，朱则良好像工厂质量管理员追踪产品反馈信息，低头翻开手里的小本子念叨，人有户口，我的花儿也有记载，厂里送给劳资处陈处长两盆米兰、两盆栀子，送给教育处李处长三盆君子兰，送给财务处王处长一盆龟背竹、一盆紫罗兰，送给设备处孙处长一盆印度榕、一盆巴西木，送给行政处张处长两盆鹤望兰、一盆发财树，送给秘书科四盆水竹、两盆杜鹃，送给局工会劳保部张部长一盆蟹爪兰，送给规划处……

你先别念了。钱慧慧打断朱则良的流水账说，劳保部张部长是我顶头上司，他办公室那盆蟹爪兰长势良好，今年春节还开花了呢，你就不要去检查啦。

小钱你不知道，我结婚这几年杨葵花不生养，我们是绝户命也不盼望要孩子了。这一盆盆花儿好比我的亲生儿女，厂里逼着我把亲生儿女送了人，

265

它们究竟是送给黄世仁还是送给南霸天，我不能不知道它们的死活吧？所以，每次来人从花窖里往外搬花我都打听去向，然后仔细记在小本子上，今天我是顺藤摸瓜来局里看望儿女啦！

钱慧慧再次被感动了，一时不知应当鼓励还是应当劝阻朱则良，她只得小声询问道，则良，你记在小本子上的这些花儿都是厂里领导送给局里干部的，即使你弄清楚它们是死是活又能怎么样呢？

我就想知道它们的死活，没有别的念头。左手伤残的朱则良极其固执地说，俗话说养花见人性，你要是把花儿抱回局里用心莳养，这还有人味儿；要扔一边不管了，这就没人味儿了。

王宪钢说，我该去设备处报到了。转身就走。朱则良一把拉住他说，我不知道设备处在几楼，你带路我去看看孙处长的印度榕和巴西木。

钱慧慧知道拦不住朱则良便叮嘱王宪钢说，你盯着则良别让他跟孙处长犟嘴，孙处长架子大着呢。

王宪钢在前，朱则良随后。俩人沿着楼道朝前走去。财务处办公室敞着门。朱则良一眼认出那盆已经成年的龟背竹就理直气壮地走进去，仔细端详着自己的"孩子"说，这花儿你养得不错，挺有人味儿的。你记着间湿间干，千万不要水大，水大烂根，绿叶素用多了土壤板结。

身穿中山装的财务处王处长呆呆地望着这位不速之客，一时弄不清来了何方神圣。左手戴着白线手套的朱则良目中无人只有花儿，说罢扬长而去。

经过教育处的两间办公室，都是锁着门没人。朱则良怏怏不乐仿佛自己的儿女被关在监狱里不得见面。走到设备处门前，一间办公室里正在接待压力容器特殊工种培训班报名，另一间办公室里坐着埋头看报纸的孙处长。朱则良径直奔向角落里那盆已然枯干的巴西木，重重地叹了一口气。

那盆印度榕摆在窗台上，叶面生了点点黑斑。朱则良看见花盆里扔着几支烟头和牙签，连连摇头表示伤心。你们连养花儿都这么不负责任，还想建设四个现代化啊？

拥有一张大黑脸的孙处长放下报纸看着陌生来者问道，你到底是干吗的？进了门指手画脚说三道四，找碴儿是吧？

曾经被人讥笑为"草包司令"的朱则良基本具备了老工人气质，伸出戴着白线手套的左手指着那棵枯萎的巴西木说，我是它爹，您是干什么的？

孙处长本着行不更名坐不改姓的原则说，我是设备处孙家财。

您是孙处长。朱则良不慌不忙地掏出小本子看了看说，这两盆花儿都是

266

我培育的，去年被您抱到局里来了。养花这种事情见人品，要么别养，养了又不经心就不如不养，死了吧？

脾气火暴的孙处长以为朱则良咒他，抄起电话拨通局保卫处说，来了一个身份不明的人张口骂街，你们赶紧来人把他带走吧。

朱则良瞥了瞥手里的小本子说，你别让保卫处来人了，告诉我保卫处在几楼我去找他们，那里有我两盆三角梅、两盆扶桑……

局保卫处还是来了个年轻人，面无表情地带走了朱则良。正在楼道里填写培训班表格的王宪钢追了几步，被保卫处的人呵斥了两句。朱则良毫不介意地问道，你们保卫处那两盆三角梅怎么样了？没黄叶子吧？

保卫处的年轻人讪笑着说，一盆牺牲了，一盆被高处长抱回家了。哎，你小子到底是干什么的？

走进保卫处见到那位高处长，举止沉稳的朱则良首先做了自我介绍，说，我是华北电机厂管花窖的，这次我来局里是看看花儿的处境，你们机关干部们要是连养花儿都不认真负责，那还能管好什么事情呢？

保卫处高处长无话可说，却趁机向这位左手伤残的工人请教怎么养好那盆三角梅。朱则良情不自禁地介绍说，三角梅又叫叶子花，在南方四季开花，在北方容易衰退，主要是土壤和空气湿度不同。

这时钱慧慧闻讯跑来"保释"朱则良。一贯以保卫国家财产为己任的高处长大发感慨地说，为了看望几盆花儿跑到局里来，如今还有这样负责、任性的工人啊。

钱慧慧觉得朱则良挺可爱的。然而这种可爱又是难以随处生长的。倘若将朱则良移栽到这幢机关大楼里，很可能枯萎了。

她送朱则良走出机电工业局大门。这位左手伤残的工人抬头打量着灰色的大楼说，我把结果都记在小本子上了，凡是不把花儿的死活放在心上的人，以后休想从华北电机厂花窖里抱走一盆花儿。

那你就送我一盆"死不了"吧，我一定好好养着它！钱慧慧动情地说着。

好啊。朱则良朝她挥了挥那只戴着白线手套的左手，头也不回地走了。望着远去的背影，钱慧慧的心情难以平静。当初被人讥笑的"草包司令"如今变得如此倔强，抠死门儿认死理儿，竟然走进机电工业局大楼探望他的"儿女"，真是让人意想不到。

她回到自己办公室，努力平复着心情。这时候劳保部张部长推门进来，满脸欣喜地注视着她。

你给老史书记写了请调报告是吧？你在报告里要求调回华北电机厂是吧？你在报告里还提出在企业改革形势下如何发挥工会组织作用是吧？身材颀长的张部长鸡啄碎米似的提出一连串"是吧"，弄得钱慧慧莫名其妙，不知如何回答是好。

您干脆告诉我出了什么事儿吧？钱慧慧不知是福是祸，急切地想弄明白是怎么回事。

老史书记在你的请调报告上批示啦！张部长手里拿着一份《机电简报》一板一眼地念道，各级机关，机构臃肿人浮于事，已成痼疾。屡次精简，难见实效。在这种情况下，我局工会劳保部青年干部钱慧慧同志主动提出下到企业工作，实属难得。建议在全局系统大力宣传钱慧慧同志注重实际、面向基层的作风，从而起到一个带动作用。

小钱，一旦老史书记的批示传达下去，你的请调报告必然成为学习的榜样，这就不是你个人的事儿啦。张部长激动地说，当年我就是写了一篇《我们要做企业主人，不做活的吸尘器》的文章受到全总劳保部部长江涛同志的赞赏，很快调到局里工作了。

老史书记请你明天上午九点到他办公室谈话。文质彬彬的张部长语气不无夸张地说，他老人家特意安排你担任华北电机厂工会副主席呢。

一个人的命运真是变幻莫测。我给小史书记写过三次请调报告，均被视为不安心本职工作。这次我把请调报告递交老史书记，轰的一下成了先进人物。有时候人的价值是靠别人评定的。

下班回家路上，钱慧慧买了鲜鱼和青菜，走进家门主动下厨。郑卫星下班看到行为反常的妻子，伸手摸了摸她额头小声说，体温正常啊。然后推开窗子看了看天色，大声说今天太阳是从西边落山啊。

钱慧慧一边刮鱼鳞一边说，你的幽默很像是讽刺挖苦。以前我在局机关工作六点钟下班没有时间做饭。以后我在工厂五点钟下班，我要天天做饭呢。

以后你在工厂五点钟下班？郑卫星机警地捕捉到疑点却故作散淡地问道，你又要下厂搞调研啊？

热气腾腾的饭菜摆上桌子，钱慧慧满脸欣喜地打开一瓶葡萄酒，向丈夫说明了情况。郑卫星惊讶地张大嘴巴，好像一根鱼刺卡在喉咙上。

你真的调回华北电机厂啦？郑卫星合拢嘴巴咽下一口唾沫说，你是趁着史文竹去中央党校学习的机会……

你是史文竹肚里的一条蛔虫。钱慧慧主动给丈夫夹了一块鱼说，我很早就有这种愿望调回华北电机厂，今天终于实现了。

郑卫星苦笑了，放下筷子起身走到窗前遥望都市万家灯火，伫立不语。

你又作诗呢？妻子小声说道，我还记得你以前写的一首诗叫《我》，那时候你正憋在机修车间里受气呢……

说着，钱慧慧起身背诵。她的嗓音清澈明亮，轻轻将诗意送到丈夫心头。

> 生活将我软禁了　自己成为自己的看守
> 日子拖得长了尾巴　所有门窗生满铁锈
> 雨水将铁锈洗成殷红液体　我的希望被染色了
> 在铁锈结冰的季节里
> 从天窗飘逸　突围出去　然后凝聚
> 凝聚成为一柄沉重的钥匙　打开地狱之门
> 或者走进　或者走出　但是
> 我同时啊　又是一只老式锁头

听着妻子的朗诵，他缓缓转过身来。钱慧慧看到丈夫泪流满面，就走上前来为他擦拭泪水。她以为，现实世界里的郑卫星被艺术世界里的诗歌感动了。这毕竟是丈夫从前写的诗，如今他不作诗了。

我这里也有消息告诉你，今天上午我接到局人事处调函，调我到局生产处调度室担任正科级调度员……郑卫星低声说道。

你一直在秘密运作？这次轮到钱慧慧惊诧了。这一定是史文竹去中央党校学习前就给你办妥了，你们好深厚的无产阶级革命感情哟。

郑卫星当即辩解说，史文竹是大干部，我是小人物，史文竹大我五岁，我没想到你会吃她的醋……

我不是山西人，不吃醋。钱慧慧操着法官审案的口吻说，你何必急于解释呢？你说史文竹大你五岁，杨葵花大朱则良五岁照样结了婚。今天是我调回华北电机厂工作的大喜日子，我真的不想跟你吵嘴。

她端起酒杯大声说，我想调离局机关，你想调进局机关，这就叫南辕北辙。我祝你进得去，你祝我出得来，咱们干杯吧！

钱慧慧一饮而尽。郑卫星反而被动了，跟随着干了杯说，慧慧，我调到局里工作是为了锻炼锻炼，不出三年我还是要回到华北电机厂工作的……

没错！那时候你请求史文竹出面安排你担任华北电机厂副厂长，分工负

269

责生产经营对吧？钱慧慧一句话说出郑卫星"曲线救国"的三年规划。

郑卫星拍着脑门不胜感慨地说，有时候你傻得就像一个石头人，有时候你精得就像一个女巫师。我不知道自己是娶了石头人还是娶了女巫师。

我不是石头人也不是女巫师，我是你妻子所以我了解你。你心里肯定憋着当副厂长的欲望呢。钱慧慧艰难地笑了。

你认为欲望是贬义词吧？我却认为不贬也不褒属于中性词。郑卫星冲着妻子讲道，欲望其实跟目标啊梦想啊意思差不多。人有欲望才会活得更有意思。无欲无求是消极的病态的，就连社会都无法进步了……

看着振振有词的郑卫星，钱慧慧提议喝酒。于是妻子与丈夫干杯，很快喝光一瓶红葡萄酒。她的脸红红的，他的脸也红红的，表面看着都很冲动，其实内心都很平静。四只眼睛望着满桌残羹剩菜，决定抓阄儿洗碗。两个纸阄儿是他做的，挥手扔到地上。

其实你是一个特别懒惰的男人，懒惰得连睡觉闭眼都觉得累，只有在仕途上格外勤奋。钱慧慧说着不去捡纸阄儿。

郑卫星也不去捡，耗着。终于，他拿出丈夫风度主动去筒子楼厨房洗碗了。

趁着家里没人，钱慧慧双手捂脸哭了。男子汉大丈夫拥有强烈上进心并不为错。然而她对郑卫星多年依赖史文竹提携而感到郁闷。一个男人可以匍匐前进，却不可以把自己的命运寄托在一个有权有势的女人身上。每逢这种伤心失望之时，她都会对郑卫星的人品产生置疑。

晚间上床，他知趣地放弃了做爱的要求，因喝了不少酒，头有些沉，渐渐地睡着了。半夜醒来他来到外间客厅注视着睡在沙发里的妻子。这沙发是局机关退役作价处理的，才五块钱。钱慧慧躺在五块钱买来的沙发里，十分安稳。

丈夫站在黑暗里不由想起当年的阿庆嫂。明天我去局里报到，我的新生活开始了。明天你回厂里上班，你的新生活也开始了。

这就叫夫妻各奔前程吧？郑卫星点点头，渐渐攥紧拳头。

十七　废品大王

　　起初，坐落在城市北郊的华北电机厂是一座"孤岛"，四周空空荡荡净是荒地。后来盖起单身宿舍楼和家属宿舍楼，依然显得空旷。工余时间里，有种菜的有打草的，有钓鱼的有逮鸟的，培育了一批兼具农耕气质的工人。艾学习便是其中的杰出代表。他开垦的菜地连年丰收堪称高产。于亢虎以企业整顿的名义铲除了这块菜地，艾学习好像被割了命根儿，痛不欲生。

　　终于，艾学习当上了废品仓库管理员。走马上任，他望着那两座工业垃圾山喜上眉梢，好似孙猴子看见花果山。他小声对媳妇费欣说，别人瞎了眼，看不见这是两座宝山。

　　艾学习是黑豆上刮漆、泪珠里晒盐的主儿，她媳妇费欣则属于瓷公鸡、铁仙鹤、玻璃耗子、琉璃猫式人物，吃饭不掉一粒米粒儿，穿衣裳不伤一缕布丝儿，走路看见东西立即猫腰捡起审察其剩余价值。

　　这一对夫妻，在打小算盘抠门方面，堪称人间绝配。有人开玩笑说这两口子生了儿子应当取名"艾费品"，就是"爱废品"的谐音。

　　自从安徽省凤阳县小岗村兴起"家庭联产承包责任制"，一时间承包之风风靡全国，华北电机厂也闹起承包。艾学习动了心思。他采取明修栈道、暗度陈仓的传统战术，把用"三角牌"砂布煮出的布料染成蓝色，一块块拼凑成方格形布料，让费欣动手做了六件工作服送给工厂领导班子成员，以此表示永葆勤俭节约革命本色。惊喜不已的章泽书记带头穿起这种变废为宝的工作服走进职工食堂，他浑身方格好像一张移动棋盘，挂上车马炮就能对弈了。随即引起全厂轰动。

　　艾学习趁热打铁找到分管第三产业的李副厂长，坐在小饭馆里又递烟又敬酒，以毛遂自荐的姿态表示，一定要把废品仓库变成废品加工厂，为企业创造更大的价值。

身穿移动棋盘工作服的李副厂长不表态，艾学习掏出烟荷包卷了一支"小辣椒"叼在嘴上说，我从小就会过日子，拾煤渣捡废纸，什么东西在我眼里都是宝贝，我调到咱们废品仓库当管理员就是要承包废品仓库。

你非得承包不可？李副厂长看到艾学习是王八吃秤砣——铁了心，只得同意他的承包合同，一签十年。未来十年间艾学习承担华北电机厂向环卫局缴纳全部工业垃圾清运费。未来十年间艾学习利用工业垃圾创造的利润，百分之三十上缴工厂，自己留百分之七十。就这样几经努力，艾学习终于成为承包华北电机厂废品仓库第一人，享受班组长待遇。

好端端一个车工居然愿意做破烂王。偌大华北电机厂没人认为艾学习是朝高处走。就连"管家婆"费欣也替丈夫捏一把汗，担心丈夫承包废品仓库一屁股坐在烂泥坑里。

艾学习不言不语偷着乐。他承包废品仓库的思路是"靠山吃山，靠水吃水，就地取材，变废为宝"。从一堆堆工业垃圾里创造利润，当然难度不小。艾学习自有艾学习的能耐，他找到技术科简晓铜设计图纸，自筹资金外购配件，三叩九拜请出大工匠侯金泉，每逢公休日便在废品仓库加班加点，终于攒出一台电磁滚筒式工业垃圾筛选机。吝啬成性的老泼猴儿并没有向艾学习讨要大价钱，只说，你吃水别忘挖井人就是了。

侯金泉的义举感动了费欣，她硬是塞给侯金泉一包冰糖，说，您没事儿含着一整天嘴里都是甜的，就跟到了共产主义似的。

一块冰糖含在嘴里就到了共产主义社会，艾学习并没有批评媳妇见识短浅，侯金泉也没有抱怨费欣小气。仨人一门心思盼望这台机器试车成功。

侯金泉不愧是大工匠，头一次试车出现小毛病，经过调试终于轰隆隆开动起来。费欣嘴上说中午吃喜面却站着不动弹。侯金泉嘴里含着具有共产主义甜味的冰糖，饿着肚子走了。

艾学习开动这台电磁滚筒式工业垃圾筛选机，那表情好像淘金者。这台机器先把金属的与非金属的筛分出来，再把有用的与没用的筛分出来。剩下的东西通过皮带运输机堆在工厂后墙下，经太阳暴晒沤成有机肥料。筛分出来废旧金属，又分为有色金属与黑色金属两类，分门别类卖给国营物资回收公司。

很快，韩赵庄冶炼厂跑来争夺货源，出的价钱比国营物资回收公司高出一肩膀。艾学习本着谁给钱多谁是亲人的原则，称兄道弟跟这家乡镇企业签了长期供货合同。

工厂后墙下沤成的有机肥料，一小部分送到朱则良的花窖施肥，以此换得十几盆鲜花用于艾学习讨好工厂中层干部们；一大部分送到远郊农场换得新鲜大米用于巴结工厂领导班子成员。

经过这番物尽其用的处理，华北电机厂的工业垃圾几乎没了。这样艾学习就省了工业垃圾清运费。环卫局派人实地调查确实找不出艾学习偷偷倾倒工业垃圾的证据。艾学习随即得到"废品大王"的称号。

这天上午，多日不见的郑卫星突然出现在艾学习的废品王国。艾学习以为郑卫星的身份依然是机电工业局生产调度室调度员，便陪同上级领导视察自己的领地。

媳妇费欣拎着一串儿废品仓库钥匙哗啦哗啦跑来。她身穿劳动布上衣灰色腈纶裤子，显得神色紧张。艾学习向郑卫星解释说，费欣从小怕官儿，如今见了班组长都犯憷。表情严肃的郑卫星沿着两座工业垃圾山转悠，当场指出这里空气味道不好。

你走了走就闻出空气不好，我们长年累月怎么办？有熏鱼有熏肉我是熏人。嘿嘿，我沤制的有机肥料客户常年订购，我不沤肥就算违约。艾学习得意地介绍着情况。

手里一串儿钥匙掉在地上，费欣猫腰去捡。她灰色腈纶裤子的裤腰部位露出"尿素"二字。郑卫星惊异了。费欣满脸羞愧，转身溜了。

艾学习只得解释说，前几年从日本进口一批尿素，包装袋子是腈纶面料的。一只包装袋子恰好能做一条裤子，经过巧妙裁剪把"尿素"二字赶在后腰部位，轻易不会被发现，只是不要撅屁股猫腰。

你们真是聪明绝顶啊。郑卫星大发感慨，叮嘱艾学习千万不要让日本人发现，那样有损国格。

要是费欣不猫腰捡钥匙，绝对不会露出尿素两个字的。艾学习并不在意远在东瀛的日本邻邦，继续陪同郑卫星参观废品仓库。

我听说你有了新外号叫"废品大王"？郑卫星保持着大领导的派头问道。

嗨！我花五千块钱买了辆旧吉普这就成了全厂热点人物。艾学习指着罩棚下那台自行设计自行制造的电磁滚筒式工业垃圾筛选机说，邓小平说科学技术是第一生产力！咱们遵照小平同志的教导永远没亏吃。

郑卫星对这台给"废品大王"创造利润的机器兴趣不大，而是询问艾学习今后的发展计划。艾学习叹了口气说，做废品生意要地方宽敞，以前华北电机厂是孤岛，空地很多。现在周边建起一座座小工厂，他妈的农村包围城市了。

日本战败之后跟你现在一样也没有地方。他们填海造地发展起来了。你没有新思路只能卖一辈子破烂儿。郑卫星高屋建瓴地说，从粗放到集约，从零敲碎打到规模化发展，你应当走精细加工的路子。就像日本人买了中国煤炭回国精细加工成三十多种产品返销中国，赚去多少人民币啊。

艾学习认为对方说到点子上了，笑了。你在局里当官儿有见识，说话一口咬到骨头上。我看今后侯金泉再也不敢骂你啦。

郑卫星显然不愿意接这个晦气话题，问艾学习前些天去浙江台州考察报废电器拆分项目有何收获。艾学习说，到台州考察收获不小，他们不光搞报废电器拆分，还搞报废汽车拆解和废旧轮胎再生利用，利润很大。就是对环境造成污染，地方政府也没有办法，创收第一。

你因公外出要节约差旅费用，如今厂里经费吃紧喽。郑卫星叮嘱道。

我承包啦！艾学习并不买账说，我出差不用厂里报销，节约一分钱是我自己的，浪费一万块钱也是我自己的。

正说着话，远处的费欣喊了一声"有贼"，快步朝前奔去。她迅速从衣兜里掏出弹弓夹上泥丸，唰的一声射向那座工业垃圾山。一个人影仓皇逃窜了。

郑卫星觉得好玩，不禁哈哈大笑起来，你媳妇这身武艺弹无虚发，赛过水泊梁山好汉"没羽箭"张清啊！

艾学习叹了口气说，我们承包废品仓库太不容易！你别看废铜烂铁不值钱，照样有人偷你。咱们国家不许私人买枪，我媳妇只好跟卢丽虹学了打弹弓，现在有十发八中的水平吧。去年她弹弓打伤一小偷耳朵，那家伙理直气壮跑来讨医药费，只好赔二十块钱了事。你说这叫什么世道，小耗子敢找大花猫讨账！

厂部秘书小王骑着自行车冲进废品仓库大院喊道，郑厂长，到处打电话找不着您，城北供电局又拉闸啦！说咱厂不把拖欠的电费补上不恢复供电……

什么！郑卫星从小王秘书手里抢过自行车，骗腿儿骑走了。艾学习一把拉住秘书小王问道，你为什么叫他郑厂长呢？

废话！小王秘书抢白道，我不叫他厂长还叫你厂长啊？

身穿日本尿素裤子的费欣插嘴说，你怎么不敢跟郑卫星翻白眼儿啊？当秘书的就是势利眼。

小王秘书自知理亏负隅顽抗说，我势利眼？你们是穷人乍富！不就是花五千块钱买了辆破吉普嘛，人家郑卫星当副厂长坐了蓝鸟！

郑卫星当了副厂长？艾学习与媳妇费欣面面相觑。

艾学习跑进小屋通过交换台接通厂工会副主席钱慧慧的办公室，核实有关郑卫星的最新情况。

是啊，他从局里派回咱厂担任副厂长，前几天他召开《沙家浜》人员见面会，你不是去台州考察了吗？钱慧慧平静地说着，好像郑卫星跟她没有什么关系。

小钱你跟郑卫星闹矛盾了吧？艾学习认定这对夫妻之间出了问题，一针见血地问道。

没闹矛盾啊。钱慧慧语气依然平静地告诉艾学习，这位郑副厂长主管生产和销售，还包括"第三产业"。

怪不得他跑到废品仓库视察工作，还要求我节约差旅费，敢情我归他管了！艾学习放下电话低头沉思，心里进入一级战备状态。

郑卫星这人不会害你吧？以前你们都是《沙家浜》的人，你还要指望人家关照呢。媳妇费欣手持弹弓小声试探着。

艾学习心里嘀咕了。多年以来，他发现郑卫星身上疑点挺多。一是当年王宪钢画手表据说就是这家伙传播出去的，弄得新四军指导员丢人现眼。二是当年有人拿着印有毛主席像的《人民日报》跑到保卫科报案陷害侯金泉，据说郑卫星也有嫌疑。三是当年钱慧慧参加全市青年工人马列读书班，据说郑卫星暗中争抢名额，只是没有成功罢了。四是据说当年调到局里工作，郑卫星是走了史文竹的上层路线，玩小白脸战术……总而言之，言而总之，这位新任郑副厂长分管废品仓库，对他艾学习来说未必是好事情。

他妈的！艾学习告诉媳妇费欣，当初正是郑卫星贴出"废品不废"的献宝文章，引来于亢虎铲了我菜地拆了我土灶。我看他当了副厂长没我好果子吃。

回忆着痛苦往事，艾学习心情不爽。艾学习当然不会知道，郑卫星在机电工业局生产处调度室担任调度员，历练三年胜过读了三年大学。他增长了才干、开阔了眼界、学会了周旋、知晓了得失，基本掌握了我国处于计划经济与市场经济"两轨制"时期的各种战术打法，尤其擅长处理上下级关系。就在局组织部考察干部的关键时刻，机电工业局党委副书记史文竹助他一臂之力，郑卫星如愿返回华北电机厂担任副厂长，大步踏上人生新阶段。

春去秋来。西风乍起天气转凉了。这天正午，防盗意识极强的艾学习沿着工厂后墙搜索敌情，观察"狗洞"情况。

前一阵子，华北电机厂后墙不知被谁凿了一个大洞，总有人影儿钻进钻出跟野狗似的，其中不乏小毛贼。艾学习不能容忍自己的"废品王国"撒气漏风，前几天亲自运来一车垃圾堵塞了墙洞。

一车垃圾堵塞墙洞，艾学习认为不会有问题了。走到近处细看，发现墙洞又被扒开了，重新成为"狗洞"，艾学习很是恼火。

从"狗洞"想到国营企业，艾学习反而释然。放眼华北电机厂，生产环节漏洞百出无人堵塞，听之任之造成严重"跑冒滴漏"，全厂经济效益严重削减。这废品仓库就是全厂最大的漏洞，很多东西不是废品就被送进来，很可惜。可惜归可惜，这也给变废为宝的艾学习提供了丰厚利润。这就叫一方水土养一方人。

这样想着，艾学习得意了，抬头看见一个人从"狗洞"钻进厂里来了。正午阳光照耀下来者竟然是郑卫星。咦，这位副厂长怎么从厂外钻进来啦？

郑卫星身穿一件蓝色夹克，帅气不减当年。看到冤家来了，艾学习主动热情引着郑卫星来到小小办公室，说这是你第二次视察，我们表示热烈欢迎。费欣也给郑副厂长打招呼，然后知趣地退出去。

郑卫星发现这对夫妻圆头圆脑圆眼睛，相貌相近好似兄妹，应了"不是一家人，不进一家门"的俗语。他环视着这间小屋说，不错，你们这是夫妻店。

吝啬而且精明的艾学习揣测着郑卫星的来意，微笑着答道，我承包了废品仓库，我把媳妇调来也是厂里允许的。你是副厂长，你老婆钱慧慧是厂工会副主席，你们才是大型夫妻店呢。

郑卫星报以同样的微笑说，你太敏感了，我是说不能让家属整天围着工业垃圾山打弹弓，应该给她安排干净轻松的工作岗位嘛。

别别别！我们两口子天生废品脑袋，现在很知足了。艾学习话锋一转，单刀直入地说，这是你第二次视察废品仓库，有什么指示明说吧。

好！那我就说了。郑卫星开门见山地说，今年咱厂经济状况不太好，我当副厂长办公经费少得可怜，根本没有办法开展公关。我听说你跟厂里签了十年承包合同，每年上缴利润的百分之三十……

你想跟我修改承包合同？艾学习紧急打断郑卫星的"开门见山"说，那时候是李副厂长分管第三产业，我跟他签订的承包合同具有法律效力。我还特意办了公证呢。

你不要这么紧张嘛，我跟你说私房话呢。我对你有三点要求：一是请你支持我的工作；二是请你全力支持我的工作；三是请你竭尽全力支持我的工作。

这三句话是一个意思。艾学习担心郑卫星在搞什么诡计，就皱紧眉头提防着。

郑卫星继续开门见山地说，你还是按照承包合同把百分之三十利润打入咱厂财务科，另外拿出百分之十现金直接交给我。

你这不会是贪污吧？艾学习睁大双眼，故作幼稚地发问。

你先不要给我扣帽子。我一厘钱都不会装进自己腰包的。郑卫星语气从容，开始了只有一个听众的演讲。

你整天泡在废品仓库里，也应当知道咱们国家实行的经济政策吧？这就是双轨制。近年来涌现出大量乡镇企业和私营企业，它们不受各种规章制度限制，无拘无束搞公关，横冲直撞闯市场，请客送礼递红包，手握十八般兵器外加拳击散打。国营企业受到条条框框限制，捆绑着手脚，没有自主权。上级领导进厂检查工作只能让人家吃份饭，还要收半斤粮票五角钱。年底召开客户订货会，吃不敢吃喝不敢喝，更不敢送奖券发礼品，因为那都是违反企业财务制度的。

郑卫星略作停顿说，像我这样主管生产和经营的副厂长，手里经费赶不上乡镇业务员两顿饭钱。这怎么竞争啊？仗还没打咱们先败了。所以我要给自己积累能量……

艾学习及时打断对方的演讲说，你的话我都听明白了，你让我给你一笔现金开展企业公关活动，比如给客户送礼让人家订咱厂的货，比如请掌权的吃饭求人家给咱厂拨计划内指标，是吧？

即使伸手找下边要钱，郑卫星依然保持领导干部的矜持，拍拍艾学习的肩膀说，你呀你呀就是喜欢把事情说得这么庸俗。

这百分之十的现金不是小数目，我得跟我媳妇商量怎么把钱倒腾出来，过两天答复你好吗？艾学习以退为进，敷衍地说。

这种事情天知地知你知我知，就不用我嘱咐你保密了吧？郑卫星转身走出小小办公室，大步去了。

费欣冲进小屋一把抓住丈夫的胳膊说，他这是公开刮地皮，一分钱也不能给他！艾学习眨了眨眼睛看着媳妇说，这事儿不用着急，我说过两天答复是缓兵之计，我要请教铁哥们儿。

艾学习心里的铁哥们儿是王宪钢。这几年社会变化很大，人的变化也不小。切外汇的，找关系"农转非"的，倒腾钢材指标的，置换公产房的，贩卖二手车的，练摊儿的……华北电机厂也是同样，职工队伍失血严重。就连艾学习也从普通车工变成废品大王了。唯有王宪钢以不变应万变，抱着工人身份不放，所以艾学习挺信任他的。

艾学习明白，一说就变的人往往靠不住。王宪钢这种人不追风不赶浪，比礁石还牢靠。

艾学习悄悄来到锅炉房，可巧王宪钢钻进锅炉里检修炉排。艾学习通过炉门注视着满头大汗的王宪钢，突然觉得他陌生了。是啊，这些年人们总是叫他"指导员"，一见面就想起那身灰色军装，反而忽略了王宪钢本人。

王宪钢一眼瞥见艾学习，便从锅炉里爬出来问他有什么事情。艾学习压低声音把事情讲了。

唉！王宪钢叹了口气说，你跟郑卫星承了诺，只有天知地知你知他知，这件事儿你就不该跟我讲啊。

艾学习没想到对方这样忠厚实诚，一时无言以对。王宪钢心平气和地说，你这番话就算我一个字儿都没听到，你照样遵守承诺好吗？

说罢，王宪钢重新戴上帆布手套抄起撬棍，转身爬到锅炉里去了。

尽管碰了软钉子，艾学习还是佩服王宪钢的人品。走出锅炉房大门艾学习感到一阵孤独：偌大的华北电机厂除了王宪钢我就没有知心朋友，只好回去跟媳妇费欣商量了。

厂道上，手里拎着糨糊桶的钱慧慧正在张贴计划生育大标语："一对夫妻一个娃，利己利国搞结扎！"

身穿天蓝色上衣的钱慧慧显得英姿飒爽，看着挺养眼的。其实，男人们都是喜欢天鹅的，更知道自己属于癞蛤蟆行列。他趁机欣赏着身材窈窕的钱慧慧，觉得这么个大好女子嫁给郑卫星有些可惜，她理应嫁给更好的男人。那么谁是更好的男人呢？在他妈的这种鱼龙混杂的年月，不好说。

钱慧慧扭头发现艾学习出神地望着自己，笑了。喂！你们废品仓库属于露天作业，我昨天跟安技科穆科长交涉了，即使职工承包也不能减免劳动保护待遇，你快去领取草帽、口罩和手套吧。

咱厂工会干部只有你替工人说话，其他那几位都是工贼。艾学习被钱慧慧感动了，差一点儿将郑卫星伸手找他要钱的事情说出来。人家毕竟是两口子，艾学习把话咽回去自己消化了。

十八　一墙之隔

　　民营企业家庞汇强的慧宝箱包厂与华北电机厂一墙之隔。中午时分，他趁着午休时间钻"狗洞"抄近路，进了华北电机厂。手持弹弓巡逻至此的费欣看见西装革履的庞汇强，不禁笑了。

　　你是乡镇企业大老板怎么还钻"狗洞"，不怕失了自己身份？

　　身穿蓝色皮尔·卡丹的庞汇强咧嘴露出洁白的门牙。他给这位"废品大王"的老婆修改着语病，我是民营企业大老板，不是乡镇企业大老板，你懂吗费欣？

　　这么说你把慧宝箱包厂转成私营企业了，它百分之百都是你的股份？费欣从讽刺挖苦转为惊讶羡慕。

　　这年头还有为公家干活儿的吗？告诉你老公要抓住机会把废品仓库变成自己的！你们光买那辆破吉普算什么风光。庞汇强露出大老板的冲天气势。

　　费欣不能容忍对方瞧不起自己的丈夫，说，你坐着德国大众高级轿车怎么还钻狗洞啊？

　　你看看如今暴富的有几个没钻过狗洞？庞汇强得意地说，先当狗，后做人，从刑满释放到马路练摊儿，一步步成立自己的公司，就是这样混过来的。

　　你说的那些人是从监狱出来的，跟我老公是两路人。费欣为丈夫争辩着。

　　你们两口子就小富即安吧！庞汇强嘻嘻哈哈朝着华北电机厂锅炉房走去。

　　平时，心宽体胖的庞汇强特别喜欢钓鱼。此时远处锅炉房高高耸起的大烟囱在远处蓝天背景衬托下宛若大海里一根红白相间的钓漂，恰好呼应了他此行的目的。他想钓一条大鱼——王宪钢。

　　远远看见锅炉房大门里走出钱慧慧，意外遇到梦中情人的庞汇强又惊又喜大步走上前去。

　　这几年钱慧慧越发端庄雅致，举止得体，办事得当，比少女时代更有魅力。这使得庞汇强对她的向往有增无减。尤其得知钱慧慧主动放弃机关干部身份重返华北电机厂,他更加喜爱这个不图虚荣的女人。如今不图虚荣的女人很少,几乎超不过现存大熊猫的数量。于是钱慧慧成了庞汇强心中的女神。然而庞汇强并没有意识到,一个男人终生酷爱一个女人,这既是福祉也是刑罚,兴许抱着枕头做一辈子黄粱美梦。

庞汇强始终找不到跟钱慧慧的对话方式,只得嬉皮笑脸地说,我的慧宝箱包厂建在华北电机厂旁边,一墙之隔就是为了挨着你。

好啊,你这样做是工农联盟嘛。钱慧慧身穿改裁得体的工作服,利用午休时间来锅炉房体验高温作业环境。

你还是拿我当农民?我现在是民营企业家!庞汇强忍不住露出几分野气说,你知道我为什么取名慧宝箱包厂吗?慧宝就是钱慧慧是宝贝的意思。我对天发誓,这辈子发大财娶你为妻。

咱们是老同学我劝你几句话,钱慧慧神态轻盈地说,钞票这东西属于易燃品,弄不好就烧手呢。我是负责劳保工作的工会干部,对你这种易燃易爆的人物格外小心呢。

庞汇强很是无奈地说,我盼着你跟郑卫星离婚,那样的话我的英特纳雄耐尔就实现了!

钱慧慧走了。庞汇强沿着楼梯走上锅炉房二楼,径直奔向"大班长"值班室。这座大型锅炉房二十四小时三班运行,领班的叫"小组长",负责锅炉房全面工作的叫"大班长"。这个大班长就是王宪钢。

改革开放,人们观念大变。华北电机厂锅炉房的工人跳槽的跳槽,泡病假的泡病假,有的家门口摆摊儿,有的做"倒爷"长途贩运,一时间国营企业失血严重。

锅炉房属于动力车间管辖,车间主任外号"肥贼"。面对非战斗减员严重的局面,"肥贼"主任发出"人心散了,队伍不好带了"的哀叹。为解燃眉之急"肥贼"找到"小鬼儿"将王宪钢从机修车间借调到锅炉房充当主力队员。

很快,踏踏实实干活儿的王宪钢显出他的价值。这年头还有如此心无旁骛的工人?他不是国宝不是市宝绝对是厂宝。动力车间"肥贼"主任找到机修车间"小鬼儿"书记,强烈要求把王宪钢调到锅炉房。

"小鬼儿"书记只提出一个要求:必须委以重任。"肥贼"主任笑了说,我留他就是要提拔重用的。

调往动力车间锅炉房那天，王宪钢请师傅崔万昌在小饭馆吃饭，依依惜别。这位有着"工人发明家"称号的大工匠特意喝了两盅白酒，一板一眼叮嘱徒弟说，你赶上解放思想的大好时光，没人逼你假大空了。锅炉房是咱厂的心脏，你一定要好好干啊。我这辈子听领导的话，领导叫干啥就干啥，大好年华都交给了1＝7，你千万别走我的老路……额头宽大的崔万昌说着，潸然泪下。

王宪钢也流泪了，举杯给师傅敬酒说，您明明知道1＝7不成，一定是领导不让您停下来吧？

是啊，这件虱子小棉袄我穿了二十多年。1＝7研究不成，上边领导让我改成1＝3，我就继续研究呗。崔万昌突然抬头注视王宪钢，欲言又止。

唉……崔万昌嘴唇颤抖着说，这几年心里憋着一件事情，我退休时告诉你吧。

不禁想起自己不明的身世，王宪钢劝解师傅说，您愿意憋着就憋着吧，一旦时过境迁就轻松了。

为人忠厚诚恳的王宪钢出任锅炉房的大班长。他知道自己并无过人的才能，全凭"认真"二字管理着这座工厂"心脏"。

此时，私营企业家庞汇强推门走进值班室。这是他的第三次造访。看到来访者西服革履，王宪钢当头问道，老庞啊你今天又是哪国名牌？

我可以送你一套皮尔·卡丹。庞汇强趁热打铁说，老同学说话不打诳语，俗话说，过一过二不过三，今天你给我表态吧！

王宪钢毫不犹豫地摇摇头说，这种损公肥私的事情我是绝对不会做的。

庞汇强平常给人留下财大气粗的印象，其实他的企业处于起步阶段。每逢请客他出手阔绰，"人头马"一开好几瓶，为了壮门面。平时自己吃饭则是方便面就榨菜，节俭得鸡蛋都舍不得放。他从乡镇企业业务员起步，几经闪躲腾挪成了私营企业老板。他的慧宝箱包厂与华北电机厂锅炉房一墙之隔，直线距离不过二十几米。当初选址此地建厂说是为了挨着钱慧慧，主要原因是地皮便宜，用仨瓜俩枣就拿到手了。万事图便宜是资本原始积累的座右铭。

生产箱包属于轻工业，照样离不开水电气及工业蒸气。电可以偷，水可以盗，工业蒸气则不好拆兑。精明过人的庞汇强相中华北电机厂锅炉房，派人在大墙下凿了一个"狗洞"，抄近路找锅炉房大组长王宪钢"谈判"。

说是谈判，其实是拉王宪钢下水。庞汇强开门见山地说利用春节放假机会，突击施工从华北电机厂锅炉房后面引出一条地下管道接通慧宝箱包厂锅炉房，神不知鬼不觉地供气。国营企业计量制度好比聋子的耳朵——摆设。从华北电机厂往慧宝箱包厂偷气，只要里外联手三年五载不会露馅儿的。

庞汇强慷慨承诺每月塞给王宪钢"好处费"，年底另有红包。此举两全其美，可谓各得其所。令庞汇强意想不到的是如此美好的"双赢"遭到王宪钢拒绝。在此之前，他认为天底下没有不爱财不贪色的男人，竟然遇到一个王宪钢。这位新四军指导员当年守着阿庆嫂不贪色，如今来了"外快"不爱财。绝版了。

这是王宪钢第三次在值班室接待庞汇强。这次庞汇强还是碰了钉子，而且扎在鼻尖上。

我的指导员同志，庞汇强继续做思想工作说，你是怕犯案吧？如今国营企业处处跑冒滴漏，这种事情谁也查不出来的。我实话告诉你吧，我的慧宝箱包厂生产用电有六成是偷的，鸡不知狗不觉连老鼠都不知道。

我不是怕犯案，我是不想沾这种偷鸡摸狗的事情。王宪钢微笑着说。

你真是工厂忠臣！庞汇强气得跺脚说，从天上掉下馅饼你不伸手接着？你花岗岩脑袋受穷去吧……

说罢，一身皮尔·卡丹的庞汇强摔门走了，留下一团气急败坏的空气。

钻出"狗洞"，王宪钢的影子在眼前不停地晃动，庞汇强站在路边，使劲儿寻思起来。

当年扮演新四军指导员郭建光，头顶光环，众人瞩目，小有名气；后来进工厂，不争名不图利，成了寻常工人；现在当了锅炉房大班长手里有权，一连三次不接天上掉下的"三鲜馅饼"……如今这种万人弄潮的混乱时代，固执的王宪钢肯定越走路越窄，越走日子越穷。

尽管如此，庞汇强还是承认王宪钢人品端正。可是端正的人品多少钱一斤呢？肯定没人收购。

其实，王宪钢一连三次拒绝与庞汇强合作，并不是出于什么崇高的思想境界。主要是他从小就不具备做贼的心理素质，偶尔说句瞎话满脸通红情绪紧张。再者是郑卫星担任副厂长分管锅炉房，他不能损公肥私给老朋友"大郑"添堵。

下了班，黄昏里王宪钢匆匆回家，半路走进菜市场。自从结婚以来都是他下班回家做饭，除非锅炉房加班。可能是跟卢丽虹恋爱时间太长了，不知不觉结了婚，不知不觉让妻子怀了孕，一切都在不知不觉的惯性里完成，几乎没有感受到什么浪漫。就连卢丽虹也说，咱俩从《沙家浜》里的新四军伤病员年代就认识，没结婚就已经是老夫老妻了。

王宪钢听了卢丽虹的高论，认为妻子说得很有道理，他确实没有感到新婚的滋味。时光啊，不仅打磨着人的面孔，也打磨着人的内心。于是，他宽和地笑了，并不认为这是人生缺憾。

此时，模范丈夫王宪钢左手拎着半斤肉馅儿一捆小白菜，右手拎着标志着工人身份的饭盒，走进家门挽起袖子下了厨。

下班进家的卢丽虹嗅着香气走进厨房说，晚饭肯定是米饭白菜丸子汤！

这是我儿子最喜欢吃的饭菜。王宪钢任劳任怨地说。

美得你！卢丽虹捶着丈夫脊背说，你怎么知道我肚子里怀的是男孩儿？你的眼珠子是 B 超啊？

王宪钢盛了一碗白菜丸子汤，流露出少有的幽默感说，工人阶级的眼睛是雪亮的。

现在连工人阶级都贬值了，您那工人阶级眼珠子也不值一壶醋钱啦。

十九　四立方米木材

春天的下午供应二库院子里驶来一辆灰色"东风牌"卡车,车门上印着"中北电器设备成套总厂"字样。一个面孔陌生的中年男子正在跟朱则良吵架。几个装卸工模样的人虎视眈眈地立在旁边,夸张地做出摩拳擦掌的战前姿态。

黑狗"承包"看到主子遭到外人责骂,正要扑咬对方却被杨葵花喝住。它随即卧在旁边,目光机警地观察着局势变化。

其实,只是手持单位介绍信的中年陌生男子高声吵嚷,朱则良平声应答。由于双方火力不对等,一时无法达到唇枪舌剑的白热化程度。

不用白热化,谁都明白这场冲突的起因:人家提货,朱则良不给。事情就这样弄僵了。

朱则良不让提货是认为这桩事情有些古怪。前天有四立方米木材从东北造纸总厂发到华北电机厂,管理员朱则良照单收货入库。他查遍本厂订货合同没有这宗货物,只好依照惯例封存。当时,杨葵花疑惑地发现所谓四立方米柞木里混有两立方米"桃花芯"一立方米"黄菠萝",不是工厂常用的红松白松。朱则良认为这些木材是用于打制高档家具的。

昨天上午,郑卫星副厂长打来电话通知朱则良,说,东北造纸厂错发给华北电机厂四立方米木材,它的货主是"中北电器设备成套总厂"。说罢挂断电话。

不知触动了哪根神经,朱则良起了疑心。打从郑卫星返回华北电机厂担任副厂长,他便觉得这人陌生了,不禁想起美国电影《未来世界》里以假乱真的机器人。总而言之,他见到郑卫星既不认为他是刁德一也不认为他是郑副厂长,而是一个熟悉的陌生人。朱则良不知是自己出了问题还是郑卫星出了问题。

当天晚上，朱则良与杨葵花住在供应二库小屋里。夫妻同时摘掉白天遮丑的白线手套，同时露出伤残的左手，这情形很像两位"残联"成员开会。究竟如何对待这四立方米"神秘木材"，朱则良认为这里暗藏着以权谋私的故事。

杨葵花劝丈夫少管闲事。朱则良半宿没睡觉说，咱们没什么害怕的，我倒想看看这里有什么猫腻！

果然，一大早中北电器设备成套总厂开来一辆卡车提货，朱则良说，必须跟东北造纸厂核实情况。对方就急了。

杨葵花担心那几个装卸工动手打人，悄悄拨通保卫科电话。接电话的是唯恐天下不乱的于亢虎，立即骑着自行车来了。

虽然从保卫科科长降为保卫科科员，于亢虎经过多年阶级斗争锤炼已然成为破获工厂案件的高手。到达现场他瞥了一眼中北电器设备成套总厂的大卡车，张口要求中年男子出示工作证。对方递过盖着单位公章的介绍信，说没带工作证。

你告诉我你们中北电器设备成套总厂保卫科电话号码，我核对无误就让他们放货！于亢虎态度强硬，满脸阶级斗争表情。

对方好像有点慌张，下意识地回头看了看退路。于亢虎哈哈大笑对杨葵花说，小杨你把大铁门给我锁了，今天我是瓮中捉鳖谁也跑不了。

几个装卸工模样的人争先恐后地坦白说，我们是他花钱雇来的，一人五块！

朱则良张口说话了，一下车我就看出你们是一群杂牌军，这个穿着"塑料九厂"工作服，那个穿着"玻璃器皿厂"工作服，手里却拿着中北电器设备成套总厂的介绍信，浑身鱼腥味儿兴许是水产局冷冻厂吧？

于亢虎继续发威说，你们挨个进小屋里给我写交代材料，不许耍滑头！不按了手印谁也别想走！

前来提货的中年男子镇定下来对于亢虎说，我也是受人指派来这儿提货的，这四立方米木材的底细我也不清楚。

好啊！只要你把上线供出来，我保证今儿晚上让你回家搂着老婆睡觉。你要是不把上线供出来，今儿晚上你老婆兴许就让别人搂着睡啦！

朱则良觉得于亢虎说话太下流，扭身朝远处走了几步，好像躲避一块腐肉散发的臭气。这时朱则良听到中年男子对于亢虎说，我告诉你一个电话号码吧，指派我提货的人嘱咐我从华北电机厂提走四立方米木材，然后找个清

285

静地方停着，等到今天晚上六点二十分给这个号码打电话，6900528……

只要这个电话号码成为破案重要线索，我就按坦白从宽对待你！浑身充满斗争哲学的于亢虎立即拿圆珠笔把电话号码记在手心上。

不知什么原因，自从于亢虎到达现场就不跟朱则良对话，似乎对这位左手伤残的工人心存忌惮。

于亢虎下令锁了供应二库的大铁门，高声宣布任何人不许跟外界联系，谁给外面通风报信，按同案犯处理。这四立方米木材使得沉寂多年的于亢虎重新有了施展才干的机会，他连续打电话召唤华北电机厂"党政工团"领导悉数到场，说我厂出现重大经济案件。

于亢虎渲染的"重大经济案件"并不能引起"党政工团"领导的重视。于是他操着山洪暴发的口气说，你们谁不来谁心虚，你们谁不来谁有嫌疑，你们谁不来我就去市委检举谁！

临近下班时分，党委书记章泽和厂纪检委书记樊桂英来了，之后厂团委书记宫国庆和厂工会副主席钱慧慧也来了。厂长刘频去局里开会，副厂长郑卫星外出办事，最后叫来了副厂长景达明。

"党政工团"领导现场聚齐，憋屈多年的于亢虎手持钥匙掌管大门，吭当一声重新落锁。这种紧张气氛引来一群工人围在栅栏门外窥视，立即有人传言说这里出了重大盗窃案。

即将退休的党委书记章泽不以为然地说，虽然木材属于国家计划管理物资，你也犯不着兴师动众吧？再说这四立方米木材是中北电器设备成套总厂的问题，咱们交给对方解决就是了。

现在是拔出萝卜带出泥，谁知道这会牵扯到你们哪位领导干部呢！于亢虎咄咄逼人反驳着满头白发的章泽书记。

看来章泽书记即将退休，于亢虎当面就不买他账了。同样唯恐天下不乱的厂纪检委书记樊桂英抱来录音电话，说用它打电话把声音录下来，让对方铁证如山无法抵赖！

厂团委书记宫国庆同样喜欢刑侦破案，频频点头表示赞成说，无论从哪儿刮来不正之风我们都有责任把它揭露出来嘛。

朱则良和黑狗"承包"蹲在远处，主仆共同望着渐渐热闹起来的场面。杨葵花凑到丈夫身旁小声说，咱们怎么把事情闹得这么大呢？于亢虎天生就是搞运动的好手，一有机会就瞎折腾。

唉……朱则良轻轻摇头说，即使倒卖国家计划物资也不能把那几个提货的关在钢材仓库里啊。

女人关心女人。杨葵花端了一杯热水送到工会副主席钱慧慧手里说，我看这些领导里就你一个好人，我跟朱则良结婚请樊桂英参加她根本不理，只有你说话算话给我们做了证婚人……

钱慧慧轻声轻语地说，杨姐你不要这么说，工会干部就是给工人们办事的。

章泽书记环视着四周问道，是谁最早发现这四立方米木材有问题的？

是我。朱则良起身答道，我看发货单上写着"红白松"实际是"桃花芯"和"黄菠萝"，咱们工厂从来不用这种硬木，除非私人打家具。

你的手恢复得怎么样啊？章泽书记认出朱则良，便关切地询问。

我挺好的，就是比您少一根半手指头。朱则良举起戴着白线手套的左手说。

钱慧慧低声向章泽书记汇报，咱厂工会每季度都给朱则良发放职工伤残补助金。

于亢虎居然借机教训朱则良说，你自己干活儿不小心出了工伤，厂里对你多好啊！这是社会主义制度的优越性。

怎么没人把你嘴给缝上呢？朱则良反感地说着，握紧了右手拳头。

杨葵花跑来拉开丈夫转身冲着于亢虎说，你这是嘴给身子惹祸呢！他总想找机会敲断你一条腿，说你要是真老虎拿你骨头泡虎骨酒，你要是假老虎拿你骨头喂狗，你这不是自找倒霉嘛。

于亢虎从进攻转为抵抗，驴唇不对马嘴说，现在是法制社会你别吓唬人！再说东北虎绝了迹，哪儿还有真老虎？你想泡虎骨酒跟我有什么关系……

即将退休的章泽书记轻轻拍着于亢虎的脑袋说，法制社会也有左手戴着白线手套的，我劝你还是别惹这两口子吧。

供应二库栅栏门外面围观的工人越聚越多，很快出现第二个传言说这里查出一卡车假冒虎骨酒，都是拿猫骨头泡的。哈尔滨那边喝死好几个人了。

临近六点二十分，于亢虎亲手接好录音电话机，看着写在手心里的电话号码对章泽书记说，你没退休就是企业一把手，还是你下命令吧！

你是干保卫的你打电话，我们几个人见证就是了。章泽书记不无鄙夷地看着于亢虎。

嘿嘿。于亢虎仿佛吸毒者得到吸食白粉的许可，伸手按下麦克风抄起听筒拨出那个极其神秘的电话号码，通了。

287

于亢虎：喂，我已经把木材提出来了，请指示送哪儿啊？

一个男声：你贵姓，那四立方米全部提出来了吗？

于亢虎：免贵姓霍，四立方米全部提出来了，我装了一大卡车都超载了……

一个男声：你们开的是哪个单位的车，什么颜色的？

于亢虎：灰色东风大卡，中北电器设备成套总厂的车。

一个男声：好吧，你走北环线到十九号桥下匝道，往西三公里把这车木材送到韩赵庄金属加工厂仓库，我已经跟他们讲好了。

嘟、嘟、嘟……对方说罢啪地挂断电话。全场静寂无声。

纪检书记樊桂英与团委书记宫国庆，惊愕地对视着，谁也不敢说话。

章泽书记细品慢咂皱着眉头说，这声音我听着耳熟啊。

厂工会副主席钱慧慧连连摇头苦笑说，没错，这是郑卫星的声音。

啊！小钱你不能乱讲啊。章泽书记瞪大眼睛望着大义灭亲的厂工会副主席。

没错！这就是郑卫星，从他唱刁德一我就记住这声音啦！于亢虎极其亢奋地操纵录音电话，重新放出那个男声录音。

"你走北环线到十九号桥下匝道，往西三公里把这车木材送到韩赵庄金属加工厂仓库，我已经跟他们讲好了。"

那只名叫"承包"的黑狗突然汪汪叫唤起来。杨葵花拉住钱慧慧的手，紧紧握着。不言不语的朱则良起身走进厕所，撒尿去了。

章泽书记随即投入现场指挥说，一、马上把提货的人员放走！二、在场人员不许外传任何消息。三、马上召开党委紧急会议，把郑卫星叫回来！四、当场封存涉嫌以权谋私的四立方米木材……

于亢虎企图抓住这个机会官复原职，爬上那辆大卡车嚷嚷起来，我强烈要求从重从快处理郑卫星，你们领导班子要是包庇他，我就去党中央国务院告你们！

当天晚上刘频厂长紧急赶回华北电机厂，连夜召开党委扩大会清查郑卫星的问题。会议室里，脸色苍白的郑卫星好似被新四军俘虏的刁德一，低头说明着情况。

这四立方米木材是我通过东北造纸总厂熟人买的，它属于计划内指标不能以私人名义购买，只好把货物发到咱厂。我本人不便出面提货就以货物发错为由请中北电器设备成套总厂派人把货提走，然后找地方妥善存放起来。

刘频厂长严厉地问道，这四立方米木材属于高级硬质木料，你已经结婚了还准备打家具吗？

郑卫星满脸委屈地叹气，点头承认这四立方米木材是准备送给实权人物的，包括市计委的某甲和市经委的某乙，还有财政局某丙和物资局某丁，总而言之全部用于华北电机厂的"关系户"。

即将退休的章泽书记及时问道，这么说你购买四立方米木材是用于华北电机厂的公关活动啦？

列席党委扩大会议的厂工会副主席钱慧慧吃了一惊，章泽书记显然在引导郑卫星走上"一心为公"的道路。这样，问题的性质明显转化了。

副厂长景达明用意不明地问道，卫星同志这次买木材花了多少钱？

郑卫星耷拉着脑袋回答说，这是先发货后付款，还没有涉及钱的问题。

刘频厂长冷笑了，说，这样紧俏的计划物资你能够做到先发货后付款，看来本事不小哇。

纪检委书记樊桂英一句话打向郑卫星的"七寸"说，那你打算什么时候付款，是交付工厂支票呢还是银行转账呢？

郑卫星终于笑了。钱慧慧从丈夫的笑容里感到几分忐忑。因为对她来说这种笑容很陌生，即使刁德一脸上也不曾出现。

我既不交付工厂支票也不从银行转账，我自掏腰包现金结账。郑卫星继续巩固阵地说，我私自购买国家计划指标木材已经犯了错误，怎么可以动用公款送礼呢？

列席会议的钱慧慧认为丈夫经过几年历练，确实变得狡猾了。既然这批木材尚未付款，他当然可以说自掏腰包结账。这种临阵不慌的狡猾很可能与他曾经扮演刁德一有关，当年他若是扮演黑猫警长肯定去捉老鼠了。

章泽书记意味深长地问道，这么说你是自掏腰包为企业送礼喽？

什么?! 刘频厂长意识到郑卫星即将得到解脱，起身冲着章泽书记问道，我们不是在开表扬会吧？

刘频厂长您别激动。郑卫星不慌不忙地解释说，你知道我这个副厂长没有什么公关经费的。如今是激烈竞争的时代，也是讲究人情的时代。别的企业送礼，我们企业不送礼，这就形成不公平竞争。今年订货会上我们华北电机厂已经处于竞争劣势。当然，我知道刘频厂长也没有多少公关经费，有时候只能请客户在职工小食堂吃客饭……

郑卫星以守为攻继续说，我自掏腰包购买木材送礼，只能托人购买计划内木材。因为计划外的价格很高，我个人担负不起。

厂长刘频烦了，有气无力地对章泽书记说，你是老领导，你做总结发言吧。

团委书记宫国庆与纪检委书记樊桂英，面面相觑。厂工会副主席钱慧慧则出了一身冷汗，内心产生强烈的幻灭感。

章泽书记表情严肃地说，这应当是我最后一次主持党委扩大会议了。通过刚才大家的发言，我认为郑卫星同志私自获取国家计划内指标购买四立方米高级木材用于公关送礼，这是错误的。尤其把货物发到本厂仓库造成不良影响，严重干扰了正常的生产秩序。尽管郑卫星同志声称自掏腰包结账，这也不能改变这件事情的错误性质，我建议他在党内做出严肃认真的检查，从而达到治病救人的目的。

章泽书记的总结发言，分明给郑卫星的问题定了性。钱慧慧认为，南方口音的刘频厂长马上就要说出"散会"二字了。

果然，党委扩大会散了会。钱慧慧特意跟章泽书记握了握手，并不是致谢的意思。厂纪检委书记樊桂英注视着郑卫星，轻轻说了声，莫名其妙。

厂团委书记宫国庆暗含挖苦地说，卫星同志，你自掏腰包购买高级木材送礼，为了咱厂的公关事业真是呕心沥血啊。

只有副厂长景达明一语不发，匆匆离开会议室走了。钱慧慧揣测景达明当年被蛇咬了，如今还怕井绳呢。

离开华北电机厂，钱慧慧与郑卫星回到家里已经凌晨时分，夫妻不言不语各自上床睡了。

天色渐亮了。彻夜未眠的郑卫星躺到妻子床上将她搂在臂弯里呼出一口气，好像大男孩逃脱班主任的惩罚似的说，我险些被亢虎给害了，多亏章泽书记让我过了这一关……

钱慧慧闭着眼睛，笑了，是啊，昨天你让参加厂党委扩大会议的全体人员一起下阳澄湖捕鱼捉蟹了……

郑卫星忽然放声大笑。钱慧慧趁着笑声从丈夫臂弯里摆脱出来，任凭他的笑声在晨光里震荡着。

这四立方米木材不是送给市经委张三的，也不是送给市计委李四的，更不是送给财政局王五的，我敢说你是专门送给史文竹的，谁都知道她特别喜欢欧式家具，这次你要给她打制全套的。钱慧慧轻声做出判断。

丈夫的笑声凝固了，令人想起一锅放馊了的黑米粥。

钱慧慧加重语气说，我知道史文竹崇洋媚外，凡是外国的东西她都喜欢，包括咖啡红酒和西式摆设，所以你每次去见她，总是穿西装佩领带。

郑卫星不言语了，黑暗里很快响起他的鼾声——尽管这是伪装的晨睡。

第二天上班，于亢虎跑到章泽书记办公室里拍着桌子连声高喊，你们不处分郑卫星，反而说他自掏腰包买木材替公家送礼，他不成了活雷锋吗？我看你们是官官相护互有牵连！

于亢虎简直就是搞运动的天才，一个人弄出的响动几乎达到众人集会的气势。坐在厂工会办公室里的钱慧慧担心即将退休的章泽书记被气坏了，主动跑来劝阻于亢虎。

疯狂的于亢虎逮谁咬谁，指责钱慧慧是夫妻互相勾结互相祖护。

章泽书记气得指着于亢虎的鼻子说，你姐夫是劳动局实权派武玉国，他擅自调配外地进市指标受到党内处分，难道这是官官相护吗？我们共产党人绝对不包庇坏人的！

是啊，武玉国是于亢虎的姐夫。钱慧慧心里想起那只大色狼，望着眼前于亢虎这只纸老虎，心里一阵恶心。

于亢虎被章泽击中软肋略显颓势说，这次是史文竹唆使几个人举报了武玉国！当年没入洞房武玉国就跟史文竹离了婚，所以这次史文竹是公报私仇！

原来史文竹跟武玉国有过婚姻啊！怪不得当年武玉国打电话纠缠我引起史文竹忌恨，敢情那是她跟武玉国恩怨不断，我不明不白跟着倒霉……

钱慧慧倒吸了一口凉气，切实感到人生就是一场不断更迭幕布的大戏，同时不断地更换演员。

于亢虎在章泽书记办公室又吵又闹，消息很快传播出去，人们议论纷纷。

这天上午，艾学习听到这个消息，立即跑到锅炉房把郑卫星私自购买木材的案件告诉了王宪钢。

什么?! 郑卫星为了企业搞公关，自掏腰包买高级木材给关系户送礼？王宪钢从小崇拜舍己为公的高尚人物，一下被郑卫星的行为给感动了。

艾学习将信将疑说，你相信郑卫星自掏腰包买木材为咱厂搞公关吗？这么说他是雷锋同志复活啦！

我还是相信郑卫星的，因为他有事业心和责任感，他当副厂长是想把企业搞好。王宪钢颇有所悟地问道，他让你交百分之十现金就是当作公关经费吧？

不是我抠门儿舍不得，我担心出了事儿郑卫星把屎盆子扣到我身上，对郑卫星这人我不得不防啊。艾学习似乎对郑卫星抱有深入骨髓的成见。

这时有人咚咚敲门，艾学习越俎代庖地说了声，进来。王宪钢没有想到推门走进来的是丁德绍。这位灰头土脸的"丁大少"当头就说，前几年落实政策退还我小院四间平房，年久失修不能住了。现在我修房子没有白灰和沙子，你妈说你当了锅炉房大班长让我找你解决。

王宪钢爱莫能助地说，我这个大班长不管白灰和沙子，我出钱您去建材门市部买吧。

我有钱！丁德绍急赤白脸地说，我要是舍得花钱买还用找你吗？人家修房子都是从厂里拉材料，我没想到你连这事儿都办不了，我真是白耽误工夫！丁德绍说罢一跺脚走了。

现如今人们怎么都变得脾气暴躁了……王宪钢看到丁德绍如此气急败坏，没了当年二胡高手的平和散淡。

艾学习看到客人跺脚而去，追到锅炉房大门口叫住丁德绍，您用白灰沙子修房吧？我们厂铸造车间废沙里含有两种黏土，只要掺上三分之一洋灰比三合土还结实，我给你弄一卡车够用吗？

敢情你比王宪钢有权力？丁德绍顿时消了气，变得情绪正常了。

王宪钢是锅炉房老大，比我有权力。可是他分配奖金从来都拿平均值，凡是公家东西，一草一木不沾。您就别给他添麻烦了。艾学习突然板起面孔说，我这是看在王宪钢的面子管您这桩闲事儿的，走吧！

丁德绍追着艾学习问道，王宪钢早就不演郭建光了怎么还这样大公无私呢？我看他受革命样板戏影响太深了。

这时候，王宪钢站在值班室窗前望着楼下艾学习跟丁德绍的对话场面，心里却想着那位副厂长。唉，郑卫星自掏腰包买那四立方米高级木材，敢情当了厂领导手里经费这么紧张，我怎样才能帮助他呢？

正午时分，沿着厂道走来身穿白大褂的厂医卢丽虹。时代变了，农村"赤脚医生"消失了，工厂"红医"也过时了。大学文凭金贵了。卢丽虹只得去本市医科大学进修半年拿到结业证，转为厂医。这时她有些后悔当初放弃去白求恩医学院的机会，即使"工农兵学员"如今也算大专学历，总比没有学历好。由于大兴文凭之风，卢丽虹看到许多没有文凭的人，往往灰溜溜的。她没有灰溜溜的心理，理直气壮地穿起白大褂给工人们看病拿药。

卢丽虹拎着饭盒来到锅炉房跟丈夫一起吃午饭。王宪钢看见妻子来了旋即停止思考，勉强笑了笑。

你好像有什么心事？妻子打开饭盒问道，又思念人家林黛玉呢？

平时，人们都说钱慧慧的眼睛挺像林黛玉的。于是，卢丽虹这句话便有了具体含义。王宪钢避而不答，若无其事地问吃什么饭。

西葫芦羊肉馅饼，我从回民职工食堂买的。卢丽虹改变话题说，我看见丁德绍进厂找车拉沙子，听说落实政策退他四间平房，他不会把这份遗产赠给你吧？

你瞎说什么呢！王宪钢伸手捏起馅饼儿压低声音批评说，你也认为他是我生身之父？我看这是没影儿的事情！

卢丽虹满脸微笑申辩说，就看你妈对他那股子热乎劲，这事儿八九不离十。你放心吧！我肯定替你保密的。

吃过午饭趁着值班室没人，卢丽虹伸长脖子亲了丈夫一口，说了声，不许你不爱我。拿着空饭盒匆匆走了。

下午，吃了羊肉西葫芦馅饼的王宪钢抄起电话，请工厂交换台转郑副厂长办公室。接通之后他开门见山地说，我听说你为企业自掏腰包买高级木材送礼给咱厂关系户，这太难为你了。你这国营企业副厂长待人接物手里没钱，肯定竞争不过乡镇企业啊。

电话里郑卫星操着一言难尽的语气说，如今咱们国营企业被条条框框弄得举步维艰，很可能输在起跑线上。

两个男人之间的对话，简单明了，毫无客套。王宪钢放下电话想起父亲遗言，人生在世，一个忠字，一个义字，忠是对国家，义是对朋友，心情悲壮起来。尽管他不是我的生身之父，这句话应当是我人生的座右铭。

走进锅炉房操作间见到加煤工岳晓汀，王宪钢心有所思地说，当个企业领导挺不容易的，唉！

路过水泵房，王宪钢冲着维修工周洪宇没头没脑地叹气道，国营大工厂领导弄不过乡镇企业小业务员，你看这事儿！

没过几天，锅炉房工人们私下议论起来。岳晓汀说，王宪钢整天唉声叹气就跟祥林嫂似的，也不知道他是替谁感慨。周洪宇说，不论王宪钢替谁担忧，都他妈的是戏台底下掉眼泪——替古人担忧。

王宪钢不是替古人担忧，他很想替那位郑副厂长分忧。下班在家，王宪钢端起饭碗思索着。卢丽虹气得伸出筷子点击丈夫的太阳穴说，你发高烧吧？你凭什么管他的屁事儿！他郑卫星搞不好销售是他没本事，马上鞠躬下台呗。

咱们都是华北电机厂职工，你忘了那条大标语啊？厂兴我荣，厂衰我耻。

我没忘。以前说发扬工人阶级主人翁精神，现在企业主人是厂长。你荣你耻跟他们当官儿的有什么关系？刀子嘴豆腐心的卢丽虹一边发牢骚一边又给丈夫盛了一碗米饭。

上班走进锅炉房，动力车间"肥贼"主任前来告别，说，今天办理退休手续明天就不来了。王宪钢心里想着郑卫星的事情，握了握"肥贼"的手说，您说咱们国营企业厂长好当吗？为搞好企业还要掏自己腰包。

"肥贼"主任自然不知晓王宪钢的心思，操着飞行员平安降落的口吻说，我回家抱孙子去了，犯不着为那帮当官儿的操心啦。

走进值班室，王宪钢满脑子"郑卫星"三个字，好像患了抑郁症。今天我这是怎么啦？他自言自语打开更衣箱，一眼看到庞汇强的名片。

嗯，这家伙有钱……王宪钢寻思着，临近下班了他终于拿定主意，按照名片上的"大哥大"号码拨通了庞汇强的手提电话，很快听到这位民营企业老板油腻腻的声音。

我是王宪钢，我有事情找你……王宪钢并没有说明是找对方借钱。

我就知道世界上没有花岗岩脑袋。庞汇强嘿嘿笑着说，郭建光主动找我肯定是遇到什么关卡啦？

举着电话，这位锅炉房大班长心里盘算着。我找庞汇强借钱是给郑卫星筹集经费，我是告诉庞汇强实情呢还是另找其他借口呢？

电话里，庞汇强喂喂叫唤着问王宪钢是不是睡着了。王宪钢鼓足勇气说，我想找你借钱。

好啊，我不愿意当黄世仁，就怕你成了杨白劳喝卤水自杀，我银子打了水漂儿。

我不愿意做杨白劳，我借钱肯定还的，可能时间比较长。王宪钢实实在在说道。

你不知道吧？这年头三角债成山了，谁欠账谁是大爷，如今喝卤水自杀的是黄世仁不是杨白劳！

听着庞汇强说东道西，王宪钢无话可说。伸手找人借钱的滋味确实不好受。然而为了帮助郑卫星搞好企业，他还是愿意舍下脸面的。

电话里传来庞汇强的声音说，王宪钢我了解你的性格，你自己用钱是不会找我张口的，你肯定是帮助朋友渡过难关，我不会猜错的。

既然被对方识破借钱的目的，不擅撒谎的王宪钢只得承认自己是为别人筹措经费，开展企业公关工作。

你为别人筹措经费开展企业公关工作？庞汇强听罢严肃起来，斩钉截铁约王宪钢晚间六点大鹭酒家，面谈。

好吧。王宪钢应了，转而打电话告诉妻子晚饭不回家吃了。卢丽虹爽快地表示只要丈夫不跟钱慧慧一起吃晚饭就行。

你以后不要开这种玩笑好不好，引起郑卫星误会你去解释啊？王宪钢温和地提示妻子。

你不知道钱慧慧跟郑卫星关系冷淡？我听说分居……卢丽虹打开话匣子。

王宪钢立即关闭妻子的麦克风说，我也听说分居了，可是咱们不能传播人家隐私啊。

卢丽虹被丈夫说得没词儿了，哼了一声挂断电话。王宪钢了解妻子的性格，嘴巴厉害从来不说软话，其实心软如酥，家里金鱼死了她都抹眼泪。

下了班，王宪钢骑着自行车前往大鹭酒家。时间还早，他停在马路边买了一张报纸，抬头看见侯金泉背着帆布工具兜子匆匆走来，就叫了一声侯师傅。这位大工匠好像赶往故障现场参加抢修，不忍停住脚步说，你在锅炉房当大班长应当钻研消烟除尘技术，水幕除尘器啊旋风除尘器啊，不出五年肯定成了热门技术。

消烟除尘技术？王宪钢望着侯金泉的背影消化着这句话，认为他老人家从事第二职业见多识广，提前看到五年后的情形了。

一辆黑色德国大众轿车停在大鹭酒家门前。王宪钢知道大款到了，存了自行车走进大堂。女服务员迎面说，庞老板在二楼六号雅间。你怎么知道我找庞老板？王宪钢好奇地问道。

女服务员笑容满面解释道，庞老板说他请一个工人吃饭，你进门我一眼就看出来了。

你一眼就看出我是个工人？王宪钢低头打量着自己，却不知哪里写着"工人"二字。走上二楼他终于有了答案——因为我是骑自行车来的。

这顿晚饭，庞汇强竟然逼着王宪钢破例喝下二两白酒，并且以不说出原因休想借钱相威胁。王宪钢恼了，起身离席。庞汇强又作揖又鞠躬，声声道歉挽留住这位性情耿直的工人。看到对方认错态度诚恳，酒劲正猛的王宪钢主动说出借钱原因。

庞汇强吃了一惊，然后冷静地问道，你找我借钱给郑卫星筹措公关经费，那么这笔钱由谁还给我呢？

一句话问住王宪钢，他好像没有想过这个问题，于是一边思索一边答道，只要企业产品销售良好，郑卫星肯定有钱归还啊。要是他没有能力还钱，我替他还就是了。

你打算找我借多少钱呢？庞汇强看出王宪钢正凭着一股子义气办事，根本没有考虑后果。你知道郑卫星为企业搞公关需要多少活动经费吗？这笔钱你替他还不起的。

反正你要借给我钱，反正我要支持郑卫星！王宪钢没有醉透，却开始大声说话了。

宪钢啊，你这样借钱是无底洞，最后自己掉进去没人捞你。我看咱们还是合作吧，只要你同意暗中铺设那条蒸气管道，按照君子协定我每月给你一笔好处费，这样你手里就有了钱。你有了钱想支持谁就支持谁，包括郑卫星那王八蛋。

王宪钢注视着庞汇强，不说话。庞汇强了解他的人品，大声叫服务员结账，跟王宪钢勾肩搭背走出大鹭酒家。

骑着自行车回家，一路上王宪钢寻思着。我为慧宝箱包厂提供蒸气，庞汇强按月给好处费。我呢？我一分钱都不装进个人腰包，全部交给郑卫星使用。反正我是用厂里的蒸气给副厂长换来了公关经费，发展生产扩大经营呗。这事儿我不亏良心……

这件事情只有天知地知我知庞汇强知，就连郑卫星我也不让他知道！这样想着，王宪钢拿定主意。好吧，趁着五一节全厂放假三天，我让庞汇强夜里施工，只要抓紧天亮就完活儿了。

一时心情放松，王宪钢骑着自行车唱起"朝霞映在阳澄湖上，芦花放稻谷香岸柳成行……"很久没有接触郭建光唱段了，他感觉嗓子不给劲，便主动降低了调门。

走进家门。卢丽虹睡下了。王宪钢又小声哼起郭建光的唱段："月照征途风送爽……"

妻子翻身坐起瞪着丈夫说，你喝了几百 CC 酒精啊？美得就跟新郎似的！

王宪钢既不觉得自己悲壮也不觉得自己高尚，这个华北电机厂锅炉房大班长洗洗睡了。

凌晨时分，他悄悄起床穿好衣服溜出家门，站在不软不硬的小风里，感觉挺舒服的。天空渐渐明朗，就像一只巨大的银器被一点点擦亮。看见了大树，看见了大树上的小鸟儿，也好像看见了自己。想到一个普通工人居然能够暗暗为企业领导做一件事情，他不禁兴奋起来，心里就编了一段顺口溜。

工厂是盛产顺口溜的肥沃土壤，王宪钢熏陶十年，也能够出口成章了。

"人世间，有公理。是与非，有公议。多贡献，少算计。诚待人，严律己。不牢骚，不攀比。人发财，我不气。人升官，我不急。上班来，下班去。赢不骄，输得起。心胸宽，好身体。"

好！我都快赶上李白杜甫啦！王宪钢觉得顺口溜编得不错，径直奔向早点部买油条。

早点部老头儿正在点炉子，望着这位过早登门的顾客说，这才四点半！都像你这样勤快咱们国家早富强啦……

二十　地下管道

　　二十八岁结婚的卢丽虹，第二年果然生了男孩儿，八斤重堪称"大胖小子"。为了催奶她首先喝了鲫鱼萝卜汤。两天不见动静。王宪钢给她改喝猪蹄花生汤，第二天乳汁呼啸而出，那劲头与奶牛有一拼。卢丽虹坚决认为要是先喝猪蹄花生汤就好了，还能省下买鲫鱼的钱。

　　她做主给儿子取名王恋卢，恋就是爱，以此表明孩子是王宪钢与卢丽虹的恋爱结晶，通过给儿子取名彻底坐实她与丈夫的终生姻缘。王宪钢说你应当给儿子取名"王宪钢恋卢丽虹"就全面了。卢丽虹扑哧笑了，说，七个字那是美国人的名字。

　　哺乳期的卢丽虹发胖了，从小号少妇变成中号少妇，接近水桶状。生了大胖小子她满脑子功臣思想，怀里抱着孩子好似抱着奖杯。王宪钢的心思则完全放在华北电机厂锅炉房，那里已然成了他人生的第二个芦苇荡。

　　到了王恋卢的周岁生日，卢丽虹叮嘱丈夫下班路上买十斤面条回来，请《沙家浜》人们来吃"周岁喜面"。傍晚时分，妻子眼巴巴看着丈夫拎着十根手指头走进家门。

　　卢丽虹问丈夫面条呢，王宪钢一拍脑门儿说忘了，这表情好像面条还种在麦子地里。他拎起篮子跑出家门奔向粮店，很像冲向终点的运动员。

　　拎着装满面条的篮子走进家门。卢丽虹眨动着业余刑警的目光审读着心不在焉的丈夫，我说指导员同志，面条是买回来了，您通知《沙家浜》的人们来咱家吃面了吗？

　　王宪钢一跺脚承认忘了。卢丽虹说，你没通知《沙家浜》的人就买十斤面条，咱家只有两口半人这多浪费啊。

　　从一楼到三楼挨家送一碗，这样就不浪费了。王宪钢为多余的面条寻找着工作岗位。

卢丽虹诡秘地问道，这几天你怎么跟丢了魂儿似的？丢东落西忘了南北，当心走路撞在电线杆子上。

王宪钢这几天确实遇到了烦心事。自从来了寒流气温下降，华北电机厂锅炉房进入生产用气高峰，气压表总是"掉气儿"，经常不够八，有时勉强达到六。尤其浸胶车间经常抗议说蒸气压力不足严重影响生产，一线工人意见很大。

无独有偶。这几天钱慧慧也给锅炉房打电话反映职工家属楼暖气不热，有几个退休老工人冻病了。其实职工家属楼供暖归行政科管理，钱慧慧身为企业工会副主席，遇到什么事情都是热心肠。

王宪钢诚恳接受钱慧慧的批评，说，尽快解决。放下钱慧慧的电话，生产调度室打来电话质问为什么掉气儿。他只得辩称今年夏季存储煤炭出现自燃现象，造成热值不足。说了这样的谎话，他脸色通红。好在电话里看不到脸色，也就蒙混过关了。然而，躲过一时，躲不过长久，王宪钢显得心事重重。

看到丈夫若有所思，卢丽虹抓住战机诱敌深入说，这几天你要是遇到解不开的疙瘩可以找钱慧慧谈谈心，我保证不吃醋。

王宪钢不言不语走进厨房。焯了菜码儿，打了肉卤，煮了面条，然后一家送一碗周岁喜面，颇有天下大同的趋势。他送到技术科副科长简晓铜门前，这位独身生活的知识分子接过热气腾腾的大碗面条，伸手从衣兜里掏出职工食堂饭票，看样子是把他当成送饭的了。

这是我儿子王恋卢的生日喜面，你整天迷迷糊糊都快变成陈景润啦！

哦，祝你儿子生日快乐。如梦初醒的简晓铜抬头盯着这位锅炉房大组长说，我正在计算咱厂蒸气管道的供热损失，压力表掉气儿是不应当出现的事情！

王宪钢腾地红了脸，转身告辞。从小不会说瞎话，打从在《沙家浜》扮演新四军指导员越发诚实了——因为郭建光从不说谎。平时只要心虚就脸红。这种难以克服的生理反应令他基本丧失说谎的本钱。

满头大汗完成了走家入户送喜面的艰巨任务，轮到自家吃饭了。一家三口围坐桌前，夫妻吃面，孩子看嘴。卢丽虹逗着奶里奶气的宝宝说：王恋卢同志您什么时候能吃一大碗面条就长大成人了。

王恋卢小嘴儿咿呀地回应着妈妈。女厂医卢丽虹幸福地冲着儿子说，你爸当初要是娶了钱慧慧就没有今天的你啦。

经常受到妻子这种无缘无故的旁敲侧击，习以为常的王宪钢呼噜呼噜吃了三碗面条然后擦了擦嘴角说，简晓铜不搞对象把全部精力放在工作上，关在屋里研究咱厂蒸气管道的热量损失呢。

人家是知识分子嘛……卢丽虹一边哄孩子一边念叨说，简晓铜暗恋大学同学汪琳，人家结了婚他却走不出单相思的死胡同，只好成了大龄青年呗。

晚间关灯睡觉，卢丽虹哄睡孩子，转而继续审讯丈夫说，这阵子你心事重重的也患了单相思吧？

你不要胡说八道好不好？王宪钢无奈地苦笑着。这几年卢丽虹动不动就拿钱慧慧说事儿，甚至大胆预言钱慧慧与郑卫星迟早散伙。因为阿庆嫂是不会跟刁德一白头到老的。

由于这样的大胆预言，卢丽虹反而给自己增添了心理负担。她担心阿庆嫂一旦单身便可能与郭建光牵手同行，于是提前进入战备状态紧盯丈夫不放。王宪钢认为疑神疑鬼的妻子患了产后抑郁症。女厂医当然不同意丈夫的诊断，大声批驳说，我就是不许别的女人爱你，包括钱慧慧。

王宪钢哭笑不得。我既不是技术比武模范也不是政治学习标兵，你说哪里会有女人爱我呢？包括钱慧慧。

王宪钢的自我矮化，不但没有平息事态反而招来妻子的批评，你看人家郑卫星，如今依然身材挺拔昂首阔步，他只要逮着机会就拼命表现自己，夸夸其谈，侃侃而论，果然混了一个副厂长。你呢？没事儿就贬低自己，这年头是虚心使人落后，骄傲使人进步。你就当一辈子锅炉房大班长吧！

过了儿子周岁生日。一大早儿上班，王宪钢便接到郑卫星的电话。这位主管生产经营的副厂长要求立即解决蒸气压力偏低的问题。王宪钢说了声正在查找原因，放下电话心里挺别扭的，因为自己撒了谎。

自从王宪钢与庞汇强达成秘密协议，从华北电机厂锅炉房通往慧宝箱包厂的地下管道便开始输送蒸气。每逢月末，庞汇强差人递送一只牛皮纸信封，隔墙塞给王宪钢。这种场面很像电影里地下工作者秘密接头，也很像走私集团分赃。每逢月末接到这笔"蒸气费"，王宪钢径直前往郑卫星办公室，分文不留如数送给这位副厂长。

记得第一次送交这笔"秘密经费"，郑卫星惊讶地询问钱的来历。为了打消对方顾虑，王宪钢轻描淡写地表示这是锅炉房的"创收"。

创收？这是卖气的钱吧？精明过人的郑卫星走到窗前望着周边的厂房。这是秃头顶的虱子——明摆的事情。卖气必须通过蒸气管道，近邻只有庞汇强的慧宝箱包厂使用蒸气。

为了给这位副厂长服下定心丸，王宪钢承诺道，你就放心使用这笔钱为咱厂公关吧，出了什么事情都跟你没有关系。

你这是何必呢？郑卫星满脸难言的表情说，你为企业发展默默奉献只能做无名英雄了。

时光不知不觉流逝着。这条秘密铺设的地下供气管道源源不断给郑卫星提供活动经费——联络企业客户，拉拢社会关系。久而久之，郑副厂长在社会上落得一个热情豪爽的口碑，人脉很旺。

今年冬季，庞汇强的慧宝箱包厂用气量也在增加。华北电机厂锅炉房的压力随之增大。这种压力集中在王宪钢头上仿佛顶着一颗随时引爆的手雷。

因此，一大早郑卫星打来电话问责，王宪钢不免有几分委屈。一座锅炉房一明一暗供应两个厂的，蒸气进入高峰季节必然吃力。浸胶车间供气不足的原因别人不晓底细，郑卫星应当心知肚明。

但是，性格坚忍的王宪钢不会这样反问郑卫星的。《沙家浜》的"十八棵青松"情结使他承担着这种压力。这就是郭建光后遗症吧？他这样问着自己。

华北电机厂锅炉房总共三台锅炉，两台十二吨的，一台六吨半的。王宪钢指挥这三台锅炉开足马力，生产供气仍然呈现紧张状况。走出锅炉房绕过工厂废品仓库来到大墙下，猫腰钻过"狗洞"前往一墙之隔的慧宝箱包厂秘密接头。

民营企业家庞汇强在产品陈列室接待来访者，指着各式各样的箱包夸耀着这座私营企业的辉煌前景。我的企业享受国家优惠政策，昨天又接了一笔美国订单，三来一补！

王宪钢开诚布公告诚神采飞扬的私企老板，华北电机厂蒸气压力不足影响浸胶车间正常生产，这几天只能减少向慧宝箱包厂供气。庞汇强大幅度摆了摆手，表示宁可影响华北电机厂的正常生产也不能造成慧宝箱包厂的损失。

庞汇强理直气壮强调说，华北电机厂是国营企业，国营企业没有主人，亏了就亏了。慧宝箱包厂是私营企业，私营企业有主人，绝对亏不得。

听到庞氏理论，王宪钢不同意：我承认私营企业有主人，你就是。但是国营企业也是有主人的。

你还唱高调啊？你告诉我谁是华北电机厂的主人？庞汇强大力反击着，机电工业局局长是主人吗？不是。华北电机厂厂长是主人吗？也不是。华北电机厂工人是主人吗？更不是。

我认为，国营企业的主人是国家。王宪钢心平气和地表明自己的观点。

国家？国家印在地图上是一张纸。庞汇强拍手大笑，我要问你国家在哪儿，你肯定回答北京！那你真把自己当成爱国华侨了。

王宪钢思索着庞汇强的奇谈怪论。国营企业的主人明明就是国家嘛。不过，我们国家太大，国营企业太多，国家管理不过来就显得没了主人……

你不要忘了你是我在华北电机厂的卧底，你后半辈子甭想做国营企业的忠臣了！庞汇强得意地说，郑卫星是副厂长都不把华北电机厂放在心上，你就别犯傻啦！

反正你要做好供气不足的思想准备。王宪钢再次强调着。庞汇强冷笑着问他总共拿了多少钱。王宪钢如实回答十八个月拿了九千块钱。

这笔钱你肯定没进自己腰包。庞汇强颇有把握地说，新四军指导员不会私吞革命胜利果实，这是你的共产主义风格嘛。

王宪钢实话实说，你给的这笔钱我也没有分给锅炉房的弟兄们。

什么？！庞汇强惊讶极了，这么说你是被窝儿里放屁——独吞啦？

王宪钢摇摇头却不想解释什么，向庞汇强告辞离开慧宝箱包厂。他钻过"狗洞"回到华北电机厂。一屁股坐在大墙下，好像心脏病患者喘着粗气。

我是庞汇强在华北电机厂的卧底，我后半辈子甭想做国营企业的忠臣了？王宪钢重新咀嚼着庞汇强的尖刻言辞，心情特别沉重。

正午时分，他径直奔向职工大食堂，半路偏偏遭遇简晓铜。这位技术科副科长皱着眉头询问锅炉煤炭燃烧的炭残留量测定是千分之几。王宪钢小心回答千分之十二。简晓铜摇摇头说，根据目前情况不会低于千分之五十，否则不会掉气儿这么严重。

你的意思是说咱厂锅炉煤炭燃烧不充分？王宪钢脸色涨红问道，我加强烧火加强鼓风，这样能够解决问题吧……

你这是治标不治本。简晓铜语气坚定地说，锅炉房肯定出了大问题！

简晓铜一箭射中靶心。王宪钢鼻尖沁出几颗汗珠。此时他完全彻底体会到做贼心虚的滋味，光买了两个馒头匆匆返回锅炉房。

坐在值班室里，他手捧计算器一边咀嚼馒头一边计算奖金。华北电机厂市场萎缩，利润下降，经济效益持续低迷，这几个月从厂里分配到锅炉房的奖金额度越来越少，工人们叫苦不迭。身为"大班长"掌管奖金分配颇有巧妇难为无米之炊的感觉。锅炉房十几个弟兄，上班安分守己，下班养家糊口，一个个都不容易。手心手背都是肉，减谁的奖金也不忍心。

计算来计算去，还是吃大饼卷手指头——自己咬自己。他给自己算了二等奖，这样挤出三块八毛钱贴给小组长周洪宇。老周的小孩儿重病住院花了好几百，钱紧。

　　临近下班了，王宪钢把元月份奖金分配明细表贴在锅炉房大门上。其实，班组奖金分配可以"背对背"，别的车间工段都这样做。王宪钢却讲究透明度，主动张榜公布，尽人皆知。消减着自己的权力。

　　站在元月份奖金分配明细表前面，加煤工岳晓汀看到自己是二等奖，当即表示不满。小组长周洪宇解释说王宪钢也没拿一等奖。岳晓汀反驳说浸胶车间天天掉气儿王宪钢应该拿二等奖。

　　听到岳晓汀嘟嘟哝哝，王宪钢拿起毛笔把自己的"二"添了一"横"，当场变成三等奖，一扭身走了。

　　周洪宇追上来说，咱们锅炉房奖金不够分的，你就给大家多发几张加班券弥补弥补嘛。

　　周洪宇说的加班券，是一种油印小纸片，上面盖有车间主任或者工段长名章。一张加班券面值八小时。谁加一天班，就发谁一张加班券。平时谁家里有事请一天假，交一张加班券就抵了。假若不交加班券则扣一天工资。工人最怕扣工资。因此，这种不具流通性质的加班券也属于有价证券了。

　　我知道你是想让我为锅炉房谋福利给大伙发几张加班券。王宪钢变了脸色说，一加一等于二，我不能弄虚作假昧着良心说一加一等于三吧？

　　周洪宇连连摇头说，我看你永远留在《沙家浜》就好了，那里一日三餐有鱼虾。现在是社会转型期，应该让你老婆给你换个新脑袋了。

　　王宪钢独自返回值班室，迎面遇到岳晓汀。这个小伙子不满地说，华北电机厂又不是你们家的，你给大伙多发几张加班券怎么不可以呢？你看看哪个车间不是想方设法给工人增加福利？

　　华北电机厂确实不是我们家的。王宪钢有些激动地说，你说中国人民银行可以随便发钞票吗？不可以。同样道理，我也不能随便发放加班券啊。

　　你应当去中国人民银行当行长！岳晓汀甩下这句话，气咻咻走了。

　　王宪钢坐在值班室，心里挺郁闷的。是啊，工人们工资太低，奖金又少，岳晓汀发牢骚情有可原。转念想到气压不足的事儿，他心情更加沉重，只得喝下一缸子"凉白开"给自己败火。

　　咣当一声响，简晓铜扛着铁锹走进来，抬手朝鼻梁上推了推白框眼镜，表情平静地告诉王宪钢，蒸气压力不足的原因我找到了，锅炉房后面有一条地下管道，通向慧宝箱包厂。

什么……嗡的一声，王宪钢觉得脑袋大了，下意识地伸手拉住简晓铜的胳膊。

我把这条地下管道截门关闭了。简晓铜表情严肃地说，咱厂浸胶车间蒸气压力不够肯定跟这条秘密管道有关。我现在就找郑卫星报告情况，我相信厂里很快就会查明真相的。

晓铜！王宪钢失态地喊了一声。性格执拗的简晓铜瞥了他一眼，扭身走了。

下班了，四周死静。王宪钢跑到锅炉房后面看到通往慧宝箱包厂的供气管道被刨开了，裸露着宛若被快刀剖开的人体私处。果然，隐藏暗处的供气管道截门被简晓铜关闭了。这就等于毁掉了王宪钢与庞汇强的秘密契约。

事情暴露了，怎么办呢？王宪钢心虚地胡思乱想，转身找到一把铁锨飞快填埋着裸露的管道，心里还是没有主张。

跑回值班室，他无缘无故一连喝了三杯白开水，这时电话响了，他以为是郑卫星打来的，急忙抄起听筒喂了一声。

电话里却传来庞汇强蛮横的声音，王宪钢，你他妈的真把蒸气截门给我关闭啦？我是花钱买你的蒸气，你这是存心破坏我的生产！

王宪钢解释说，那条地下供气管道出现故障不能供气，明天我主动联系你吧。庞汇强火气冲天说，这批出口箱包急着发货等不到明天，你别废话，马上给我恢复供气。

咣当一声值班室的门被一只大皮鞋踹开了。保卫科于亢虎黑着脸，大步走进来。

王宪钢忘记放下手里的电话，举着听筒询问对方有什么事情。于亢虎伸手拉过凳子坐下大声说，你们这里偷偷把蒸气输送给慧宝箱包厂，这是犯了盗窃罪，你跟我去厂部交代问题吧！

现在不是"文化大革命"，于亢虎你别乱扣帽子。王宪钢谨慎地反击了一句，这才想起挂断庞汇强的电话。

寒冷的天气里，王宪钢在前，于亢虎断后，俩人走出锅炉房前往郑卫星办公室。气温太低，厂道上结了一层寒霜，泛着虚假的洁白。

你怎么知道锅炉房地下供热管道是通往慧宝箱包厂的？王宪钢忍不住问道。

于亢虎不假思索地答道，操，当然是郑卫星派我来锅炉房传你的！

王宪钢一边走一边思索着。看来郑卫星不想掩盖这件事情，我应当怎样保护他呢？

走进郑副厂长办公室。简晓铜也在场。王宪钢首先看到窗台上摆着一盆无精打采的君子兰，朝阳的墙根摆着两盆绿油油的米兰，花蕾初放散发着一股并不浓烈的幽香。王宪钢嗅着这股花香想到郑卫星当年的体香，认为这是两种完全不同的味道。

西服革履的郑卫星解开领带说刚刚接待了外宾，伸手示意简晓铜和于亢虎落座，于是这间办公室里只剩下王宪钢站着，基本形成了法官审案的格局。

似乎为了缓解紧张气氛，郑卫星主动递给王宪钢一支香烟。王宪钢惊讶地望着这位副厂长说，你知道我不抽烟啊。

哦……郑卫星连忙给自己点燃香烟狠狠吸了一口说，简晓铜向我汇报说在锅炉房后面发现了通往厂外的地下供热管道，这情况属实吗？

咚咚有人敲门，不等应允侯金泉推门进来。这位身穿棉猴儿的大工匠如入无人之境，对昔日的徒弟如今的副厂长说，我家小三待业三年，我想让他进家属工厂上班，他们说必须经你签字同意……

郑卫星扫了一眼侯金泉递来的申请书问道，谁告诉你这事儿必须经我签字同意啊？

景达明呗。侯金泉压低嗓音解释道，我家小三又能吃又能喝，你让他进家属工厂上班干什么活儿都行。

我现在开会你明天再来吧。郑卫星将侯金泉的申请书掷还，示意他离去。

侯金泉一声不吭拿起申请书，板着面孔转身就走。郑卫星坐在沙发椅里拖着长腔说，你应当让你家小三去乡镇企业上班，你不是在那儿担任技术顾问嘛。

侯金泉回头望着郑卫星说，我还是觉着国营企业长久，乡镇企业恐怕不牢靠。

走了侯金泉。于亢虎跷着二郎腿拉开斗争架势说，王宪钢！我们的政策是坦白从宽抗拒从严，首恶必办胁从不问，现在你如实交代吧！

嗅了嗅充满火药味的空气，简晓铜伸手推了推眼镜起身说，蒸气管道压力不足的原因找到了，我是技术人员，下面的事情就不参与了。

郑卫星把一份《情况通报》递给简晓铜，说，咱厂对面的电梯制造厂跟日本三菱合资了，改革开放这是个重要信号啊。

简晓铜接过这份材料退场了。趁着于亢虎在场，郑卫星集中精力开始问话。王宪钢摸不透这位刁参谋长的心思，在简晓铜空出的椅子上坐下了。

这条地下供气管道不是你铺设的吗？郑卫星开口发问，于亢虎提笔记录。

王宪钢朝着郑卫星点了点头，说，不是我铺设的。郑卫星低头吸着香烟。于亢虎急不可待，插话追问，这条地下管道到底是谁铺设的？

于亢虎的追问恰恰击中问题要害。郑卫星抬头注视王宪钢，等待他的回答。王宪钢还是猜不透郑卫星的心思，只得如实回答是对方铺设的。

郑卫星抓住机会发问：这件事情你向厂里领导汇报过没有？王宪钢毫不犹豫地摇摇头，说，没有。

哦。郑卫星长长呼出一口气，露出浅浅的笑容说，这样的事情你怎么不向我汇报呢？真是无组织无纪律啊。

于亢虎觉得审案进入关键阶段，一字不落地埋头记录着。

郑卫星起身说道，既然你承认这件事情没有及时向我汇报，说明你没有回避事实，认错态度端正。我要向厂党委书记报告这件事情，今天就谈到这儿吧。

什么！埋头记录的于亢虎弹簧似的站起说，这案子还没审完呢，不能放王宪钢走！

郑卫星把于亢虎当作刁小三说，你吼叫什么？你的任务是现场记录，这里不是你说三道四的地方！

说着，郑卫星从于亢虎手里接过记录纸，大声将"审案问答"给王宪钢念了一遍。王宪钢仔细听着，点头承认记录内容属实。

对方铺设供气管道的事情，你确实没有向厂里领导汇报过，是吧？郑卫星好像不踏实，再次问道。

王宪钢为了彻底洗净郑卫星，连连点头承认说，这件事情确实没有向厂领导汇报，所以你压根儿不知道这件事情。

听了这番话，郑卫星让王宪钢在记录纸上签字，然后蘸着印泥按了手印。王宪钢觉得自己参加了一场独幕话剧演出，剧情简单，台词不多，中途落幕，匆匆收场。

于亢虎眼巴巴看着放了王宪钢，气得跳脚。郑厂长！你葫芦里卖的什么药啊？你这是在包庇王宪钢……

下班了。一路寻思着走进家门，王宪钢看见饭桌上扣着一只大海碗，一双筷子下压着一张小纸条，上面写着："王恋卢发烧，我抱孩子打针去了。"

双手掀开大海碗，看见碟子里一份肉片炒白菜陪着两个白面馒头，他一边吃一边寻思，地下供热管道暴露了，郑卫星究竟打算怎么处理这件事情呢？

咣当一声门响，呼地卷进一股冷风——卢丽虹抱着孩子回来了。王宪钢急忙起身迎接。妻子好像美国橄榄球队队员抱球过人，闪过丈夫径直将孩子放到床上。王宪钢伸手去摸孩子的额头，卢丽虹大屁股一扭挡住了。

你回来这么晚，一定是带领伤病员从《沙家浜》秘密转移红石村了吧？新四军女卫生员气咻咻地打量着丈夫。

是啊，伤病员秘密转移到红石村就安全了。王宪钢顺势摸了摸孩子额头说，不发烧了。

孩子不发烧了。卢丽虹转而关爱丈夫跑到厨房端来一碗热乎乎的稀饭。王宪钢稀里呼噜喝着，低头躲避着妻子的目光。

卢丽虹恢复贤妻良母姿态说，这阵子你心神不定精神恍惚，人都瘦了。天冷了我给你找那件棒针的厚毛衣吧。

卢丽虹打开大立柜，撅着屁股好似老母鸡刨食，把一件件衣服从柜子深处翻腾出来。王宪钢看到一件灰色上衣——这是当年扮演郭建光穿的新四军军装，自己特意留作纪念的。触景生情，他心头倏地热了，物是人非，时过境迁。

这件新四军军装你千万别捐给灾区，我要留作永久纪念。他小声叮嘱妻子。

要捐也只能捐给你，你整天愁眉不展就是咱家重灾区！卢丽虹反唇相讥。

一声声呼唤从窗外传来。卢丽虹拉开窗帘望着夜色说，外面有人叫你，听声音好像是庞汇强。王宪钢听罢穿上那件棒针厚毛衣，噔噔跑了出去。

盘腿端坐床头的卢丽虹断定厂里出了事情。相处多年，她了解丈夫的性格，一是从来不跟家人撒谎，如果必须撒谎宁可保持沉默；二是遇到难题自己扛着，绝不麻烦别人。如今工人不吃香了，王宪钢依然是王宪钢，为人端正，做事规矩。卢丽虹欣赏丈夫的人品，认为自己嫁对了人。

抬头看看挂钟，半小时过去了。卢丽虹抱起棉袄出了家门，绕过筒子楼快步走向小空场。四周很静。她听见远处有人说话。一阵风儿吹过来。她竖起耳朵听着。

老庞啊你应当知道，国营企业给工人发加班费都要去局里批指标。郑卫星是华北电机厂副厂长却没有多少公关经费，招待客户只好去食堂吃客饭，逢年过节没钱给协作单位送慰问品，召开年度订货会不敢去旅游景点，这条条框框卡着怎么扩大经营呢？怎么跟乡镇企业竞争呢？老庞，我偷偷卖气给你就是为了支援郑卫星,那九千块钱我都交给他做了活动经费……

什么?你真他妈的傻帽儿!寒风里庞汇强使劲跺脚说,就冲你这股子忠心耿耿的劲头,我每月五百块钱聘你到我厂里当锅炉房大组长,行吗?

不行!卢丽虹抱着棉袄冲上前去大声说,老庞你是私有企业,我们是国企工人。俗话说人往高处走,我宁肯让王宪钢吃糠咽菜也不坐滑梯往下溜!

你小声说话好不好?王宪钢接过棉袄披在身上说,这筒子楼近在眼前,你想让全世界都知道哇?

卢丽虹压低声音质问庞汇强,这天黑夜冷的你把我家宪钢叫出来,敢情憋着见不得人的硬屎拉不出来啊!

我憋着硬屎拉不出来?你家宪钢把国营企业的蒸气偷偷供给我私有企业,然后把好处费交给郑卫星四处乱花!庞汇强撇了撇嘴道出事情真相,现在事情暴露了,我俩正研究对策呢……

什么?!卢丽虹伸手拉过丈夫说,宪钢你跟我回家!我不能让你吃大亏……

庞汇强拍着王宪钢的肩膀说,你赶快跟媳妇回家,我倒要看看郑卫星怎么消化那九千块钱!

卢丽虹押着丈夫回到家里,王宪钢跑到水房洗了脸刷了牙,回屋顺势躺在床上,正式拉开睡觉序幕。

你别装洋蒜啦!赶快给我招供。卢丽虹觉得王宪钢有时是丈夫有时是儿子,此时是逃避家长追问的大男孩儿。

王宪钢侧身躺着好像一条上岸的大鱼,只得向妻子讲述地下供气管道的故事。

什么!你偷偷给慧宝箱包厂供气十八个月啦?你把卖气的九千块钱统统交给郑卫星做了公关经费?卢丽虹握紧拳头捶击丈夫脊背连声追问道,你为什么要这样做呢?傻呀?

起初庞汇强几次找我供气,我没答应。后来听说郑卫星自掏腰包购买贵重木材给关系户送礼,心里特别感动。我答应了庞汇强的要求,按月把好处费交给郑卫星建立"小金库"。他手里有钱开展公关活动这对咱厂是好事啊。

一丝冷笑挂在新四军卫生员嘴角,我说大兄弟!您老人家多年不演郭建光怎么还浑身冒傻气呢?您一个普通工人犯不着替当官儿的承担风险!

我一分钱没装进自己兜里,你说这有什么风险?王宪钢吐尽心事顿感解脱,睡吧,我困了,明天还上班呢。

现在事情揭出来了，郑卫星肯定不会保你的。卢丽虹望着窗外念叨着。郑卫星当着于亢虎的面审问你，他怎么不怕你当场说出每月给他五百块钱呢？我看他是抓住你遇事讲求忠义的弱点啦！

这件事儿是我自愿做的，捅了娄子也没指望他保我……王宪钢睡着了。

梦境里他坐在锅炉房里给班组分奖金，粥少僧多急得满头大汗。

卢丽虹一宿没睡，欣赏着丈夫的鼾声躺到天亮。凌晨时分听见有人轻声叩门，她捅醒丈夫穿衣下床。站在门外的郑卫星说找王宪钢有事儿。王宪钢急忙低头穿鞋。卢丽虹一把拉住丈夫说，有事屋里说吧，外面太冷。

郑卫星不顾卢丽虹的冰冷面孔，伸手将王宪钢拉到门外低声说了一番话。之后，他中央首长似的拍拍王宪钢肩膀说了声委屈你啦，走了。

王宪钢随手关门将严寒挡在外面，眼巴巴望着妻子。卢丽虹动手给孩子穿衣服，嘴里小声念叨，你给庞汇强供应十八个月蒸气郑卫星居然说归为跑冒滴漏就是了，而且不让你提那九千块钱，这是拿你当傻帽儿啊！

敢情他说话你都听见啦？王宪钢蹲下身子系鞋带。卢丽虹突然从床上抄起一只枕头呼地砸向丈夫。

我看你是榆木脑袋！你偷偷卖气把钱都给了郑卫星，现在出了事儿让你替他顶雷，天底下还有这种没情没义的人吗？真他妈的比刁德一还刁德一！

卢丽虹穿上棉衣抱起孩子说，我真没想到你这么窝囊！反正我咽不下这口气，上了班我就去找党委书记揭发姓郑的，既然他让你替他背黑锅，我也让他付出代价！

你不要胡闹！王宪钢使劲扯住妻子小声说，卢丽虹我告诉你，你要是找党委书记检举郑卫星，我马上跟你离婚！你知道我说话从来算数的。

望着丈夫突然扭曲的面孔，卢丽虹委屈地哭了，我当初怎么会爱上你呢？那时候你是沾了郭建光的光，现今你是受了郭建光的害！你遇事讲究忠义当先，这不能用在郑卫星身上啊，他可不仁义……

王宪钢轻轻抚摸着妻子的头发说，丽虹，我不是替郑卫星顶雷，我是为了咱们华北电机厂。

抱着孩子走进华北电机厂大门，卢丽虹将王恋卢送进职工幼儿园，一转身遇见工会副主席钱慧慧。冬季人们衣着普遍臃肿。身穿黑呢大衣的钱慧慧却显得身材苗条。与明显发胖的卢丽虹相比，她依然轻盈秀丽。

心直口快的卢丽虹抑制不住心头的委屈，一把拉过钱慧慧大声诉说起来，一条地下管道，十八个月蒸气，九千块钱，王宪钢甘心奉献背黑锅，郑卫星佯装好人隔岸观火……

钱慧慧瞪大秀美的眼睛，惊诧地听着。她想起去年春节郑卫星把那四立方米高级木材变成史文竹的全套欧式家具，想起今年五一郑卫星借用外厂汽车给机电工业局领导们总共送去九十袋清水大米和三十箱大虾，想起前些天郑卫星从深圳买来五十只电子手表送给局里的处长们……他从哪儿弄来这么多钱呢？这家伙拉关系走门路感情投资，一心憋着想当机电工业局副局长呢。

这样思索着，钱慧慧终于明白郑卫星在使用王宪钢奉献的九千块钱给领导们送礼，为自己升迁铺平路道。天啊！钱慧慧被默默奉献的王宪钢感动了，一时不知说什么好。

此时，卢丽虹不知钱慧慧内心想法，竹筒倒豆子似的哗啦哗啦道出心头委屈，说了句，回去好好管教你家刁德一。匆匆上班去了。

倘若王宪钢背上盗卖国营企业蒸气的罪名，折合人民币九千元性质就严重了。关键时刻郑卫星究竟怎么样对待王宪钢呢？钱慧慧径直走进这位副厂长的办公室。

郑卫星看见妻子来了，随即放下手里电话。钱慧慧觉得丈夫如此仓促挂断电话必有隐情，笑眯眯问起那条地下供气管道。

你怎么知道这件事儿？郑卫星半惊愕半疑虑地望着妻子说，一定是王宪钢找你求援了吧？他擅自做主给慧宝箱包厂供应蒸气，真是太莽撞了。

他把卖气的九千块钱都给你做了公关经费，这是为了咱们华北电机厂嘛。钱慧慧一语点中郑卫星的穴位，观察丈夫的反应。

什么九千块钱？郑卫星满脸茫然地说，你不要听信传言啊。

钱慧慧心头冰凉，脸色惨白望着窗台上那盆垂死的君子兰。既然你不知道地下供气管道也不知道那九千块钱，那么你打算怎样处理这件事情呢？

我认为地下供气管道是庞汇强胆大妄为偷偷铺设的，王宪钢玩忽职守没有及时发现，从而造成我们华北电机厂能源大量流失。只要王宪钢没有收取那九千块钱好处费，他的问题既不构成盗窃也不构成受贿罪……

这么说你跟这件事情毫无关系？钱慧慧认为这是考察丈夫的最后机会。

你去保卫科查看问案记录吧，那是白纸黑字证明我压根儿不知道这件事情，王宪钢签字画押的。郑卫星奋起反击说，你阿庆嫂不相信我刁德一，也应当相信他郭建光吧？

这么多年过去了，你果然还是刁德一。钱慧慧抱起窗台上那盆叶面泛黄的君子兰说，我把这盆花送到朱则良的花窖，看看工人阶级能不能挽救它的

310

性命。

说出这句双关语，钱慧慧抱起花盆走出郑副厂长办公室。厂道上，她看见王宪钢肩头扛着一只蝶形阀门迎面走来。天气寒冷，这位锅炉房大组长抬手擦去额头汗水，冲她微笑着。

宪钢，有的事情你不能一个人扛着啊！一股复杂情绪笼罩在钱慧慧心头，既有战友的关爱，也有朋友的怜惜，更有女人的难言情感。

微微驼背的王宪钢认为钱慧慧是说自己肩头扛的蝶形阀门，连声表示这东西不沉。钱慧慧气极了，索性询问那条地下供热管道的事情。

噢……王宪钢以为钱慧慧担心郑卫星的清白，便大声强调说，你放心吧，这件事情跟郑卫星没有任何关系。

你不晓得这件事情的后果严重吗？钱慧慧嘴唇颤抖说，现在不是北宋你还学岳飞的愚忠啊！我看你是傻透了……

钱慧慧扔下这句话转身跑回工厂办公楼。楼道里遇到财务科小董。这姑娘满眼泪水将她拉进财会室。小董会计面临感情危机，钱慧慧耐心安慰着对方。

钱姐，您说我嫁人要嫁什么样的人呢？小董会计两眼通红，声音哽咽。

我告诉你，嫁人就要嫁王宪钢那样的人！情绪尚未平复的钱慧慧难抑冲动，脱口说出这句掷地有声的话语，吓了小董会计一跳。

钱姐，你千万不要这样说啦，外面传言当初你应当嫁给王宪钢，不知为啥阴差阳错嫁给了郑卫星！

看来我也有绯闻了……钱慧慧听罢，表情古怪地笑了。

走出财会室，钱慧慧在楼道里再次遇见王宪钢。他肩头仍然扛着那只蝶形阀门，后面却跟着于亢虎。这家伙押解犯人似的催促王宪钢快走。

钱慧慧意识到问题严重了，故意横身挡住道路说，老于你让王宪钢扛这么重的东西，搞体罚啊？

王宪钢竟然替于亢虎解释道，我给浸胶车间去送阀门，半路上被他叫住了说是接受审查。昨天我就在记录纸上签字画押了，这事儿跟郑卫星没有关系。

你不要替任何人打保票。于亢虎得意扬扬地说，为了避免官官相护我向机电工业局汇报了案情，局里专门派来保卫处陈处长审查这个案子。

王宪钢，你放下阀门让于亢虎替你扛着！说罢钱慧慧转身瞪着于亢虎说，我现在就去找陈处长告你滥用职权体罚本厂职工！

开窗户就有苍蝇飞进来,我这是打击经济犯罪呢……于亢虎无法绕过钱慧慧的阻挡,只得小声嘟哝着接过阀门扛在自己肩头。

钱慧慧获得了女人式的胜利,转而安慰着王宪钢,你千万不要紧张,不论什么事情上级领导都会公正处理的。

我不紧张。王宪钢搓着沾满油污的双手说,我一人做事一人当。

望着王宪钢走去的背影,钱慧慧心里又恨又爱。她恨王宪钢近乎愚蠢的忠义,她爱王宪钢超乎常人的坚忍。

郑卫星端着茶杯走出办公室,站在楼道里低声告诉妻子他去会议室陪陈处长询问案情。看着丈夫清清白白的样子,钱慧慧啼笑皆非。郑卫星花了那九千块钱,却让王宪钢接受审查。

你放心吧慧慧,我肯定会保护王宪钢过关的。郑卫星表情神秘地向妻子挤了挤眼睛,似乎并不感到心虚。

钱慧慧断定丈夫急于摆脱干系,必然采取快刀斩乱麻的手段了结此案,便坐在自己办公室里焦急地等待消息。

果然,郑卫星打来电话向妻子报告说,经过与陈处长认真研究,认为王宪钢身为华北电机厂锅炉房负责人严重失职,没有及时发现那条地下供气管道,结果造成国营企业能源大量流失,因此决定给予行政警告处分。

什么!钱慧慧又惊又疑问道,你没事一身轻啦?

我已经保护了王宪钢!电话里郑卫星充满怨艾,你为什么非要把屎盆子扣在我头上?我看你这是存心谋害亲夫。

郑卫星啪地挂断电话。气愤不已的钱慧慧在办公室里走来走去。她看到了郑卫星的虚伪,保全自己牺牲王宪钢,而且装得清清白白;她同时看到王宪钢的忠义,代人受过保护郑卫星,宁可接受行政处分。是啊,云在蓝天上,水在瓶子里。相比之下这两个男人有着天壤之别。

中午时分,一张大黄纸贴在职工食堂大门上。这是厂方关于王宪钢的处分决定。引起人们围观。

艾学习大发感慨道,王宪钢太糊涂,我跟废品打交道永远也不会出事儿的!你想啊那些东西都成了废品它还能张口咬人吗?

戴着白线手套的朱则良不以为然地说,无论是谁只要心术不正早晚倒霉。你看郑卫星办公室里的那盆君子兰,死啦!

侯金泉听不懂朱则良的双关语,小声嘟哝着,不就是行政警告处分嘛,实在不行王宪钢回机修车间当工人呗。

崔万昌赶来认真阅读大黄纸上的处分决定，不言不语转身走了。

食堂里，卢丽虹将钱慧慧拉到角落里冷笑说，你家郑卫星洗得干干净净，我家王宪钢顶了屎盆子，你们两口子回家喝喜酒吧。

一句话说得钱慧慧满脸羞惭，低头不语。这情形好像自己偷东西被人当场捉赃，恨不得寻找地缝儿钻进去。

要不是王宪钢拿离婚威胁我，我肯定找党委书记揭发郑卫星。我知道有人希望王宪钢跟我离婚。卢丽虹突然提高音量好像对全世界宣战道，我实话告诉你吧，我受了天大委屈也不会跟王宪钢离婚的，因为全中国也找不到他这样的好男人啦。

当天下班走进家门，钱慧慧看见丈夫自斟自饮，酒气扑鼻。这不年不节的，你是以酒贺喜还是以酒浇愁呢？

不喜不愁。郑卫星夹了一粒花生米送进嘴里说，王宪钢的事情就这样过去了，可惜他脑袋上顶着一个行政警告处分。

钱慧慧语气平和地告诉丈夫事情不会这样简单，今天临近下班我接到庞汇强电话，他说明人不做暗事，已经给局里写信举报那九千块钱好处费，要求上级机关迅速派员查办你的小金库。

郑卫星缓缓放下酒盅，瞪大眼睛注视着妻子，咦，庞汇强为什么害我啊？

庞汇强说他这样做是替王宪钢鸣不平，不能让好人倒霉坏人逍遥，他还说这次必须把你拉下马来，让你自己下阳澄湖捕鱼捉蟹，他按市价收买。

他妈的！满嘴酒气的郑卫星双手按着桌子站起身来，嘿嘿笑了，我多年提防着王宪钢，敢情庞汇强才是我的头号情敌！这家伙盼望我身败名裂，我身败名裂了你就跟我离婚，你离了婚庞汇强就娶你！我说得对不对？

你先不要撒酒疯，还是考虑那九千块钱的问题吧。钱慧慧收起酒瓶轻声追问丈夫说，我猜测王宪钢奉献给你的那九千块钱，都被你给局长们送了礼吧？

你转告庞汇强，说我姓郑的不怕他！满嘴酒气的郑卫星披上黑色呢子大衣说，我现在就去找王宪钢，只要他不承认收过那九千块钱，庞汇强就害不成我！

说罢，郑卫星嘴里哼唱着"几天来，摸敌情，收获不小……"走出家门。

钱慧慧忍不住笑了，觉得丈夫身上添了几分流氓气，从留学东洋的刁德一变成乡间地痞刁小三。她伸手抄起酒瓶给自己斟满玻璃杯，一饮而尽。

酒力发作，她晕晕乎乎地哭了，打开大衣柜找出郑卫星当年扮演忠义救

313

国军参谋长的黄呢军装，抄起剪刀剪成碎块说，我把你的皮都剪碎了，我看你还怎么做刁德一！

三天之后，机电工业局信访处杨处长来到华北电机厂，说是受局党委指派专程核实庞汇强实名举报的九千元人民币问题。杨处长决定采取三方对质的传统方法，当场澄清真相。

保卫干事于亢虎家里有事，没来上班。杨处长深知内情，说因为他姐夫武玉国的案子，于亢虎被劳动局纪检委找去询问了。

缺了这只臭鸡蛋，反而好打卤。杨处长开始工作了。会议室里三张椅子上，坐着郑卫星、王宪钢、庞汇强三个人，好似军棋里埋设的"品"字形地雷。这三颗地雷互相牵制，一颗炸了必然引爆另外两颗。因此这三颗地雷老老实实坐着，时刻提防别人炸着自己。

杨处长双手叉腰站在他们面前，身旁两名助手鼓捣着东芝牌原装进口录音机。这种场面有点儿滑稽，很像小学生的集体游戏。游戏开场了，杨处长首先要求庞汇强陈述事实，挥手指示两位助手启动录音机。

庞汇强斗志旺盛，活脱脱一颗被名牌西服包裹的大地雷。他一张口就把炸药引信挂在郑卫星身上，说，从去年五月份开始每月将五百元好处费交给王宪钢，王宪钢一分不差地交给副厂长郑卫星，其间历经十八个月总共九千块钱。

不知为什么，杨处长跳过中间人物王宪钢目光直接投向郑卫星问道，庞汇强说每月交纳五百元好处费，十八个月总共九千块钱，请你正面回答收到这笔钱了吗？

端着副厂长架子的郑卫星慢条斯理地说，这是无中生有，这是信口雌黄，这是诬陷好人，这是存心破坏华北电机厂正常生产秩序。

你们华北电机厂今年只有三个月生产任务，现在四个车间没活儿干，你还说正常生产秩序？嘿嘿。庞汇强摆出浑不论派头，趁机挖苦国营企业的副厂长。

杨处长告诫这位私企老板不要跑题，转而询问王宪钢说，庞汇强说你每月将五百块钱好处费交给郑卫星，十八个月总共交给郑卫星九千块钱，请你正面回答，情况是这样的吗？

王宪钢摇摇头说，情况不是这样的，这十八个月我没有交给郑卫星一分钱。

庞汇强啪地一拍大腿高声喊道，王宪钢你疯啦！你他妈的保护郑卫星干吗？这家伙比刁德一还坏呢！

听到出现刁德一的名字，杨处长迷惑不解地说，这个案子跟《沙家浜》有什么关系吗？你不要拿样板戏比喻好不好，这样会造成案情混乱的！

你不知道哇？杨处长，王宪钢是郭建光，郑卫星是刁德一，现今还是一个正面人物一个反面人物！

不要跑题！我对样板戏没有兴趣。杨处长及时控制现场导向继续询问王宪钢说，庞汇强说每月交给你五百元好处费，十八个月总共九千块钱，你正面回答我，情况是不是这样的？

由于王宪钢已经否认每月将五百元好处费交给郑卫星，所以这位郑副厂长坚决认为王宪钢不会承认收到这笔钱的，一旦承认就是受贿。于是，郑卫星闭目养神，等待这场三方对质的收场。

然而，闭目养神的郑卫星居然听到王宪钢这样回答，是的，我每月都收到庞汇强五百元好处费，十八个月总共九千块钱。王宪钢一字一句回答着好像一颗颗铆钉垂直落地。

空气不流动了，凝结着这间空旷的会议室。庞汇强瞪大眼睛望着王宪钢，一时弄不明白他的心思。

郑卫星呼地站起，禁不住朝前走了两步。王宪钢！你说每月收到庞汇强五百元好处费，那总共九千块钱你并没有交给我吧？

我刚才说了，那九千块钱我一分钱都没有交给你。王宪钢怪异地笑了笑，给心惊肉跳的郑卫星吃了一颗广谱定心丸。

杨处长伸长脖子盯着已然招供的嫌疑犯问道，既然那九千块钱你一分都没有交给郑副厂长，就是说你自己全部留下啦？

我一人做事一人当。王宪钢表情从容地承认，那九千块钱我全部留下了。

不等话音落地，庞汇强起身一把揪住王宪钢的衣领，破口大骂，你是疯了还是傻了？老子这次是想把郑卫星干了，你怎么把自己给操啦！你是一个干干净净的人，怎么往自己身上泼脏水呢？

郑卫星看到王宪钢把责任揽下了，反而不知如何表现，只好继续做闭目养神状。王宪钢挣脱庞汇强的揪扯大声对杨处长说，一会儿你们去锅炉房逮我吧，我保证不会跑的，我现在把这月考勤表送到劳资科，不能误了弟兄们发工资。

王宪钢！前天你并没有交代那九千块钱的事儿，今天怎么全部揽到自己身上呢？郑卫星实在难以理解王宪钢这种自杀行为，睁眼起身问道。

我烦了。表情平静的王宪钢诚恳地说，我想让这件事情立即结束，这样你们都解脱了……

一片沉寂。这间空旷的会议室好像改为追悼会现场，只是不知道谁死了。

我要撤销那封检举信！庞汇强突然大喊大叫拉住杨处长胳膊说，我从来没有每月交给王宪钢五百元好处费，也从来没有那十八个月总共九千块钱的事情！

从来没有？杨处长指挥两个助手关闭录音机说，庞汇强你说举报就举报，说撤销就撤销，这不是故意给我们添乱吗？

脱离险境的郑卫星趁机指着庞汇强的鼻子说，你主动撤销检举信算你明智，不然我要告你诬陷罪！

去你妈的……庞汇强压低声音说，我要不是为了解脱王宪钢，这次一定把你拉下马来！咱们冤家路窄后会有期。

过惯了机关生活的杨处长难以应付这场活报剧，急得满头大汗说，你们这是变戏法啊？我必须向上级领导汇报的，你们等候处理决定吧！

下了班，钱慧慧在工厂小卖部买了两桶麦乳精前去看望王宪钢。进了门她将东西递给卢丽虹说，这是给王恋卢的。然后伏身亲了亲那个可爱的男孩儿。卢丽虹接过麦乳精冲着王宪钢说，这玩意儿人家是给你买的，咱们孩子消化不了。

钱慧慧当然听出卢丽虹话里有刺，就对王宪钢说了声，对不起。王宪钢忙着给客人斟水，就跟没事儿似的。他端过一杯热水对钱慧慧说，事情过去了，你不用替郑卫星说对不起。

卢丽虹插言道，事情过去了，你身上背着行政警告处分就好好过日子吧。

确实不知该说什么，钱慧慧尴尬地道别，走出王宪钢的家门。她不愿意回家，故意放慢脚步。无奈的脚步还是将她带进家门。

晚间时分，钱慧慧洗漱完毕把毛毯铺在外间沙发上，躺下睡了。郑卫星走出卧室叫妻子上床睡觉。心平气和的钱慧慧轻声轻语说，你我还是分床睡吧，这个制度应当坚持下去。

你这是在声援王宪钢吧？郑卫星躬身俯视着沙发里的妻子，觉得自己成了高高在上的飞行员。慧慧，我说庞汇强那家伙祸害不成我吧？明天我向刘频厂长汇报一声，这件事情就过去了。

好啊，郭建光继续养伤，你继续曲线救国。钱慧慧说了这句与《沙家浜》剧情相关的典故，闭眼睡了。

郑卫星无奈地说，这么多年过去了，你还留在《沙家浜》，其实我早开拔了。

躺在沙发里的钱慧慧闭着眼睛说，可你动不动就让别人下阳澄湖捕鱼捉蟹，是吧？

夜里醒了。钱慧慧听到里间屋传出郑卫星的鼾声。以前他睡觉从不打鼾的，看来人确实变化了。回忆当年郑卫星对自己的追求，钱慧慧认为那是一种强烈的占有欲。强烈的占有欲往往表现为炽热的爱。然而占有欲毕竟不等于爱。

天亮了。郑卫星早早起床对妻子说了声再见，走出家门赶到厂里。他在刘频厂长办公室意外地遇见亢虎。刘频厂长示意亢虎退场，单独接待郑卫星。

我认为亢虎说得对，庞汇强举报的九千块钱肯定存在，因为王宪钢已经承认过了。只不过庞汇强当场看到罪名落到王宪钢头上他才改口撤销举报的。刘频厂长缓了一口气说，尽管如此，那条地下管道是铁的证据。我决定加重对王宪钢的处分，把行政警告改为开除厂籍留厂察看。

郑卫星抬头注视着刘频厂长说，那么我身上的嫌疑怎样消除呢？

这里没有涉及你的问题，谈何嫌疑呢？你要知道我身为党委书记兼厂长，对你的工作还是比较满意的。

好吧！郑卫星起身表态说，我同意，你重新下达对王宪钢的处分决定吧。

一张大黄纸贴在职工食堂大门上，这是厂部对王宪钢的最新处分决定：开除厂籍，留厂察看一年。

不明内情的工人们议论纷纷，有人说冤，有人说活该。王宪钢再度成为全厂的新闻人物。

一天中午，副厂长郑卫星来到锅炉房，打着饱嗝对王宪钢说，一年很快就会过去的，到时候我让你官复原职，重新担任锅炉房大班长。

王宪钢谢绝了郑卫星的安抚说，我天生就是做普通工人的材料。

改革开放新时代，推崇思想解放，强调自我价值，注重个性表现，弘扬人生意义。工人王宪钢如此低调评价自己，这让郑卫星受到很大震动。

论技术能力我不突出，论管理水平我也一般，当初是郭建光的光环把我的身价抬了上去，现在恢复原状，很好。王宪钢伸手拍了拍郑卫星的肩膀说道。

被普通工人王宪钢拍了肩膀，这让副厂长郑卫星很不适应，心情烦躁地走了。

就这样，命运多舛的王宪钢从锅炉房大班长降为普通司炉工，又添煤烧火去了。望着炉膛里烧得通红的煤炭，几经挫折的王宪钢觉得人生就是一次燃烧而已。主要区别在于，有的烧开一壶白水，有的煮沸一锅肉汤，有的燎了别人的眉毛，有的引发一场火灾……

下班回到家里，卢丽虹担心丈夫郁闷故意逗乐说，你两起两落的命运，都快赶上人家邓小平啦！

下 部

回 炉 了

二十一 有人自杀

这座城市的市委书记单德高在全市改革开放工作会议上发表重要讲话，反复强调中外合资的重要性：你们谁要是思想僵化放走一家外资公司，我就处分谁！你们谁要是思想解放引来一家外资公司，我就奖励谁！

市委书记这几句话引发会场热烈掌声，可谓群情振奋。群情振奋之余也给这座城市工业战线带来很大压力。一时间，吸引外资成了头等大事。

久经历练的史文竹有着敏锐的政治嗅觉，当即给市委书记单德高写信阐述企业走中外合资道路的必要性和紧迫性，提出"高水平的创新发展是创造财富，低水平的重复积累是增加包袱"的新鲜见解，建议本市工业制定"请进来与走出去相结合"的跨越式发展战略，全面出击。

很快，单德高书记做了批示：有观点有分析有构想，我们应以史文竹同志的来信为契机，全面推动我市中外合资工作取得新进展。

形势大好。这座城市首家中外合资企业取名三菱电梯（中国）有限公司，已经取得了不俗的业绩。争强好胜的机电工业局党委副书记史文竹认为，既然没有吃上第一只大螃蟹，那么就要吃上第一只小龙虾。

由于市委书记的批示，史文竹再度成为全市工业战线的焦点人物。她被任命为华北电机厂中外合资工作领导小组组长。一时间引起议论，有人认为史文竹多年从事党务工作是政工干部，不适合担任技术引进与企业合资的领导，还有人引用歇后语说她是"屎壳郎充当铁门钉——不是这上面的虫子"。

听到这样或那样的议论，坚持独身生活的史文竹依然自我感觉良好，否则她就不是女强人了。自从邓小平南方谈话以来，中国改革开放大潮再度汹涌澎湃。史文竹认清形势乘势而上，抓住时代赋予的重大机遇，力争成为改革开放的新星人物。

华北电机厂副厂长郑卫星送来两份调研报告摆在史文竹的办公桌上：一

份是与卡斯耐尔公司合资的可行性分析报告；另一份是与阿德贝格公司合资的可行性分析报告。这两份材料都是厚厚的"纸砖头"。

卡斯耐尔是在荷兰注册的跨国公司，主业是发电设备制造，也涉足电力机车与核电领域。阿德贝格是一家名气不大的公司，它的研发能力很强，公司总部设在法国巴黎。

巴黎，深冬季节的阳光铺满窗台。崇尚浪漫情怀的史文竹蓦然想起浑身散发着香奈儿味道的表姐以及身着西装风度翩翩的表姐夫，于是首先阅读介绍阿德贝格公司的资料。

黄昏时分，她拉开办公桌抽屉，兴趣盎然地找出那册印刷精美的法文原版《浪漫巴黎》。这是前几年表姐带回来的。这位外交官女眷眉飞色舞讲述卢浮宫、蒙马特高地、塞纳河左岸以及百年老佛爷店。内心向往时尚生活的史文竹听得如醉如痴。身穿蓝色干部服的她一时无法想象巴黎梦幻之都的神奇风光。记得当时表姐送给她一只黑色法国文胸，说是 B 型的，还有两瓶法国原装香水。她不懂得文胸罩杯有 ABCDE 五种型号，但是深知身为厅局级干部不便公开使用香水，只好躲在家里独自嗅着它的美妙气息，尽情地将遥远的巴黎吸入肺腑深处。

史文竹阅读着总部设在巴黎的阿德贝格公司的资料，犹如拜访神交已久的老朋友。这家公司确实以研发为主，只有两间小工厂设在瑞典。由于真心喜欢巴黎，史文竹爱屋及乌地认为阿德贝格公司短小精悍，很像活力四射的鱼雷快艇。颇具规模的卡斯耐尔公司反而显得又大又笨，令人想起河马。她心里排斥着那只无辜的河马而心仪鱼雷快艇，迫不及待地抄起红色保密电话接通曲寅平副市长。

市里成立了中外合资工作领导小组，主管工业的副市长曲寅平担任组长。史文竹在电话里向这位桥梁工程师出身的副市长汇报，说华北电机厂的合资对象基本锁定阿德贝格公司。公务繁忙的曲寅平请史文竹用一句话概括阿德贝格。史文竹脱口答道，鱼雷快艇——小而强。

你率队出国实地考察一下吧，如今时兴航空母舰呢。这位工科出身的副市长谨慎地表态，然后说大学时代读过巴尔扎克小说，巴黎含在字里行间。

放下曲副市长电话，史文竹不由想起《高老头》里外省青年拉斯蒂涅朝着巴黎夜晚的灯火，气度非凡地喊道："巴黎，我来啦!"在巴尔扎克小说里这座城市给所有野心家带来憧憬与热望，当然不包括阿德贝格公司。

不光喜欢梦幻之都巴黎，史文竹还保持着鱼雷快艇的作风。她只身赶往华北电机厂召开党政工团座谈会，了解该厂领导班子对企业合资前景的构想。

华北电机厂会议室里空气稍显紧张。风传厂长兼党委书记刘频同志即将调任"国防工办"。这位江浙口音的中年男子还是坚持选择实力强大的卡斯耐尔公司作为合资谈判对象，认为应当取法乎上不要取法乎下。

副厂长郑卫星发言极力附和刘频厂长观点说，电梯制造厂跟三菱公司合作成功就是取法乎上，我们华北电机厂也要取法乎上，所以不要选择阿德贝格那样的非著名公司。

听着领导班子成员们接连发言，史文竹不由想起《西游记》里孙大圣拔一根毫毛，噗的一口气生出一群小孙悟空。此时，会议室里刘频一番话，也生出一群小刘频。史文竹将目光转向团委书记宫国庆。这位头脑灵活能言善辩的团委书记同样跟随厂长选择卡斯耐尔公司。

史文竹不动声色地扭脸注视昔日的阿庆嫂，笑眯眯地请工会方面发表意见。这时候的钱慧慧已经担任华北电机厂工会主席，却没有人知道她与郑卫星长期分室而居。

钱慧慧剪裁得体的海蓝色工作服看上去很像身着职业套装。美丽端庄的工会主席以微笑表情说，史副书记让我代表工会方面发表意见，我既没有权利选择卡斯耐尔，也没有资格选择阿德贝格，因为我不是工程技术人员。我只想建议组织专业人员去欧洲实地考察这两家公司，有比较才有鉴别嘛。

我也不是工程技术人员，我同样没有权利和资格发表意见吧？史文竹认为钱慧慧话里有话，便过度防卫地注视着刘频厂长。

会议呈现一边倒局面——没人选择阿德贝格公司。素以思辨见长的厂长刘频带头象征性地鼓掌请史副书记发表指示。非工程技术人员的史文竹趄了趄身子对掌声做出轻微回应说，我会把大家的意见向曲副市长汇报的，我也会依照"稳准狠"三字方针考虑选择华北电机厂的合资对象。

史文竹即将宣布这次座谈会结束。技术科科长简晓铜却举手发言说，西方资本主义社会随着物质文明的发达，企业文化比较平和，企业获利手段比较稳健，我们社会主义企业与他们谈判追求稳准是可以的，没有必要强调狠字。因为这里用不上斗争哲学。

刘频厂长及时调节会议气氛说，简晓铜是典型的科技工作者，他白天忙于本职工作，夜晚灯下潜心研究电机降噪，还是很有成绩的。

长江后浪推前浪，简晓铜完全可以接替崔万昌的班，成为新一代工厂发明家嘛。史文竹起身鼓励说。

我的电机降噪研究跟崔万昌的准永动机研究有着本质的不同。我们的宇宙是守恒的，没有动能就没有动力，所以我必须向你说明物质世界不存在永动机和准永动机。简晓铜极其学术地介绍着物理世界 ABC，说得史文竹下不来台。

你以前在宣传队唱过刁小三吧？史文竹毫无缘由地问道，似乎想把人们的思绪引向遥远的《沙家浜》。

简晓铜诚恳地反问道，你看我变化很大吧？其实我早就不抢姑娘包袱了。

副厂长郑卫星显然不愿意参与这场关于《沙家浜》的讨论，小声询问厂长刘频中午怎样招待史副书记。刘频厂长表示中午有事不能陪同领导吃饭，请职工小食堂安排四菜一汤就是了。

收起笔记本和圆珠笔，史文竹说赶回局里参加下午的常委会，不吃午饭了。这时厂办秘书小王一头撞进会议室，大声说铸造车间有人爬上横梁，可能要自杀。

谁要自杀啊？会议室里的人们几乎异口同声问道。小王气喘吁吁地说，武玉国！

哪个武玉国？史文竹登时变了脸色，霍地站起。市劳动局调配处的武玉国。小王说。

这时候，钱慧慧想起当年七十四中工宣队的"武队长"，又想起知青安置办公室的"武主任"，便随着人们朝着铸造车间跑去。

公安人员已经到达现场，将铸造车间的工人们疏散出来，说是预防意外事件发生。工人们显然大体得知贪官污吏的丑恶行径，七嘴八舌痛骂武玉国以招工为名收贿索贿，奸污二十几个女青年，罪该万死。

一个警察跑出来大声说，各位领导，武玉国爬上车间横梁了，他说必须见到市劳动局的领导。

机电工业局党委副书记史文竹听罢快步跑进铸造车间，好像去前沿阵地设立观察哨。

钱慧慧小声告诉刘频厂长，武玉国信奉"好死不如赖活着"的人生哲学，这种无耻之徒是不会自杀的。刘频厂长满脸鄙夷的表情说，他在劳动局犯了案跑到这里自杀，这是什么逻辑？

很快，史文竹满脸通红走出铸造车间大门，现场下达两条指示：一是要求公安人员加强戒备严防武玉国高空坠落自杀；二是立即通知劳动局有关领导速到现场解决问题。说罢，这位女强人钻进尼桑轿车，一冒烟儿走了。

卢丽虹身穿白大褂挎着急救箱从铸工车间跑出来，一把将钱慧慧拉到旁边说，刚才史文竹憋着嗓子冲武玉国喊话，说当初我跟你领了结婚证就离了，咱们彼此没有任何关系。你死到临头不要血口喷人。

噢，原来史文竹跟武玉国确实有婚史？钱慧慧不禁摇头感慨道，这个世界太小了，不是冤家不聚头啊……

刘频厂长很不耐烦地将维护现场的任务交给郑卫星，说了声真无聊便扬长而去。钱慧慧觉得刘频厂长面孔白皙个头不高，却是一个疾恶如仇的男子汉。

过午时分，市劳动局来了一辆面包车。一个中等身材的男人跳下车来，自我介绍是市劳动局纪检委书记林子善。这位满脸大汗的林书记拉着郑卫星的胳膊说，千万不能让武玉国死了，市里需要他的活口，纵深挖出这个贪污腐化的团伙！

说罢，林书记领着一群人冲进铸造车间，好像一群没带水枪的消防队员。片刻，林书记满头大汗跑出铸造车间，说武玉国有话要讲，请华北电机厂领导们进去吧。

铸造车间里空空荡荡。迎面大墙是当年"工业学大庆"的标语，只残存着"业、大、庆"三个字，挺历史的。武玉国坐在车间高处横梁上，好像一只来历不明的大鸟。

你们要想让我交代全部问题，必须答应我的全部要求，我为什么跑到这儿来？我想听《沙家浜》的《智斗》！你们马上给我安排演出！武玉国大声叫嚷着。

卢丽虹放下急救箱扬着脖子喊道，武队长，我们要是不答应你的要求呢？

你敢！老子当年指挥你们，现在照旧指挥你们，来世仍然指挥你们！武玉国极其不屑地喊道，老子活得比你们舒坦一百倍！死也值得了……

你不要激化矛盾好不好！林书记小声斥责卢丽虹说，你不要刺激武玉国，我们要他的活口！他自杀了你负责啊？

你少摆架子教训我！卢丽虹不畏权势地说，你们的腐败干部跑到我们这里寻死觅活，铸造车间停产你包赔损失？

林书记顿时软了，朝着四周抱拳说，请大家配合我们的工作，千万不要刺激武玉国。

郑卫星点燃烟卷抬头问道，武队长，我们演唱了《智斗》，你就老老实实回到劳动局去吧？

你们马上给我演唱《智斗》！武玉国冷笑道，要有胡琴伴奏，不能清唱！钱慧慧来了没有？

钱慧慧走出人群说，你犯了错误不投案自首，反倒跑来干扰生产，这是什么道理？

我没有道理！你再不唱我就把咱俩的事儿抖搂出来……武玉国开始咬人了。

好啊，你就抖搂出来吧！钱慧慧迎击对方说，我倒要听听狗嘴里怎样吐出象牙的。

林书记拉住钱慧慧说，你不要激化矛盾！武玉国要是从上面跳下来，你负得起责任吗？

无论他是死是活，这责任都要你们负，他做了那么多坏事，你们当领导的都睡着啦？钱慧慧微笑着反问道。

武玉国从天车上扔下一只鞋子喊道，你们再拖延我就跳下去！你们再拖延我就跳下去！

现场空气顿时紧张起来。劳动局纪检委林书记拉着郑卫星恳求说，千万不要让武玉国走极端，我们要活人不要死尸。

郑卫星拉住钱慧慧说了声顾全大局吧，催促她抓紧准备演出。钱慧慧无奈地叹了一口气。

武玉国不停地叫嚣着，好像天上盘旋的老鹰盯着地上的田鼠，内心得到莫大满足，哈哈大笑起来。

团委书记宫国庆找来一柄二胡自告奋勇充当琴师。郑卫星不知从哪里找来一件黄布军装充当刁德一的"行头"，腰间扎着电工皮带。钱慧慧找来花布围裙，草草扮成阿庆嫂的模样。没有胡传魁，心急如焚的林书记粉墨登场，充当"草包司令"。

高高在上的武玉国嘿嘿笑了，说，林书记你天生就是汉奸坯子。

林书记抬头望着武玉国说，老武啊，我们唱了《智斗》，你就下来跟我们走吧。

郭建光呢？扮演郭建光的王宪钢在哪儿？武玉国大声质问着，俨然当年工宣队的武队长。

卢丽虹趁机发牢骚，大声说，王宪钢替别人背黑锅挨处分，他在锅炉房当工人呢。

宫国庆拉弦给胡琴调了调音。演唱《智斗》的三个人站好，准备开唱了。

工人们悄悄溜进车间观看这场别开生面的演出，这阵势好像在生产第一线慰问，武玉国反而被忽略了。

不甘寂寞的武玉国坐在车间横梁上急得喊道，史文竹怎么溜啦？当年领了结婚证没入洞房我就休了她，是发现她为了提干跟宣传科科长有私情！如今她当了领导怕我揭她老底儿，几次找人给市领导写匿名信陷害我，她是想封我的口……

武玉国这番话愈发激起看热闹工人们的好奇心，纷纷嘻嘻哈哈说，这就是当官儿的革命家史。

郑卫星扬着脖子大声说，武玉国！你要唱《智斗》我们就唱《智斗》，请你闭嘴好不好？

钱慧慧心里说，人家史文竹是郑卫星的精神靠山，你武玉国亵渎不得的。

咱们不要激化矛盾，开唱吧开唱吧。林书记转身指挥临时琴师宫国庆拉弦，于是《智斗》开唱了。

好！车间高处突然响起武玉国的叫好声。郑卫星低声对钱慧慧说，咱们接着唱吧。钱慧慧无可奈何地嗯了一声，示意林书记继续。

随着《智斗》剧情的深入，坐在高处的武玉国突然狂放起来，叭地又抛下一只鞋子，粗暴地打断演出，要求钱慧慧单独唱一段"垒起七星灶"。

林书记小声央求钱慧慧说，你就有求必应吧，我的任务就是把武玉国从这里活着带回去，今天就万事大吉啦。

厂团委书记宫国庆及时拉响西皮流水的过门，钱慧慧只得跟弦又唱起"垒起七星灶"。

钱慧慧一口气唱完。人们抬头望着车间高处。武玉国突然大声喊叫起来，我睡了无数女人，只有钱慧慧让我终生难忘！你屁股上那颗黑痣像个逗号，逗号代表没有结束，哈哈！

什么黑痣……钱慧慧蒙了，武玉国你胡说什么呀！说着，她被气得脸色苍白，一头昏倒在郑卫星怀里。

钱慧慧，我忘不了跟你的甜蜜，咱们来世再见！武玉国一声大喊，纵身跳下。他好似一只沉重的麻袋垂直下降，嘭地落地。

人们发出一阵惊叫。林书记身穿胡传魁的"行头"高喊抢救。卢丽虹凑过来小声说，人都摔成烂茄子了，直接送火化厂吧。

林书记跺脚大骂武玉国的尸体说，你把自己摔成肉饼，你的问题就成了无头案，这让我怎么跟上级交差啊……

公安人员迅速拉起警戒线保护现场，大声驱赶着看热闹的工人们。如梦初醒的郑卫星抱起昏迷的钱慧慧，送到厂部保健站抢救去了。

卢丽虹给钱慧慧输了液，还给她服了著名中医王云翮的"大顺气丸"。这位女厂医显然听清了武玉国临死喊出的"钱慧慧，我忘不了跟你的甜蜜，咱们来世再见"的遗言，递给钱慧慧一杯白开水劝慰说，武玉国摔死了，没人相信他的胡言乱语啦。

唉，武玉国临死还要害我……钱慧慧竟然略感宽慰地说，我倒希望郑卫星认为我跟武玉国有事儿，这样他就同意跟我离婚了。

啊！卢丽虹暗暗吃惊，钱慧慧果真要跟郑卫星离婚？那样她可就成了单身女人。

没过几天，关于钱慧慧的风言风语好像飞机播种，大面积传开了。人们纷纷议论武玉国临死喊出"钱慧慧，我忘不了跟你的甜蜜，咱们来世再见"这句话，认为俩人有染。还有人称赞武玉国是当代情圣，甘心摔死在心爱的女人脚下。这种舆论传播开来，华北电机厂工会主席钱慧慧一下成为年度热点人物。

武玉国临死抛下这顶疑似"绿帽子"，人们不知郑卫星是否心生猜忌。其实，身为钱慧慧的丈夫他心里清清楚楚，妻子臀部根本没有黑痣。

又过了几天，刘频厂长接到市委工业工委调令，离开华北电机厂赴任国防工办生产处副处长。走了厂长，等于五十四张扑克牌里没了大鬼。很快，机电工业局宣布副厂长郑卫星代理华北电机厂厂长职务，以小鬼身份代理大鬼职务。

钱慧慧深知，此时的郑卫星已经挂满五挡驶上人生高速公路，这场婚姻也走到尽头了。

果不其然，厂长郑卫星同意跟厂工会主席钱慧慧离婚，但是提出协议离婚的先决条件：家丑不可外扬。钱慧慧必须承诺对他多年以来实行的"曲线救国"行为守口如瓶。

你的曲线救国行为？钱慧慧微笑着慨然答应道，譬如你从武玉国手里讨来的外地进市指标，譬如你通过史文竹从市委党校领取的在职大学本科文凭，譬如你从王宪钢手里拿到的九千块钱，譬如过年送礼拉拢局里领导们……

我知道你心里还是喜欢王宪钢，女人嘛往往同情弱者。即将卸任的丈夫对即将卸任的妻子说，根据改革开放的新观念，假若我重新编写《沙家浜》剧本，就写郭建光在率领伤病员秘密转移红石村的路上，遭遇刁德一的伏击！

哎哟，这些年王宪钢遭受你的伏击还少哇？从你借给他手表开始，你就盯着他不放。你扮演反面人物越演心眼儿越多，王宪钢扮演正面人物心眼儿越演越少，所以他斗不过你。

郑卫星笑着说，我认为将来咱们还有复婚的可能，所以我耐心等待。

你凭什么认为将来存在复婚的可能？钱慧慧不解地问道。

因为我还在爱着你。郑卫星郑重说道，因为你渐渐会认识到，我的曲线救国行为没有坏处只有好处。

这个世界就是一条曲线。郑卫星特意补充道。

二十二　风生水起

初春季节，来了两次沙尘暴。漫天黄尘散去，阿德贝格公司特派代表造访华北电机厂。史文竹打来电话叮嘱郑卫星隆重接待，特地说明阿德贝格公司总部设在巴黎。由代理厂长而厂长的郑卫星知道史文竹喜欢巴黎喜欢得要死。她的全套家具效仿法国雅致风格制作，用了四立方米贵重木材，根本不怕别人说她东施效颦。

我认为你这是典型的崇洋媚外心理。郑卫星不再是摸着石头过河的大男孩儿，他敢于在电话里跟机电工业局"小史书记"开起玩笑了。

以前，我说喜欢巴黎肯定属于崇洋媚外思想作怪。自从小平同志南方谈话，我说喜欢巴黎就是观念开放思想解放了。电话里史文竹调转话锋说，卫星，你要想做大事就要懂得政治，你过去结交武玉国那种无赖是不会有大出息的。

武玉国活着的时候，手握大权。郑卫星确实找他讨过两个外地进市指标，同时献了"贡品"。因为物资局老潘的儿子儿媳急于调回本市，郑卫星则有求于老潘的"钢材指标"，便出面搞了这笔权钱交易。这几年改革开放风气大变，郑卫星变本加厉奉行"曲线救国"路线，至于谁无赖谁不无赖，他认为并不重要，没有永远的朋友，也没有永远的敌人，只有永远的利益。

史文竹自从得知郑卫星与钱慧慧分手，几次告诫他不要轻易再婚。凡是想干大事的男人，婚姻往往容易成为捆绑手脚的绳索，该放开的时候放不开，只有想上吊时方便。郑卫星基本同意史文竹的观点，认为凡是想干大事的女人也不要轻易再婚，婚姻同样是捆绑女人手脚的绳索，也只有想上吊时方便。

史文竹的观点更为尖锐，认为当女人选择干大事的时候，说明男人们无能。当女人选择单身的时候，说明男人们无趣。男人们无能无趣，女人只得挺身而出了。郑卫星继续同意史文竹的观点，告诫自己不要做无能无趣的

330

男人。

中午时分，西服革履的郑卫星提前到达青溪大酒店大厅迎候阿德贝格公司特派代表。他眼睛盯着落地式玻璃旋转门，却看见身穿灰色西装褐色皮鞋的"废品大王"，艾学习手持砖头似的"大哥大"走进大厅。

自从华北电机厂废品仓库升格为物资回收分厂，白白胖胖的艾学习获得独立法人资格。他的拆分废旧家电生意越做越大，从废品里提取铜铝金属原料和再生橡胶，"沙奶奶"变成"艾厂长"，一步三摇走进新时代。

迈进青溪大酒店大厅，艾学习抬头看见郑卫星，大声说，郑厂长领带打偏了。郑卫星下意识地摸摸领带结，打量着对方的紫色领带和银色领带夹。

一个台商有钱没处花，想投资垃圾处理厂搞循环经济，今天非要请我吃饭不可。

看着昔日沙奶奶今日废品大王，郑卫星心里不是滋味。一个小小附属分厂厂长居然比我堂堂国营企业总厂厂长派头还大，出门坐着皇冠，联系客户举着"大哥大"，还他妈的会见台商洽谈投资，这世道让咸鱼翻了身，鲜鱼反而招了苍蝇成了臭鱼。此时，心怀妒意的郑卫星猛然明白了，这些年艾学习从人们不屑一顾的废品起家，一步步走向正业。

你跟台商谈判要注意方式方法。郑卫星说话声音很低。艾学习听不清，只好伸长脖子瞪大眼睛，俯首凑过去。

自从被正式任命为华北电机厂厂长，郑卫星说话声音变低了，人们都以为这是为人低调不事张扬的表现，只有郑卫星自己知道这是有意塑造厂长权威。他低声说话，对方必须伸长脖子竖起耳朵听，这才是下级全神贯注听取领导指示的应有姿态。

艾学习终于听清了，嗯嗯啊啊应答着，转身走进电梯间，给郑卫星留下一个踌躇满志的背影。

这时候，一辆出租车稳稳停在青溪大酒店门前，车门打开了，一双红色高跟鞋率领着两条玉腿伸出车外——只见一位红衣红裙红头巾的女士款款而出。郑卫星知道中国国内缺少这种彻头彻尾的"一团火"装束，估计是阿德贝格公司特派代表到了，连忙迎上前去。

郑先生您好！"一团火"女士以粤味汉语打招呼，眨动着黑色睫毛的大眼睛胜似照相机快门，频频拍摄着这位中国厂长。郑卫星被动地握了握这只来自海外的玉手，试探地说欢迎阿德贝格公司特派代表光临。

一袭红衣的女士注视着郑卫星，略显苍白的脸颊毫不吝啬地奉献出两只酒窝儿，足足斟满微笑。郑卫星似乎认出这双大眼睛，试探地问道，你是以前的爱国华侨林仪芳小姐吧？

我现在是阿德贝格公司特派代表林仪芳。对方说着伸手摘下红色头巾露出黑色短发，正是二十年前中国国内流行的"革命小将"发型。

郑卫星回忆当年林仪芳绿上衣蓝裤子的劳动者形象说，那时你们在大寨和红旗渠参加劳动，头上裹着白毛巾拍了很多照片。来到我们华北电机厂体验生活，清洗机器沾了满手油污洗不掉。后来你给我写来两封信，了解工人发明家崔万昌 1 = 7 的科研课题。

有人给你扣了一顶里通外国泄露工业机密的大帽子，是吧？林仪芳笑了。

这事儿你是怎么知道的？郑卫星听到自己的事迹居然成为出口物资传到大洋彼岸，一下兴奋起来。

林仪芳笑而不答，跟随郑卫星走进青溪大酒店二楼餐厅。昔日的爱国华侨姑娘如今成了跨国公司特派代表。主人还是安排了西餐大菜，以此突出宾至如归的气氛。

西餐厅没有单间。郑卫星抱歉地选择了临窗厢位。林仪芳告诉郑卫星在美国和加拿大除了私人俱乐部，普通餐馆很少开设单间，这反映了西方社会根深蒂固的平等意识。郑卫星略显尴尬地笑了。

邻近厢位艾学习大声说话，不时夹杂着二鬼子式的英语单词。这好比一碗米饭里吃出一粒沙子引发郑卫星的不快。如今真是动物世界啊，就连艾学习都夸夸其谈了。

自从当了一把手，郑卫星的心眼儿反而越来越小。此时他极力克制内心对艾学习的嫉妒，满脸笑容请林仪芳点菜。

一身浅蓝色职业套装的机电工业局党委副书记史文竹走进二楼餐厅，跟"废品大王"身旁的台商寒暄不已。郑卫星起身看到这个场面认为史文竹特意赶来参加艾学习与外商的工作午餐，不禁越发感慨。

史文竹跟外商道了别，向着临窗厢位走来。贵人意外降临。郑卫星喜出望外伸出双手，做出热烈欢迎上级领导的姿态。

讨厌。史文竹极其轻微地吐出这两个外人难以察觉的字眼儿，越过郑卫星跟林仪芳打招呼，问她昨晚睡得好不好。林仪芳说半夜醒来翻阅当年在大寨和红旗渠参加劳动的日记，心情依然激动不已。

我们实行改革开放的政策，无论工厂还是农村都发生了很大变化。譬如大寨的郭凤莲正在发展工业，红旗渠也着手挖掘红色旅游资源。史文竹说着打量起林仪芳的红衣红裙红皮鞋，小声问她喜欢吃什么。

忆苦饭！林仪芳脱口报出当年食谱笑道，我喜欢吃白菜豆腐渣的忆苦饭。

史文竹笑眯眯问道，我们有一段相声叫"珍珠翡翠白玉汤"，你听过吗？

林仪芳说，我想喝珍珠翡翠白玉汤！

真是两个女人一台戏。郑卫星暗暗笑了。

史文竹特意赶来坐镇主场，毫不掩饰自己乐于与阿德贝格公司合作的倾向。林仪芳则大谈逝去的火红年代，极力避免生意色彩。心明眼亮的郑卫星恨不得把自己变成一盘开胃水果，维护这顿西式午餐的热烈友好气氛。

然而，来自海外的林仪芳用餐很少，只喝了两勺奶油蘑菇汤吃了一小块面包便放弃进食，腾出嘴巴一味地回首往事，很像前来大陆探亲的爱国华侨。

客人中途去洗手间。史文竹趁机小声告诉郑卫星，昨天局长办公会议决定放弃中央贷款总额九千八百万元技术改造项目，转而选择中外合资方式提升华北电机厂综合制造能力。

果然另起炉灶了！善于"曲线救国"的郑卫星自然跟随史文竹的导向，主动向洗手归来的林仪芳谈起合资意向。林仪芳打开文件袋取出一叠印刷精美的邀请函，说，她代表阿德贝格公司郑重邀请史文竹女士率领相关人士前往巴黎总部参观考察。

工作午餐即将结束，艾学习大摇大摆走进临窗厢位冲着林仪芳说，我知道你从前是外国红卫兵，我从前是革命样板戏里的沙奶奶，现在是华北电机厂物资回收分厂厂长艾学习。

爱学习？一身红装的林仪芳看到当年男扮女装的"革命老妈妈"变成西服革履的"废品大王"，拍手打趣说，你有个弟弟叫爱劳动吧？

我爸爸叫爱祖国！艾学习转向史文竹说，我听说你们谋划中外合资，干脆把我的分厂独立出来吧，人家外国人不做废品生意的。

只要你的分厂是优良资产，我们阿德贝格公司就不会轻易放弃。林仪芳操着粤味汉语问道，你是从哪里知道中外合资事情的？

艾学习得意地说，信息时代没有什么能够保密的，这就是改革开放新时代嘛。

不过，我们阿德贝格公司的高精尖技术绝对高度保密，林仪芳自信地表白说，不然的话我们也就失去了跟华北电机厂合作的资本。

我想大量进口国外报废电器，林小姐有这方面的渠道吗？艾学习不失时机地寻找商机。

你不要干扰中外合资大方向好不好？史文竹及时制止艾学习，起身陪同林仪芳走出厢位。林仪芳似乎对艾学习颇有兴趣，微笑着递过一张名片。

　　史文竹跟林仪芳道别，说要赶回局里开会，然后转身叮嘱郑卫星几句，匆匆走了。

　　当天下午，郑卫星陪同林仪芳参观华北电机厂，走了几座主要生产车间。这位阿德贝格公司特派代表手持照相机不停地拍照，倒像是来了个西方小报记者。

　　临近下班时分，郑卫星陪同林仪芳来到锅炉房。王宪钢操纵斗式提升机给储煤仓加煤。这位普通工人很礼貌地向外宾点头致意，摘下手套走了。

　　林仪芳快步赶上王宪钢问道，我想向您提一个问题，您愿意华北电机厂跟阿德贝格公司合资吗？

　　我是个普通工人。王宪钢如实答道，我不了解中外合资的情况，这个问题我没有发言权。

　　你对自己的现状满意不满意？林仪芳连续问道，你经常回忆过去的时光吗？你认为中国工人今后应当怎样生活？

　　站在漫天阳光里，郑卫星暗暗惊讶——林仪芳此行的目的好像不是考察华北电机厂而是调查中国工人现状。这种感觉笼罩心头，他不知如何接待这位堪称"中国通"的跨国公司特派代表。

　　为了打断林仪芳跟王宪钢的交谈，郑卫星插话打听当年那位身材小巧、皮肤黝黑的爱国华侨姑娘曾美珍的情况。

　　你问曾美珍啊？她后来思想激进去过哥伦比亚，至今我也没有她的音讯。林仪芳轻描淡写似乎回忆路人，跟随郑卫星离开锅炉房走向机械性能实验室。

　　宽阔的厂道上，保卫干事于亢虎骑着自行车迎面驶来。他伸长脖子望着一身火红的林仪芳，那表情好像本土小妖遇见天外仙子。此时身为厂长的郑卫星想起自己与林仪芳通信被于亢虎诬陷为里通外国的往事，不由笑了。

　　老于！这一阵子家属宿舍楼经常丢东西，你们保卫科是干什么吃的？改革开放就是要改掉你们这种不尽职责的干部！郑卫星半问询半呵斥地说罢，心情舒畅地陪同林仪芳走进机械性能实验室。

　　简晓铜下意识地扶了扶八百度近视眼镜，迎上前来用英语表示欢迎。林仪芳递过名片表示回到祖国就讲汉语了。简晓铜认真读着名片，说，阿德贝格公司以生产风力发电设备为主吧。

　　那是过去的事情了。林仪芳注视着这位表情执拗的技术科科长说，我们已经增加了水力发电设备和移动式发电机的生产。

我在欧洲企业名录上没有查到这方面的信息。简晓铜自言自语着，似乎并不需要对方回答。

听说你没上过正规大学。林仪芳突然问道，你是工农兵学员英语这么好，简先生真不简单啊。

简晓铜脸色涨红说，我没有想到您对我的个人资料了如指掌。我确实是"文革"期间的工农兵学员，但是我自修了英语。

林仪芳表情轻松语气欢快地说，我非常欣赏您的坦率态度和敬业精神，也非常欣赏您的英语水平。

您的称赞让我感到荣幸。简晓铜坚持用英语表达外事礼仪，引领着林仪芳开始参观机械性能实验室。

下班时分，林仪芳建议晚餐在职工小食堂，特意请王宪钢出席。阿德贝格公司特派代表如此重视王宪钢，郑卫星深感意外，当即派人通知王宪钢准时出席外事活动，做到衣冠整洁。

郑卫星打电话向史文竹报告情况。电话里史文竹咴咴笑着说，你对我真是做到了早请示、晚汇报啊。林仪芳邀请王宪钢吃饭有什么稀奇？她现今是跨国公司白领，当然要关注中国工人对中外合资的态度，你注意观察动向就是了。这位林小姐要是装模作样非吃忆苦饭不可，你就给她上全素豆腐席。

史文竹果然是大干部，一眼望穿林仪芳红色外套里的黑色内衣。郑卫星着手安排职工小食堂"全素席"，十二道菜大打豆腐战争。

临近晚间六点钟。经过妻子精心打扮的王宪钢身穿蓝色中山装黑色"三接头"皮鞋走出工厂保健站，前往职工小食堂。

值班厂医卢丽虹追到门口望着丈夫的背影，自豪地笑了。哼，谁说这年头工人不值钱了，人家外宾来了特意请我家宪钢吃饭，这说明中国工人没有贬值。

衣着整洁的王宪钢穿过职工大食堂遇到朱则良，对方惊异地望着他说，我没见过你这种打扮，挺好看的，也有点儿派头，像个厅局级干部。

我知道你从来不说拜年话，不论怎么揶揄咱们还是工人啊。王宪钢说罢走进职工小食堂——这是干部们吃饭的地方。

从一袭火红变为全身墨水蓝的林仪芳起身相迎，热情地跟王宪钢握手。烧了几年锅炉，王宪钢的手变得粗糙，屡次被妻子戏称为"铁叉子"。他不好意思说什么，就落座了。

一张八仙桌子，宾席坐着林仪芳，主席坐郑卫星，左侧景达明，右侧王宪钢。精兵简政八仙减为四仙。林仪芳不禁问道，我可是请了三位工人代表啊！景达明解释说，艾学习出差外地，朱则良性格内向谢绝出席。

林仪芳笑着对王宪钢说，这么说今晚您就是工人代表啦。

景达明介绍说，这顿晚餐是改革开放新时代的忆苦饭，食材全部采用中国豆腐，以植物蛋白代替动物蛋白，以素仿荤，以假乱真。

说着，仿鳝鱼丝，仿糖醋排骨，仿红烧鸡翅，仿鸭脖子，四个凉菜上桌了。

郑卫星显然提前做了功课，指着四盘豆制品说，汉代淮南王发明了豆腐，这是中国对世界文明的一大贡献。中共早期领袖瞿秋白临刑之前，还不忘夸赞中国的豆腐好吃。

可是，我们只能引进日本的豆腐生产线。王宪钢不合时宜地插话，这等于下象棋别了郑卫星的马腿儿。

郑卫星生肖属鸡，鸡爪子不怕别腿儿。他以为林仪芳请来王宪钢肯定要谈什么事情，便留心观察着。席间，林仪芳不停地给王宪钢夹菜，好像漂洋过海来了一位古道热肠的家庭主妇。郑卫星一时看不透她的心思，便撺掇王宪钢说话。

王宪钢开门见山问道，林小姐，现在中国合资成风，有合资牛奶、合资果冻、合资鞋油、合资牙膏、合资方便面什么的，一律讲究合资，好像自己连水果糖都不会做了，您认为我们华北电机厂有合资的必要吗？

这正是我要问你的问题，我们阿德贝格公司非常重视中国工人的内心感受。你现在可以回答我这个问题吗？林仪芳说道。

可能我们华北电机厂也要合资的，因为耳挖勺儿都快合资了。王宪钢答道。

中国工人天生都是相声演员，说话比革命样板戏好玩得多。林仪芳咯咯笑着伸手捂嘴问道，哎，你们芦苇荡里那个让来让去谁也不好意思吃的菜团子，最后放馊了吧？

剧本里没有说明菜团子最后怎么样了……王宪钢被对方问得猝不及防，只得思索着答道，我想，最后那个菜团子应当大家分着吃了。

这就是当年的大锅饭吧？林仪芳眉飞色舞说道，中国的平均主义由来已久。

您说得不对。革命战争年代就是在大锅里吃饭。王宪钢不苟言笑地说，因为那时候没有私利可图，人人忠心为了国家。

林仪芳有所收敛地说，和平年代吃了大锅饭，所以现在实行企业改革，要砸碎多年铁饭碗。

晚餐结束，王宪钢回到家里。卢丽虹扑上来搂住他的脖子亲了一口说，你还真帅，穿了中山装特像年轻有为的干部。之后，她逼着丈夫详细讲述跟外宾吃饭的情景。

就是吃了一顿晚饭，饭菜全是豆腐伪装的。王宪钢介绍了几道菜名，卢丽虹听着感觉虚头巴脑的，就向丈夫打听外宾本人的情况。

王宪钢只得告诉妻子说，林仪芳满身香水味儿，说话特像香港电影，饭量很小，礼貌不少，对咱们"文革"挺了解的，说当年外国也有红卫兵，信奉毛泽东思想。她还问我对中外合资的看法。我说既然连生产耳挖勺儿都快合资了，华北电机厂可能也要合资的。

耳挖勺儿合资？你真幽默！卢丽虹赞扬着丈夫，转而打听郑卫星的表现。

哦，你不问我还忘了，外宾坐小轿车走了，郑卫星拉住我悄悄说，只要有机会就把我从锅炉房调出来当干部，还说我这几年背黑锅辛苦了。

他净放没味儿的屁！卢丽虹对郑卫星充满敌意，气哼哼给丈夫打来洗脚水说，你当心郑卫星又让你下阳澄湖捕鱼捉蟹，现今全中国都没有阶级斗争了，只剩他一个阶级敌人咱们不得不防！

王宪钢泡着脚说，我们不能要求别人都和我们一样，对吧？有爱吃鸡爪子的就有爱吃鸭脖子的。我看郑卫星还是想把华北电机厂搞好的。

第二天上午，林仪芳依照约定时间，一身奶白套装前往市政府拜访主管工业的副市长曲寅平。昨晚吃了新时代的忆苦饭，她有了谈资。

走进市政府会客室，林仪芳看到曲寅平副市长是一位仪表堂堂的中年男子，便奉上阿德贝格公司的宣传资料册，随即大谈当年在大寨梯田参加劳动和红旗渠工地砌石头的经历，还主动唱了一首《我们共产党人好比种子》的毛主席语录歌。

见到这位来自海外的"红色中国通"，副市长曲寅平又惊又喜，不禁回忆当年援建阿尔巴尼亚斯库台水泥厂途经法国巴黎的经历。看到曲副市长谈兴正浓，林仪芳及时提起昨晚她与华北电机厂工人代表王宪钢座谈的心得体会。

什么？你跟工人代表座谈了……曲副市长瞪大眼睛望着跨国公司特派代表，一股亲切感油然而生。改革开放以来，曲副市长接待外商无数，从未见过林仪芳这样有着深刻"文革"记忆和深切红色情怀的人，一下亲切起来。

曲寅平副市长主动介绍了华北电机厂放弃中央九千八百万元技术改造项目的情况，明确表示走中外合资道路的决心。他同时强调中外合资既不能保守也不要冒险，一切工作都要按部就班进行。

您是"文革"前的大学生吧？你们这一代人如今是国家栋梁啊。林仪芳敬佩地注视着曲副市长，热情邀请他率团前往欧洲考察阿德贝格公司。

完成了这次愉快的高端拜访，林仪芳赢得了知识分子出身的曲副市长的极大好感。她心里装着大量华北电机厂的鲜活信息，一袭黑色服饰，超载返回欧洲。

在接下来的日子里，厂长郑卫星先后接待了来自意大利、瑞典、美国以及日本的访问团，这一家家著名公司都是前来洽谈合资意向的。郑卫星知晓史文竹心仪阿德贝格公司，便咬定这座青山不放松了。

终于，华北电机厂收到来自巴黎的阿德贝格公司的传真邀请函。郑卫星立即打电话向顶头上司报告。史文竹一连说了三声好，使人想起过年得到红头绳儿的喜儿。郑卫星知道巴黎乃是史文竹朝思暮想的地方。人活着，应当圆梦。

准备出国了，郑卫星收拾办公室，特意把两盆长势良好的米兰抱到前妻办公室，拜托照料。钱慧慧认为这两盆米兰应当寄养在朱则良的花窖里，由专业人员浇水施肥按时护理。

我只信得过你。郑卫星强烈表示着内心愿望。钱慧慧只得接受他的委托。嗅着米兰扑面而来的花香，她揣摩着前夫的心思。

当年郑卫星身体散发那种好闻的味道，不光引发人们的好奇心理，也给他带来难言的屈辱。为了消除这种小布尔乔亚味道，他多年坚持使用"臭胰子"洗澡，居然把自己洗成毫无味道的庸常男人。如今当了厂长有了权力，回忆往事感到莫大委屈——那一去不复返的身体气味成了他人生不可追补的重大缺失。于是，他饲养这两盆散发幽香的米兰，聊作精神慰藉。

米兰散发的是植物香气，它跟动物的香气没有什么关系吧？钱慧慧问道。

人活着，有香气总比没有香气要好吧。郑卫星似乎意识到前妻看透了自己的心思，含蓄地说道。

初秋季节，华北电机厂赴欧洲考察团踏上行程。史文竹担任团长，副团长是郑卫星，组员有市计委老耿和市经委老倪，还有华北电机厂技术科科长简晓铜以及翻译小焦。

考察团到达巴黎当天，一行人处于"倒时差"状态。一大早儿史文竹召开临时党小组会议，号召大家发扬连续作战的精神，以雷厉风行的工作节奏和求真务实的企业精神投入工作。当天下午，史文竹率领考察团访问阿德贝格公司总部，受到公司总裁贝尔热耐先生的接待。

阿德贝格公司坐落在一幢豪华写字楼里。这是郑卫星首次见识开放式办公，一间大厅被一个个组团分割，一个组团又分割为四个方格子，四个方格子里分别坐着四位职员，好像一个豆荚里四颗豌豆儿。

西方国家不是注重个性化与隐私权吗，怎么"奥飞斯"反而是开放式的呢？简晓铜操着英语问林仪芳。

林仪芳故意用法语回答说，奥飞斯属于工作场所，它注重开放与沟通功能，不强调个人隐私权，另外设有吸烟室和水吧。

第二天，参观阿德贝格技术研发中心。仍然处于"倒时差"状态的郑卫星看出这就是中国人经常说的"研究所"，跨国公司叫它"研发中心"。

第三天，乘坐轻轨火车去参观一座发电厂。对于西方发达国家的先进技术和科学管理，市计委老耿和市经委老倪连连发出赞叹，几乎就是两位进了大观园的刘姥姥。

之后进入"泛考察"阶段，包括参观卢浮宫，游览枫丹白露，还去了巴黎东郊具有百年历史的梅尼耶巧克力工厂。站在充满可可粉香气的生产车间里，郑卫星怀念自己丧失殆尽的体香。失去的，永远失去了。

史文竹开始单独行动了。每天傍晚，她都在林仪芳陪同下秘密前往巴黎美容院。这当然是阿德贝格公司盛情安排的"国际公关项目"——即著名法兰西美容公司向亚洲推广的"黄种女人变肤计划"，一个疗程十二天。

只有郑卫星知晓史文竹的秘密行动。久经官场的史文竹竟然敢冒巨大风险给脸庞"变肤"。这种事情只要败露肯定受到党内通报批评。难道脸蛋儿比党性重要？即使是留有巴黎印记的脸蛋儿。史文竹的爱美之心，令郑卫星震惊不已。

为了掩护这两个女人的秘密行踪，郑卫星主动陪同市计委老耿和市经委老倪游览巴黎市容，还去了有百年历史的老佛爷店。

只有简晓铜不动弹。他犯了疯狂阅读的老毛病，除去外出考察整天躲在房间里阅读欧洲电机电器制造公司的资料，包括德国的英国的意大利的西班牙的。

简晓铜当然不知道史文竹处于面部"变肤"阶段，几次向她建议放弃与阿德贝格公司合作，因为这是一家欧洲二流企业。

皮肤略显白皙的史文竹心平气和地听着，热情表扬简晓铜认真负责的工作精神，承诺回国便向曲寅平副市长全面汇报这次出国考察情况，包括简晓铜的合理化建议。

一天傍晚，郑卫星游览蒙马特高地遇到街头露天演讲，便好奇地挤进人群。演讲的女士黑头发黄面孔身材瘦小，身穿长款奶白色风衣显得形式大于内容，令人想起服装商店的衣服架子。郑卫星听不懂外语，请小焦现场翻译。他打量着演讲女士，觉得似曾相识。

露天演讲结束了。这位大声演讲"劳动创造平等社会"的女士走过来叫了一声，郑先生。哦！她是当年的爱国华侨曾美珍。

郑卫星稍显警惕地笑了。因为林仪芳曾经说曾美珍去过哥伦比亚。谁都知道那里盛产毒贩，还有激进武装组织"光辉的道路"。

身材小巧的曾美珍径直走过来，眨着那双二十年前的大眼睛说，郑先生，我从巴黎华文报纸上看到你们考察团的消息。西方社会高度关注中国的改革开放，前天巴黎左翼党派观察员发表评论，大力抨击阿德贝格公司前往中国大陆投资是"丑恶的资本"。

丑恶的资本？二十年了曾美珍仍然热心社会政治活动。林仪芳则华丽转身进入商业社会的白领阶层了。

中国劳动力极其廉价，一旦你们与阿德贝格公司实现合资，他们肯定将制造中心转移到中国去。这样就会导致欧洲工厂大量裁员。你知道吗？资本主义第一步是商品输出，从当年出口鸦片到如今出口彩电冰箱洗衣机。第二步才是资本输出。曾美珍毫不客气地说，这种资本输出就是让中国工人阶级抢夺法国和欧洲工人阶级的饭碗，同时也挽救了身陷困境风雨飘摇的阿德贝格公司。

中国工人阶级抢夺法国和欧洲工人阶级的饭碗？郑卫星大感意外。他认为应当向曾美珍宣讲中国实行的改革开放政策，便笑着说，如今阶级斗争观念已完全退出中国意识形态领域，党和政府大力提倡发展私营经济，"工人阶级"渐渐被"工薪阶层"替代，而且出现了白领阶层和草根群体。

你们中国的情况我们非常清楚。法国共产党马列主义派对资本主义的看法是不会轻易改变的。曾美珍索性表明自己的立场观点说，你们大力发展私营经济等于在培养大批新生资本家，你们大力开展中外合资等于聘请大批西方资本家去剥削中国的剩余价值，我们不明白这是为什么。难道你们中国的资本家还不够多吗？

站在巴黎蒙马特高地听着小巧可人的曾美珍的宏论，心情复杂的郑卫星感到一股久违的左翼思想扑面而来。略显偏激的曾美珍看到郑卫星神色迷惘，笑了，我还记得你曾经扮演革命样板戏里的反面人物，现在当上国营企业厂长成为正面人物啦。

　　听不出这是好话还是坏话，郑卫星只觉得大眼睛的曾美珍好似一块出土化石，陈旧却充满新鲜感。他与这位左翼女子握手告别，心中却有几分恋恋不舍。

　　不知为什么，郑卫星心里有些喜欢曾美珍了，觉得她比林仪芳可爱得多。怀着复杂的心情返回住地，他似乎明白了自己喜欢曾美珍的原因——这位华侨女子身上还保留着鲜明的理想主义色彩。与曾美珍相比，受聘于跨国公司的林仪芳无疑是现实主义者了。

　　在住地见到林仪芳，郑卫星主动谈到巴黎街头巧遇曾美珍。这位白领女士耸耸肩膀摊开双手说，人在青春期，热血沸腾，富于幻想，思想激进，特别容易钻牛角尖。曾美珍就是钻进牛角尖出不来了，我们只能看着她做一辈子理想主义战士。

　　郑卫星知道，当年亲如姊妹的两位爱国华侨姑娘，如今分道扬镳成为陌路之人。

　　当晚，住在公寓式酒店里的郑卫星失眠了，脑海中不断晃动着曾美珍的影子。就连我们中国这样的社会主义国家都喊出"时间就是金钱，效率就是生命"的口号，身在西方发达国家的曾美珍继续坚持自己的政治立场和价值观念，她真是彻头彻尾的理想主义者。

　　郑卫星思绪起伏，半夜拨通隔壁史文竹房间的电话，诉说他在巴黎街头偶遇曾美珍引发的内心感慨。

　　我看你是单身汉出国巧遇故人，拨动情感琴弦了吧？史文竹嘻嘻笑着反问郑卫星。

　　爱情这东西是个彩色泡泡，看着美丽，一戳就破，特别不结实。郑卫星解释自从跟钱慧慧离婚便断了爱的琴弦，全心全意投入企业管理工作。

　　电话里史文竹轻声叹气，随即严肃起来，叮嘱郑卫星西方社会情况复杂，不要轻易涉及意识形态领域，更不要随便接触政治人物。

　　我还想安排你跟曾美珍见面呢，她毕竟是你的老相识。郑卫星感到遗憾。

　　我们的任务是考察阿德贝格公司，不安排任何私人会见。史文竹突然小声问道，小郑，我每天傍晚都跟林仪芳外出，没有引起同志们议论吧？

我知道你是外出洽谈合资意向的。巴黎的空气真好，连我都感觉自己皮肤变白变细了。郑卫星心照不宣地道了晚安，轻轻放下电话。

周末下午，郑卫星上街掏净腰包给钱慧慧买了女士护肤用品"变肤霜"。一日夫妻百日恩，百日夫妻似海深。尽管分手几年，他心里还是放不下前妻，甚至怀着破镜重圆的念头。

历时十八天的考察任务圆满完成，史文竹率领考察团返回。华北电机厂召开合资意向讨论会。前来参加会议的史文竹在厂道上遇到卢丽虹。这位女厂医发现出洋归来的史副书记皮肤白皙脸庞光鲜，她将信将疑拉住对方胳膊问道，你是假的史文竹吧？真的史文竹留在法国了。

机电工业局党委副书记史文竹谨慎地说，这是出国天天喝牛奶的结果吧？据说人的皮肤借助牛奶还是能够改变的。人家白种人从小喝牛奶嘛。

听了这番理论，与两颊蝴蝶斑斗争多年收效甚微的卢丽虹乐了。当天下班回家告诉丈夫从明天开始喝牛奶，一天两杯。王宪钢劝慰妻子蝴蝶斑是女人的终生债务，它落在脸上很难清除的。

史文竹出一趟国脸蛋儿说白就白了，这不成了《聊斋》故事嘛。卢丽虹越发疑惑，认为法国是一个会变魔术的国家，巴黎能够把小黄窝头变成大白馒头。

关于史文竹面部皮肤发生变化的原因，只有郑卫星知晓。他连日伏案起草《关于阿德贝格公司的考察报告》，竟然忘了把"变肤霜"送给前妻。

他完成了考察报告，交给史文竹审阅。这份二十八页的文字材料不露痕迹地将简晓铜的"反对派"意见略加保留，详细论证了华北电机厂与阿德贝格公司合资的可能性与可行性。同时，还含蓄地指出机械工业部贷款九千八百万元的技术改造项目属于"近亲繁殖"，只是低水平扩大生产规模，不能体现跨越式发展的创新思想。

满脸巴黎式皮肤的史文竹接到这份考察报告，一眼没看就扔到一旁，然后拨通郑卫星电话说，这份考察报告结构拖沓层次松散，观点不突出，说服力不强，必须推倒重写。

郑卫星虚心地接受领导意见，表示立即动手推倒重写。史文竹摆出只争朝夕的姿态要求三天完稿，说罢啪地挂断电话。

多年以来史文竹养成独特的审阅习惯，举凡下级报送的文字材料一律否定，统统打回推倒重写。这样，第一稿就废了。下级报送第二稿她红笔修改，有时甚至涂成一张大红脸。下级在大红脸基础上形成第三稿。一般来说第三稿就通过了。

果然，史文竹将郑卫星的考察报告第二稿涂成大红脸退回修改。郑卫星不慌不忙从抽屉里拿出第一稿，只添上："我们大胆引进国外先进生产技术与科学管理模式，使得华北电机厂大步走上中外合资道路，从而攀登高水平实现新跨越，最终让我们的国营企业彻底脱胎换骨焕发巨大活力"几句话，拖了两天便以第三稿的名义报送史文竹。

史文竹审阅后说了句，好稿子就是修改出来的嘛。径直报送市中外合资工作领导小组组长曲寅平副市长。以第一稿充当第三稿而且顺利过关——郑卫星完全掌握了史文竹的战术打法，得意地笑了。他觉得这是猫与老鼠的游戏，有时老鼠偷偷占了便宜，猫却以为自己是获胜者。与史文竹的斗智斗勇，使得郑卫星感到男子汉的莫大快慰。

收到华北电机厂《关于阿德贝格公司的考察报告》，副市长曲寅平坐在阳光明媚的办公室里，仔细审读着。这时办公桌上的白色电话机响了，是二号座机。曲副市长毫不犹豫地抄起电话筒喂了一声。一个低缓女声用英语自报家门，我是林仪芳。

副市长曲寅平英语很好，只是平时少有机会施展而已。此时他接听到来自大洋彼岸的英语电话，随即兴奋起来。越洋电话里林仪芳带有美国口音的英语，遥远而轻柔。

林仪芳以问候语开篇。曲寅平瞥了一眼摆在案头的《关于阿德贝格公司的考察报告》，主动涉及中外合资话题。林仪芳似乎对这个话题兴趣不大，三五回合竟然扯到美国电影《卡桑德拉大桥》那座最终被炸掉的大桥。桥梁工程师出身的曲副市长谈兴勃发，不由自主地将话题扯到中国桥梁专家茅以升先生。于是，两人的越洋交谈，进入海阔天高的境界。

当天下午，秘书给曲寅平副市长送来署名简晓铜的基层来信，附有《一个人的巴黎考察报告》，恰巧也是二十八页。这份考察报告内容丰富、观点突出，全面介绍了欧洲几大电机电器制造公司的详细情况，好像解剖了一只只五脏俱全的外国麻雀。简晓铜的考察报告里重点推荐卡斯耐尔公司和沃特公司，认为这两家公司具备扎实的专业水准和良好的合作基础，很有发展潜力。

郑卫星当然不晓得曲副市长收到了简晓铜的考察报告，却想起在巴黎买的"变肤霜"，他拎着礼品盒走出办公室给前妻送去。华北电机厂工会主席钱慧慧的办公室在楼道东侧，人来人往特别热闹，使人想起春来茶馆。

钱慧慧正在召开座谈会，热烈的气氛从门缝里溢出来，同时伴有米兰花开的香气。郑卫星站在工会办公室门外听到卢丽虹大声发言，说，如今产业工人的社会地位越来越低，姑娘们宁可嫁给贩鱼逞虾的个体户，也不愿意嫁给工厂上班的。

艾学习的声音打断卢丽虹的发言，说，星星跟着月亮走，人随着社会变化，我就是从工人变成承包商的，承包了两座垃圾处理场和车队。

嘿嘿，你把自己从正规军变成区小队啦？这是朱则良的声音。

郑卫星听出这是《沙家浜》的基本阵容，乐了。他要趁这机会当众把巴黎礼品"变肤霜"交给钱慧慧，让大家都知道他心里留恋前妻，为日后复婚打下基础。

郑卫星推门走进工会办公室，一眼看到迎面墙上挂着"发挥工人阶级主人翁精神座谈会"的会标，张口说：打扰你们开会啦。

钱慧慧以工作口吻说，你身为厂长也谈谈如何发扬企业主人翁精神吧，我们欢迎。

郑卫星绕过王宪钢和另外两个工人，把印着外文的礼盒递给钱慧慧。举止得体的钱慧慧起身接在手里，说了声谢谢。

杨葵花举起戴着白线手套的左手大声说道，郑厂长，现在工人还是企业主人吗？那么多工人下岗回家当居家主人去了。

厂长郑卫星并不理会身残志坚的女工杨葵花，转向钱慧慧说，这是从巴黎买来的，翻译成咱们汉语叫"变肤霜"。它能把不太好的皮肤变成比较好的皮肤。

缘已尽，情未了，离了婚你还怀着这么深厚的无产阶级革命感情啊？艾学习看穿郑卫星的把戏说，这东西用不着跑到巴黎去买，深圳沙头角中英街就有卖的，绝对进口原装。

郑卫星及时转换话题问艾学习，我听说你从日本买来两船旧空调、旧冰箱、旧收录机什么的，统统被你以旧翻新转给二手电器市场啦？

艾学习笑了笑说，这叫作古为今用洋为中用嘛。

只有王宪钢低头看着《法制手册》，好像一个事不关己的局外人。

大家不要跑题，继续讨论如何发扬社会主义企业主人翁精神。工会主席钱慧慧收拾局面，极力掌握座谈会大方向。此时郑卫星认为自己当众给前妻送礼达到了目的，转身要走。

郑厂长你别走。钱慧慧叫住前夫说，我们正在讨论改革开放新形势下工人的地位问题，假若华北电机厂实行中外合资，你说工人还是企业主人吗？

厂长郑卫星稍加思索答道，中外合资企业应当属于股份制性质，既有中方股份也有外方股份。既然是股份制企业，企业主人应当是股东。所以，我们可以发行股票，工人认购股票就成为企业股东，成为企业股东当然就是企业主人了。我们以前走了很多弯路，不懂得建立现代企业制度。我们实行中外合资就是要跟国际接轨嘛。

厂长毕竟是厂长，说话有水平。钱慧慧表情平静地评点着前夫的言论。郑卫星听不出前妻是颂扬还是讥讽，或者半颂扬半讥讽。

趁着没人说话，朱则良起身说道，好吧，那咱们就存钱买股票，去当企业股东吧。

华北电机厂要是实行中外合资，会不会人家外国大股东说了算呢？王宪钢终于放下《法制手册》，低声发出询问。

郑卫星颇为同情地注视着王宪钢。当年光彩照人的新四军指导员，退了光环少了锐气，没了泰山顶上一青松的风采，尤其这几年窝在锅炉房干活儿，好像成了井底之蛙。

我说宪钢啊，你不要过度防卫。即使咱厂合了资，外方也要遵循中国现行法律和政策，工人照样是工人，锅炉房照样是锅炉房，中华人民共和国不会改朝换代的。郑卫星继续开导说，中外合资我们占百分之五十一股份，是控股方。你知道什么叫控股方吗？就是主导权仍然握在我们手里！时代在发展，社会在进步，思想在解放，你的心思不能长期驻扎在《沙家浜》啊。说罢郑卫星大首长似的拍了拍王宪钢的肩膀，气宇轩昂地走了。

看到前夫如此轻视王宪钢，钱慧慧不高兴了。她随即发表见解说，咱们不能抱着国营企业铁饭碗不放，也不要认为中外合资就是医治百病的良药！任何时候都不要忘记实事求是这四个字。

王宪钢起身表态说，无论企业合不合资，工人还是要认真完成本职工作，只要这样我心里就踏实了。

艾学习拿出居安思危的架势说，不要忘记西方资本主义国家的经济危机！到时候外国资本家照样大量裁人，咱们可不敢保证这辈子不失业啊。

失业？朱则良转脸望着工会主席钱慧慧问道，不叫失业叫待业吧？

钱慧慧很有信心地说，工厂停产车间放假，但愿这是暂时现象，党和政府不会让工人长期坐在家里的。

杨葵花摘下白线手套露出伤残左手说，我跟朱则良不生小孩儿没有后顾之忧，一天三个窝头就饿不死，假使回到万恶的旧社会也不怕！你们上有老下有小养家糊口可就为难了。

咱们走一步说一步。钱慧慧微笑着说道，社会主义国家不会让工人阶级没有饭吃吧？

空气还是不免有些沉重，座谈会陷入短暂沉寂。于亢虎推门走进来大声问道，工会是工人之家，你们管不管我的死活？

你不是活着吗？死了还放屁啊！杨葵花大声迎击着于亢虎。

于亢虎径直奔向钱慧慧说，保卫科机构改革裁员，五减一把矛头对准我，这是郑卫星公报私仇，对我打击报复！

钱慧慧不急不躁解释道，现在只是摸底阶段，并没有确定裁谁不裁谁。工会是工人之家，它也能干预企业机构改革呀。

于亢虎一屁股坐在地上喊道，钱慧慧，你不要假装干净，谁都知道武玉国自杀之前说的话！

武玉国是疯狗，他临死还要咬人一口。钱慧慧气得脸色煞白说，谁都知道武玉国是你姐夫，你这是用死人污蔑活人！

王宪钢小声指责于亢虎说，你不要再耍造反派脾气了，现在血口喷人有法律管着你呢。

于亢虎显然不怕王宪钢，继续叫嚣着。

朱则良伸出戴着白线手套的左手拍着于亢虎的肩膀说，你以为你真是老虎屁股摸不得啊？我现在就缝上你这张臭嘴……

外强中干的于亢虎看了看这只裹着伤残手掌的白线手套，不言语了。

当天下午，钱慧慧喘着粗气轮番将两盆米兰抱到厂长办公室门外，咚咚叩门。屋里传出低沉却充满权威的声音说进来吧，她就推门进去了。

她嗅了嗅满屋的咖啡味道，转身指着摆在门外的两盆米兰对前夫说，人归其位，物归其主，你把它们搬进来吧。

神色略显张皇的郑卫星起身凑近打量着说，枝繁叶茂壮实多了，这才不到一个月时间啊。

我让朱则良给你施了底肥。钱慧慧不乏深意地说，花缺底肥不壮，人缺底气不强。你喝咖啡也是为了增强底气吧？还是进口原装的呢。

郑卫星真诚地说，其实，我在巴黎挺想你的……

二十三 所谓合资

春光明媚好季节。华北电机厂与阿德贝格公司的合资谈判进入第四轮，外方提供的合资协议文本草案规定，中外合资企业名称为"阿德贝格（中国）电机制造公司"。满脸大胡子的全球阿德贝格公司特派专员沃勒夫先生操着德国口音的英语发言，翻译是林仪芳女士。

这是一支多国部队啊。中方首席谈判代表史文竹心里寻思道，全球阿德贝格公司总部在法国，这位特派专员沃勒夫是德国人，翻译林仪芳是美籍华人，这就是所谓跨国公司吧。

沃勒夫反复强调说，华北电机厂只有五个车间纳入中外合资范围，另外六个车间继续以华北电机厂名义存在。

外方选取的五个合资车间几乎囊括了华北电机厂全部大型机械加工设备和骨干生产车间，无疑属于优良资产。史文竹知道，外方甩下的六个车间等于六个包袱。让它以华北电机厂名义继续存在好比让一群老弱残兵单独作战，别说进攻，就连阵地也难以守住。

面对沃勒夫这种"挑肥拣瘦"的合资方式，史文竹表示必须请示上级领导。大胡子沃勒夫耸了耸肩膀，似乎对此表示遗憾。

这份中外合资协议文本草案的第五条第四款，规定成立"阿德贝格（中国）电机制造公司"后，继续存在的中国华北电机厂十年内不得生产转轮直径大于五点五米的发电机组。

厂长郑卫星当场通过翻译询问沃勒夫先生，华北电机厂是中华人民共和国的企业，外方有何权力限定它的产品规格呢？

哈哈！沃勒夫抖动着大胡子解释说，这是为了避免华北电机厂跟阿德贝格（中国）电机制造公司争夺高端产品市场，你们应当懂得大力保护中外合资企业的利益。

这不是保护中外合资企业利益，这是外方想独霸行业市场。厂长郑卫星小声嘟哝着，当场表示不能接受合资协议草案的第五条第四款。

工会主席钱慧慧作为企业职工代表列席旁听谈判，心里赞赏前夫郑卫星的表现。这家伙当了厂长还是能够捍卫本国企业利益的。

晚间休息，外方翻译林仪芳邀请史文竹外出散步。踏着遍地细碎月光，林仪芳劝说史文竹接受全球阿德贝格公司提出的合资条件。史文竹任凭夜风吹拂着被巴黎"变肤霜"滋润的脸庞，毫不含糊地表示，如此重大决策必须请示主管全市工业的曲寅平副市长。

林仪芳从容地笑了，轻声背诵着市委书记单德高在全市工业工作会议上的讲话，你们谁要是思想僵化放走一家外资公司，我就处分谁！你们谁要是思想解放引来一家外资公司，我就奖励谁！

史文竹打量着对方说，林小姐真是一个中国通，"文革"期间你能够背诵我们伟大领袖毛主席的语录，改革开放了你能够背诵我们市委单书记指示，这叫上知天文，下知地理，中间知道政治局。

前天市委单书记单德高先生接见沃勒夫先生，曲寅平副市长在座。所以我认为你们应当能够接受全球阿德贝格公司提出的合资条件。林仪芳意味深长地说着，笑得更加从容。

我当然相信你有能力说服曲副市长。史文竹心照不宣地表示，华北电机厂合资项目必须经过市级领导拍板决定，我本人只是执行者而已。

你是执行者也很重要啦。稳扎稳打的林仪芳从不忽略棋盘上的每一颗棋子。

第二天下午，曲寅平副市长打来电话嘱咐史文竹，市委书记单德高同志多次强调大力维护我市改革开放正面形象，你们不要把全球阿德贝格公司谈跑了。

史文竹询问曲副市长倘若同意外方提出的合资条件，被甩下的华北电机厂烂摊子如何收拾。

曲寅平副市长急不可待地说，华北电机厂完全可以将产品定位在低端市场嘛，国营企业没有必要跟中外合资企业撞车。另外，华北电机厂的简晓铜几次给我写信反对跟全球阿德贝格公司合资，你要做好他的思想工作，避免他给中央写信反映地方问题。

史文竹放下曲寅平的电话，下意识地揉着胸脯，如释重负。她抄起电话告诉郑卫星，全球阿德贝格公司公关能力极强，我们都是这盘棋里的小卒。

今天曲副市长放了响炮，咱们就签署合资协议吧。

我没想到曲寅平出面表态，看来他确实是个知识分子。郑卫星不无忧虑地说，古语云，成者王侯败者寇。一旦决策失误，最终责任还是要扣在企业头上的，我做好下阳澄湖捕鱼捉蟹的思想准备……

当初咱们去巴黎考察阿德贝格公司，没有料到他们会提出这样苛刻的谈判条件。史文竹不禁感慨道，林仪芳真是一个中国通，活动能量极大，我最担心老外甩下的那六个车间，瘸驴配破磨，难以为继。

既然这样，我们就摸着石头过河吧。电话里郑卫星话题转换说，我从巴黎给钱慧慧买的"变肤霜"很不错，昨天我仔细打量她，皮肤确实显白了。

史文竹不承接有关皮肤的话题，继续下达指示说，既然曲副市长拍了板，咱们执行吧。你们华北电机厂总工程师位置不是空着吗？马上安排简晓铜补缺。这个书呆子要是真的给市委和中央写信反映合资问题，最终挨批评的还是我们。

郑卫星并不认为安排总工程师的职位即可让简晓铜闭嘴，史文竹以自己之心度了简晓铜之腹。

适逢五四青年节，双方正式签署中外合资协议文本。阿德贝格（中国）电机制造公司正式成立，华北电机厂会议室外面特意燃放鞭炮祝贺，好像生了一个大胖小子。

本市电视台《走进大时代》栏目记者专访外方特派专员沃勒夫先生。面对镜头操着德国口音英语的沃勒夫满脸喜气宣布，他将出任这个中外合资企业的外方副董事长。身穿大红旗袍的林仪芳女士担任现场翻译，她的这件颇具中国传统文化色彩的服装，第二天便引发当地女性时尚潮流，纷纷勇敢地露出大腿。

钱慧慧提前得知，本市电视台晚间八点钟播出《走进大时代》访谈节目，便邀请《沙家浜》的人们来家里观看，共同关注华北电机厂的合资命运。卢丽虹带来二斤葵花子，于是大家咔咔咔嗑着，好像一群磨牙的小老鼠。

访谈节目开始。镜头里出现身穿大红绣花旗袍的林仪芳。卢丽虹凑近电视屏幕盯着这位袒露玉腿的华裔女士说，这个女人不寻常！

咦！王宪钢扭脸注视妻子说，这是《智斗》里刁德一的台词，今儿怎么跑到你嘴里啦？

中外合资也是智斗呢！钱慧慧不乏深度地插言说，这位林仪芳眼观六路耳听八方胆大心细遇事不慌，我看她活脱脱中外合资版本的阿庆嫂，而且阿庆在巴黎跑单帮呢。

王宪钢手里拿着《全市律师资格考试大纲》低声发牢骚说，据说中外合资不允许华北电机厂生产转轮超过五点五米直径的发电机组，这是典型的不平等条约。

有人笃笃叩门，朱则良小声说，艾学习来了。钱慧慧跑去开门，门外竟然站着保卫干事于亢虎，左手拎着冷冻带鱼，右手拎着两瓶"古井贡"白酒。看见坐了一屋子人，他一时进退两难。

老于，你来给我送礼啊？钱慧慧落落大方迎出门去，站在楼道里说话。

于亢虎表情尴尬地说，我就想求你关键时刻替我说几句话，这次中外合资千万别把我甩下。你是工会主席有发言权，我不想留在国营企业里等死。

你怎么知道有人进合资企业有人留国营企业？钱慧慧惊讶地意识到全厂职工队伍出现思想波动。

你不知道哇？全厂传遍了说只有百分之四十的人进合资企业，甩下百分之六十留在国营企业！于亢虎毫不掩饰地表白，谁不想进合资企业拿高薪呀？没人愿意留在国营企业受穷。这几天中层干部们都争着给郑卫星送礼，大包裹小箱子都挤破门槛了！

好啦，你快回家就着白酒吃带鱼吧。钱慧慧转身回屋，却被于亢虎叫住。我要是把那个秘密告诉你，你能替我说话吗？于亢虎压低嗓音表情神秘地说，你还记得那年侯金泉的案子吗？其实侯金泉睡觉的那张《人民日报》上根本没有毛主席像……

中国实行改革开放十几年，强调阶级斗争的年代一去不复返。尽管如此，当年的这桩案件真相依然牵动着钱慧慧的心。她注重人的底色，怀疑陷害侯金泉的是郑卫星，这也是造成夫妻离异的原因之一。

我告诉你真相吧！郑卫星跑到保卫科签字画押保出侯金泉，他做了好人。但是，手里拿着印有毛主席像的《人民日报》，跑到保卫科举报侯金泉的是崔万昌！

是崔万昌？钱慧慧受到强烈震撼，满脸疑虑地盯着对方问道，你可不要满嘴跑火车，随便拉汽笛啊。

于亢虎拍着胸脯发出毒誓，我要是跟你说半句瞎话，出门就让大卡车撞死！说罢，他拎着冷冻带鱼和两瓶"古井贡"，扭身走了。

这么说我错怪了郑卫星……钱慧慧寻思着进屋。这时电视里《走进大时代》人物访谈结束。她望着王宪钢与卢丽虹，又望着朱则良与杨葵花，苦笑了。

于尢虎听说有人进合资有人留国企，立即闻风托门路找关系，竟然给我送礼来了。咱们《沙家浜》的人怎么无动于衷呢？钱慧慧大发感慨地说，你们这是人生境界高尚呢，还是嗅觉不灵、反应迟钝呢？

王宪钢毫不犹豫答道，这些年我们习惯了，习惯一切服从组织分配。当年让我扮演郭建光我就演郭建光，让他扮演刁德一他就扮演刁德一……

卢丽虹起身打断丈夫话语道，当年要是让你扮演刁小三呢？你肯定一百个服从。可是当年指派郑卫星扮演刁德一，他至今耿耿于怀！

是啊，一贯耿耿于怀的郑卫星当了厂长，不争名不争利的王宪钢在锅炉房烧火呢。朱则良小声嘟哝着。

改革开放解放思想，我的观念也乱啦！性格爽快的卢丽虹说，我是争名争利呢，还是不争名不争利呢？

一声哈哈大笑，心宽体胖的艾学习推门走进说，你要是打算进合资企业，就去争名争利。你要是打算留在国营企业，就不去争名争利呗。

"废品大王"的观点仿佛给河里扔了一根雷管，人们热烈议论"争与不争"的话题。艾学习小声打听郑卫星为什么没来。钱慧慧说这是群众聚会没有邀请领导参加。艾学习说了声我有急事找老郑，风风火火走了。

王宪钢不参加议论，不言不语看着电视广告——这是一种治疗老年皮肤瘙痒症的新药。

这个广告使用江湖游医语言，过分夸大疗效，诱导消费者，它明显违规了。王宪钢自言自语道，电视台推广假药，这是助纣为虐啊。

钱慧慧悄然端过一杯茶水递给王宪钢。卢丽虹抢先接过茶杯批评丈夫说，钱主席让你喝茶呢，人家这么关心你，你就别装深沉了。

王宪钢仓促接过茶杯没头没脑地说，小钱你还记得春来茶馆那只茶壶吗？这件道具我还保留着呢。

真的！钱慧慧不胜惊喜地说，你把那只茶壶找出来给我好吗？这样我就完整啦。

天晚了，咱们结束吧！卢丽虹突然吆喝起来。于是，钱慧慧与王宪钢关于春来茶馆茶壶的对话，被迫中断。《沙家浜》的人们响应号召，呼啦一声走了。

人们走净了。工会主席钱慧慧独自坐在桌前，心情还是难以平静。于尢虎人品不好，但是他发了毒誓，证明当年手拿《人民日报》陷害侯金泉的人是崔万昌。这真是让人不敢相信。想起常年乐乐呵呵的工人发明家，她内心感到几分悲哀。

平复着心情，钱慧慧伏案赶写华北电机厂第三届职工代表大会发言材料。想起工厂即将跟全球阿德贝格公司合资，她踌躇了。是啊，在中外合资企业里工会工作面临崭新课题，譬如如何拒绝外方的无理要求，怎样维护工人的合法权益。有人说今天搞中外合资是共产党搞新洋务运动，这种说法合适吗？

钱慧慧放下钢笔，拉开抽屉找出一支香烟，点燃了。这几年工会工作压力太大，尤其下岗职工与家属待业成为焦点问题，厂长郑卫星经常派她充当救火队员，又跑腿又动嘴全然变成当年的阿庆嫂，工人们挖苦说新时代阿庆嫂成了刁德一的工具。就这样，备感委屈的钱慧慧在家偶尔点燃一支香烟，悄悄给自己减压。

戏台上的阿庆嫂是不抽烟的。刁德一阴阳怪气地递来烟卷还引起胡传魁不满地说，人家不会，你这是干什么呢？这样想着，钱慧慧捻灭烟蒂走到镜前。

这两年工作繁忙眼袋越发明显了。她抚摸脸颊想起那位女领导干部。是啊，史文竹的脸蛋儿反而愈来愈光鲜，好像时光倒流了。据说，价格昂贵的进口护肤用品确实能够减缓女人衰老，人届中年的史文竹就是活样板吧。

电话响了。她转身抄起电话筒听到前夫的声音。郑卫星语调温和言辞亲切，明显流露破镜重圆的期待心理。

慧慧，我有重要事情要跟你谈。郑卫星难以避免行政命令语式。

我睡下了，你有事情明天谈吧。钱慧慧婉言谢绝着前夫。

你没有睡下，书桌台灯还亮着呢。电话里的郑卫星分明站在楼下注视着她的窗帘。

她随手放下电话筒，起身推开窗子望着浓重夜色。这时躺在茶几上的电话筒里传出郑卫星的声音，你关好窗户去烧一壶热水，我现在上楼了。

烧热水干吗？你闹鬼呢。钱慧慧回身挂断电话，拉开衣柜取出外套穿在身上，冲着镜子笑了。这位郑厂长变成天兵天将，外加千里眼和顺风耳。

拧开厨房煤气灶烧水，便听见叩门声。钱慧慧开门打量着手持"大哥大"的前夫说，庞汇强整天举着"大砖头"，你是国企厂长也玩这种派头啊。

共产党搞洋务嘛，这是咱厂合资办公室给配备的。郑卫星说着从衣兜里掏出小号热水袋说，脾虚胃寒疼了一天。钱慧慧下意识地接过热水袋，去厨房灌了热水。

郑卫星坐进沙发里，把热水袋塞在怀里焐着胃口。一股暖流随即升腾心头。他被这种久违的感觉弄得心动，放眼环视着前妻的家居。

你大半夜跑来，梦游啊？钱慧慧猜不透郑卫星的来意。

一晚上来了五六拨送礼的，有科室干部也有车间工人，我只好躲到你这里。郑卫星小声抱怨道，有送烟的有送酒的还有送珍珠项链的，一个个都想进入合资企业，我的门槛都被踏破了。送礼的居然还有侯金泉的儿子侯标！

钱慧慧听着心里踏实了。郑卫星半夜跑来躲避送礼，这说明他还干净，否则不声不响收下礼品就是了。这时她想起亢虎说当年拿《人民日报》陷害侯金泉的人不是郑卫星，便走进厨房给郑卫星冲了一碗热藕粉。

郑卫星接过这碗热乎乎的藕粉问道，你还记得我有胃寒的老毛病啊？

我还记得你让老百姓下阳澄湖捕鱼捉蟹按市价收买呢。钱慧慧调侃着避开前夫的炽热目光，将话题转到华北电机厂目前的局势上。

卫星同志啊，前些年老干部们去深圳特区参观，不少人抹着眼泪说出生入死打下的社会主义江山变了颜色。这些年不再争论姓社姓资的问题，说明人们认清了改革开放的大趋势。咱厂六千多名职工都想进入合资企业，你身为厂长怎么筛选呢？

择优录取呗。郑卫星突然伸手抚摸前妻额头说，咱们复婚吧慧慧，打了几年单身，我还是觉得你最好，你不觉得咱俩分手是悲剧吗？

悲剧？钱慧慧轻轻拨开前夫的手，温婉地笑了，咱厂中外合资是场大战役，你还有心思儿女情长啊？

郑卫星摸着怀里的热水袋说，我知道你想跟王宪钢在一起，可是人家这辈子没打算离婚，你不要傻等啦。

你这人就是小心眼儿。钱慧慧心平气和地说，当年没让你扮演郭建光，你心里恼恨。如今王宪钢只是锅炉房普通工人，你当了厂长还跟人家较劲。

一番话说得郑卫星红了脸，急声急语解释道，我没跟王宪钢较劲啊！这次合资我首先考虑让他恢复炉锅房大班长，只要有机会我就提拔他当干部。

郑卫星的"大哥大"滴滴叫唤起来。他不接听，一味注视着钱慧慧说，干脆我让《沙家浜》的人们都进合资企业，这样你就不说我小心眼儿了……

这时，门外响起艾学习的高声大嗓，说，郑厂长你存心不接我电话。钱慧慧借机前去开门，"废品大王"手里也握着一只砖头式的"大哥大"，站在门外。

一只"大哥大"加一只"大哥大"等于两只"大哥大"。俩人对视着。

我的郑厂长，我到处找不到你。艾学习抹了一把汗水说，反正阿德贝格公司不会接纳我的物资回收分厂，你趁着这次分家机会让我彻底独立吧！我跟日本象马株式会社签订了家用电器拆分的合同，第一批八百只集装箱下月到港。

　　这件事情还要研究研究。郑卫星恢复了厂长派头，闪烁其词。

　　你说研究研究就是烟酒烟酒吧？艾学习说罢转向钱慧慧问道，我看二位大有破镜重圆趋势，干脆我请你们金水饭店消夜吧？趁热打铁。

　　镜子都没了还怎么圆啊？你俩快走吧，我要写材料了。钱慧慧下达了逐客令。

　　郑卫星略显留恋地看了看前妻，便被艾学习拉去"研究研究"了。

　　钱慧慧重新坐在书桌前写材料，心思却乱了。这次中外合资不啻一场小地震，必须拿出应对措施。工会，在国营企业里服从党委领导，进入合资企业，工会怎样跟外方打交道呢？

　　不由得想起王宪钢。这是一个没有什么野心的男人，如果不是实行改革开放，他很可能在华北电机厂干到退休。可是，谁能保证国营企业让他干到退休呢？如今有多少国营工厂停产关门，下岗职工们被"放羊"去找草吃。城市里羊太多草太少，温饱生活便没了保障。

　　这样想着，钱慧慧心情沉重起来，拉开抽屉拿出香烟，一时找不到火柴。

　　很快就进了七月，天气大热。高温烤得工人们情绪浮躁，交头接耳传递小道消息，忧心忡忡好像犯人等待宣判刑期。经过中方与外方的反复磋商，合资企业职工名单即将出炉。于是，一颗颗心也就被烤成一只只吊炉烧饼，又烫又脆。

　　于亢虎一步蹿进郑卫星办公室，趁着屋里没人说，当初钱慧慧跟你离婚，是她怀疑你陷害了侯金泉。前些天我特意告诉钱慧慧拿着《人民日报》陷害侯金泉的人是崔万昌，我还冲天发了毒誓！这样，我把你给洗出来了吧？

　　真的？郑卫星听罢面露喜色。他盼望与钱慧慧复婚，于亢虎的做证无疑给自己洗清了污点。他起身递了一支香烟说，我知道，你是想进合资企业跑来跟我做交易。记住，你无权跟我讲价钱！

　　驱走于亢虎，办公室电话响了。郑卫星抄起话筒听到史文竹的训斥，你怎么搞的？从市委办公厅转来华北电机厂的来信，大声疾呼不要跟阿德贝格公司合资，合资协议已经签了，这是添乱啊。

　　简晓铜不识时务！郑卫星不满地说，提拔他当了总工程师怎么还写信呢？

写信的是王宪钢！史文竹越发愤怒地说，也不知道他从哪儿学来一堆法律知识，说阿德贝格公司跟咱们签订了不平等协议，应当视为无效合同。

王宪钢？郑卫星举着电话筒思忖说，你把他的信批转给我好吗？我真是琢磨不透他这个人了。

放下电话，郑卫星继续琢磨着。这几年王宪钢在锅炉房当工人，不言不语好像六根清净，敢情照样关心国家大事。他给市委写信是抓住机会冲我下手吧？我许诺找机会提拔他当干部，他不应该心怀不满啊。

临近下班，郑卫星故作轻松来到锅炉房，挥手跟当班工人打着招呼。工人们表情冷漠地应答着。处于企业合资职工名单即将出炉之际，唯独锅炉房工人们没有表现出对厂长的阿谀奉承，俨然保持着工人阶级的硬骨头作风。

满脸煤尘的王宪钢拿着毛巾肥皂正要去洗澡，看见厂长来了就弄湿了毛巾擦了擦脸。他知道郑卫星无事不登门，主动引路转到锅炉房后面的清静地方，忽然反应过来正在当年地下供气管道的位置。

郑卫星不好意思地笑了笑说，想不到是你给市委写了信。这些年你不是没有什么奋斗目标了吗？

我的奋斗目标是当一个好工人，要是工厂没了我这个目标也就没了。好在工厂还在。王宪钢心平气和地说，虽然都说工人不是企业主人，我还是有责任把看到的问题反映给高层领导。当年李鸿章搞洋务吃尽洋人的亏，如今共产党搞洋务再不能吃外国人的亏了。

你的心情我理解，你担心咱们让外国人涮了。这次合资方案是市里领导拍板敲定，我只是执行者。郑卫星目光沿着地下供气管道痕迹伸向远方说，宪钢啊，你不要再给市委写信了，只要有机会我保证提拔你……

你不要给我许愿，我也不要你给的承诺。我给市委写信没有私人目的，你们愿意合资我也挡不住。中国近代史里只有《尼布楚条约》是平等条约，那还是康熙皇帝带领人马打下来的。其他都是不平等条约，包括这次我们与阿德贝格合资。

郑卫星认为王宪钢拿华北电机厂中外合资协议跟康熙皇帝签订的中俄《尼布楚条约》进行比较，显然是拿芝麻比地球了。但是，此刻他承认自己并不真正了解王宪钢。

你这几年下功夫钻研法律，是不是想吃这碗饭啊？郑卫星故作随意地问道。

王宪钢笑了笑说，我钻研法律，往小处说是为了提高个人素质，往大处说是为了保护工人们的合法权益不受损害。

好啊，只要你不给中央写信就行。郑卫星说罢，心情不顺地离开锅炉房。

天气越来越热了。经费不足的华北电机厂发不起劳保饮料冰镇山楂汤，工人们只好喝凉白开。一大早儿，都说今天公布合资企业职工名单。人流赶集似的聚会在职工大食堂门前，等待张榜。卢丽虹得知中外合资企业不设保健站，自己肯定出局。她心里惦记丈夫的前途，特意跑来看名单。

中途遇见钱慧慧。卢丽虹听说郑卫星希望与前妻复婚，当头朝钱慧慧开火说，你跟郑卫星天生就是夫妻命！他姓郑你姓钱，郑钱——挣钱！挣钱——郑钱！这多吉利啊。

挣钱是受累，消费是享受，挣钱不如消费。钱慧慧不愿意跟卢丽虹斗嘴，主动回避这个话题。卢丽虹追着工会主席说，你是工人领袖，郑卫星又盼望跟你和好，这次合资名单里肯定有你。

钱慧慧坦率地告诉卢丽虹，这次企业分家自己决定留在国营华北电机厂。

什么？卢丽虹惊诧地望着钱慧慧。

我听说王宪钢给市委写信，呼吁咱厂别跟阿德贝格公司签订不平等合资协议，这说明他仍然保持着工人阶级的主人翁精神。钱慧慧感慨地说。

宪钢给市委写信？他没跟我讲啊！卢丽虹提高警惕盯着钱慧慧问道，他给市委写信事先跟你商量了吧？

钱慧慧摇了摇头说，我对咱厂跟阿德贝格公司的合资协议也有看法，但是我没有给市委写信的念头，我是工会主席却没有王宪钢那么高的企业责任感，这就是差距。

什么差距？我看王宪钢给市委写信是冒傻气！卢丽虹气哼哼地说，他一个小工人挡得住大领导的决策吗？可惜那八分钱邮票。

职工大食堂门前突然静寂无声。劳资科科长动手往大墙上刷好糨糊，张贴合资企业职工名单。卢丽虹挤上前去看到红彤彤的名单里果然有王宪钢的名字，会心地笑了。

没人知道，前几天卢丽虹悄悄找了郑卫星，表示宁可牺牲自己也要保证丈夫进入合资企业，还叮嘱郑卫星不让王宪钢知道这件事情。郑卫星确实让王宪钢上了榜。

人群出现骚乱。主管劳资人事的副厂长景达明高声解释，这是第一榜，经过全厂职工公平监督，我们还要出第二榜，最终三榜定论！

卢丽虹转身跑向锅炉房。中途遇见朱则良和杨葵花，她知道老妻少夫没有进入合资企业，只得停下脚步打招呼。杨葵花心态平和地说，我们两口子有自知之明，人家中外合资企业不要残疾人添堵。

对，朱则良是在华北电机厂出的工伤，这辈子享受社会主义待遇！卢丽虹说罢一口气跑进锅炉房大门，四处寻找丈夫的身影。

王宪钢倚在斗式提升机后面，埋头看书。卢丽虹冲过去呼呼喘气说不出话。

王宪钢抬头望着满脸喜气的妻子问道，王恋卢被重点小学录取啦？

傻样儿！你进了合资企业职工名单，这是第一榜。性情如火的卢丽虹恨不得扑上来，亲丈夫一口。

王宪钢表情平静地说，进不进合资企业不打紧，在哪里都是当工人，一天八小时工作。

进了合资企业工资高待遇好，你看三菱电梯厂发的工作服比大商场的夹克衫不差！卢丽虹露出当年新四军卫生员的天真，以及那两颗小虎牙。

看到王宪钢手里的《高级法律读本》，卢丽虹想起这几年丈夫买了一大堆法律方面的书籍，读得废寝忘食。一个雨夜打雷，她趁机钻进丈夫被窝，问他是不是想当律师。王宪钢回答说，论手艺自己当不了技术标兵，动心眼儿自己当不了干部，文不文，武不武。自从普法教育听了两堂课，对法律产生兴趣。单田芳说评书是两国开战动刀动枪，俩人打架动手动脚。法律这东西既不动刀动枪也不动手动脚，抓住法理法条法规，兵不血刃获得胜利。

看到丈夫迷上法律，卢丽虹心里并不慌张。后来，丈夫悄悄报名参加全市律师资格统考，没及格。还是抱着法律书籍不放，基本达到废寝忘食的地步。

卢丽虹跑到锅炉房向王宪钢报了喜，叮嘱丈夫不要再给市委写信了，便安心等待第二榜。

第一榜好像扔下一枚炸弹，过了好几天才平复。

这天上午，卢丽虹正在保健站给副厂长景达明扎针灸，有人跑来说第二榜贴出来了。卢丽虹听罢没给景副厂长拔针，一阵风跑到职工大食堂看榜了。

一大群人聚集在职工大食堂门前，一边看第二榜一边发表议论，纷纷指责郑卫星是卖国贼。一是把全厂最好的五个车间跟洋人合资，搭进去全部高精尖设备，甩下一个烂摊子。二是从全厂六千职工里筛出两千职工进入合资企业，甩下四千人留给华北电机厂，老弱病残自生自灭。

卢丽虹挤到榜前反复找了三遍，也没有看到王宪钢的名字，却看到于兀虎榜上有名。她气急败坏地说，郑卫星没有资格卖国，只能卖厂。

工会主席钱慧慧悄悄出现，掏出钢笔从第二榜上把自己的名字涂掉，转身走了。多少人削尖脑袋往合资企业钻，钱慧慧居然愿意留在穷困潦倒的华北电机厂。人们大惑不解。

心急火燎的卢丽虹揽住钱慧慧的胳膊发牢骚说，郑卫星说话不算话，第二榜把王宪钢刷下来了。钱慧慧回头望着围观的人群说，留在华北电机厂里，咱们照样活着。

职工大食堂门前，人们议论不止，鸡一言鸭一语鹅一句，好像到了家禽饲养场。有人说郑卫星为了复婚把前妻弄进合资企业，人家钱慧慧不买账，把他给晾了。有人说钱慧慧以身作则不进合资企业，这种工会主席是好样的。

卢丽虹快步跑回保健站，气得满脸通红。景达明讲述了王宪钢的落榜原因，这次又是代人受过。

锅炉房司炉工岳晓汀的父亲中风住院，请了十八天事假，交了十八张"加班券"，都是伪造的，以假乱真。王宪钢是锅炉房考勤员。可巧，劳资科抽查班组考勤原始记录，发现这十八张假"加班券"，事情露了馅儿。劳资科科长亲自出面了解情况。王宪钢竟然承认当时看出岳晓汀的十八张"加班券"有问题，只是考虑到岳晓汀是孝子，就心软了没吱声。

什么！卢丽虹听到这里急赤白脸地说，王宪钢主动承认包庇岳晓汀，这是自找倒霉啊。

景达明继续介绍说，王宪钢还主动拿出自己的十八张"加班券"，为岳晓汀抵了事假。事情就这样过去了。可是，前天厂长郑卫星在中外合资工作例会上大谈企业诚信精神与员工职业道德建设，当场举出锅炉房岳晓汀伪造"加班券"案例，还提到考勤员王宪钢的失职。外方特派专员沃勒夫大为震惊，尤其得知王宪钢入选合资企业职工名单，当场大喊"闹闹闹"。

"闹闹闹"就是"不不不"。王宪钢就这样落榜了。景达明不无遗憾地告诉卢丽虹，要不是郑卫星举出这个例子，王宪钢也不会被洋人宰了。

华北电机厂怎么变成洋人主事啦？我看这跟中国足球队请外国教练一样。发了几句牢骚卢丽虹心生疑窦。郑卫星先是让王宪钢上第一榜，然后第二榜刷下来，这么多年过去了，敢情这家伙又让人下阳澄湖捕鱼捉蟹啊！

好啊，你郑卫星借刀杀人，而且是借洋人的刀杀中国工人。卢丽虹气得咬牙切齿，恨不得立马揭穿这个阴谋诡计。

华北电机厂下班了。大门口聚集了一群铸造车间的工人，足有一百多人。

自从得知铸造车间被甩在合资企业外边，他们的抵触心理非常强烈，七嘴八舌指责郑卫星跟沃勒夫签订的中外合资协议是新版《马关条约》，既损害了企业利益又剥夺了职工前途，郑卫星就是当代李鸿章。

崔万昌步履舒缓走到工厂大门口，看见这种阵式，上前劝阻工人们不要闹事，有什么要求通过组织逐级向上反映。

几个小青年冲着崔万昌起哄，大声叫他躺到莫斯科红场公墓里去。这位工人发明家无奈地叹气说世道变了，只得往北朝着俄罗斯方向下班回家吃饭去了。

这时候，一个西服革履的中年男子从厂外匆匆赶来高声喊道，凡是华北电机厂的下岗职工，都可以到我的工厂应聘！我的工厂是慧宝箱包厂和宏强电器厂，还有汇通建筑公司，都是优秀民营企业。

原来是私营企业家庞汇强趁机前来招工。卢丽虹知道这家伙一心想娶钱慧慧为妻，此时跑来招聘华北电机厂下岗职工，正是给郑卫星下药。

一个工人冲着庞汇强说，你让我们去私营企业给你当孙子？拉倒吧！

工厂班车一辆接一辆开走了。这群工人围拢在工厂大门两侧，好像等待什么消息。果然，曾经担任铸造车间红医的卢丽虹从厂里跑出来冲着工人们挥手说，那辆蓝鸟儿出来啦！

话音落地，那辆被卢丽虹称为"蓝鸟"的日产尼桑轿车驶出华北电机厂大门，立即被等候多时的铸造车间工人们拦住。郑卫星推门下车满脸不悦里透着几丝紧张神色。

咱们国营企业走中外合资道路是大势所趋，即将成立的合资企业不包括铸造车间，所以你们仍然留在华北电机厂，这是不可变更的事情啊。

卢丽虹突然伸出脑袋说，外国人甩了铸造车间你就服从？当年周总理跟赫鲁晓夫谈判从来不含糊！你小芝麻官儿天生没骨气，怪不得搞曲线救国呢！

郑卫星知道卢丽虹满腹怨气是由于王宪钢落榜。面对群情激愤的场面，他一时无法突围。这时候，那辆载着沃勒夫和林仪芳的黑色轿车，也被人群堵在华北电机厂大门口。即将出任阿德贝格（中国）电机制造公司外方副董事长的沃勒夫坐在轿车里，观望着这场具有中国特色的工人运动，也观察着郑卫星的应变能力。

沃勒夫对中国文化不甚了解，只知道那种绘着彩色脸谱的京剧在西方国家被称为"中国歌剧"。当他得知即将出任阿德贝格（中国）电机制造公司中方总经理的郑卫星曾是"中国歌剧"的业余演员，大为惊诧。在沃勒夫的思维逻辑里担任这种职务的人应当是电机工程博士而不是京剧演员。大胡子洋人曾经通过翻译将自己的这种感受告诉史文竹。那位女布尔什维克毫无愧色地告诉大胡子洋人,美利坚合众国总统里根先生当初就是好莱坞电影演员,这在中国叫戏子。但是里根先生还是做了美国总统。

华北电机厂大门口的人群越聚越多,好像一只大虫子繁殖出一堆小虫子。一个工人手里举着牌子,上面写着:我们是企业的主人,不是合资的甩货!

以招工为名前来搅局的庞汇强看到郑卫星受到工人们围攻,笑着钻进自己的小轿车,溜了。

保卫干事于亢虎跑来隔着人墙大声说,郑厂长你不要害怕,我马上打"110"报警!

你浑蛋!一旦报警就成了影响安定团结的群体事件,你想当反面典型啊?郑卫星跳脚吼道,于亢虎你满脑子阶级斗争,不要给领导帮倒忙!

工人们看出郑卫星的软肋是不敢报案,越发斗志昂扬。一拨人指责于亢虎混进合资企业就狗仗人势。一拨人围着郑卫星说今天不解决问题不放他走。

坐在轿车里观阵的沃勒夫略显不解地问身旁的林仪芳,中国工人为什么不理会那位西服革履的私营企业家的现场招聘呢?

林仪芳操着英语告诉这位欧洲人,虽然中国改革开放了,但是具有传统观念的中国工人仍然认同国营企业,这是多年社会主义制度形成的价值观。这种价值观使他们对新兴的私营企业心存戒备。如今,中国工人开始向往中外合资企业,这是因为能够获得高于国营企业的薪水,包括免费午餐。

沃勒夫耸了耸肩膀说,中国工人既可爱又可怜,既然中国拉开非公有制的帷幕,工人们就应当改变价值观去私营企业工作。在欧洲有百分之八十的工人在中小私营企业里工作,大型企业反而不能提供更多的就业岗位。

让中国工人拥有欧洲工人的价值观念,那是不可能的。林仪芳很内行地说,中国工人历来喜欢大企业,比如过去的鞍钢和大庆,现在的宝钢和中石化。

堵在工厂大门口的人群好似一大锅冷粥,越来越稠越来越硬。沃勒夫不耐烦地要林仪芳下车说服工人让路。林仪芳正要推门下车,看见钱慧慧来了。

大胡子沃勒夫以西方人对工会组织的理解,认为钱慧慧跑来会推动罢工,因为她是工会主席。工会主席的职责就是维护工人利益。

钱慧慧拨开人群站在那辆"蓝鸟"前面,轻声对卢丽虹说了声你不要添乱,转而面对铸造车间工人们大声说,我知道你们没进合资企业又气又急,担心留在华北电机厂拿不到工资。我实话告诉你们，中外合资之后，阿德贝格公司在中国的铸件仍然由你们铸造车间提供，所以不会停产更不会影响你们的工资和奖金。这样还有什么后顾之忧呢？咱们应当珍惜安定团结的大好形势，不要听信谣言造成混乱……

一个中年工人大声反对说，你站着说话不腰疼，饱婆娘不知饿汉子饥！你是工会主席享受副厂级待遇，我们工人呢？要权没权，要钱没钱，要房没房，我们是半夜下饭馆——要嘛没嘛！我们是彻头彻尾的无产阶级！

我也不是资产阶级呀。这次合资我跟你们同样留在华北电机厂，我是工会主席，我说话从来算话的。

我可以给钱慧慧做证！心直口快的卢丽虹挤出人群尖声喊道，她说话算话，她不沾郑卫星的光，也没得郑卫星的济，确实留在华北电机厂没去合资！

钱慧慧朝着卢丽虹投去感激的目光，然后挥了挥手说，铸造车间的师傅们！既然合资企业不需要咱们，干吗觍着热脸去贴人家的冷屁股？当工人不能没志气。大家赶紧回家吃饭吧，明天还要上班呢。

现场没人吱声，安静极了。钱慧慧笑着问道，你们聚在这里不动弹，是等着下阳澄湖捕鱼捉蟹啊？这次可没人按市价收买！

听了这句来自革命样板戏《沙家浜》的台词，工人们哄地笑了。一触即发的情绪瞬间得到缓解，人群渐渐散开了。

坐在小轿车里观战的沃勒夫一边听着林仪芳的翻译，一边发出"维尔古德"的称赞，他认为钱女士这样的工运领袖应当进入中外合资企业发挥更大的作用。

工厂大门口好似海水退潮，一度被人群淹没的郑卫星礁石似的露了出来。他略显尴尬地对钱慧慧说，谢谢你救场。小声邀请前妻共进晚餐。

沃勒夫推门下车，通过翻译林仪芳向钱慧慧发出邀请说，我请钱女士共进晚餐好吗？

真是无巧不成书。钱慧慧微笑答道，今晚我要去工人家属宿舍串门。您要想了解中国工厂，首先要了解中国工人，您要想了解中国工人，最好走进他们的家庭。您若不介意的话，请跟我去工人家里吃晚饭，好吗？

听着钱慧慧与沃勒夫通过翻译对话，郑卫星钻进轿车，走了。不知为什么只要面对前妻，他便产生自卑心理。尤其得知这两年钱慧慧跟王宪钢结伴参加全市法律专业高等自学考试，心里越发不是滋味。我身居厂长高位整天忙于事务，不读书不看报只落得表面光鲜而已。

天色渐渐暗了。钱慧慧引领着大胡子沃勒夫和翻译林仪芳来到华北电机厂家属宿舍"筒子楼"，走进朱则良和杨葵花的家门。

这是一间十五平方米的楼房，公用厨房在楼道东侧。朱则良和杨葵花正在包饺子。看到来了外国客人，这对中国夫妻略感惊讶。鲜有笑容的朱则良拉出几只凳子让座，然后给客人们斟了白开水，说家里没茶叶。沃勒夫看到朱则良和杨葵花的伤残左手，惊异地说了一句英语。朱则良索性拿出白线手套开玩笑说，您不要害怕，我们平时不会影响市容的。

今天晚饭就在这里吃饺子吧。钱慧慧挽起袖口洗了手，加入包饺子行列。

朱则良和杨葵花的右手同时操作，娴熟地掐剂子、擀皮儿、包馅儿，一只只白玉般的饺子摆在盖板儿上，好似工艺品。林仪芳小声为沃勒夫翻译着，不时打量着女主人杨葵花沉静如水的表情。

钱慧慧向沃勒夫介绍说，这对夫妻以前都是电工，现在看守库房。这次两人都没进入合资企业名单，他们愿意留在华北电机厂。

嘻嘻。杨葵花无所谓地说，萝卜白菜，各有所爱。有人盼望进合资，我们愿意留国企。在哪儿都是当工人，在哪儿都是凭劳动吃饭。

林仪芳将"有人爱吃萝卜，有人爱吃白菜"翻译给沃勒夫听。大胡子洋人则盯着一只只饺子问道，哪个是萝卜馅儿的？哪个是白菜馅儿的？

这两样儿饺子我都要请你品尝的。朱则良说着从桌下摸出一瓶老白干儿说，我家没有别的菜，只有饺子就酒。

对！饺子就酒，越喝越有。杨葵花看到沃勒夫满脸大胡子就以为他是老先生，十分客气地说，合资了您老人家不要亏待我们中国工人，我爹当年在日本纱厂做工，总受二鬼子欺负，那才叫阶级仇民族恨呢。说罢，她托起摆满饺子的盖板儿去楼道厨房煮饺子了。

林仪芳一时不知如何翻译杨葵花这几句话，只得淡淡笑了。看到这个工人家庭的清贫生活，林仪芳认为合资企业高于国营企业的薪水，确实给中国工人带来实惠。以前斯大林说过："苏维埃加电气化就是共产主义。"如今对中国工人来说，苏维埃加合资企业就是社会主义。

看到朱则良与杨葵花的不卑不亢神态，林仪芳被这个安贫乐道的工人家庭感动了。钱慧慧对这位"红色中国通"说，留在我们华北电机厂的职工同样都是好样的。

饺子下锅后，人们的胃口也被引诱得大开。在等待的空闲里，内心充满自豪感的钱慧慧不禁轻轻哼唱起《沙家浜》里阿庆嫂的唱段"垒起七星灶，铜壶煮三江。摆开八仙桌，招待十六方……"

沃勒夫出神地注视着这位女工会主席。林仪芳小声翻译道，她唱的就是"中国歌剧"里的女高音。

杨葵花端着热气腾腾的饺子对林仪芳说，我们北方人吃饺子就大蒜和老醋，你问问外宾又辣又酸他老人家受得了吗？

朱则良一板一眼问媳妇，一个外国人不远万里来到中国，这是什么精神？

我不知道这是什么精神。杨葵花并不避讳精通汉语的林仪芳大声冲着丈夫说，但是我知道他肯定不是白求恩！

二十四 这是"柏林墙"

华北电机厂大兴土木，沿着中央厂道垒起一道大墙。大墙西侧是中外合资的阿德贝格（中国）电机制造公司，很快被人们称为"西厂"。大墙东侧仍然是华北电机厂，约定俗成叫"东厂"。一道大墙分割两厂——原来的国营华北电机厂分了家。两千名工人兴高采烈进入"西厂"成为中外合资企业职工，其余四千名职工留在"东厂"，继续充当社会主义初级阶段的企业主人。

有人指出这个名字很像明朝特务机关"东厂"，弄得四千国企职工都成了封建王朝鹰犬"锦衣卫"。同时，这道大墙被人们称为"柏林墙"，便含有明显政治语意了。

起初，人们认为这道大墙只是"一厂两制"而已。分家之后"东厂"职工们终于明白这是两座截然不同的企业，不存在亲缘关系。只有郑卫星既是合资企业中方总经理，同时兼任华北电机厂的厂长，一匹马两个脑袋。

合资第一年，"西厂"开市大吉。阿德贝格（中国）电机制造公司依靠雄厚的技术研发能力与先进的管理水平，首先拿到著名的黑龙湾电站四台贯流式发电机组大订单，之后又拿到千家坪电站八十万千瓦发电机组任务。这种良好开局令处于半饥半饱状态的华北电机厂职工们羡慕不已，纷纷发出"他妈的合资就是好"的感叹。

为了加大宣传力度，本市主流报纸发表评论员文章《良好的开端》，称中外合资是国营企业走出困境的有效途径。曾经在全市工业会议上发出"你们谁要是思想僵化放走一家外资公司，我就处分谁！你们谁要是思想解放引来一家外资公司，我就奖励谁"呼声的市委书记单德高闻讯来到阿德贝格（中国）电机制造公司视察，并且与外方副董事长沃勒夫热烈握手。

这无疑是良好开局。阿德贝格（中国）电机制造公司员工们一个个满面红光，好像集体喝了假冒茅台酒，奔走相告好日子开始了。一时间，群情振奋干劲冲天，生产进度突飞猛进。坐镇中国的外方副董事长沃勒夫下车间视察，受到一线生产工人的鼓掌欢迎——这种礼遇稍逊当年晋察冀边区战士们鼓掌欢迎诺尔曼·白求恩大夫。

到了月末，合资企业高调派发奖金。这在"寅吃卯粮"的华北电机厂是不敢奢望的。工人们越发庆幸自己进了合资企业。于是，一首工厂歌谣悄然传开。

> 当年投奔延安啊，干革命，如今进了合资啊，把钱挣。
> 我们干革命啊——把钱挣，我们把钱挣啊——干革命。

中方总经理郑卫星认为这首歌谣内容不妥，很想出面禁止。然而新型合资企业不同于传统国营企业，不便开展班前班后的政治学习。就连党委书记也只能以工会主席身份存在，何况工会主席职位还虚位以待呢。

打从铸造车间工人聚众请愿，沃勒夫一眼相中钱慧慧，力邀她担任中外合资企业工会主席。企盼破镜重圆的郑卫星当然举双手赞成，只是前妻面对邀请笑而不答，弄得郑卫星干着急却不知如何是好。

合资第二年，阿德贝格（中国）电机制造公司形势越来越好，一季度就获得五十四台新型移动式发电机订单。人人都说这是锦上添花、肥肉添膘、富人添财。

然而，到了年底企业利润却没有大幅增加，月月奖金维持原状，有的车间甚至出现计奖减额。

职工们心生疑窦，议论洋人玩了猫儿腻。一旦心生怨艾，一线生产工人情绪产生波动。身在德国维尔斯堡休假的外方副董事长沃勒夫，给中方总经理郑卫星打来越洋电话，强调严格企业管理，稳定生产秩序，确保订单按期完成。

坐在中方总经理办公室里，郑卫星冲了杯咖啡，这是史文竹给他培养出来的习惯。他打电话召集车间主任们开会。车间主任们穿着合资企业天蓝色夹克式工作服，胸前印着"阿德贝格"的英文标志，一个个显得干净利落，一个个也透着压力下的焦虑。

郑卫星开门见山表示，过去在华北电机厂没有生产任务大家找米下锅，自从中外合资打出阿德贝格的金字招牌，就拿到好几笔大订单，这说明中外合资道路走对了。但是，道路走对了只是万里长征迈出第一步，必须树立竞争意识克服懈怠情绪。

喝了一口咖啡，郑卫星觉出苦涩。他要求车间主任们号召职工们放开眼光向前看，不要以为进了合资企业收入必然不断提高，还是要保持艰苦奋斗的优良传统。

生产任务增加，企业利润增长，我认为工人收入应当提高啊。"小鬼儿"阴阳怪气发了言。由于中外合资企业不设书记职位，李小轨改任机修车间主任。

"小鬼儿"主任继续发言说，前几天能源科购进十吨生产用油，财务科根本没钱付账。企业合了资反而银根吃紧，是不是外国人把钱都折腾回娘家啦？

"小鬼儿"的发问，引发车间主任们共鸣，一致认为合资企业财务状况令人费解。郑卫星当然知道企业银根吃紧的真正原因，就嗯嗯呀呀支应着。

小孩儿长得快，裤腿儿就显得短。咱们企业目前确实存在流动资金不足的现象，这个问题我向董事会报告了，估计局面很快得到扭转。郑卫星想起那首有损合资形象的工厂歌谣，要求车间主任们告诫职工们不要传播了。

散了会，郑卫星又给自己冲了杯咖啡。从咖啡想起教他喝咖啡的史文竹。史文竹是人生路上对他影响最大的人。有时候，他隐约感到自己朦朦胧胧爱着这个女人，尽管只是在内心的某个角落里。

身心俱疲的郑卫星很想找一个人倾诉衷肠，却找不到谈心的人。多少年过去了，内心机警的郑卫星从来不对别人敞开心扉，也不相信别人能够向他敞开心扉。因此，他没有真正的朋友。

随手拉开办公桌抽屉，郑卫星翻开老式笔记本，看到里面夹着一张钱慧慧扮演阿庆嫂的戏装照片，五官俊美，身材挺拔，尤其蓝花围裙扎在腰间，显出腰细胸隆的曲线美。他出神地看着青春时代的前妻，心情愈加惆怅。我混到今天也算功成名就，反而成了孤家寡人。

离婚多年，形单影只的郑卫星没有再婚。他忙于企业管理，时时感到孤独。自从企业合资遇到一大堆烦恼，他只好把烦恼穿起来做成项链，挂在自己胸前。

当初，为了打开局面吸引外资，市政府迅速批准华北电机厂与阿德贝格的合资方案。如今看来这项协议存在明显硬伤。依照这份中外合资协议有关条款规定，尽管中方控股，其实处于弱势地位。譬如这份合资协议规定：凡阿德贝格（中国）电机制造公司将外方提供的专有技术用于生产工艺过程的，外方按照工程项目总额百分之十五提取专利技术使用费。

上任之初，郑卫星便尝到中外合资的苦头。所谓开市大吉签订的四台贯流式发电机组资金总额三千六百万元，甲方给了百分之十五的工程预付款五百四十万元。这笔工程预付款正是企业生产启动金。然而，它恰恰也是中外合资协议规定的"外方按照工程项目总额百分之十五提取专利技术使用费"。

果然，第三天外方副董事长沃勒夫先生签署文件将这五百四十万元人民币汇往巴黎银行。这是洋人式的雷厉风行。郑卫星只是做了过路财神。

外方真是精明透顶啊。郑卫星只能眼巴巴看着这笔应当用于启动生产的资金一闪而去。外方依照合资协议规定把五百四十万元收入囊中，这是一笔旱涝保收的合法生意。

然而，这种旱涝保收的生意外方越做越大越吃越肥：千家坪发电机组的工程预付款一千零八十万元，五十四台移动发电机的工程预付款四百四十九万元，这两个项目外方又是堂而皇之提走"专利技术使用费"一千五百二十九万元。

中方总经理郑卫星组织生产缺乏资金，好似哑巴吃了黄连，有苦道不出。他后悔当初争当全市合资先锋企业签署了如此吃亏的合资协议，而且一签二十年有效。他只能打电话给史文竹倾诉心曲。

史文竹此时调任市经委副主任。饱经官场风霜与人生磨砺，此时的史文竹遇事心平气和，说话沉稳老练。郑卫星满腹苦水顺着电话线哗哗淌来。史文竹耐心开导对方，说，改革开放是大势所趋，中外合资是新生事物，我们跟外国人打交道总要付学费的。既然签署了中外合资协议就不容反悔，只能放开眼光向前看。

说着，史文竹询问钱慧慧的近况，打听她身材发胖没发胖，打听她眼袋明显不明显，打听她有没有再婚迹象……总而言之史文竹好像翻开《十万个为什么》，向郑卫星提出一连串冰糖葫芦式的问题，甜里透着酸。

郑卫星哭笑不得。看来，这一个女人关注那一个女人，乃是一辈子的工程，永无竣工之日。那一个女人被这一个女人关注，乃是一辈子的宿命，永无摆脱之时。于是，女人二字在郑卫星心中越发复杂起来，复杂得就像不知道为什么一加一等于二。

面对企业合资遇到的困难局面，郑卫星心情郁闷，难以排遣。他端起咖啡喝一口，已然凉了。他鼓足勇气拨通华北电机厂工会主席办公室电话，听到前妻悦耳的声音。

郑卫星开门见山，再次动员钱慧慧调到阿德贝格工作，强调这是外方副董事长沃勒夫的邀请，希望中外合资企业里有钱慧慧这样精明强干的工会主席，也强调了西方的女权文化。

我还是坚守中国阵地吧。你替我谢谢老沃。钱慧慧依照中国习惯把沃勒夫简称为"老沃"，婉拒了洋人的盛情好意。

坐在"西厂"办公室里的郑卫星很想继续交谈，办公桌上另一部电话响了。钱慧慧说，你公务繁忙就别聊天了。挂断了电话。

这个不合时宜的电话是"东厂"常务副厂长景达明打来的，他提出租用合资企业八米立式车床二百四十个工时，请求郑卫星及时安排。郑卫星嗯了一声算是应允了。

中外合资协议规定，华北电机厂的十八台大型机械加工设备划归阿德贝格（中国）电机制造公司，成为永久固定资产。比如"立车"和"龙门刨"以及"万能铣"。

就这样，被人们称为"东厂"的华北电机厂只要加工大型工件就得租用"西厂"的大型设备，中外合资协议书规定租用大型机械设备必须交纳租金。即使郑卫星担任合资企业中方总经理，"东厂"也不能无偿使用"西厂"的大型设备。

景达明手里没钱交纳设备租金。郑卫星认为毕竟还是一家人，几次同意"挂账"，并且叮嘱景达明安排夜班干活儿，这样就不显山不露水了。

一次次"挂账"，华北电机厂成了当代杨白劳，只是景达明没有喝下卤水自杀，继续奉行"好死不如赖活着"的人生哲学。

电话里除了租用大型设备，景达明还邀请郑卫星主持华北电机厂中层干部会议。景达明认为郑卫星毕竟还兼任华北电机厂厂长职务。郑卫星表示自己的工作重心放在合资企业这边，鼓励景达明放开手脚大胆工作，群策群力争取华北电机厂早日走出困境，重振雄风。

自从合了资，郑卫星屁股坐在"西厂"这边，忙得焦头烂额。工厂就是这样，车间没活儿干着急，一旦活儿多了也着急。就好比光棍娶不上媳妇，一娶就是三房，忙得乌龟翻身四脚朝天了。

"东厂"那边，鬓发斑白的景达明主持日常工作。这位政工干部出身的常务副厂长主持召开华北电机厂中层干部会议，满脸任重道远的表情。

艾学习的物资回收分厂更名为"天地人工业品再生公司"，并且获得独立法人资格，这位"废品大王"一方面大做日本进口废旧电器拆分生意，一方面融资兴建第二座工业垃圾处理场。他百忙之中开着"皇冠"赶来列席中层干部会议，以此表示与华北电机厂血浓于水的骨肉之情。

其实，艾学习是相中了华北电机厂后墙下那块荒地。他的智囊团多次提出建议，只要中国全面实行市场经济政策，倒腾地皮肯定成为最赚钱的生意。什么地皮最容易弄到手？无疑是国营企业的地皮。工人下岗，厂房闲置，杂草丛生，野兔出没，一座座大工厂几乎成了野生植物园，成了没主的处女地。

为此，闯荡江湖多年的"废品大王"大胆断定，国营华北电机厂命不久远。就连民营企业家庞汇强也对这块五花肉虎视眈眈，多次放言要将华北电机厂以及老牌美女钱慧慧同步收入囊中。

中层干部会议开始了。艾学习递给景达明一支三五烟。景达明表示不吸混合型洋烟，掏出自己的"大红梅"。他放弃"鹤翔桩"学会抽烟，也是让企业困境给逼的。

手里青烟袅袅，景达明主持会议说，郑卫星同志身兼两职，既是合资企业中方总经理也是国营华北电机厂厂长，他让我转告大家，一是让停产和半停产的车间动弹起来，千万别僵了；二是扩大生产经营范围，不要在一棵树上吊死。解放思想群策群力，团结起来共度时艰。

嘴里这样说着，景达明心里并不乐观。最好的设备最好的职工最好的厂房都被弄到"西厂"合资去了，给"东厂"甩下一堆陈旧设备一群老弱残兵一窝呆账坏账，这种局面让国营企业走出困境重振雄风，光喊口号是行不通的。

坐在角落里的钱慧慧心平气和指出，企业的根本出路在于找到新的定位。她认为应当发动全厂职工展开"我的生存与企业的发展"大讨论，真正做到"厂兴我荣，厂衰我耻"。

艾学习赞成钱慧慧的提议，当众背诵了两句毛主席语录："群众是真正的英雄，而我们自己往往是幼稚可笑的。"

是啊，华北电机厂到了最危险的时候，每个人被迫发出最后的吼声。卢丽虹脱下厂医白大褂，硬是把国歌改为"厂歌"。她风趣不减地说，我认为咱们开会是扯淡，关键是体制！

常年在外的艾学习瞪大眼睛看着卢丽虹，一时不明白她以什么身份参加华北电机厂中层干部会议。

景达明低声告诉艾学习说，中外合资工厂分家，大多业务骨干去了"西厂"，造成"东厂"干部稀缺局面。红医出身的卢丽虹临危受命，担任铸造车间党支部书记，成为华北电机厂中层干部。

新官卢丽虹继续发言说，为什么国营企业缺乏活力，就是被条条框框捆住手脚，设备落后，工艺陈旧，产品结构老化。要是不拿出脱胎换骨的办法，天天开会也是瞎子点灯——白费蜡。

卢丽虹的发言，引发一阵笑声，之后陷入沉寂。华北电机厂困难重重，中层干部们谁也拿不出好办法，就这么大眼瞪小眼。

这时有人咚咚叩门，推门走进王宪钢，他径直对常务副厂长景达明说，马上进入雨季了，你赶紧把那座七十五吨龙门吊车弄过来，这样锈着不心疼啊？

景达明显然忘了这件事情，搓弄着双手不知如何回答。卢丽虹看到丈夫闯进会议室问瘪了常务副厂长，便起身替景达明下台阶说，宪钢你放心吧，我们马上研究这事儿。

你们抓紧研究吧，要是锈成铁疙瘩只能卖废品了。王宪钢板着面孔说。

好啊，只要卖废品我第一个收购！"废品大王"艾学习见到商机随即兴奋起来。

王宪钢瞪着艾学习说，你当心自己成了废品！说罢扭身走出会议室。

那尊坐落在"西厂"院内的七十五吨龙门吊车，根据协议规定，划为"东厂"资产。这座被称为华北电机厂"镇厂之宝"的钢铁巨人，好像被人们遗忘了，一时没有归期。

尽管王宪钢提醒，人们还是没有把七十五吨龙门吊车纳入议题，继续围绕生产资金短缺发着牢骚，完全进入务虚状态。会议即将结束，"西厂"的简晓铜突然推门走进"东厂"会议室。

这位"工农兵大学生"出身的知识分子被任命为中外合资阿德贝格（中国）电机制造公司总工程师，一身西装革履的装束添了几分洋派。

哎哟！我们的高等华人来了。艾学习说着起身，做出准备散会的样子。

简晓铜并不介意艾学习的挖苦，抬手推了推鼻梁上的白框眼镜说，你们什么时候把那座七十五吨龙门吊车弄回来啊？

景达明掐灭烟蒂说，真是英雄所见略同！刚才王宪钢还说这事儿呢。

我就是王宪钢打电话叫来的，他看出你们不把这事儿放在心上，就请我来说服你们。简晓铜毫不隐瞒地说，看来你们确实没把国有资产放在心上。

新任厂党委副书记宫国庆振振有词地说，我们应当马上把那座龙门吊车弄回来，绝对不能让国有资产任意流失。

艾学习瞥了一眼满嘴官话的宫国庆，转而注视着简晓铜说，人家阿德贝格公司在合资协议里规定，华北电机厂不得生产转轮直径超过五点五米的发电机组，咱们把七十五吨龙门吊车弄回来，三年五载也派不上用场的。

简晓铜操着批判口吻说，这正是我们严重失误的地方，当初害怕人家外方跑了，一纸合资协议把华北电机厂限制死了，这等于被人捆住了手脚，再有天大的本事也白费！

简晓铜说罢，一甩袖子走了。原本就要结束的会议，只得重新开始。艾学习打破沉闷发表感慨说，一座龙门吊车见人心！王宪钢身在锅炉房关心全厂大事，这是企业的忠臣。简晓铜身在"西厂"关心国有资产，这是身在曹营心在汉的好同志。

大伙不要坐而论道了，夸夸其谈不如步步行路，咱们还是寻找解困的办法吧。钱慧慧起身表态说，我们首先要把七十五吨龙门吊车弄回来，这是对待国有资产的态度问题。

我马上落实龙门吊车搬迁问题。说着景达明一锤定音道，既然我们寻找新的生路，就在小型发电产品市场打开销路吧。

景厂长，你不看书不看报信息闭塞，小型发电产品市场饱和三年了，庞汇强的宏强电机厂都转产了。艾学习讥讽道。

景达明红了脸，主动将会议话题转向争取红泥河发电机组项目。会议室里七嘴八舌献计献策，铸造车间书记卢丽虹咬牙切齿地说，派人给甲方送礼，拼死拼活也要拿下这个订单。

厂党委副书记宫国庆听说行贿，担心受到牵连，起身退场了。

常务副厂长景达明只好宣布散会，小声叫住工会主席钱慧慧，单独谈话。

小钱，郑卫星屁股坐在合资企业那边，我担着华北电机厂，肩膀压力太大。红泥河发电机组项目拿不下来，全厂职工下半年工资泡汤……满脸忧容的景达明欲言又止。

你的压力全厂职工共同承担。钱慧慧一边鼓励一边建议道，你选派得力干将去红泥河做工作吧。只要有米下锅有火烧饭，严冬就冷不死咱华北电机厂。

好吧，我借钱送礼也要摆平对方！景达明苦着脸说，小钱你给我做证，我这是为了企业生存才决定行贿啊。

临近中午时分，毫无食欲的钱慧慧前往"西厂"看望那座属于"东厂"的七十五吨龙门吊车。一道大墙将中外合资企业阿德贝格（中国）电机制造公司与国营企业华北电机厂分隔开来，留有一道三米多宽的豁口，以利通行。

也不知什么人歪歪扭扭写了"国门"两个大字。

"国门"在华北电机厂一侧没有设岗,一派冷清里透露出几分大大咧咧的气质,很符合国企风格。"国门"的阿德贝格一侧站着两位身穿灰色制服的保安,活像两尊守土有责的界碑。王宪钢手里拎着一只尖嘴锤子正跟这两尊会喘气儿的界碑交涉着。

一个黑脸保安说,我们阿德贝格公司严格规定没有通行证者不得通过。另一个黄脸保安说,这里只是临时通道,过几天大墙垒死,你们有通行证也找不着豁口了。

钱慧慧快步赶过来。王宪钢冲她笑了说,人们都说七十五吨龙门吊车成了没娘的孩儿,锈死了。我想去看看它锈成什么样儿。没想到这儿成了国境线,禁止通行。

钱慧慧知道那座龙门吊车跟锅炉房司炉工毫无关系。王宪钢骨子里的国营企业主人翁意识,恐怕用肥皂是洗不掉的。

既然过不去,咱俩沿着"柏林墙"走走吧。面对阿德贝格公司保安的阻拦,钱慧慧不但不恼火,反而觉得合资企业的管理模式值得学习,笑了。

王宪钢觉得这正是钱慧慧性格的可爱之处,比当年的阿庆嫂还要可爱。

正是春分时节。小草儿偷偷冒出绿芽儿,不露声色点染着大地。王宪钢跟随工会主席走着,远远望见一个人骑在大墙上,那身姿宛若乘龙欲飞的得道高士。钱慧慧目光锐利,告诉王宪钢骑着墙头儿的是崔万昌。

师徒如父子。王宪钢跑上前去叫了一声师傅。外号"崔列宁"的师傅明显衰老,身穿印有"华北电机"字样的破旧工作服,眼含热泪。

大墙下竖着一只梯子。王宪钢踩着梯子攀上墙头对师傅说,起风了,您快下来吧。钱慧慧双手扶持着梯子说,崔师傅,有什么委屈下来跟我说,当心摔着。

完全谢顶的崔万昌踏着梯子下来,抬起袖口擦去零星泪水说,一座大工厂一刀下去切给外国人一半儿,我心里憋屈!

从前,我万事都听领导的,让我往南我不往北,让我举胳膊我不迈腿。今天我得说话了。这造汽车造电视造冰箱,中国技术落后设备陈旧,只好跟人家合资,咱没意见。就说泡菜吧,那东西连农村老太太都会做,怎么也跟韩国人合资建厂呢?好像除了合资,咱们没路可走啦!

钱慧慧从未见过这位大工匠如此激动,一时不知怎样开导他。王宪钢蹬着梯子攀上墙头儿,终于看见那座矗立在阿德贝格厂院里的七十五吨龙门吊车。

我怎么觉得不对劲儿呢。王宪钢嘟哝着，看见一群头戴黄色安全帽的人正在拆除"西厂"金三车间的房顶。

他们怎么把金三车间给拆啦？王宪钢扭脸问钱慧慧，这焦急的样子很像哨兵向首长报告敌情。

钱慧慧立即攀上墙头儿，肩并肩跟王宪钢挤在一张梯子上，望着已经属于阿德贝格的金三车间。果然，一座好端端的金三车间房顶正被一群工人拆除着。

王宪钢突然一把抓住钱慧慧的手，呼吸急促起来。工会主席平静地看着锅炉房司炉工。王宪钢窘了，急忙解释说，我怕你一脚踩空了。钱慧慧笑着说：那你就紧紧抓住我的手吧。

崔万昌站在大墙下听说金三车间的房顶被拆了，拉风箱似的喘着粗气问道，这合了资就拆房，敢情把印把子攥在外国人手里啦？

王宪钢只得安慰师傅说，外方百分之四十九的股份，中方百分之五十一，中方是控股方，老大。

咱们是老大就不应当拆房，我看郑卫星想当败家子！即将退休的崔万昌难以自控地说，上房揭瓦是大奸臣！这到底是谁出的馊主意？

历来唯唯诺诺的崔万昌竟然大鸣大放了。这巨大变化令王宪钢深感意外。世道变了，人也变了。

崔万昌宽大的额头闪烁着太阳的光芒，一边挥手一边说，赶紧把那座龙门吊车弄回来，哪有把自己孩子扔在外边不管的……

望着崔万昌远去的背影，王宪钢被深深触动了。他眼窝儿潮湿看着钱慧慧，张了张嘴又闭上了。

你是想起寻找生身父亲的事情了，对吧？善解人意的钱慧慧小声问道。

王宪钢充满感激地注视着她说，我以前非要弄明白自己的身世。现在成熟了，知道人生在世很多事情都弄不明白，我找不到生身父亲就找不到吧，犯不上钻牛角尖儿。

听了王宪钢的表白，钱慧慧默然。工人王宪钢为人处世，表里如一，很豁亮。厂长郑卫星貌似胸怀宽广，其实患得患失。这就是普通工人跟企业厂长的根本区别。

这时候，从铸造车间跑出几个工人，争先恐后攀上墙头，朝着中外合资阿德贝格厂院张望着，大声喊话。

西厂的哥们儿！你们每月工资三千多块吧？这道"柏林墙"分成两个天地，你们那边吃肉，我们这边汤都喝不上！社会主义好还是资本主义好啊？

听到工人如此议论，钱慧慧不无忧虑地对王宪钢说，今后合资企业，工会工作面临巨大挑战。你屁股坐在工人这边，资方不乐意。你屁股坐在资方那边，工人们骂你工贼。这叫猪八戒照镜子——里外不是人。

是啊，现今光唱《国际歌》说服不了工人。《国际歌》里说从来就没有救世主，也不靠神仙皇帝，可是外国资本家都跑到中国投资来了。一味说英特纳雄耐尔一定要实现，恐怕也应付不了今天的复杂局面。王宪钢一口气说出自己的观点。

钱慧慧不说话，好像思索着什么。俩人一前一后离开这道"柏林墙"，分头走了。

钱慧慧找到常务副厂长景达明，催促他尽快将那座七十五吨龙门吊车弄回华北电机厂，因为它是华北电机厂的"镇厂之宝"。它身上有红漆大字标语：咱们工人有力量！

景达明表情茫然地点头说，好啊，但愿咱们工人真的有力量……

钱慧慧回到自己办公室，急忙拨通"柏林墙"那边中方总经理郑卫星的电话，紧急询问拆除金三车间房顶的原因。

电话里的郑卫星语气尴尬地说，外方副董事长沃勒夫精于算计，只要拆除金三车间房顶，它就不属于生产性厂房了，可以免去固定资产折旧费。尽管咱们中方控股，但是沃勒夫的提议通过董事会投票，就拆了金三车间房顶。

这真是洋人新思维啊！钱慧慧极受触动地说，拆了金三车间房顶，就减少了三千二百平方米生产性厂房的固定资产折旧费，因为固定资产折旧费摊入生产成本，减少了固定资产折旧费也就降低了生产成本，降低了生产成本就等于提高了企业利润。沃勒夫这笔账算得太精明了。

这笔账你算得这么清楚，真懂行啊！郑卫星惊异钱慧慧通晓企业管理，连声说，士别三日当刮目相看。钱慧慧表示工会干部不应当是万金油，否则根本无法参与国营企业改革。

郑卫星趁机再次劝说前妻调任合资企业工会主席，还强调外方副董事长沃勒夫的求贤若渴。钱慧慧说了声谢谢挂断电话，心情焦虑不安。

外方以拆除生产性厂房的手段达到降低生产成本的目的，这在国营企业是根本想不到的招数。俗话说，破家值万贯，一座好端端的金三车间房顶怎么说拆就拆呢？看来我们不掌握新招术就难以应对瞬息万变的新形势。

下班走出办公楼，钱慧慧看见朱则良和杨葵花站在厂道旁边。这对夫妇穿着干干净净的劳动布工作服，一看就是以前的"华北电机"老款式。

杨葵花叫了一声钱主席，之后颇有内涵地笑了。这个女人自从嫁给朱则良，洗心革面成为贤良妻子，渐渐受到人们尊重。

朱则良抬起那只好手摸了摸下巴说，我们要抱养一个女孩儿，还没满月呢。明天去民政局办手续。今儿想请你给孩子取个名字。在华北电机厂杨葵花最信服你呢。

好啊！好啊！钱慧慧不由激动起来，一把抓住杨葵花的胳膊摇晃着说，你们两口子就缺一个孩子，有了孩子家庭就完美啦。

从前我们以厂为家。现在厂子半死不活，我们只好抱养个孩子以家为家。杨葵花喘了一口气说，朱则良非得让孩子姓我的姓，我特别感动。钱主席你说这孩子叫杨什么好呢？

我看就叫杨爱珠吧！钱慧慧脱口说道，珠是珠宝的珠，挺贵重呢。同时珠字跟朱则良的朱字谐音，杨爱珠这名字，说明你们是相亲相爱一家人……

说着，单身女子钱慧慧突然声音哽咽，转身擦去激动的泪水，匆匆走了。

这名字太好啦！杨葵花望着钱慧慧的背影说，谢谢钱主席给孩子取名字，我们就是相亲相爱一家人！

朱则良低头寻思说，钱主席怎么哭啦？她一个人过日子挺孤单的……

夕阳照耀着华北电机厂，大大方方给这座处于困境的国营企业涂抹了一层赤金颜色，好像还是24K的。

二十五　镇厂之宝

事情竟然又拖了大半年，在"国企厂长，守土有责"的声浪里，常务副厂长景达明凑钱请来起重队，挪动那座流落"西厂"的七十五吨龙门吊车。尽管"镇厂之宝"回归在即，景达明还是无精打采。华北电机厂被合资协议限定不得生产大型发电机组，从正规军变成县大队，根本用不着大吨位吊车。

一辆大卡车拉来几十根钢管，根根足有碗口粗。又一辆大卡车拉来几十根钢管，照样根根碗口粗。一辆辆大卡车不停地往返，总共运来几百根钢管，好像在制造苏联的"喀秋莎"火箭炮。

起重队总指挥是个六十多岁的干瘦老头子，人称"大当家的"。他手里握着酒瓶子，反复测量路线，决定让这座七十五吨龙门吊车整体移动。

于是，从"西厂"向"东厂"沿途铺排钢管，形成"地滚儿"。"地滚儿"上面铺设钢板。这座七十五吨龙门吊车以侧身行走的姿态，借助"地滚儿"与钢板之间的滚动，缓缓离开"西厂"通过"柏林墙"进入"东厂"，前往铸造车间的"露天原料库"安家落户。

华北电机厂汽车队的装卸工们以行家自居，认为应当把这座龙门吊车原地拆卸，化整为零，分头搬运，方便快捷。

起重队"大当家的"脖子青筋暴露说，你们狗屁不懂，瞎喳喳起什么哄！这座龙门吊车是老设备，全身总共八百六十四颗铆钉，拆了卸了重新组装元气大伤，起重能力顶多剩下五十吨。这种事儿我见多了，你们都给我闭嘴，少废话！

汽车队的装卸工们平时杀牛不用刀，全凭吹。此时好似驴头马面遇见原始天尊，一个个不言不语，闭嘴了。

在"大当家的"指挥下，被称为"镇厂之宝"的龙门吊车侧身行走，一路"地滚儿"隆隆作响，路面颤动不已，好像远处开来了重型坦克。"大当家的"把满瓶子白酒沿途泼洒，小声祈祷着土地爷保佑。这座钢铁巨人通过"柏林墙"进入华北电机厂院内，完成了一道大墙两种体制的彻底清算。

沿途一群群工人看热闹：有的表情冷漠充当路边雕像，有的满脸兴奋好像观赏新鲜景致，有的浑身怨气好像这座龙门吊车欠他八百块钱不还……人群里不知是谁小声哼着"哀乐"，将搬运队伍比喻为送葬者，而且越哼越响亮。

满脸怒容的崔万昌挤出人群大声讨伐说，谁这么没良心？你哭丧华北电机厂对你有什么好处？工厂没了，你喝西北风去？

人群里的"哀乐"是从岳晓汀嘴里哼出来的，他伪造"加班券"受到"留厂察看"处分，抵触情绪很大。

周洪宇小声指责岳晓汀说，你小子伪造"加班券"王宪钢替你顶雷，结果从合资名单里刷下来了，你他妈的再闹还有良心吗？

岳晓汀不言语了，小声哼唱起了《北京的金山上》。

人群里，多日不见的侯金泉出现了。他明显瘦了，穿了件皱皱巴巴的灰色西装上衣，廉价里透着滑稽。这位大工匠抬手遮住夕阳打量着缓缓行走的龙门吊车，小声告诉景达明说，这种速度明天下午四点钟到达铸造车间，只要半夜不起大风。

天黑了。光线昏暗不便作业，"大当家的"宣布歇工，将这座钢铁大家伙撂在半路。人们走净了，"大当家的"燃起三炷香插在地上，再度祷告土地爷保佑。

晚饭后，渐渐起了东南风，夜间骤然转为西北风，越刮越大达到六级。在锅炉房值夜班的王宪钢听到风声啸叫，握着手电筒跑向龙门吊车现场。

半夜厂道上，那座七十五吨龙门吊车矗立在大风里，好像想溜走。王宪钢蹲身细看，发现"地滚儿"微微滚动。这座钢铁巨人仿佛喝了酒，微醺似的向着铆焊车间方向歪身而去。

王宪钢扯开嗓子喊叫起来。来——人——啊，龙门吊车歪啦！来——人——啊，龙门吊车歪啦！

现场空旷无人，只有粗暴的风声应答着。他一声声呼喊，首先引来"西厂"一阵狗叫，大墙那边手电筒光柱交织晃动，好似空军基地的夜空探照灯。

之后，一墙之隔传来保卫干事于亢虎的尖声责问，那边是谁半夜诈尸！你吃饱了撑的还是吃不饱饿的？存心破坏安定团结大好局面是不是？

相比之下，一派沉寂的"东厂"对王宪钢的夜半呼喊毫无回应，仿佛集体服了安眠药，睡死了。一股苦涩涌上心头，王宪钢站在夜风里无奈地笑了。看来，合资企业确实能够激发人的积极性，于亢虎在国营企业是逮谁咬谁的疯狗，进了合资企业成了为洋人看家护院的斗犬，从量变到质变了。

一个人影儿冲过来。王宪钢看见那只白线手套便知道朱则良到了。朱则良说他在仓库值夜班，听见喊声就跑来了。

俩人仔细检查被大风吹动的龙门吊车，认为暂时不会出现倾覆，放心了。

你跑来了杨葵花替你值班啊？这阵子厂里连续丢东西呢。王宪钢关心道。

朱则良不慌不忙答道，我们抱养的孩子发烧，杨葵花去医院了。小丫头叫杨爱珠，这名字是钱慧慧给取的。

好啊！家里有个孩子是开心果。王宪钢由衷地说，不论厂里有多少烦心事儿，回家抱起孩子，立马烟消云散。

朱则良暗含劝慰地说，我听见你喊叫，好像天塌地陷似的，你也太把工厂放在心上啦。

咱们都是受传统教育长大的，一沾公家的事情肯定放在心上。王宪钢说着，跑回锅炉房给常务副厂长景达明打电话去了。

天色大亮，景达明睡眼惺忪来到现场。他看到体积庞大的龙门吊车倚在铆焊车间大墙上，就想起那份"不平等条约"，心头充满怨气。他妈的，中外合资协议不允许华北电机厂生产转轮直径超过五点五米的发电机组，我费尽九牛二虎之力把七十五吨龙门吊车弄回来，也是个摆设啊。

一眼看透了景达明的心思，起重队"大当家的"嘴里嚼着清晨的烧饼说，只要是国有资产，废铜烂铁也要把它弄回来，不能流失了。

庞汇强开来一辆大型吉普车，好像开来小型装甲车。工人们围着这辆庞氏坐骑七嘴八舌却认不出它是什么牌子，就咒骂私企老板赚黑心钱发家，没一个好东西。

财大气粗的新生资本家庞汇强站在景达明面前说，我出钱收购这座龙门吊车，把它捐献给工业博物馆永久陈列。

老庞你别跟着添乱好不好？工会主席钱慧慧出面阻拦，这座龙门吊车是镇厂之宝，而且国有资产不能随便卖给私人。

庞汇强笑着反驳梦中情人说，如今有钱能够买到原子弹，俄罗斯航空母舰不是国有资产？照样卖给深圳做了旅游景点。就连艾学习也把国营垃圾处理场变成股份制企业。

起重队"大当家的"叼着长杆烟袋走过来说，别掐了，赶紧办正事吧。

龙门吊车横梁断了三颗铆钉，不铆结实就扶不正它，扶不正它就走不了。走不了它就在这儿扎根落户了。

听说龙门吊车横梁断了三颗铆钉，常务副厂长景达明面露难色。一贯反客为主的庞汇强抢先说，铆焊车间里除了铆工就是铆工，给龙门吊车补上三颗铆钉，小菜儿一碟！

其实，庞汇强并不了解实际情况。这十几年生产工艺发生变化，铆造改为焊接，铆锤改为焊枪，铆钉改为焊条。如今铆焊车间是以焊接为主，充满电焊烟尘。从前铆工抡大锤损伤听力，职业病是耳聋。现在改为电焊，职业病是吸入式"矽肺病"。学徒三年没见过铆枪的，在铆焊车间比比皆是。

景达明叫来了外号"牛魔王"的铆焊车间主任，他身后跟着两位师傅，一个姓佟一个姓彭，都是四十多岁的技术骨干。

宽脸阔口的"牛魔王"瞪大眼睛望着倾斜的龙门吊车横梁，咂了咂嘴，向两位技术骨干交代任务，说，反正是光杆对光孔没有公差配合，三颗铆钉打进眼儿里，你们铆牢了就完活儿。

冷铆？热铆？步履迟缓的崔万昌走上前来插嘴问道。听到七级大工匠的发问，一佟一彭两位技术骨干面面相觑。

操！"牛魔王"瞅着崔万昌笑了。冷铆？你找谁借铆枪啊！那是当年建造武汉长江大桥的技术，它跟您老人家研究的 1＝7 一样，早派不上用场了。咱们赶紧烧火点炉子，趁热打铁吧！

临近正午时分，炉火熊熊烧红五颗铆钉，三颗服役两颗备用。佟师傅小声告诉"牛魔王"自己天生患有恐高症，站在三楼腿软，二楼头晕，一楼没有症状。

"牛魔王"说，一楼有症状你干脆住地下室吧。他指派彭师傅登高作业，佟师傅留在地面，看守没有恐高症的烘炉。

彭师傅果然是技术骨干，爬上龙门吊车将一只铆孔剔除干净，抄起撬棍插入定位，着手将另外两只铆孔剔除干净。

一只铁桶系着长长的麻绳，绳头儿投给高空作业的彭师傅。佟师傅把一颗烧得通红的铆钉咣当扔进铁桶里。彭师傅快速收拢绳子把铁桶提到高处，抄起铁钳子夹住铆钉插进铆孔说，你们谁赶紧上来跟我打对点儿！

打对点儿，就是俩人抡锤，对铆。天生恐高的佟师傅站在烘炉前，连连摆手。"牛魔王"飞快地爬上龙门吊车，手持十二磅锤子跟彭师傅打对点儿。只铆了几锤，手艺荒疏的彭师傅重重叹气，说，这颗铆钉黑了。

黑了就是凉了，凉了铆不动。佟师傅抄起铁钳子，从烘炉里夹出一颗烧得白亮的铆钉，迈开八字脚投到铁桶里，高喊趁热打铁，给高空作业鼓劲。

这时候，歪着身躯的龙门吊车轻轻晃动，好像又倾斜了几分。景达明担心出现事故，扯开嗓门大喊注意安全。

由于手艺生疏，第二颗铆钉也没有铆成，佟师傅马上从烘炉里夹出第三颗铆钉，扔进铁桶送上去。

只铆了几锤，俩人明显打不对点儿。眼瞅着铆钉从暗红变成紫黑。铆焊车间主任"牛魔王"自嘲地喊道，我当了二十年脱产干部，手艺潮啦！

满脸羞惭的彭师傅就坡下驴说，我十几年没摸大锤，铆工改焊工啦！

景达明又着急又感慨，他妈的，工厂变了，工人也变了。从前工人遇到这种难啃的骨头，不吃饭不睡觉必须拿下。如今，人们观念大变，浅尝辄止，知难而退，绝对不跟自己较劲了。

忙乎半天，白费劲。谁也不知道龙门吊车是否继续倾斜。现场静寂无声。围观的人们好像在为那三颗无辜牺牲的铆钉致哀。

一身米色西装的郑卫星匆匆赶来。他身兼两任双线作战，一方面与外方副董事长沃勒夫打交道，大事小事皆不愉快；一方面惦记华北电机厂的油盐柴米，寻找国营企业解困出路，忙得好像一只旋转的陀螺。

景达明看到一把手到了，上前请示对策。郑卫星板着面孔说，马上派车把侯金泉请来，告诉他我保证给他儿子侯标解决就业问题。

起重队"大当家的"接过话茬儿说，家有一老，赛过一宝！今年我六十了，当官的不让我退休。这活儿不请老家伙出山，我看铆不结实！

过午时分，一辆桑塔纳载着侯金泉来了。景达明礼贤下士，趋身拉开车门伺候大工匠下车。侯金泉身穿老式的华北电机厂工作服，屁股上的补丁使人觉得他来自老少边穷地区。

十几年前空气压缩机底座开裂，也是厂里派车把他接来。当时他也身穿华北电机厂破旧工作服，永远穷困潦倒的样子。此时，老迈的侯金泉仿佛威风凛凛的齐天大圣，重返花果山。他冲着昔日徒弟郑卫星说道，王宪钢呢？你赶紧把他给我叫来！

就是王宪钢半夜发现龙门吊车给大风刮歪了。他下夜班回家睡觉呢。景达明代替郑卫星，抢答。

郑卫星摆出一把手派头下达命令说，别磨叽了，赶紧把宪钢叫来吧。

只见围观人群里王宪钢举起一只手说，别找了，我在这儿呢。

来吧！给我打下手儿。你这种人当干部不合适，当工人最踏实。侯金泉冷着面孔递给王宪钢一柄十八磅大锤说，就你知道半夜刮大风，别人都睡死啦？我看你天生是为工厂操心受累的命！历朝历代忠臣没有好下场，奸臣越来越多……

郑卫星一旁听着，一声不吭。遇事发牢骚是侯金泉多年的老毛病，通常的修辞手段是指桑骂槐。这位大工匠有一身好手艺却没有一张好嘴，吃一辈子亏。当年因为臭嘴乱说，没评上八级工。如今还是宁折不弯的老样子。

侯金泉瞅了瞅烘炉，撇嘴表示不屑。不到一支烟工夫，这位大工匠吩咐的东西备齐了：电焊皮手套、细铁丝、敞口铁皮罐头盒和大号洋钉，还有尼龙安全带。

干瘦如柴的侯金泉手脚依然麻利。他捏着一根洋钉，在敞口铁皮罐头盒底部咣咣咣砸出几个小孔，然后用细铁丝把铁皮罐头盒牢牢缝在电焊皮手套的掌心。这样子很像一只棒球手套。

准备停当。侯金泉左手戴上这只缝着铁皮罐头盒的电焊牛皮手套，右手拎着一把铁钳子。他扎紧腰间板带，将十八磅大锤斜插身后。

人群里挤出崔万昌，他也穿着老式华北电机厂工作服和大头鞋，一尊出土文物形象。这位大工匠涛声依旧，满脸乐呵呵的表情。他从王宪钢手里接过十二磅中锤，掂了掂斤两。

我说老侯，今天我跟你打对点儿，咱俩钉对钉，锤对锤，把这国有资产铆结实了，好吗？

你拉倒吧！谁不知道你腰椎骨刺不能登高。心高气傲的侯金泉瞥了瞥老冤家说，你给我看烘炉吧，别人烧铆钉我还不放心呢。

起重队的"大当家的"看到这两位大工匠与自己年龄相仿，便亲切地撮合道，好啊！你们老哥儿俩搭档是绝配，他们小年轻的递不上手！

什么老哥儿俩！侯金泉毫不买账地说，我可不敢高攀，老崔受过中央首长接见，工人发明家。

崔万昌表情平和还击道，老侯，你是臭鸽子爱咕咕。这张臭嘴让你倒了大半辈子霉，都夕阳红了，你还不吸取教训？

看到两位大工匠动嘴斗法，景达明唯恐误了大事。郑卫星并不慌张，反而笑了。这老哥儿俩是天敌，见了面不掐，反倒不正常。

侯金泉伸手拍拍崔万昌的肩膀，说，你把铆钉烧到火候甩给我就行。说罢，他噌噌噌爬上龙门吊车，动作比猴子还敏捷。

崔万昌将十二磅中锤递给王宪钢说，当初你要跟侯金泉学徒多好，肯定把绝活儿学到手啦。

听了师傅这番真心话，王宪钢心头热了，小声说，您永远是我师傅。他不慌不忙将十二磅中锤插在怀里，沿着铁笼式直梯攀上龙门吊车横梁。

侯金泉已经给铆孔定了位，左手戴好缝着铁皮罐头盒的牛皮手套，右手握着铁钳子，伸长脖子放嗓喊道，够火候啦，给——了——哪！

崔万昌腰间扎着帆布围裙，雄赳赳站在烘炉旁边，大手抄起铁钳子夹住一颗烧得白亮的铆钉，噗地吹了一口气拉着长腔大声回应，给——了——这！

听到久违的长调，起重队"大当家的"抖动满脸核桃纹说，这是老玩意儿！这是老玩意儿！

崔万昌侧身站成丁字步，双手握紧铁钳子抡起胳膊一甩，那颗亮得刺眼的铆钉，小精灵似的划出一道优美弧线，朝着高空飞去。

站在龙门吊车横梁上的侯金泉伸出左手。只听到咣当一声脆响，这颗白亮亮的铆钉精确无误地落入缝在牛皮手套掌心的铁皮罐头盒里。侯金泉龇着黑牙喊道，老崔，这几十年你没白吃工厂的粮食！

我堂堂崔万昌伺候你一只老泼猴儿，你赶紧写进家谱，告诉子孙万代吧！崔万昌乐呵呵回敬着。

王宪钢随即操起铁钳子，从侯金泉掌心的铁皮罐头盒里夹起铆钉，准确地插入铆孔。一把大锤，一把中锤，准备打对点儿了。

崔万昌颇为关切地喊道，老侯，你不要夜壶口儿镶金边——值钱在嘴上。趁着铆钉没硬，你赶紧干吧！

老崔！铆钉凉了太硬，铆钉热了太软，不硬不软正合适！侯金泉诡笑着道出其中奥秘，召唤王宪钢举锤。

这两位大工匠互相逗嘴，你来我往，轻松自如，宛若聊天儿。围观的青年工人们不熟悉工厂传统文化，以为这是一场充满敌意的口水大战。

郑卫星听着两位大工匠的"对骂"，谨慎地笑了。景达明模仿着一把手的笑容，更加谨慎地笑了。就在这种谨慎的笑容里，侯金泉与王宪钢的锤子叮叮当当铆了起来。

侯金泉兴奋地摘下安全带脱去工作服，亮出一身精瘦的"里脊"，站在龙门吊车横梁上一边打锤一边叫号儿，触景生情，现编现唱，好似老年大学里出来了"摇滚青年"：

我打铆，你抢锤，干活儿偷懒是工贼。你抢锤，我打铆，上班
不许耍活宝！你接班，我退休，冬夏去了是春秋！我退休，你接班，
师傅娶了王宝钏！王宝钏，你师娘，师傅手艺赛帝皇！

　　这种几乎失传的劳动说唱，乃是工厂版"风雅颂"，抑扬顿挫随着叮叮当
当的锤声传播开去，直冲云霄。被炉火映红面孔的崔万昌手握铁钳子，敲击
"鼓点儿"伴奏着，完全沉浸在侯金泉说唱的情景里。
　　王宪钢挥起十二磅中锤配合打对点儿，内心感动不已。老师傅吃了大半
辈子苦受了大半辈子累，从来没有随心所欲释放情怀的机会。今天，侯金泉
仿佛姹紫嫣红的节日焰火——终于满天绽开了。
　　第一颗铆钉铆结实了，满脸笑容的崔万昌大喊"给——了——这！"唰地
甩去第二颗铆钉。第二颗铆钉也铆结实了。崔万昌再接再厉抢起胳膊唰地甩
去第三颗铆钉。
　　伸出铁皮罐头盒接住第三颗铆钉，侯金泉召唤王宪钢跟他调换位置，充
当主锤。主锤好比乐队主唱。副锤随着主锤打，伴唱跟着主唱走。从副锤变
为主锤，王宪钢迟疑了。侯金泉急了，大声奚落他狗肉包子上不了宴席。
　　竟然被加封"狗肉包子"称号，王宪钢更窘了。这时钱慧慧挤出观战人
群，冲着龙门吊车扯开嗓门喊道，王宪钢你能行！王宪钢你能行！
　　受到侯金泉的刺激和钱慧慧的鞭策，为人低调的王宪钢当即振作举起大
锤。侯金泉脸上露出少见的笑容，伸出铁钳子将第三颗铆钉插进铆孔。
　　抢锤打铆，王宪钢学着大工匠的语气，一边打锤一边哼唱起来：

　　侯师傅，脾气急，逼着狗肉上宴席！侯师傅，脾气暴，逼我鸟
枪变大炮！侯师傅，有绝活，你让丑妞变嫦娥！

　　人们哄地笑了，觉得王宪钢又笨拙又可爱。笑声里，王宪钢把第三颗铆
结实了，收起大锤朝着钱慧慧投去感激的目光。人群里，郑卫星与景达明紧
紧握手，互相祝贺着。
　　大功告成。赤膊上阵的侯金泉摘掉缝着铁皮罐头盒的牛皮手套，沿着龙
门吊车横梁猫腰捡起自己的工作服，迎着风儿披上。好像突然脚下打滑，他
歪歪身子踉跄了两步，一脚踏空了。
　　啊——钱慧慧看见侯金泉从高处栽下来，吓得发出一声尖叫。尖叫声里

侯金泉轰然落地，重重地摔在烘炉旁边，嘭地溅起一团尘土。

崔万昌扑上前去，抓住侯金泉的肩膀吼叫起来，老侯！你玩的什么戏法儿啊？老侯！

一把手郑卫星极其镇定，从屁股后边掏出"大哥大"拨打工厂保健站电话，说，龙门吊车有人高空坠落。钱慧慧屏住呼吸，双手颤抖着抱住侯金泉的脑袋，小声呼唤着。

侯金泉缓缓睁开眼睛，目光显得僵直吐出一句话，又双目紧闭了。

卢丽虹跟着救护车来了，高声指挥人们把伤员抬进车里，转脸问景达明哪位领导跟车去医院。郑卫星二话不说跳上救护车。钱慧慧跟了上来。

我也去！我也去！拖着双腿行走的崔万昌吃力地攀上救护车，景达明扶了他一把。崔万昌忍不住低声哭泣说，老侯年底退休，怎么就出了事故呢？

半路上，郑卫星低声问钱慧慧，侯金泉究竟说了什么。钱慧慧回忆着说道，他好像说世道变了，光凭手艺不行了。

生死攸关时刻，老侯怎么想起说这句话呢？郑卫星不得其意，从衣兜里摸出烟卷儿，却被钱慧慧没收了打火机。

崔万昌止住哭泣说，这句话是侯金泉的人生感受呗！确实世道变了，以后靠脑子吃饭，没有脑子就是废人啊。

担架车推进工人医院急救室，心绪纷乱的钱慧慧猛然想起王宪钢。他怎么没来呢？这时急救室跑出白衣护士催促交押金。郑卫星举起砖头般"大哥大"叫华北电机厂财务科送支票到医院。

什么？咱厂开不出支票来……西装革履的郑卫星收起"大哥大"掏出自己的钱包，全部清点后拿出三百六十八元五角整。

钱慧慧小声问道，财务科没钱啊？说着伸手从衣裳里揪出赤金项链说，只要侯师傅活着，我月月捐款。

这是谁给你买的项链？紧要关头郑卫星竟然不忘吃醋，追问项链的来历。

钱慧慧觉得郑卫星挺可怜的，便实言相告说，这是父亲患癌症去世前送给我的纪念，他老人家去年过世了。

一位体态丰盈的女士走过来，叫了一声慧儿。钱慧慧扭脸看到妈妈。刚刚谈到因病去世的父亲，便意外遇到母亲。

郑卫星见到前任岳母，上前打了招呼，依然亲切地叫妈妈。二把手景达明突然遭遇昔日秘密情人，表情尴尬不知如何是好。

风韵犹存的蔡老师一身蓝色薄呢裙装。听说抢救老工人没钱交押金，打开皮包掏出一沓人民币递给女儿说，我今天只带了五百块钱你拿去用吧。

楼道里，好似运动员冲刺，气喘吁吁跑来王宪钢。他手里举着一只鼓鼓囊囊的牛皮纸信封说，郑厂长景厂长，我跑回家拿了两千块钱，我知道不交押金医院不给治病……

两千块钱？卢丽虹伸手抢过牛皮纸信封说，原来你有小金库哇？我怎么不知道呢？

我公休给人家干活儿，攒了三年多。王宪钢忍无可忍地说道，抢救侯师傅要紧，你还有心思检查小金库！

景达明悄悄溜走了。这位常务副厂长躲在医院存车处，等候老情人。蔡老师推着自行车走过来，头发又黑又亮。

你头发不是染的吧？内心慌乱的景达明说，你就是满头白发也不要染，据说是染发剂就含铅，对身体有伤害。

你这人真有意思。蔡老师和善地问道，你不是向我推销纯天然染发水吧？

我现在单身了，我老婆去年病死了。景达明语无伦次道，事情过去这么多年了，我还是觉得你最好，当年咱俩分手是时代悲剧。现在我想跟你建立合法夫妻关系……

蔡老师两颊残存着浅浅的酒窝儿，依旧动人。她表情安然语气温和地说，那边正在全力抢救老工人，你身为领导擅离职守跑来追求我，你这样能搞好国营企业吗？你搞不好国营企业能打动我的心吗？

好吧……华北电机厂常务副厂长景达明顿时羞愧出满脸晚霞，转身跑了。

一连十几天过去了，侯金泉昏迷不醒。崔万昌昼夜守护在冤家病床前，不时自言自语着，老侯啊，那年是我拿着《人民日报》陷害了你。我一时鬼迷心窍，嫉妒你技术比我好，忌恨你挖苦我的 1 = 7，我这辈子对不起你啊……

病房里没人听见这位工人发明家的低声忏悔。然而，一滴不易察觉的泪水悄悄挂在侯金泉眼角，凝结不动。

老侯，我知道你瞧不起我，我搞了大半辈子虚假发明。有生之年我一定搞出一项有用的发明，回报我这劳动模范的称号。崔万昌继续说，老侯，你醒醒，你知道我有蘸糖葫芦的手艺吗？我等你养好身体给你露一手儿，这也算是绝活儿呢。

深度昏迷的侯金泉的喉结轻轻动了动，好像下意识地咽了一团口水。

二十六　不受欢迎的人

外方副董事长沃勒夫大步走进中方总经理郑卫星的"奥飞斯"，啪地将账目清单拍在办公桌上，抖动着满脸大胡子迸出一句蹩脚汉话，泥——似——贼！

我是贼？郑卫星接过账目清单看了看，抄起电话叫来中方副总经理简晓铜。林仪芳外出了，郑卫星请他充当翻译。

简晓铜接过这份厚达十二页的账目清单，傻了眼。与其说这是一份账目清单，不如说这是一份"秘密特工"记录。它详细记录了何年何月何日华北电机厂租用十二米立车加工了何种工件，累计多少工时；何年何月何日华北电机厂租用八米镗床加工了何种工件，累计多少工时；何年何月何日华北电机厂租用龙门刨床加工了何种工件……可谓极尽其详。

这都是铁的证据。简晓铜如实告诉郑卫星，华北电机厂确实拖欠着一笔笔设备租用费，共计二百三十二万元。

请你不要激动，我的沃勒夫先生……郑卫星故意轻描淡写说，这种具有中国特色的现象叫"挂账"，我马上催促华北电机厂尽快支付设备租金。

简晓铜翻译给沃勒夫。对方听罢更加激动，哇啦哇啦说出一堆既不是英语也不是汉语的外星人语言。简晓铜判断这是德国人的母语，便连连摇头。沃勒夫改用英语说，这份账目清单证明在我回国休假期间，你大量隐瞒华北电机厂租用设备的真实情况，这不是挂账这是偷窃，郑——你是贼！

为了证明这份账目清单的真实可信，请您告诉我它的来源好吗？郑卫星以攻为守，极其熟练地采取了"声东击西"加"金蝉脱壳"的策略。

简晓铜没有翻译这句话，他知道所谓挂账是郑卫星有意抹掉华北电机厂的设备租金，以此救助陷入经济困境的"东厂"。

沃勒夫哗哗抖动手里的账目清单，承认这是有人告密。简晓铜告诉这位洋人不应当叫告密而叫举报。沃勒夫一边抱怨汉语复杂一边说出举报者的名字：于亢虎。

郑卫星听到从沃勒夫嘴里吐出"于亢虎"三个汉字语音，顿时明白了。这个喝狼奶长大的"运动专家"偷偷记录着华北电机厂租用设备的详细情况，抓住时机出手了。

心里寻思着，中方总经理郑卫星满脸微笑对外方副董事长沃勒夫说，我还是华北电机厂厂长，这几天我争取交纳一部分设备租金就是了。不过，你不可以骂我是贼！当初，你们抓住我们高层官员追求政绩的急迫心理，趁机跟华北电机厂签订不平等的合资协议，你才是贼！

简晓铜如实翻译给沃勒夫听。大胡子洋人拍着桌子大发雷霆，激烈指责郑卫星诽谤阿德贝格公司的世界性声誉，必须承担法律责任。

不知触动哪根神经，一贯含而不露的郑卫星爆发了。他起身指着沃勒夫的德国进口鼻子说，你不要忘记，这里是中国工人在给你们干活儿！你有能耐去联合国告我诽谤罪，你现在就去，从北京直飞纽约，我给你报销往返机票！

沃勒夫想不到，中方总经理竟然如此对待外方副董事长，气得全身颤抖包括满脸大胡子。郑卫星不但不罢休反而继续讽刺说，我们中国针灸专治浑身哆嗦，我可以叫卢丽虹来给你扎针灸，你想把自己扎成刺猬都行！

外方副董事长沃勒夫咽不下这口气，当场请简晓铜将中文"上访"翻译成英文。简晓铜只得望文生义译为"前往上层访问"。

沃勒夫回到公寓，连夜起草"前往上层访问书"，第二天打电话要求会见主管工业的副市长曲寅平先生。

市政府合资工作办公室的英文干事问他有何贵干。沃勒夫回答两个字：讨债。英文干事记录了他的会见事由，说，曲寅平副市长改任市人大副主任，继任副市长是祝梓林先生。沃勒夫坚决要求会见祝副市长，还借用中国俗语，说是大火烧了眉毛。

第三天上午，副市长祝梓林派员来到华北电机厂，催促常务副厂长景达明从速交纳拖欠阿德贝格公司的设备租金，同时传达祝副市长"对内强调安定团结，对外讲究友好合作。华北电机厂不要给全市中外合资热潮造成负面影响"的重要批示。上意如此，景达明没辙，只得向银行申请贷款。

但是，银行拒绝贷款。华北电机厂请示副市长祝梓林，是否以中方股份抵债。祝副市长以"不干涉企业自主权"为由，把皮球踢了回来。郑卫星暗暗骂了一声：老滑头。拿出计算器，计算以股抵债的数目。不算不知道，一算吓一跳。如果还清拖欠的二百三十二万元债款，中方从百分之五十一控股减为百分之五十了。不行，我只能先还一百万，保持中方控股百分之五十点五。余债年底还清。

这一回合，阿德贝格只收回一百万债务，还是获胜了。郑卫星眼看着中方股份减少，暗自憋气，仿佛大腿被人家割了肉。

于亢虎终于被沃勒夫任命为"生产秩序监督员"，整天倒背双手四处溜达，一旦发现问题便明目张胆记录在案，他的侦探嗅觉接近警犬水平。

于亢虎受到外方副董事长沃勒夫器重，尽职尽责，吃住在厂里。洋人有了这条警犬，景达明再也不能"挂账"租用大型机械设备。于是，华北电机厂有了大活儿不敢接，越发沦为小门小户小作坊。

景达明遇到于亢虎，只得苦笑说，当初郑卫星是《沙家浜》里当汉奸，你现在是绝对原装真货啊。

你还想不花钱就使用人家设备？没门儿！我这是严格企业管理，实行与国际标准接轨。于亢虎振振有词，一番话顶得景达明无言以对。

合资第三年，阿德贝格（中国）电机制造公司全年生产无亏损也无盈利，持平。然而根据双方协议无论合资企业是盈利还是亏损，外方依然照规定比例提取技术转让费。如此核算，中方持平，外方还是赚了。

一群关心国家大事的工人发牢骚，说让外国人捡了大便宜。不太关心国家大事的工人认为无所谓，只要保障自己每月工资就行了。

春节前夕，外方副董事长沃勒夫召开合资企业高层管理会议，首先给中国同人提前拜贺"中国年"，嘴里迸出"恭喜发财"之类的简单汉语祝愿，之后代表阿德贝格董事会宣布企业发展计划，决定新年投资五百六十万美元建立大型动力实验室，折合人民币将近四千五百万元。这笔巨大资金由中外双方共同投入。郑卫星听罢极其意外，举手表示反对。他认为近期没有必要建立大型动力实验室，这好比冬季不必购置电风扇降温一样。

沃勒夫指着自己的粗壮身躯极尽幽默地说，我冬天也要出汗的，所以我可以购买袖珍型电风扇嘛。

平素寡言的简晓铜发言说，我冬天也是要出汗的，但是大可不必购买电风扇，即使袖珍型的。你要是四季不停地出汗，我建议你去看医生，是否出现植物神经紊乱。

看到中方高层人员反对，沃勒夫将幽默改为严峻。他说，董事会的决定

388

只需要执行不需要讨论。郑卫星起身表示中方没有资金投入，这座劳什子动力实验室应当缓建。

沃勒夫外露地笑了，表示林仪芳已经与祝梓林副市长达成共识，中外合资企业应当遵循市场机制与股份制法则，没有资金也不能妨碍企业发展。

又是折股？郑卫星终于看清沃勒夫葫芦里卖的什么药了。这是外方以建立大型动力实验室之名，行资本扩张战略之实。外方增资，中方没钱只得折股。如此三番五次增资，外方必然成为强势控股方。一旦如此，局面肯定彻底改变。如此折股下去，这座中外合资企业必将变成外方的独资企业。

好像噩梦初醒，郑卫星出了一身冷汗。他妈的，我在《沙家浜》里当汉奸是卖国贼，如今改革开放我不能卖厂吧？沃勒夫这家伙葫芦里卖的是春药。他让我们阴虚阳亢不停地折腾，直到吐血为止。

我们仍然是控股方，而且还有三位中方董事。所以我以中方董事兼总经理的名义强烈反对建立大型动力实验室！郑卫星拍着桌子大声说，既然你们与祝梓林副市长达成共识，我们也要向有关领导表达不同意见。所以，今天的会议只是扯淡会，没有任何实质结果！

简晓铜将"扯淡会"翻译成"吹风会"，很有外交辞令。沃勒夫听罢挑了挑眉毛耸了耸肩膀，表示遗憾。

郑卫星越俎代庖宣布散会，高声对简晓铜说，这个大胡子洋人也懂得拉出大人物来压你，一看压不住，就他奶奶的表示遗憾。

沃勒夫满脸天真催促简晓铜译成英语。简晓铜随机应变地说，郑卫星先生请你向一位名叫诺尔曼·白求恩的加拿大人学习，他当年不远万里来到中国，但不是来赚钱的。

诺尔曼·白求恩？沃勒夫对这个名字一无所知，也就不知道自己被简晓铜给戏弄了。

散了会，简晓铜走出会议室忠告郑卫星，外方决定建立大型动力实验室是他们资本扩张战略的重要步骤，沃勒夫不会就此罢休。你是桑叶，沃勒夫是蚕，你被他吃得越剩越小，他吃你吃得越长越大。这是难以逆转的大趋势。

是啊，阿德贝格公司是他妈的一只小蚕仔，它只能依靠吃桑叶长大。当初要是听从你的建议跟卡斯耐尔公司合资，也许咱们就不是桑叶了。此时的郑卫星深感悔恨。

问题的要害不在于我们跟哪家外国公司合资，而在于我们签订了不平等合资协议。虽然我们是控股方，华北电机厂却被不平等协议限制死了，一没了大型设备所有权，二没了发展高端产品的自主权，三没了成熟技术工人队伍……我们当然成了桑叶！说到这里简晓铜突然露出一丝悲观情绪说，等蚕死了不吃桑叶了，也进入冬天啦。

只好骑驴看唱本——走着瞧了。下班了，郑卫星沿着被工人们称为"柏林墙"的界墙散步，越走心情越郁闷。回顾中外合资以来的时光，他感到压力巨大。倘若中方股份越来越少，我就成了历史的罪人。这时他想起于亢虎，心里痛恨不已。单田芳评书里经常讲到小人谋害君子，自古皆然。于亢虎跟秦桧相比，又不足挂齿。

转念间，郑卫星反思了。于亢虎向沃勒夫举报华北电机厂租用设备屡屡"挂账"，这情况属实啊。以往国营企业粗放管理，甲乙双方无论租用设备还是借用材料，一本口袋账，年终大兜底，最后不了了之。中外合资企业推行科学化管理，中国式"挂账"确实难以沿用了。

思着想着，郑卫星抬头看见身穿迷彩服的于亢虎脚踏土墩子趴着墙头，扯开嗓门冲着大墙那边的"东厂"说话。他悄悄站住，侧耳听着。

我揭发"挂账"是出以公心，中外合资企业不是大作坊，设备租金不能一笔勾销。我不怕郑卫星打击报复！中外合资企业实行现代化管理，郑卫星是文艺宣传队出身，根本不够资格当厂长……

大墙那边传来王宪钢的声音说，老于，你说你出以公心，我说你出以私心。你完全可以提醒郑卫星不要挂账嘛，干吗把举报材料直接捅到沃勒夫手里呢？你不要装洋蒜了，有人想揍你一顿呢。

谁敢揍我一顿？你说出名字我先揍他一顿……于亢虎跃身骑上墙头，纸老虎做出真老虎的样子。

不用说出别人名字，我就想揍你一顿。一墙之隔的王宪钢的声音不急不躁透出几分执拗，你现在翻墙过来，我肯定揍你一顿。

我知道，你以前卖蒸气替郑卫星背黑锅，所以说你是傻×！你以为郑卫星是宋江？你跟郑卫星讲义气，他不跟你讲义气！你这辈子学不坏，因为你是新四军指导员，郑卫星这辈子学不好，因为他是忠义救国军参谋长。

这样说着，于亢虎跳下墙头双脚落地，抬头看见郑卫星站在面前，吓得扭身跑了。

你别跑啊，我欢迎你出以公心献计献策……郑卫星望着越跑越远的于亢虎，抬腿蹬踏那座土墩子，伸出双手攀住墙头，伸长脖子看见那边的王宪钢。不知为什么，郑卫星伤感了，一阵酸楚袭上心头。

这么多年过去了，人们仍然认为王宪钢是新四军指导员，我却永远走不出忠义救国军参谋长的阴影……郑卫星注视着双手沾满铁锈的王宪钢，问他是不是加班加点给那座七十五吨龙门吊车除锈呢。

王宪钢点点头，表示月底全市律师资格统考，加班得到"加班券"可以在家复习。郑卫星问他考取了律师资格有何打算。王宪钢说，义务担任华北电机厂的法律顾问，这样就能给企业节省聘请律师的经费。

你怎么没有任何变化呢？郑卫星觉得王宪钢保持着固有的思想品质，被感动了。然而，王宪钢却无声地笑了笑说，如今改革开放多元化，一个人身上只有郭建光的品质是不够的，还要有刁德一的计谋……

你的意思是用刁德一的计谋对付外国人？郑卫星张大嘴巴望着王宪钢，霎时觉得对方陌生了，宪钢，我还以为你不会有什么变化了……

我也觉得自己有些变化，比如我偷偷炒股票，去年赚了一台冰箱，今年把买空调的钱赔进去，天热只好用电扇。王宪钢说着，想起有人改写《沙家浜》剧本，就把主要剧情介绍给郑卫星，刁小三的真实身份是国民党军统特务，在汉奸队伍里卧底。他被俘后逃脱，抗战胜利在上海滩与阿庆嫂狭路相逢。一个是国民党特工，一个是共产党地下工作者，各为其主。

郑卫星听了哈哈大笑，连声追问是谁大胆改写《沙家浜》剧本。王宪钢讳莫如深地摇摇头，说，版权所有，暂时保密。

一道中外合资的大墙，既隔开过去与当今，也隔开郑卫星与王宪钢。

是啊，革命现代京剧样板戏《沙家浜》里也有一道墙，那是第九场《突破》，新四军擒获了伪军岗哨，阿庆嫂对郭建光说道：指导员，翻过了这道墙，就是刁德一的后院！面对舞台上这道墙，新四军战士一个接一个翻着筋斗飞身越过，冲入刁家大院消灭日寇汉奸去了。

回到现实世界，郑卫星转身离开这道"柏林墙"，快步回到办公室。他立即打电话给史文竹——这位曾经给予他精神乳汁的女强人。

市经委副主任史文竹，分工负责机关内部事务工作，包括机关党委与行政处，近乎闲职。她觉得自己更像这座大楼的管家，与经济热点渐行渐远。多年习惯于显山露水的工作岗位，如今却归于沉寂。于是，史文竹有了空闲时光接听郑卫星的电话，也成为这座中外合资企业命运的旁观者。

我觉得你变了，变得清静变得散淡，没了过去那股咄咄逼人的劲头儿，这是为什么呢？郑卫星直言自己的感受，很中肯的语气。

史文竹认为这种话题不便电话交谈，邀请郑卫星下班面叙。很久没有光顾那座小洋楼，傍晚时分郑卫星如约而至。他让司机在街口停车，步行走进小马路。

这条小马路两侧的小洋楼经过装饰焕然一新，有的宅院门前还挂着某某故居的牌子，皆是前朝人物。西装革履的郑卫星按响史文竹小院的门铃，里面传出两声狗叫。堂堂市经委副主任也养宠物，看来这是标准的时髦生活方式。

两声狗叫过后，一个可能是保姆的老年妇女出来开门，说了声请进。一楼客厅，身穿淡黄色休闲服的史文竹迎将出来。郑卫星猜测这套休闲服是国际某种名牌，不是什么斯，就是什么达。

这么多年过去了，一路高升的史文竹继续独身生活，家里只增添了这位山西口音的保姆。尽管见过不少世面，郑卫星走进这座小洋楼还是有些怯场。

讲究生活品位的史文竹散发着清香气息，郑卫星认为这是巴黎香水的味道，会心地笑了。他低头寻找那只小狗。史文竹告诉他那是模仿狗叫的门铃，法国进口的。

保姆模样的老年妇女送来一杯清茶。史文竹笑吟吟介绍说，这是我母亲。

啊？郑卫星惊诧地起身叫了声伯母。在此之前他只知道史文竹与武玉国有过短暂婚姻，丝毫不晓得她的身世。此时意外见到史文竹的母亲，这是一位朴实安详的乡村老妪。

请坐吧。乡村老妪说话声音很轻，转身退下了。郑卫星转而打量史文竹说，你的眼睛很像她老人家。

我实话告诉你吧，我亲生父亲是池凤斌。这是我后来才知道的，所以跟武玉国那混蛋离了婚。史文竹说着喝了一口咖啡，似乎在讲述别人的身世。

池——凤——斌？郑卫星想起前后两度担任这座城市的市委书记，那位老干部十五年前退居二线了。

我自幼随母姓，山区里很穷的，参军走出大山才见到尼龙袜子和的确良衬衣。史文竹思维跳跃地说，王宪钢还没有找到的生身父亲，兴许也是级别挺高的老干部吧？

郑卫星不愿意触及王宪钢的话题，极力引回原路。史文竹嘴不饶人地说，允许你是本庄财主刁老太爷的公子，就不允许人家王宪钢是高干子弟？你这是典型的男人嫉妒心理。

我的嘴说不过你。郑卫星笑着将话题扭到中外合资方面，谈到外方以建立大型动力实验室为由继续增资，中方股份急剧削弱。

你知道银川的西北轴承厂吗？从前是国家重点企业。前几年，它合资了，中方占百分之五十一控股，第一年不赔不赚风平浪静，第二年外方突然大量增资实施全面技术改造，中方没钱增资只得折股，就这样此消彼长，中方一步步减为百分之二十的股份，第三年外方又在增资，中方只得继续折股，有专家预测两年内这座企业将彻头彻尾成为外方独资企业，属于德国了。

一座好端端的大型国营企业成了外方独资企业，郑卫星听得两眼发直，一股寒气顺着脊骨直往上冒，心头甚感悲凉。西北轴承厂是当年苏联援助建设的一百五十七项重点企业之一，一万多名职工呢。

喝了一口苏打水，史文竹露出几分无奈神情说，别管西北轴承厂还是东北锅炉厂，反正我们实行改革开放的政策没有错，有主流就有曲折嘛。全国绝大多数中外合资企业取得双赢局面，形势很好。也有少数企业呈现外方单赢现象。西方资本主义国家搞了几百年市场经济，眼界开阔经验丰富手段纯熟，我们只是刚刚起步。所谓交学费正是这个道理。刁德一当年为什么留学日本？还不是为了学习人家先进的东西。

可是，日本留学的刁德一还是被阿庆嫂和郭建光给俘虏了。郑卫星带着情绪不软不硬轻轻顶了一句。

那是演戏，要是刁德一活到今天，他肯定开公司做贸易，不知本领胜过郭建光多少倍。那位新四军指导员充其量担任国有农场党委书记而已。历史就是三十年河东，三十年河西。史文竹站在历史唯物主义立场上，表情从容娓娓道来，好像赤脚蹚过一道山间小溪。

你的意思是劝我不要小题大做？郑卫星明显感到史文竹的变化，她不再是争强好胜的女强人，从锐角变为钝角，从四棱变成浑圆，从活跃躁动走向恬静平和，从斤斤计较走进圆融通达。

我不认为中外合资是小题，我只想告诫你，尽快弄懂这场持久战的含义，咱们中国的改革开放，只是万里长征走出第一步。今天外方能够将中外合资企业变为他们独资，将来我们也应当能够将外资企业变为我们独资嘛。中国人为什么发明围棋？一个"势"字，学问很大。史文竹不无乐观地讲着，好像评书大师单田芳的女弟子。

腰间系着围裙的史母操着山西口音小声召唤吃晚饭。史文竹随即挽留客人，郑卫星只得遵命。先是喝淡黄色香槟，沙拉佐酒。主食是山西的"剔尖儿"，配以辣酱和醋。自幼成长在滨海油田的郑卫星面对热气腾腾的三晋面食，还是第一次品尝，胃口大开吃得津津有味。

393

吃了剔尖儿喝咖啡，立即中西合璧了。满头冒汗的郑卫星想起中外合资，觉得很像剔尖儿与咖啡联姻，辣椒素与咖啡因合作，一起史无前例地考验着肠胃。放弃中外合资话题，郑卫星想起史文竹的传奇身世，转而询问前市委书记池凤斌的近况。

你肯定认为我的提升沾了亲生父亲的光。史文竹被咖啡弄得略显激动说，这座小洋楼是我以池凤斌名义借住的，一借就是这么多年。我当然沾了亲生父亲的光，也受了亲生父亲的连累。他从政多年宿敌不少，所以我如今成了闲职，整天无所事事。

郑卫星连连点头，认为史文竹说得很有道理。人世间所有长剑都是双刃的，一不留神就伤了自己。

小郑，你要记住这句民间俗语，干活儿不看东，累死也无功。现今谁是你的东家？不是副市长祝梓林，而是新任市委书记黄百强。你埋头干活儿不看东家脸色，傻呢。人届中年的史文竹立场鲜明地告诫郑卫星，应当找机会直接将中外合资企业现状向黄书记汇报，争取让自己早日成为黄书记的"嫡系部队"。

毕竟是高干的亲生女儿，分析问题一针见血，处理问题切中要害，该进取时争先，该防守时严谨。郑卫星对史文竹佩服不已。

咦，这位新任的黄书记跟你父亲……郑卫星有所醒悟，试探地问道。

史文竹忍不住笑了，觉得郑卫星实在精明。我跟你实话实说，黄当年是我父亲的部下，后来交恶成了政敌。他调来当市委书记，你说能有我的好果子吃吗？

这时电话响了，史文竹抄起听筒说了声，一会儿我打给你。放下电话做出继续与郑卫星交谈的样子。郑卫星知趣地起身告辞。史文竹毫不掩饰地说：我什么时候想聊天儿就打电话叫你来啊。

郑卫星表示招之即来，特意走进厨房跟史母道别。正在洗碗的史母缓缓抬头打量他说，我听说你扮过刁德一？文竹在家里经常哼唱晋剧高腔，都是阿庆嫂的唱段。

噢……郑卫星仿佛一眼看到史文竹的内心角落。看来成长于革命年代的女子，内心都有扮演阿庆嫂的梦想啊。他有意避开这个话题，称赞史母做的山西面食特别好吃。

这位老妪是进城干部池凤斌的原配，一辈子忍辱负重。史文竹的女强人劲头儿可能受到了母亲不幸婚姻的刺激，一路奋力登攀不甘人后。郑卫星暗暗揣测着，迈出史家小洋楼，沿着小街走去。

史文竹追了出来，站在黑暗里望着郑卫星。他不知她要说什么，返身迎上前去。史文竹突然抓住他的手说，我不会就此消沉的！我打了报告要求援藏，市委组织部安排我去日喀则担任地委书记。

你一定会东山再起的！郑卫星激动地说，也紧紧抓住史文竹的手。她抽出手来摸了摸他的脸颊说，你等我从西藏回来吧，我会继续做你的领导！

也兴许我到西藏去，做你的领导。为了让史文竹开心，郑卫星开起了玩笑。

好哇！你敢说这样的话，就是好样的，我等着你领导我呢！史文竹说罢，转身跑回小洋楼了。

第二天，郑卫星坐在办公室里拨通"祝办"电话，说有重要事情向祝副市长汇报。秘书要求他书面说明情况。郑卫星连夜赶出一份材料，从头到尾汇报企业中外合资的详细过程，着重谈到外方建立大型动力实验室的意图，外方每每增资，中方屡屡折股，长此以往，前景堪忧。

这份汇报材料一式两份，一份报送"祝办"，另一份寻找机会通过关系递交新任市委书记黄百强的秘书。几天之后，祝副市长做出"与外方合作应当本着稳定大局从长计议的原则，尤其中外合资企业，我们既要克服崇洋媚外的思想，也要避免排外抵洋的情绪，不要影响我市工业战线腾笼换鸟的大好局面"的批示，通过市政府专用邮路送到郑卫星案头。

一字一句读了祝副市长的批示，郑卫星冷笑了。他知道"腾笼换鸟"是指全市产业结构调整战略，把一座工厂比喻为一只鸟笼，举凡高耗低能的产品就是坏鸟，把坏鸟从鸟笼里弄出去，把低耗高能的好鸟请进来。

他妈的，华北电机厂既不是好鸟笼也不是好鸟。它自从受到中外合资不平等协议的限制，只能在低端市场跟中小企业抢食吃，这样下去还不如把它改为养鸡场。养鸡下蛋也比养鸟强。

郑卫星又气又恼，打电话叫来副总经理简晓铜，把祝副市长批示拿给他看。面对领导批示简晓铜并不感到惊讶，小声说，局面可能发生重大变化。

郑卫星没有留意简晓铜的表情，以为他只是聊发感慨而已。简晓铜看到一把手如此迟钝，翻开手里笔记本说，祝副市长秘书打电话催促申请紧急贷款，咱们打报告主送祝办，抄送市财政局和建设银行。

申请紧急贷款？眼下银根吃紧咱们想当杨白劳也找不到黄世仁，连喝卤水自杀的机会都没有！郑卫星情绪低迷，给自己冲了一杯咖啡。

简晓铜眉头紧锁说，如今贷款，难于上青天。可是只要得到贷款，咱们就能跟外方同步投资大型动力实验室，避免折股了。

哎！郑卫星突然醒悟了反问道，祝副市长秘书怎么把电话打给你啦？

简晓铜翻了翻眼皮说，是啊，他怎么不把电话打给你呢？我还纳闷呢。

临近下班时分，心情郁闷的郑卫星想找人说话，翻来覆去筛不出人选，还是想到华北电机厂锅炉房的王宪钢。这时电话铃声响起，把守阿德贝格（中国）电机制造公司大门的亢虎煞有介事地报告说，郑总！华北电机厂王宪钢来访，我请示是否放行。

由喜转怒的郑卫星大声斥责说，我还兼着华北电机厂厂长，王宪钢是华北电机厂工人，工人访问厂长你凭什么不放行？我看你是存心添乱！

于亢虎咬文嚼字反驳说，现在我是把守中外合资阿德贝格公司大门！你说的华北电机厂跟我没有任何关系，所以闲人免进。您说呢，郑总？

你敢不让王宪钢进门，我当场开除你！郑卫星没有想到于亢虎如此嚣张，上次告发"挂账"，今天电话挑衅，这是得寸进尺，得尺进丈，得丈进华里了。

我去迎接王宪钢！放下电话郑卫星走出办公室。楼道里，简晓铜手捧一份文件加快语速说，我刚刚收到阿德贝格总部传真。

郑卫星急着去工厂大门口见王宪钢，随口询问传真的大体内容。

情况不妙啊。简晓铜将传真内容摘要给郑卫星说，阿德贝格公司董事会宣布中方总经理郑卫星先生为不受欢迎的人，为了双方继续友好合作，他们要求你主动请求辞职。

什么？郑卫星瞪大眼睛望着简晓铜，好似听到火星传来的消息，我不同意建立大型动力实验室，就成了不受欢迎的人？操！当初八国联军也是不受欢迎的人，他们不是照样进了北京烧杀掠抢吗？

你这种民族情绪不但没有意义，反而产生负面作用。简晓铜一边劝慰郑卫星一边思索说，其实这份传真是阿德贝格董事会发给祝梓林副市长的，不知为什么也发到咱们这里。

他们为了达到木已成舟的目的，故意扩大负面影响呗！郑卫星异样地笑了。这洋人要是学会三十六计，你放原子弹都治不住他们。我就是不想让他们把中外合资企业变成外方独资！你别看我当年在戏台上扮演汉奸刁德一，我骨子里永远是中国人……

简晓铜低声劝解说，你冷静一下。咱们跟西方人打交道，必须了解他们的文化背景和思维方式。比如"挂账"这种做法，在他们眼里绝对属于不可思议的盗窃行为，沃勒夫多次抱怨你缺乏现代企业管理素质，给你打零分！

我是中国人，我不能按照沃勒夫的西方标准活着吧？中国企业家讲究人情世理，企业与企业之间互相帮助理所当然。郑卫星激烈批评道，外国人吃饭都是 AA 制，这符合中国国情吗？他偏吃比萨饼，我就吃炸酱面！

老郑，你也不要把社会主义强加给人家。我认为阿德贝格急于建立大型动力实验室，不光是想让中方折股，也是为了提高产品开发能力，从而提高企业竞争力。这也是长远发展的战略思考。

郑卫星猫腰蹲在地上，气得不说话了。这时想起气焰嚣张的于亢虎，他好像找到了出气筒，呼地起身朝工厂大门走去。

简晓铜追了几步略显窘意说，老郑，我刚才接到通知叫我明天上午九点钟到工业工委干部处谈话。

我先祝你高升！郑卫星意识到问题的严重性，中国可以有十万个郑卫星，地球上只有一个阿德贝格公司。如此关键时刻，市级领导是不会给自己撑腰的，况且史文竹已经成了有职无权的赋闲人物。

甩下简晓铜，郑卫星奔向工厂大门寻找出气筒。他沿途看到路灯杆上的阿德贝格英文标志，不禁笑了。我他妈的在戏台上扮演刁德一被新四军俘虏了，我在企业里当总经理被外国人驱逐了，这二十多年了我戏里戏外都成了反面人物，这真是宿命啊。

气急败坏的郑卫星来到工厂大门口，冲进保安室一把揪出于亢虎大声说，今天老子是来教训你的！

平时欺软怕硬的于亢虎看到郑卫星面孔扭曲五官挪位，仿佛恶鬼转世，当即吓得双腿发软，基本失去抵抗能力。

我先让你成为不受欢迎的人！郑卫星抬手抽了于亢虎一个嘴巴，又踹了两脚，动作干净利落接近专业散打水平。

身穿汗渍工作服的王宪钢看到郑卫星如此狂躁，以为认错了人。老郑，你今天吃错药啦？

于亢虎没料到郑卫星上演"全武行"，小声喊叫，君子报仇，十年不晚。抱着脑袋逃走了。郑卫星追了两步吼道，我今天就开除你！你他妈的才是不受欢迎的人呢！

一群保安远远看着中方总经理，窃窃私语以为这是盗版的郑卫星。因为正版中方总经理既不会张口骂街也不会动手打人，何况这是大打出手。

王宪钢走过来不乏调侃地说，你是脑力劳动者，光玩心眼儿不动蛮力的，这不像你的作风啊。

王宪钢变得幽默了，不像昔日那么拘谨。这时候郑卫星消了气，说，走吧，我请你去马达酒家吃饭。

马达酒家是华北电机厂下岗职工集资开办的，"马达"是电动机英语译音，就取了这个名字。郑卫星雄赳赳气昂昂走进马达酒家大堂，竟然没人搭理他。跑堂的小伙子看见锅炉房司炉工王宪钢进门，立即笑脸相迎。

落了座，郑卫星让王宪钢点菜说，我打人累了，要一份酱牛肉补充营养吧。王宪钢不解地道，你堂堂中外合资企业总经理动手打人，影响多不好啊。

郑卫星撇了撇嘴，不以为然地说，外面谣传外方让我下台，可巧于亢虎狗仗人势撞到枪口上，我满肚子火气全撒他身上了。

王宪钢点了宫保鸡丁和葱爆腰花说，外方让你下台可能不是谣言，我是听景达明说的。

景达明是听谁说的？郑卫星嚼着酱牛肉追问。王宪钢好似说"绕口令"，前天庞汇强告诉艾学习，昨天艾学习告诉景达明，今天景达明告诉卢丽虹，中午卢丽虹告诉我，我跑来就是想告诉你，外方非让你下台不可。

他妈的，庞汇强怎么知道这种内部消息？郑卫星下意识夹了两块葱爆腰花填进嘴里。葱爆腰花陪伴他的大脑共同思考着。

王宪钢继续补充信息说，前几天，庞汇强拉了两卡车青萝卜送到华北电机厂，让钱慧慧主持分给职工们，说是为国营企业献爱心。

听到庞汇强的动态，犹如发现重大敌情，郑卫星认为庞汇强为了追求钱慧慧，拉来两卡车青萝卜制造声势，同时也是为了邀买人心。

庞汇强不光送青萝卜，还想吞并华北电机厂呢。王宪钢放下筷子，仿佛拉响防空警报说，现在民营企业家纷纷承包国营企业，说是承包其实是买断，说是买断，其实是国有资产流失。庞汇强打的就是这种如意算盘。我不是已经考取了律师资格证书吗？庞汇强聘请我担任他的法律顾问，催促我尽快研究吞并国营企业的方案。去年，他把第三水泵厂地皮弄到手，已经动手开发商品房了。

这些内幕，都是钱慧慧透露给你的吧？我知道你跟她关系不错……心里长了草的郑卫星，方寸大乱，超剂量地大口喝酒。

你这是疑心生暗鬼。王宪钢伸手拦住对方的酒杯说，在中国做事有时很难，有时很容易，咱们国家法律不健全，让庞汇强这种人钻了政策的空子。

398

庞汇强能够获得你被外方轰下台的消息，说明他和高层攀上关系了。我看你回到华北电机厂还是从零做起吧，用几年时间把厂子重新搞起来。

这谈何容易！已经把自己灌得半醉的郑卫星目光凝滞。王宪钢怜惜地看着昔日好友说，当年你在戏台上被我们新四军抓获，也没有这么狼狈啊。

那是在台上唱戏，无论胜利了失败了都是假的。如今我他妈的是真狼狈啊。

老郑你不知道吧？简晓铜悄悄续写《沙家浜》呢。他写新中国成立后，刁德一刑满释放回乡务农，到了"文革"期间郭建光被打成"当权派"要投水寻短见，你还在湖边救了我呢！

我在湖边救了你？这是上辈子还是下辈子的事儿啊？郑卫星呵呵笑了。

跑堂的小伙子来结账了，问这顿饭谁请谁。要是郑卫星买单就收百分之一百五的钱，要是王宪钢请客打八折。

为什么呢？郑卫星不满地问道。

跑堂的小伙子解释说，这是我们饭馆的规矩，当官儿来吃饭按照百分之一百二到百分之一百五收费，从车间主任起，上至厂长封顶。因为当官儿的公款吃喝，不宰白不宰。工人穷，所以进门吃饭打八折。

郑卫星结了百分之一百五的账，迎着晚风走出马达酒家。一路上，半醉半醒的他嘿嘿笑着，说，简晓铜续写《沙家浜》让我湖边救人，我大半辈子总算干了一件正面人物的事情！

你应当收拾华北电机厂这烂摊子，挽回市场，重振雄风！王宪钢扶着郑卫星走着，在路灯底下遇见崔万昌。

我告诉你俩一个好消息！侯金泉醒过来啦！老态龙钟的崔万昌激动得泪流满面。

我天天给他洗脸擦身喂汤水，天天呼喊他的名字，今天一大早儿他睁开眼睛，冲我吐出四个字，好像是说，龙门吊车。

摇摇晃晃的郑卫星被崔万昌的泪水打动了，连连鼓掌，好啊，老泼猴儿睁眼等于铁树开花，这是华北电机厂的吉兆……

鼓了掌叫了好，一嘴酒气的郑卫星转向王宪钢说，什么时候你找到亲爹就更是吉兆啦！

王宪钢转身搀扶着崔万昌说，师傅，我知道您心里亏欠着侯金泉，那都是过去的老皇历，您还是穿新鞋走新路吧。您看，我考取律师证书啦！

王宪钢说着从衣兜里掏出小本子递给崔万昌说，连我这么笨的人都能考上律师资格，你说咱们还有克服不了的困难吗？

崔万昌泪眼昏花望着昔日徒弟，一时说不出话来。之后，他神情郑重地对郑卫星说，你师傅侯金泉昏迷这么多天都醒过来了，咱们华北电机厂肯定死不了！

迎着晚风，郑卫星拉着王宪钢朝前走去。王宪钢突然大发感慨说，一个人如果弄不清楚人生航向，那么无论刮什么风都不会是顺风的。

郑卫星觉得这句话挺深刻的，睁大眼睛注视着这位业余律师，古怪地笑了。

带着酒意回到家里，郑卫星倒头便睡。半夜醒了，躺在沙发里回忆，想起自己是被王宪钢送回家的，还喂了醒酒的药片。王宪钢这人不错，多年保持对同志认真负责的精神……

这样寻思着，郑卫星起身喝了一杯凉茶，凑到桌前拨打前妻的住宅电话。钱慧慧住宅电话嘟嘟嘟占线。他抬头看表是半夜两点半。是谁深更半夜跟钱慧慧通电话？虽然夫妻早已分道扬镳，郑卫星还是添了疑心起了醋意。

这是王宪钢半夜跟钱慧慧电话谈心吧？不会的，王宪钢身旁躺着家庭警察卢丽虹，他不敢半夜煲电话粥。郑卫星猜测着一遍遍地拨打，依然占线。

噢！一定是钱慧慧电话没放好。我以前也发生过这种情况，别人给我打电话都认为是占线。郑卫星这样想着，心里踏实了。

清晨六点四十分，郑卫星起床了。他洗脸刷牙又想起钱慧慧，扔下毛巾拨打钱慧慧住宅电话，听筒里传来熟悉的女声。

慧慧，你半夜电话占线呢。他开门见山地问，这是你电话没放好吧？

不是，有人跟我通电话。钱慧慧实话实说。

这是谁半夜给你打电话啊？影响休息。郑卫星以关心前妻睡眠为由，试探内情。

不是半夜打来的，他是晚间十点钟打进来的，一直说到凌晨四点多。钱慧慧毫不隐瞒地介绍着通话时间表。

面对钱慧慧的磊落与坦荡，郑卫星不好意思继续刺探。他询问前妻是否听到关于自己下台的谣言，比如外方称自己为不受欢迎的人。

这恐怕不是谣言吧。前几天沃勒夫让林仪芳给我打电话，主要了解你为人处世的情况。我说你自离开学校后，进入华北电机厂，从生产科调度员一步步当上了厂长。当时林仪芳吞吞吐吐的，我就感觉他们好像不待见你了。

我觉得，你卸下阿德贝格中方总经理的担子不是坏事。钱慧慧语重心长地说，我劝你调整心态，接受现实，一心一意当好华北电机厂厂长吧。

慧慧，是谁半夜给你打电话啊？心不在焉的郑卫星感觉自己正从高空坠落，不由自主抓住一根绳索问道。

我当然可以告诉你。钱慧慧平静答道，他是庞汇强。

庞汇强！他的第一桶金是怎么来的？郑卫星失态地大声说，你不要什么人都接触，宁缺毋滥！

郑卫星同志，当年阿庆嫂在《沙家浜》还接触胡传魁呢，何况今天改革开放大时代。电话里钱慧慧笑着说，以前全国搞阶级斗争，一个人的社会关系越少越安全，现在全国搞经济建设，一个人的社会关系越多资源越多，你啊心胸过于狭隘了。

慧慧，我想跟你复婚！郑卫星感到自己在跟别人赛跑，也弄不清谁是龟谁是兔了。

电话里钱慧慧久久没有回应。郑卫星好像摸了热烙铁啪地放下电话，窘得满脸通红。

郑卫星自言自语，我怎么又当了一把反面人物呢。

二十七　夜来风雨声

　　度日如年。白天好像热锅蚂蚁，夜里床上"烙饼"。郑卫星终于接到上级电话，约定星期二上午九点钟进局谈话。他知道此行凶多吉少，心里反而坦然了。

　　这时候，以林仪芳为首的阿德贝格（中国）电机制造公司谈判小组，与红泥河水电工程总经理万剑君接触频繁。这个项目本是华北电机厂的主攻目标，为此景达明还咬紧牙关出钱"行贿"，大有势在必得的气魄。令景达明意想不到的是，阿德贝格也伸出筷子冲这块肥肉下手了。

　　万剑君红卫兵出身，当年胳膊上还佩戴过"东城区纠察队"的袖章。后来参加"全国大串联"，越境进入缅甸当了两年"缅共战士"。他有着热带雨林生吃蟒蛇的传奇经历，脸上还留下一道刀疤。林仪芳见到这位老牌国际主义战士，随即以当年"纽约红卫兵"的身份与万剑君大谈往事，为对方燃起一大团青春火焰。

　　第一轮谈判林仪芳将自传体小说《我是外国红卫兵》送给万剑君，建议他也写出自己的回忆录。不知是林仪芳触动万剑君，还是万剑君激赏林仪芳，最终阿德贝格（中国）电机制造公司凭借综合实力战胜国内四家企业，签订了项目合同。

　　大获全胜的沃勒夫立即投资五百八十万美元购置以数控机床为首的高端机械加工设备，加大技术改造力度，确保项目按时完成。由于这次技术改造投资不对等，中方只得继续折股。外方竟然达到百分之六十的股份，一跃成为绝对控股方。心情郁闷的郑卫星只得暗暗骂娘，而且骂的是沃勒夫的外国洋娘。

　　星期二上午九点钟，郑卫星准时走进机电工业局大楼，明显感到这里空气不同以往。原来机电工业局即将改制为机电工业总公司，从大权在握的行政机关变为企业集团。一时间，机电工业局机关干部们的面部表情骤然紧张，好像人人都成了即将退居二线的老干部。

谁的日子都不好过啊。郑卫星怀着英勇就义的心情走进组织部部长办公室，接受谈话。

年富力强的组织部李部长烟瘾极大，一间办公室被他抽得青烟缭绕，宛若八仙过海的蓬莱仙境。

白面书生李部长首先对郑卫星几年以来取得的工作成绩给予肯定，特意声明中方失去控股地位的责任不在郑卫星，主要原因是中方资金不足。之后李部长郑重通知郑卫星不再担任合资企业中方总经理，返回华北电机厂担任厂长，主持全面工作。

这样你就可以集中精力振兴国营企业了。李部长狠狠吸了一口烟说，其实，组织上不想换你，可巧你动手打人，被外方抓住把柄，称你为"不受欢迎的人"，而且挨打的人多次给市委领导写信，说你身为中外合资企业领导动手打人，造成恶劣的国际影响，强烈要求你下台。

哦。郑卫星没想到于亢虎推波助澜，甘愿充当洋人走狗。事已如此，郑卫星只得表态，坚决服从组织安排，衷心感谢领导爱护。同时提醒李部长警惕中外合资企业大量出现于亢虎这种新时代汉奸，应当引起重视。

你不要跟这种人置气嘛。李部长吸了三支烟提出三点期望，首先希望他带领广大职工走出困境，重振华北电机厂雄风。

吸着第四支香烟的李部长告诉郑卫星，经局党委研究决定简晓铜出任阿德贝格（中国）电机制造公司中方总经理。

郑卫星还是有些意外。尽管如此，他当即表态拥护组织决定。

你还是单身生活吗？性格温和的李部长与他握手道别，突然提出这个问题。

郑卫星有些苦涩地笑了，调侃说，单身生活很好，一人吃饱，全家不饿。一人洗澡，全家干净。

李部长意味深长地说，是啊，这么多年史文竹同志也是单身生活，她把全部精力放在工作上了。

李部长是什么意思呢？郑卫星走出组织部不禁寻思起来。我的单身生活跟史文竹有什么关系？二十年前就谣传我跟她关系暧昧，还有人说我是她的面首。如今史文竹担任闲职，我也被老外轰出来了。一损俱损，一荣俱荣，这真是成也史文竹，败也史文竹啊。

无精打采的郑卫星走在大街上。一家音像商店正在播放京剧《沙家浜》，可巧刁小三抢姑娘包袱。

刁小三　站住！老子们抗日救国，给你们赶走了日本鬼子，你得慰劳慰劳！

少　女　你干吗抢东西?!

刁小三　抢东西？我还要抢人呢！

少　女　（急中生计，求救地喊）阿庆嫂！

阿庆嫂　得啦，得啦，本乡本土的，何必呢！来，这边坐会儿，吃杯茶。

刁小三　干什么呀，挡横是怎么着?! ……

这是原版的阿庆嫂，中央的洪雪飞。刁小三也是原版的。郑卫星驻足听着，突然笑了。当年在文艺宣传队简晓铜扮演刁小三，工宣队队长武玉国老批评他流氓气不足。如今，简晓铜继任合资企业中方总经理，等于刁小三替代了刁德一，这简直就是《沙家浜》的续集。

郑卫星回到办公室收拾停当，从"西厂"卸任向简晓铜交接工作。他叮嘱继任者竭尽全力保住中方股份，不要步西北轴承厂后尘，把中外合资企业变成外方独资企业。

我搞到紧急借款了，这次咱们可以跟外方同步增资，不再割让中方股份。简晓铜小声说。

好！我全明白了。郑卫星想起当初简晓铜上大学就是走"上层路线"，于是拍了拍继任者肩膀说，怪不得让你接替我呢，你能搞到银行借款说明高层有靠山。

新任市委书记黄百强是我父亲的军校同学，从青海调来的……简晓铜不隐不瞒道出实情，很诚实地说，不过，我也不能完全依赖靠山，尤其跟洋人打交道。

好啊！你有高层靠山，企业也沾光。你跟着洋人好好干吧，我到华北电机厂重走长征路去了。郑卫星得知简晓铜的底细，深知朝里有人好做官的道理。沃勒夫肯定通过林仪芳打探清楚简晓铜的高层背景，这才选中他的。一旦洋人悟透中国官场潜规则，立即左右逢源。洋人成了精，十个中国人拎不清。

郑卫星不由想起前些天史文竹的点拨，让自己争取靠近新任市委书记黄百强。如今看来，人家简晓铜才是真正的嫡系部队，我属于八竿子打不着的甩货。

铩羽而归，郑卫星回到"东厂"就职。他首先请来工会主席钱慧慧谈话。前夫对前妻说，一道大墙相隔多日，今天咱们会师了。钱慧慧报以淡笑，要求他着手解决拖欠已久的职工医药费问题，尤其那四十八名因病致贫的老工人，全家生活状况惨不忍睹，基本回到万恶的旧社会了。

这笔钱让我去哪儿化缘呢？我又不是出家人。郑卫星逐一记下那四十八个老工人的名字，收起笔记本表态说，这年头吃药比吃饭更贵。前天我打电话找艾学习借钱，他说全部资金投入垃圾处理场，每月还要偿还银行贷款的利息。

你记得朱则良和杨葵花抱养的孩子吗？黄鼠狼单咬病鸭子，那孩子得了白血病！为了给孩子治病，朱则良偷偷跑去卖血！钱慧慧说着红了眼圈儿，起身离开郑卫星办公室。

楼梯拐角，她遇见常务副厂长景达明。此公接近退休年龄，多年盼望扶正。此番郑卫星回归华北电机厂，他的希望彻底破灭。钱慧慧揣测景达明心情苦闷，却不知如何安慰这位长者。

头发斑白的景达明笑容满面，压低声音告诉钱慧慧，几经努力蔡老师终于同意结合在一起了，一对单身男女成为合法同居的生活伴侣。今晚六点钟在"红丝带"吃饭，请钱慧慧务必出席。

被"生活作风问题"困扰多年的景达明，终于修成正果，钱慧慧高兴地答应了他的邀请。

这是两只老鸟归林。钱慧慧从心里祝贺母亲老有所依，也祝贺景达明彻底站在阳光下了。是啊，有情人终成眷属，老男老女搭上改革开放的顺风船，并肩驶进新时代了。

晚间六点钟，钱慧慧坐在"红丝带"饭店二楼单间里，成为这桩喜事的唯一见证人。蔡老师声音清脆地对景达明说，进入快餐时代，人们不谈永恒。兴许你只是我的一只汉堡包，没吃几口就扔了，也兴许我只是你的一杯可口可乐，没喝几口就撂了，咱俩过一天快乐一天，反而可能天长地久呢。

注视着如此乐观通达的母亲，钱慧慧感慨不已。当年受到父亲欺骗，母亲得知真相变得玩世不恭。尽管落得"生活作风不良"的负面评价，她却赢得身心自由。自由这东西，犹如味精，它给寻常生活调剂滋味，只是不能过量使用而已。

喝的是绍兴老酒。仨人频频碰杯，说着酒精催发的吉祥话，兴致好似明亮的月光。钱慧慧发现母亲文了眉，还涂了淡色唇膏。涂了淡色唇膏的蔡老师劝说单身生活的女儿，人生苦短，不要虚度大好时光。优秀的女人好比绩优股票，应当有人长线持有。

钱慧慧笑而不答，伸出筷子给母亲夹了一块海参，然后将话题转向华北电机厂。尤其谈到企业陷入困境，卸任在即的景达明认为国营企业积重难返，生机渺茫，只能自生自灭了。

钱慧慧蓦然明白，年近六十岁的景达明与昔日情人鸳梦重温，自然产生船到码头车到站的思想，他的主要任务就是享受黄昏恋了。

晚餐结束，满面红光的景达明挽着蔡老师下楼，亲切地昵称她"小菜鸟"，蔡老师则叫他"老景致"，其乐融融。钱慧慧跟随这对老鸳鸯走出酒店大厅，心中感慨良多。当年的"不正当男女关系"如今成为令人瞩目的"黄昏恋"，社会转型，思想开放，真是夕阳红了，而且红得发紫。

走出"红丝带"饭店大门，钱慧慧看到身宽体胖的庞汇强从黑色林肯轿车里扭动出来，大肉虫子似的。

你是苏联克格勃还是以色列摩萨德？我走到哪里你跟踪到哪里。钱慧慧嗔怪着。庞汇强讪笑答道，我给你安装了卫星定位系统，专程赶来送你回家的。

钱慧慧转身指着蔡老师和景达明，大声给庞汇强下达命令说，你先送景厂长回厂，再送我母亲回家，这个任务你能完成吧，车夫？

业余车夫连连点头，表示坚决完成任务。满脸欣喜的蔡老师低声告诫女儿，这男的追了你二十多年，但是你告诉他必须减肥，只要体重超过九十公斤，绝对不嫁他。

郑卫星体重八十九公斤……钱慧慧故意报出前夫的体重，试探母亲的态度。久经情场的蔡老师嘿嘿笑了，说，好马不吃回头草，既然离了就不要复，复婚是最大的自我否定。

庞汇强意外发现蔡老师是他的同盟军，立即挽扶她老人家上车，提前进入预备役女婿角色。钱慧慧忍不住咯咯笑了，觉得庞汇强这人挺好玩儿的。

一连几天，郑卫星将自己反锁在厂长办公室里，好似闭关修炼辟了谷。终于，他开列出一大串名单，认真研究这一堆人的利用价值。

他妈的，当今社会，煤矿是资源，油田是资源，人更是资源。当年史文竹是我的资源，池凤斌是史文竹的资源；如今新任市委书记黄百强是简晓铜的资源，废品是艾学习的资源，中国市场是阿德贝格的资源，洋主子沃勒夫是狗腿子亢虎的资源……郑卫星思索着问自己，那么谁是华北电机厂的资源呢？不知道。

郑卫星让"厂办"发出中层干部讨论会的通知，讨论题目是"我们怎样渡过难关"。他还指定几名工人代表参加，其中有王宪钢。

考虑到发挥老干部的余热，郑卫星指派景达明亲自出马邀请老书记章泽和老厂长刘频出席会议，为华北电机厂早日走出困境，献计献策。

明亮的会议室里，老书记章泽和老厂长刘频的出现博得了掌声。章泽是北方人，显得高大而苍老。南方人刘频矮小精干，目光炯炯神态自若。

郑卫星礼仪性地请章泽和刘频讲话，这两位老领导识趣地谢绝了。郑卫星做了主题讲话，之后请大家轮流发言。

会议室里，中层干部们纷纷抖搂家底，似乎展开"比穷大赛"。郑卫星打量着满腹苦水的车间主任们，突然想起当年的样板戏《沙家浜》。如今就是逼着你们下阳澄湖捕鱼捉蟹，你们穷得连船桨都没有啊。

一个个车间主任发言，华北电机厂面临的主要矛盾摆在桌上：企业多年形成的主导产品，恰逢市场处于低迷状态。然而市场好转只得依赖国家宏观调控政策的实施。因此，全厂开工不足，百分之四十八的工人待岗，上午班组读报学文件，下午打羽毛球玩扑克什么的，总之要拢住人心。

工会主席钱慧慧埋头记录诸位车间主任的发言，眉头紧锁。这几天她参加市总工会"现代企业管理培训班"，收获很大。她知道华北电机厂银根吃紧，只能维持两个月的工资了，全厂危机即将爆发。

老厂长刘频发言。这位计划经济时期叱咤风云的老厂长认为，地处改革开放前沿的珠三角地区，大量民营企业急需技术力量，如果将华北电机厂下岗职工输送到那里，既解决了企业发不出工资的难题，又让工人们有了新饭碗。

刘频越说越多。厂办秘书示意郑卫星有紧急电话。他起身回到办公室。

这是简晓铜打来的电话。要求华北电机厂十天之内如数还清拖欠的设备租金余款，总共一百三十二万元。

你是新官上任三把火吧？郑卫星打趣地说，现在你变成了蚕，我还是桑叶，你就张开小嘴吃我吧。

你曾经许诺年底还清全部余款。电话里简晓铜冷笑说，我在其位，谋其政，你要是还赖着不还，只有法律途径解决了，这是阿德贝格董事会的决定。

对方啪地撂了电话。郑卫星怔了。他妈的，简晓铜上任伊始拿我开刀，这就要对簿公堂啊。

这是阿德贝格董事会的决定？看来沃勒夫跟我较上劲了。受了一肚子窝囊气的郑卫星返回会议室，可巧赶上王宪钢发言。这位司炉工一改温和平稳的形象，激烈地反对老厂长刘频的合理化建议。

工人是企业的主体，没有工人就没有企业。企业培养一个成熟的技术工人至少五年时间，培养一个技术尖子至少十年光景。工人是企业的最大财富。您把工人输送出去，等于自断香火，彻底毁了华北电机厂的血脉。王宪钢起身走到刘频面前深深鞠躬说，您的思想停留在一大二公的计划经济时代，以为今天放了羊，明天还能招呼回来，到了明天它们早就变成羊肉串了。

人们哄地笑了，品味着"放羊"与"羊肉串"的形象比喻，对王宪钢刮目相看。郑卫星也被震撼了，没想到王宪钢话锋如此尖锐，活像出庭陈词的大律师。

山不转水转，总有一天高级技工重新成为市场短缺的宝贝，供不应求，求之不得。俗话说，人无远虑，必有近忧。我们往往只顾近忧，放弃了远虑，这就叫短期行为啊。王宪钢说罢，重新落座。

老书记章泽赞同王宪钢的观点，认为不能主动遣散工人。当务之急是群策群力制定企业振兴规划，首先求生存，然后求发展，重新把华北电机厂打造成为具有竞争力和创造力的好企业。

几个车间主任小声嘀咕，认为老书记站着说话不腰疼，一没资金二没市场，企业振兴只是一句口号罢了。

钱慧慧埋头整理着发言记录，在笔记本里这样写道：应当召开这种中层干部会议，更应当召开全厂职工代表大会，让所有职工切实感到华北电机厂到了最危险的时候，只得破釜沉舟了。

中层干部会议结束，郑卫星派景达明护送老厂长，派钱慧慧护送老书记。坐在汽车里章泽对钱慧慧大发感慨说，当初我想不到你跟郑卫星结婚，后来我想不到你跟郑卫星离婚。

钱慧慧笑问老书记，您认为我当初应当跟谁结婚呢？

章泽老了却不乏机智，哈哈大笑说，人家阿庆在上海滩跑单，你不跟别人结婚，也就不会跟别人离婚了。

活了大半辈子，我还没见过阿庆呢，这就是我的前世今生。钱慧慧咯咯笑得流出眼泪。

第三天，华北电机厂法人代表郑卫星收到"特快专递"送达阿德贝格公司的"律师函"。他坐在办公室里认真阅读着，知道这场官司不可避免了。

看来阿德贝格动真格的了。不过我们中方还有百分之三十四的股份，你沃勒夫动不动就打官司，还他妈的想合作吗？郑卫星气哼哼给简晓铜打电话，商议延期解决挂账问题。

简晓铜接电话语气和蔼，立场却很坚定。他给这位国企厂长指出三条道路：一是打款还债，也就是把挂账的钱还清；二是以股抵债，也就是继续抵股；三是对簿公堂，也就是让法院判决。

郑卫星急了，举着电话筒大声质问简晓铜是中国人还是外国人。电话里简晓铜轻蔑地笑着说，我向你催债是职务行为，这与个人身份没有关系。以前你担任中方总经理，最大的失误就是没弄明白自己是谁，这也是沃勒夫放弃你的根本原因。你头脑里的国企意识太浓厚，导致你难以适应市场化和股份制，更难以适应国际化的思维方式。

被简晓铜教训一顿，郑卫星放下电话挺堵心的。这时候，散发着蜂花牌洗发膏味道的钱慧慧走进厂长办公室，却被眼前的景象惊呆了。

郑卫星办公室里竟然摆着十几盆米兰，窗台四盆，茶几一盆，办公桌上两盆，沙发两侧四盆，好像走进一座小花窖。正值花期，十几盆米兰竞相开放，香气扑鼻，又仿佛进了一座香水工厂。

你这是怎么啦？钱慧慧屏住呼吸望着郑卫星，似乎从浓重的香气里嗅出了前夫的心思。

我觉得这种香味特别好闻，就让朱则良从花窖里搬来十几盆。郑卫星轻描淡写地解释着，不愿意承认自己企图找回当年的身体味道。

我以前跟你说过，植物的香气跟动物的香气是不同的。钱慧慧颇为同情地说。

郑卫星好像不耐烦了，催问钱慧慧有什么事情。她看出郑卫星心情烦躁，就简明扼要告诉他，准备近期召开全厂职工代表大会，重点讨论发行企业内部股票的事情，这是企业融资的有效手段。

好啊。郑卫星被律师函搅得心浮气躁，下意识地将讨债的律师函递给钱慧慧。

伴着阵阵花香，钱慧慧读罢律师函告诉郑卫星，欠债还钱，天经地义，尽管如今杨白劳多如牛毛，这场官司打起来华北电机厂肯定败诉。

钱慧慧继续开导说，阿德贝格公司让你下台，我认为不属于个人恩怨。他们的现代企业观念跟你的传统管理方式差距太大。咱们都不是企业管理的专家，所以要学习。我打算试行职工认购企业内部股票，就是想把企业效益与职工利益联系起来，既吸纳了资金又凝聚了人气，争取达到公私双赢的目的。

内心郁闷的郑卫星认为发行企业内部股票是远水解不了近渴，把钱慧慧的建议当作耳旁风，一刮就过去了。

你没有听懂我的话吗？钱慧慧觉得郑卫星好似热锅蚂蚁团团转，丧失了听取合理化建议的耐心。心灰意冷的她转身离去，却突然被郑卫星从背后紧紧抱住。他两只胳膊牢牢箍着前妻，呼吸急促地说，咱们复婚吧，慧慧。

钱慧慧被箍得几乎窒息，呼吸着米兰香气要求对方松手，说，请你放开我，你已经没有这种权利了。

难以自持的郑卫星连连啄吻前妻的脖颈，忘情地说着，我就想回到原来那种样子，我就想回到原来那种味道……

郑卫星身体燃烧了，好似张思德窑洞里的火炭。他抓住前妻肩膀用力扳转过来，炽热地盯视着她的眼睛，你还是我老婆，我不许你跟别的男人结婚！

她使劲摆脱着，却被他强吻了。她左右晃动躲避着他的长吻。这时候，咣当一声，有人推门进来。郑卫星闪电般推开前妻，仿佛推开一个巨大的累赘。

身穿蓝色改良中山装的艾学习推门走进，看到头发凌乱的钱慧慧与喘息未定的郑卫星，满怀歉意地笑了。

我打搅了你们，真是不好意思……进退维谷的艾学习说着，冲这对男女敬了一个不伦不类的民间军礼。

钱慧慧快步走出郑卫星办公室，眼窝噙满泪水。她不知道这是出于羞愤还是厌恶，内心对前夫充满绝望。

见钱慧慧走了，艾学习耸了耸鼻子，闻着浓烈的米兰香味，说了句你改做花匠啦，然后伸手拉过椅子坐下，算命先生似的打量着郑卫星。

你私人生活情感缺失，工作方面银根吃紧，养这么多米兰管什么用呢？

郑卫星嗅着前妻留下的气息硬撑着脸面说，我情感缺失？你拉倒吧！钱慧慧很快会跟我复婚的。

好好好，你情感不缺失，你银根吃紧吧？我给你雪中送炭来了。艾学习手指嗒嗒敲击着办公桌面，宛若坐在老虎机前面，等待哗哗吐出硬币的赌徒。

我看你是雪中送冰吧？郑卫星不屑地瞥着从"废品大王"变成"环保投资人"的艾学习，挖苦说，你在垃圾填埋场又掘出黄金啦？

你知道保护工业遗产的《下塔吉尔宪章》吗？TICCIH 是国际组织。中国也建立了工业遗产保护论坛，它是志愿者的民间组织。

郑卫星摇摇头，表示一概不知，暗暗猜测艾学习葫芦里卖的是什么药。

艾学习侃侃而谈。你知道保护历史文化遗产吧？最著名的当然是北京故宫和颐和园。可是我们还应当保护近代工业遗产。比如江南造船厂清朝末年的船坞就保护起来了。还有第三皮鞋厂你知道是哪的旧址吗？它是清朝政府中国北方造币厂！

你知道我是谁的旧址啊？郑卫星指着自己的鼻子说，我是中外合资企业阿德贝格公司中方总经理兼董事会董事的旧址！你跟我说这陈芝麻烂谷子干吗？

这是新芝麻好谷子！艾学习探出脖子凑近郑卫星耳朵说，现在有人出钱收购你的龙门吊车和兰开夏锅炉，开的绝对不是破铜烂铁的价钱！

那座锈迹斑斑的龙门吊车起重能力从七十五吨降到五十吨，闲置着越来越锈，再过两个雨季就成了废铁。那台兰开夏锅炉退役了，睡在锅炉房后院也等待着变成废铁。郑卫星感到意外，谁愿意出钱收购这些玩意儿啊？

你想知道什么人收购？周总啊！人家是大老板，志向远大，思想超前，独具慧眼，金矿银矿不稀罕，就喜欢挖掘工业历史宝藏！他要把全国工业历史宝藏整合起来，建立一座工业遗产博物馆，花多少钱都舍得。

郑卫星疑惑地望着艾学习，不禁想起单田芳。听着艾学习这番讲述，总觉得跟说评书似的。

在华北电机厂干了二十多年，郑卫星大体知道那座龙门吊车的来历，据说它是比利时工程师希尔福给北洋政府兵工厂设计的。至于那台老得掉牙的兰开夏，辈分更高。这种型号的锅炉产生于工业革命时代的英国兰开夏郡，因此得名。

我说艾老板，人家西方发达国家遵守《下塔吉尔宪章》，愿意花钱保护工业古董。怎么中国人也有这种闲情逸致啦？

艾学习好似毛驴拉磨，围绕着郑卫星转圈儿，伸出两个手指说，周总出这个数，收藏你的龙门吊车和兰开夏锅炉！

郑卫星无法判断是两万还是二十万，便伸出三个手指头说，我要这个数！

三十万？你这是杀人不偿命啊！艾学习连连摇头从屁股后边抽出"大哥

411

大"，拨打号码请示那位周总。

听到艾学习脱口报出"三十万"，郑卫星又惊又喜，随即从被动防守转为主动进攻说，你先不要打电话请示周总，这是国有资产不能说卖就卖，倘若职工代表大会通不过那也白搭。

艾学习收起"大哥大"说，去年周总收购了本市卷烟厂的载货电梯，才花了八万块钱，那是当年颐中烟草公司的原装英国货。你的龙门吊车和兰开夏锅炉风吹雨淋，都快成废铁了，兴许周总还不愿意要呢。

他不愿意要就变成废铁好啦，反正国有资产不得流失。郑卫星冲艾学习挥挥手，好像在轰一只会打鸣的母鸡。艾学习当即表示尽力玉成此事，一扭屁股走了。

他妈的，这两宗东西放在华北电机厂是废铁，到了那位周总手里就是大宝贝。郑卫星寻思着，无奈地笑了。

几天之后，华北电机厂职工代表大会如期召开。郑卫星以及景达明等几位副厂长在主席台就座。工会主席钱慧慧做主题报告，提出建立职工认购企业内部股票的设想，却没有引发会场热烈反响。她详细解释了职工认购企业内部股票的双赢意义，既扩大了企业融资渠道，又增加了职工收益，促进华北电机厂进入良性发展状态。

铸造车间的职工代表举手提问，这种企业内部股票保不保本？不等钱慧慧答复，检验科职工代表抢先回答说，股票不是储蓄，光分红不保本。

铆焊车间职工代表起身反对说，职工拿出积攒多年的家底认购内部股票，一旦企业黄了血本无归，工人们不是跳楼就是上吊，连喝敌敌畏的钱都没了。

一时间，似乎来了一股西伯利亚寒流，会议冷场。这时会场后排一个男子不慌不忙站起，高高举起戴着白线手套的左手，要求发言。

人们的目光齐刷刷地投射过来，聚光灯似的照耀着供应科职工代表朱则良。

这位左手伤残的仓库管理员咳了一声说，我赞成钱慧慧！她是好人，这二十多年她做的都是好事，我愿意认购企业内部职工股票，八百块钱！

全场哗然。谁都知道朱则良与杨葵花抱养的孩子患了白血病。男的月薪三百九，女的四百三，两口子总共八百多元。此时朱则良挺身而出，认购八百块钱股票。这举动震撼了会场。

坐在主席台左侧的景达明挪过话筒说，小朱子，你借钱给孩子治病哪儿还有闲钱认购股票？再说建立职工认购企业内部股票只是工作设想，还没有到掏钱认购股票的时候呢。

无论什么时候认购股票，反正我先买八百块钱的！就是砸锅卖铁我和杨葵花也要支持钱慧慧，她是为了工人们的利益。朱则良这番话，说得会场鸦雀无声。

钱慧慧眼里泛着泪光，稳定情绪，继续做报告。她讲到加强职工素质教育和完善岗位培训，又讲到劳动保护与女工保健工作。

会议进入企业法人接受职工代表质询的议程，居然没人提问，看来谁都不愿意走这个过场。弄得厂长郑卫星倍感冷落。他只得以企业法人身份发言，一张口就谈到企业拖欠职工医药费的敏感话题，会场空气骤然紧张。

我保证近期解决四十八名因病致贫老工人的医药费问题，还有四位工伤致残职工的生活补助金，总共十二万九千七百六十二块五毛五！会场里仿佛投下一颗袖珍原子弹，人们心头腾起一朵蘑菇云。

钱慧慧吃惊地注视着信誓旦旦的郑卫星，以为前夫摇身一变成了财神爷。对千疮百孔的华北电机厂来说，这十二万多元人民币毕竟不是小数目，而且拖欠多年。这时候，她听到郑卫星大声宣布说，但是你们职工代表必须同意我把闲置的龙门吊车和退役的兰开夏锅炉卖掉！我要用这两堆大锈铁换回一张大额支票，你们相信不相信？

充满务实风气的职工代表大会会场，突然爆发出一阵震耳欲聋的掌声，经久不息。景达明与钱慧慧面面相觑，猜不透郑卫星吃了哪国进口的兴奋剂。

郑卫星好像打了鸡血，情绪亢奋不止。他挥舞着拳头表示，一定带领华北电机厂职工走出困境奔向小康，创新产品，开拓市场，灵活经营，跟中外合资阿德贝格公司展开公平竞争。

跟人家中外合资企业竞争谈何容易？职工代表们渐渐意识到慷慨激昂的厂长把话说大了，会场冷静下来。

华北电机厂职工代表大会结束了。人流涌出小礼堂。这时从一墙之隔传来爆炸性消息：西厂那边罢工了！

尽管不是以讹传讹，华北电机厂工人们还是不相信阿德贝格工人罢工的消息。他们进了中外合资企业好比进了天堂，工资高，待遇好，工作服都是洋式的，吃饱了撑的闹罢工干吗？

郑卫星偷偷笑了，快步跑回办公室给简晓铜打电话了解事态真相。电话里，一向稳重的简晓铜难以掩饰内心慌张，承认一线生产工人罢了工。罢工起因是由于外方副董事长沃勒夫给工程技术人员涨了百分之十的工资，却不

413

给一线生产工人增加薪水。工人们要求得到公平待遇，推选出三位工人代表求见沃勒夫，却被生产秩序监督员于亢虎无理扣留四小时。中方总经理简晓铜赶到现场的时候，一线生产工人情绪已经失控，宣布罢工。

郑卫星问简晓铜采取什么控制措施。简晓铜说，已经报告机电工业总公司也就是从前的机电工业局，还给市总工会打了求援电话。

你应当先把火苗儿扑灭，不要急着向上级报告，那样就没了回旋余地。而且绝对不要使用罢工这个字眼儿，应当说因故停产。郑卫星喋喋不休教导着对方，暗暗生出几分幸灾乐祸。

沃勒夫是怎样对待这次罢工的？耿耿于怀的郑卫星不忘打听那位称自己为"不受欢迎的人"的大胡子洋人的动态。

简晓铜如实介绍说：沃勒夫态度强硬，要求工人立即复工。

放下电话，郑卫星心情矛盾起来。一方面他怨恨大胡子洋人，盼望沃勒夫遇到麻烦。另一方面希望工人立即结束罢工，避免被外方抓住把柄吃大亏。

钱慧慧听到"西厂"罢工的消息，惊了。她知道从中央到地方天天强调安定团结，特别忌讳"罢工"二字。她焦急地朝大墙方向跑去。

那座曾经被称为"国门"的豁口已经砌死了，一道"柏林墙"板着关山难越的坚硬面孔。钱慧慧急得跳脚，冲着大墙那边叫嚷起来。

你们不应当罢工！你们太傻啦，这是主动给外方提供裁员的借口。他们巴不得裁老工人回家，招新工人进厂，那样节省了工资总额！你们现在端的不是铁饭碗是纸饭碗，就跟纸碗方便面一样，说吃就吃，说扔就扔……

钱慧慧仿佛当代孟姜女扶着大墙叫喊着，她的声音只被墙头一群麻雀听到，纷纷振翅飞往"中外合资"方向了。

你诱甚么汶剃麻？一句蹩脚的汉语从大墙上飘落下来，吓了钱慧慧一跳。她抬头看到大胡子沃勒夫半身露出墙头，分明站在大墙那边的梯子上，好像中国京剧《空城计》里城头上站着一个外国诸葛亮。

我有什么问题吗？钱慧慧倒退两步仰头正视道，沃勒夫先生！你要是能听懂中国话，我就如实告诉你，我们国家重视安定团结的大好局面，你弄得一线生产工人罢工，这既是我们中方的失误，也是你们外方的耻辱！你应当学会跟中国工人平等对话，让他们把企业当作自己的家园，让他们把你当作他们的兄长，让他们享有劳动者的尊严和快乐，让他们的劳动得到应有的肯定和回报……

钱慧慧激情澎湃地诉说着，字字句句镶嵌在大墙上，好似写出一面巨大无比的告诫书。半身雕像式的沃勒夫眉头紧锁听不懂汉语，却读懂了这位中国女士的表情。

大墙那边隐身站着"红色中国通"林仪芳，低声为外方副董事长做着同声翻译。

沃勒夫当然听得懂林仪芳的低声英语，他友好地向大墙那边的钱慧慧挥了挥手，颇为礼貌地用中文说了声，谢谢你。便从大墙上隐退了。

钱慧慧感到筋疲力尽，一屁股坐在大墙下气喘不止。她的激情讲述耗神伤气，四十岁的女人精力不比当年，不禁怀念起扮演阿庆嫂的那段青春时光。

此时，气喘吁吁的钱慧慧并不知道沃勒夫给祝梓林副市长打电话，强硬提出立即恢复正常生产的要求，还向巴黎总部发出"以技术改造为由头，加大增资力度，尽快拆兑中方股份，使阿德贝格公司早日成为外商在华独资企业"的英文传真。

傍晚时分，市总工会紧急派员赶到中外合资阿德贝格公司，着手调查这起"罢工事件"，并且极力劝说工人们复工，以免造成难以挽回的重大负面影响。

重大负面影响？三个工人代表有两位变了脸色。另一位代表说，外方不给我们涨工资，反而给我们施加压力，这是没理搅三分！

不知是谁招来参加罢工的工人家属。这一群女人站在工厂大门口，哭天抹泪，呼吁丈夫复工，说，全国上千万工人下岗待业，你们怎么不珍惜中外合资企业的好饭碗呢？

女人们的滴滴眼泪胜过瓢泼大雨，一下浇软了男人们的心。中方总经理简晓铜看着这群哭哭啼啼的工人家属，深切感到中国家庭对男人的牵扯。

第二天下午全厂恢复正常生产，市总工会人员也撤走了。生活重新归为平静。

沃勒夫召开企业管理层会议，全面检查建立大型动力实验室的工作进度，却只字不提罢工事件。事情好像就这样过去了。工人们暗暗议论，说，别看人家德国出过纳粹，这个沃勒夫倒挺温和的。

过了两天，沃勒夫将中方总经理招到办公室，严厉批评简晓铜监管不力酿成罢工危机，要求他深刻反省。简！中国工人采取罢工方式表达诉求，属于过激行为，我保留向参加罢工者追讨经济损失的权利。

简晓铜顾不得深刻反省，伸手接过外方副董事长拟定的处罚名单。沃勒夫决定对三个罢工代表和十二个罢工骨干分子给予除名处分。简晓铜看到的这份名单是清一色生产技术骨干。这次德国人下了狠手。

其实，沃勒夫心情也不平静。前任中方总经理郑卫星屡次挂账，这种充满中国特色的思维方式令西方企业家难以容忍，因此被称为"不受欢迎的人"。现任中方总经理简晓铜是电机专业工程师，性格平和办事稳重，是典型的中国知识分子。然而，通过这次罢工事件沃勒夫发现，简晓铜内心软弱缺乏强硬手腕，这种东方仁慈与西方现代思想相去甚远。

因此，沃勒夫操着英语问道，简！林小姐说你曾经在中国歌剧里扮演抢夺村民包袱的匪兵，这种经历怎么没有留下任何性格痕迹呢？

我确实扮演过抢夺村民包袱的匪兵，可我本人不是匪兵啊！简晓铜不乏愠色反驳道，您在德国杜塞尔多夫狂欢节上扮演小丑角色，难道你在生活中真是小丑吗？

沃勒夫耸了耸肩避开小丑话题，责令简晓铜依照名单，立即执行处罚决定。沃勒夫知道这次中国工人罢工与西方工人罢工相比，实在不足挂齿。尤其那群女人聚在工厂门外，发出毫无尊严的哭号，使他深刻意识到中国蓝领阶层是多么看重中外合资企业的薪水。

简晓铜手捧名单，忧心忡忡地走了。沃勒夫随即想起前天在大墙上看到的钱慧慧。与郑卫星和简晓铜相比，他反而觉得这位女士更适合中外合资企业的管理工作。以前几次邀请，均被婉言谢绝。难道中外合资企业的好薪水与高待遇对她没有丝毫吸引力？沃勒夫思索着，喝光一杯咖啡。

沃勒夫想起另外一位喜欢咖啡的女士，他曾以蓝山咖啡做礼物送给史文竹。这位大胡子洋人认为，钱慧慧与史文竹截然不同。一个是基层工会主席，一个是政府高层官员，前者是一盏中国碧螺春，后者是一杯进口卡布基诺。

下午时分，简晓铜打来电话，英语流利的他此时说得磕磕绊绊，变成了利物浦的结巴。电话里，简晓铜告诉外方副董事长，中国尚未出台《劳动法》，但是中国工人的合法权益应当受到保护，建议给这十五名工人警告处分，不要除名。

简，收回你的建议吧。有着雅利安人血统的沃勒夫啪地挂断电话。电话随即又响了。他以为还是简晓铜打来的，不情愿地接了。

却是林仪芳的声音。这位阿德贝格总部驻厂特派员操着美国腔调的英语报告两件事情：一是企业为沃勒夫配备的原装大众牌轿车的两只轮胎被扎破，不知是否报案。二是华北电机厂工会主席钱慧慧来访，不知是否安排见面。

林仪芳的"奥飞斯"就在隔壁房间，沃勒夫断定钱慧慧已经到达林仪芳办公室。当初钱慧慧平息华北电机厂铸造车间工人聚众抗议，给他留下良好印象。此时，大胡子洋人捺下那两只干瘪轮胎带来的愤怒，决定会见钱慧慧女士。

果然，林仪芳引领着钱慧慧走进沃勒夫的"奥飞斯"。这位中国企业工会主席身穿蓝底白花中式上衣，很是爽眼。沃勒夫去贵州旅游见过这种叫蜡染的布料。林仪芳用英语介绍钱慧慧的来意。

沃勒夫一边听着一边打量着钱慧慧的盘式发型，想起北京潘家园地摊上电影海报上的妇女形象。他不知道那正是革命现代京剧《沙家浜》里的阿庆嫂。

什么？她要从我们这里挖走三十名技术工人……听了林仪芳的翻译沃勒夫伸手接过钱慧慧递来的中文名单，操着英语问道。

我们过去忽视了一线生产工人的培养，以为有一群工程师就足够了。钱慧慧略显尴尬地说，自从中外合资大多数技术工人给了阿德贝格公司，我们华北电机厂成了空壳儿。今天特意前来请求援助，请沃勒夫先生把名单上的三十名技术工人还给我们，我们振兴自己的企业，需要这些技术成熟经验丰富的工人。

沃勒夫听罢林仪芳的翻译，怪诞地笑了。钱慧慧继续表达道，如果您舍不得还给我们三十名，二十名也是可以的。如果您舍不得还给我们二十名，十名也是可以的。

林仪芳走近沃勒夫指着钱慧慧提供的名单用英语说，这三十人的名单里包含您决定除名的那十五个工人。看来他们确实是技术成熟经验丰富的生产骨干。

我怎么可以把优秀的士兵拱手送给敌方统帅呢？沃勒夫知道钱慧慧不懂英语便毫无顾忌地说道，这些工人回归华北电机厂，对我们极其不利。林小姐你记住，我们阿德贝格独占中国市场的目标是不会改变的！

黑头发黄皮肤的林仪芳突然思忖着问道，咦，我们决定除名的，恰恰是他们请求归还的，这只是偶然巧合吗？

这肯定出于巧合！有着典型西方思维方式的沃勒夫不假思索地说，钱慧慧女士怎么能够知道这十五人名单呢？这种巧合更加说明他们是市场短缺的成熟技术工人！

哦，如果是这样的话，您将那十五名工人除名就会被华北电机厂接收的。精明过人的"红色中国通"想起"鹬蚌相争，渔翁得利"这句中国成语。

沃勒夫顿时改变主意说，我决定不将这十五个工人除名，给予警告处分就是了。之后，沃勒夫请林仪芳告诉钱慧慧，这份名单里的三十名工人都是阿德贝格的财富，永远属于非卖品。

沃勒夫不晓得这是简晓铜抢先把十五人名单透露给钱慧慧，为自己果断地拒绝了钱慧慧的要求而感到满意。

钱慧慧听了林仪芳的翻译，知道沃勒夫保留了那十五名工人，当即表示极其遗憾，神情无奈地告辞了。

傍晚时分，十五位被沃勒夫除名的工人家属隐伏在阿德贝格工厂大门外的柳树林里，望眼欲穿等待着钱慧慧的出现。

黄师傅媳妇咬牙切齿地说，老黄好不容易进了合资企业，他吃饱了撑的闹罢工，只要被洋人除名，我立马回娘家跟他分居。

下岗女工庄嫂小声嘟哝说，我家三口全靠小庄工资活着，他要是除了名，我们只能去喝西北风了。

进了合资企业工资不涨就不涨呗。《红灯记》里李奶奶的丈夫和徒弟闹罢工，那是工人阶级干革命。现在是工薪阶层养家糊口。完全两码事儿！宋师傅的老婆评论着。

这群妇道人家七嘴八舌喋喋不休，以为钱慧慧替她们找洋人求情去了，便集体祈祷这次行动成功，保住自家男人的饭碗。

夕阳西下。不知是谁看见钱慧慧信步走出阿德贝格工厂大门，尖叫了一声。于是，女人们好似伸长脖子的母鸡，远远望着身穿蜡染蓝底白花中式上衣的工会主席，胜过盼望大救星。

庄嫂手搭凉棚大动感情地说，钱主席长相标致，身材端庄，见多识广，为人热情，只可惜现在还单身啊。

黄师傅的媳妇冲上前急声问道，钱主席，老外松口了吗？

松口？你以为老外是蛤蜊，下了热锅就松口啊！钱慧慧挺着胸脯说，咱们不能自轻自贱求他们开恩。这十五名工人一个个都是技术尖子，他们阿德贝格舍得除名吗？

女人们猛然激动了，你搂我，我抱你，哭得一塌糊涂。柳树林出现局部小阵雨。

工人家属们扑向钱慧慧，争着致谢。她们不知道钱慧慧为了保住十五个工人家庭的饭碗，铤而走险扮演了新时代的阿庆嫂，与沃勒夫上演了中外合资版《智斗》，而且让大胡子洋人下阳澄湖捕鱼捉蟹了。

今天我是侥幸取胜啊。单兵作战的钱慧慧并无喜悦地说，你们回家告诉自己男人，从前工人是企业主人，现在企业主人是外国大股东，以后不要想罢工就罢工，弄不好要吃大亏的。

钱慧慧铤而走险出面救场的消息几经曲折传到郑卫星耳朵里，他不禁大发感慨道：这个女人不寻常。

二十八　阿庆呢

　　一场西伯利亚寒流过后，气温骤然回升。一冷一热，起伏不定，弄得人们一会儿加衣一会儿减衣，难以适应。跟天气一样几经讨价还价，华北电机厂以二十二万元价格出售龙门吊车和兰开夏锅炉。一大早儿落下"雨夹雪"，好像上天赐给大地的冷食——半成品奶油冰激凌。被称为华北电机厂"镇厂之宝"的龙门吊车，拆解装车动身上路，似乎踏着哀乐的节拍。

　　艾学习是现场总指挥，不知他搞什么名堂，特意请来身披袈裟的老和尚念经祈福，把现场弄得神秘而庄严。

　　一群得知消息的工人赶来看热闹。有人知道这两大堆锈铁卖了大价钱，咒骂买家是大傻帽儿。也有人认为买家自有买家道理，说不定转手赚得两倍利润。

　　王宪钢站在锅炉房二楼窗口，望着即将起运的龙门吊车和兰开夏锅炉，心里说不出是什么滋味。这时，他觉得自己也生了锈，好像身披着沉重铠甲。其实，这铠甲就是人的锈层，锈层越厚铠甲越重，人反而轻了。因此，自身防锈成了人生的重要任务。

　　远远看见师傅崔万昌推着轮椅来了。轮椅里坐着表情呆滞的侯金泉，添一把羽毛扇就是中风不语的诸葛亮。这辆傻大笨粗的轮椅是崔万昌亲手做的，结实得能用八百年。山不转水转，两位大工匠了却多年恩怨，终于形影不离。司炉工王宪钢不忍观看全厂为龙门吊车送行的场面，给锅炉添煤去了。

　　崔万昌推着轮椅拦住艾学习，不许他送龙门吊车回炉炼钢。艾学习拍着大腿说，人家周总花二十二万买废铁回炉？不能。这是筹备近代工业博物馆，我中间牵线不拿一分钱，鸡孵鸭子——白忙乎。就当为公益事业做贡献了。

　　坐在轮椅里的侯金泉，目光僵硬面孔铁青，盯视着惨遭肢解的龙门吊车。崔万昌低头凑近耳畔安慰侯金泉说，厂里把它卖了给困难职工报销医药费，也有你的生活补助金。

侯金泉面孔宛若铁板，喉咙深处发出呜呜的声音。崔万昌以为老侯会说话了，又惊又喜指着徐徐起运的龙门吊车催促说，老伙计，你有话就说出来！你有话就说出来！人家买走龙门吊车筹建博物馆，你说好不好啊？

不……好。侯金泉呜呜噜噜吐出这两个字，脑袋缓缓耷拉下来。崔万昌眼里含着泪水说，可是咱们也没有别的办法呀。铸造车间没有大活儿干，这座龙门吊车成了摆设。卖就卖了吧！

一辆无人乘坐的电镀轮椅，不声不响驶进华北电机厂大门，沿着厂道朝着侯金泉驶来。看热闹的人们猛然发现这辆无人掌管的轮椅自己会跑，纷纷惊叫起来。艾学习眼巴巴看着这辆轮椅从眼前驶过，喊了一声，神仙来啦！

这辆无人驾驶的轮椅越驶越近，吓得崔万昌瞪大眼睛连声说：你、你要干什么？

神奇的轮椅稳稳停在侯金泉面前，吓得崔万昌拉着侯金泉朝后退了两步。侯金泉突然睁大眼睛，定定注视着这宗来历不明的物件。

简晓铜手里握着遥控器，笑眯眯走出人群，来到侯金泉面前。他将遥控器递到崔万昌手中，弯腰朝着侯金泉说，这是我给您设计的电子程控轮椅，它遇到上坡可以自动加力，遇到下坡能够自动减速，还有防盗锁和求救喇叭……

侯金泉似乎听懂了简晓铜的话，一丝笑意挂在嘴角，目光也明亮起来。崔万昌打量着这辆新型轮椅搓动着双手说，电子程控？这东西真好，看来以后光靠手艺绝活儿是不行了，还得说高科技智能化……

简晓铜伸手将侯金泉抱到这辆轮椅上，小声教给崔万昌如何使用遥控器。这时候，那辆载着龙门吊车的大型拖车启动了，引起一阵骚动。

侯金泉稳稳坐在新时代轮椅里，目光渐渐投向远方，缓缓闭上眼睛。崔万昌以为他睡着了，随手给他盖上毛毯。侯金泉渐渐蹬直双腿，身体从轮椅里滑落下来。

简晓铜蹲下抱住侯金泉的双腿。崔万昌慌了，连声叫着老侯。人们哄地围了上来，看到侯金泉一歪，已经不行了。

崔万昌惨烈地笑着说，老侯你太不仗义，咱们不是说好了吗？

卢丽虹跑过来摸了摸侯金泉的脖颈，小声说，脑溢血。她转身放声尖叫，快叫救护车！快叫救护车！

听到这种近乎母兽的尖叫，艾学习放弃现场总指挥身份跑过来说，今天我办的是喜事，侯师傅您不能走啊！

你闭嘴！崔万昌露出平生罕见的愤怒神色，低声说，我跟老侯说好了，一定要活到八十八岁，看看改革开放到底什么结果！

现场没有救护车，只有那座被肢解的龙门吊车趴在大型拖车上，不吭声。王宪钢听到消息从锅炉房跑来，推起轮椅朝着工厂大门冲去，送工人医院抢救。

等到钱慧慧得知侯金泉发病，那位大工匠已经躺在工人医院太平间里了。亡者灵堂设在家里，钱慧慧很快赶到了。

这是老城区大杂院里的两间平房，低矮破旧。依照本地习俗院门右侧贴着"恕报不周，侯宅之丧"的门报，旁边立着几株纸剪的"雪柳"，只有三五只花圈立在墙边，跟大款家的盛大丧事形成强烈对比。

协助料理丧事的王宪钢蹲在院里，手持剪刀用黑色蜡光纸剪出一个"奠"字，看见钱慧慧来了便小声叮嘱说，咱们民间习俗吊丧鞠四个躬，这叫人三鬼四，不要鞠仨躬就完事啊。钱慧慧朝他点点头，心里升起亲人的感觉。

灵堂是侯金泉生前的居室，迎面墙上挂着侯金泉的遗像。这显然是他三十多岁的照片，使人以为死者英年早逝。

从三十多岁以后侯师傅就没拍过照片吧？钱慧慧含泪注视着遗照里的年轻人，想起那双骨节变形的大手和满口残损的牙齿，想起破旧的工作服和饭盒里的残汤剩饭，想起攀上龙门吊车迎风打锤的身影……她意识到一个大工匠时代结束了。高速的计算机替代了人脑，精密的数控机床替代了人手，程序的指令替代了人的语言沟通，高科技的手段替代了人的存在，就连侯金泉也是坐在电子程控轮椅里离世的……如今工厂已经不是过去的工厂，工人也不是过去的工人了。

侯金泉的遗孀率领三个子女跪在地上，对钱慧慧及时送来慰问金表示感谢。突然长子侯标瓮声瓮气地说，郑卫星说话不算话，还没给我办理正式招工手续呢。

你放心吧侯标，这事儿我会找郑厂长交涉的。钱慧慧动情地说，你要把你父亲的技术继承下去。

身穿孝服的侯标一时忘了服丧，起身指着王宪钢说，他没事儿就往我家跑，我爸把绝活儿都传给他了。

略显神经质的侯金泉遗孀说，对，就是不传给郑卫星！宁可让老侯把绝活儿带到棺材里去。

简晓铜黑色西装黑色领带黑色皮鞋赶来吊唁，这是标准的外企高管装束。他将装着人民币的信封递给侯标说，阿德贝格公司正在招工，但是必须通过企业考试，我们录取前十名。

我只有高中文凭还是进华北电机厂吧。为人实在的侯标知难而退地说。

子夜时分，风尘仆仆的郑卫星赶来了。他站在亡人遗像前面表情迷惘，似乎不相信侯金泉死了。死者家属跪在灵前不抬头，一时形成封闭的火山口。火盆里盛满焚烧纸钱的灰烬，像一只只黑色蝴蝶的尸体。

侯师母节哀，家里有什么困难就提出来吧。郑卫星诚恳地说道。

侯金泉遗孀瞅着侯标，显然催促长子代表全家说话。性格执拗的侯标憋粗脖子说，谢啦！家里什么困难都没有，我们还打算帮助别人呢。

说罢，留着"板寸"的侯标起身从灵台下抽出一只牛皮纸信封递给郑卫星说，这是我爸今年夏天吩咐的，说他什么时候死了，就把这封信交给你。

啊？郑卫星把信封接在手里，顿时变成小心翼翼的考古工作者。牛皮纸信封很厚实，他撕疼了手指甲，强烈感受到侯金泉遗产的坚固。

侯金泉家属显然也不知道信封里的内容，一起投来好奇的目光。半夜很冷，没有暖气的灵堂令人战栗。郑卫星从信封里抽出一张小黄纸，上面是侯金泉歪歪扭扭的笔迹：骂了你这么多年，对不住了。

长长呼出一口气，郑卫星抬头注视着侯金泉的遗像，心里说了声谢谢师傅，放下慰问金扭身走了。

第三天，侯金泉遗体火化。侯标回家就接到华北电机厂劳资科通知，叫他马上办理合同制工人用工手续。侯标认为这是钱慧慧起了作用，特意来到工会主席办公室致谢。钱慧慧仔细打量着这个小伙子，觉得他眉宇间隐含着一股倔强力量，很像去世的侯金泉。她本想鼓励侯标学好技术成为大工匠，又觉得网络时代虚拟世界，侯金泉的儿子自有选择。

你还是应当感谢你的父亲，一定是他留给郑厂长的信起了作用。

我也不知道那封信里写了什么。侯标固执己见地说，我认为我父亲临死也不会求人的。

你好好干吧，学一门手艺总会有些用处。钱慧慧起身送走年轻力壮的侯标，蓦然觉得自己老了。

几天之后，钱慧慧在办公室里接到简晓铜打来的电话，对方支支吾吾好像有口难言。钱慧慧模仿美国电影台词说，你有权保持沉默，你说的每句话都将成为日后法庭审判的证据。

一番话逗得简晓铜开了口。上次你保住那十五个工人，后来被林仪芳识破了。她怀疑是我向你透露了名单。不知什么原因沃勒夫反而更欣赏你了，还比喻你是中国的圣女贞德。

什么圣女贞德？我是剩女真的！钱慧慧从自嘲转为郑重说，通过这件事情，沃勒夫肯定认识到成熟技工的实用价值，否则倔强固执的德国佬是不会轻易改变主意的。

放下简晓铜的电话，钱慧慧心头涌起一阵伤感。人家阿庆嫂还有丈夫在上海跑单帮呢，我才是真正的剩女——被时代剩下的女人。

天黑了，她不开灯坐在办公室里把自己弄成一尊剪影。这时电话再度响起，她懒得接听，心里猜测着。

郑卫星？王宪钢？杨葵花？艾学习？朱则良？钱慧慧猜了一连串名字，最后想到那个人。果然正是庞汇强。

我当选市政协委员了。庞汇强好像学生向老师汇报学习成绩，电话里显出几分孩子气，还有一件事情我要向你坦白，那座龙门吊车和兰开夏锅炉是我托付艾学习出面购买的。

敢情你是所谓的周总啊？钱慧慧颇感意外地问道，你出了大价钱真的要筹建近代工业博物馆啊？

现在它们睡在我租赁的仓库里，恐怕派不上什么用场。庞汇强咳了两声，道出事情真相。

你们华北电机厂四十八个老工人多年医药费不能报销，还拖欠四个工伤致残职工的生活补助金。郑卫星从合资企业回到华北电机厂，你为了救助这些困难职工经常跟他发生争吵，还说不能眼看着工人没钱治病，给社会主义丢脸。

这些事情你是怎么知道的？钱慧慧打断庞汇强，问道。

我当然知道，就决定暗中帮你。我托付艾学习用二十二万元购买龙门吊车和兰开夏锅炉。因为，郑卫星承诺，有了这笔钱就给那些困难职工报销医药费。电话里庞汇强朴实地道，所以，我花钱收购那两堆锈铁，商界朋友们都说我是神经病。

听了这番话，钱慧慧不知说什么好。她只好代表那些困难职工对庞汇强表示感谢，然后干巴巴举着话筒。

我才不图那些困难职工感谢我呢，我花钱就是为了你！只要你工作顺心我心里特别高兴……庞汇强如实表达着内心愿望。

424

谢谢你，谢谢你对我的情意。钱慧慧终于以个人身份表达感激之情，慌里慌张挂了电话。

心思乱了，她拉开办公桌抽屉又推进去，双手也不知放在什么地方好。这么多年从来没有如此慌乱过。

庞汇强为了我花大价钱买走了那两件工业古董……钱慧慧闭目回忆，往事扑面而来。

一会儿是那个写纸条的满脸青春痘的男生，一会儿是那个赶着驴车送来新鲜玉米的插队知青，一会儿是那个跑来把存款交给她保管的乡镇企业业务员，一会儿是那个身体发福的民营企业家……一个男人爱一个女人并不难，难的是一辈子只爱一个女人，至今未娶。

这样回忆着，钱慧慧将庞汇强归纳在好男人堆里，尽管他当年属于嬉皮笑脸的角色。

天色大黑了。钱慧慧走出办公室，踏上厂区大道。由于几个车间处于半停产状态，厂区显得特别清静。走近工厂大门突然热闹起来。二十几个人聚成一团，正在发泄怨气。

看到工会主席来了，这群人呼啦扑上来，好像一群蜜蜂包围了花蕊。有两只白线手套特别显眼，钱慧慧认出朱则良和杨葵花，就问聚在这里干什么。

还不是因为郑卫星说话不算话，卖了龙门吊车有了钱，照样不给报销医药费。杨葵花介绍情况说，这些人都是困难职工家属。郑卫星开大会承诺有了钱报销医药费，可是他把钱都打给阿德贝格公司还了挂账的债！

人群里锅炉房司炉工邹洪宇扯着脖子说，我爹瘫了八年没人管，郑卫星是刁德一！工会主席跟厂长以前是两口子，俩人一个鼻孔出气！

人群骚动，钱慧慧被挤得退了几步。

卢丽虹冲进来指着邹洪宇的鼻子说，你血口喷人！钱慧慧当工会主席处处替工人着想，你爹瘫痪八年花销不小，可是钱慧慧父亲前年癌症去世去火化场都是她自己花钱租车！

在卢丽虹掩护下，钱慧慧快步离开了。一路上她心里咒骂着前夫，话不说出口你是它的主人，话说出口你是它的奴隶。你说了大话不兑现，难怪大伙骂你是面汤锅里煮皮球——浑蛋一个呢。

路过灯火通明的马达酒家，钱慧慧看见郑卫星领着王宪钢和艾学习从里面走出来，满脸酒气。这仨人聚酒，钱慧慧认为无论是郑卫星请客还是艾学习买单，肯定拉着工薪阶层的王宪钢作陪。

钱慧慧走过去质问郑卫星，你说报销医药费不兑现，弄得困难职工家属们聚众诉苦。你存心制造不安定因素啊？

从"废品大王"升格为"环保投资人"的艾学习嘿嘿笑着说，你俩见面就掐架，我看你俩怎么复婚！

满脸酒气的郑卫星大发感慨，有了钱我要把以前挂账的债务还清吧？免得又要折损股份。中外合资企业都快成外方独资了！我没有资格当卖国贼，这卖厂贼我也当不起啊。

看到前夫如此失态，钱慧慧气得说不出话来。王宪钢小声告诉她，喝酒时郑卫星哭着抽自己嘴巴，后悔当初签订不平等条约，弄得鸡飞蛋打，如今遇到转轮直径超过五点五米的订单也不敢接，以前发愁没米下锅，现在有米不许下锅。

这样下去，华北电机厂非饿死不可！郑卫星拉着艾学习，摇摇晃晃走了。

钱慧慧气愤得喊道，既然华北电机厂都快饿死了，你还公款吃喝？

今晚吃饭是我买的单！艾学习回头高声表达着吝啬鬼的慷慨，这气势不亚于给联合国捐了十亿美元。

站在路灯下钱慧慧朝王宪钢问道，你今天怎么跟他俩弄到一起喝酒？

王宪钢踌躇着说，是我主动找郑卫星的，我让他提拔我当干部，就被他拉来喝酒了……

咦！钱慧慧惊异地笑了。这几年郑卫星屡次提拔你当干部都被你驳了，今天太阳从西边出来啦？

太阳没从西边出来。王宪钢索性如实说道，是我改变主意了。侯金泉去世对我刺激很大。多好的一个大工匠啊，一辈子就这么完了。他死了，我醒了。以前我就想当个好工人，把锅炉烧好就结了。现在我想法变了，我不烧锅炉更能当个好工人，我要求郑卫星把我调到销售科去，我要当外勤业务员。

你想发更大的光发更大的热？钱慧慧欣喜地问着，不由朝前凑了一步。

社会变了，人也得跟着变，光靠手里有绝活儿是不行了。王宪钢躲闪着钱慧慧的目光说，人家崔万昌都扔了 $1=3$ 转向研制老人服务卡了。我也不能把自己憋在角落里不动弹啊。

好啊，你确实不要把自己憋在角落里！钱慧慧高兴地拍着巴掌，眼里闪动着泪光。

王宪钢转脸望着那俩人远去的背影说，郑卫星想结交阿德贝格公司设计科的两位工程师，都是掌握尖端技术的人物，艾学习当场答应做中间介绍人。

钱慧慧并不认为王宪钢这番话有什么特殊含义，就扯了扯他的袖口说，天晚了回家吧。

俩人并肩走到丁字路口道别，王宪钢突然停住脚步说，你应当组织大家去参观艾学习的垃圾处理厂，不要总说人家是倒腾废品的。咱们看看新生事物，就明白华北电机厂有多陈旧了。

钱慧慧活泼起来，笑着说，既然我演过阿庆嫂就组织这事儿吧，趁着鬼子还没进村，咱们抓紧行动。

回到家里，钱慧慧从厨房找出两只香蕉当作晚餐，急着拨通庞汇强手机找他要车，说星期天使用。这庞汇强巴不得为她服务，趁机邀请她共进晚餐。钱慧慧谢绝了，反问他对华北电机厂前景有何看法。这位民营企业家认真回答说：国营企业被私有化的例子很多，包括中型煤矿和小型钢厂。

你也想让华北电机厂成为你的私营企业？受到震动钱慧慧单刀直入问道。

首先我想让你成为我的老婆。华北电机厂它受到中外合资协议的限制，谁愿意啃这块馊饽饽？庞汇强突然语锋锐利说，今天是我生日，我郑重向你求婚！

钱慧慧以玩笑口吻拆解着说，你在电话里向我求婚，这两边不见日头啊。

电话里传来庞汇强无奈的声音说，我要是当面向你求婚，你肯定笑场的。你一笑场，我肯定彻底丧失信心。我不年轻了，人到中年我不愿意成为落水狗。

钱慧慧惊异地发现，电话里的庞汇强有了几分文化修养，语调平和，言辞得当，果然没有辜负他新当选市政协委员的身份。

假若我答应，你娶得起我吗？即使你娶得起，你养得起我吗？即使你养得起，你撑得住我吗？钱慧慧发出一连串提问说，无论谁向我求婚，他都要连同华北电机厂一起娶走，华北电机厂是我的嫁妆，我的意思你明白吗？

电话里庞汇强沉默了。钱慧慧耐心等待着，终于听到庞汇强的声音，你的意思我当然明白。看来你真的不知道我有多少钱。有记者写文章说原始积累里不知包藏着多少阴谋和罪恶，我要说民营企业家财富里不知包含着多少屈辱和血汗……

你星期天按时派车来吧！钱慧慧说罢挂断电话，快步走进卧室，扑到床头放声大哭。

人生真是难以预料，今天我竟然跟庞汇强谈起嫁妆。钱慧慧擦着眼泪，觉得生活好像一部慢吞吞的电视连续剧，突然间情节加速发展，冷不丁把结局推到面前，令你猝不及防。

华北电机厂不是我的嫁妆，华北电机厂是我的亲人，我带着亲人出嫁就是不离不弃……钱慧慧哭得累了，小猫儿似的趴着睡着了。

睡梦里，钱慧慧被电话叫醒了。郑卫星好像按照纽约时间活着，半夜打电话，却充满早晨八九点钟的口气说，我手里有牌啦，我要率领华北电机厂走出困境，把企业振兴当作复婚的礼物献给你！

她懵懵懂懂从电话里闻到酒味儿，就嗯了一声挂断了。人届中年，她越来越不喜欢夸夸其谈的男人。她愿意看到男人先做事，后说话，甚至做了事不说话。郑卫星从刁德一时代就是众人瞩目的好口才，如今更显得饶舌了。

被郑卫星的半夜电话叫醒，钱慧慧没了睡意，躺在床上寻思着。华北电机厂是我的第二个"沙家浜"吗？工会办公室是我的第二个春来茶馆吗？工人们是我的"沙家浜"乡亲吗？我是华北电机厂的阿庆嫂吗？但是，那位沃勒夫肯定不是闯入"沙家浜"的侵略者，他们是来到"沙家浜"的竞争者。竞争是逼着我们强大啊。

星期天一早儿，庞汇强派来一辆白色面包车。钱慧慧带领《沙家浜》人马上车，前去参观艾学习持股的垃圾处理场。郑卫星得知这是庞汇强派来的面包车，小有醋意。钱慧慧发现车里没有王宪钢，急忙喊叫停车。郑卫星醋意更浓说，王宪钢出差了，去小桠沟争取那两台二十万千瓦发电机组项目。

他调到销售科才几天啊就急着出差啦。钱慧慧关切地说着，好像对王宪钢的缺席感到莫大遗憾。

卢丽虹坐在后排高声赞扬丈夫说，这就是我家宪钢雷厉风行的工作作风！否则郭建光也不会趁着胡传魁娶媳妇活捉刁德一啊。

听到卢丽虹说起自己的戏中故事，郑卫星为了摆脱尴尬处境摆出厂长架势说，拿下小桠沟项目比活捉刁德一难百倍，临走时我嘱咐王宪钢不遗余力，等于给了他尚方宝剑。

卢丽虹低声告诉身旁的杨葵花说，王宪钢带着一大箱子男宝走的。

啊！他自己用啊？杨葵花知道男宝是达仁堂名牌男性滋补品，市场紧俏。

您瞎说什么呀！卢丽虹压低嗓音驳斥说，这是工作需要送礼呢，宪钢说拿不下小桠沟就去拿大座山项目，拿不下大座山就去拿金珠岭项目，反正不能空手回来。

刁小三怎么没来呢？心情放松的卢丽虹又发现了新问题。

人家简晓铜是中外合资企业董事兼中方总经理，配了沃尔沃轿车。郑卫星不酸不凉地说，我当中方总经理没赶上好时候，今年阿德贝格又拿到大项目，绝对控股啦。

这时候，白色面包车驶近垃圾处理场大门。一群身穿天蓝色工作服的员工挥舞小旗高呼，欢迎欢迎，热烈欢迎！一下成了贵宾，钱慧慧摸不着头脑了。

今天，我事先没有通知艾学习，他竟然拉出队伍欢迎咱们，真是神机妙算啊！钱慧慧说着率先下车，却看到艾学习满脸惊诧的表情。

你们怎么来啦？西装革履的艾学习比钱慧慧更加感到意外地说，我还以为外宾的汽车到了呢。

市政协安排法国工会访问团考察我们垃圾处理厂的股份制试点。艾学习妻子费欣身穿灰色职业套装得体地说，没想到先把你们给欢迎了。

我们今天是来取经的，学习你们夫妻白手起家的创业精神。没想到搅扰了你们接待外宾。钱慧慧说着打量四周问道，怎么市里没有安排保卫工作呢？

一定不是什么高级人物呗。卢丽虹抢先做出平民式判断。

钱慧慧望着那座天蓝色厂房说，看来吃计划经济奶水长大的人，不脱胎换骨是没有出路的。我们改日参观吧。

郑卫星似乎受到艾学习夫妇创业成果的刺激，满怀信心地说，我相信国营企业死不了，咱们华北电机厂明年肯定会大翻身的。

这时候，一辆灰色面包车驶到垃圾处理厂门前。有着外事经验的郑卫星知道外宾到了，示意大家回避。这辆灰色面包车停稳，一位身穿黑色套裙的女士随着人流下车，叫了一声，郑先生。

这位外宾是在叫我吗？郑卫星扭头问钱慧慧。卢丽虹说，这堆人里就你姓郑。

一位工作人员模样的姑娘走近说，您是郑卫星先生吧？法国工会访问团的曾美珍小姐认识您，请您过去见面吧。

不等郑卫星迈步，人届中年的曾美珍蹦跳着跑上来说，你好啊郑先生！巴黎一别，又见面啦。

说着，这位华裔女士笑吟吟指着钱慧慧说，你是开茶馆的抗日工作者。指着卢丽虹说，你是中国军队战地救护员。指着艾学习说，你是男扮女装的沙奶奶……

人们惊讶当年只在华北电机厂逗留十几天的爱国华侨姑娘有着超常的记忆力。曾美珍绕到朱则良夫妇面前，看到两只戴着白线手套的左手。

你是一支部队的"草包司令"。曾美珍注视着朱则良转而拉着杨葵花的残手问道，你就是"草包司令"夫人吧？人称"常熟城里有名的美人儿"，没入洞房就被新四军俘虏了。

杨葵花挤出几分笑容说，好多年没人敢叫我丈夫"草包司令"，不过你是外宾他会谅解你的。我想问问你，法国工人伤胳膊断腿资本家管吗？

我们法国工会的主要工作，一方面跟资方打交道，一方面给政府提建议，总而言之捍卫工人合法权益不受损害，当然我们还有社会保险机制。

我的工作也是维护工人合法权益不受损害。钱慧慧接过话题说，你对中国非常有感情，这次是来考察我们改革开放的成果吧？

中国改革开放十多年了，我们这次访问是想了解中国工人生存现状，比如他们是否还像当年那样当家做主；比如他们是否还是以厂为家发扬企业主人翁精神；比如他们是否在中外合资企业里愉快地工作……

一个工作人员出面阻拦说，对不起曾小姐，请您按照既定日程参观垃圾处理场，我们的外事纪律不许随意变更访问内容的。

曾美珍跟郑卫星握手告别说，如果可能的话，我想跟你们座谈，我想知道你们在国营企业里的真实感受！

曾小姐！郑卫星提高音量说，阿德贝格在中国取得成功，它已经控股了。但是我们华北电机厂是不会消亡的。

曾美珍笑了笑说，你可能不知道吧？通过跟你们合资，阿德贝格公司摆脱了多年风雨飘摇的困境，不光盈利了还成为明星企业。你们中国工人阶级拯救了欧洲资本家。

什么？郑卫星略显尴尬地说，以前光知道阿德贝格是二流公司，不知道它身处困境啊。

如今是信息时代，我回去就把最新欧洲经济动态杂志寄给你们。你们好好干吧，中国工人阶级！曾美珍挥手作别，跟随法国工会访问团走进艾学习的王国。

你当心又牵扯上海外关系，让亢虎再扣你一项里通外国的帽子。朱则良一本正经提醒郑卫星说。

人们哄地笑了，认为朱则良告别"草包司令"以来，有了真正的幽默感。

满脸往事如烟表情的郑卫星说，如今没有阶级斗争了，谁想扣帽子只能花钱自己去买喽。

人们再次哄地笑了。杨葵花表示反对说，不搞阶级斗争了，坏人还在，

430

郑厂长你不提防于亢虎，将来还会被他绊倒的，小人难防啊。

乘坐白色面包车，《沙家浜》的人们离开艾学习的股份制垃圾处理场，沿着郊外公路驶过一片水面，大家不约而同喊停车。

下了公路，大家发现这片水面长着茂盛芦苇，宛若袖珍版阳澄湖。一下勾起人们的戏瘾。很久没动嗓子了，郑卫星认为这里正是怀旧的好地方。

于是，这一群过时人物站在水畔高声唱起："朝霞映在阳澄湖上，芦花放稻谷香岸柳成行。全凭着劳动人民一双手，画出了锦绣江南鱼米乡。"

唱了一遍不过瘾，就反复唱了三遍，好像录音机的回放。声音落入水里，对岸有了回声。

望着即将遭到污染的湖水，郑卫星跑到远处狠狠吸着香烟。朱则良独自蹲在水边似乎陷入沉思。钱慧慧心情难以平静，紧紧拉住卢丽虹的手。

正午的阳光照耀水面，波光荡漾浸润着心田。钱慧慧仿佛看到自己一路走来：那身影不是当年的阿庆嫂也不是如今的工会主席，而是朝气蓬勃的钱慧慧。此时，她蓦然觉得自己重生了，既甩掉了头顶的光环也卸去了心头枷锁，一派身心通泰。她起身走向白色面包车。

郑卫星猜到前妻有话要说，就招呼大家上车。上了车，钱慧慧果然开了口，咱们老牌国营企业总要活下去的。一呢，应当实行内部职工股份制，集了资也有了凝聚力；二呢，不搞中外合资，可以搞中中合资，找两家国内企业参股；三呢，咱们另在远郊选新址建厂，把现在的厂区抵押贷款，融资。

人们不声不响听着，白色面包车好似一只巨大的胃，消化着钱慧慧的想法。

郑卫星认为这三条建议并没有什么新意，自我批评地说，主要问题是华北电机厂被不平等合资协议限制，咱厂只能小打小闹，连跟人家竞争大型项目的资格都没有。

我看你还是缺乏信心。钱慧慧批评着郑卫星，放眼环视着车里的人们。

一贯寡言的朱则良张口说了话，钱主席你是大好人，我和杨葵花特别感激你。但是我觉得你对形势过于乐观了。中国有多少家国营企业倒闭关门，你怎么敢说咱们华北电机厂死不了？你这三条建议都挺好的，可做起来就难了。我说话不怕伤你，在《沙家浜》里，根本就没有阿庆这个人，你却跟胡传魁说在上海跑单帮呢。你糊弄了胡传魁，就糊弄了自己！

什么？钱慧慧从未受过这种评价，蒙了。她皱着眉头思索着，把目光转向厂长兼前夫郑卫星问道，朱则良的意思是说阿庆意味着我多年的幻想？而且不切实际……

慧慧你不要灰心。郑卫星出头和稀泥说，你的三条建议条条通北京，可是咱脚上没鞋怎么走向首都？你说搞中中合资我非常赞成，可是有哪家金融公司愿意跟华北电机厂合股呢？除非人家把这烂摊子当作老少边穷地区的帮扶对象。九九归一，还是怪我这个当厂长的没本事！

杨葵花主动给郑卫星下台阶说，你不要检讨了，我们不会逼你印假钞的。

这时，钱慧慧出神地望着朱则良说，你说阿庆根本不存在，那咱们在《沙家浜》续集里弄出一个阿庆不就结啦？

卢丽虹灿烂地笑了，说，《沙家浜》续集里有没有阿庆由你自己做主嘛，因为续集本来就是活的。

是啊，自己的续集当然自己做主。钱慧慧脸色变得苍白，心里的续集已经开场了。郑卫星连忙吩咐司机开车，心里说：大伙那段"朝霞映在阳澄湖上"白唱了，刚刚激起的革命斗志，又消退了。

星期一傍晚，正是下班时分，一辆拖挂大卡车满载西瓜停在华北电机厂大门外，以工会名义发放西瓜慰问职工，一人一个。处于半停产状态的华北电机厂出现如此发放福利的场面，工人们反而不知所措。钱慧慧闻讯赶往现场，大卡车发完西瓜已经开走了。一群没有领到西瓜的职工一肚子怨气，询问钱主席何时补发。钱慧慧一头雾水，无法回答。

尽管没见到西瓜，她心里装着比西瓜还大的疑团回家，立即伏案起草《关于华北电机厂走出困境的几点设想》初稿。晚间时分门铃叮咚响了。她断定那位民营企业家来了。

果然是庞汇强，穿着一套米黄色运动装，似乎有意还原青春期形象。他进门不坐站在客厅里打量着女主人。

钱慧慧已经能够适应这种搅拌机式的目光，转身收拾稿纸说了声请坐。庞汇强伸出民营企业家的大手轻轻抚摸着她的头发。

那天电话里求婚，你说两边不见日头，今天我当面求婚来了。钱慧慧身后响起庞汇强浑厚的声音，带着几分颤抖。

钱慧慧既不转身也不回头，任凭庞汇强抚摸着头发。这时她听到庞汇强叹气，说，慧慧你也有了白头发啊。

这句话引发了她的伤感。白头发是女人的天敌，无奈被称为"银丝"。没有女人愿意接受这种银丝，女人们永远喜欢黑草。

我知道华北电机厂是你的嫁妆。我还知道你同意嫁给我也是因为你需要我参股挽救华北电机厂。我不在乎你爱不爱我，我只在乎我爱不爱你。其实，我可以娶年轻貌美的大学生，可那不是我要收藏的东西啊。我这辈子收藏了你就达到人生目标了……

钱慧慧转身注视着庞汇强，发现他瘦了。从这瘦了的脸庞里依稀可见当年那个写纸条求爱受到学校处分的男生。

你傻不傻呀？我说连同华北电机厂出嫁你就同意，你这么抠门儿的人不懂得成本核算啊？钱慧慧故意操着玩笑口吻嗔怪道。

我怎么不懂成本核算？我投资得到你，这是最大回报啊。精明过人的庞汇强说着挽起袖口，无意间露出文在手臂上的"慧"字。多少年了颜色不减，依然泛着幽蓝。钱慧慧情不自禁朝前走了一步。庞汇强顺势拥抱了她。她没有拒绝。庞汇强送吻，她缓缓闭上眼睛。自从离了婚，她不曾与男性亲密接触，几乎成为中性人。此时承受庞汇强的狂吻，她感到阵阵眩晕进入迷离状态。

庞汇强完成了男人的序幕，用力将她抱起放在沙发上。她听到男人喘着粗气，好似码头搬运工卸下肩头重负。他伸手探入她的胸衣，她闪躲了。这时她感到他呼出的热气，好像美发店的吹风机。就被这热风吹酥了。

二十多年啦，我可挨着你了，从今往后我听你的。庞汇强伏在她身上说。

我要喝水，既然你听我的……她从迷离状态中挣扎出来，睁开眼睛看到庞汇强跑去厨房端水了，心头倏地烫了。

前夫郑卫星从来不做家务，多年以大男人自居。庞汇强做了大老板依然殷勤地跑去端水，这即使是伪装，也伪装得像模像样。

庞汇强端来一杯热水伸嘴试了试温度，注视着躺在沙发里的钱慧慧。半酥的她无力起身，她挣扎了几下又躺下了。

庞汇强含了一口温水伸长脖子送到她嘴唇前，形成容器对接姿势。她惊了，从来不曾见过这种人体饮水机。他耐心等待着，只得将水咽下去轻声说道，这是组织对你的关怀。

她觉得他说话有趣，就闭上眼睛，轻轻吸吮着，她感到一股清泉流淌出来，多年龟裂的心田渐渐湿润了，生出一层绿茸茸的小草儿。

很晚了，她与他并肩躺在沙发里。已然身心放松的民营企业家轻声说着话。

你连同华北电机厂嫁给我，其实正合我意。我早就憋着参股国营企业。我现在有三座工厂的固定资产，还买了一家水运公司和一座小型煤矿。没人知道我化名握着三百万股"路路通"股票，明年国有股减持全流通，我就大发啦。嘻嘻，只要参股华北电机厂，我就让它成为关联企业。

好啊！筋疲力尽的钱慧慧缓缓地爬起望着庞汇强说，咱们现在就去找郑卫星，研究实行股份制改革的方案，尽快上报机电工业总公司！

说着，她起身却被庞汇强一把揽进怀里，你是招商引资呢还是谈婚论嫁？你比我更急功近利啊。

我是谈婚论嫁结合招商引资，必须捆绑销售才会双赢的⋯⋯钱慧慧笑着说。

二十九　基本如此

清晨，阳光格外明亮。钱慧慧叩响厂长办公室。郑卫星看到前妻与庞汇强出现在眼前，顿时觉得胃里反酸像喝了半瓶山西老醋。

公事毕竟是公事，郑卫星放弃私心跟庞汇强开始谈判。达成"中中合资"的参股框架协议书。首先由机电工业总公司报请国有资产管理局，对华北电机厂清产核资，评估资产总值，庞汇强以注资方式购得华北电机厂百分之二十六的股份，华北电机厂为控股方。之后庞汇强出资对"四〇五〇"人员实行买断工龄政策，其股份由百分之二十六增至百分之三十三。

郑卫星略感不足地认为，倘若有三家企业合股，资金就充足了。

你去寻找第三家吧，反正我兑现了对钱慧慧的承诺。庞汇强踌躇满志地说着，起身告辞。

普天阳光里，郑卫星站在窗前目送慧宝集团总裁庞汇强离去，只得一声叹息。公事上，我赢得了实行企业股份制的合作伙伴。私情上，我彻底丧失了与前妻钱慧慧复婚的可能。

他妈的！郑卫星站在办公室里瞅着十几盆香气初放的米兰，彻底承认前妻永远是前妻了——因为钱慧慧跟庞汇强已达成婚约。起初，他以为钱慧慧为了华北电机厂牺牲自己，心里挺悲剧的。钱慧慧坦率地告诉他，中年女性参透人生真谛，她现在愿意嫁给庞汇强这样的男人。这好比学生时代喜欢吃零食，人届中年就懂得一日三餐的现实意义了。

一日三餐。郑卫星气呼呼拉开办公桌抽屉随意翻找着，居然在角落里发现一块已经干枯变形的上海奶糖。天啊，这正是当年史文竹送给他的，此时无疑已成为"化石"。他当然不敢把它当作零食吃了，这是时间的毒药。

尽管这块上海奶糖成了"化石"，郑卫星遇事还是迫不及待地打电话给史文竹，向这位"精神小母亲"汇报与民营企业慧宝集团达成合股框架协议书的方案。

电话里，即将赴藏工作的史文竹主动承认错误，当年华北电机厂签订不平等条约造成的后遗症，她是有责任的。如今回想起来，痛悔不已。

郑卫星被她史无前例的坦诚感动了，亲切地称呼对方"文竹"，说，你也不必思想负担太重，当年曲副市长拍板决策跟阿德贝格签约，如今也没见那位市人大副主任出面认错道歉，您也就不要跟自己过不去了。

史文竹不忘叮嘱郑卫星道，市场经济遵循优胜劣汰法则，优的存活，劣的凋谢。即使华北电机厂合股融资成功，仍然困难重重。这位久经官场的女士感叹道，中国是人情社会，权力产生人情，金钱产生人情，这就是人情经济。比如说简晓铜是个人才，假如没有新任市委书记的关系，未必有人提拔他。

卫星，你带领华北电机厂走出困境吧，只要能够减少我给你们造成的损失我去援藏也安心了。史文竹道出肺腑之言，几近哽咽。

文竹，你单身生活这么多年，也应该找一个伴侣了……郑卫星主动说起私房话。

史文竹打断他的话说，你记得团市委书记唐开岩吗？就是当年下放工厂跟侯金泉学徒的那个人，他是首批援藏干部，从拉萨归来果然东山再起，前几天升任市政府秘书长了。

郑卫星佩服她的意志坚定与顽强，并祝福她东山再起。史文竹咯咯笑着说，我就是要当一辈子女强人，所以我不相信人间存在什么爱情。

放下电话，郑卫星心情陡然放松，动手给那十几盆米兰浇水，发现有两盆干枯了。是啊，朱则良那家伙说得对，养花也见人心。他怀念青春年代自己身体的味道，那是真实的青春气息的散发。一块块又黑又硬的"臭胰子"正是对自己真我的消殒，包括屡试不爽的"曲线救国"战略。

这时候，办公室楼下传来喧哗，他推窗看到楼下站着一群人。朱则良举起佩戴白线手套的左手高声说，我串联了三个车间的六十多个工人，都觉得实行内部职工股份制是好主意，即使手里没有多少存款，也愿意找亲戚朋友借钱认购企业股票。郑厂长我们催促你赶快实行吧！

司炉工邹洪宇抢过话头说，我入了股就是股东了吧？当了股东就不会裁我下岗了吧？

咱厂确实缺钱，你们也不要认为集了资就万事大吉。咱们一步一步走吧。郑卫星表示尽快研究企业内部职工股票方案，连连点头对工人们表示感谢。

过午时分，卢丽虹跑来报告说王宪钢出差回来了，在家睡了一天一夜还是睡不醒，看来睡到下辈子，也补不过这次出差缺的觉。

　　郑卫星啊了一声，好像完全忘记了王宪钢这个人。卢丽虹认为丈夫出差有功，又跑去告诉工会主席钱慧慧，郑卫星和钱慧慧跟随卢丽虹一起去家里慰问至今睡不醒的销售科新任业务员。

　　卢丽虹走进家门，看到床上空空荡荡，吓得叫了一声。钱慧慧郑卫星面面相觑，不知道王宪钢睡到哪里去了。

　　一声门响，王宪钢不慌不忙走进家门。卢丽虹当头就说，你睡到云彩上去啦。王宪钢笑眯眯地跟郑卫星和钱慧慧握了手。这项新添的礼仪让厂长和工会主席都感到意外。钱慧慧看出王宪钢很久没刮胡子了，就说，这次出差辛苦了。王宪钢说，上街吃了煎饼，出差一个月最想家乡的饭食。

　　心情急迫的郑卫星不抱希望地问道，小桠沟项目拿下来啦宪钢？

　　小桠沟暂时没拿下来。王宪钢依次给客人斟了茶水说，我把大座山拿下来了，他们主任下月来厂签合同，那时候咱们一定要高规格接待，这家伙最喜欢喝洋酒。

　　宪钢你真有本事啊！卢丽虹满脸喜气夸赞着丈夫，殷勤地递上烟卷。钱慧慧惊了，说，宪钢你学会抽烟啦。郑卫星也暗暗纳闷，觉得王宪钢变了一个人。

　　我不光学会抽烟，我还学会送礼呢。王宪钢说着从衣兜里掏出一沓发票对郑卫星说，这都是要厂长签字报销的。

　　那一箱子男宝可报不了销。郑卫星顾虑重重地看着这沓发票，声明着。

　　你不给报销我自己负担。王宪钢神色从容地说，那一箱子男宝是送给大座山主任的见面礼，真的起了作用。看来不论什么事情都要对症下药。你药不对症，人参鹿茸也白搭。

　　郑卫星望着王宪钢，想起美国电影里的机器人，很不放心地问道，大座山主任下月真的来咱厂签合同？

　　只要他还活着，肯定会来的。因为他已经咬了我的鱼钩。王宪钢完全改变说话方式，连钱慧慧也觉得真正的王宪钢留在大座山里了，眼前这个是替身。

　　卢丽虹转而盯着那沓发票小声嘟哝说，凭什么不给我们报销，为公家做事还要自己掏腰包啊。

　　王宪钢温和地对妻子说，丽虹你出去散散步，顺便买一捆韭菜半斤肉馅，

437

咱们晚上包饺子吃。

有事儿瞒着我啊？我给你们腾地方。卢丽虹抄起菜篮子对郑卫星说，你当厂长的，不能不给宪钢报销啊。钱慧慧接过话题说，厂长不给报销，我们工会给宪钢发补助。

卢丽虹放心地走了，王宪钢表情严肃起来，起身给客人杯里添了茶水说，前几年参加自学考试拿到律师证书，我憋在锅炉房里还是室内动物。这次出差我验证了自己，认为应当为华北电机厂尽更大责任。所以，请你把我这个要求反映给上级党委，我要当华北电机厂主管生产经营的副厂长……

什么？郑卫星以为自己耳朵出了毛病，不由伸长脖子盯着王宪钢。

钱慧慧反而笑着对王宪钢说，这次你可把郑卫星吓着了，他从来不敢想让你当副厂长。

你的意思是说，郑卫星认为我应该当厂长，把他顶了？王宪钢笑着说道，咱厂从生产型企业转为生产经营型企业，从传统管理转为科学管理，这些都很必要。当务之急是健全领导班子各司其职，避免一言堂……

我肯定把你的毛遂自荐向总公司党委汇报。郑卫星打断王宪钢说，我不担心把我顶了你当厂长，我担心咱厂受到那条不平等条约限制，你就是拿来大项目，咱们也不敢接手。难道你敢生产转轮直径超五点五米的发电机组？

我这次出差，在路上反复寻思着。王宪钢起身蹀了几步说，外方不平等条约是限制华北电机厂不得生产转轮直径超过五点五米的发电机组，他限制不着别人吧？

钱慧慧和郑卫星同时点头，但是俩人都没有理解王宪钢说话的深层含义。

王宪钢淡淡笑着说，咱们重新注册一家股份制企业，这个问题就完全解决了。

是啊，我正在寻求第三家合股企业，那时候华北电机厂就是三方参股了。郑卫星说。

你还是没听懂我的计策！王宪钢怪异地笑了，阿德贝格公司不平等条约限制的是华北电机厂对不对？咱们让华北电机厂整体退出，重新注册企业名称"中华电机制造公司"。华北电机厂没了，阿德贝格公司还限制谁呀？

钱慧慧犹如醍醐灌顶，随即发出微缩版尖叫说，我听明白了！这绝对是一个好主意，咱们一下就摆脱了阿德贝格的桎梏，可以自由自在发展自己啦。

郑卫星表情古怪，目光定定地盯着王宪钢，吸着满口凉气说，我他妈的，我完全听懂了，你小子就是比我高明，你要是当了律师打官司，肯定有老板跳楼！

说着，郑卫星激动起来，你是郭建光啊，却想出这样的阴招儿。我是刁德一，怎么没找到这种撒手锏呢？

卢丽虹拎着菜篮子走进家门得意地说：这几年宪钢自学法律拿了证书，心眼儿比过去多多啦！你们看港台电视剧里的律师总有阴招儿，一出手就捅到对方要害部位。

我这也是被阿德贝格挤兑的，急中生智。王宪钢拿起那本厚若砖头的《公司法全书》转向钱慧慧说，当年你把茶壶扔进湖水里，那也是急中生智。时代变了，只要不触犯法律法规，咱们什么办法都可以尝试！

钱慧慧实话实说道，改革开放，社会转型，今后光凭着往水里扔茶壶，肯定不灵了。

是啊，我们得往水里扔炸弹了。郑卫星隐秘地说，前些天我认识了阿德贝格的两位工程师，都是顶尖级人才……

什么顶级不顶级的，我这里有一瓶存了二十年的好酒。王宪钢说着从床下摸出一瓶当年凭票供应的"古井贡"说，饺子就酒，庆贺咱们有了新思路！

卢丽虹顺着丈夫说，你们别走了，咱们一起吃饺子庆祝吧，但是不许喝醉了。

郑卫星趁机冲着钱慧慧大发感慨说，是啊，今天是个好日子，咱们很久没在一起吃饭啦。

一晃又是深秋。正午时分，王宪钢推门走进郑卫星办公室说，咱们重新注册企业，我找到一家公司愿意参股。说着把一本公司宣传册递给郑卫星。

"中北投资"？郑卫星看着这家公司的宣传册，知道这是几个高干子弟经营的金融公司，神通广大。他随即点燃香烟冷静下来，认为草根出身的王宪钢即使拥有律师证书也很难攀得这种背景的公司，怀疑地笑了。

"中北投资"董事长潘晓东是我同父异母的弟弟，小我三岁，他下海之前已经是副厅级干部了。王宪钢不紧不慢说道。

什么！这么说你找到生身父亲啦！郑卫星瞪大眼睛注视着当年郭建光说，他老人家是大干部，叫潘什么呀？

三年前他老人家就找到我，我连卢丽虹都没告诉。你也不要跟我打听他的名字，我是不会借助高干私生子的身份去升官发财。以前我是华北电机厂司炉工，现在我只是有了执业资质的业余律师。

你干吗放着青山不砍柴呢？为了咱厂你也应当认祖归宗投到潘家门下。

郑卫星意味深长地说，不是我嫉贤妒能不让你当副厂长，必须等待机电总公司党委任命啊。

你不要跟我解释。王宪钢平静地表示说，这次请潘晓东公司参股是公事公办，他不会因为我是他的同父异母哥哥就盲目投资。"中北投资"以赚钱盈利为目的，这至少说明咱们企业还是具有投资价值的。

郑卫星起身环绕着王宪钢说，我相信你没说瞎话，可是猛地变成另外一个人，我一时还不能适应呢。

我始终就是王宪钢啊！两个肩膀扛着一个脑袋。王宪钢注视着郑卫星，颇有内涵地笑了。

郑卫星连连摇头说，你肩膀还是两个肩膀，脑袋不是那个脑袋了。

王宪钢转向正题道，我让潘晓东安排时间跟你见面，你们见了面我的任务就完成了。

你的任务完成啦？中国是人情社会，没有你这份人情潘公子认识我是谁呀！郑卫星激动地说罢拉起王宪钢走出办公室，说去市里找领导汇报。

小轿车驶出工厂大门，郑卫星压低声音问道，你听说钱慧慧要跟庞汇强举行婚礼了吗？

这是意料之中的事情。王宪钢扭脸说道，一个男人追一个女人，二十多年不放弃，这不是谁都能做到的，包括你和我。

你说得好！郑卫星似乎得到解脱，闭目养神说，你安排我跟潘晓东见面吧，只要"中北投资"参股，咱们就能跟阿德贝格展开竞争，把失去的股份夺回来！

第三天上午，王宪钢告诉郑卫星跟潘晓东约定星期五见面。郑卫星通知庞江强届时共同前往"中北投资"，三方会谈。

晚间，王宪钢在家接到钱慧慧打来的电话说，宪钢，我要嫁给庞汇强了，特意告诉你一声。

恭喜你啊。王宪钢放下法律文书说，这么多年了，你总算找到真阿庆啦。

是啊，我在没有阿庆的情况下做了这么多年阿庆嫂。电话里钱慧慧有些伤感说，今天回想起来，真是滑稽哟。

人家阿庆在上海跑单帮，也很不容易的。如今赚钱回家参股华北电机厂体制改革，这么多年你也值得了。王宪钢善意地打趣说，再次道喜。

你做我的证婚人吧，只有你能够代表今天的华北电机厂。钱慧慧补充道，也只有你能代表当年的《沙家浜》。

星期五天气晴朗。走进中北大厦会客室。西装革履的庞汇强猛然想起王宪钢，就问郑卫星。郑卫星无奈地表示王宪钢坚决不参加三方谈判，说是避嫌。庞汇强拍着大腿说，咱们凭的就是王宪钢的面子，他找到亲爹了避什么嫌呢。

潘晓东走进会客室。这位高干子弟"板寸"发型，身穿蓝色棉布华服，脚蹬尖口布鞋，手里捧着紫色烟斗。依次握了手。庞汇强自作聪明向潘晓东解释说，王宪钢临时有事，只能下次参加了。

潘晓东惊异地打量着庞汇强说，宪钢哥早就跟我说了，他只起牵线作用，不参加任何谈判。你们放心吧，我们"中北投资"不是家族公司，兄弟情义不会代替谈判原则的。

说罢，潘晓东打量着郑卫星说，你显老了，小时候我在部队大院看过你演的刁德一，那样子特别像坏人。

郑卫星尴尬地笑了，自嘲说，现在的样子可能更像坏人了。

经过历时半年的五轮谈判，三方达成合作意向。经过机电工业总公司领导多次研究，终于批准成立股份制企业："中华电机制造公司"。原华北电机厂以百分之五十一股份为控股方，"中北投资"百分之二十，庞汇强以独立投资人身份占有百分之二十九的股份。

这个消息传到沃勒夫耳朵里，他惊得瞪大一双洋人的眼睛。华北电机厂消失啦？它在我们中外合资企业里还有百分之十八的股份呢。

中方总经理简晓铜告诉这位外方副董事长，根据中国国有资产管理规定，原华北电机厂存在于阿德贝格公司的百分之十八股份由上级法人机电工业总公司持有，就好比儿子把财产交给了父亲。

沃勒夫急了，操着德国口音的英语大声说，我请示总部增资立即吞掉中方的百分之十八股份！这样阿德贝格就成为中国境内的外方独资企业啦……

简晓铜以纯正英语介绍说，中方肯定已经意识到，不久的将来阿德贝格将成为中国境内的外方独资企业，所以华北电机厂整体退出了。今后，新生企业中华电机制造公司不会受到中外合资协议条款限制，完全可以自由发展了。

这太像你们中国古代《三十六计》里面的"金蝉脱壳"计。这是谁给他们出的主意？沃勒夫急声问道。

简晓铜告诉沃勒夫，这是一个名叫王宪钢的普通工人出的主意，前几年他通过自学考取律师资格证书。

我要见一见这位王宪钢先生！沃勒夫在"奥飞斯"里快速踱步，好像动物园黄昏时分等待喂食的大型哺乳动物。

是您请王宪钢先生喝咖啡，还是王宪钢先生请您吃炸臭豆腐？简晓铜终于全面露出刁小三的牙齿，坏坏地挑逗着沃勒夫。

大胡子洋人当即请简晓铜确定餐馆，由他请客。简晓铜选了那家"咱家大饭桌"的东北风味饭馆，五号单间。

王宪钢手持折扇，身穿着月白色春绸华服走进五号单间，首先让简晓铜吃惊不小。多年以来，他印象里的王宪钢只是身穿深蓝色工作服，今天居然文化人打扮，一下陌生了。他甚至怀疑自己并不了解真正的王宪钢，尤其是这几年的王宪钢。

握手之后，沃勒夫依照中国习俗请客人点菜。王宪钢接过菜谱给外国朋友点了一份肉片炒酸菜。简晓铜满怀狐疑翻译给沃勒夫。沃勒夫不置可否。

王宪钢注视着对方说，您是吃酸菜的，我知道欧洲人叫你们德国姑娘"酸菜妹"，您的妈妈和姐姐都吃酸菜吧？

沃勒夫耸了耸肩膀，接受了中国工人这道跨越国界的酸菜。简晓铜将信将疑问王宪钢，你怎么知道德国人吃酸菜呢？

我看过这方面的书。王宪钢低声说道，当然德国人吃酸菜可能没有肉片，我给沃勒夫先生加上了。

你有机会去德国，我请你吃烤肠喝啤酒！沃勒夫吃着肉片炒酸菜，大声说。

去年，我们这里成立了中德技工培训学院，还有数控机床专业呢。王宪钢微笑着问道，沃勒夫先生是电机学博士还是高级机械技师？

我是律师。沃勒夫亮出原形说，所以我听说是你提议华北电机厂整体退出，就认为你也是律师。

我目前是业余律师。王宪钢掏出真丝手帕擦了擦嘴。简晓铜感到王宪钢已经完全走出以往角色，成为地地道道的当代律师了。

你有什么建议吗，王宪钢先生？饭局结束之前，律师出身的沃勒夫终于发问。

王宪钢低头想了想，注视着那份剩余的肉片炒酸菜说，我的建议是希望你们跟我们展开公平竞争，我们肯定接受挑战，因为我们没有退路。通过竞争，我们会学到很多东西的。

半年之后，以原华北电机厂为基础的"中华电机制造公司"正式挂牌成立。郑卫星仍然是法定代表人。不知什么原因挂牌仪式显得冷清，只有市经委副主任出席，新闻媒体也未到现场采访报道。

鞭炮响过，硝烟散尽。钱慧慧小声对郑卫星说，当年中外合资咱们占了百分之五十一股份，这次三家企业合资咱们又占了百分之五十一股份，历史惊人的相似啊。

不是今不如昔，也不是今非昔比，这次合资是三国演义，比中外合资更热闹。郑卫星如实说出内心感受。

中华电机制造公司挂牌第二个月，便获得了九十台移动式发电机的订货合同，据说这是潘晓东搞到的订单。之后，又有两台二十万千瓦发电机组订货。

为了表彰王宪钢的功劳，一把手郑卫星兴冲冲找到锅炉房对他说，在你还没有被任命为副厂长之前，担任咱厂专职法律顾问吧。我给你腾出一间办公室，你自己领导自己。

王宪钢摆手谢绝了。郑卫星不甘心地说，你担任咱厂法律顾问是公开身份，我还要你替我监视庞汇强呢。如今企业实行股份制，他既是合作伙伴又是潜在对手，我必须汲取历史教训，提高警惕。

王宪钢看着郑卫星，笑了。进入钩心斗角新时代，敌人即是朋友，朋友即是敌人，在没有硝烟的战场上，当年的刁德一又重新有了用武之地。

低头看着脚下水沟，王宪钢想起这里正是当年偷偷输送工业蒸气给庞汇强慧宝箱包厂的"秘密管道"遗址，心中升起无限感慨。看来，无论什么时候，企业都存在不可告人的秘密，譬如郑卫星对庞汇强的高度戒心，譬如潘晓东对郑卫星的暗中考察。

你知道钱慧慧对庞汇强的承诺吗？只要庞汇强出资参股钱慧慧就嫁给他。王宪钢轻描淡写说，所以她结婚了。

郑卫星不停地伸出鞋尖儿踢着土块儿，不露声色。这个钱慧慧永远是理想主义者！她为了让庞汇强出资参股便以身相许，好像董存瑞舍身炸碉堡，也好像是黄继光挺胸堵枪眼，如今和平年代，有这种献身的必要吗？

我看钱慧慧不完全是炸碉堡和堵枪眼吧？那位庞汇强必有可取之处，否则她不会说嫁就嫁的。王宪钢执着地表达着自己的观点，很有几分律师气度。

改革开放改变了人的价值观念，重新洗牌了。郑卫星盯着当年"地下供气管道"遗迹说，你当年代我受过，蒙受很大委屈，我今天向你道歉啦！

王宪钢诚实地说，我当时确实怀着挺胸堵枪眼的心理，至今觉得自己挺悲壮的。只是不知道今后还能不能做得到。

今后什么事情都有可能发生。咱们就等着看简晓铜创作的《沙家浜》续集吧。郑卫星笑了。

你不要小看简晓铜，这家伙跟沃勒夫打交道，可能比你多几招呢。王宪钢预言着。

这时候，庞汇强身为中华电机制造公司副董事长，钱慧慧依然是企业工会主席。一连几天艳阳高照。新官上任的庞汇强选定黄道吉日，催促钱慧慧去领结婚证，说香港都回归祖国了，你也平安降落吧。

一句话，说得钱慧慧感到多年飞翔的辛苦，就跟他去领结婚证了。领了证，钱慧慧既是妻子又是同事，庞汇强就叫她"老婆钱主席"。钱慧慧觉得这种称呼怪怪的，还是接受了。

走出婚姻登记处，半路上庞汇强得意忘形地说，根据简晓铜测算阿德贝格公司不断增资明年就会把中外合资企业变成外方独资企业，但是为了享受合资企业优惠政策，阿德贝格肯定会停留在百分之九十九股份上不动，留给中方百分之一，这就是人家跨国公司的智慧。

钱慧慧不动声色地说，你不要忘记那块土地是中方租给阿德贝格的，阿德贝格拼命增资吧，到了土地使用年限中方不续租，他们还能把工厂搬到欧洲去啊？

你毕竟是阿庆嫂！怪不得刁德一斗不过你呢。庞汇强突然压低声音说，有人向我报告说，郑卫星秘密收买了阿德贝格两位工程师，暗暗提供外方尖端技术资料，就连简晓铜都不晓得呢。

刁德一偷到刁小三头上啦？钱慧慧很是惊异。她知道郑卫星报复心很强，肯定暗中跟阿德贝格公司较劲，想占沃勒夫的便宜。

庞汇强主动坦白说，我也暗中较劲呢！我计划用五到八年时间，彻底吃掉华北电机厂股份，逐步把中华电机制造公司完全变成我的私人企业。

你想造成国有资产流失？钱慧慧轻声问道，似乎对庞汇强的雄心壮志并不感到惊奇。

庞汇强嘻嘻笑着说，我已经把你这个国有资产搞到手了，还怕搞不到别的？

你小心偷鸡不成蚀把米，一不留神人家反而把你弄成了国有资产。那时候，你想跑单帮也没地方去，因为上海浦东都成了新区。

一个星期天，庞汇强和钱慧慧悄悄去了一趟北京，算是旅行结婚了。俩人中午在前门大街一家南派面馆吃饭，算是吃了新婚喜面。

从北京回来，新人进入简易洞房。有钱却不置豪宅的庞汇强从柜子里取出一套衣裳让新婚妻子穿上。钱慧慧以为新婚丈夫给她预备了名牌内衣，打开一看竟然是阿庆嫂的全套行头：蓝底白花斜襟褂子，深灰色中式裤子，还有一只扎在腰间的蓝底白花围裙。

钱慧慧悲喜交集，顿时泪水盈眶，扭脸坐在床前。庞汇强搂着她说，慧慧，我怎么也忘不了你当年扮演的阿庆嫂。

庞汇强从柜子里取出一套灰布军装说，我穿上这套行头就是新四军指导员。说着，又从柜子里取出一套黄呢子军装说，我穿上这套行头就是忠义救国军参谋长。你说我穿哪套呢？

无论正面还是反面人物，你自己选择吧。钱慧慧坐在镜子前，给自己梳好阿庆嫂的盘式发型。镜子里出现多年不见的阿庆嫂，冲着她微笑。

新婚丈夫穿好新四军灰布军装，猫腰把妻子抱上床去，她感觉他软绵绵的，没有什么力度。过了一会儿，她听着庞汇强轻轻抽泣。我这辈子终于得到你了，我是新四军指导员吗？

不，你是阿庆。钱慧慧轻声说，你是阿庆。这么多年了我终于见到阿庆了，而且还是活的。

清晨，初尝胜果的庞汇强兴致高涨，亲自开着"宝马"载着钱慧慧去粤式酒楼吃早茶。半路上遇到红灯，庞汇强毫不减速冲过十字路口。钱慧慧以为他疯了，就伸手掐他胳膊。

你不懂啊！我们生意人每逢重大商机都故意闯一闯红灯，沾了这个红字，就讨得了吉利。庞汇强散布着他的歪理邪说。

坐在粤式酒楼吃早茶，钱慧慧一眼看见崔万昌穿过大堂，便起身追去。明显老态的崔万昌看到她，笑容凝在脸上。

我来这儿打工，嘿嘿，我说我有钳工手艺，人家老板不用，让我值夜班看守店堂。不过，我研制老人服务卡要是成功了，我这辈子就没有白活……

庞汇强起身询问崔万昌老人服务卡是什么东西，那表情好像想投资。崔万昌来了兴致，大声比画着说，老年人出门上街把它挂在脖子上，这卡里存着老年人的各种信息，包括姓名住址子女电话什么的，一旦遇事儿一摁开关都显示出来，尤其老年痴呆症容易走失的……

庞汇强打断崔万昌的讲述说，你发明这东西等于给骗子们提供机会，他们按照电话号码给老人子女打电话要钱，一骗一个准儿！

啊！崔万昌愣住了，一时说不出话来。看来，他研制的"老人服务卡"只适用于路不拾遗，夜不闭户的先秦时代，失意的崔万昌缓缓转身走进内堂，没了身影。钱慧慧感伤地站着，缓缓坐下了。她不忍看到这位工人发明家最后的期望破灭，潸然泪下。

人老了，往往靠幻想活着。你一句话把崔万昌给毁啦。钱慧慧拿出手绢。

庞汇强好像百炼成钢了，颇为通达地说，如今大伙都忙着赚钱，骗子们也是。所以没什么毁不毁的，实在不行就同归于尽呗。

归途，庞汇强开车驶过原华北电机厂职工宿舍区。大树下一群人在唱戏，琴声悠扬。庞汇强立即停车，兴奋地说他们在唱《沙家浜》呢。

你也去唱吧。钱慧慧鼓励新婚丈夫，觉得他越长越像肥胖大男孩儿。庞汇强果然跑到胡琴前面，听着。

两男一女，唱着《智斗》。弦声落下，庞汇强大声对琴师说，我也唱一段吧。

你唱哪一段啊？操琴的老头儿问庞汇强。这时钱慧慧走过来。庞汇强扭头问妻子，我唱哪一段儿？

你唱阿庆吧。钱慧慧小声建议。庞汇强鹦鹉学舌对老头儿说，我唱阿庆。

《沙家浜》里阿庆根本没露面儿，你唱什么啊？老头儿不解地说，这弦儿我没法拉！

庞汇强转向妻子问道，你这是耍我吧？人家说《沙家浜》里阿庆根本没露面儿，没露面儿唱什么呀。

我听说简晓铜写《沙家浜》续集呢，那续集里肯定有阿庆。你去找简晓铜吧。钱慧慧意味深长地说着，扭脸望着远处的中华电机制造公司大门。那里从前叫华北电机厂，如今是"中华电机制造公司"股份制企业。

这时候，一辆辆大卡车牵引着一台台移动式发电机缓缓驶出工厂大门，车头披着红绸子给客户送货去了。

身穿夹克式工作服的王宪钢抱着一摞材料迎面走来，当头就说，电工器材厂因为土地划界跟柳营村委会打官司，让我去当代理人呢。

庞汇强望着王宪钢的背影，沃勒夫得知是王宪钢出主意让华北电机厂整体退出的，称赞不已。我听说王宪钢的生身父亲是大官，他怎么不借机发展自己呢？

你怎么知道王宪钢没有大志向？钱慧慧笑着说，兴许没几年人家就成了全国闻名的大律师呢。

一辆印有"联合执法"字样的警车，停在中华电机制造公司大门前。钱慧慧看到几位戴着大盖帽的执法人员押着两位阿德贝格公司的工程师，好像是前来现场取证。

钱慧慧若有所思地望着这辆警车，啊地叫了一声。她转身盯着身为中华电机制造公司副董事长的庞汇强问道，他们是来查处偷窃外方尖端技术资料的案子吧？一定是你举报了郑卫星！一旦郑卫星倒了霉，你就篡夺皇位了是不是？

你不是说我是跑单帮的阿庆吗？庞汇强小声反驳着，钻到宝马轿车里去了。

如今进入全球合作时代，俄罗斯跟美国都成了战略合作伙伴，你认为跑单帮就是吃独食啊？我看就欠人家阿德贝格把你的公司也吞并啦！钱慧慧责怪着钻进那辆宝马轿车里，大声教训着自己的"阿庆"。

当天傍晚传出消息，阿德贝格公司起诉原华北电机厂厂长郑卫星窃取尖端技术资料，涉及动力模型数据和工艺图纸。因此警方进厂取证。

朱则良不知从哪里得到信息，说，郑卫星抢在"联合执法"人员进厂前就"黑"掉了企业的局域网，有关电子文档证据统统不存在了。

过了几天，这场官司还是被法院受理了。王宪钢充当被告人郑卫星的法律代理人。卢丽虹在家哭闹不止说，当年你偷偷卖气给郑卫星建立小金库，时隔多年你又想替郑卫星顶雷啊？你怎么不提防他呢！

王宪钢面无表情地说，现在郑卫星是股份制企业法人代表，我是具有国家认证资质的律师，你不要总拿郭建光和刁德一打比方好不好？

几天之后，机电工业总公司来人宣布钱慧慧担任中华电机制造公司党委书记兼工会主席，并且同意钱慧慧在企业试行职工认购内部股票的方案。

晚间，庞汇强谈成一个合同，兴冲冲走进家门。他听说"老婆钱主席"出任中华电机制造公司党委书记，不由自主地笑了。合着你还是阿庆嫂啊？继续领导我们村里的老百姓跟敌人做斗争……

钱慧慧打断庞汇强的话语说，你别嚷嚷，明天发行中华电机制造公司职工内部股票，我正准备讲话稿呢。

你是工人大救星啊。庞汇强说着从公文包里掏出一沓文件说，我是博士收藏家。你看，我这堆材料里有六个海外归国博士，四个国内博士生，另外我去了一趟中德技工培训学院，把那两位数控机床专家挖来啦！

这事儿你跟郑卫星商量了吗？钱慧慧不由担忧道，我担心这件案子即使王宪钢替郑卫星辩护，郑卫星也脱不掉干系！

没事儿，他当年就做过新四军俘虏，属于挨押受审的老前辈。庞汇强继续说，其实我在上海跑单帮的时候，就是共产党在敌人心脏的卧底！

你确实是阿庆……钱慧慧看了丈夫一眼，埋头修改明天职工内部股票发行仪式上的讲话稿了。

庞汇强站在妻子身后抚摸着她的盘式发型说，举报刁德一窃取阿德贝格尖端技术资料的不是我，是刁小三。

你是说简晓铜？钱慧慧还是受到震动，若有所思地说，所以你要穿新鞋走正路，阿庆同志。

简晓铜明天就把他写的《沙家浜》续集给我看，他说里面确实有阿庆。庞汇强得意地说着，走进厨房煮方便面了。这是民营企业家的晚间加餐。

凌晨时分，睡梦中的钱慧慧猛地醒了。她似乎嗅到一股似是而非的气味，肯定不是来自满汉全席。她翻身坐起，耸了耸鼻子，用力吸气，极力扩大自己的嗅觉领域。这种味道，好像一个巨人半夜烧饭，而且被灶火燎了头发。

钱慧慧系紧胸衣。睡在身旁的庞汇强伸出胳膊拢住妻子的腰肢，含混不清地问她是不是鬼子进村了。这问话越发加强了钱慧慧的敌情观念，赤脚跑到窗前拉开窗帘，猛地推开窗子。巨人半夜烧饭的味道蓦然浓烈，好像投入灶膛的不是木柴，而是一只只报废轮胎。

窗外天色朦胧，正渐渐从墨块转为铅板。铅板的东方搏动着一团亮光，好像巨人心脏跳动的图像。这团火光越跳越快。钱慧慧感觉巨人心动过速，认定这不是东方初升的太阳。

睡吧。今儿星期天。庞汇强揉着眼睛坐起，召唤妻子上床，流露出凌晨做爱的企图。当他听到妻子发出轻声惊叫的时候，钱慧慧已经跑出家门。

拐过楼角，身穿杏黄色运动装的钱慧慧立即被焦煳的气味包围了。前面是华北电机厂职工宿舍区的小广场，视野随即开阔。钱慧慧看到，东方那团涌动的火光从亮白变成赤红，将一场灾难伪装成喷薄的日出。

小广场上，一群晨练的工人看到钱慧慧快速跑来，纷纷伸手指向阿德贝格工厂，七嘴八舌说着什么，好像一群默片时代的电影人物。

火！钱慧慧快步跑近晨练人群，终于听到默片电影人物们说话。阿德贝格今天全厂公休，车间里没人。

448

钱慧慧穿过晨练人群，朝着火光奔去。

这时候，一辆自行车从钱慧慧身旁一闪而过。骑车人稍稍减速，抢着胳膊招呼她。她看清是王宪钢，便快跑几步，一纵身坐在自行车后架上，伸手抓住他的衣襟下摆，仿佛扯起一艘小船的风帆。

天空腾起一团蘑菇云，使人想起小型核试验。这朵蘑菇云拖着长长的尾巴，在清晨的天空里展示着变幻莫测的体形。有那么一个瞬间，它极像一个丰胸纤腰的妖娆女人，之后变成一条长蛇，愈变愈长。

钱慧慧跳下自行车，看到阿德贝格工厂铁栅栏紧锁着。王宪钢扔掉自行车，回头望着钱慧慧说，记得以前厂区有消火栓！不知道合了资还有没有水枪！

哦。钱慧慧猛然想起，阿德贝格几乎就是一座外方独资企业了，它跟那一群晨练的华北电机厂职工确实没有什么关系。

是工人，就得救工厂的火，不论是谁的工厂！王宪钢大声招呼着。

远处，参加晨练的工人们陆续跑了过来，有的挽起了袖子跃跃欲试，有的停住脚步表情犹豫。王宪钢带着几个工人翻过阿德贝格的铁栅栏门，吼叫着寻找以前的消火栓。

一辆黑色轿车驶来，迎着灼热的空气停下，从车里蹦出庞汇强。这他妈的是谁放的火啊？你王八蛋存心制造国际影响是不是？

庞汇强左手拿着手机，右手高举遮挡热浪，高声叫着简晓铜的名字。

不知是谁端来一盆水，哗地泼在钱慧慧身上。她打了个冷战，杏黄色运动服湿了，那颜色越发接近从事危险作业的"信号服"。她终于冲到阿德贝格铁栅栏门外，听见从浓烟深处传来尖叫，好像一阵狗吠。

空气骤然升温，夹着热浪迎面扑来，增加着行进的阻力。金工车间在滚滚浓烟里，一闪一烁呈现着剪纸般的轮廓。

火势扩大着，包裹了金工车间，好像魔鬼正在打包，企图把残羹剩饭从火场全部带走。空气更加沉滞，令人感到喉咙变得狭窄，目光也变得黏稠。

滚滚热浪里，阿德贝格的景物虚幻了，一排笔直的小树扭动着腰肢，显得妖里妖气。火苗儿越来越放肆，化作一条条大舌头，不停地舔破铅色天空。天空就成了一张漫无边际的变质大饼，任凭烈火饱食着。

远处，传来消防车的警笛声，那声音好像刀尖划在玻璃上，坚硬而脆弱。

钱慧慧运动员似的翻过铁栅栏门，纵身跳下，落地时她感到脑海受到震荡，荡出一个巨大涟漪。这里，曾经是华北电机厂。如今着了火，依然是熟悉的土地。这把火究竟是怎么烧起来的呢？

王宪钢跑来，打开了阿德贝格的铁栅栏门。钱慧慧看到，他手里拿着一把很大的金黄色的钥匙。

一辆又一辆消防车风驰电掣冲进阿德贝格大门，驶进工厂深处了。

满地水迹。大火烧得不耐烦了，开始收拢身形，魔鬼般减肥。火苗随之从几只大舌头变成无数小舌头，仿佛一群饱食后的野兽，困乏了。

遮蔽天空的浓烟，渐渐淡了。天空在它的铅灰色里，极力呈现着淡蓝颜色。

简晓铜窒息昏倒啦，倒在金工车间门口。王宪钢跑来大声告诉钱慧慧。她听到这个消息，突然眼窝儿里涌满泪水。

一辆白色救护车尖叫着，冲进遍体鳞伤的阿德贝格工厂大门。钱慧慧下意识地追着这辆救护车，越跑越远。

庞汇强站在阿德贝格大门外，望着身影越跑越小的妻子，低头发现自己身上穿着粉红色睡衣。

这时候，庞汇强暗暗祈祷简晓铜平安无事，因为他特别想知道，阿庆在简晓铜写的《沙家浜》续集里，究竟是个什么人物。

那辆白色救护车高八度地尖叫着，分明是载着伤员从阿德贝格工厂大门驶出，毫不减速地从庞汇强身旁疾驶而去。

一辆出租车驶来，停在阿德贝格工厂门前。车里钻出气喘吁吁的郑卫星，他抬头望着进入尾声的火势，双腿一软，蹲在地上，双手捂脸，叫着简晓铜的名字，放声大哭。

庞汇强觉得，郑卫星好比一个行人面对一座失火的旅馆，如此掩面大哭，有些过分了。

听着郑卫星难以自禁的哭号，庞汇强渐渐领悟了，自己办工厂这么多年，其实还是一个外人。

图书在版编目(CIP)数据

生铁开花 / 肖克凡著. — 北京：中国文史出版社，
2020.3
（中国专业作家小说典藏文库·肖克凡卷）
ISBN 978 - 7 - 5205 - 1654 - 9

Ⅰ. ①生… Ⅱ. ①肖… Ⅲ. ①长篇小说 - 中国 - 当代
Ⅳ. ①I247.5

中国版本图书馆 CIP 数据核字(2019)第 261499 号

责任编辑：蔡晓欧　薛未未

出版发行：**中国文史出版社**

社　　址：北京市海淀区西八里庄 69 号院　邮编：100142
电　　话：010 - 81136606　81136602　81136603（发行部）
传　　真：010 - 81136655
印　　装：北京新华印刷有限公司
经　　销：全国新华书店
开　　本：720×1020　1/16
印　　张：28.75　　字数：488 千字
版　　次：2020 年 3 月第 1 版
印　　次：2020 年 3 月第 1 次印刷
定　　价：78.00 元